삼귀 三鬼

옮긴이 **김소연**

경북 안동에서 태어났다. 한국외국어대학에서 프랑스어를 전공하고, 현재 출판 기획자 겸 번역자로 활동하고 있다. 옮긴 책으로는 『우부메의 여름』, 『망량의 상자』, 『웃는 이에몬』, 『엿보는 고헤이지』 등의 교고쿠 나쓰히코 작품들과 『음양사』, 『샤바케』, 미야베 미유키의 『마술은 속삭인다』, 『외딴집』, 『혼조 후카가와의 기이한 이야기』, 『괴이』, 『흔들리는 바위』, 『흑백』, 『안주』, 『그림자밟기』, 『미야베 미유키 에도 산책』, 『만물이야기』, 『십자가와 반지의 초상』, 『희망장』, 덴도 아라타의 『영원의 아이』, 마쓰모토 세이초의 『짐승의 길』, 『구형의 황야』 등이 있으며 독특한 색깔의 일본 문학을 꾸준히 소개, 번역할 계획이다.

＊ 이 도서의 국립중앙도서관 출판예정도서목록(CIP)은 서지정보유통지원시스템 홈페이지(http://seoji.nl.go.kr)와 국가자료공동목록시스템(http://www.nl.go.kr/kolisnet)에서 이용하실 수 있습니다. (CIP제어번호 : CIP2018013112)

＊ 표지에 쓰인 작품
— 가와세 하스이(川瀬巴水) 〈旅みやげ 第三集 大阪天王寺〉

미야베 월드 제2막
삼귀
三鬼
宮部みゆき
미야베 미유키 지음 | 김소연 옮김
북스피어

일러두기
본문의 모든 주는 옮긴이 주입니다.

서 序

미시마야는 에도 간다, 스지카이고몬 앞의 한 모퉁이에 있는 주머니 가게다. 주인 이헤에와 안주인 오타미 부부가 한마음으로 성실하게 꾸려 온 결과 지금은 주머니 가게의 두 노포老鋪인 이케노하타나카초의 에치카와, 혼초의 마루카쿠와 더불어 에도 멋쟁이들의 인기를 한 몸에 받을 정도로 유명해졌다.

미시마야의 주인 부부에게는 아들이 둘 있지만 관례를 치르자마자 다른 가게의 밥을 얻어먹어 보라며 모두 집에서 내보냈다. 그 대신이라고 할까, 이 년 전 초가을부터 이헤에의 조카인 오치카라는 소녀가 들어와 살기 시작했다.

세상 사람들이 보기에는 미시마야의 아가씨인 오치카지만, 가게 안에서는 하녀 오시마나 오카쓰와 마찬가지로 부지런히 일하는 처지다. 동시에 이헤에로부터 직접 명을 받고 어떤 역할도 해

내고 있다. '흑백의 방'이라 이름 붙인 미시마야의 객실에 한 번에 한 명의 이야기꾼을 불러서 그 사람으로부터 신기한 이야기나 무서운 이야기를 듣는 일이다.

여럿이 모여 괴담을 이야기하는 이른바 '괴담 자리'는 항간에서도 쉽게 찾아볼 수 있다. 풍류객들 사이에서 그것은 오락이자 놀이이고 때로는 사교의 기능도 수행한다. 귀동냥으로 학문을 익힐 수 있는 자리이기도 하다.

다만 몇 사람이 모여서 순서대로 이야기하고 모두가 귀를 기울이는 것이 아니라 말하는 이가 한 명, 듣는 이도 오치카 한 명이라는 미시마야의 방식은 특이하다. 더군다나 이헤에가 기왕이면 특별히 재미있는 이야기를 듣고 모으기 위해 여기저기 열심히 손을 쓰는 바람에 이것은 순식간에 화제가 되었다. 이야기할 사람을 모집하고 사전에 그이의 인품을 조사하는 일은 도안 노인이 맡고 있다. 이 괴담 자리는 직업소개꾼인 그가 어처구니없어 할 만큼 평판이 좋았다.

사람은 이야기를 하고 싶어 한다. 자신의 이야기를.

그것은 때로 인생의 한 귀퉁이에 스며들어 떨어지지 않는 무언가를 보여 주는 일이나 마찬가지이니 아무래도 많은 사람의 귀에 들어가는 건 곤란하다. 다만 한 번쯤 입 밖으로 내어 토해 버리고 싶을 뿐이다. 무덤까지 그대로 가져가기는 괴로우니까. 그 무언가가 비석 밑에 다 들어가지 않을까 봐 불안하니까.

그래서 미시마야의 특이한 괴담 자리에는 사람이 모인다.

어려운 규칙은 없다. 듣고 잊어버리고, 말하고 잊어버리고. 그것뿐이다.

오늘도 또 한 사람, 흑백의 방에 새로운 손님이 찾아온다.

미망의 여관

어린아이다.

에도에 와서 나이를 두 살 더 먹고 열아홉이 된 오치카의 눈에는 아직 어린아이로밖에 보이지 않는 여자아이다. 나이는 열두세 살쯤 되었으리라.

미시마야에 들어와 살면서 일하는 바느질 일꾼 중에도 또래의 아이가 있다. 특이한 괴담 자리 덕분에 친구가 된, 혼조 가메자와초에 사는 장난꾸러기 삼인조 사내아이들도 심부름을 하거나 애를 보거나 장작을 주워서 용돈을 번다. 오치카도 일을 하는 어린아이를 남다르게 보는 건 아니다.

다만 흑백의 방의 이야기꾼으로 어린아이가 혼자서 온 일은 지금껏 없었다.

본인도 손님으로 대우받고 도코노마다다미방 바닥을 한 단 높게 만들고 꽃꽂이를 두거나 벽에 족자를 걸어 장식한 공간. 보통 손님이 오면 도코노마를 등지게 앉도록 하고 주인은 맞은편에 앉는다를 등지고 앉는 것은 태어나서 처음인 모양이다. 아무리 상석에 앉으라고 권해도 사양하는 바람에 가벼운 실랑이가 벌어졌다.

"아가씨가 이쪽에 앉으세요."

"나는 평소랑 앉는 자리가 다르면 이야기를 듣는 역할을 잘 해낼 수가 없어."

"그래도 앉으세요, 앉으세요."

"너야말로 손님이니까 거기에 앉아도 괜찮은데."

다행히 장지 맞은편의 옆방에서 듣고 있던 오카쓰가 웃음을 터뜨리며 끼어들었다.

"웃어서 죄송해요. 저는 하녀인 오카쓰라고 합니다. 이런 곳에 숨어 있어서 깜짝 놀라셨지요."

오카쓰는 풍성한 흑발에 허리가 날씬한 미인이지만 단정한 얼굴이 마맛자국으로 뒤덮여 있다. 천연두에 걸린 흔적인데 이것은 포창신疱瘡神이라는 강력한 역신에게 사랑을 받은 증표이기도 하다. 즉 마맛자국과 함께 신의 수호를 받아 마를 물리치는 힘도 얻게 된 것이다.

오카쓰는 그런 사정을 간략하게 들려주고 상냥한 목소리로 말을 이었다.

"흑백의 방에서는 무서운 이야기나 신기한 이야기만 하게 되니까, 자칫하면 나쁜 기운이나 사악한 무언가가 가까이 올 수도 있습니다. 그럴 때를 대비하여 제가 옆방에서 망을 보는 거예요."
그러고는 기모노의 가슴 부근을 툭 두드려 보였다.
"제가 있는 한 괴이한 일은 전혀 일어나지 않을 거예요. 큰 배를 탔다 생각하세요."
"흐음. ……큰 배."
여자아이가 멍하니 중얼거린다.
"네, 여기는 큰 배 안이에요. 미시마야의 아가씨가 선장님이고요."
오카쓰는 가볍게 오치카의 어깨에 손을 올려놓았다.
"선장은 배의 고물배의 뒷부분에 있어야 하는 법이에요. 그러지 않으면 앞으로 나아갈 수 없으니까요. 그건 손님도 아시지요?"
여자아이는 당황하며 고개를 끄덕였다. "아, 네."
"그럼 선장님."
오카쓰가 생글거리며 오치카의 얼굴을 들여다본다.
"오늘 오신 손님은 배를 타는 데 익숙지 않으신 모양이에요. 흔들리는 게 무섭다고 하시네요. 좀 더 가까이 가셔서 선장님의 얼굴을 옆에서 볼 수 있다면 분명 마음이 든든하실 거예요."
오카쓰가 상석에 놓인 방석을 살짝 끌어당기더니 툇마루에 면해 있는 유키미 장지장지문의 일부를 유리로 만들어 방에서 바깥 경치를 볼 수 있도록 한 것 옆으로 옮겨 놓았다.
"어머나, 그렇구나."
오치카도 무슨 소리인지 알아듣고 생긋 웃으며 자신의 방석을 거기에 붙이듯이 가까이 놓는다.

"이러면 어떨까?"

여자아이가 눈을 휘둥그렇게 떴다.

그때 또 한 명의 하녀인 오시마가 다과를 가져왔다.

"오시마 씨, 이쪽으로 주세요."

두 장의 방석이 방의 장지 가까이에 바싹 붙어 있는 광경을 보고 오시마는 순간 이게 무슨 일인가 하는 얼굴을 했다. 하지만 이쪽도 눈치가 빠르다. 네네, 하며 쟁반을 들고 온다. 쟁반 위에는 향긋한 호지차질이 낮은 엽차를 불에 쬐어 말려서 만든 차와 만주가 놓여 있다. 화로에서는 주전자가 입으로 희미한 김을 내뿜는다.

"오늘은 공교롭게도 바람이 차네요."

"그러게요. 장지문을 열고 정원을 볼 수 있으면 더 기분이 좋을 텐데."

"히나 인형삼월 삼일 여자아이의 명절인 히나마쓰리 때 장식하는 헤이안 시대의 귀족 복장을 한 인형을 넣어 놓고 이제 꽃구경을 다녀야겠다 싶으면 어째서 꼭 다시 북풍이 불어오는 걸까요?"

바로 어제, 미시마야에서는 히나 장식을 치웠다. 함께 장식되어 있던 복숭아나무 가지에는 아직 활짝 핀 꽃이 달려 있었기 때문에 화기花器를 바꾸어 이곳의 도코노마에 놓아두었다. 건드리면 꽃잎이 흩어질 것 같다.

오치카와 하녀들의 대화에 여자아이는 더욱더 눈을 휘둥그렇게 뜨더니 갑자기 목을 움츠리며 중얼거렸다.

"죄송해요."

자신이 말을 듣지 않아서 오히려 수고를 끼치고 말았다—고 짐작했을 것이다. 영리한 아이다.

"자, 이제 상은 다 차렸어요."

오카쓰가 방바닥에 가볍게 손을 짚고 일어선다. 오시마도 우아하게 목례를 하고 물러갔다.

오치카는 자신이 먼저 방석 위에 앉고는, 밝은 장지 쪽으로 얼굴을 돌렸다.

"우리는 주머니 가게라서 바느질을 하는 직인이나 일꾼이 있어. 할아버지에서부터 아주머니, 너만 한 나이의 아이까지 스무 명 정도."

그들은 가게가 아니라 근처에 있는 작업장에서 일한다. 그곳에서 먹고 자는 사람도 있다. 작업장은 안주인 오타미가 관리하는데 독립된 형태로 되어 있어 가게 쪽은 오치카를 포함한 여자 셋이 꾸려 나갈 수 있었다.

하지만 새해가 된 후부터 지금까지 오치카는 짬을 내어 작업장에 얼굴을 내밀었다. 재봉을 배우기 위해서다.

"나도 본가에서 대충은 배우고 왔지만 그냥 멋대로 한 거라 팔 물건을 바느질할 실력과는 거리가 멀어. 처음부터 다시 배워야 하지. 그럴 때는 바느질 일꾼들한테 방해가 되지 않도록 작업장 한쪽 구석의 장지 옆 밝은 곳에 들어앉아 조금씩 조금씩 연습하곤 해."

오치카가 바늘을 사용하는 시늉을 해 보이자 여자아이의 뺨이 겨우 누그러졌다.

"아가씨는 계속 미시마야에서 사신 게 아닌가요?"

"응. 에도에 온 지 겨우 이 년밖에 안 됐어. 우리 본가는 가와사키에서 여관을 하고 있지."

"어, 여관이요?"

여자아이가 놀라는 바람에 오치카도 깜짝 놀랐다.

"그래. 신기하니?"

"그게 아니라—음, 저기."

손가락을 꼼지락거린다.

"나누시에도 시대에 한 마을의 민정을 담당하던 관리님이 저한테, 미시마야에 가서 여관 이야기를 하고 오라셨거든요."

"어머나, 여관에 관한 이야기는 처음이야."

흙냄새가 날 것 같은 소박한 여자아이가 왔다는 것만으로도 흥미가 생겼는데, 더욱더 재미있어졌다.

"자, 이쪽에 와서 앉으렴. 이야기를 들려줘."

여자아이는 방바닥에 손을 짚으며 머리를 숙이더니 몸을 움츠리고 방석 위로 올라왔다. 소박하기는 하지만 예의범절을 잘 배운 아이다.

"이름은 뭐니?"

"쓰기라고 해요."

"오쓰기오(御)는 여자 이름 앞에 붙여 존경과 친근함을 뜻하는 말이다로구나. 다시 인사할게. 제가 미시마야의 오치카입니다. 주인인 이헤에의 조카딸이지요. 잘 부탁드립니다."

오쓰기의 머리 모양은 그 또래 아이답게 귀여운 유이와타일본 머리 모양의 한 가지. 여성의 올림머리 중 가장 일반적인 형태였던 시마다마게의 가운데를 댕기로 묶은 머리 모양으로, 주로 미혼 여성이 많이 했다지만 장식이나 댕기도 없고 하얀 종이를 묶어 두었을 뿐이다. 검은 깃을 댄 격자 줄무늬 명주옷에 검은 수자繻子로 만든 주야오비한쪽에 검은색 천을, 다른 한쪽에는 하얀 천을 댄 여자 허리띠. 흰색을 낮에, 검은색을 밤에 비유하여 주야오비라고 불렀다를 매고 있다. 기모노 소매는 짧다. 고용살이 일꾼의 전형적인 옷차림이다. 전체적으로 깔끔한데 기모노의 줄무늬는 커다란 격자 안에 작은 격자를 몇 개나 교차시킨 모양이다. 자손 번영의 의미와 경사스러움을 나타낸다고 한다. 이 아이에게는 나들이옷일 것이다.

"오기 전에 직업소개꾼 도안 씨한테 이곳에서 어떻게 해야 하는지 들었니?"

봄꽃이 복숭아꽃에서 벚꽃으로 옮겨 가는 아름다운 계절에 들판의 꽃봉오리 같은 여자아이를 이야기꾼으로 보내다니 꽤나 운치가 있다.

"네. 모쪼록 실수가 없도록 하라셨어요."

"그런 건 상관없어."

운치 있다고 칭찬한 것은 취소다. 눈치가 없다.

"오쓰기 네가 이야기하고 싶지 않은 내용이 있으면 이야기하지 않아도 된다는 것만 기억해. 집안이나 사람의 이름, 장소가 어디인지도 덮어 두고 싶으면 말하지 않아도 괜찮다는 거야."

"네에……."

이번 '네에'는 대답이 아니라 솔직한 놀람의 표현일 것이다.

"나누시님은 우리 마을에서 일어난 것 같은 일은 두 번 다시 있어서는 안 되니까, 후, 후, 훈."

오치카가 말문이 막혀 더듬거리는 오쓰기를 거들었다. "훈계?"

"아! 네, 맞아요."

훈계한다. 엄한 교훈이라는 뜻의 '훈계'다.

"앞으로의 훈계를 위해서 이야기를 잘 들려드리는 게 좋겠다고 하셨어요."

흐음—하고 오치카는 고개를 끄덕였다.

"하지만 오쓰기. 여기서 듣는 이야기는 이곳 밖으로 내보내지 않는 게 규칙이야. 오쓰기 네가 이야기하고 내가 듣고 그럼 끝이지 바깥으로는 새어 나가지 않을 거야."

오치카는 본래 이헤에의 대리인 자격으로 이야기를 듣는 역할을 맡았기 때문에, 오늘은 이랬습니다, 하고 나중에 털어놓도록 되어 있다. 하지만 내용에 따라서는 오치카 혼자만의 가슴속에 숨겨 버릴 때도 있다. 이헤에도 알지만 나무라지는 않는다.

"듣고 잊어버리고 이야기하고 잊어버리는 게 이곳의 규칙이거든. 그러니까 나누시님이 생각하시는 것 같은."

—두 번 다시 있어서는 안 되는.

"앞으로의 훈계가 되기는 어려울 거야. 이건 중요한 교훈입니다, 하고 여기저기 퍼트릴 수는 없으니까. 도안 씨는 나누시님의 의향을 모르고 이 자리를 주선해 버린 걸까?"

"네에. ……그런 걸까요?"

가엾게도 오쓰기 역시 곤란해하고 있다.

"아니면 도안 씨는 나에 대한 훈계가 되었으면 좋겠다는 속셈일까?"

앞으로 오치카에게 교훈이 되는 이야기. 그럴 수도 있다. 그 노인은 말에 사려가 없는 데다 특히 오치카에게는 틈만 나면 이것저것 설교하려고 한다.

"도안 씨는 무뚝뚝하고 땅딸막한 데다 얼굴색도 거무칙칙하고 붙임성이라곤 하나도 없어서 커다란 두꺼비처럼 보이지 않니? 우리 가게에서는 그 사람을 두꺼비 도사라고 불러."

신랄한 말이었지만 오치카의 표정이나 말투가 '대차게 욕을 하겠습니다'라고 작심한 듯 익살스러웠기 때문일까. 오쓰기는 "에헤헤" 하고 웃다가 서둘러 작은 두 손을 입가에 댔다.

오치카도 웃었다. "재미있으면 언제든 웃어도 돼. 무섭거나 괴롭거나 떠올리기 힘든 대목에 접어들면 그렇게 말해 줘. 끈질기게 말하는 것 같아 미안하지만 오쓰기 너는 손님이니까."

"네, 고맙습니다."

오쓰기는 또 꾸벅 머리를 숙였다.

"이야기하다가 목이 마르거나 배가 고프면 차를 마시고 과자를 먹으렴."

그렇게 말해 봐야 오쓰기는 계속 사양만 할 것이다. 오치카는 우선 자기부터 만주를 하나 집어 들어 반으로 갈랐다. 아직 따뜻하고 맛있는 팥소의 냄새가 난다.

둘로 가른 한쪽을 다시 둘로 쪼개어 입에 톡 집어넣고 우물우물 씹으며 오치카는 생각했다.

설령 착오가 있다 하더라도 우선은 들어야 한다. 어른이라면 원하는 데서부터 마음대로 이야기하도록 내버려 두는 편이 좋지만 오쓰기의 경우는 다르다. 이쪽에서 순서대로 물어 길을 내자.

"오쓰기, 나이는 몇 살이니?"

"열셋이에요."

"태어난 곳은 여기고?"

"쓰루미가와 강 북쪽에 있는 고모리 마을이에요."

오치카는 우물거리던 입을 멈추었다.

"어머나. 그럼 나카하라 가도에서 가깝겠네."

"네."

"우리 본가는 가와사키 역참에서 '마루센'이라는 여관을 하고 있는데, 아주 먼 옛날에 우리 할아버지의 아버지가 처음 여관을 열었던 건 나카하라 가도의 지가사키 마을 근처였다고 했어."

무사시현재의 도쿄도와 사이타마현, 가나가와현의 일부를 가리키는 옛 지명와 사가미현재의 가나가와현을 가리키는 옛 지명 지방을 잇는 나카하라 가도의 역사는 상당히 깊다. 도카이도가 지금처럼 정비되기 이전에는 도라노몬에도성의 외곽문의 하나에서 히라쓰카가나가와현 남부 사가미가와 강 하구에 있는 도시. 도카이도의 역참으로 발달하였다까지를 잇는 중요한 길이었다. 나카하라 가도라는 명칭은 화신님(도쿠가와 이에야스)이 별장으로 삼았던 히라쓰카의 나카하라 저택에서 유래한다.

"우리는 인연이 있었구나."

오치카는 신기하다는 듯 웃으며 자신의 만주를 내려놓고 한 손으로 회지懷紙품에 지니고 다니는 종이. 과자를 나누거나 술잔을 닦을 때 쓴다를 집어 들었다. 다른 손으로는 오쓰기의 오른손을 잡아 손바닥을 위로 향하게 한다. 그 위에 회지를 깔고 만주를 올려놓았다.

"자, 너도 먹으렴. 너희 집은 무슨 일을 하니?"

만주를 물끄러미 바라보며 오쓰기는 대답했다.

"아버지는 제1영주님의 소작인이에요."

나카하라 가도 주변의 토지는 예전부터 비옥했다. 평야이기는 해도 계곡과 계곡 사이에 끼어 있는 곳이 많아서 휑뎅그렁하지 않은 데다 쓰루미가와 강의 흐름만큼이나 기후도 온화하여 쌀이 많이 생산된다. 주변의 숲이나 산에 우거진 졸참나무와 너도밤나무는 장작이나 숯으로 쓰기에 용이하다.

하지만 땅이 풍요로워 중요한 혈맥으로 여겨지는 까닭에 나카하라 가도 근처에는 막부 직할 영지와 하타모토의 영지가 복잡하게 뒤엉켜 있다. 전국 시대부터 여러 마을이 경작하던 곳을 분할한 것이라 한 마을에 몇 개나 되는 하타모토의 영지가 얽혀 있는 경우도 드물지 않다.

지금 오쓰기가 '제1영주님'이라고 말한 것은 고모리 마을도 몇 명의 하타모토가 영주로서 다스리고 있기 때문일 것이다.

"오쓰기네 마을에는 영주님이 몇 분 계시는데?"

"세 분 계세요."

제1영주님, 제2영주님, 제3영주님. 물론 이것은 마을 사람들이 일상생활에서만 쓸 뿐 정식 호칭은 아니지만 누군가에게 설명하기에는 편리하다.

오치카의 본가가 있는 가와사키 역참 주변에도 비슷한 마을이 있다. 그래서 아는 것이지만 이런 마을들에는 우선 각각의 촌장이 있고 여러 마을을 통솔하는 나누시가 존재한다. 즉 나누시가 개개의 영주를 대리하여 영지를 다스리는 것이다. 그 대신에 나누시는 일 년에 몇 번쯤 에도에 있는 영주들을 찾아가 마을의 상황이나 작황 등을 보고한다.

이것은 에도 시중에서 나누시로부터 권한을 위임받은 관리인이 여기저기에 있는 셋집이나 공동주택의 집세를 걷고 세입자의 보증인이 되어 모든 일을 보살피는 구조와 비슷하다.

"고모리 마을의 나누시님은 지금 에도에 계시는 거로구나."

"네에."

"그럼 오쓰기 너도 나누시님이 데려와 주신 거겠네."

"네. 어제 왔어요."

에도에 도착하자마자 이상한 이야기를 듣고 모으는 미시마야로 온 것이다. 마을에서 일어난 일을 이야기하고 오라는 명을 받아서.

하지만 그냥 이야기를 시키려는 이유만으로 열세 살짜리 여자 아이를 골라 데려왔을 리는 없지 않을까.

"오쓰기, 이제부터 에도에서 고용살이를 할 거니?"

오쓰기는 고개를 가로저었다.

"나누시님의 용무가 끝나면 같이 마을로 돌아갈 거예요."

이런. 그럼 정말로 이야기만을 위해 일부러 데려온 건가.

"너희 집에는 아버지랑 어머니랑—."

"할머니랑 오라버니랑, 여동생이 둘 있어요."

"그래. 나누시님은 그중에서 오쓰기만 데려오신 거구나."

의아해하는 오치카의 기색을 알아챈 것이리라. 오쓰기는 나름대로 신중하게 할 말을 고르기 시작했다.

"나누시님은 마을 일을 제1영주님한테 보고하실 거라던데,"

영지에서 일어난 사건을 보고하는 것은 나누시의 임무다.

"응, 응."

"너무나 이상한 일이라서 나누시님의 말씀을 제1영주님이 안 믿으시면,"

아하.

"그때는 제가, 으음—."

오쓰기가 더욱 열심히 생각한다. 나누시에게 들은 말을 떠올리려 하고 있다.

"사, 산, 산증인?"

"알겠다! 산증인 말이구나. 오쓰기 네가 나누시님의 이야기를 뒷받침하는 증거가 된다는 뜻이야."

"아, 네, 그런, 가요?"

오쓰기는 자신이 없다는 듯 고개를 갸웃거리면서 중얼거리더니 작은 목소리로 덧붙였다.

"그 귀신들을, 똑똑히 보았던 건, 저 혼자뿐이니까."

그, 귀신들.

이야기를 듣는 일에 익숙해진 오치카도 이런 말이 나오면 오싹해진다. 무서운 것은 아니다. 흥미가 생기기 때문이다.

"하지만 제가 이야기를 잘할 수 있을지 없을지 모르니까,"

열세 살짜리 여자아이의 이야기는 서투를 테니,

"어디에선가 연습을 해야겠다고 하셨어요. 마을을 전혀 모르는 사람이 들어도 알 수 있을 정도로. 그래서 도안 씨한테 상의했더니,"

과연, 그렇구나.

얽히고설켜 있던 실이 풀리고 오치카도 이해가 되기 시작했다.

나누시가 '잘 들려드리라'고 말한 것은 딱히 세간에 널리 알리라는 뜻이 아니었다. 제1영주님을 비롯하여 고모리 마을의 영주들이 들어 주었으면 좋겠다, 충분히 이해해 주었으면 좋겠다, 그런 뜻이다.

게다가 그것은 '앞으로의 훈계가 되는' 중요한 이야기다. 산증인인 오쓰기도 야무지게 해내 주지 않으면 곤란하니 먼저 연습이 필요하다. 그래서 미시마야가 특별히 뽑힌 것이다.

"우리를 믿어 준 거로구나."

뭐야, 두꺼비 도사. 잘 알고 있잖아. 오치카도 팔을 걷어붙이고 싶은 기분이 들 만큼 신이 났다.

"그런 뜻이라면 나는 연습 상대로 제격일 거야. 자, 어떻게 시작할지 좀 생각해 볼게. 오쓰기 너는 만주를 먹으렴."

"네!"

그제야 오쓰기는 만주를 덥석 물었다.

이번에는 이야기하고 싶어 하지 않는 사람의 입을 열게 하는 것이 아니다. 이야기하고 싶어 하지만 말하기가 서툰 사람의 입을 가다듬는 것도 아니다. 이야기를 갖고 있지만 어디서부터 어떻게 풀어 나가야 할지 모르는 어린아이가 상대다.

그 귀신들.

역시 거기에서부터 시작할까. 과녁의 한가운데를 쏘아서 어떤 것으로 만들어진 과녁인지 감촉을 한번 살펴보자.

오쓰기는 찻잔을 양손으로 받치고 차를 마시고 있다. 예의 바른 아이다.

오치카는 빈 찻잔을 그 손에서 받아들어 쟁반 위에 놓고 다시 입을 열었다.

"오쓰기, 아까 '귀신'이라고 했지."

단것에 녹아 있던 오쓰기의 얼굴이 갑자기 굳는다.

"아, 네."

"어떤 귀신이었니? 무서운 모습을 하고 있던?"

오쓰기는 눈을 깜박거렸다.

"음. ……그러니까."

작은 목소리로 "사람이에요" 하고 말한다.

"사람?"

"네. 낫짱도 있었으니까."

"낫짱이라는 건 마을 사람이구나."

"네. 작년 여름에 역리로 죽었지만요."

역리, 이질이다.

"돌아왔을 때는 원래의 낫짱 그대로였어요. 우리 아버지가 오나쓰는 망자가 되어도 미인이구나, 라고 했어요."

망자, 죽은 사람이다.

"낫짱은 너랑 사이가 좋았니?"

"네. 오라버니한테 시집을 오기로 했으니까요."

그렇다면 혼기가 찬 아가씨다. 그 아가씨가 죽었다가 망자가 되어 돌아왔다—.

"낫짱이 돌아온 건 언제였지?"

"입춘 다음날이었어요."

오쓰기의 대답은 빠르고 망설임도 없다.

"낫짱은 두 번째였고 맨 처음은 나누시님 댁의 어르신이었어요. 그리고 세 번째가."

돌아온 망자는 한두 명이 아닌 것이다.

오치카가 긴장했음을 알았는지 오쓰기는 말을 끊고 살짝 고개를 갸웃거렸다.

"음, 우리 마을에서는 매년 입춘 전날에 '초롱 축제'를 해요."

이 아이 나름으로 순서를 맞추고자 애쓰고 있다. 오치카는 격려하듯이 고개를 끄덕여 보였다.

"응, 그래서?"

"나누시님 댁의 어르신은 입춘 날 돌아오셨고 그다음이 낫짱이었어요."

"흠흠. 초롱 축제는 고모리 마을에서 만든 행사니?"

"우리 마을만이 아니라 요노 마을이랑 오사키 마을, 고모리 신사의 신자인 세 마을이 다 함께 서로 도와서 하는 행사예요."

"고모리 신사는 고모리 마을에 있는 거야?"

"네. 우리 마을 동쪽의, '빛의 숲'이라는 곳에 작은 사당이 있어요."

빛의 숲. 예쁜 이름이다.

"거기에 아카리 님이 계셔요. 우리들의 논을 지켜 주는 신이에요."

초롱 축제는 겨울 동안 잠들어 있던 논의 신을 깨우기 위한 행사라고 한다.

"아카리 님은 겨울 내내 느긋하게 주무시기 때문에 농사를 시작하기 전에 깨워야 해요. 아카리 님, 내일은 입춘입니다, 하고."

알리는 것이다.

"하지만 아카리 님은 여자 신이라 북이나 징을 쳐서 시끄럽게 하면 안 돼요."

실례가 된다는 뜻일까.

"남자들이 가마를 지고 소란스럽게 구는 것도 싫어하시고요."

부끄러워하는 건지도 모른다.

"그래서 초롱을 켜고 밝게 해서 깨우는 풍습이 있어요."

"초롱 축제는 밤에 하는구나."

"네, 저녁부터 밤, 완전히 깜깜해질 무렵까지 해요. 그때는 아이들이 밤을 새워도 혼나지 않아요. 밥을 지어서 돌리고 모두들 떠들썩하게 보내지요. 정월보다 더 시끄러울 정도예요."

초롱 축제는 고모리 신사의 신자들에게 일 년에 한 번 있는 즐거움일 것이다.

"축제 때는 초롱을 어떻게 하는데? 신사 경내에 장식하는 거니?"

오치카가 묻자 오쓰기는 방 안을 이리저리 둘러보았다. 흑백의 방에도 지금은 불을 켜지 않았지만 상자 초롱이 하나 놓여 있다. 그것을 가리키며,

"생긴 것은 저런데요."

훨씬 더 크다고 한다.

"이이만큼."

양팔을 벌려 보인다.

"세상에, 한아름은 될 것 같구나."

길쭉한 사각형이다.

“아래쪽에 막대를 두 개 꿰어서 짊어질 수 있게 만들어졌어요.”

“신여神輿처럼 말이지.”

“네. 하지만 신여하고는 달라요.”

그게 중요하다는 듯 오쓰기가 목소리에 힘을 준다.

“흔들거나 높이 들어 올리면 안에 든 기름이 쏟아져서 불타 버리니까요.”

안에는 불이 있으니 당연하다.

“살~금, 살~금.”

가만히, 가만히.

“발바닥을 땅에서 떼지 않고 문지르듯이 천천히 걷는 거예요.”

“북이나 징은 하나도 없고?”

“짊어진 사람들의 발을 맞추기 위해서 작은 북을 쳐요.”

쿵, 쿵, 쿵. 느릿하게 간격을 두어, 오쓰기는 작은 손으로 손뼉을 쳐 보여 주었다.

“그리고 촌장님들이 번갈아 가면서 노래를 읊어요.”

꽤 은밀한 축제인 것 같다.

“그러면 아카리 님이 깨어나시는 거구나.”

“네.”

“초롱이 커서.”

“크고 예쁘니까요.”

그림이 그려져 있다고 한다.

“봄꽃이나 야산의 풍경이나 동화에 나오는 사람의 모습을 그려요. 색깔도 가득 입혀서요."

"초롱이라기보다는 등롱 같네."

"하지만 크기가 커요. 이마안큼."

오쓰기가 또 팔을 벌렸다. 한껏 펼치려고 반쯤 무릎으로 섰다.

"하나의 마을에서 하나의 초롱을 짊어지는 거니?"

당치도 않다는 듯 오쓰기는 단호하게 고개를 가로저었다.

"우리 마을만 해도 다섯 개는 나가요. 요노 마을도 다섯 개, 오사키 마을은 여덟 개가 나오지요."

오치카는 감탄했다. 달력상으로는 봄이지만 아직 쌀쌀한 저녁부터 밤에 걸쳐서 한아름이나 되는 크기에 갖가지 색깔의 그림을 그린 초롱 열여덟 개를 남자들이 짊어지고 쓰루미가와 강 북쪽의 논 사이를 조용히 걷는 것이다. 떠올리기만 해도 아름다운 광경 아닌가.

"어머나. ……예쁘겠다."

"극락정토 같은 광경이라고 우리 할머니는 말했어요."

악기가 북 하나라는 것도 마음에 든다.

아카리 님, 올해도 예쁜 초롱을 보여 드리겠습니다. 내일은 입춘입니다. 밤이 새면 깨어나 주십시오—.

"그 초롱은 마을 사람들이 다 같이 만드는 거겠지."

"네!"

오쓰기가 힘주어 말하는 모습이 귀엽다.

"가을걷이가 끝난 후부터 다 함께 조금씩 준비를 시작해요. 초롱을 짊어질 막대로 쓸 나무는 여름부터 베어서 잘 말려 두고요."

초롱에 바르는 종이는 장지 종이지만 색이 예쁘게 나고 번지지 않도록 기름이나 밀초를 바르기도 한다고 오쓰기는 덧붙였다.

"그림을 그리는 물감은 어떻게 구하는데?"

"나무 열매나 풀에서 즙을 우려내 만드는데 그것만으로는 부족하니까 나누시님이 에도에서 사다 주시기도 해요."

고모리 신사에 기부하는 것이니 나누시도 협력하는 모양이다.

"옛날에 할머니가 저만 할 때는 그렇게까지 큰 규모는 아니었대요. 초롱의 수도 적었고 그림도 먹으로 선을 그리고 붉은색이나 남색을 조금 칠하는 정도였고요."

시간이 지날수록 점점 화려해진 까닭은 그만큼 고모리 신사의 신자인 세 마을이 풍요로워졌기 때문이리라.

그렇다고 해도 이상하다. 설명만 들어도 아름다운 풍경이 눈앞에 떠오르는 듯한 초롱 축제를 지금껏 오치카 자신이 몰랐다는 것은.

"내가 본가에 있을 때, 나카하라 가도 근처에 그런 예쁜 축제가 있다는 얘기는 소문으로도 들은 적이 없었는데."

여행하는 사람은 물론이고 산천유람을 좋아하는 에도 사람들이 모여들어도 좋을 것 같은 축제다.

"아아. ……그거요?"

오쓰기가 조금 거북한 듯한 얼굴을 한다.

"초롱 축제는 타지 사람한테는 보여 주면 안 되는 것으로 정해져 있어서요."

"세상에. 아까울 것 같은데."

"아카리 님은 소란스러운 걸 싫어하시니까요."

그랬다. 밤의 축제는 어디까지나 조용하고 평온하게 이루어져야 한다.

"마을 사람들도 축제에 대해서 말하고 다니지는 않아요. 가끔 나누시님 댁에 손님이 오긴 하는데 그것도 정말로 어쩔 수 없을 때만 있는 일이고요."

오쓰기의 매끈매끈한 이마에 얕은 주름이 생겼다.

"이번에도 나누시님 댁에 화가 선생님이 안 계셨다면 그런 소동은 일어나지 않았을지도 몰라요."

깊이 곱씹는 듯한 중얼거림이었다.

여기에서 재촉해서는 안 된다.

오치카는 물었다.

"초롱을 짊어지는 사람은 정해져 있니?"

"네. 마을의 한 집에서 한 명이나 두 명씩."

남자뿐이라고 한다.

"여자는 들어갈 수 없어요. 그러니까 집에서 밥을 지으며 기다리는 거예요."

"초롱을 짊어진 사람들은 밤새도록 걸어 다니는 거야?"

"요노 마을이랑 오사키 마을의 초롱은 자기네 마을 안을 쭉 돌고 나서 고모리 신사로 와요. 우리 마을의 초롱은 일단 마을 경계

쪽까지 한 바퀴 돌고 고모리 신사로 돌아오고요.”

신사에 도착하면 순서대로 그 자리에서 초롱을 끄고 내려놓은 후,

“부숴 버려요.”

초롱이니 크기는 커도 구조는 허술할 것이다. 부수는 일은 어렵지 않겠지만 그것도 아깝다.

“부서진 초롱은 경내에 쌓아 올리고 모닥불을 피워요.”

모닥불 피우기를 지휘하는 것은 고모리 신사의 신관과 나누시, 그리고 세 마을의 장로들이다. 초롱을 짊어졌던 초롱꾼들은 모닥불의 불빛을 받으며 참배를 하고 각자 집으로 돌아간다.

이후에는 연회가 열린다.

“밤새 먹고 마시지만 날이 밝으면 아카리 님을 깨우는데 신자들이 늦잠을 자면 안 되니까, 우리는 입춘 날이면 졸려요.”

오쓰기가 정말로 졸린 듯이 눈을 끔벅거려 보인다. 오치카는 웃었다.

“하지만 즐거울 것 같아.”

밤 축제 후의 연회에는 맛있는 음식도 나오겠지. 정월보다 더 떠들썩하다는 것도 납득이 간다.

“신관은 정해진 집안의 사람이 맡는 거니?”

“네. 대대로 오사키 마을에 계세요. 아카리 님도 옛날에는 오사키 마을의 숲에 계셨는데 산불 때문에 사당의 도리이가 완전히 그을려 버려서 불길하니까 우리 쪽으로 옮겨 오신 거라고, 할머

니가 그랬어요."

토지신의 작은 사당에도 나름대로의 역사가 있는 법이다. 초롱 축제가 그런 형태로 성립하기까지도 분명히 사연이 있으리라.

이야기의 토대는 대강 알았다. 슬슬 오쓰기가 '그런 소동'이라고 말했던 본론 쪽으로 들어가 보자.

"올해 입춘 무렵에 에도는 엄청 추웠어. 눈이 흩뿌리기도 했지."

견습 점원 신타는 감기에 걸려 재채기를 연발했다. 대행수 야소스케는 원래 허리가 안 좋은데 이렇게 추우면 견딜 수가 없다고 신음하며 허리를 기역 자로 구부리고 걸어 다녔다.

"고모리 마을도 추웠지? 올해 초롱 축제는 어땠니?"

오쓰기의 뺨이 굳었다.

"그게…… 올해는, 초롱 축제를 할 수 없었어요."

제1영주의 명령이었다고 한다.

"작년 구월 초에 나누시님이 에도의 영주님을 찾아뵈었을 때 그런 분부가 있었대요."

"어째서인지 이유는 아니?"

"전달에 영주님 댁에서 아기가 유, 유, 유명을 달리하셨대요."

유명을 달리했다는 말은 오쓰기가 전해 들은 것이리라.

"너무 시시콜콜 확인하는 것 같지만, 무슨 일인지는 알지? 아기가 죽었다는 뜻이야."

"네, 그렇게 배웠어요."

여자아이라고 하니 하타모토님의 따님이었겠지.

“나이는 세 살인데 마진홍역의 옛말 때문이었대요. 좋아졌다가 다시 안 좋아져서, 갖은 방법을 다 썼지만 소용이 없었다고요.”

아이의 병세를 지켜보며 간병했던 부모에게 이보다 더 큰 슬픔이 있었을까. 하지만 그렇다고 자신의 영지 사람들의 중요한 축제를 금한다는 것은 약간 횡포가 아닌가.

“초롱 축제는 조용한 행사인데.”

수수한 먹으로 초롱에 그림을 그리던 옛날에는 오히려 장례 행렬처럼 차분하게 보이기까지 했을지도 모르는 축제인데.

네, 하고 고개를 끄덕이며 오쓰기가 아련한 눈을 했다.

추수가 끝나고 마른 논에 가을바람이 불어온다.

줄줄이 늘어선 걸잇대에 묶은 볏짚들이 금색 아침 햇빛을 받고 있다. 발끝까지 다 드러난 허수아비들은 느긋한 것 같기도 하고 쓸쓸해 보이기도 한다.

감자밭이나 파밭에서는 사람들이 분주하게 일하는 중이다. 논두렁길의 제방에서 잡곡을 거두어들이는 사람도 있다.

하늘은 푸르다. 하지만 이제 눈부시지는 않다. 눈 위에 손으로 차양을 만들지 않아도 찬찬히 마을의 가을 풍경을 바라볼 수 있다. 바람이 다소 차갑게 느껴질 정도다.

“오쓰기, 세상에, 너 옻잎을 따 왔구나.”

뒤에서 오타마가 새된 소리를 질렀다. 오쓰기가 등에 멘 바구니에서 나뭇잎을 끄집어내고 있다.

"아니야. 옻은 나뭇잎의 모양이 다르다고."

"아니, 이건 옻이야. 잘 보라니까."

오타마가 삐죽삐죽한 나뭇잎을 오쓰기의 뺨에 가져다 대려고 한다.

"오쓰기 덤벙쟁이. 이제 옻이 올라서 부을 거야. 가려워질 거라고."

"하지 말라니까. 오타마. 넌 어째서 그렇게 심술궂은 거야."

오타마는 고모리 마을의 아이로 오쓰기보다 두 살 위다. 언니인데도 걸핏하면 장난을 치며 오쓰기를 놀리곤 한다.

—고사쿠 씨네 집은 다들 까불이라니까.

오쓰기의 어머니가 오타마네 집 사람들을 가리키며 종종 하는 말이다. 소란스러운 장난꾸러기라는 뜻을 담아서.

오쓰기와 오타마는 근처 언덕의 숲에서 초롱 그림을 그리기 위한 안료 재료를 모아 온 참이다. 아래 덤불까지 헤치고 들어가 일각(약 두 시간)이 넘도록 열심히 땄다. 덕분에 등에 멘 바구니는 가득 찼지만 이런 정도로는 아직 부족하다. 안료는 졸일 때나 짤 때 조금이라도 잘못하면 금세 빛깔이 탁해져서 실패하게 된다.

"오쓰기, 나는 내년 이맘때면 네 언니가 될 거란 말이야. 심술궂다고 말하면 화낸다. 진짜로 때려 줄 거야."

"그거야 모를 일이지."

"맞거든. 우리 아버지가 그렇게 말했는걸."

오쓰기의 아버지와 오타마의 아버지 고사쿠는 같은 소작인이다. 오쓰기에게는 잇페이라는 오라비가 있다. 나이는 열일곱. 어엿하게 제 몫을 해내는 일꾼으로 성장한 잇페이는 돌아오는 봄에 혼인할 예정이었다.

상대는 고모리 마을의 아가씨인 오나쓰로 잇페이와 같은 나이다. 아니, 같은 나이였다. 오나쓰는 이제 나이를 먹지 않는다. 한창 더운 여름에 역리에 걸려 어이없이 죽고 말았기 때문이다.

혼인이라고 해도 무언가 거창하게 하려던 것은 아니다. 촌장의 허락을 받고 부부의 맹세를 하는 잔을 나눌 뿐이다. 그래도 오쓰기는 오라비의 혼인을 기대하고 있었다. 어릴 때부터 오나쓰와 사이가 좋았기 때문이다.

어려서 부모를 잃은 오나쓰는 논을 가진 숙부의 집에서 살았다. 더부살이라 불안한 처지였지만 마음씨가 착하고 부지런했다. 얼굴도 오타마 따위보다 훨씬 예뻤다. 잇페이와 어울리는 부부가 되었을 것이다.

논을 가졌다고는 하지만 오나쓰의 숙부도 지주는 아니다. 이 근처의 농지는 모두 영주의 소유다. 마을에서 논을 갖고 있는 사람은, 예를 들어 '북쪽의 관개용수에서 남쪽으로 서른 자리의 논을 경작해도 된다'는 증문證文을 받아 소작인을 고용할 수 있다. 따라서 소작인에게는 으스대지만 촌장에게는 꼼짝도 못 한다. 촌장 위에는 나누시가 있고 제일 위에 영주가 있다. 고모리 마을에는 영주가 셋이나 있다. 오쓰기에게 영주님은 신과 비슷할 정도로 높은 분이다.

그런 높은 분이라면 혹시 알지 않을까. 어째서 착한 오나쓰가 덜컥 죽어 버리고 오타마 같은 까불이가 끈질기게 건강한 건지.

—벼가 시들도록 가물어도 잡초는 시들지 않잖아. 사람도 마찬가지란다.

어머니는 그렇게 말했던가. 역시 오타마가 싫은 것이다.

오나쓰가 죽자 조촐한 장례식이 끝나기도 전에 오타마는 잇페이를 따라다녔다. 오쓰기 앞에서도 뻔뻔스럽게 새언니 행세를 하기 시작했다. 마을에서 잇페이에게 어울릴 만한 아가씨는 오타마 외에도 있지만 고사쿠 씨네 집은 소작인 공동주택에서 오쓰기네 바로 옆이기 때문에 가깝고 친하다. 따라서 오타마는 잇페이의 색시가 될 거라고 멋대로 착각한 듯하다. 오나쓰와 혼담이 오갈 때는 혼자서 뾰로통해져 화를 내더니 방해꾼인 오나쓰가 사라지자 손바닥을 뒤집은 것처럼 기분이 좋아진 모양이다. 그래서 오늘도 이렇게 오쓰기에게 달라붙어 장난을 치고 있는 것이다.

—작년에 실수로 따 와서 옻이 올랐던 건 너잖아.

오타마는 양손의 손가락뿐만 아니라 뺨과 눈꺼풀도 퉁퉁 부어서 형편없는 얼굴이 되고 말았다. 오쓰기는 너무 큰 소리로 웃지 않도록 조심했지만 어쨌거나 이웃집의 일이니 오타마의 귀에도 들어갔으리라. 그게 탈이 된 모양이다. 정말이지 귀찮기 그지없다.

새삼 오나쓰가 없는 것이 쓸쓸하게 느껴진다.

오나쓰가 죽었을 때는, 매일매일 하녀처럼 부려먹기만 하던 숙부조차 슬퍼했다. 이렇게 빨리 저세상으로 가 버릴 줄 알았다면 더 잘해 줄걸 그랬다고 말해서 숙모가 노려보았을 정도다.

잇페이의 심정이야 오죽했으랴.

오나쓰가 역리에 걸리자 마을 사람들은 모두 가까이 갈 수 없게 되었기 때문에 얼굴도 보기 힘들었다. 잇페이는 숲으로 들어가 오사키 마을이나 요노 마을까지 오가며 역리에 잘 듣는 약초를 찾아다녔다. 그러면 생업에 소홀해진다고 아버지가 화를 내도 포기하지 않았다.

하지만 오나쓰는 죽고 말았다. 잇페이는 하루 종일 넋이 나간 것처럼 주저앉아 있었다.

지금 콧노래를 부르며 발걸음도 가볍게 걷는 오타마는 아니꼬울 정도로 튼튼해 보인다. 오나쓰가 죽고 석 달 가까이 지났지만 잇페이는 아직도 넋이 나간 것처럼 멍하니 있을 때가 많은데.

오타마는 그런 오라비의 기분을 모르는 걸까.

"응? 오쓰기, 잠깐, 잠깐."

오타마가 걸음을 멈추고 소리를 질렀다.

"저거, 오사키 마을의 촌장님 아니야?"

그렇게 말하면서 나누시의 저택 쪽으로 팔을 뻗어 가리킨다.

산울타리와 방풍림에 둘러싸인 초가지붕의 저택은 고모리 마을 전체를 둘러볼 수 있도록 마을 이쪽의 완만한 언덕 위에 지어졌다. 그래서 논두렁길을 지나 그곳에 드나드는 사람이 있으면 논을 몇 자리 사이에 두고도 잘 보인다.

과연, 작업복을 입은 사환 아이를 데리고 서두르는 걸음으로 나누시의 집을 향해 가는 한텐마고자 비슷한 짧은 웃도리. 보통 작업복으로 입는다 차림의 사람이 눈에 띄었다. 얼굴까지는 알아볼 수 없지만 '밝은 남색의 한텐은 초롱 축제 때 오사키 마을의 남자들이 입는 옷인데' 하고 생각한 오쓰기는 허둥지둥 오타마의 팔꿈치 언저리를 붙잡아 팔을 내리게 했다.

"손가락질을 하면 안 돼."

오타마는 정말이지 예의가 없다. 소작인끼리도 해서는 안 되는 짓이고 상대가 촌장이라면 더더욱 그렇다.

오타마는 햇빛에 눈이 부시다는 듯 가늘게 뜨며 물끄러미 그쪽을 바라보고 있다.

"같이 있는 건 로쿠스케야."

나누시의 저택에서 일하는 고모리 마을의 남자아이다.

"뭘까. 서두르는 것 같은데."

"분명히 회합일 거야."

"아니, 날짜가 달라."

고모리 마을, 오사키 마을, 요노 마을은 합동으로 축제를 할 정도이니 평소에도 교류가 잦다. 그렇기 때문에 고모리 마을의 오쓰기나 오타마도 오사키 마을이나 요노 마을의 촌장 얼굴을 기억하는 것이다.

촌장들도 자주 모여서 이야기를 나누는데 회합의 날짜는 미리 정해져 있다. 오타마는 오늘은 그날이 아니라고 말한 것이다.

오쓰기가 놀란 표정을 지으며 물었다.

"오타마, 그런 걸 어떻게 알아?"

"회합이 있는 날 소작인들이 게으름을 피우면 면목이 서질 않는다면서 감독관들이 호되게 야단을 치거든. 우리 아버지도 그날은 특히 조심하지."

흐음, 그래서인가.

"로쿠스케가 오사키 마을까지 심부름을 가서 그쪽의 촌장을 불러온 거야. 뭔가 심상치 않은 일이야."

오타마가 가벼운 말투로 단언한다.

"잠깐 들러서 로쿠스케한테 물어볼까?"

"그러지 마."

대화를 나누는 사이에 논두렁길의 두 사람은 산울타리 안쪽으로 들어가고 말았다.

"꾸물거리지 말고 빨리 돌아가자."

오쓰기는 오타마를 재촉했다. 집에 가면 곧장 등에 멘 바구니의 내용물을 펼쳐서 햇볕에 말린 다음, 푸성귀를 솎아 내고 있는 어머니들을 도우러 가야 한다. 지금 시기에 솎아 내는 어린 푸성귀는 만물 채소로 에도 시중에서 비싸게 팔리기 때문에 이 작업은 무척 중요한 일이다.

여전히 나누시의 저택 쪽에 정신이 팔려 있는 오타마의 소매를 잡아당겨 걸음을 옮기려는 찰나, 이번에는 오쓰기의 시선이 한곳에 딱 멈추고 말았다.

누군가가 몇 자리나 이어져 있는 논의 가장자리를 종횡무진으로 통과하며 나누시의 저택을 향해 바쁜 걸음을 옮기고 있던 것이다. 짙은 남색 한텐은 요노 마을의 남자가 입는 옷인데, 그 남자 뒤에서 여자 한 명이 뒤처지지 않도록 종종걸음 치며 바싹 쫓아오고 있다. 나누시 댁의 오마쓰라는 하녀다.

"—요노 마을에서도 왔어."

오쓰기가 중얼거리자 오타마가 고개를 틀어 그쪽을 돌아보았다.

"정말이네. 저건 요노 마을의 촌장님이야."

이번에 온 두 사람은 오쓰기 일행 앞을 가로지르고 있기 때문에 거리상으로 아까의 두 사람보다 가깝다. 앞만 보고 길을 서두르는 요노 마을의 촌장과 달리 오마쓰는 논두렁길에 있는 오쓰기와 오타마를 알아보았다. 이내 잔걸음을 멈추고 숨을 헐떡이면서 큰 소리로 "너희들, 그런 곳에서 농땡이나 치고 뭐 하는 거니" 하며 오쓰기 일행을 쫓아내듯이 손을 흔든다.

오타마가 오마쓰 쪽으로 달려갔다. 오쓰기도 당황해서 뒤를 쫓았다.

"우리는 숲에 갔다가 돌아온 거야."

멈추어 서니 숨이 찬 모양이다. 오마쓰는 무릎에 손을 대고 헉헉거렸다.

"아아, 안료 재료, 따러 갔구나."

오쓰기가 등에 멘 바구니를 기울여 보인다.

"응, 많이 땄어."

"그래?"

오마쓰는 점점 앞으로 가 버리는 촌장의 등을 향해 시선을 던졌다. 촌장은 이쪽을 돌아보지도 않는다.

"너희들은, 빨리, 집에 가서—."

오마쓰는 땀을 닦고 길게 숨을 내쉬었다.

"밭에 나가. 어쩌면 올해는 안료가 필요 없을지도 몰라."

오쓰기와 오타마는 입을 모아 "뭐!" 하고 소리를 질렀다.

오마쓰가 또 요노 마을의 촌장 쪽을 힐끔 쳐다본다. 짙은 남색 한텐의 등이 나누시의 저택 산울타리 너머로 사라졌다.

"아아, 힘들어 죽을 뻔했다. 요노 마을 규조 촌장님은 우리 아버지보다 더 나이를 먹었는데 어째서 저렇게 걸음이 빠른 거지?"

요노 마을은 고모리 마을에서 삼 리 남짓 떨어져 있다. 오마쓰는 그 길을 내내 잔걸음으로 달려온 모양이다. 그것은 다시 말해서, 요노 마을의 촌장 규조가 굉장한 기세로 나누시의 저택을 향해 달려왔다는 뜻이다.

"어째서 올해는 안료가 필요 없다는 거야?"

오타마가 덤벼들자 오마쓰도 말실수를 했다는 걸 깨달은 듯하다. 표정이 씁쓸해진다.

"어쩌면 그럴 수도 있다는 거야. 아직 몰라. 그러니까 말하고 다니면 안 돼."

"응, 말하고 다니지 않을게. 그런데 어째서?"

오마쓰는 목소리를 낮추었다.

"―초롱 축제가 없을지도 모르기 때문이야."

이 말에 놀란 오쓰기는 "뭐!"라고 외칠 수도 없었다.

오타마는 달랐다. 비웃듯이 코웃음을 치며 말한다.

"그럴 리가 없어."

"그렇지. 지금껏 한 번도 그런 일은 없었으니까 앞으로도 있어선 안 돼."

오마쓰는 나누시의 저택 쪽을 바라보았다. 불안한 듯 눈을 가늘게 뜨고 있다.

"그러니까 촌장들이 모여서 지금부터 나누시님이랑 상의하려는 거야. 자자, 둘 다 얼른 집에 가. 다른 사람들한테는 아무 말도 하지 말고."

하지만 그렇게 다짐을 받았는데도 오타마는 곧장 떠들고 다니기 시작했다. 다음 초롱 축제는 없을지도 모른대. 축제를 할 수 없게 될 만한 일이 일어나서 나누시님의 저택에 촌장님들이 안색을 바꾸고 모여 있어.

고모리 마을의 사람들은 그렇게 쉽게 오타마에게 넘어가지는 않았다. 어른들은 눈썹을 찌푸리며 흘려들었고, 아이들은 초롱 축제가 없다니 말도 안 된다고 아직 잠이 덜 깬 거 아니냐며 당사자인 오타마가 아까 오마쓰에게 그랬듯 코웃음을 쳤다.

촌장들이 그날 무슨 얘기를 나누었는지 알게 된 것은 사흘 후해 질 녘에 소작인 우두머리에게 불려 나간 오쓰기의 아버지를 비롯한 소작인들이 밤이 되어서야 겨우 공동주택으로 돌아왔을 때였다. 아이들은 이미 자고 있었다.

오쓰기의 아버지는 아직 철없는 딸들의 잠든 얼굴을 보고, 잇페이와 오쓰기를 깨워 소작인 우두머리 조키치 씨에게서 들은 이야기를 가르쳐 주었다.

"바로 얼마 전에 에도 제1영주님의 저택에서 아가씨가 마진으로 돌아가시고 말았다는구나."

어머니도 잇페이도 오쓰기도 그렇게 놀라지는 않았다. 마진은 아이들에게 흔한 병이다. 가볍게 넘기지 못하고 죽을 때도 있다.

원래 고모리 마을 같은 곳에서는 아이가 죽는 일 자체가 드물지 않다. 오쓰기의 집에서도 잇페이 위의 오라비, 잇페이와 오쓰기 사이에 있던 누이, 두 여동생 사이에 있던 남동생이 모두 아기 때 죽었다.

빛의 숲의 고모리 신사 뒤쪽에는 무덤이 있다. 신자들의 집에서 일곱 살이 되기 전에 죽은 아이는 그곳에 묻는 게 규칙이다. 무덤에 솔도파나 비석 같은 것은 없다. 춘분과 추분, 그리고 초롱 축제 때만 묻힌 아이들의 가족이 거기에 바람개비를 세운다. 초롱 축제 때는 초롱에 색을 칠하기 위한 안료가 있기 때문에 춘분이나 추분 때보다 색깔이 예쁜 바람개비를 만들어 세울 수 있다.

"그래서 내년 입춘 때는 제1영주님 댁이 아직, 사, 상중인 셈이니까 우리가 축제 같은 걸 해서는 안 된다고. 나누시님이 에도에

가셨을 때 엄한 분부를 내리셨다는구나.”

아버지는 몹시 험악한 얼굴을 하고 있었다. 잇페이는 멍하니 아무 말도 하지 않는다. 갑자기 잠을 깨서가 아니라 밤이 되면 생각이 많아지거나 오나쓰의 꿈을 꾸는 일이 많기 때문일 것이다. 오쓰기는 오마쓰에게서 들은 이야기가 사실이었음을 깨닫고 깜짝 놀랐다가 그런 기색을 아버지에게 들키지 않으려고 일부러 졸린 듯이 눈을 비볐다.

어머니가 풀죽은 듯이 말한다. “그럼 내년 봄에는 바람개비도 세울 수 없나?”

어머니의 머리에 죽은 아기들이 떠오른 것이다.

“바람개비는 바쳐도 상관없겠지.”

“조키치 씨는 뭐라고 해요?”

“그 사람도 촌장의 지시를 가져왔을 뿐이야.”

“그럼 당신이 촌장한테 물어봐 줘요.”

오코—하고, 아버지는 보기 드물게 어머니의 이름을 부르며 달래듯이 그 등을 가볍게 두드렸다.

“정신 바짝 차려. 바람개비보다 초롱 축제를 할 수 없을지도 모른다는 게 훨씬 더 중요하다고. 만일 축제를 하지 못해서 입춘 때 아카리 님을 깨우지 못한다면 흉작이 들 거야.”

아버지는 강하게 단언했다. 너무나 단호한 말투여서 오쓰기는 저도 모르게 묻고 말았다.

“지금까지 초롱 축제를 하지 못한 적은 한 번도 없었잖아요?

없었는데 어떻게 흉작이 들 거라는 걸 알 수 있나요?"

아버지의 얼굴이 더욱 험악해졌다.

"한 번도 없었다는 얘기를 누구한테 들었니?"

오쓰기는 목을 움츠렸다. "저는 초롱 축제가 없었던 해는 모르는걸요."

"너는 다 함께 풀뿌리를 캐먹어야 하는 흉작도 모르잖니. 함부로 말하지 마라."

아네 모르네 하는 얘기가 아니라고 꾸짖듯이 말한다.

"초롱 축제는 우리가 아카리 님을 잘 모시고 있습니다, 하는 것을 알리기 위한 중요한 풍습이야. 하지 않는다는 일은 있어선 안 돼."

"하지만 제1영주님이—."

나누시도 영주의 위광을 거스를 수는 없다. 그쯤은 어린아이인 오쓰기도 알고 있다.

"그러니까 제2영주님과 제3영주님 쪽에서 중재해 주십사 부탁하려고. 나누시님이 지금부터 애써 주실 거다."

뭐야, 그렇다면 걱정할 필요가 없지 않은가.

"다만 오쓰기—잇페이 너도 잘 들어."

눈이 흐리멍덩한 오라비의 어깨를 움켜쥐고 아버지는 거칠게 흔들었다.

"우리가 영주님의 기분을 상하게 하면 중재고 뭐고 없어. 앞으로는 고분고분 지내야 한다."

고분고분이라는 말을 오쓰기는 처음 들었다. 아버지도 그런 말은 처음 하지 않았을까. 촌장이 말하고, 그것을 듣고 온 조키치 씨가 말하고, 아버지도 흉내를 내고 있는 것이리라. 그러면서 자세를 고쳐 앉은 아버지가 무릎에 손을 올려놓았기 때문에, 요컨대 얌전히, 유순하게 지내라는 뜻일 거라고 오쓰기는 짐작했다.

"나누시님은 우리에 대해서도, 고모리 신사에 대해서도 잘 아시니까. 초롱 축제를 할 수 있도록 반드시 손을 써 보겠다고 말씀해 주셨다. 그러니까 준비를 그만두지는 마. 오쓰기, 너는 요즘 숲에 다닌다면서?"

"응."

"또 가도 된다. 안료를 만들려면 풀이나 나무 열매가 많이 필요하니까."

단, 몰래 가렴.

"초롱 축제가 기대된다거나 하는 말은 실수로라도 입에 담아선 안 돼. 몰래 준비해 두는 거야. 우리 마을만이 아니야. 오사키에서도 요노에서도 몰래 준비를 해 두자고, 촌장들이 모여서 결정했다는구나."

그걸 논의하는 회합이었구나 하고 오쓰기는 납득했다.

"영주님이 마을에 오시는 일은 없어. 그런 수고를 하지 않으시도록 나누시님이 있는 거니까. 하지만 그 나누시님이 어떻게든 축제를 하게 해 달라고, 제1영주님의 심기를 거스르려고 하는 거니까 영주님이 화를 내시거나 수상하게 여기실지도 모르잖니."

고모리 신사의 신자인 세 마을이 에도에서 멀리 떨어져 있다면 나누시도 그렇게까지 걱정하지는 않으리라. 하지만 공교롭게도 이틀이면 오갈 수 있는 거리다. 제1영주가 신하에게 상황을 보고 오라고 명령한다면 쉽게 올 수 있다. 그러다 엄하게 복상服喪을 명받은 마을 사람들이 신나게 내년 봄 축제 준비를 하고 있는 것이 탄로 나면 나누시는 목이 날아가고 만다.

"제2영주님과 제3영주님이 중재를 해 주실 때까지 좀 기다리면 되는 거 아니에요?"

잇페이가 입을 열고 잠꼬대처럼 낮게 말한다. 어머니도 고개를 끄덕였다.

"맞아. 그게 더 좋지 않을까요?"

아버지는 팔짱을 꼈다.

"기다려도 허락이 나올지 어떨지 알 수 없잖아."

배 속에서부터 으르렁거리는 것 같은 화난 목소리다.

"촌장님은, 요노도 오사키도 그렇지만, 어떻게 해서라도 초롱 축제는 해야 한다고 뜻을 굳혔어. 만약 허가를 받지 못한다면 축제도 몰래 할 거다."

"나는 그런 건 싫어요."

"당신, 촌장님을 거역할 거야?"

어머니는 고개를 떨구고 말았다.

"무엇보다 초롱 축제를 준비하는 데는 수고가 들어. 허가가 나올 때까지 기다리고 있다간 좋은 초롱을 만들 수 없어. 허겁지겁 만든 초롱을 보여 드리면, 이번에는 아카리 님이 화를 내실지도 모른다고."

소작인 우두머리인 조키치는 성격이 거칠다. 아버지는 조키치에게 협박을 당해서 속이 부글부글 끓고 있는지도 모른다. 그래서 오쓰기와 가족들에게 공연히 화풀이를 하는 것이 아닐까.

"상중이라면 우리도 마찬가지예요."

어머니가 눈을 들고 잇페이를 바라보았다. 아버지의 얼굴이 빨개졌다.

"멍청한 놈, 언제까지 훌쩍훌쩍 울고 있을 거냐!"

이로리마룻바닥을 네모지게 파내고 난방 · 취사용 불을 피우게 만든 장치의 장작이 한층 더 크게 튀어, 오쓰기는 펄쩍 뛰어오를 뻔했다.

이야기를 끊기에 적당한 때라고 여긴 오치카가 두 개째의 만주를 손에 올려 주자 오쓰기는 그것을 양손으로 꼭 감쌌다.

"맛있니?"

"네."

고모리 마을은 에도 근교의 풍요로운 땅이지만 그래도 소작인의 아이에게 이런 과자는 터무니없는 사치품일 것이다. 실컷 먹여 주고 싶다.

"아가씨, 사실을 말하면 저는요."

단것 덕분인지 오쓰기의 입도 많이 풀린 것 같다.

"아버지의 얘기를 들을 때는 상중이라는 게 뭔지 잘 몰랐어요.

마을에서는 누군가 죽어서 땅에 묻고 나면 다른 사람들은 곧 논이나 밭에 나가니까요."

"그렇겠지."

복장을 수수하게 바꾼다거나 음주가무를 삼가는 일은 애초에 있을 수 없다.

"오라버니가 말해 줘서 겨우 알았어요. 누군가 죽어서, 슬프다 슬프다 하면서 풀이 죽어 있는 거라는 걸."

"응. 그러니까 축제나 경사는 삼가는 거야. 대개 일 년 정도이려나."

오쓰기가 만주를 손에 든 채 깊이 고개를 끄덕인다.

"저는 제1영주님에 대해서도 아가씨에 대해서도 몰라요. 구름 위의 분이니까요. 다만 오라버니가 낫짱을 생각하면서 슬퍼하고 멍하니 있는 거랑 마찬가지라면 제1영주님이 축제 같은 걸 해서는 안 된다고 분부하시는 것도 어쩔 수 없겠구나 싶었어요."

이 아이는 머리도 좋고 남의 기분을 헤아릴 만한 눈치도 있다. 오치카는 '두 번 다시 있어서는 안 되는' 일에 대해서 윗분께 말씀드리기 위해 나누시가 오쓰기를 골라 에도로 데려온 것은 잘한 선택이라고 생각했다.

"그래서 마을 사람들은, 우선은 촌장님의 말씀대로 몰래 축제 준비를 계속했니?"

"네. 그 무렵에는 안료의 재료를 모으거나 초롱에 그릴 그림을 어떻게 할지 상의하는 자잘한 일들뿐이었으니까요. 밭일도 아직 바빠서 모두가 다 축제 준비에 매달릴 수는 없었고요.”

해가 점점 짧아지면서 농사에 쓸 수 있는 시간도 적어져 간다. 에도의 가을은 풍류가 넘쳐서 사람들은 모두 근교에 단풍놀이나 달구경을 하러 나가고 미시마야도 이 계절에만 쓸 수 있는 잡화를 찾는 손님들로 붐비지만, 농촌에 그런 여유가 있을 리 없다.

“제가 숲에 들어가는 것도 사흘이나 나흘에 한 번 정도였어요. 그리고, 또—.”

갑자기 오쓰기가 배시시 웃는다.

“오마쓰 씨가 입막음을 했는데도 이것저것 떠들고 다닌 걸 들킨 오타마는 초롱 축제 준비에서 쫓겨나고 말았거든요.”

몰래 일을 진행해야 하니 까불이는 곤란하다.

“오타마도 너한테 참견할 수 없게 된 거로구나.”

“네. 밭에서는 소작인 우두머리가 감시하고 있으니까 오라버니를 따라다닐 수도 없었어요. 공동주택에 돌아간 후에는 우리 아버지가 무서운 얼굴을 하고 있고.”

둘이서 아하하 하고 웃었다. 오치카는 오쓰기의 오라비인 잇페이가 불쌍해서 견딜 수 없었기 때문에 그 웃음에는 안도도 담겨 있었다.

“마을은 사방이 숲으로 에워싸여 있지만 저는 할머니와 자주 숲을 산책하곤 해서 혼자 가도 길을 잃지는 않아요. 할머니한테는 안료의 재료가 되는 풀이나 나무 열매에 대해, 먹어도 되는 버섯이랑 안 되는 버섯에 대해 많이 배웠기 때문에 숲에 들어가서 등에 멘 바구니를 가득 채우는 건 즐거웠어요."

오쓰기의 그런 야무진 면은 한 가지 의외의 역할을 맡는 결과로 이어졌다.

"숲도 나뭇잎이 떨어지고 시들기 시작할 시월 무렵이었어요. 저는 숲에 갈 때 손님을 한 분 모시고 가라고, 촌장님한테 분부를 받았어요."

초봄부터 나누시의 저택 별채에 머물고 있는 화가를 안내해 가라는 것이다.

나누시의 손님인 화가는 이야기 초입에도 얼핏 나왔다. 이 인물이 없었다면 '그런 소동'은 일어나지 않았을지도 모른다고.

"그분은 어떤 사람이었니?"

특이한 분이라고, 고모리 마을 사람들은 생각했다.

화가의 이름은 이와이 세키조라고 한다. 세키조는 호이고, 본인은 마을 사람들에게 "이와이 요노스케라고 합니다, 앞으로 잘 부탁드립니다" 하고 인사했지만 나누시가 '이와이 선생님'이라고 부르곤 했기 때문에 마을 사람들도 선생님, 선생님 하고 불렀다.

"그림 수업에 전념하기 위해서 칼을 버린 분이지만 원래는 무사님이다. 만에 하나라도 실례가 있어서는 안 될 것이야."

나누시의 분부에 마을 사람들도 벌벌 떨며 경외시했지만 막상 본인은 전혀 까다로운 구석이 없었다. 나이는 서른 중반 정도일까. 빗어 넘겨 뒤통수에서 묶은 머리카락은 까맸지만 야윈 탓인지 얼굴에는 주름이 많고 오른쪽 송곳니가 하나 빠져 있는 것이 몹시 눈에 띄었다. 화가의 시중을 들던 하녀 오마쓰는,

"그 이가 빠진 곳에 곰방대를 끼우고 살담배를 피우신다니까."

그러다간 곧 양옆의 이도 상하고 말 텐데, 라고 말하곤 했다.

이와이 선생은 화첩과 휴대용 필묵을 끼고 자주 마을 안을 돌아다녔다. 그러고는 가는 곳마다 그림을 그린다. 마을 사람들이 논에 가래질하는 모습. 못자리를 만드는 모습. 메밀이나 나물의 씨를 뿌리고 감자의 포기를 나누는 모습. 논에서, 밭에서, 물가에서, 들길에서 질리지도 않고 그리고 또 그린다. 통소매 상의에 칼산하카마의 일종. 위는 낙낙하고 아래는 좁게 만든 바지을 맞추어 입고, 비가 조금 내리면 삿갓을 쓰고, 비가 많이 내리면 도롱이를 입고, 더워지면 웃옷의 한쪽 어깨를 벗고, 눈이 부시면 수건을 머리에서 턱까지 덮어쓴 채 태연하게 그림을 그린다.

마을 사람들이 들일을 하는 것을 방해하는 일은 없었다. 말투도 늘 상냥해서,

"이거, 오늘도 모두들 열심히 일하시는군요. 잠깐 여기에 좀 있어도 될까요?"

하고 한마디 말을 거는가 싶더니 어느새 무언가를 그리기 시작해 몰두해 버렸다. 그 때문에 시간이 지남에 따라 모두 경원시하지도 않게 되어,

"예에, 선생님은 오늘도 정진하시는군요."

"그런 곳에서 계속 햇볕을 쬐면 어지러울 거예요. 저쪽 나무 그

늘로 가시지요."

하고 그럭저럭 친해졌다.

마을 사람들과 마찬가지로 오쓰기도 특별히 선생이 무섭다거나 부담스럽지는 않았다.

그날은 날이 밝자마자 저택으로 찾아갔다. 화가는 준비를 마치고 기다리고 있었다. 등에 작은 보따리를 짊어지고 있다.

"오늘은 하루 꼬박 걸릴 것 같아서 오마쓰 씨한테 너랑 내 점심을 만들어 달라고 했어."

역시 스스럼없는 말투다.

시월도 열흘쯤 지나자 아침저녁으로는 추웠다. 숲에 들어가면 해가 가려지기 때문에 익숙한 오쓰기도 쌀쌀하다고 느낄 때가 있어서,

"선생님, 하오리를 가져가시는 게 좋겠어요."

하고 말해 보았다.

"이런, 그러니?"

그럼 한텐을 빌려 가자고 화가는 말했다.

"내 하오리는 단벌옷이라 찢어지거나 더러워지면 곤란하거든."

고모리 마을의 한텐은 쪽으로 물들인 바둑판 무늬다.

"촌장님한테 물어보니까 숲에 들어가려면 너한테 안내를 부탁하는 게 제일 좋다고 권하시더구나. 미안하지만 잘 부탁한다."

오쓰기는 얌전히 손을 모으고 머리를 숙였다.

"알겠습니다. 어느 쪽으로 갈까요?"

"안료 재료를 캐는 곳. 네가 가고 싶은 곳으로 따라가마."

오쓰기는 잠시 말문이 막혔다. 초롱 축제 준비를 몰래 하고 있는 것을 선생은 아는 걸까.

오쓰기의 표정을 읽었는지 화가는 이가 빠진 곳까지 다 보이며 웃었다.

"영주님의 이기심 때문에 마을 사람들이 눈치를 보느라 힘들다면서? 나도 자세한 얘기를 들어서 알고 있어."

그러니까 몰래 가자꾸나—하고 친근하게 말한다.

"아참, 오쓰기. 나는 숲을 그리고 싶은 게 아니라 안료 재료에 대해서 이것저것 배우고 싶은 거야. 초롱 축제를 위해 마을 사람들이 궁리에 궁리를 거듭해서 만들어 온 안료 가운데 다른 곳에서는 알려지지 않은 진귀한 게 있을지도 모르니까."

오쓰기는 깜짝 놀랐다. "저희가 만드는 안료는 화가 선생님이 쓰실 수 없을 텐데요."

"그건 시험해 보지 않으면 모르지."

선생이 그렇게 말한다면 어쩔 수 없다.

시작은 남쪽 숲으로 정했다. 볕이 좋아서 가장 많이 풀을 캘 수 있다.

화가는 오쓰기가 무언가 따거나 베면,

"지금 그건 뭐니?"

일일이 물어본다. 꽤 성가시다. 오쓰기가 딴 것을 코끝으로 가져가 냄새를 맡거나 손가락으로 문질러 보기도 한다.

"옻은 조심하세요."

"응, 응."

"덤불 속에 뱀이 있을지도 모르니까 갑자기 손을 넣으시면 안 돼요."

"응, 응."

"선생님, 거기 미끄러워요."

"응—우왓!"

잠시 걷다 보니 선생은 무언가에 열중하면 건성으로 대답하는 버릇이 있음을 알게 되었다. 오쓰기는 자신이 더 조심해야겠다고 생각했다.

화가는 오쓰기가 작업하는 모습도 그림으로 그리고 싶어 했다.

"오쓰기, 지금 그 자세로 잠깐 가만히 있어다오."

그 '잠깐'이 조금도 '잠깐'이 아니라서 힘들었다. 오쓰기는 굵은 나무뿌리에 발을 걸치고 위쪽 가지에 손을 뻗은 자세를 사반 각삼십 분이나 계속해야 했다.

"선생님, 저 이제 손이 저려요."

"오오, 미안, 미안."

그런 일이 몇 번이나 있어서 일이 진척되지 않았다. 오쓰기가 혼자서 숲에 들어가는 날에는 두 시간이면 등에 진 바구니가 가득차는데 그날은 점심때가 가까워졌지만 아직 반도 차지 않았다.

"장소를 좀 바꿀까요?"

죽통에 든 물을 마시며 한숨 돌리던 오쓰기가 말을 꺼내자 화가는 또 소리를 질렀다.

"그대로! 죽통을 들고, 팔꿈치를 올리고. 아니, 너무 올렸어."

또 사반 각 정도 자세를 잡고 있어야 했다.

"고맙다. 그런데 오쓰기."

선생은 기분이 좋아 보였지만 오쓰기는 등이 결리기 시작했다.

"네, 왜 그러세요?"

"촌장님은 네가 숲에 대해서 잘 알 뿐만 아니라 나이보다 어른스럽고 야무지다고 했어. 정말 그 말이 맞구나."

그래서 부탁이 하나 있어, 라고 한다.

"지금부터 나를 동쪽 숲으로 데려다 주지 않겠니?"

그거라면 특별히 부탁할 만한 일도 아니다.

"좋아요. 그쪽에는 '네즈라'라는, 졸이면 예쁜 노란색 안료가 되는 나무뿌리가 있어요."

"그래? 동쪽 숲이면 어디에서든 캘 수 있는 거니?"

"네."

"빛의 숲에서도?"

오쓰기는 깜짝 놀랐다. "네?"

고모리 신사가 있는 빛의 숲은 동쪽 숲의 변두리이고 그 부근만 작은 언덕처럼 봉긋하게 솟아 있다. 마을 사람들은 동쪽 숲에서 이것저것 따거나 베거나 줍기는 해도 빛의 숲에는 발을 들여놓지 않는다. 빛의 숲을 시끄럽게 만들면 안 되기 때문이다.

"선생님, 우리는 빛의 숲에 못 들어가요. 참배를 할 때는 참배길에서 벗어나면 안 되고 사당을 손질하는 남자들도 숲에는 들어가지 않아요. 그게 규칙이에요."

화가는 당황하며 오쓰기를 달래듯 손짓했다.

"나도 알아. 촌장님한테도, 나누시님한테도 그렇게 들었고. 이 마을에 오자마자 참배하러 데려가 주셨으니까."

"그런데 왜."

"아니, 아니, 무서운 얼굴 하지 마라, 오쓰기."

화가는 곤란한 듯이 머리를 긁적였다.

"나도 빛의 숲을 어지럽히려는 건 아니야. 다만 고모리 신사의 참배길로 들어가는 입구 옆에 북쪽으로 빠지는 작은 길이 이어져 있지 않니? 그쪽으로 가고 싶은 거야. 그 길로 가면 빛의 숲으로 들어가게 될까?"

난 또 뭐라고. 선생님, 그건 착각이에요.

"그 길은 못으로 막혀 있어요. 막다른 길이에요."

"그렇구나, 그렇구나."

화가가 바삐 고개를 끄덕인다.

"그럼 규칙을 깨는 건 아니겠구나. 나를 데려가 주지 않겠니?"

"하지만 그런 곳에—."

말하다 말고 오쓰기는 깨달았다.

"선생님, 나누시님 댁 어르신의 별채에 가고 싶으신 거예요?"

화가의 얼굴이 확 밝아졌다.

"흠, 역시 너는 알고 있구나. 오마쓰 씨의 말이 맞았어."

실컷 떠보는 말에 넘어가 말실수를 한 모양이다. 오쓰기는 손으로 입을 막았지만 이미 늦었다.

"고모리 신사에 참배하러 갔을 때, 나는 아래 덤불 속으로 좁게 나 있는 오솔길을 발견했어. 그 너머에 뭐가 있느냐고 물었더니 나누시님은 저건 짐승들이나 다니는 길이고 그 뒤에는 아무것도 없다고 했지. 그때의 표정이 묘하게 험악해서 수상했단 말이야."

화가라는 사람들은 모두 이렇게 무엇이든 잘 알아보는 걸까.

"그래서 저택 안 사람들한테 은밀하게 물어보니 그 오솔길 너머에는 작은 집이 있고 재작년 수확 때까지—딱 이맘때구나, 그때까지는 나누시님의 아버지가 혼자서 살았다고 하지 않겠니."

화가라는 사람들은 모두 이렇게 말을 잘하고 다른 사람에게서 이야기도 잘 끌어내는 걸까.

"어르신은 돌아가셨어요" 하고 오쓰기가 퉁명스럽게 말했다.

화가는 옳거니 하는 얼굴로 크게 고개를 끄덕였다.

"그 후로 별채는 줄곧 빈집이라면서? 나는 그 풍경을 보고 싶은 거야. 좋은 그림을 그릴 수 있을 것 같은 기분이 들거든."

안 될까. 안내해 줄 수 없겠니.

"너도 별채에 가는 건 무섭니?"

"오마쓰 씨는 무섭다고 하던가요?"

"음. 당시에 나누시님의 저택에 있었던 고용살이 일꾼들은 모두 무서워해서, 아무도 어르신을 따라가고 싶어 하지 않았다고 하더구나. 그래서 촌장님이—."

오쓰기는 앞질러 말했다. "우리 어머니랑 아버지를 골라서 어르신을 모시라며 별채에 다니게 했어요. 저도 가끔 몰래 도우러 가곤 했지요."

"오쓰기는 대단하구나. 든든하네."

숲에 대해서 잘 아는 야무진 아이라고 그렇게 칭찬하더니만 처음부터 이럴 속셈이었던 것이다. 이 선생에게 미주알고주알 수다를 떨고 마는 오마쓰도 입이 가볍다.

"부탁한다, 이렇게."

화가는 오쓰기에게 손을 모아 보였다.

"오늘 딱 한 번이면 돼."

"정말 한 번뿐인가요?"

"응. 길만 알게 되면 다음부터는 혼자서 갈게. 물론 비밀로 해 둘 테니 걱정하지 마라."

오쓰기에게 귀찮은 일을 부탁할 뿐만 아니라 거기에 끌어들일 작정이다.

"내가 별채를 구경하는 동안에 너는, 뭐였더라, 네즈라인가, 그걸 따면 돼. 바구니를 가득 채워서 돌아가면 아무도 수상하게 생각하지 않을 게다."

오쓰기는 한숨을 쉬었다. 여기에서 거절하는 것은 어려운 일이 아니지만 그러면 화가 선생은 오쓰기의 어머니에게 부탁할지도 모른다.

"점심을 먹고 나서 가지요."

오늘 아침에 풀 베는 낫을 갈아 달라고 하길 잘했다.

"저도 어르신이 돌아가시고 나서는 별채에 가까이 가지 않았어요. 오솔길은 분명히 덤불로 덮여 있을 테니까 선생님도 발밑을 조심하면서 따라오셔야 해요."

"오오, 알겠다."

"별채도 제대로 서 있을지 어떨지 알 수 없어요. 무너져 가고 있으면 안에는 들어갈 수 없어요. 무슨 일이 생겨도 저 혼자서는 선생님을 구할 수 없으니까요."

"네게 폐가 되지 않도록 조심하마."

화가라는 사람들은 모두 이렇게 호기심이 많은 걸까, 하고 오쓰기는 생각했다.

동쪽 숲 안에서는 장작을 줍거나 안료 재료를 캐는 마을 사람들과 마주쳤지만 빛의 숲으로 가까이 다가갈수록 인적은 뜸해졌다. 오후가 되어 해가 서쪽으로 돌고 있으니 오전보다는 밝을 텐데도 문제의 오솔길로 꺾어 들자 오히려 어둑어둑한 느낌이 들었다. 바람이 차갑게 불어온다.

사람이 오가지 않는 곳에서는 이런 경우도 드물지 않다. 화가는, 춥구나, 하며 목을 움츠렸다. 순간 오솔길까지 튀어나와 있던 덤불에 발이 걸려 비틀거렸다. 꼴좋게 됐다.

"이 부근은 빛의 숲에 가까우니까 부스럭거리면서 돌아다니면 아카리 님한테 실례라고, 원래 마을 사람들은 잘 다가가지 않았어요."

낫으로 풀을 베면서 오쓰기는 말했다.

"아카리 님의 무릎 위니까 무서운 곳도 수상한 곳도 아니지만요. 나누시님이 이 앞에 별채를 지은 이유도 아카리 님 곁에 있으면 어르신의 병이 낫지 않을까 하는 생각을 했기 때문이라고 어머니가 그랬어요."

"그, 그러, 그러니."

화가가 숨을 헐떡이며 따라온다.

"하, 하지만, 오마쓰 씨는, 어르신은, 나누시님의 저택, 에서, 쫓겨났다, 고 하던데."

"글쎄요, 저는 처음 듣는데요."

애초에 어르신이 나누시의 저택에서 건강하게 지냈을 무렵에는 오쓰기 같은 소작인의 딸이 곁에 갈 기회가 없었다. 어머니나 오나쓰도 마찬가지다.

"어르신이 별채에 틀어박혀 지내신 건 반년 정도였어요. 어머니랑 낫짱이 교대로 별채에 다녔는데 어르신은 하루 종일 아기처럼 푹 잠들어 계신다고 했어요."

"오쓰기 너는, 별채에서, 어르신을—."

"선생님, 이 나무는 벨 수 없으니까 타 넘어 가세요."

화가는 오솔길을 막고 있는 쓰러진 나무 앞에서 걸음을 멈추었다.

"아, 만나지는 않았니?"

"저는 그렇게 자주는 가지 못했으니까요."

부탁받은 것을 가져다주거나 빨래와 물 긷는 일을 도왔을 뿐이라서 봉당에서 안으로는 들어간 적도 없다.

"그래? 그럼 오마쓰 씨가 과장했거나 착각한 걸까."

이제 떠보는 것에 그렇게 쉽사리 넘어가서는 안 되기 때문에 오쓰기는 입을 다물고 있었다. 목에 감은 수건을 잡아당겨 얼굴의 땀을 닦는다.

"어르신은, 결국, 그 병으로 돌아가신 걸까?"

"수명이 다한 거라고, 촌장님은 그랬어요."

"그럼. 누구한테나 언젠가는 일어나는 일이야. 한데 오마쓰 씨는 어째서 무서워하는 걸까."

"그 사람은 계속 떠들썩한 저택에 있었으니까 아마 빈집이 무서운 거겠지요."

그 말을 끝으로 오쓰기는 입을 다물었다. 선생 역시 숨이 가쁜지 묵묵히 길을 나아갔다.

이윽고 별채의 초가지붕이 보이자 화가가 감탄한 듯이 말했다.

"제대로 서 있구나, 오쓰기."

이마 위에 손으로 차양을 만들며 바라본다.

"게다가 꽤 훌륭한 집이지 않니. 나는 좀 더 조잡한 오두막일 거라고 짐작했는데."

"나누시님 댁 어르신이 사실 건데 초석도 없이 땅을 파서 지은 오두막일 리가 없잖아요."

별채 공사에는 소작인들이 순서대로 동원되었고 오쓰기의 아버지도 조키치 씨를 따라 닷새쯤 나가 있었다.

"그래도 서둘러 지었으니까 튼튼하지는 않다고 아버지가 말했어요."

덤불은 별채 주위로도 밀어닥치고 있었다. 다만 한번 나무를 베어 낸 숲은 이 년 정도로는 원래대로 돌아오지 않는다. 뒤쪽에는 못이 흐르고 있어서 의외로 바람도 잘 통하고 볕도 잘 든다.

"호오, 이거, 이거."

별채의 앞뜰을 둘러보며 숨을 크게 한 번 쉬고 화가는 건물을 한 바퀴 빙 돌았다.

덧문은 전부 굳게 잠겨 있었다. 짧은 툇마루에 낙엽이 흩어져 있고 툇마루 밑에는 흙이 솟아오른 것처럼 보이는 곳이 있다. 지난 이 년 동안 큰 비가 내렸을 때 못의 물이 넘쳐서 별채 쪽까지 흙과 모래를 밀어낸 흔적이리라.

그 외에는 집이 상한 것 같지 않다.

"이 정도면 조금만 손질해도 사람이 살 수 있겠는데."

좀 더 황폐할 거라고 예상했기 때문에 오쓰기도 놀랐다.

"선생님, 여기에서 살고 싶으신 것 같은 얼굴이네요."

"음, 살아 보고 싶다. 여기에서 그림을 그릴 수 있으면 좋겠구나."

화가는 망설이는 기색도 없이 집을 향해 다가가 봉당으로 들어가는 판자문을 열었다. 덜컹덜컹 움직이자 판자문에 묻은 흙먼지가 떨어진다.

"역시 여단이는 나빠졌군."

해가 별채 맞은편으로 돌아가 있어서 봉당 안은 밤의 숲처럼 캄캄했다.

"이상하네."

오쓰기는 덤불을 손으로 헤치면서 봉당 뒤쪽으로 돌아가 위쪽을 올려다보았다.

"굴뚝이 막혀 있어."

아무래도 안에서 판자 조각을 못질해 막은 모양이다.

"비바람이 들어오지 못하도록 한 거겠지. 우선 내가 들어가서 어딘가 덧문을 열고 오마."

화가가 부엌문의 문지방을 타 넘으려고 해서 오쓰기는 저도 모르게 그 소매를 붙잡았다.

"선생님, 불빛도 없는데."

"손으로 더듬어 가면 되지."

"들어가자마자 오른쪽에 화덕이 있고 작은 창이 보일 거예요. 거기를 열면 봉당에 빛이 들어와요."

"좋아, 좋아."

어둠 속으로 들어간 화가는 곧 "우와아" 하고 소리를 질렀다.

"퉷, 퉷, 이게 뭐야?"

거미줄로 돌진한 모양이다.

"오른쪽이에요, 선생님. 벽을 따라서 오른쪽으로 가세요."

"응, 알겠다."

콰당! 커다란 소리가 났다.

"오오, 아야."

"선생님, 거기 계세요. 제가 갈게요."

"아니, 괜찮아. 작은 창은 이거겠지. 이걸 밀면—."

봉당 한 모퉁이에 빛이 비쳐 들었다. 또 먼지가 날린다.

"근처에 창을 고정하는 막대가 있을 거예요."

"음, 있다, 있어."

화가가 작은 창을 활짝 열고 막대를 걸치자 봉당이 환해졌다.

"오쓰기, 내가 물동이를 걷어찼나 보다."

과연, 오쓰기의 허리 높이 정도 되는 커다란 물동이가 쓰러져 있다. 옆구리에 금이 가 있었다.

"깨져 버렸나?"

화가는 금을 들여다보고 중얼거렸다.

"아니, 이건 지금 깨진 게 아닌데."

탁한 냄새가 피어오른다. 거미줄은 봉당의 천장을 덮고 대들보에서 늘어져 오쓰기의 머리 바로 위까지 와 있었다.

오쓰기가 말했다. "거기서 들어가면 방은 두 개예요. 바닥이 판자 마루니까 썩지는 않았을 것 같지만 어딘가 헐거워졌을지도 모르니 조심해서 들어가는 게 좋겠어요."

둘이서 양쪽으로 나뉘어 덧문을 전부 열어젖혔다. 점점 바람이 통하고 볕이 들고 냄새가 빠져나간다. 거미줄에는 거미가 몇 마리나 보이고 바짝 마른 나방이나 파리의 시체가 달라붙어 있었다.

방 안에는 아무것도 없다. 오쓰기가 기억하는 바로는 여기에 장롱이나 찬장은 놓여 있지 않았다. 어르신이 돌아가셨을 때 필요 없어진 세간은 꺼내 가거나 버렸을 것이다.

장지 종이는 누렇게 바랬지만 찢어진 곳은 별로 없었다. 바닥은 흙먼지로 지저분하다. 쥐똥은 눈에 띄지 않는다. 족제비 같은 작은 짐승이 들어온 흔적도 없다.

화가는 양손을 허리에 대고 천장을 올려다보았다. 단층집이라서 대들보와 초가지붕 뒤쪽이 다 보인다. 앞쪽 방에는 작은 이로리가 파여 있고 재는 남았지만 냄비걸이는 눈에 띄지 않는다.

"역시 굴뚝에는 판자를 박아 두었군."

봉당 쪽도 앞쪽 방의 위쪽도, 둘 다.

"덕분에 안은 별로 더러워지지 않았어. 하지만 나누시님은 더 이상 이 집을 사용할 생각이 없어 보이는구나."

"어째서요?"

화가는 고개를 갸웃거리며 오쓰기의 얼굴을 보았다.

"고모리 마을에는, 그런 관례가 없니?"

오쓰기가 어리둥절해 있자 화가는 봉당에 쓰러져 있는 물동이를 가리켰다.

"저 물동이 말이야. 저런 생활에 필요한 물건을 깨서 놓아둔다는 건, 이제 이곳은 사용하지 않겠습니다, 여기는 사람이 들어올 곳이 아닙니다, 라는 표시야."

"선생님네 마을의 관례인가요?"

"음. 에도에서도 그런 일을 하고 여행 갔던 곳에서도 본 적 있어."

자세히 설명하자면—하고 잠깐 끊었다가 말을 잇는다. "깨진 것이나 이가 빠진 것을 일부러 놔두는 집이나 방은, 살아 있는 사람의 장소가 아니다, 죽은 사람의 장소다, 라는 뜻이야."

헤에, 하며 오쓰기는 웃고 말았다.

"뭐가 우습니?"

"선생님, 저희 집 밥그릇은 전부 이가 빠져 있어요."

그러자 화가도 거북한 듯이 웃었다.

"그건 의미가 다르지만 내가 사정을 모르고 얘기한 부분이 있는 것 같구나. 미안, 미안."

어째서 선생이 사과하는 것인지 알 수 없어서 오쓰기도 거북해졌다.

"나누시님의 마님은 에도에서 시집오신 분이니까 그런 관례를 아실지도 모르지만요."

"호오, 그래?"

화가는 웃음을 지우고 의미심장하게 양쪽 눈썹을 치켜세웠지만 그 이상은 아무 말도 하지 않았다.

"거참, 먼지와 거미줄 때문에 얼굴도 목덜미도 따끔거리고 가렵구나."

별채에서 못으로 나가 얼굴과 손을 씻었다. 화가는 적당한 돌에 걸터앉아 담배를 한 대 피웠다. 정말로 이가 빠진 곳에 곰방대를 끼우고 있었다.

그 후 오쓰기는 안료 재료를 찾고 화가는 그림을 그렸다. 고맙게도 여기에서는 "오쓰기, 잠깐 그대로!" 같은 요구가 없었다. 어지간히 별채가 마음에 들었는지 선생은 열심히 붓을 움직이느라 오쓰기가 캐낸 네즈라를 보여 주어도 건성이었다.

해가 기울자 화가는 휴대용 필묵과 화첩을 집어넣었다. 그러고 나서 둘은 다시 별채로 들어가 원래대로 덧문을 닫았다.

"바구니는 가득 찼구나. 좋아, 좋아."

돌아가는 길에 선생은 기진맥진해했다. 한편으로 오쓰기의 눈에는 무언가 생각에 잠겨 있는 것처럼도 보였다.

"너희 어머니와 함께 어르신을 보살피던 오나쓰라는 아가씨가 올해 여름에 역리로 죽었다고 들었는데 사실이니?"

오솔길의 출구까지 돌아오자 화가가 물었다.

"네."

"사이가 좋았니?"

"네. 오라버니의 색시가 될 사람이었어요."

"그래? 그건 이중으로 안된 일이로구나."

눈썹을 늘어뜨리며 화가는 슬픈 얼굴을 했다.

"오나쓰가 죽었을 때—아니, 이제 이 이야기는 관두자. 오쓰기, 오늘은 신세 많이 졌다. 고마워."

소작인 공동주택으로 돌아오자 오쓰기는 어머니한테만 화가인 세키조 선생의 부탁을 받고 동쪽 숲의 별채로 안내해 주었다는 사실을 털어놓았다.

어머니는 오쓰기가 짐작했던 것보다 더 놀랐다. 화를 내지는 않았지만 그때의 상황을 자세히 듣고 싶어 했다. 두 사람은 뒤뜰로 나가 오쓰기가 캐 온 안료 재료를 분류하면서 이마를 바싹 붙이다시피하고 대화를 나눴다.

"그래? ……별채는 역시 그대로 있구나."

어머니는 양팔로 자기 몸을 껴안으며 중얼거렸다. 여름에 그을린 피부색이 겨우 옅어져 그만큼 기미가 눈에 띄게 된 팔이다.

"별채에서 뭔가 성가신 일은 없었니?"

"별로, 아무 일도 없었어요."

화가 선생의 "잠깐 그대로!"가 귀찮았을 뿐이다.

"선생님이 네 모습을 그림으로 그리셨지?"

어머니는 물끄러미 오쓰기의 눈을 들여다보며 말했다.

"앞으로는 아무리 선생님이 부탁하셔도 별채에 가선 안 돼. 선생님이 꼭 가 달라고 하시거든 나한테 알리렴."

"앞으로 선생님은 혼자서 가실 거예요. 그렇게 말했는걸요."

"그럼 너도 모르는 척해."

말투가 엄했기 때문에 오쓰기는 새삼스럽게 풀이 죽었다.

"미안해요, 어머니."

"네가 잘못한 게 아니야."

어머니는 무언가를 재어 보듯 눈을 가늘게 떴다.

"화가 선생님이 오나쓰에 대해서도 뭔가 물으셨니?"

"응. 곧 그만뒀지만요."

그래, 하고 고개를 끄덕이며 어머니는 입술을 깨물었다.

"오나쓰가 살아 있었다면 잇페이나 너한테는 이야기했을지도 모르지만, 너도 어설프게 알고 있어서는 오히려 좋지 않을 거야. 그러니 내가 아는 걸 가르쳐 주마. 아무한테도 말하면 안 돼. 아버지한테도 비밀이다. 알겠지?"

어머니는 재료를 분류하는 것을 멈추고 오쓰기의 손을 꼭 잡으며 말했다.

"어르신은 나이가 많아서 몸도 쇠하셨지만 머리 쪽도 약해지셔서 무언가를 금세 잊거나 가끔 영문을 알 수 없는 말씀을 하시곤 했어. 나누시님네 마님이 그런 어르신을 싫어해서 나누시님을 졸라 별채를 지어 달라고 하고 어르신을 가둬 버린 거야."

그렇다면 세키조 선생이 '어르신은 나누시님의 저택에서 쫓겨났다'고 말했던 것도 틀린 얘기가 아니다.

"어르신은 혼자서는 밥도 잘 드실 수 없었고 측간도 가실 수 없었지만, 그렇게 심한 짓을 당했는데 가만히 계셨을 리 없지. 엄청나게 화를 내셨어. 가끔 나누시님이 몰래 문안을 오시면 눈물을 흘리면서 원망하는 말을 늘어놓고 나누시님이 아무리 달래도 진정하지 못하셨단다."

그렇게 힘든 일이었을까.

"나도 오나쓰도, 어르신이 가엾었어. 아들이 며느리의 말만 듣고 불효를 저지른 거잖니. 화를 내시는 게 당연하지. 만일 잇페이가 그런 짓을 한다면 나도 화가 날 거야."

어머니는 험악하게 입가를 일그러뜨렸다.

"그래서 열심히 어르신을 모셨지만 어르신은 나와 오나쓰도 마님 편이라고 생각하셨어. 정신이 또렷할 때는 역시 원망하는 말을 하셔서, 나는 괜찮지만 오나쓰한테는 가엾은 일이었단다. 이대로 이곳에서 죽으면 너희에게도 저주를 내리겠다고 하시니 정말 무서웠어."

오쓰기는 진심으로 기겁하고 말았다. 오나쓰가 그런 무서운 말을 들으면서 별채에서 일했다니.

"어머니도 낫짱도, 아무 내색하지 않았는데."

"그야 말하고 다녀도 되는 일이 아니니까 그렇지."

물론 나누시님도 단단히 입막음을 했다.

"하지만 어르신이 돌아가셨을 때 별채 정리를 도우러 온 오마쓰 씨가 너무 벌벌 떠니까."

역시 화가 나서 그만 반쯤 비꼬듯이 말했다고 한다.

"그렇게 싫어하면 어르신이 당장이라도 귀신이 되어서 나타날 거다, 우리 모두 원망하셨으니까, 하고."

오쓰기도 부르르 떨었다. "저, 정말이군요. 낫짱은 죽어 버렸잖아요."

어르신의 원한 때문이었을까.

아아, 큰일이다! 오쓰기 자신도 별채에 왕래한 데다가 오늘은 심지어 성큼성큼 안에까지 들어가고 말았다. 다음은 내 차례일까. 아니면 어머니가 먼저일까—.

당장이라도 울음을 터뜨릴 것 같은 오쓰기의 이마를 어머니가 툭 때렸다.

"너까지 바보 같은 소리 하지 마."

그런 일이 어디 있니, 하며 웃는다.

"내가 오마쓰 씨한테 심술을 부렸을 뿐이야."

"하, 하지만, 낫짱은."

"그건 역리야. 불쌍하긴 하지만 여름에 물을 잘못 마시면 가끔씩 있는 일이지. 어르신 때문이 아니야."

어머니는 찬찬히 타이르듯이 말했다.

"오나쓰가 죽은 건 올해 여름이잖니. 어르신이 돌아가시고 나서 이 년이나 지났어. 무엇보다 나누시님의 저택에서는 아무도 탈이 나지 않았고."

이쪽이 먼저 죽임을 당해서야 쓰겠니 하고 어머니는 웃으며 말했다.

"그, 그런가?"

침착한 얼굴을 보고 있으니 오쓰기의 떨림도 점차 잦아들어 가는 것 같았다.

"그래. 하지만 오마쓰 씨한테는 내 심술이 지나치게 효과가 있었던 모양이야."

오마쓰는 지금도 어르신의 원망이 무서워서 참을 수가 없는 것이다. 그래서 화가 선생에게도 말했으리라.

"그 사람도 참 곤란하다니까. 세키조 선생님이 나쁜 사람은 아닌 것 같지만 타지 사람인데."

조잘조잘 말이 많기도 하다.

"그런 어수선한 일이 있었으니까 나누시님도 별채를 조용히 닫아 두고 싶었겠지. 무서우니까 부수려야 부수지도 못하고."

부수었다가 어르신의 원한이 나타나면 큰일이다.

"뒷문을 닫고 굴뚝도 막아 봉해 두는 거야. 언젠가는 별채가 비바람에 썩고 그러면 원한도 사라질 거라고 기대하면서. 그곳은 고모리 신사 앞이니까 아카리 님의 위광이 정화해 주실 거라고 말이야."

참으로 속 편한 생각이지만 아카리 님은 논의 신이라서 사람의 원한까지 살펴 주시지는 않을 텐데.

"나누시님이 그런 생각이시라면 우리도 별채에는 가까이 가지 않는 게 좋아. 어떤 불똥이 튈지 모르니까. 알겠지?"

"알겠어요."

오쓰기는 굳게 약속했다.

그 후로는 이렇다 할 일도 없었다. 세키조 선생은 여전히 마을 여기저기에서 그림을 그렸다. 오쓰기를 발견하면 싱글벙글 웃으며 인사할 뿐 별채에 대해서는 입 밖에도 내지 않았다. 그래서 선생이 혼자 별채에 그림을 그리러 다니는지 어떤지도 알 수 없었지만 그 정도가 딱 좋다. 잊어버리기로 했다.

가을 채소와 잡곡의 수확기도 끝나고 계절은 겨울로 접어들었다. 고모리 마을에서는 한창 일해야 할 남녀의 대부분이 에도 시중으로 돈을 벌러 나간다. 남자들은 짐을 나르는 등의 힘쓰는 일, 여자들은 하녀 고용살이다.

일하러 나갈 곳은 나누시님이 에도의 직업소개꾼과 상의해서 정하고 촌장이 사람을 배정한다. 대개는 매년 정해진 곳으로 가기 때문에 모두들 익숙하다. 남자들은 이럴 때도 소작인 우두머리가 통솔하기 때문에 오쓰기의 아버지도 조키치 씨를 따라간다.

올가을에 오나쓰를 아내로 맞이했다면 잇페이도 어엿한 가장으로서 돈을 벌러 나가는 사람들 틈에 섞여 있었을 것이다. 그럴 수 없게 되어서 유감스럽고 새삼 슬픔이 가슴을 후볐으리라. 아버지를 배웅하는 잇페이는 몹시 풀이 죽어 있었다. 그래서인지 아침밥을 먹은 후 안료를 졸이는 데 같이 가자고 권하러 온 오타마를 그답지 않게 매몰차게 쫓아냈다.

"나는 진베에 씨를 도와야 해서 바빠."

마을에 남은 사람들에게는 농기구 손질과 함께 중요한 일이 맡겨진다. 바로 숯을 굽는 작업이다. 만들어진 숯은 가마니에 담아 숯을 사들이러 오는 중개인에게 도매하여 귀중한 돈으로 바꾼다. 진베에는 숯을 굽는 노인인데 허리가 꽤 굽었기 때문에 잇페이가 도와주면 기뻐했다.

"잇페이도 마을 남자니까 안료 만들기를 배워 둬야 하는데."

오타마는 불평을 늘어놓았지만 오쓰기는 불현듯 걱정이 되었다.

"안료를 만들어도 되는 걸까?"

"몰래 하니까 괜찮을 거야. 하지만 올해는 촌장님 댁의 헛간을 쓸 수 없어. 북쪽 논의 도구 창고로 필요한 걸 옮기고 있지."

오쓰기가 직접 가서 보니 북쪽 도구 창고에는 급조한 아궁이가 있었고 안료를 졸일 냄비와 재료를 갈 절구, 즙을 거를 고운 소쿠리 등이 놓여 있었다. 사람도 대여섯 명 모여 있다.

"오쓰기, 좋은 재료를 모아 주었더구나. 고맙다."

매년 초롱 축제의 커다란 초롱에 그림을 그리는 소타로가 칭찬해 주었다. 자기 논을 가지고 있는 아저씨다. 올해는 모든 일을 몰래 해야 해서 채집은 그렇다 치더라도 말릴 때는 매우 신경을 썼기 때문에 기뻤다.

오타마는 곧 옆에서 참견했다.

"저도 같이 열심히 했어요."

"그래? 좋은 초롱을 만들어야겠구나."

칭찬은 받지 못했기 때문인지 또 불만스러웠나 보다. 오타마는 쓸데없는 말을 덧붙였다.

"정말로 할 수 있을까요, 초롱 축제. 제1영주님이 괘씸하다고 말씀하시면, 하면 안 되는 거 아니에요?"

그러자 소타로는 무서운 얼굴을 했다.

"쓸데없는 소리 하지 마라. 너, 초롱 축제가 얼마나 중요한지 모르는 건 아니겠지."

목소리가 워낙 커서 그 자리의 어른들이 모두 이쪽을 돌아보았다. 야단을 맞은 오타마가 눈을 내리깔았지만 입은 삐죽거리고 있다.

"소타로 씨, 왜 소리를 지르고 그래."

역시 커다란 초롱에 그림을 그리는 노인 미노스케가 가볍게 나무란다.

"오타마도 오쓰기도, 잘해 주었다. 남은 일은 우리가 하마."

"네, 잘 부탁드립니다."

오쓰기는 오타마의 소매를 잡아당겨 밖으로 나갔다. 저 멀리 북쪽 논의 논두렁길을 어슬렁어슬렁 걸어오는 세키조 선생이 보인다. 선생은 오쓰기를 발견하자 갑자기 손을 흔들었다.

"저 화가 선생님, 언제나 실실 웃는 게 어째 이상하지 않니?"

선생이 아직 멀리에 있는 것을 핑계로 오타마가 괜한 화풀이를 한다.

"뭐 하러 온 걸까?"

"글쎄, 모르지. 우리는 빨리 돌아가자."

오타마를 재촉해 걸으면서도 오쓰기는 내내 불안해서 견딜 수 없었다. 소타로는 평소 소작인들에게 다정한 사람이다. 그런데 아까는 진심으로 화가 난 듯했다. 그것은 오타마가 한 말이 맞기 때문이 아닐까. 나누시님이 중재해 주셔도 제1영주님의 허가가 떨어지지 않는 건 아닐까. 이번에는 초롱 축제를 할 수 없는 게 아닐까.

그해 겨울은 특히 추웠다. 고모리 마을에서도 몇 번이나 눈이 쌓인 광경을 볼 수 있었다. 십이월 들어 내린 눈이 지붕에 쌓였을 때는 모두들 쓸어내야 할 정도였다. 이 근처에서는 몹시 드문 일이다.

"겨울에 이렇게 눈이 많이 내리면 내년 여름에는 큰 가뭄이 들지도 몰라."

춤추는 눈을 바라보면서 잇페이가 말했다.

"진베에 씨한테 들었어. 옛날부터 그런 해가 몇 번인가 있었대."

"불길한 소리를 하는 할아버지네."

어머니는 무뚝뚝했다.

"아카리 님이 지켜 주실 테니까 이 마을은 괜찮아."

오쓰기는 어머니를 도와 동생들을 돌보고 헌옷을 고쳐 지으며 바느질을 배우고 틈나는 대로 짚신을 엮으며 바쁘게 지냈다. 작년 이맘때는 늘 오나쓰와 함께였는데 하고 생각하면 또 쓸쓸해지고 자연스럽게 별채에 관한 일까지 떠올라 마음에 덮개를 덮어 버렸다.

초롱 축제 준비는 몰래 진행되고 있을 것이다. 하지만 오쓰기는 또 목격했다. 촌장과 오사키 마을의 촌장이 솜이 든 옷을 입고 등을 웅크린 채 제각기 고개를 수그리며 나누시님의 저택에서 돌아가는 모습을.

촌장들의 발걸음은 무거웠고 오쓰기의 눈에도 지쳐 보였다.

선달 중순 무렵에는 논을 가지고 있는 남자들이 촌장의 집으로 불려 갔다. 그 모임이 파하자마자 소작인 공동주택에 소식이 전해졌다. 초롱 축제는 역시 취소라고.

“결국 허가가 내려지지 않은 거구나.”

계속 이야기하느라 지쳤을 법한 오쓰기를 잠시 쉬게 하기 위해서 오치카가 끼어들었다.

“그럼 곤란하잖아. 꽤 실랑이를 벌인 건 아니고?”

오쓰기는 차로 목을 축이고 나서 크게 고개를 끄덕였다. 그대로, 잠시 뭔가를 찾는 듯한 얼굴을 하고 있어서 오치카는 또 만주를 잘라 주었다.

이윽고 오쓰기가 고개를 갸웃거리며 말했다.

“훤훤, 요요?”

그 말을 하고 싶었던 것일까. 귀엽다.

“훤훤효효喧喧囂囂, 말이지? 사람들이 생각하는 바를 이것저것 서로 말해서 소란이 일어나는 것 말이야.”

훤훤효효.

“오쓰기 너는 어려운 말을 알고 있구나.”

“그때 배웠어요.”

수줍은 듯이 말하며 만주를 입에 넣는다.

“커다란 초롱을 만드는 사람은 정해져 있고 마을 사람들 중 절반 정도는 돈을 벌러 나갔는데 애초에 저희 집 같은 소작인은 이런 회합에 불려 가지 않으니까 촌장님 댁에 모여서 시끌벅적하게 구는 사람의 수는 뻔했지요."

"응, 응."

"하지만 고모리 마을 안에서 이야기를 나누는 것만으로는 해결이 되지 않는다고, 요노 마을이랑 오사키 마을 사람들도 불러 세 마을의 촌장과 초롱 축제 준비를 맡고 있는 사람들이 모두 모이니 꽤 많은 수가 되었어요. 그래서 나누시님 댁에 담판을 지으러 가자는 얘기까지 나오고 마치 봉기를 일으킬 것 같은 기세가 되어 버렸지요."

"나누시님도 깜짝 놀랐겠네."

"네. 저희도 걱정이 되어 멀찍이서 저택의 상황을 보고 있었는데 가끔 커다란 고함소리가 들려왔어요."

마을 사람들도 모두 한마음은 아니었다고 한다. 무슨 일이 있어도 초롱 축제는 해야 한다고 말하는 사람들과, 영주님이 안 된다고 하면 어쩔 수 없다, 나누시님을 곤란하게 만들지 말라고 말하는 사람들. 강경파와 온건파라고나 할까. 두 파의 대립에는 신분의 상하가 없다 보니 대놓고 말다툼으로 이어졌다.

"양쪽 다 같은 편의 머릿수가 더 필요하게 되었어요."

파발꾼에게 편지를 부탁해서 에도에 돈을 벌러 나가 있는 사람들을 다시 불러오려고까지 하게 되었다.

"평소에는 그런 일이 없지?"

"네, 돈을 벌러 나간 사람들은 초롱 축제에 늦지 않게 돌아오는 게 관습이에요."

초롱 축제 다음날이 입춘이라 그해 농사의 출발점이 되니 이치에 맞는다.

"촌장님한테 야단을 맞고 그건 역시 그만두게 되었지만 소작인들도 어쨌든 다 모이라고 해서."

아버지가 돈을 벌러 나가 있는 오쓰기네 집에서는 잇페이가 나누시의 저택으로 찾아갔다.

"오라버니는 여름 가뭄을 걱정하고 있을 정도였으니까 초롱 축제를 하지 않는다니 말도 안 된다며 바지를 걷어붙이고 달려갔어요."

강경파 중에는 잇페이와 비슷한 걱정을 하는 사람들도 있었다고 한다. 즉 진베에 노인이 지적한 대로 이 부근에는 겨울에 눈이 많이 내리면 여름 가뭄이 심하다는 이야기가 전해져 내려왔던 것이다.

큰 가뭄은 곧 흉작을 부른다. 물이 말라서 완전히 시든 논은 이곳 사람들에게 지옥도나 마찬가지인 풍경이다. 그렇기 때문에 더더욱 정성을 모아서 아카리 님께 기도해야 하는데 인간 세상의 사정으로 초롱 축제를 하지 않겠다니 말이 되는 소리인가.

그쪽이 맞는 걸까, 하고 오치카도 생각한다.

"오라버니가 기운을 차린 건 낫짱이 죽고 나서 처음이었어요. 그래서."

오전에 나간 잇페이는 날이 어두워진 후에야 집에 돌아왔다.

"이야기가 되었대요."

세키조 선생 덕분에.

"또 그 화가 선생님?"

"네. 오라버니는 여우에 홀린 것 같은 얼굴을 하고 있었어요."

그 선생님은 말을 잘하더라며.

"타지 사람인 세키조 선생님이 나누시님도, 시끌벅적한 마을 사람들도 설득해서 일을 수습했다고?"

"맞아요."

세키조 선생은 이렇게 말했다.

—요컨대 상중인 영주님의 기분을 상하지 않도록 축제는 하지 않되 논의 신을 깨워 드리면 되는 것이지. 그렇다면 다른 궁리를 해 볼 수도 있지 않을까.

"별채를?"

어머니는 눈을 부릅떴다.

"별채의 판자문과 덧문을 전부 치우고 장지문으로 만들어서 종이를 바르면."

별채가 통째로 커다란 초롱처럼 보인다.

"별채는 고모리 신사 바로 앞이에요. 그곳을 아주 커다란 초롱으로 꾸미면 사당에서 또렷하게 보이지요. 아카리 님을 깨어나게 하는 데는 딱 맞잖아요."

그것은 결코 초롱 축제가 아니다. 별채를 수선하는 것뿐이니 제1영주님의 뜻을 거역했다고는 볼 수 없다. 게다가 이 방법이라면 마을 사람들이 초롱 축제를 위해서 준비해 온 안료나 종이를 헛되이 버리지 않아도 된다.

"그게 세키조 선생님의 생각이구나."

어머니는 무서운 얼굴을 했다.

"나누시님이 용케도 받아들이셨네."

"그야 선생님이 하룻밤만이라도 별채를 예쁜 그림으로 장식하고 불을 켜면 그곳에서 돌아가신 어르신에 대한 공양도 될 거라고 했으니까요."

오쓰기와 어머니는 저도 모르게 얼굴을 마주 보고 말았다. 아하, 그런 것인가.

"괜찮잖아요. 나누시님 입장에서는 돌아가신 어르신에 대한 효도니까."

불효로 산 원한을 무마할 수 있다면 일석이조이고 근심도 사라지리라. 그게 나누시의 본심이겠지만 실은 전혀 효도가 아니다.

오쓰기가 무심코 그렇게 말하려다 어머니가 미간을 찌푸리며 짧게 고개를 저었기 때문에 그만두었다.

"하룻밤만 불을 켠다면 그다음에는 별채를 어떻게 할 건데?"

"커다란 초롱과 똑같이 부숴서 태우는 거예요. 가능한 초롱 축제와 똑같이 하는 게 당연히 좋잖아요."

별채는 깨끗이 사라져 없어진다. 훌륭한 역할을 다하고서.

"그렇구나."

어머니가 오쓰기만이 알 수 있는 의미심장한 말투로 대답했다.

"그렇지요? 선생님도 어제오늘 생각해서 한 말은 아닌 것 같았어요. 나누시님하고는 전부터 상의하셨던 게 아닐까요."

매우 있을 법한 일이다.

"오사키의 촌장님은 혼자 결정할 수 있는 문제가 아니니 돌아가서 상의해 보겠다고 했지만 요노의 촌장님은 별채를 수선한다는 생각을 받아들이고 그림 그리는 사람을 한 명 보내 주겠대요. 매일 요노 마을에서 다니자면 귀찮으니까 촌장님 집에 묵을 거라고, 어쨌든 오늘은 거기까지 정리되었어요."

그 후로도 몇 번인가 세 마을 사이에서 의견이 오간 끝에 오사키 마을은 이 안을 받아들이지 않았다. 제1영주님의 뜻대로 초롱축제는 취소하고 입춘 날 촌장이 고모리 신사에 참배를 가서 풍작을 기원할 거라고 한다.

"만일 제1영주님에게서 벌을 받게 된다면 흉작보다 더 무서울 거래."

회합을 엿듣고 온 오마쓰가 수다를 떨었다.

"나누시님은 백성들에게 흉작보다 무서운 게 어디 있냐면서 화를 내셨지만 오사키 촌장님도 물러서지 않았어. 타지 사람의 감언이설에 넘어가서 자칫 실수했다간 제일 먼저 목이 위험한 건 나누시님인데 정말로 괜찮으시겠냐면서 꽤나 협박했던 모양이야."

나누시는 영주의 대리이니 높은 사람이긴 하지만 마을을 다스리는 것은 촌장이다. 게다가 이번 경우는 나누시가 제1영주에게

'오사키의 촌장이 말을 듣지 않아서 곤란합니다'라고 일러바칠 리도 없다는 걸 알기 때문에 촌장의 명예를 걸고 버텼으리라.

실은 고모리 마을에서도 모든 사람이 마음을 하나로 모아, 그럼 별채를 커다란 초롱으로 만듭시다, 하고 움직이기 시작한 건 아니다. 가장 중요한 임무인 커다란 초롱을 만드는 일을 맡을 사람들 중에 몇몇이, 별채를 수선해서 초롱처럼 보이게 하다니 오히려 벌 받을 일이 되지 않겠느냐며 내키지 않아 했던 것이다. 그림을 그리는 소타로도 그중 한 명이었다.

"제대로 된 축제를 할 수 없다면 하지 않는 편이 낫지"라며 그림 그리는 일에서 빠져 버렸다.

소타로의 행보는 그림을 그리는 다른 사람들에게도 영향을 미쳐 미노스케 할아버지가 혼자 곤란해하던 차에 때마침 적극적으로 나선 이가 있었다. 바로 세키조 선생이다. 분명히 처음부터 그럴 작정이었을 것이다.

"애초에 내가 꺼낸 말이고 나는 화가일세. 꼭 좀 거들게 해 주지 않겠는가."

작업을 시작하기 전에는 육식을 삼가고 몸을 깨끗이 한 후 고모리 신사에 참배를 하겠다, 이번 사정을 다 말씀드리고 만일 지금부터 할 일이 아카리 님의 마음에 들지 않는다면 이 이와이 세키조에게 신벌을 내려 달라고 기도하겠다—이렇게까지 말할 정도로 열의를 보였다.

과연. 이것은 효과가 있었다.

고모리 마을의 사람들은 검소하게 정월을 맞이하고 곧 별채 수선을 시작했다. 이래저래 어수선해서 시작이 늦어진 데다 예년과는 다른 일을 해야 하니 아무래도 부산스러운 건 어쩔 수 없다.

잇페이는 직접 촌장에게 부탁해서 수선과 정리를 돕게 되었다.

“별채에 어르신이 있을 때 오나쓰도 거기에 드나들었잖아.”

“으, 응. 열심히 어르신을 보살펴 드렸지.”

“그러니까 이번 일은 어르신뿐만 아니라 오나쓰에 대한 공양도 될 것 같아.”

오나쓰를 위해 별채를 아주 예쁜 초롱으로 꾸며 주고 싶어, 라고 한다.

“오라버니는 세키조 선생님의 말씀을 진지하게 받아들인 거구나?”

입으로는 놀렸지만 오나쓰를 잃은 슬픔은 마찬가지여서 잇페이의 마음 씀씀이는 오쓰기한테 묵직하게 와 닿았다. 그래서 자신도 일을 돕기로 했다. 본래 여자와 어린아이는 초롱 축제에 관여할 수 없기 때문에 오쓰기는 진짜 허드렛일꾼이었다. 매일 동쪽 숲에 짐을 지고 다니는 것은 상당한 노동이지만 마음은 편했다.

“뭐야, 너희, 둘 다?”

어머니는 어이없다는 표정을 지으면서도 말리지는 않았다.

그렇게 해서 오쓰기는 다시 세키조 선생과 얼굴을 마주하게 되었다.

"아아, 오쓰기니? 잘 부탁한다."

선생은 수선을 지휘하고 밑그림을 상의하느라 분주하여 오쓰기는 멀리서 보고만 있었지만,

—즐거워 보이네.

자신의 안내로 처음 이곳을 찾아온 직후부터 선생님은 이 계획을 가슴에 품고 있었던 게 아닐까. 여기에서 그림을 그리고 싶다고 말했었지. 그래, 차라리 집을 통째로 커다란 초롱처럼 꾸미고 그림을 그린다면 얼마나 아름다울까, 나누시님을 어떻게 설득할까 하고.

나누시는 자신이 지휘하는 것처럼 보여서는 안 된다는 변명을 방패 삼아 별채 근처에는 좀처럼 오지 않다가 건물 수선이 끝나고 살만 있는 문과 장지문이 들어가자 몰래 상황을 보러 찾아왔다. 지금도 벌벌 떨고 있는 오마쓰와 함께였다.

"과연, 여기에 전부 종이를 붙이면 정말로 커다란 초롱처럼 되겠군요."

나누시는 감탄한 듯이 말하며 여기저기를 살펴보고 선생과 미노스케 할아버지가 그린 밑그림을 바라보았다. 오쓰기는 줄곧 신경 쓰고 있었기 때문에 그 장면을 놓치지 않았다.

선생은 나누시의 귀에 얼굴을 가까이 하고 말했다.

"이곳에 놓여 있던 깨진 물동이 말인데요, 아직 그대로 두었습니다. 행사가 별 탈 없이 끝나고 이곳을 부숴서 태울 때 물동이도 깨 버리지요."

참으로 고맙다고 나누시는 대답했다.

별채에 처박혀 있던 깨진 물동이. 이곳이 살아 있는 사람의 집이 아니고 죽은 사람의 집이라는 표시는 분명히 봉당 한 모퉁이에 여전히 놓여 있다.

다만 오쓰기가 깨끗하게 닦아 두었다. 누구에게 명령을 받은 것도 아니고 왠지 물동이가 가여워 보여서 그랬지만 선생한테 크게 칭찬받았다.

슬슬 안료를 사용할 시기가 되자 항아리나 작은 접시가 많이 필요해졌다. 마을에서 날라 온 항아리며 접시 들을 오쓰기가 못에서 씻고 있는데 오마쓰가 다가왔다.

"열심이네."

"네, 오마쓰 씨도요."

"나는 이런 곳은 질색이었는데."

오마쓰가 목을 움츠리며 별채 쪽을 돌아본다.

"선생님이 계속 드나드시니까 한 번쯤은 상황을 보러 오지 않을 수가 없었어."

"선생님에게 볼일이 있으신 거면 저한테 말씀하세요."

"너도 잇페이도 대단하다. 그렇지, 내일부터는 오타마가 도우러 온다고 했어. 그림 그리는 걸 보고 싶대."

구실이야 어쨌든 잇페이가 있는 곳에 오고 싶은 것이리라. 귀찮아지겠구나.

오쓰기의 그런 기분과 상관이 있을 리 없겠지만 첫 번째 이변은 바로 오타마가 온 그날 일어났다.

"아아, 귀찮네."

점심식사를 마치고 정리를 하려는데 오타마가 투덜거리기 시작했다.

별채에서는 취사를 할 수 없다. 봉당의 화덕은 깨끗이 청소하면 다시 쓸 수 있겠지만,

"여기는 더 이상 집이 아니야. 아카리 님께 보여 드릴 커다란 초롱이니까 생활의 하찮은 일을 이곳에 가지고 들어와서는 안 되겠지."

세키조 선생이 그렇게 말해서 수선할 때 화덕을 치워 버렸다. 몸을 녹이려면 못 옆에 모닥불을 피우고 그 김에 거기에서 물을 끓인다. 음식은 하루에 세 번, 새참과 점심과 간식을 내는데 나누시의 저택에서 음식을 만들어 이곳까지 날라 왔다.

그래서 오쓰기는 하루에 적어도 두 번은 마을과 별채를 오가고 있다. 작업 사이사이에 재빨리 먹을 수 있는 것은 찐 고구마나 피로 만든 떡, 주먹밥 따위다. 남자들만 늘 예닐곱 명은 있기 때문에 인원수만큼 담으면 꽤 무거웠다. 절임이나 조림도 가끔 찬합에 담겨 나오니 도저히 한 번에 다 옮길 수는 없다. 갑자기 필요한 물건을 가지러 가야 할 일도 생긴다.

그 일을 오타마는 벌써 귀찮아하고 있다.

오쓰기는 무뚝뚝하게 말했다. "그럼 돌아가도 돼. 나 혼자 해도 되니까."

"흥, 너 혼자 고생할까 봐 기껏 생각해서 와 줬더니."

"오라버니가 있으니까 괜찮아."

이곳에서의 작업도 몰래 해야 한다는 사정은 변함이 없다. 마을 여자들이 도우러 드나들면 떠들썩해질 게 뻔해서 허드렛일은 오쓰기와 잇페이가 거의 전부 떠맡고 있다. 불평투성이인 오타마는 있어 봐야 방해만 된다.

지금 잇페이는 지붕을 청소하는 중이다. 이곳을 커다란 초롱으로 만들려면 원래는 지붕이 없는 편이 좋지만 비나 눈이 내리면 곤란해질 수 있다. 그렇다면 최소한 깨끗이 해 두려는 것이다.

오타마가 잇페이를 올려다본다.

"몸이 가볍네."

오타마의 시선을 깨달은 잇페이는 딱히 싫은 내색도 하지 않았으면서 지붕 반대편으로 불쑥 모습을 감추었다.

확실히 잇페이는 몸놀림이 가볍다. 높은 곳에도 쉽게 올라간다. 대들보에 올라가서 막혀 있던 굴뚝을 뚫은 것도 잇페이다. 굴뚝 구멍은 세로가 한 자약 삼십 센티미터, 가로가 한 자 반쯤 되는 크기였는데 새나 짐승이 들어오지 못하도록 그물이 쳐져 있었다. 그 물 위로 판자를 여러 장 겹쳐 못질을 해 두었기 때문에 뜯느라 고생한 모양이다.

—어째서 그렇게 한 걸까.

잇페이가 의아해했지만, 오쓰기는 어머니와 한 약속 때문에 잠자코 있었다.

"나도 잇페이를 도울까?"

"마음대로 해. 하지만 지붕을 밟았다가 뚫려서 떨어지면 목이 부러질걸."

세키조 선생이나 미노스케 할아버지처럼 그림을 그리는 사람들은 먹으로 대강 그린 밑그림을 틀이나 장지문에 대보며 어디에 어느 그림을 배치할지 상의하고 있다. 거친 종이를 사용한 밑그림으로 위치를 정하고 나면 실제 사용할 종이에 다시 그려야 하니까 종이도 안료도 낭비할 수 없다는 생각에 다들 신중한 모습이다.

선생은 오쓰기에게 그랬던 것처럼 미노스케 할아버지나 다른 누구에게도 결코 거만하게 말하는 법이 없어서 모두들 금세 마음을 열고 친해졌다. 지금도 밑그림을 대었다 떼었다 하면서 활발하게 의견을 나눈다.

"아니, 여기에 서쪽 숲의 풍경을 두고 앞쪽에 모내기 시기의 논을 두면 어때?"

"그러면 그 논은 봉당 부엌문에 붙이는 그림이랑 무늬가 이어지는 게 더 좋지 않을까요?"

흥이 올랐다.

"커다란 초롱의 무사 그림을 기대하고 있었는데."

오타마가 재미없다는 듯이 중얼거렸다.

"올해는 마을의 풍경만 그린다더라."

각 계절의 마을 풍경을 소재로 삼되, 봄의 그림은 커다란 크기로 여러 장 그려서 "아카리 님, 봄이 왔습니다" 하고 알리자. 그것도 선생의 발안이었다.

"사람도 그린대. 모내기나 수확하는 모습을."

"흐음."

"고모리 신사에 가까운 쪽을 봄으로 하고 오른쪽으로 돌면서 여름, 가을, 겨울로 할 거랬어. 그럼 나는 갈게."

오쓰기가 짐을 정리해서 일어서려는데 마침 그 모습이 눈에 들어왔는지 세키조 선생이 손을 들었다.

"오쓰기, 마을로 돌아가니?"

"네, 뭔가 볼일이 있으신가요?"

"나한테 에도에서 짐이 와 있을지도 몰라. 오마쓰 씨한테 물어봐 주지 않겠니? 아교랑 호분胡粉, 물감 꾸러미란다."

세키조 선생의 말을 듣고 그림 그리는 사람들이 약간 술렁거렸다. 당사자가 이가 빠진 곳을 보이며 웃는다.

"고모리 마을의 안료를 배우는 대신에 내 쪽에서 기부할까 싶어서."

"아이고, 고마운 일입니다."

미노스케 할아버지도 기뻐한다.

"선생님이 쓰시는 물감을 우리 같은 사람들한테 주시다니 아깝네요."

머리를 덮던 수건을 들고 기쁜 듯이 활짝 웃으면서 고개를 숙인 것은 요노 마을에서 그림을 그리라고 딱 한 명 보내준 사람이다. 이름은 간타로. 나이는 스무 살 정도일까. 요노 마을에서는 두 번째로 많은 논을 가진 사람의 아들이라고 한다. 주걱턱에 입이 시옷 자 모양이라 처음에는 인상이 나빴지만 시간이 지나면서 마음씨가 착하다는 걸 알게 되었다. 다만 매우 말랐다. 어쩌면 병을 앓고 난 다음일지도 모른다. 밥도 많이 먹지 않는다. 왠지 모르게 기운도 없다. 지금처럼 웃는 얼굴을 보인 것은 처음이다.

"그럼 다녀오겠습니다."

오쓰기는 발길을 돌려 아직도 빈둥거리고 있는 오타마에게 말을 걸었다.

"오타마, 물 좀 길어 둬. 통에 담겨 있는 먹통이랑 작은 접시는 씻어도 되지만 툇마루에 나와 있는 건 손대면 안 돼."

"으스대지 마, 오쓰기. 머지않아 나는 네 새언니가—."

다 듣지도 않고 오쓰기는 얼른 그 자리를 떠났다.

나누시의 저택으로 가자 과연 짐이 도착해 있었다. 작은 나무상자다. 기름종이에 싸여 밀초로 봉한 꾸러미가 몇 개인가 들어 있다. 무거운 것은 아니어서 나무상자째 그대로 짊어지고 가기로 했다. 그 위에 간식으로 준비한 찐 고구마와 곶감 꾸러미를 얹고 다시 별채로 되돌아가다가 밖에 나와 놀고 있는 아이들 사이에서 여동생들의 얼굴을 발견하고 서로 손을 흔들었다. 아침에 내린 서리는 해가 뜨면 녹기 때문에 논두렁길은 군데군데 질척거렸다. 봄이 가까워진 것이다.

선생과 다른 사람들에게 빨리 나무상자의 내용물을 보여 줄 요량으로 숨을 헐떡이며 별채로 돌아갔을 때는 이미 소동이 벌어진 상태였다. 툇마루에 뻗어 있는 오타마의 얼굴을 간타로가 걱정스러운 듯이 손으로 부채질해 주고 있다. 바로 옆에 서 있는 잇페이는 곤란한 건지 부끄러워하는 건지 어쨌거나 안절부절못하는 표정이다.

"아, 오쓰기짱."

요노 마을에서 온 손님이기 때문일 텐데 간타로는 오쓰기를 이름으로만 부르지는 않는다.

"이 애가 갑자기 꺅 하고 소리를 지르더니 쓰러져 버렸어."

오쓰기가 헉헉거리면서 물었다.

"지붕에서 떨어졌나요?"

"왜 오타마가 지붕에 올라가겠어? 집 안에 있었어."

선생과 다른 사람들이 임시로 풀을 발라 밑그림을 붙일 거라고 해서 지붕 청소를 마친 잇페이가 돕고 있었다. 못 옆에서 설거지를 하던 오타마도 집 안으로 들어와 뒤에서 지켜보았다.

"그런데 갑자기 큰 소리를 지르더니."

눈을 까뒤집고 쓰러졌다고 한다.

"꺅 하고 소리를 질렀을 때, 저쪽 굴뚝을 가리키고 있었어."

간타로가 가리킨 것은 앞쪽 방의 대들보 바로 위에 뚫려 있는 굴뚝이다.

"어떻게 된 걸까. 내가 업고 마을로 데려갈까?"

밑그림을 임시로 붙이는 일이 거의 끝났는지 별채는 먹으로 그린 그림이 붙어 있는 초롱 같은 모습으로 바뀌어 있었다. 집 안에서 선생과 사람들의 목소리가 들린다.

오쓰기는 목소리를 낮추었다.

"오라버니가 신경 써 주었으면 해서 오타마가 일부러 그러는 건 아닐까?"

뭐? 하고 대꾸한 사람은 잇페이가 아니라 간타로였다.

"오쓰기, 재미없는 말 하지 마."

잇페이는 허둥거리며 화를 냈지만 오쓰기는 사정을 봐주지 않았다. 괜히 떠들썩하게 남을 놀래키는 걸 좋아하는 오타마가 연극을 하는 것이라면 간타로 같은 착한 사람까지 끌어들여서는 안 된다.

"간타로 씨. 오타마는 오라버니의 색시가 되고 싶다고 끈질기게 굴고 있거든요."

흐음, 하며 간타로는 웃었다.

"오라버니한테는 낫짱이라는 언니가 시집오기로 결정되어 있었는데 작년 여름에 죽고 말았어요. 그랬더니 자기한테도 가능성이 있다고 생각했는지 엄청 뻔뻔스러워져서."

화가 난 오쓰기의 입도 가벼워진다. 그러자 간타로가 또 "어" 하고 말했다. 놀리는 듯한 웃음이 사라졌다.

"잇페이, 그런 일이 있었어?"

두 남자도 벌써 허물없는 사이가 되었지만 간타로는 요노 마을 사람이다. 이 이야기는 처음 들을 것이다.

"낫짱이라는 애는 병으로 죽었니?"

"네, 역리로."

그래, 그래, 하며 간타로는 고개를 끄덕였다.

"가엾네. 너도 힘들겠구나."

놀랍게도 그 눈에 희미하게 눈물이 고였다. 오쓰기와 잇페이는 얼굴을 마주 보았다.

간타로는 당황하며 주먹으로 눈을 닦았다.

"이것 참, 꼴사납군. 미안, 미안. 실은 나도 작년 봄에 마누라와 아기를 잃었거든."

이번에는 오쓰기와 잇페이 쪽에서 "어" 하고 목소리를 삼켰다.

"지금도 툭하면 떠오르고 눈물이 나서 견딜 수가 없어. 우리 마을에서는 원래 이스케라는 할아버지가 그림을 그리러 오게 되어 있었는데 잠깐이라도 마을을 떠나고 싶어서 내가 대신하게 해 달라고 부탁한 거야."

어쩌다 보니 듣게 된 무거운 사연에 대꾸할 말이 없다. 간타로가 콧물을 훌쩍이며 고개를 떨어뜨린다. 그때,

"우와아!"

갑자기 고함을 지르며 오타마가 상반신을 벌떡 일으켰다. 오쓰기와 두 사람은 깜짝 놀라서 얼른 뒤로 물러났다.

"오타마!"

"오, 오쓰기!"

오타마의 얼굴이 창백했다.

"귀, 귀, 귀."

입에서 침이 튀고 턱이 덜덜 떨린다. 아무래도 연극이 아닌 모양이다.

"나야. 여기 있어."

오쓰기는 오타마의 손을 잡았다. "오라버니도 있어. 오타마, 대체 왜 그래?"

오타마의 얼굴이 일그러졌다.

"귀, 귀, 귀신이야!"

무슨 일인가 하고 선생과 다른 사람들도 툇마루로 나온다.

"오오, 정신이 들었니?"

오타마가 전혀 아랑곳하지 않고 오쓰기의 손을 붙잡아 흔들면서 울부짖는다.

"귀신이 나왔어! 내가 봤어! 귀신이 우리를 노려보고 있었어!"

"어, 어디에 나왔다는 거야."

깜짝 놀라는 사람들 사이에서 잇페이가 우선 당연한 것을 물었다.

"저 굴뚝!"

오타마는 그쪽을 외면한 채 몸만 틀어서 방의 굴뚝이 있는 쪽을 가리키더니 제정신으로 돌아온 듯 오쓰기를 뿌리치고 잇페이에게 매달렸다.

"잇페이, 나 무서워! 마을로 돌아가고 싶어."

잇페이는 오타마가 일어나지 못하도록 누르는 것만으로도 버거워 보였다.

"정말이지 소란스럽게 구는구나."

반쯤은 기가 막히고 반쯤은 화가 난 듯한 얼굴로 미노스케 할아버지가 소리를 질렀다.

"이런 곳에 귀신이 나올 리가 있느냐. 여우나 너구리에 홀린 게지."

"사, 사람의 얼굴이었어요."

잇페이에게 매달린 채 오타마는 항변했다.

"머리카락이 헝클어져 있고 턱이 뾰족하고 해골처럼 야위어 있었다고요."

야위고 주걱턱인 간타로가 거북한 듯이 자신의 얼굴을 쓰다듬는다.

"그런 게 굴뚝에서 엿보고 있었다는 게냐? 저렇게 높은 곳에서?"

미노스케 할아버지도 굴뚝 쪽을 가리켰다.

"마을에서 누군가가 구경하러 온 게 아닐까?"

"아니, 너구리의 짓이겠지."

그림 그리는 사람들이 저마다 이런저런 말을 하는데 오타마는 또 소리쳤다.

"어르신의 귀신이었어요!"

그러자 쓴웃음을 지으며 이 소동을 바라보던 세키조 선생이 갑자기 진지한 표정으로 꾸짖었다.

"쓸데없는 소리를 해선 안 돼."

선생의 엄한 말투에, 웃음을 머금고 있던 다른 사람들의 얼굴도 굳었다.

"하지만." 말을 잇지 못한 오타마가 더욱더 서럽게 운다.

"잇페이, 그 애를 마을로 데리고 돌아가렴."

잇페이와 오타마가 떠나자 다시 작업이 시작되었다.

임시로 붙인 밑그림의 자리를 바꾸거나 선생이 오쓰기가 가져온 나무상자를 열고 안에 든 것을 살펴보거나 다른 사람들에게 물감의 색깔이나 사용법을 설명하는 등, 별채 안은 원래대로 돌아왔다.

오쓰기도 물을 긷거나 풀을 만드는 자잘한 일을 하느라 바빴지만 오타마가 외친 말이 내내 머릿속에서 맴돌았다.

결국 힐끗 올려다보고 만다. 하지만 굴뚝은 그냥 굴뚝이다. 판자를 치운 후로 잇페이가 다시 그물을 제대로 걸어 두었기 때문에 새나 짐승이 들어올 걱정은 없다.

봉당 쪽의 굴뚝은 서향이고 방 쪽의 굴뚝은 동향이다. 저녁 무렵으로 접어들자 봉당 쪽에서 주황색 햇빛이 비쳐 들었다.

"자, 오늘은 이만 할까."

밤사이에는 덧문과 판자문을 다시 달아 둔다.

사람들이 임시로 붙인 밑그림을 떼고 있는데 잇페이가 돌아왔다. "자리를 비워서 죄송합니다."

뒷정리와 불 단속을 꼼꼼히 하고 모두 함께 별채를 나왔다.

"그건 그렇고 묘한 일이었지."

미노스케 할아버지가 오쓰기에게 웃음을 지으며 말했다.

"오쓰기 너는 무섭지 않으냐?"

전혀요, 하고 오쓰기는 대답했다. "다만 제가 있는 게 잘못일지도 모르겠다는 생각은 들어요. 초롱 축제에는 여자가 관여하면 안 되니까요."

"너도 오타마도 아직 여자는 아니야. 어린애지."

맞아, 맞아, 하고 그림 그리는 사람들이 맞장구를 친다. 간타로도 고개를 끄덕였다.

"평소에도 커다란 초롱을 만들 때는 여자들이 이것저것 도와주었어. 너는 부지런하고 눈치도 빠르잖아. 잘못이기는커녕 아카리님도 칭찬해 주실 거야."

세키조 선생도 싱글벙글 웃고 있다. 하지만 오쓰기에게는 뭔가 생각에 잠겨 있는 것처럼 보이기도 했다.

하루하루 입춘이 다가온다.

별채의 작업에도 박차가 가해진다.

그 후로 오타마는 별채에 오지 않았다. 그뿐만 아니라 소작인 공동주택에서도 잇페이와 오쓰기를 따라다니지 않게 되었다. 잇페이에게서 사정을 전해 들은 오타마의 어머니가 크게 야단을 친 모양이다. 매일 별채에 드나드는 남매를 조금 떨어진 곳에서 원망스러운 듯이 보고 있는 모습은—,

"오타마가 더 귀신 같은데."

그렇게 말하며 잇페이가 오랜만에 유쾌하게 웃은 것이 오쓰기는 기뻤다.

입춘까지 사흘을 남기고 처음으로 색깔까지 완벽하게 칠한 그림이 붙여졌다. 아직 임시로 붙인 것이지만 그림은 진짜이기 때문에 다들 숨을 죽이고 조심스럽게 다룬다.

"와아!"

너무나도 예뻐서 오쓰기는 머리가 어질어질했다.

"선생님, 예뻐요!"

"그래? 너도 마음에 드니?"

선생은 '가을' 그림 중 한 장을 가리켰다.

"여기에 나무 열매를 따는 소녀가 그려져 있지? 작아서 얼굴까지 닮게 그릴 수는 없었지만. 이건 너란다."

그러고 보니 "잠깐 그대로!" 때의 오쓰기와 똑같은 자세를 하고 있다.

"봄부터 겨울까지, 그려져 있는 사람들의 수를 세어 보렴. 고모리 마을 사람들의 수와 맞을 테니까."

오사키 마을과 요노 마을은 각자의 상징인 한텐을 그려서 그림 속에 집어넣었다고 한다. 과연, '겨울' 그림에서 지장보살님에게 걸쳐져 있는 것은 오사키 마을의 한텐이다. '여름'의 논에 서 있는 허수아비는 요노 마을의 한텐을 입고 있다.

"나만 여기에 있어."

간타로가 그림 끝에서 밭에 비료를 뿌리고 있는 사람을 가리키며 웃었다.

"미노스케 할아버지가 그려 준 거야. 턱이 주걱턱이지?"

밤에 주위가 어두워지고 나서 여기에 불을 켜면 그림은 밝게 떠오를 것이다. 밖에서 바라보면 커다란 환등을 보는 듯하지 않을까.

모두 크게 기뻐했다. 오쓰기도 예쁘다, 예쁘다 하며 손뼉을 쳤다. 폴짝폴짝 뛰며 주위에서 기뻐하는 사람들을 둘러보았다. 그때 그것이 눈에 들어왔다.

손이다.

봉당 위의 굴뚝. 막혀 있던 판자를 치운 후에 잇페이가 다시 꼼꼼하게 그물을 쳐 두었는데. 그 그물에, 바깥에서 누군가가 손을 걸치고 있다.

—누구일까.

순간 오쓰기는 생각했다. 이토록 아름답게 만들어진 별채를 몰래 훔쳐보려는 장난꾸러기는 누구일까.

다음 순간, 그물 맞은편에서 야위고 시든 노인의 얼굴이 불쑥 나타났다. 눈을 부릅뜬 채 입도 반쯤 벌리고 있다.

그것만으로도 충분히 이상했지만 나타난 모습도 이상했다. 손은 굴뚝 밑에서 뻗어 있는데 얼굴은 위에서 내려온 것이다.

오쓰기는 소리쳤다.

뭐라고 소리쳤는지는 지금도 떠오르지 않는다. 자신의 목소리가 이내 더 큰 목소리에 지워지고 등 뒤에서 손이 뻗어와 얼른 눈을 가린 것 정도만 기억날 뿐이다.

큰 소리를 지른 것도, 오쓰기의 눈을 가려 준 것도 미노스케 할아버지였다. 한 손으로 오쓰기의 눈을 덮고 엄청난 기세로 몸을 틀다가 기세를 이기지 못해 옆으로 털썩 쓰러졌다.

"미노스케 씨, 정신 차리세요."

요노 마을의 간타로가 곧 부축해 일으키려고 한다. 미노스케 할아버지는 오쓰기를 꽉 껴안고 쓰러진 채, 거친 숨을 내쉬며 고함쳤다.

"안 돼, 안 돼, 보면 안 돼."

그러더니 빠른 말투로 나무아미타불, 나무아미타불 하고 중얼거린다.

바르작거리다가 겨우 미노스케의 팔 안에서 빠져나온 오쓰기는 몸을 일으켜 봉당 굴뚝을 올려다보았다.

이미 아무도 없다. 아무것도 보이지 않는다.

세키조 선생을 비롯해 주위 남자들은 우두커니 서 있다. 오쓰기는 잇페이의 손을 꽉 잡았다. 그러자 오라비가 걱정스럽다는 어조로 물었다.

"오, 오쓰기, 괜찮아?"

"오라버니, 어르신이야!"

오쓰기도 숨이 거칠어져 있다.

"어르신이, 저 굴뚝에서 들여다보고 있었어!"

까불이 오타마의 말은 거짓이 아니었다. 되는 대로 말한 것이 아니었다. 오쓰기도 이 눈으로 보고 말았다.

그때 미노스케가 소리를 질렀다.

"어르신이 아니야!"

"하지만 미노스케 씨—."

"안 돼, 안 돼!"

또 오쓰기를 붙들어 누를 셈인지 헤엄치듯 팔을 흔드는 미노스케를 간타로가 뒤에서 붙잡아 말렸다.

"진정하세요. 대체 뭐가 어떻게 된 거예요?"

오쓰기가 잇페이의 등 뒤에 숨자 오라비는 몸으로 오쓰기를 감싸 주었다.

"어르신이라는 건—."

세키조 선생이 봉당의 굴뚝을 올려다보고 나서 일동의 얼굴을 둘러본다.

"나누시님의 아버님을 말하는 거지?"

마을의 그림 그리는 남자들이 고개를 끄덕였다.

"예, 선대 나누시님입니다."

"오쓰기, 분명히 그분의 얼굴이었니?"

온화하게 묻는 말에 오쓰기도 고개를 끄덕였다.

풀이 죽어 얌전해진 미노스케 할아버지가 양손으로 얼굴을 감싸자 간타로가 걱정스러운 듯이 그 등에 손을 얹었다.

"오타마라는 아이 때랑 똑같군."

"네. 오타마는 괜한 소란을 피운 게 아니었어요."

인정하긴 싫지만 오쓰기도 솔직하게 대답했다.
그러자 화가가 싱긋 웃으며 말했다.
"이곳의 그림들이 너무나도 아름다워서 돌아가신 어르신이 보러 온 거겠지. 조금도 무서운 일이 아니잖니."
좋은 공양이 된 거니까, 라고 한다.
"그렇다면 더욱 힘을 내서 입춘 전날 밤에는 이 세상의 극락 같은 광경을 만들어 내야지. 안 그런가, 미노스케?"
미노스케의 어깨를 두드리며 세키조 선생은 상냥하게 말했다. 할아버지는 고개를 숙인 채 침묵하고 있다. 그림 그리는 사람들도 서로의 얼굴을 마주 보았지만 아무도 항변은 하지 않았다.
"자, 오늘은 이쯤 하지."
선생의 지시로 그림을 떼어 내고 사람들은 뒷정리를 시작했다. 아직도 일어서려고 하지 않는 미노스케 할아버지가 걱정이 되어 오쓰기는 가만히 옆으로 다가갔다.
"미노스케 씨."
할아버지는 눈만 움직여 오쓰기를 보았다. 그러더니 목소리를 잔뜩 낮추어 중얼거렸다.
"공양이고 자시고 그런 게 될 리가 있니."
저딴 게, 하고 내뱉는다.
"오쓰기, 너는 똑똑히 보지 않았니."
"네, 봤어요. 어르신의 얼굴이었어요."
어르신은 병에 걸리기 전까지 자주 마을 안을 산책하곤 했다.

일을 게을리하는 사람이 있으면 야단을 치고 어린아이가 위험한 짓을 하고 있으면 또 야단을 쳤다. 모두 그 얼굴을 잘 알고 있다.

"얼굴이 닮긴 했지만 그런 게 어르신일 리가 없어. 여우인지 너구리인지, 우리를 속이려는 산짐승의 짓이야."

오타마 때도, 그림 그리는 사람 중 누군가가 웃으면서 그런 말을 했다.

미노스케는 바닥에 시선을 떨어뜨린 채 축 늘어져서 고개를 저었다.

"됐다. 너는 이제 입 다물고 있어."

요노 마을의 간타로가 걱정스러운 듯이 이쪽을 돌아본다. 눈이 마주치자 오쓰기짱, 불 좀 껴 주련, 하고 얼버무리듯이 말을 걸었다.

집으로 가는 길, 남매가 단둘이 소작인 공동주택으로 향하는 도중에 잇페이가 입을 열었다.

"오쓰기, 자세히 좀 말해 다오. 너는 무엇을 보았지? 미노스케 씨는 뭐라든?"

오쓰기는 가능한 자세히 이야기했다. 잇페이는 까다로운 얼굴로 듣고 있었다.

여우나 너구리란 말이지, 하고 중얼거린다.

"오라버니도 그렇게 생각해?"

잇페이는 한바탕 자신의 손과 머리를 움직이더니,

"그보다 도마뱀붙이 같은데" 하고 말했다.

굴뚝이 있는 벽에 달라붙듯이 팔다리를 딱 버티는 도마뱀붙이. 그럴듯하다. 그렇다면 손과 머리의 방향이 반대가 될 수도 있—으려나.

"망자는 그렇게 나오는 거야?"

"내가 어떻게 알아."

잇페이도 화난 듯이 부루퉁하게 말했다.

그날은 개운치 못하게 끝나고 말았지만 하룻밤이 지나고 아침 해를 바라보니 기분은 훨씬 나아졌다. 어제의 일은 너무나도 엉뚱했던 만큼 진짜 같지가 않았고 무서운 꿈이었나 싶은 기분도 든다.

하지만 평소처럼 커다란 짐을 짊어지고 별채에 도착한 오쓰기는 이상한 분위기를 감지했다. 덧문이 열려 있는데 작업은 시작되지 않은 것이다. 미노스케 할아버지의 모습 대신에 촌장과 소타로가 보인다. 고모노 마을의 그림 그리는 사람들과 간타로를 모아 놓고 세키조 선생을 둘러싸다시피 해서 앉아 있다.

어떻게 된 걸까. 의아해하고 있는데 잇페이가 살금살금 기듯이 툇마루에 나타났다.

"이야기가 더 복잡해질 테니까 너는 얼굴을 보이지 마."

동쪽 숲속까지 오쓰기를 쫓아낸 후 잇페이가 겨우 말을 꺼냈다.

"어젯밤에 미노스케 씨가 소타로 씨 집으로 달려간 모양이야. 둘이서 촌장님을 찾아가 담판을 지었대."

"담판이라니, 어떤 담판?"

"별채를 이렇게 만드는 건 역시 그만두게 해 달라고."

오쓰기는 깜짝 놀랐다.

"그러면 커다란 초롱도 없으니 아카리 님이 깨어나시지 않을 거야."

내일은 드디어 입춘 전날인데.

"이제 와서, 대체 왜?"

잇페이는 입을 삐죽거리며 어엿한 어른 남자처럼 팔짱을 껴 보였다.

"어제 일이 미노스케 할아버지에게는 꽤 견디기 힘든 충격이었나 봐."

—저건 망자야. 귀신이야. 나는 봤다. 이 눈으로 보고 말았어.

"그런 게 나온 까닭은 우리가 잘못된 짓을 했기 때문이래."

—별채를 장식한다고 해서 초롱 축제를 대신할 수는 없지. 아카리 님이 아니라 망자를 깨우고 말았어.

"담판이 끝나자마자 잠들어 버려서 오늘 아침까지도 일어나지 못했대."

그래서 소타로가 더욱더 씩씩대니 촌장도 어쨌거나 무거운 엉덩이를 들고 별채의 상황을 살펴보기로 한 것이다.

"선생님은 뭐래?"

"어제랑 똑같아. 별채가 예뻐져서 돌아가신 어르신이 보러 온 거라면 그게 어디가 잘못이냐고 태연자약하시지."

"다른 사람들은?"

"사람들은 망자를 보지 못했으니까."

곤란하게 됐어, 라고 한다.

"있지, 오쓰기. 너 정말로 어르신을 봤어?"

오쓰기는 말문이 막혔다. 분명히 보았다. 하지만 지금은 꿈이었던 것 같기도 하고, 일을 원만하게 수습하려면 차라리 잘못 보았다고 말하는 편이 낫겠다 싶은 기분도 든다.

잇페이는 한숨을 쉬었다. "너를 다그쳐 봐야 소용없겠지."

오쓰기의 오라비는 마음씨가 착하다.

"초, 촌장님은 어떻게 하실 생각일까."

"오늘은 작업을 하지 않고 마을 사람들이 모이기를 기다릴 거래."

그런가. 돈을 벌러 에도에 간 사람들도 오늘 중으로 마을에 돌아오기 때문이다.

"그럼 또 모여서 회의를 하는 걸까."

"그것밖에 없겠지."

"오라버니는 어느 쪽에 붙을 생각이야?"

"모르겠어."

매우 정직하지만 조금 미덥지 못하다.

"하지만 소타로 씨는 이제 마음을 바꾸지 않을 거야. 애초에 세키조 선생님을 믿지 않았다면서, 엄청 노기등등했어."

"어째서. 선생님은 나쁜 사람이 아니야."

잇페이도 천천히 고개를 끄덕였다.

"나도 알지만 소타로 씨의 말도 이해는 가. 화가 선생님은 우리 같은 촌놈들과 달라서 속마음을 읽을 수 없다는 거지."

세키조 선생의 속마음과 이번 일에 어떤 상관이 있을까. 종잡을 수 없이 복잡한 생각을 안고 오쓰기는 마을로 돌아갔다. 모처럼 나아졌던 기분이 다시 우울해졌다. 갑자기 후회가 밀려왔다.

—전부 내 탓이야.

무엇을 보았든 놀라지 말 걸 그랬다. 소란을 피우지 말 걸 그랬다. 그랬으면 미노스케 씨도 눈치채지 못했을 텐데. 내가 경솔했어.

"힘들었겠구나……."

오치카가 차분하게 말했다. 참으로 성가신 이야기다.

"오쓰기 너 때문이 아니야. 넌 하나도 잘못하지 않았어. 경솔하지도 않고."

그것만은 딱 잘라 말할 수 있다.

"잘 생각해 봐. 이 분쟁은 누구 때문에 시작됐니? 제1영주님 때문이잖아."

원인은 제1영주님이 초롱 축제를 금한 것이다. 그것이 바로 모든 말썽의 발단이다.

"나도 납득은 가. 나누시님이 제1영주님께 두 번 다시 있어서는 안 되는 훈계의 의미로 이 일을 말씀드리고 싶어 하는 것도 무리는 아니야. 당연해."

힘주어 말하는 오치카를 향해 오쓰기는 눈을 깜박거렸다.

"하지만 아가씨. 이번에는 엄청 매끄럽게 수습되었어요."

오치카는 깜짝 놀랐다.

"뭐? 두 번째 훤훤효효는 없었니?"

돈 벌러 나갔던 사람들이 돌아와 마을 사람들이 모였을 때 다시 평결을 한 것이 아닌 걸까.

"네. 저번처럼 수고를 들이지 않고도 결론이 나 버렸으니까요."

"대체 어떻게?"

고모리 마을의 촌장은 마을로 돌아가 마을 사람 모두에게 별채를 보러 가라고 재촉했다고 한다. 에도에서 돌아온 사람들에게도 에도에서 가져온 이야기는 나중에 하고 별채를 보고 오라고 다그쳤다.

"소작인들도 조심스러워하지 않아도 된다면서요. 이건 마을에 있어서 제일 중요한 일이니까."

그래서 마을 사람들 모두가 위에서부터 아래까지, 움직일 수 있는 사람은 한 명도 남김없이, 움직일 수 없는 사람은 다른 사람에게 업혀서 별채 구경을 하러 나가게 되었다.

"나누시님의 하녀 오마쓰 씨도?"

"네. 촌장님의 분부니까요."

오쓰기는 웃었다. "무서워서 죽을 지경인 오타마도 제가 끌고 가려고 했더니 팔이 빠진다면서 난리를 치는 바람에 오라버니가 같이 따라갔어요."

잇페이가 나서자 곧 얌전히 따라갔다고 한다. 오타마도 계산은 빠르다.

"다들 자기 눈으로 직접 확인하고 나니 아무도 무서워하지 않게 되었어요."

납득이 된다. 고모리 마을의 사계절 풍경을 그린 그림을 끼워 넣어 별채는 통째로 꿈처럼 아름다운 특대 크기의 초롱으로 바뀌어 있었으니까.

"세키조 선생님이 그림 속에는 여러분의 모습도 그려져 있다고 일일이 가리키며 알려 주시니까 다들 무척 기뻐했어요."

오오, 이게 나인가? 우리집은 어디지? 아, 정말이네, 여기 그려져 있어. 아버지 보세요, 여기에 있어요—하는 식으로, 당초 별채를 장식하는 데 반대했던 사람들까지 순식간에 매료되고 말았다고.

"우리 아버지도 에도에 꽤 예쁜 구경거리가 많았지만 이 광경에는 따라올 수 없다고 칭찬했을 정도예요."

"아하." 오치카도 감탄했다. "그렇구나, 촌장님도 생각 많이 하셨네."

실로 멋진 것이 만들어졌다, 헛되이 하기는 아깝다, 이거라면 충분히 축제의 커다란 초롱을 대신할 수 있겠다고, 마을 사람들의 마음이 그쪽으로 흘러가면 밀어붙일 수 있다.

묘안이다. 촌장도 논리로 쥐어짜 낸 방책은 아닐 것이다. 자신이 별채를 보고 놀랐고 마음에 들었기 때문에 이 방법을 떠올릴 수 있었던 것이리라.

"그날 해 질 무렵에는 벌써, 거기에 불을 켜면 어떤 광경이 펼쳐질지에 대한 기대로 마을 전체가 떠들썩해졌어요."

한때는 소타로의 설득에 흔들렸던 그림 그리는 사람들도 마찬가지였다. 감탄하는 말을 듣는 데 기분이 나쁠 리 없다. 별채는 자신들이 정성을 들여 만든 작품이다. 순식간에 태도를 바꾸어 가슴을 펴게 되었다.

"시종일관 초조해하던 소타로 씨의 말에는 아무도 귀를 기울이지 않게 되었어요."

"그랬겠지."

망자가 어쩌고저쩌고하는 이야기는 불길하고 으스스하다. 하지만 이야기일 뿐, 마을 사람들의 눈에 보이는 것은 아니다. 그에 비해 별채를 채색한 멋진 사계절의 그림은 눈앞에 있다. 설득력이 다를 수밖에 없다.

"나누시님은 어땠니?"

"세키조 선생님이 가 보자고 하셨지만 제1영주님 앞에서 자신은 아무것도 몰라야 한다며 저택에 틀어박혀 계셨대요."

그 김에 마을 사람들을 너무 소란스럽게 만들지 말라고 촌장은 야단을 맞은 모양이다.

"나누시님이 걱정하실 정도로 마을 사람들이 떠들썩하게 기뻐했던 거로구나. 세키조 선생님은 분명히 득의만면하셨겠지."

오치카의 말에 오쓰기의 얼굴이 갑자기 흐려졌다. "어머나, 미안해."

이야기를 듣는 사람이 앞질러 가서는 안 된다.

"아니에요, 죄송해요. 그러니까."

오쓰기는 일단 눈을 내리깔더니 다음을 어떻게 이어갈지 고민하는 눈치였다. 오치카는 앉은 자세를 고치며 얌전히 기다렸다.

"다음 날—입춘 전날은 아침부터 별채가 엄청 시끌시끌했어요. 마을 사람들이 구경을 와서 여기저기 더러워지고 말았고요."

어쩔 수 없었다고는 해도 많은 사람이 우당탕거리며 들어왔으니 제아무리 조심했다 한들 그림이 더러워지거나 끄트머리 색칠이 벗겨지는 일이 생길 수밖에 없었으리라. 해 질 녘까지 전부 고쳐 두어야 한다.

"저는 오라버니랑 또 일을 도왔어요. 청소를 하고 초롱과 촛대, 기름통과 초 상자를 날라서 불을 잔뜩 켤 수 있게 준비했지요."

오쓰기와 잇페이도 정신없이 바빴다.

"커다란 초롱을 짊어지는 초롱꾼들과 함께 오신 촌장님은 그날 밤을 대비해서 여러 가지를 준비하셨어요."

초롱 축제의 커다란 초롱은 마을 안을 천천히 걸어 다닌다. 하지만 별채는 여기에서 움직일 수 없으니 오늘밤에는 아카리 님을 깨우기 위한 제례가 끝나면 마을 사람들이 다시 구경하러 올 수 있도록 준비를 갖추어 두어야 한다. 모두 기대가 더욱 커졌기 때문에 내버려 두면 앞다투어 몰려들 것이다. 밤이라 캄캄한 동쪽 숲에는 발밑이 위험한 곳도 있다. 사람들이 순서대로 올 수 있도록 지휘하고, 앞장설 사람을 정했다.

"촌장님도 초롱꾼들도, 이건 초롱 축제가 아니고 몰래 하지 않으면 곤란하다는 것 따위는 완전히 잊어버린 것 같았어요. 들떠 있었거든요."

덩달아 들떠 있던 오쓰기도 그저께 일어난 일은 거의 잊었다. 미노스케 할아버지에게는 미안하지만 봉당 굴뚝 쪽에 나타난 것에 대해서는 마음에 덮개를 덮고 더 이상 떠올리지 않았다.

"일곱 점(오후 네시)이 지났을 무렵에는 저랑 오라버니의 일이 끝나서 돌아가려고 했는데 세키조 선생님이 오시더니 선생님도 이제 돌아갈 거라고 말씀하셨어요."

그림 쪽은 완벽하니 선생의 일도 끝났다.

"제례에 대해서는 더 이상 내가 참견할 일이 아니니까."

그때 흔쾌한 표정의 선생이 손에 들고 있던 것을 알아채고 오쓰기가 소리쳤다.

"아, 바람개비다!"

고모리 신사 뒤쪽에 있는 공양 무덤에 바칠 바람개비다.

"오마쓰 씨한테 종잇조각을 주고 만들어 달라고 한 거야. 색깔은 내가 안료로 칠했고. 꽤 화려하지?"

하나, 둘, 열 개다.

"두 사람은 벌써 공양하러 갔다 왔나?"

"그게, 아직 못 갔어요."

집에서는 어머니가 만들곤 했지만 오쓰기도 잇페이도 올해는 경황이 없어서 완전히 잊고 있었다.

선생은 말했다. "그럼 나랑 같이 가자. 그렇다기보다는 또 안내를 부탁할 수 있다면 고맙겠어."

약간 망설이는 기색의 잇페이와 달리 오쓰기는 달려들듯이 대답했다.

"네, 고맙습니다!"

결국 셋이서 고모리 신사의 참배길에 올랐다. 도리이를 지나자 오쓰기와 잇페이는 걸음을 멈추고 꾸벅 목례를 한 후에 사당 옆을 빠져나가 뒤쪽으로 돌아간다.

"참배는 안 하니?"

"선생님, 아직은 아카리 님이 주무시고 계시니까 방해하면 안 돼요."

"오오, 그래?"

마을 사람들은 겨울 동안 공양 무덤에 쌓인 마른 가지나 낙엽을 치우고 단단해진 흙도 부드럽게 골라 두었다.

크고 작은, 색깔도 갖가지인 바람개비가 무덤 전체를 덮듯이 바쳐져 있다.

해는 조금 기울기 시작했지만 날씨도 좋고 바람도 없다. 사당과 그 뒤쪽에 자리한 공양 무덤을 둘러싸고 있는 빛의 숲은 쥐 죽은 듯 고요했다.

그나저나 산새들은 어떻게 계절을 아는 걸까. 늘 궁금했다. 새에게는 새의 달력이 있는 건지. 지금은 새 지저귀는 소리가 들리지 않지만 초롱 축제가 끝나고 입춘이 오면 그 순간 시끄러워진다. 참으로 신기한 일이다.

선생이 사치스러운 바람개비를 다 세우자 오쓰기는 한 발짝 물러서서 잘되었는지 둘러보았다.

"여기만 꽃밭 같네요."

잇페이도 손에 묻은 흙을 털면서 고개를 끄덕였다. "응."

세키조 선생이 말했다. "오마쓰 씨도 허구한 날 수다만 떠는 건 아니야."

왠지 묘하게 굳어 있던 잇페이의 뺨이 겨우 누그러졌다. "네."

"그럼 기도하고 가자."

자신의 오라비와 누이, 동생 몫뿐만 아니라 원래는 지금 같이 마을에 있어야 할 아이들 모두를 위하여 오쓰기와 잇페이는 손을 모으고 머리를 숙였다. 꽤 오랫동안 기도했다 싶었는데 얼굴을 들어 보니 옆에 있는 선생은 아직도 합장한 채 눈을 감고 있다.

오쓰기는 세키조 선생의 옆모습을 올려다보았다. 그제야 화가는 눈을 뜨더니 손을 내리고 공양 무덤을 장식한 바람개비들을 바라보며 오쓰기가 지금껏 들은 적이 없는 연약한 목소리로 조용히 말했다.

"실은 나도 아이를 잃었단다. 벌써 칠 년 전이지만."

희미한 바람이 불어와 바람개비가 바스락거리는 소리를 냈다.

"아내를 얻고—아아, 그러니까 가정을 꾸렸는데 좀처럼 아이가 생기지 않아서 말이지. 부부가 함께 아이를 갖게 해 준다는 신에게 기도를 하고 좋다는 건 무엇이든 해서 겨우 생긴 사내아이였는데."

오쓰기는 아무 말도 할 수 없었다.

잇페이가 작은 목소리로 물었다.

"몇 살 때 죽었나요?"

"여섯 살. 공부를 하러 다니기 시작하면서 친구가 생겼거든. 곧장 집으로 와야 한다고 타일러 두었는데 여름이라 친구랑 강에 물놀이를 하러 갔다가."

그만 빠져 죽고 말았지, 라고 한다.

"사흘이 지나고 반 정町 거리의 단위. 한 정은 약 백구 미터에 해당한다 이나 하류에서 시체가 떠올랐어."

오쓰기는 말이 나오지 않을 뿐만 아니라 가슴이 꽉 막히는 것 같았다.

"—가엾어요."

잇페이도 목이 멘 듯한 목소리로 말한다. 못 들었는지 선생은 멍하니 풍차만 바라보았다.

"아내는 울고, 또 울고, 매일 울고."

목소리는 낮고, 억양이 없다.

"자지도 않고 먹지도 않고 점점 쇠약해져 갔어. 나는 허둥거리기만 할 뿐 아무것도 해 주지 못했단다."

잇페이가 고개를 떨어뜨렸다. 바람개비가 또 바스락거리는 소리를 낸다. 몇 개의 날개가 조금 돌았다.

"그래서 아내를 위해 그림을 그려 주었어."

죽은 아들의 그림을.

"그 애가 웃거나 놀거나 아내에게 안겨 자고 있는 그림을 계속해서 그려 나갔단다. 생전의 아이와 꼭 닮은 그림을."

선생님은 우리 같은 애들한테 이런 이야기를 하셔도 되는 걸까. 우리가 들어도 될까. 오쓰기의 가슴이 술렁거린다.

세키조 선생은 천천히 고개를 저었다.

"그런 건 아무런 위로도 되지 않았어. 그림은 그냥 종잇조각일 뿐이니까. 아무리 잘 그려도 종잇조각에 생명이 깃들지는 않지. 그게 슬프다며 아내는 더 울고, 해골처럼 야위어서 결국은 아이의 뒤를 쫓듯이 죽고 말았어."

견딜 수가 없어진 오쓰기가 안료로 더러워진 화가의 옷소매를 만지려고 했다. 그런 이야기는 하시면 안 돼요. 하지만 오쓰기의 손가락이 닿기 전에 선생은 몸을 돌려 이쪽을 보았다.

"잇페이, 너는 내 속셈이 의심스러운 거지?"

선생은 미소 짓고 있었다.

"오쓰기가 무서운 일을 당했고 미노스케는 앓아눕고 말았어. 소타로가 화내는 건 지당하고 현명한 네가 소타로의 의견을 받아들이는 건 당연한 일이야. 나는 화나지 않았단다."

잇페이는 얼굴을 들고 선생의 눈을 보았지만 아무 말도 못한 채 쩔쩔매고 있었다.

"다만 내게는 생각이 있어. 그걸 알아주었으면 좋겠는데, 좀 들어 주지 않겠니?"

부탁을 받지 않더라도 듣고 싶다. 머리의 반은 그렇게 생각한다. 나머지 절반은 귀를 막고 도망치려 한다. 어느 쪽으로도 갈 수 없어서 오쓰기는 결국 그 자리에 못 박히고 말았다.

"들려, 주세요."

잇페이가 떨리는 목소리로 말했다. 고맙다, 하며 선생은 아까보다 더 부드러운 미소를 지었다.

"아내를 잃고 나는 여행만 하게 되었어. 이 나라를 널리 돌면서 지혜와 기술을 찾아다니기로 결심했거든."

어떻게 하면 생명을 다시 되돌릴 수 있을까.

"나는 화가야. 그림이라면 얼마든지 잘 그릴 수 있지. 하지만 그것만으로는 공허했어. 그렇다면 무엇을 어떻게 하면 될까. 어떻게 하면 죽은 사람이 저세상에서 돌아와 내 그림에 깃들고 생생하게 되살아나 줄까."

"선생님, 그런 얘기는 하지 마세요!"

오쓰기는 격한 목소리로 말을 가로막았다.

"죽은 사람의 혼이라면 우란분이나 피안彼岸 춘분, 추분의 전후 삼 일을 포함한 칠 일간 때 돌아와요. 그래서 우리도 공양을 하는 거잖아요."

세키조 선생이 목을 길게 빼고 오쓰기 쪽으로 바싹 다가왔다.

"우란분이나 피안 때 죽은 사람이 돌아온다고? 오쓰기, 너는 본 적 있니? 우란분 때 피우는 불을 따라오는 죽은 사람의 모습을. 피안에 들어설 때 문을 지나 들어오는 죽은 사람의 그리운 얼굴을 그 눈으로 본 적이 있단 말이야?"

"보, 본 적은 없지만, 아버지도 어머니도 그렇다고 했으니까."

"그래. 그렇게 말하고 있을 뿐이야. 모두 그렇게 믿고 있을 뿐이잖니."

속임수지. 슬픈 속임수에 지나지 않아. 세키조 선생은 말했다. 목소리가 부드럽다. 표정은 온화하다. 그러나 오쓰기는 무릎이 떨렸다.

"나는 북쪽으로 남쪽으로 동쪽으로 서쪽으로 여행을 했다. 여러 지방을 찾아가 풍습을 배웠어. 놀랍게도 많은 곳에서 죽은 사람을 다시 불러오기보다 죽은 사람이 돌아오지 못하도록 제사를 지내는 데 더 열심이더구나."

왜냐하면 누구에게나 망자는 무서우니까. 오쓰기는 마음속으로만 외쳤다. 지금 선생님의 눈빛도 무섭다고.

—굴뚝에서 엿보고 있던 어르신.

그 망자의 눈과 똑같다.

"살아 있는 사람들은, 죽은 사람은 이제 이 세상에서 그들과 섞여서 살 수는 없다고 결정지은 거야. 그 쓸쓸함과 얼마쯤의 꺼림칙함을 완화하기 위해서 우란분이나 피안의 관례를 만들어 둔 거지."

그렇다면 반대의 경우는 어떨까.

"나는 그런 생각이 들었어. 내 그림 실력으로 죽은 사람과 산 사람들을 그림 속에 함께 그려 보면 어떻게 될까 하고."

죽은 사람의 모습은 몇 장을 그려도 공허할 뿐이다.

"중요한 건 죽은 사람이 있었을 때의 세상을 재현하고, 죽은 사람을 살아 있는 사람들과 함께 두는 거야."

그렇게 하면 죽은 사람은 이 세상에 되살아나고 거기에 깃들 수 있을지도 모른다.

"실은 말이지, 이 마을을 찾아오기 전에 한 번 에도에 들렀다가 어떤 상인과 얘기가 돼서 내 생각을 시험해 볼 수 있었단다."

선생의 목소리에 누군가와 비밀을 나눌 때의 친근함이 담겼다.

"나는 그림을 그렸어. 정성을 다해서 그렸지."

그 상인의, 돌림병으로 요절한 딸을 다시 불러오기 위해서 딸이 지내던 방에 생전의 모습과 예전에 친하게 지냈던 사람들, 좋아했던 물건들, 사랑했던 풍경, 살았을 당시에 딸을 둘러싸고 있던 모든 것을 가능한 자세히 그렸다.

"그러나 한 방에서 그릴 수 있는 그림에는 한계가 있어. 내가 온갖 수단을 동원하여 그림을 완성했더니 한밤중에 몇 번인가 딸의 가느다란 목소리가 들려왔지만 모습은 돌아오지 않더구나."

세키조 선생은 천천히 주먹을 움켜쥐었다.

"더 넓은 장소가 필요하다, 집을 구석구석 다 써서 딸이 있던 이 세상을 재현해야 한다, 이 세상에 도로 불러오려면 그 방법밖에 없다는 확신을 품고 나는 열심히 부모를 설득했어. 어머니인 안주인은 승낙했는데 남편은 죽어도 고개를 끄덕이지 않았지."

당연하다. 오쓰기는 떨면서 생각했다. 죽은 딸의 가느다란 목소리가 들려왔다고?

제정신이 아니다.

본인이 제정신이 아님을 본인은 모르고 있다.

이제 와서 알았어도 오쓰기는 그저 떨 수밖에 없었다. 이렇게 슬프고 무서워서 견딜 수 없는 마음도 선생님에게는 통하지 않을 테니까.

"결국에는 싸움이 났지. 얼마나 심한 꼴을 당했는지 몰라. 그 상가商家의 남자들한테 두들겨 맞고 쫓겨났단다."

선생이 이가 빠진 곳을 보이며 쓴웃음을 짓는다.

"여기 이가 부러지고 말았어."

잇페이가 결심한 듯이 앞으로 몸을 쑥 내밀며 선생에게 바싹 다가갔다.

"선생님, 그럼 이번 별채의 일은 처음부터 끝까지 선생님께서 꾸민 일이었나요?"

세키조 선생은 순간 깜짝 놀랐다는 표정을 지었다가 싱글벙글 웃으며 대답했다.

"듣기에 안 좋구나. 나는 아무것도 꾸미지 않았어."

"그럴 리가 없어요!"

흥분하지 말라며 선생이 잇페이를 달랬다.

"알고 지내는 화가가 나누시님과 친했단다. 그 인연으로 초대를 받아서 오게 된 거야. 저택에 머물기 시작했을 때는 어르신에 대해서도 별채에 대해서도 몰랐지. 이 풍요롭고 밝은 마을에서는 다음 시험을 해 볼 기회가 없겠다며 한숨 쉬었을 정도라니까."

웃는 얼굴로 말했지만 오쓰기와 잇페이의 표정에 역시 거북해졌는지 선생은 콧등을 긁적였다.

"그야 뭐…… 오마쓰 씨한테서 돌아가신 어르신과 별채의 사연을 듣고 나서는 좋은 기회라 여기긴 했다만."

나누시를 잘 설득할 수만 있다면 별채를 쓸 수 있다.

"이야기를 잘못했다가는 그 상가와 같은 일이 반복될 수도 있지. 나누시님은 불효를 저지른 걸 후회하면서도 별채에 덮개를 덮어 버리고 싶어 했으니까."

경솔하게 움직일 수는 없었다.

"어쨌거나 별채를 이용해서 죽은 어르신을 둘러싸고 있는 이 마을의 모든 것을 그리려면 우선 마을과 마을 사람들에 대해서 잘 알아 두어야 했지."

오쓰기는 저도 모르게 "아!" 하고 소리를 질렀다.

"선생님이 늘 이쪽저쪽 어슬렁거리면서 그림을 그리신 데는 이유가 있었군요."

"아아, 맞아."

마을의 '이 세상'을 그리기 위해서 풍경을, 사람을, 시험 삼아 그리며 준비하고 있었던 것이다.

"믿어 다오. 나는 좋은 기회가 오길 기다리며 준비하긴 했지만 뭔가를 꾸미지는 않았단다. 물론 나누시님은 아무것도 모르셔."

"그래서 선생님은 저한테 별채로 안내해 달라고 한 거군요."

"네 덕분에 예상보다 빨리 그곳의 상황을 알 수 있어서 나중에도 일이 잘 풀렸다고 해야겠지."

—축제가 금지되었다면 커다란 초롱을 대신할 만한 것을 궁리하면 어떨까요?

이번에는 선생이 눈썹을 찌푸리며 말했다.

"나누시님 댁 어르신은 오마쓰 씨가 떠들어 댔던 대로 상당한 원한을 품고 죽었더구나."

"어, 어떻게 아세요?"

"너희들을 놀라게 한 묘한 환상이 나타났기 때문이야. 그건 죽은 사람의 진짜 영혼이 아니란다. 죽은 사람의 염念, 더러운 조각에 지나지 않아."

가짜지, 라고 한다.

"항간에 넘쳐나는 망자나 유령의 목격담은 대체로 그런 종류야. 죽은 사람의 염이, 어딘가에 넝마쪽 걸리듯 인연이 깊은 장소에 걸려 있는 거지. 그게 산 사람의 눈에 기괴한 환상이 되어서 보일 뿐이야."

가치는 없어. 시시해, 아주 시시하지 하고 선생은 말했다.

"진짜는 좀 더 완벽한 모습으로 돌아오거든. 길이 열리면, 이 세상과 저세상이 통하니까."

말도 안 되는 소리를 하고 있는 데도 선생은 온화하고 침착하다.

"그러니까 잇페이, 너도 다시 만날 수 있어."

선생은 잇페이에게 웃음을 지었다. 오라비는 깜짝 놀란 듯이 뒷걸음질 쳤다.

"저, 저는 어르신의 망자 같은 건."

"아니, 아니야. 어르신이 아니야."

오나쓰 말이다.

"별채의 그림 속에 나누시 댁의 어르신뿐만 아니라 내 붓으로 오나쓰의 모습도 그려 두었거든. 몰랐니?"

잇페이는 깜짝 놀라 입을 딱 벌렸다.

세키조 선생은 등을 곧게 펴고 별채 방향을 바라보았다.

"오늘밤에 별채에 불이 켜지고 건물 전체가 커다란 초롱보다도 밝고 아름답게 빛나면 그게 길잡이가 될 거야."

저세상에서 이 세상으로 돌아오기 위한 길잡이.

"이 마을과 인연이 있는 죽은 자들이, 이곳에서 친근하게 살아갔던 사람들이 모두 별채로 돌아올 게다."

선생은 눈을 가늘게 뜨고 몇 번이나 고개를 끄덕였다.

"이제 얼마 안 남았어. 길잡이가 생기고 길이 열리겠지. 별채는 되살아난 죽은 자들의 쉴 곳이 될 거야. 마치 여관 같은 것이지."

선생은 쿡쿡 웃었다.

"별채는 죽은 사람들에게 묘지보다도 저세상보다도, 어디보다도 편안하고 좋은 여관이 될 거야. 이 세상의 사람들은 마음을 다해서 환대해야 해."

죽은 사람의 여관—.

너무나도 이상야릇해서 웃을 뻔했지만 오쓰기의 입에서 새어 나온 것은 새액새액 헐떡이는 듯한 숨소리뿐이었다.

선생님, 이상해요. 선생님, 제정신이에요?

바스락.

소리가 난다.

무덤을 장식한 앞쪽 바람개비의 날개가 움직였다. 그 뒤에 있는 두 개도, 한 박자 늦게 움직이기 시작했다. 여기저기에서 소리가 난다. 바스락, 바스락, 바스락.

"아, 바람이 불기 시작한 걸까?"

선생은 잠에서 깬 것처럼 주위를 둘러보았다. 빛의 숲의 나무들은 쥐 죽은 듯 고요했다. 나뭇잎 한 장 움직이지 않는다.

바스락, 바스락, 바스락. 차례차례 바람개비의 날개가 움직였다. 하나는 오른쪽으로 돌고 옆에 있는 하나는 왼쪽으로 돌고 뒤에 있는 것은 또 오른쪽으로 돈다.

바람 때문이 아니다.

오쓰기는 비틀거리듯이 뒷걸음질 쳤다. 바람개비들이 일제히 움직였다. 각각 제멋대로, 오른쪽으로 돌고 왼쪽으로 돌고, 붕붕 소리를 내며 순식간에 기세를 더해 간다.

탈탈탈탈탈탈탈탈.

남매의 뺨에 바람개비들이 일으키는 바람이 불어 닥쳤다. 흙냄새가 났다. 축축한 냄새도.

그리고 이 냄새.

—향냄새야.

향냄새를 맡았다고 생각한 순간 잇페이가 덜덜 떨며 갈라진 듯한 목소리를 쥐어짜 냈다.

"오, 오쓰기, 도망쳐."

세키조 선생은 양팔을 벌리고 바람개비의 바람을 쐬며 감탄하고 있다.

"오오, 굉장하구나. 이건 징조야."

길이 열리는 것이다.

잇페이는 오쓰기의 팔을 잡았다.

"도망쳐, 오쓰기!"

남매는 튕겨나가듯이 달리기 시작했다.

탈탈탈탈탈탈탈탈.

오쓰기는 딱 한 번 돌아보았다. 흔들리는 시야 속에 공양 무덤을 등지고 서 있는 세키조 선생의 모습이 비쳤다.

바람개비들이 돌고 바람이 화가의 노바카마에도 시대 때 옷자락에 우단으로 넓게 테두리를 댄 무사들의 여행용 바지 자락을 흐트러뜨린다. 헝클어진 머리카락이 나부낀다. 선생은 이가 빠진 곳을 드러내며 미소 짓고 있다.

왠지 알 수 없지만 오쓰기는 울음이 났다. 그 후로는 뒤도 돌아보지 않고 마을까지 그냥 달렸다.

세키조 선생은 정상이 아니다. 잃어버린 아내와 아이를 그리워한 나머지 제정신의 테두리 바깥으로 발을 내딛고 말았다.

별채에 성대한 불을 켜고 아카리 님을 깨워 풍작을 기원하는 밤을 눈앞에 두고 어떻게 그런 말을 꺼낼 수 있을까. 말해 봐야 누가 믿어 줄까.

제례 준비는 착착 진행되어 간다. 오쓰기도 잇페이도 입을 다문 채 몸을 움츠리고 있는 수밖에 없었다. 어머니는 밥 짓는 일을 도우러 가고 동생들도 어딘지 모르게 들뜬 마을 분위기에 휩쓸려 내내 밖에 나가 노느라 분주하다.

아버지는 매년 에도에 다녀오면 피곤한 기색이 역력했고, 뺨이 조금 수척해졌다. 그러나 마을에 돌아와서 새해의 농사를 시작하는 건 기쁘니까 기분이 좋다. 올해는 다른 때보다 더 기분이 좋은데, 별채를 구경하러 갔다가 그 아름다움에 매료된 데다 오쓰기와 잇페이가 도와서 매우 열심히 애썼다고, 촌장님과 그림을 그린 마을 남자들이 칭찬해 주었기 때문이다.

걸핏하면 그 이야기를 하고 싶어 하고 "열심히 일했다, 너희들은 내 자랑이다"라고 말하는 아버지에게 오쓰기는 몇 번인가 속마음을 털어놓을 뻔했다. 하지만 그때마다 공양 무덤에서 울면서 달려왔을 때의 그 기분—도저히 말로는 표현할 수 없는 감정이 치밀어 오르는 통에 무서워서 무릎이 다시 떨리고 아무 말도 할 수 없게 되었다.

"오쓰기는 배라도 아프니? 시원찮은 얼굴을 하고 있구나."

오히려 아버지에게 그런 말을 듣고 말았다.

오늘밤 별채에서 거행되는 제례에는 초롱 축제 때와 똑같이 나누시와 촌장과 초롱꾼들만 입회했다. 요노 마을에서도 촌장이 왔다. 고모리 신사에 참배만 하고 축제 흉내는 내지 않을 거라며 딱 잘라 거절했던 오사키 마을의 촌장과 초롱꾼들도 오쓰기네 마을 촌장에게 설득을 당한 건지 별채를 구경하러 왔다가 감탄하며 넋을 놓고 보고 말아 결국은 의식에 참석하게 되었다.

모두 등불로 빛나는 오늘밤의 별채를 보고 싶어 한다. 오타마조차 마찬가지였다.

"잇페이, 오쓰기, 있어? 조키치 씨가 소작인 우두머리들끼리 한 가위바위보에 져서 우리 공동주택 사람들이 별채에 갈 수 있는 건 한참 뒤, 한밤중이래."

불만스러운 듯이 말하며 오타마가 오쓰기네 집에 얼굴을 내민 것은 다섯 점(오후 여덟시)이 지날 무렵이었다. 별채에서는 제례가 이루어지고 있다. 공기는 맑고 조용한 밤이다. 마을의 소작인 공동주택에 있어도 멀리에서 울리는 희미한 북소리를 들을 수 있었다.

의식이 끝나면 마을 사람들이 순서에 따라 등불로 빛나는 별채를 참배한다. 첫 번째 무리는 벌써 그 근처까지 가 있을 것이다.

아버지도 동생들을 데리고 나갔다. 공동주택 사람들도, 오늘밤에는 커다란 초롱이 마을을 돌아다니는 것도 아닌데 들뜬 기분으로 여기저기에 모여 있다.

하지만 잇페이는 이로리 한쪽 끝에서 묵묵히 짚신을 삼고 오쓰기는 바느질을 할 뿐이었다.

“나누시님의 저택에서 마을 사람들에게 붉은색과 흰색의 만주를 나눠 주신대. 오쓰기, 같이 안 갈래? 오마쓰 씨를 도와주면 만주를 빨리 먹을 수 있어.”

잇페이에게도 가자고 권하며 오타마는 끈적끈적하게 다가왔지만 잇페이는 손을 멈추지 않고 얼굴도 들지 않았다.

“무슨 일 있어?”

오타마는 의아하다는 표정을 지으면서도 잇페이 앞이라는 걸 의식하고 어른처럼 교태부리는 듯한 몸짓을 한다.

그러자 잇페이가 갑자기 일어섰다.

“나, 진베에 씨한테 갈래.”

“오라버니—.”

잇페이가 도망치듯이 나가 버렸다.

“이상하네. 오쓰기, 오라버니랑 싸웠어?”

뺨을 부루퉁하게 부풀리며 날카로운 눈으로 노려보는 오타마에게 오쓰기는 저도 모르게 물었다.

“오타마, 이제 안 무서워?”

“뭐?”

“별채가 무섭지 않아? 어르신의 망자를 보았는데도?”

“뭐야.” 오타마는 솔직하게 주눅 든 표정을 지었다. “나는 이제 괜찮아.”

언니인 척, 시치미를 떼어 보인다.

"어제 어머니랑 구경하러 갔다 왔는걸. 몰라볼 정도로 예뻐졌더라."

흐음, 그래? 하고 오쓰기는 무뚝뚝하게 말했다.

"지금쯤이면 거기에 불이 다 켜졌을 거야. 호화로운 모습이겠지. 순서를 기다리는 거 귀찮다. 우리 둘이서 먼저 몰래 보러 갈까?"

"안 가는 게 좋을 거야."

가면 안 돼. 오쓰기의 목소리와 표정에 어지간한 오타마도 조금 기가 죽은 듯했다.

"뭐, 뭔데 그래."

오쓰기는 참고 있던 무언가가 뚝 끊어진 듯한 느낌이 들어서 바느질하던 것을 내팽개치고 말았다.

"몰라. 나 바보가 됐나 봐."

그러고는 잇페이와 똑같이 밖으로 나갔다. 소작인 공동주택을 벗어나 무턱대고 성큼성큼 걷기 시작한다.

온 마을의 집집마다 불이 켜져 있다. 논두렁길을 따라 동쪽 숲 쪽으로 향해 가는 등불도 보였다. 싸늘하게 식은 밤공기 속에 멀리서 북이 쿵, 쿵 하는 소리가 한층 더 또렷하게 울린다.

지금은 누구도 만나고 싶지 않다. 사람이 모여 있는 밝은 곳에서 다른 사람들의 웃는 얼굴을 보고 싶지는 않다.

마을을 둘러싸고 있는 밤과 숲의 어둠은 깊었다. 오늘밤에는 하늘에 달도 별도 보이지 않는다. 구름에 덮여 있는 것이다. 낮에는 맑았는데 왜 갑자기 이렇게 흐려졌지.

어디로 갈까. 아침까지 안심하고 숨어 있을 수 있는 곳은 어디일까. 오라버니와 함께 진베에 씨한테 가 있을까—.

어느새 마을 남쪽 사거리에 다다랐다. 헤매면서 추위에 떨고 고개를 수그린 채 우두커니 서 있자니 갑자기 누군가가 어깨를 가만히 두드렸다.

"오쓰기, 이런 곳에서 뭘 하고 있니?"

소타로였다. 하얀 등롱을 손에 들고 고모리 마을의 한텐을 입고 있다.

"소타로 씨—."

"너는 구경하러 안 가니?"

그렇다, 이 사람이 있었다.

"소타로 씨는 안 가세요? 미노스케 씨는 좀 어떠세요?"

소타로는 등롱을 살짝 들어 올려서 오쓰기의 얼굴을 비추었다.

"너, 핏기가 없구나."

미노스케 할아버지 같아, 하고 덧붙인다.

"어!"

"할아버지는 그 후로 계속 앓아누웠다 일어났다 했는데 오늘 저녁때부터 다시 안 좋아졌어. 새하얀 얼굴을 하고 기운 없이 누워 있단다."

소타로는 괴로운 듯이 얼굴을 찌푸렸다.

"할머니가 걱정하면서 울기만 하는데 내버려 둘 수가 있어야지. 줄곧 옆에 붙어 있다가 갑자기 네 생각이 나서 말이다. 오쓰기는 뭘 하고 있나 하고."

소타로 씨가 나를 걱정해 준다. 오쓰기는 단숨에 마음이 풀려 또다시 울 것 같은 기분으로 공양 무덤에서 일어난 일이나 세키조 선생이 했던 이야기를 그대로 털어놓고 말았다.

소타로는 가만히 들어 주었다. 한텐을 벗어서 덜덜 떠는 오쓰기에게 걸쳐 주고 자신은 단단히 팔짱을 끼고 있다.

"나도 그 선생님은 어딘가 좀 이상한 데가 있다 싶었어."

오쓰기가 간신히 이야기를 마치고 숨을 돌리자 소타로는 목소리를 낮추어 말하기 시작했다.

"어디가 어떻다고는 설명할 수 없어. 네가 들은 것 같은 이야기는 나도 처음 듣고 생각도 못 했으니까. 다만 세키조 선생님의 눈빛이, 나는 마음에 안 들었어."

너무나도 열렬히 그림을 그리고 싶어 하는 것도.

"오쓰기."

소타로는 오쓰기의 어깨에 손을 올려놓고 달래듯이 두드렸다.

"이 마을의 모습을 자세히 그리고 그 안에 살아 있는 사람과 죽은 사람을 뒤섞어 그려 넣으면 죽은 사람을 도로 불러 올 수 있다는 건 거짓말이야. 그런 일이 어떻게 가능하겠니."

쿵, 쿵.

북 소리가 난다.

"이 세상과 저세상이 쉽게 이어지면 곤란하지. 길이 열리다니 대체 어디에 열린단 말이냐? 어떤 길이지? 나카하라 가도 같은 훌륭한 길이라 영주님의 가마도 다닐 수 있단 말이냐?"

소타로는 코웃음을 치며 고개를 저었다.

"허튼 소리야. 그 가엾은 선생의 머릿속에만 있는 일이지. 결국 아무 일도 일어나지 않을 게다."

"그럴, 까요?"

"그래. 무서우면 억지로 별채를 구경할 필요 없어. 이불을 뒤집어쓰고 자렴. 아침이 되면 입춘이야."

"미노스케 씨도 괜찮을까요?"

"분명히 건강해질 게다."

소타로의 말에는 아무런 근거도 없지만 오쓰기를 위로하려는 마음이 전해져 왔다.

"소동이 끝나고 나면 모든 게 원래대로 될 거야, 오쓰기."

멀리서 희미한 북 소리가 한층 더 높게 쿵! 하고 울리더니 그것을 끝으로 그쳤다.

밤의 정적이 돌아왔다.

소타로가 별채가 있는 방향으로 시선을 던지며 낮게 말했다.

"끝났구나."

그때였다. 오쓰기는 두 발바닥으로 느꼈다. 부르릉, 하는 진동을. 처음에는 또 자신의 무릎이 떨리는 건가 생각했다. 아니었다. 땅바닥이 흔들리는 것이다.

소타로도 긴장했다. "지진인가?"

우오오오오오옹~.

들린다. 전해진다. 동쪽 숲의 별채가 있는 쪽에서 무언가가 밀어닥쳐 온다. 그 기척. 그것이 땅바닥을 떨리게 하고 있다.

우오오오오오옹~.

비린내. 싸늘한 흙냄새. 그리고 향냄새.

공양 무덤에서 바람개비가 돌기 시작했을 때와 똑같다. 아니, 이번에는 더―더 흐름이 강하다.

막혀 있던 것이 흐르기 시작했다.

통하지 않던 곳이 통했다.

거기에서 다가오는, 압도적으로 어두운 기척.

그렇다, '길'을 통해서.

오쓰기로 소타로도, 그 자리에 못 박힌 채 서로가 그 흐름에 휩쓸려 머리카락이 흐트러지고 소매가 펄럭거리는 것을 보았다.

동쪽에서부터, 어둠에 핥아진 것처럼 차례차례 불이 꺼진다. 별채로 향하는 논두렁길의 등불이 꺼진다. 마을 집들의 불이 꺼진다. 사람들의 놀란 목소리가 들리고 그것도 곧 끊긴다. 쨍그랑, 덜컹, 하는 소리가 난다.

고모리 마을이 어둠에 삼켜져 간다.

"소타로 씨!"

비명을 지르며 매달린 소타로의 팔에서 힘이 빠져 간다. 오쓰기는 분명히 눈을 뜨고 있는데도 눈앞이 캄캄해지고 천지도 분간할 수 없게 되어,

—나, 쓰러지고 말 거야.

어두운 흐름 속에 삼켜지고 말았다.

"정신을 차려 보니 아침이 되어 있었어요."

지금 오치카의 눈앞에 앉아 있는 오쓰기는 안색이 좋고 목소리도 또렷하다. 그래도 한순간, 믿을 수 없는 기분이 들어 확인해 보았다.

"오쓰기, 무사했던 거지?"

"네."

"그렇겠지. 당연히 그렇겠지만—아아, 다행이야."

오치카가 깊이 숨을 내쉬자, 죄송해요, 하며 오쓰기는 목을 움츠렸다.

"깨어났을 때는 뭐가 뭔지, 처음에는 제가 어디에 있는지도 알 수 없었어요."

"어디에 있었는데?"

"마을 남쪽 사거리였어요. 소타로 씨는 아직 옆에 쓰러져 있어서 제가 흔들어 깨웠지요."

마을 전체가 비슷한 상황이었다고 한다.

"집 안에도 밖에도 논두렁길에도 마을 사람들이 쓰러져 있었어요."

"역시 무언가에 삼켜진 것처럼 정신을 잃었던 거로구나."

"네. 전날 밤에 불이 꺼졌을 때 여기저기에서 쿵쾅거리고 덜컹거리는 소리가 났던 이유는 사람이 쓰러지거나, 그 바람에 들고 있던 것을 떨어뜨렸기 때문이었어요."

"그만큼 갑작스러운 일이었던 거네."

용케 불이 나지 않았다. 오치카는 다시 한 번 크게 가슴을 쓸어내렸다.

"쓰러져서 다친 사람도 있었기 때문에 서둘러 치료하고 부서진 것을 치우다가 촌장님은 어떻게 됐느냐, 별채로 간 사람들은 어떻게 됐느냐 하는 이야기가 나왔어요."

아침 해가 완전히 떠오르고 마을 안은 겨우 차분함을 되찾았지만 별채에서는 아무도 돌아오지 않았기 때문이다.

"남자들이 상황을 보러 가게 되었어요. 아버지도 오라버니도 소타로 씨도 간다고 해서 저도 따라갔지요."

동쪽 숲을 빠져나가는 일이 그날처럼 길고 답답한 적은 없었다. 초조한 나머지 미끄러지고 넘어지면서 오쓰기는 마을 남자들을 쫓아 달렸다.

"간신히—별채에 도착해 보니."

오쓰기는 몸을 부르르 떨었다.

"어르신이 있었어요."

안쪽 마루방에 나누시 댁의 어르신이 앉아 있었다. 양손을 무릎에 얹고 등을 구부린 채 머리를 앞으로 떨어뜨리고.

세키조 선생이 말한 대로였다. 망자는 살아 있었을 때와 다르지 않았다. 하지만 거꾸로 매달려 굴뚝에서 이쪽을 들여다보던 이상한 모습은 아니었다.

게다가 또렷한 듯해도 맞은편이 조금 비쳐 보였다. 그쪽에 붙어 있는 그림의 선과 색깔이 흐릿하게 보이는 것이다.

전날 밤 별채에 있던 촌장과 다른 사람들은 건물 앞뜰이나 툇마루 옆에 주저앉아 있었다. 하나같이 핏기를 잃고 혼이 빠져나간 듯 멍한 상태였다. 달려간 남자들이 큰 소리로 이름을 부르며 멱살을 잡고 흔들자 간신히 제정신이 든 것 같았다.

그렇지만 아무리 캐물어 보아도 사정은 마찬가지였다. 내내 같은 자리에 있던 촌장과 다른 사람들도 무슨 일이 일어났는지 모르는 것이다. 마을 사람들과 똑같이 땅바닥이 흔들리는 것을 느끼고 어두운 흐름에 삼켜지고 말았다. 그게 전부였다.

기름도 초도 다 타 버렸고 별채의 불빛은 꺼져 있었다. 구름이 걷히자 해님이 반짝이고 햇빛이 가득 비쳐 든다.

안쪽에는 망자가 고요히 앉아 있다. 바로 옆에서 세키조 선생이, 부처님께 참배하듯이, 아름다운 풍경에 넋을 잃은 것처럼, 맛있는 음식이 산더미처럼 쌓인 광경을 볼 때와 같이, 온 얼굴에 웃음을 띠고 어르신의 모습을 바라보고 있었다.

오라버니—작게 부르며 오쓰기가 잇페이의 손을 잡았다. 잇페이는 말없이 손을 뿌리치고 한 발짝 앞으로 나갔다. 한 발짝 더.

"선생님" 하고 부른다.

화가가 잇페이를 보며 눈을 깜박이고는 싱긋 웃더니 말했다.

"오오, 잇페이구나. 보렴, 내가 옳았지? 죽은 사람이 돌아와서 이곳에 깃들어 있어."

그때 오쓰기는 깨달았다. 별채 서쪽의 장지문이 딱 한 장만 열려 있다는 사실을.

그쪽을 가리키며 화가가 말을 이었다.

"훌륭하게 길도 통했고."

어쨌거나 화가는 별채에서 밖으로 내보내졌다. 선생은 기분이 좋아 보였고 왠지 들뜬 것 같았다. 정상적인 대화는 불가능하다. 남자들은 더욱 몸을 떨었다.

벌벌 떨며 엉거주춤한 자세로 들어간 남자들이 선생의 손을 잡고 반쯤 안다시피 하여 데리고 나가도 어르신의 망자는 전혀 움직이지 않았다. 가까이 간 사람들에게 뭔가 하려는 기색도 보이지 않았다. 그게 좋은 건지 나쁜 건지 당장은 판단하기 어려웠지만 선생을 나누시의 저택으로 데려가자 또 한 가지 터무니없는 사실을 알게 되었다.

"어젯밤에 말이야. 마을 집들의 불빛이 꺼지는가 싶더니 이곳도 등불이나 촛불이 남김없이 꺼지고 우리는 기절해 버렸어."

오마쓰가 새파랗게 질려서 늘어놓는 내용은 오쓰기가 겪었던 경험과 똑같았다. 아침 햇빛을 받고 정신이 든 것까지. 하지만 나누시만은 깨어나지 않았다. 계속 기절해 있다는 것이다.

"숨은 쉬고 계시는데 불러도, 때려도, 얼굴에 찬물을 끼얹어도 일어나시질 않아. 몸은 차가워져서, 꼭—."

죽은 사람 같다고 말하려다 오마쓰는 울음을 터뜨리고 말았다.

어젯밤에는 고모리, 오사키, 요노의 촌장이 모여 있었기 때문에 앞으로 어떻게 할 것인지 함께 대책을 마련하자는 자리가 만들어졌다. 상의가 시작되자 잇페이도 불려 갔다. 불려 갔다고 할까, 소타로에게 끌려간 것이다. 물론 세키조 선생이 잇페이에게 했던 말의 뜻을 캐묻기 위해서다.

오쓰기는 오라비가 걱정되었지만 둘 다 붙잡혀 추궁을 당한다 한들 할 수 있는 이야기는 똑같다. 그보다 선생을 만나야겠다고 생각했다.

나누시의 저택으로 가서 로쿠스케에게 물으니 선생은 저택의 방 한 곳에서 그림을 그리고 있다고 한다.

"뭔지 모르겠지만 엄청나게 명랑하고 즐거워 보여서 으스스해."

기절해서 쓰러졌을 때 생긴 커다란 혹을 문지르면서 로쿠스케는 눈물 어린 눈으로 말했다.

"그럼 내가 선생님 시중을 들까? 나는 선생님하고 친하니까."

그렇게 해서 몰래 방에 들어와 보니 선생은 열심히 뭔가의 밑그림을 그리고 있었다.

"선생님, 오쓰기예요. 수고 많으시네요. 뭐 필요한 건 없으세요?"

"야아, 오쓰기. 마침 잘 왔다. 이걸 좀 봐 다오."

선생이 그리는 것은 여관의 걸이식 간판과 거치식 간판이다.

'고모리 마을 귀로歸路의 여관'이라고 적혀 있다.

"이 이름 어떨까?"

알기 쉬운 게 좋다고 생각하거든, 이라고 한다.

"그, 그러게요."

"그럼 얼른 완성해 버려야겠다."

"제가 도와드릴 일이 있을까요?"

"글쎄다. 간판을 그리고 나면 나는 곧 에도로 떠날 테니 준비를 좀 해 주지 않겠니?"

"네? 선생님, 돌아가시는 거예요?"

오쓰기의 목소리가 떨리고 있었기 때문일까. 세키조 선생은 잠시 눈을 깜박거리더니 상냥하게 웃었다.

"별채에서의 시험이 잘되었으니까 말이야. 이번에는 우리 집에서 시험해 보려고."

싱글벙글 웃는 얼굴을 보니 그때까지 조금쯤 남아 있던 두려움이 사라지고 오쓰기는 슬퍼서 견딜 수가 없게 되었다.

—선생님은 진심으로 부인과 자제분을 저세상에서 다시 불러오고 싶은 거야.

"선생님, 에도에 있는 선생님 댁은 별채처럼 충분히 넓나요? 그 댁을 통째로 다 쓸 수 있나요?"

"그건, 분명히 어렵겠지."

선생은 마치 정상적인 상담을 하는 것처럼 매우 진지했다.

"왜, 전에 이야기한 상가의 따님 때도 그랬지만 사람들이 좀처럼 이해해 주지 않으니까."

오쓰기는 떠올려 보았다. 세키조 선생이 집으로 돌아간다—얼마나 큰지는 모르겠지만 그 집 전체에 선생이 그림을 그리고 장식을 하기 시작한다면 주위 사람들은 의아해할 것이다. 선생의 주장을 들으면 더욱 수상하게 여길 것이다. 그렇다고 별채를 이렇게 만든 이유처럼 편리한 변명 따위가 있을 리도 없다.

"선생님, 서둘러 돌아가지 마시고 별채의 상태를 좀 더 살펴보시면 어때요?"

"왜지?"

"어르신은 이제 막 오셨잖아요."

'귀로의 여관'이 마음에 드셔서 오래 머무르실지 어떨지 알 수 없다. 금세 저세상으로 돌아가실지도 모르고, 이곳에 계속 있기 위해서는 저렇게 해 주었으면 좋겠다, 이렇게 해 주었으면 좋겠다는 말씀을 하실 수도 있다.

오쓰기는 머리에 떠오르는 대로 아무렇게나 주워섬겼다. 하지만 열심이었다. 선생을 염려하는 마음도 진짜였다.

"음, 일리가 있는 얘기야."

오쓰기는 똑똑하구나, 하고 선생은 감탄해 주었다.

"그럼 며칠 기다려 볼까?"

"네, 그렇게 해 주신다면 당장은 서두를 일도 없겠네요. 뭔가 드실 것을 가져올게요. 좀 쉬고 계세요. 안료도 부족할 테니 제가 마련할게요."

선생의 방을 빠져나온 오쓰기는, 소매로 얼굴을 덮고 소리를 죽여 울었다. 하지만 곧 마음을 다잡아 손으로 얼굴을 북북 문지르고는 부엌으로 갔다.

그날의 고모리 마을은 다들 허둥거리는 사이에 해가 저물고 말았다. 잇페이로부터 저간의 사정을 들은 촌장들은 세키조 선생과 직접 담판을 지으려 했지만 선생의 상태가 저러하니 별반 소득이 없었다. 별채에는 파수꾼이 서고 횃불까지 피워졌다.

나누시는 여전히 깨어나지 않았다. 오쓰기는 오마쓰를 잘 구슬려 저택에 기거하며 가능한 선생 곁에서 떨어지지 않으려 애썼다.

밤이 되자 거기에 잇페이도 가세했다.

"촌장님들은 당분간 이곳에서 머무르신대."

촌장들과 상의하기 위해 마을의 남자들도 바삐 드나들었다. 그중에서도 소타로는 한층 더 험악한 표정이다.

"나도 공동주택으로 돌아가면 안 된다고 하기에, 그럼 선생님과 함께 갇혀 있겠다고 말하고 왔어."

너도 있었구나—하고 잇페이는 조금쯤 안도한 얼굴을 했다.

뜻하지 않게 남매는 선생을 감시하는 일을 맡은 모양새가 되었다. 선생은 그날 밤에도 그림을 그렸지만 남매는 지칠 대로 지쳐 복도에 웅크린 채 잠이 들고 말았다.

하룻밤이 지나고 이튿날 아침의 일이었다. 수다쟁이 하녀 오마쓰가 야단스럽게 찾아왔다.

"있지, 있지, 큰일 났어. 오타마가 어제 저녁부터 잠이 든 채 아무리 깨워도 일어나지 않는대."

숨은 쉬고 있지만 몸이 차가워져서 반쯤 죽은 것 같다고 한다.

"아이고, 무서워라, 나누시님이랑 똑같잖아. 돌림병일까? 어떡하지. 대체 이 마을에 무슨 일이 일어나고 있는 거야."

멋대로 소란을 떨던 오마쓰가 사라지자, 당지중국에서 도래한 것으로 종이에 호분 또는 운모(雲母)의 분말로 문양을 찍어 나타낸 종이를 바른 장지문 맞은편에서 세키조 선생의 졸린 목소리가 들렸다.

"나누시님이 어떻게 되었다니?"

선생은 어제처럼 마구 그려 댄 밑그림 속에 드러누워 잠들었던 모양이다.

"누군가 차가워졌다고 하던데, 그 사람이 죽은 게냐? 그렇다면 내가 당장 별채의 그림에 그려 넣어 주마."

사정을 이해하지 못하는 선생이다. 뭐, 그것도 무리는 아니어서 오쓰기는 차근차근 설명해 주었다.

"……나누시님이, 그리 되었단 말이냐."

선생은 갑자기 앉은 자세를 고쳐 똑바로 앉았다.

"예상치 못한 일인데. 아니, 실제로 이렇게 잘된 건 처음이니까."

붓을 놓고 팔짱을 끼더니 중얼중얼 혼잣말을 한다.

"큰일이군. 개선할 방법이 있으려나."

"선생님도 참, 무슨 말씀을 하시는 거예요?"

그제야 곤혹스러워하는 남매의 얼굴이 눈에 들어왔는지 선생이 조용한 어조로 말했다. "내가 준비한 이 장치로 길을 열고 죽은 사람을 한 명 불러오면 마을의 산 사람이 한 명 생기를 잃어버리는 거다. 아무래도 그렇게밖에 생각할 수 없는 사태가 아니냐."

오쓰기와 잇페이는 얼굴을 마주 보았다.

"그게 이 장치의 한계일까? 불어넣을 수 있는 생기에 한계가 있다는 것일까? 혹시 다른 곳에서 강한 생기를 끌어들일 수 있으면 해결되는 것일까?"

또 중얼중얼 혼잣말을 한다.

"선생님, 그럼 오타마가 생기를 잃어버린 대신에 누군가 또 한 사람이 별채로 돌아온 걸까요?"

"뭐? 음, 아아."

잇페이의 물음에 선생은 뜨끔한 듯이 고개를 끄덕였다.

"너와의 약속을 지킬 수 있었던 것 같구나."

선생이 별채의 고모리 마을에 그려 준 죽은 사람.

우당탕 하는 소리와 함께 잇페이가 문을 박차고 달려 나갔다.

오나쓰는 눈에 익은 노라기농민이 들판에서 일할 때 입는 옷 차림으로 별채의 봉당 구석에 멍하니 서 있었다.

눈은 어디도 보고 있지 않다. 표정은 밋밋하다. 모습이 조금 투명해 나누시 댁 어르신과 마찬가지로 맞은편이 희미하게 보였다. 봉당의 지저분한 벽이 비친다.

잇페이는 들개보다도 빠르게 나누시의 저택에서 별채까지 내달렸다. 누구보다도 먼저 별채에 다다랐다. 지금은 그저 홀린 듯이 오나쓰를 바라보고 있다.

앞뒤를 잊고 잇페이를 쫓으면서 "오라버니, 오라버니, 가면 안 돼!" 하고 소리치는 오쓰기의 목소리를 듣고 촌장과 소타로를 비롯한 남자들도 뒤쫓아 달려왔다. 오쓰기는 아버지와 함께였다. 소작인 공동주택을 뛰쳐나온 아버지는 놀랍게도 맨발이었다. 처음에는 오쓰기를 쫓아 보내려고 했지만 오쓰기가 울면서 날뛰자 꽉 끌어안고 달렸다.

"이, 잇페이."

아버지가 부른다. 땀에 흠뻑 젖어 있는 것은 달려왔기 때문만은 아니리라.

"너 정신 똑바로 차려라. 오나쓰는 죽었어. 저건 오나쓰의 망자라고."

아버지의 비통한 목소리를 듣고 오쓰기는 깨달았다. 오나쓰를 잃은 뒤로 풀이 죽은 오라비에게 걸핏하면 고함을 치던 아버지도 속으로는 끔찍하게 걱정하고 있었다는 것을.

그러나 잇페이는 아버지 쪽을 보려고도 하지 않는다. 촌장이 지금껏 한 번도 본 적이 없을 정도로 무서운 얼굴을 하고,

"거기에서 움직이지 마라, 잇페이."

굵은 목소리로 불러도 돌아보지 않는다.

"어르신은 어제와 똑같은 곳에 있어."

툇마루 쪽에서 돌아온 소타로가 말했다.

"움직이지도 않고 모습도 변함이 없어."

별채의 망자가 두 명이 되었다. 귀로의 여관을 찾은 두 번째 손님은 낫짱이었다.

잇페이가 별채의 봉당으로 들어가려고 한다.

그만둬, 하지 마, 가까이 가지 마.

모두가 날카로운 목소리로 말했다.

"잇페이를 붙들어!"

촌장이 고함쳤지만 잇페이의 움직임은 빨랐다.

"오나쓰!"

단숨에 오나쓰에게 달려간다. 그러나 봉당의 문턱에 호되게 부딪쳐 머리부터 굴렀다.

잇페이는 오나쓰를 통과하고 말았다.

오나쓰는 계속 멍하니 서 있다.

"우, 우…… 오나쓰."

넘어져서 기역 자로 몸을 구부리고 있던 잇페이가 일어나서 다시 돌아보았다. 이내 무릎이 힘없이 꺾이더니 봉당 바닥에 양손을 짚었다.

오나쓰가 스윽 옆으로 움직였다. 다리를 움직였지만 발소리는 나지 않고 옷이 스치는 소리도 들리지 않는다. 흐르듯이 떠돌듯이, 한 호흡 후에는 봉당의 반대쪽 구석으로 옮겨 가 이쪽에 등을 돌린 채로 멍하니 서 있다.

오나쓰가 봉당을 가로지르며 잇페이 옆을 지나치던 순간 오쓰기는 보았다. 오나쓰의 투명한 몸에 겹쳐진 오라비의 모습을.

오나쓰—하고 작은 목소리로 중얼거린 잇페이가 몸을 웅크렸다. 울음을 터뜨리는가 싶었는데 중얼거림이 낮은 신음으로 바뀌더니 축 늘어지고 말았다.

"잇페이!"

달려가려고 하는 아버지를 꽉 붙들어 말린 소타로가 재빨리 봉당으로 들어가서 잇페이를 젊어지고 나왔다.

잇페이의 얼굴이 새하얗다. 오쓰기는 오라비의 손을 세게 쥐었다. 얼음처럼 싸늘하다. 망자에게 닿으면 얼어 버리는 것일까. 잇페이도 나누시나 오타마처럼 잠든 채로 깨어나지 않는 걸까.

"오라버니, 오라버니."

뺨을 두드리고 몸을 흔들자 잇페이가 부르르 떨더니 눈을 떴다.

"아아, 다행이다."

잇페이의 눈이 허공을 헤맨다. "오, 오나쓰는—."

"저건 망자야. 살아 돌아온 게 아니다. 착각하지 마, 이 멍청아."

촌장이 꾸짖자 잇페이의 눈에서 눈물이 넘쳐흘렀다.

"하지만 오나쓰예요."

"그래, 오나쓰다." 아버지도 눈물을 지으며 고개를 끄덕였다. "망자가 되어도 미인이구나."

"부자가 하나같이, 너희들은 바보냐!"

남자들의 대화가 오갔다. 살아 있는 사람의 노성. 살아 있는 사람의 눈물. 살아 있는 사람의 공포.

두 명의 망자는 그저 멍하니 거기에 있다. 어르신은 등을 웅크리고 앉아 있다. 오나쓰는 벽을 향해 서 있다. 아무것도 들리지 않는 것일까. 아무것도 보이지 않는 것일까.

"대단한 생각을 했군그래."

목소리의 주인공은 요노 마을의 간타로다. 일동에게서 조금 떨어진 곳에 멀거니 서서 주걱턱 끝을 바싹 당기고 별채 안쪽을 바라보고 있다. 조금도 무서워하는 기색이 없었다.

"그림을 그려서 저세상과 이 세상을 이으려고 하다니. 세키조 선생님은 대단한 사람이야."

"감탄하고 있을 때인가!"

"자네 마을 일이 아니니 느긋한 소리를 할 수 있는 게지. 구경꾼이라면 냉큼 돌아가게!"

"하지만 굉장해. 자네들, 안 보이나? 엉거주춤하게 떨어져 있으니 보이지 않겠지. 이쪽으로 와 보게."

간타로는 한 발짝 더 별채로 다가가 안쪽의 서쪽 장지문을 가리켰다.

"자, 저것 말일세."

"이 자식이, 작작 좀."

"그만해. 우리가 싸워 봐야 소용없어."

격분하는 동료들을 말리며 소타로가 간타로에게 다가갔다.

"자네, 지금 뭐하는 건가? 대체 뭐가 보인다는 게야?"

"저 장지문, 딱 한 장만 열려 있는 곳 말이야."

간타로의 가늘고 긴 손가락 끝이 흔들린다.

"그렇지? 그렇지?"

소타로의 눈이 가늘어졌다. 촌장이 앞으로 나서서 똑같이 눈에 힘을 주고 신음 소리를 냈다.

"보이지? 굉장하단 말이야."

여기에서 간타로는 다른 사람들을 둘러보았다. 잇페이와 오쓰기의 얼굴도 보았다.

"저 너머에는 뒤뜰이 있고 못으로 통하는 오솔길과 덤불이 있어. 그렇지, 오쓰기?"

"아, 네."

오쓰기가 몇 번이나 오간 오솔길이다.

"지금 덤불이 보이니? 응? 보여?"

아닌 게 아니라 보이지 않았다. 흐릿하고 밝게 햇빛이 비치는 것처럼 되어 있을 뿐이다.

"지금 저기가 저세상과 이 세상의 경계가 되는 거야. 망자가 다니는 길이지."

정말이지 대단한 일 아닌가 하며 감탄하는 간타로에게 소타로가 날카로운 목소리로 말했다.

"남의 일이라고 헛소리 말게."

간타로는 희미하게 웃었다.

"나는 헛소리를 하는 게 아니야. 어디, 곁으로 가서 저 너머에 무엇이 보이는지 들여다볼까? 삼도천을 볼 수 있을지도 모르지."

"하지 마!"

남자들이 간타로를 붙들어 누른다. 그러자 아버지에게 안겨 있던 잇페이가 버둥거리며 몸을 일으키려고 했다.

"나도 보고 싶어요."

"넌 움직이지 마!"

순식간에 짓눌려 또 아우성을 쳤다.

"모두 물러나게."

촌장이 일동을 위협하듯이 박력 있는 목소리로 말했다.

"오쓰기, 별채 안에 아직 초롱 기름이 남아 있니?"

"아, 네."

밤새 피울 수 있도록 많이 날라 두었으니 얼마쯤은 남아 있을 것이다.

"어디에 있지?"

"봉당에요."

"그래? 그럼 불을 피워라. 모닥불을 피워."

여기를 태워야겠다, 고 한다.

"어제 태워 버려야 했어. 망자라고는 해도 어르신이 계신다는 이유로 망설였던 내 잘못이다."

촌장은 이를 갈듯이 으르렁거리며 한층 더 목소리를 높여 남자들을 질타했다.

“다들 돕게. 남아 있는 기름을 뿌리고 한꺼번에 장작을 던져 넣어서 단숨에 불을 지르는 거야.”

“그런, 하지 마세요!”

아버지에게 꽉 붙잡혀 버둥거리던 잇페이가 고함을 질렀다.

“오나쓰가 있다고요! 모처럼 돌아왔는데!”

“시끄러워!”

“잇페이, 정신 차려라.” 아버지는 날뛰는 잇페이를 꽉 조르면서 다시 울 것 같은 소리를 쥐어짜 냈다.

“원래의 오나쓰가 아니야. 망자란 말이다. 아무리 미인이라도 저렇게 몸이 투명하잖니.”

헤헤헤헤 하고 간타로가 웃는다. “그건 묘안이라고는 생각되지 않는데 말이야.”

“남의 마을 사람인 주제에 이래라저래라 하지 말게!”

촌장의 얼굴이 새빨갛게 홍조를 띤다. 그러자 소타로가 그 팔을 붙잡고 말렸다.

“촌장님, 진정하세요. 나도 그건 묘안이 아니라고 생각해요.”

“자네까지 무슨 말을 하는 게야?”

소타로는 격분하는 촌장을 붙들어 말렸다.

“나도 여기를 태워 버려야 한다고 생각해요. 하지만 지금은 안 됩니다. 촌장님, 정신 똑바로 차리세요. 이 날씨에 이 바람이라고요.”

하늘은 푸르고 북풍이 주위 숲의 나무들을 술렁거리게 하고 있다. "지난 닷새 정도는 계속 맑았어요. 쨍쨍했다고요. 불이 퍼지면 어쩔 겁니까?"

촌장은 말문이 막혔다.

"며칠을 들여서 주위의 덤불이나 나무를 베어 두지요. 그 사이에 비가 내려 줄지도 몰라요. 그러면 조금은 안심할 수 있을 거예요."

그렇군, 맞아, 맞아, 하고 남자들도 고개를 끄덕인다.

"집 한 채를 통째로 태우려는 겁니다. 커다란 초롱을 부숴서 태우는 것과는 달라요. 조심하지 않으면 큰일이 날,"

그때 별채 안에서 움직임이 있었다. 내내 앉아서 등을 웅크리고 있던 나누시 댁 어르신이 스윽 일어선 것이다.

일동은 깜짝 놀라 굳었다.

하지만 망자는 그저 일어섰을 뿐이다. 반쯤 비치는 몸을 희미하게 좌우로 흔들면서 우두커니 서—아니, 떠 있다.

오쓰기는 슬쩍 봉당 쪽을 들여다보았다. 그러다가 털썩 엉덩방아를 찧고 말았다.

오나쓰가 이쪽을 향해 있었다.

그 공허한 눈과 마주쳐 오쓰기는 목소리도 나오지 않았다. 새액, 새액, 하고 숨을 쉴 뿐이다.

촌장 일행은 모두 어르신 쪽에 정신이 팔려 있다. 잇페이도 마찬가지였다. 오쓰기는 오나쓰와 일대일로 마주 보고 있었다.

오나쓰가 발을 움직였다. 살아 있는 사람과 똑같이 걷는다. 역시 조금쯤 떠 있는 것 같다. 발소리도 옷 스치는 소리도 나지 않는다.

오쓰기에게 다가온다. 봉당 구석에서 한가운데로 오더니 이내 오쓰기가 주저앉아 있는 부엌문 근처까지.

—밖으로 나온다.

아니, 문간의 문지방 앞에서 멈추어 섰다. 오쓰기의 눈에는 무언가 보이지 않는 벽에 부딪치기라도 한 것처럼 보였다.

오나쓰가 살짝 고개를 저었다. 싫다는 듯이 고개를 계속 저었다.

그쪽으로는 가지 않겠다고 말하는 것일까. 갈 수 없다고 말하는 것일까. 아니면 오쓰기가 와서는 안 된다는 뜻일까. 아니면 이곳을 태우지 말아 달라는 뜻일까.

눈물이 날 것 같아서 오쓰기는 손목으로 콧등을 세게 눌렀다.

그러고 보니 이것은 오나쓰가 가르쳐 준 것이었다. 괴로운 일이 있어서 울고 싶어지면 손목으로 콧등을 누른다고. 세게 누를수록 잘 참을 수 있다고. 숙부의 집에서 험한 취급을 당하고 실컷 부려먹히던 오나쓰에게는 괴로운 일이 많았던 것이다.

"왜 그러니, 오쓰기."

아버지가 부른다. 그 음성이 들린 것처럼 오나쓰는 스윽 움직이더니 원래 있던 곳으로 돌아갔다. 이번에는 이쪽에 옆모습을 보이며 대들보 쪽을 올려다보고 있다.

"아무것도 아니에요. 낫짱은 얌전히 있네요."

오쓰기는 울음 섞인 목소리가 나지 않도록 확실하게 말했다.

"분명히 이곳에서 밖으로는 나올 수 없는 거예요."

저세상에서 돌아온 사람은 이 여관 밖으로 나올 수 없는 것이다. 살아 있을 때와 똑같이 행동할 수는 없다.

죽음이란 그런 것이다.

사람들이 별채 주위의 덤불과 나무를 베고 주변에 탈 것이 없는 공터를 만들기 시작했다. 마을에서 물통을 여러 개 가져와 만에 하나 불이 번졌을 때도 대비했다. 오사키 마을과 요노 마을에서도 함께 작업할 사람들을 보내 주었다.

촌장은 별채에 엄중한 감시를 세우고 밤에도 교대로 망을 보게 했다. 앞으로는 어떤 일이 있어도 결코 망자에게 가까이 다가가서는 안 된다고 사람들을 향해 단단히 일러두었다. 지금까지 아무 일도 없었던 것은 다행스러운 일이지만 섣불리 망자를 건드렸다간 어떤 일이 일어날지 알 수 없다며.

매년, 설령 전날까지 눈이 내렸어도 초롱 축제가 끝나면 날씨가 좋아져 대체로 열흘에서 보름은 지속되는데 고모리 신사의 신자들은 그것이 바로 아카리 님이 깨어나신 증거라고 말하며 기뻐한다.

올해는 완전히 반대다. 모두가 비나 눈이 오길 바랐지만 기다린 보람은 없었다. 하늘은 맑았고 겨울이라 마른 숲을 쓰러뜨릴 듯 건조할 대로 건조한 바람이 산 위에서 계속 불어 내려온다.

사람들이 덧없이 하늘만 노려보는 사이에 망자는 수를 늘려 갔다.

오나쓰에 이어 세 번째로 돌아온 사람은 숯 굽는 노인 진베에의 아내 오겐이었다. 죽은 지 대략 십 년은 지났건만 지금은 오나쓰와 나란히 봉당에 나타나 화덕이 있던 곳을 이리저리 어슬렁거린다. 부엌일을 하려는 것처럼 보였다.

네 번째로는 아기가 돌아왔다. 봉당과 연결된 방에 나타나 그 근처를 기어 다녔다.

이쯤 되자 망자도 나름대로는 갸륵하다고 할지 사랑스럽다고 느껴질 때가 종종 있었다. 다가가서 말이라도 한 번쯤 걸어 주고 싶어진다. 산 사람들 입장에서는 성가신 마음의 망설임이었다.

아기가 뉘 집 자식인지는 당장 알 수 없었지만 오사키 마을에서 지난해에 죽은 여자아이라는 사실이 알려졌을 때는 다들 놀라움을 넘어 의아하게 여겼다. 오사키 마을의 죽은 사람은 별채 그림에 그려져 있지 않은데 왜 돌아온 것일까.

—길이 열렸기 때문이야.

지금은 세키조 선생뿐만 아니라 간타로까지도 완전히 다 안다는 듯한 얼굴로 말한다.

"자네들, 아직도 모르겠나? 저세상과 이 세상이 이어졌으니 누구라도 저쪽에서 돌아올 수 있는 거야."

간타로가 함부로 했던 말들은 촌장의 화를 돋웠고 급기야 그는 도구를 넣어두는 방에 갇히게 되었다. 그제야 머리가 식은 걸까.

간타로는 온순한 얼굴로 촌장에게 다짐을 두었다.

"이제 별채에는 가까이 가지 않을 테니 전부 다 정리될 때까지는 고모리 마을에 있게 해 주십시오."

상황을 모면하기 위해 던진 말이 아니었는지, 간타로는 정말로 들일을 돕고 남자의 일손이 부족한 집에 가서 물을 긷고 장작을 패는 등 부지런히 일했다.

망자가 한 명 돌아오면 대신에 산 사람이 한 명 죽은 것처럼 차가워져서 잠들어 버린다. 이것은 세키조 선생이 추측한 대로였다. 진베에의 아내 오겐이 돌아온 날에는 그 동생의 아내인 요노 마을의 할머니가 그리 되고 말았다.

"오겐 씨는 요노 마을 사람인데 올케와는 사이가 엄청 나빴다는구나."

이 사실은 오쓰기의 아버지가 가르쳐 주었다. 망자 대신 잠들어 버리는 것은 피로 이어진 가족이나, 망자와 좋든 나쁘든 인연이 깊었던 사람인 모양이다. 나누시와 어르신의 경우는 전자고 오나쓰와 오타마의 조합은 후자다.

"어쩌면 오나쓰는 오타마를 싫어했는지도 모르겠군."

오쓰기의 아버지는 그렇게 말하며 이가 아픈 것 같은 얼굴을 했다.

촌장의 엄한 분부로 잇페이도 별채에서 멀리 떨어져 소작인 우두머리인 조키치의 감시를 받으며 아침부터 밤까지 들일을 했다. 하지만 그 눈을 피해, 남자들을 돕느라 바쁜 오쓰기에게 매달려 상황이 어떤지를 듣고 싶어 안달이었다.

"오나쓰는 어쩌고 있니? 좋겠다, 너는 오나쓰를 만날 수 있어서."

오라비의 말이 미련으로 가득 차 있을 뿐만 아니라 이기적으로 여겨져서 오쓰기는 쌀쌀맞게 대꾸했다.

"나도 낫짱을 만나고 싶어서 별채에 다니는 건 아니야. 촌장님의 분부니까 돕는 거지."

솔직히 오쓰기도 이제 진저리가 났다. 오사키 마을의 아기가 돌아오는 바람에 아기의 어머니가 죽은 것처럼 차가워져 잠들어 버렸다는 사실을 알았을 때는 가슴 깊은 곳이 무너지는 듯했다. 이 기분을 토해 내고 싶어서 내내 나누시의 저택에 틀어박혀 지내는 세키조 선생을 찾아갔다.

화가는 더 이상 들떠 있지 않았다. 다른 사람처럼 풀이 죽어 있었다.

"아기가 돌아와도 어머니와 만날 수 없잖아요. 오히려 불쌍해요."

선생도 이런 걸 바라진 않았으리라. 죽은 사람을 도로 불러 오기 위해 산 사람이 한 명 희생된다. 죽은 사람도 어중간하게밖에 돌아올 수 없고, 산 사람은 반쯤 죽은 것처럼 되어 버리다니.

"선생님, 실수하신 거예요. 이래서는 선생님도 마님과 아기를 만날 거라고 장담하실 수 없어요."

아내를 도로 불러 오는 대신 선생이 차가워져서 잠들어 버릴지도 모르니까.

“그만둬야 해요. 어떻게 좀 해 주세요.”

이가 빠진 곳에 곰방대를 끼운 채로 고개를 숙이고 있던 세키조 선생은 오쓰기의 핀잔이 일단락되자 곰방대를 담배함에 내리치며 한숨을 쉬었다.

“일이 성가셔져서, 나도 미안하게 생각하고 있다…….”

“그럼 손을 쓰세요!”

“손이라면 썼잖니. 촌장의 생각은 옳아. 별채의 그림을 전부 태워 버리면 돼.”

그것밖에 없겠지, 하고 어깨를 축 늘어뜨리며 말했다.

“그림에 담긴 나의 바람과 초롱 축제를 대신할 만한 것을 만들자는 마을 화가들의 한결같은 열의가 더해져서 마침내 저세상으로 통하는 문이 열려 버린 거야. 그러니까 그림이 사라지면 전부 끝날 게다. 분명히 끝나겠지. 아마—끝날 게야.”

말투가 점점 불안해진다.

“누군가가 열려 있는 장지 옆까지 가서 문을 닫아 보는 방법도 있을 텐데.”

저세상과 이 세상을 연결하는 출입문을 닫는다.

“그러면 이미 별채로 돌아온 망자들이 저세상으로 돌아가지 못하고 이쪽에 남겨질지 몰라. 다시 말해서 길을 헤매고 마는 거지, 응.”

응, 하며 납득하고 있을 때가 아니다.

"선생님이 그런 걸 그렸기 때문에 헤매지 않아도 되는 죽은 사람이 길을 헤매게 되었다는 거잖아요!"

"그렇게 되지."

전부 다 내 잘못이라며, 선생은 몸을 움츠렸다.

"여기가 죽은 사람들에게 '귀로의 여관'이라며 아는 척하고 기뻐했던 나의 천려淺慮가 진심으로 부끄럽구나."

곧잘 어려운 말을 쓰는 선생이지만 지금은 그렇게 대충 얼버무릴 때가 아닌데.

뭔가 수상하다.

가만히 살펴보니 나누시 댁의 어르신이 돌아온 날 열심히 그리던 여관 간판의 밑그림이 한 장도 눈에 띄지 않았다.

하지만 벼루에는 갈다 만 먹이 있고 안료 접시도 마르지 않았다. 게다가 저 나뭇조각은 무엇일까.

"선생님, 지금은 뭘 그리고 계세요?"

오쓰기가 책상 위를 들여다보려고 하자 화가는 당황한 듯이 몸으로 가로막았다.

"아무것도 그리지 않아. 일지를 쓰고 있단다."

"저 나뭇조각은 뭔데요?"

"나뭇조각? 무슨 말을 하는 게냐."

"책상의, 저기, 그 종이 밑에—."

"나는 일지를 쓰고 있을 뿐이라고 했잖니."

오쓰기가 선생을 밀어내려고 하고 선생이 오쓰기를 막으며 투

닥거리는데 당지 맞은편에서 목소리가 들렸다.

"선생님, 들어가도 될까요?"

간타로의 목소리였다. 저 사람이 선생님한테 무슨 볼일이 있는 건가.

의아하게 여길 새도 없이 당지문이 열리고 주걱턱의 간타로가 나타나더니 "앗" 하고 소리를 질렀다.

"오쓰기, 여기 있었니? 뭘 하고 있는 게냐?"

"간타로 씨야말로 무슨 일이세요?"

"나, 나는, 도우러 왔지."

"뭘 도와요?"

"나를 돕는 거지." 선생도 가세한다.

"남자들이 다 동원되는 바람에 여기도 일손이 부족하니 간타로가 여기에서, 으음, 그러니까."

"처, 청소를 하고 있어. 선생님은 계속 틀어박혀 계시니까. 쓰, 쓰레기도 버려야지."

우물우물 변명하며 오쓰기도 조금 커다란 쓰레기라는 듯 방에서 쫓아내려고 한다.

"너, 별채에 안 가도 되니? 거기서 여자라곤 너 하나잖아. 꾀부리면 촌장님한테 혼난다."

"꾀부리는 거 아니에요!"

처음에는 마을 여자들이 망자를 두려워하여 아무도 별채에 가까이 가려고 하지 않았다. 그래서 잡다한 일이나 부엌일에는 촌장도 남자들도, 어쩌다 보니 이 소동에 익숙해져 버린 (적어도 그렇게 보이는) 오쓰기의 도움에 의지할 수밖에 없었다. 하지만 지금은 조금 사정이 다르다.

오사키 마을의 아기가 돌아온 것이 알려지자 아이를 잃은 적이 있는 여자들이 동요했기 때문이다. 모두 같은 생각을 했다. 다음에 돌아오는 것은 우리 아이일지도 모른다, 별채에 가서 불러 보면 어떨까 하고.

촌장은 격노하여 그런 여자들이 가까이 가지 못하도록 한층 더 엄하게 감시했다. 여자들은 모여서, 별채를 태워 버리다니 너무한다, 모처럼 이어진 저세상으로 통하는 길을 닫지 말아 달라고 울며 난리를 쳤다.

촌장은 화를 냈다. "자네들, 정신 차리게! 죽은 아이가 돌아오는 대신 건강하게 잘 자라고 있는 아이가 산송장이 되어 버릴지도 모른단 말일세. 그래도 괜찮은가?"

괜찮을 리 없다. 하지만 죽은 아이는 만나고 싶다. 이치가 통하지 않아도 만나고 싶은 것이다.

오쓰기는 그 사이에 끼어 이러지도 저러지도 못했다. 더욱 괴로운 점은 그런 여자들 속에 오쓰기의 어머니도 섞여 있었다는 것이다.

"여보, 별채를 저대로 둘 수는 없어. 이해해 줘."

아버지가 아무리 달래도 어머니는 대답조차 하지 않고 이로리 끝에 멍하니 앉아 있을 뿐이었다.

다섯 번째로는 삼 년 전에 고뿔이 덮쳐서 죽은 오유라는 마을 여자가 돌아왔고 이 여자의 남편이 잠들고 말았다. 남편은 여자를 장사 지내자마자 곧 후처와 눈이 맞아 아이도 둘이나 낳았기 때문에 후처의 한탄과 슬픔과 분노는 어마어마했다. 당장 별채를 태워 달라, 불이 번져도 상관없다, 태워라, 태워라, 빨리 태워라 하고 난리를 치며 온 마을의 남자들을 들들 볶는 바람에 죽은 아이를 만나고 싶어 하는 여자들의 미움을 샀다.

이대로 가다가는 이 고장이 풍비박산 나고 만다.

그래도 비는 내리지 않는다. 하늘은 얄미울 정도로 맑았고 산에서 불어 내려오는 바람이 온종일 불어닥쳤다.

여섯 번째로는 더 성가신 망자가 나타났다.

"저건 소타로의 어머니야."

소타로가 스물두 살 때 돌아가신 어머니였다. 호탕하고 부지런하고 목소리가 큰 사람이었다.

망자 대신으로는 소타로의 아내가 차가워지고 말았다.

소타로는 동요하지 않았다. 오히려 눈빛이 차분해졌다.

"촌장님, 이제 더 기다릴 수 없어요. 별채를 태우지요."

덤불은 완전히 베었다. 나무도 가능한 베어서 별채 주위를 비웠다. 물통도 쌓아 올렸다. 이제 되었다. 태워 버리자.

"소타로, 자네—."

무리하지 말라고 동료들이 달랬지만 그는 울지도 웃지도 한탄하지도 않았다.

"우리 어머니가 마누라를 엄청 구박했거든."

창백해진 얼굴로 침을 뱉듯이 소타로가 말했다.

"어엿한 시집살이였지. 죽어서도 심술궂은 건 오히려 말이 되는군그래."

"죽은 사람의 험담은 하지 말게."

"맞아, 맞아, 저 할머니 불쌍해."

소타로의 어머니는 안쪽 방의 구석에 고개를 숙이고 눈을 크게 뜬 채 입까지 딱 벌리고 우두커니 서 있었다.

"내 마누라는 안 불쌍한가!"

소타로의 외침에 촌장도 결심했다.

"알겠네. 별채에 불을 지르지."

다행히 오늘은 산바람이 얼마쯤 약하다.

"그 전에 다 함께 고모리 신사에 참배를 하세. 아카리 님의 품 안에서 화재를 일으키는 거야. 무례를 사과드리고 가호를 빈 다음에 하지."

마침내 일동은 똑같은 한텐을 갖추어 입고 신관을 선두로 세워 고모리 신사로 향했으나—,

이번에는 터무니없는 사태가 기다리고 있었다. 신전이 어지럽혀져 있었던 것이다.

고모리 신사의 사당은 아담한 구조로 정면의 쌍바라지 문을 열면 그 안쪽이 한 평 반 정도의 넓이밖에 되지 않는다. 신체神體를 담은 상자는 흰 목재 단상 위에 안치돼 있고 그 위로 보라색 비단

두건 같은 것을 덮어 둔다.

그 두건이 떨어져 바닥에 뒹굴고 있었다. 상자는 사라지고 없다. 바닥 위에는 맨발의 발자국이 남아 있었다.

신관은 졸도할 것 같은 얼굴이 되었다. 이런 낭패가 일어나다니.

정면의 문에는 자물쇠가 달려 있지 않았다. 그럴 필요가 없기 때문이다. 고모리, 오사키, 요노 세 마을에서 아카리 님은 해님과 마찬가지로 위대한 신이고 사람이 함부로 가까이 가도 되는 존재가 아니다. 오로지 열심히 받들기만 하면 되는 것이다.

어처구니없는 상황과 맞닥뜨린 촌장은 처음으로 신관에게 물었다.

"신체는 대체 뭐요?"

"거, 거, 거, 거울."

어른의 손바닥만 한 크기의 청동 거울이라고 한다.

"무거운 건 아니로군."

대체 누가 가지고 나간 것일까. 그리고 지금 어디에 있을까.

"—이건 벌이야."

가느다란 목소리로 말한 사람은 요노 마을의 촌장이다.

"신자들이 제멋대로의 사정으로 초롱 축제를 취소했으니 아카리 님이 화가 나신 걸세. 화가 나서 이 땅을 버리고 나가 버린 거야."

무슨 말을 하는 거냐며 고모리 마을의 촌장은 화를 냈다.

"자네 눈은 해태 눈인가? 저 발자국이 눈에 들어오지 않는단 말이야? 사람의 발자국일세. 누군가가 여기에 들어온 거야!"

간 큰 녀석도 다 있군 하며 오사키 마을의 촌장이 신음한다.

"고모리 마을에는 엄청나게 발칙한 놈이 있는 게야. 이럴 줄 알았으면 아카리 님을 오사키에서 옮겨 오는 게 아니었는데."

"뭐라고? 그건 대체 언제 적 옛날이야기인가? 무엇보다 아카리 님의 사당을 화재로 불태워 버린 건 자네들 오사키 사람들이 아닌가!"

맞다, 맞다, 하며 고모리 마을의 남자들도 목소리를 높였다. 머릿수는 이쪽이 단연 많다.

위태로운 분위기를 감지한 요노 마을의 촌장이 끼어들었다.

"제발 좀 진정하게. 지금은 이런 일로 싸울 때가 아니지 않나."

"맞아요, 촌장님. 빨리 별채를 태웁시다."

지난 며칠간 끔찍한 고통을 맛보았던 소타로의 목소리에는 몸 어딘가가 뒤틀린 듯한 울림이 있었다.

"깨끗이 정리해 버립시다. 그러면 아카리 님도 틀림없이 돌아오실 겁니다."

촌장은 눈을 깜박거렸다. "그건 대체 무슨 뜻인가?"

"우리 신자들이 이상한 짓을 했기 때문에 사당 밑에—아카리 님의 숲속에 망자가 우글우글 나타나고 말았어요. 아카리 님은 그 더러움이 싫어서 사라져 버린 거예요."

그러니까 망자를 쫓아내자, 그게 제일이다, 소타로가 신음하듯이 말하며 굳게 움켜쥔 주먹으로 얼굴을 눌렀다.

별채가 모든 재수 없는 일의 발단이다.

애당초 나누시가 자기 아버지를 여기에 가두고 혼자서 허무하게 죽게 한 것이 잘못이다. 다음으로 이곳을 그냥 내버려 둔 것이 잘못이다.

초롱 축제를 할 수 없게 되었어도 이곳에 빈집이 없었다면 사람들이 세키조 선생의 감언이설에 넘어가지 않았을 것이다. 선생의 지휘로 이곳에서 열심히 마을의 사계절을 그리는 일도 없었을 것이다. 하루를 더 기다리면 새로운 망자가 돌아오고 누군가가 반쯤 죽은 사람으로 변하고 말 것이다. 그런 일은 이제 질색이다.

소타로에 대한 동정과 그에 따른 비탄이 내일은 자신에게 향할지도 모른다는 두려움. 고모리 신사에서 돌아온 남자들은 하나같이 같은 기분이었으리라. 촌장을 필두로 모두들 눈을 부릅뜨고 있었다.

파수꾼에게 도시락을 가져다주느라 오쓰기는 마침 별채에 있었다. 이제부터 불을 지를 거라는 말을 듣고 오쓰기는 놀랐다.

"촌장님, 또 바람이 불기 시작하는데요."

파수꾼들이 불안한 얼굴로 호소한다.

"그것도 뭔가 묘한 바람이에요."

과연 그랬다. 오쓰기도 눈치채고 있었다. 오늘 아침부터 방금 전까지는 온화했던 바람의 흐름이 갑자기 거세졌다.

산에서 불어 내려오는 바람이 아니다. 옆에서 불고 있다.

—별채 안에서 불고 있다?

그, 딱 한 장만 열려 있는 장지문 안쪽에서.

그런 바보 같은 일이 있을 수 있을까. 하지만 틀림없다. 몸으로 똑똑히 느껴진다.

"바람에 대비해 뒀으니 괜찮을 걸세. 불길이 퍼지지 않도록 우리가 확실히 살피면 될 일이야."

"그렇지만 촌장님."

"시끄럽네! 나한테 거역하는 겐가!"

파수꾼들은 움츠러들었다. 고모리 신사에서 돌아온 사람들은 기름 그릇을 꺼내다가 별채 툇마루와 외벽에 뿌리기 시작했다. 작업을 지시하는 소타로의 눈은 새빨갛게 충혈돼 있었다.

"오쓰기, 너는 마을로 돌아가라."

촌장이 오쓰기의 팔꿈치를 붙잡더니 난폭하게 숲 쪽으로 밀어냈다.

"누구에게도 말하면 안 돼. 여자들이 난리를 치면 또 귀찮아지니까."

촌장의 기세에 눌려 고개만 꾸벅 숙이고 돌아가는 오쓰기를 파수꾼 가운데 한 사람이 슬쩍 불러 세웠다. "얘야, 잇페이도 데리고 돌아가렴."

"예? 오라버니요?"

"네가 데려온 게 아니냐? 아까 그 근처를 얼쩡거리고 있던데."

오쓰기는 전혀 몰랐다.

"지금은 모습이 보이지 않는구나. 어딘가에 숨어 있나?"

몰래 오나쓰를 만나러 온 것이다. 오쓰기는 화가 치밀었다.

"내버려 두세요. 불을 지를 때 오라버니가 소란을 일으키면 두들겨 패 주세요."

오나쓰의 일은 오쓰기도 괴롭다. 괴롭지만 참고 있는 것이다. 오라비는 어째서 그 정도도 깨닫지 못하는 걸까.

화가 나는데 슬퍼서 성큼성큼 걸었다. 오쓰기의 등을 떠밀듯 불어오는 바람에 기름 냄새가 강하게 섞이기 시작했다.

—불을 질러도, 정말 괜찮을까.

오쓰기는 저도 모르게 걸음을 멈추고 돌아보았다. 어디선가 어어이, 오쓰기, 하고 부르는 소리가 들렸다. 세키조 선생과 간타로가 이쪽으로 다가오고 있다.

"선생님! 간타로 씨까지 어쩐 일이세요?"

"촌장님이랑 상의하고 싶은 일이 있어서 말이다. 오마쓰 씨한테 부탁해서 내보내 달라고 했지."

"남자들은 모두 별채에 있지?"

"불을 지를 준비를 하고 있어요."

오쓰기의 말에 두 사람 다 "오오" 하고 놀랐다.

"역시 오늘 해치울 셈인가."

소타로의 표정이 변했으니까, 라며 간타로가 주걱턱을 일그러뜨린다.

"바람이 엄청나게 부는데 불을 지른다니. 난폭하군. 자포자기

해 버린 건가."

"이거, 이상한 바람이에요." 오쓰기는 저도 모르게 호소했다. "제가 이상한 걸까요. 별채 안에서 불어오는 것 같은 기분이 들어요."

"기름 냄새야." 선생은 얼굴을 굳히고 코를 움찔거렸다. "간타로, 서두르세. 오쓰기 너는 마을로 돌아가렴. 자칫 잘못해서 불이 번지면 이 근처는 금방 위험해질 거야."

오쓰기는 두 사람의 등을 지켜보다가 몸을 돌리려 했지만 마음이 뒤로 이끌려서 견딜 수가 없었다.

역시, 나도 돌아가자.

숨이 턱까지 차서 별채에 도착하니 촌장 일행은 못 옆의 모닥불에서 장작을 꺼내어 각자에게 건네거나 모아둔 나뭇가지에 불을 옮기는 중이었다.

소타로는 봉당 입구의 바깥에서 기름을 먹인 넝마를 별채 안에 던져 넣고 있다.

"잠깐만 기다리시오. 촌장님, 기다려요."

세키조 선생이 큰 소리로 부른다. 간타로도 손을 흔들며 어어이, 어어이, 하고 소리를 질렀다.

"뭐요, 선생님, 뭐 하러 왔어요?"

모두 신경이 곤두서 있다. 맞아, 맞아, 하고 소리를 지르며 선생에게 다가간다.

"촌장님, 다른 분들도 들어 주시오. 이런 위험한 짓을 하지 않더라도 내게 대안이 있어요."

숨을 헐떡이며 세키조 선생이 말한다. 이 말이 오히려 남자들의 분노를 부채질했다.

"이제 당신 생각은 지긋지긋해!"

"맞아, 맞아, 물러나 있어."

"아직도 우리를 구슬릴 수 있다고 여긴 건가. 그렇게는 안 되지!"

촌장은 오니 같은 형상으로 선생의 멱살을 잡더니 힘껏 밀어냈다. 선생은 엉덩방아를 찧으며 나자빠지고 말았다.

"나, 난폭하게."

그때였다. 어디선가 목소리가 내려왔다.

"—별채는 태울 수 없어."

일동은 잠시 멍해졌다. 서로 얼굴을 마주 본다.

목소리는 이어졌다. "오나쓰는 계속 여기 있을 거야. 저세상으로 다시 쫓아내도록 내버려 두진 않아."

오라버니의 목소리다.

오쓰기는 주위를 둘러보며 큰 소리로 외쳤다.

"오라버니? 어디에 있는 거야?"

땅바닥에 내팽개쳐져 시야가 낮았던 세키조 선생이 제일 먼저 눈치채고 별채를 가리켰다.

"저기다."

천장 쪽, 대들보 위다. 잇페이가 쪼그리고 앉아 아래를 향해 소리치고 있다.

촌장과 남자들은 와아 하며 별채 툇마루로 몰려들었다. 저마다 머리 위를 올려다보며 눈을 부릅떴다.

"잇페이, 거기에서 뭘 하는 게냐!"

"위험하니까 내려와."

"어떻게 올라갔지?"

오쓰기는 금세 알아차렸다. 잇페이는 몸이 가볍다. 파수꾼들의 눈을 피해 별채 옆이나 뒤쪽에서 지붕으로 올라가 굴뚝을 통해서 안으로 들어간 거다.

"잇페이, 뭘 갖고 있는 게냐?"

소타로가 험악한 목소리로 물었다. 그렇다, 잇페이는 무언가 보라색 천에 싸인 것을 소중하게 안고 반쯤 품에 숨기고 있었다.

"그렇군—그건 네놈 짓이었나."

촌장이 모두가 깜짝 놀랄 정도로 굵은 신음 소리를 내며 물었다.

"아카리 님의 사당을 어지럽힌 건, 너냐?"

오쓰기는 영문을 몰라 사람들의 얼굴을 둘러보았다. 파수꾼들은 여전히 당혹스러운 얼굴이지만 고모리 신사에 다녀온 남자들은 하나같이 얼굴이 창백하다.

"잇페이, 대답해!"

밑에서 올려다본 잇페이의 얼굴도 창백하다. 대들보 위에 원숭이처럼 웅크리고 앉아 한 손으로 보라색 천에 싸인 무언가를 누르고 다른 한 손으로는 천장을 받치는 기둥 하나를 붙잡고 있다.

"나는 여기서 움직이지 않을 거야."

목소리도 떨리고 뒤집어져 있다.

"불을 지를 수 있으면 질러 봐."

"잇페이이이이!"

촌장의 노성에 그 자리에 있던 모든 사람들이 벌벌 떨었다.

"네놈, 무슨 짓을 저질렀는지 알고 있는 게냐. 천벌을 받을 놈, 죽어도 용서받지 못할 게다. 이제 마을은 끝장이야. 아카리 님은 화가 나셨다. 올해는 한 톨의 쌀도 나지 않을 게야. 조세도 낼 수 없고 우리는 모두 나무뿌리만 먹다가 결국 굶어죽고 말 거야!"

영문을 몰라 허둥거리기만 하는 오쓰기에게 소타로가 낮게 말했다. "잇페이가 갖고 있는 건 고모리 신사의 신체야. 사당에서 몰래 꺼내온 거지."

손바닥만 한 크기의 청동 거울이다. 아카리 님의 힘이 깃든 신성한 물건이다.

오쓰기는 눈앞이 어질어질했다. 이 무슨 당치 않은 짓을.

이래서는 별채에 불을 지를 수 없다. 집을 태우면 신체도 불에 그슬리고 만다. 어떤 무서운 신벌이 내리게 될까.

"오, 오라버니……."

오쓰기는 울음을 터뜨리고 말았다. 그러자 마치 기다렸다는 듯 내내 봉당 구석에 서 있던 오나쓰의 망자가 스르륵 방 쪽으로 들어왔다. 열심히 주위를 기어 다니던 아기의 망자도 툇마루에 모여 있는 일동 쪽으로 다가왔다.

"으악, 망자가 왔다!"

남자들 대부분이 겁에 질려 달아났다. 툇마루에서 몸을 내밀고 있던 촌장과 소타로도 약간 허둥거리며 뒤로 물러난다.

등을 웅크리고 앉은 어르신의 망자는 성가시기라도 하다는 듯 이쪽으로 엉덩이를 돌렸다. 진베에 씨의 아내는 움직이지 않는다. 소타로의 어머니는 마을 여자와 둘이서 옆방에 있는데 마치 수다라도 떨듯이 서로 마주 보고 있다. 모두 눈이 공허하고 모습은 반쯤 투명하다. 가까이에서 보니 전체적으로 왠지 모르게 일그러져 있었다.

"나, 나는, 여기에서, 움직이지 않을 거야."

잇페이도 망가진 것처럼 울음 섞인 목소리를 냈다.

"별채를 태우다니, 절대, 싫어."

"그럼 태우지 말고 끝내자꾸나."

온화하고 느긋한 말투로 간타로가 말했다. 일동 사이에서 앞으로 나서더니 툇마루로 다가간다. 아기의 망자가 기어와서 바로 옆까지 다가왔다. 간타로는 미소를 지으며 아기의 머리를 쓰다듬으려는 듯이 부드럽게 손을 들었다.

"선생님, 그것을."

사람들에게서 조금 떨어져 엉덩방아를 찧은 자세 그대로 있던 세키조 선생이 간타로의 재촉을 받고 허둥지둥 일어서더니 품에서 작은 꾸러미를 꺼냈다. 세키조 선생에게 꾸러미를 넘겨받은 간타로가 남자들을 둘러보며 말했다.

"이건 선생님이 만들어 준 통행증이에요."

에마기원 · 감사의 표시로 말 대신에 말의 그림을 그려 신사나 절에 봉납하는 액자만 한 크기로 검은색과 붉은색 글자가 적혀 있다. 저택에서 본 나뭇조각으로 만든 거구나!

"이곳의 망자가 저세상으로 돌아가기 위해 필요한 통행증 말입니다. 지금부터 내가 한 사람 한 사람에게 이걸 건네고 열려 있는 장지문을 통해서 저세상으로 돌아가라고 타이를 겁니다."

간타로는 신을 벗더니 툇마루에 한쪽 발을 걸쳤다. 옆에 있던 아기가 엉덩이를 이쪽으로 돌리고 이로리 쪽으로 돌아간다.

"망자들이 모두 저쪽으로 가 버리면 장지문을 닫을 겁니다. 나 혼자 할 테니까 다른 사람들은 거기에서 보고 있어요."

간타로가 불쑥 툇마루로 올라섰다. 안쪽 방에서 두 명의 여자 망자가 얼굴을 들고 이쪽을 본다.

오나쓰는 툇마루 바로 앞쪽에 흐릿한 연기처럼 서서 눈물을 흘리는 오쓰기의 얼굴을 바라보고 있다. 어디를 보는지 알 수 없는 공허했던 눈빛이 지금은 분명히 이쪽을 향하고 있다. 살아 있을 때와 똑같은, 그 다정한 얼굴로.

전혀 예상하지 못한 상황이 벌어졌지만 정작 간타로 본인은 너무나도 침착한 기색이었기 때문에 일동은 홀린 듯 미동조차 하지 못했다.

오쓰기는 훌쩍 하고 콧물을 들이켜며 소매로 얼굴을 닦았다.

그러자 오나쓰의 망자가 미소를 지은—입가가 움직인 것처럼 보였다.

간타로는 공손하게 허리를 굽히더니 우선 어르신의 망자에게 말을 걸었다.

"어르신, 저는 요노 마을의 간타로라고 합니다."

망자는 모르는 척하고 있다.

"어르신이 앓아누워 계셨던 이 별채를, 저쪽에서 이쪽으로 돌아온 분들의 여관으로 만든 건 접니다. 마음에 드신 것 같아서 다행이에요."

주걱턱의 간타로가 마치 여관 주인이 손님을 대하듯 붙임성 있게 정중히 말한다.

"그런데 이곳을 내내 여관으로 둘 수는 없게 되어서요. 어르신도 아시겠지요. 이제 입춘이 지나서 아카리 님이 깨어나셨습니다. 여기는 아카리 님의 발밑에 있는 숲이니 신자들이 소란스럽게 하면 안 되지요."

여관을 접어야겠습니다—하고 간타로가 말하자 처음으로 어르신의 망자가 얼굴을 들었다. 표정이 희미하게 바뀐다. 아, 그런가? 하고 말하듯이. 뭐야, 시끄럽구만 하고 말하듯이. 오쓰기에게는 그렇게 보였다. 마른침을 삼키며 지켜보는 촌장이나 남자들도 마찬가지였으리라.

"이야기가 통하고 있어." 소타로가 중얼거렸다.

간타로는 통행증 하나를 내밀었다.

"이걸 가져왔으니 받아 주시지요."

어르신의 망자는 코앞에 있는 통행증을 멍하니 바라보았다. 줄곧 무릎 위에 놓여 있던 손이 조금씩 위로 움직인다.

오오오, 하고 일동이 술렁거리자 세키조 선생이 모두를 제지했다. 쉬잇, 조용히.

"통행증의 이 부분에,"

간타로가 가늘고 긴 손가락으로 통행증에 적힌 글씨를 가리켜 보인다.

"떠나시는 날짜가 적혀 있지요. 오늘입니다, 어르신. 그리고 이쪽에, 어르신이 돌아가실 장소가 극락이라고 적혀 있지요?"

어르신의 망자가 천천히 고개를 끄덕였다.

"여기도, 보세요, 통행증 뒤쪽에는 삼도천을 건너는 뱃삯을 이 여관에서 한꺼번에 지불하겠다는 약정이 적혀 있습니다. 그러니 어르신은 몸만 가지고 배를 타셔도 됩니다."

원래 가느다란 눈을 더욱 가늘게 뜨고 일일이 고개를 끄덕이면서 간타로는 부드럽게 설득했다.

"이쪽도 그리우셨겠지만 어르신은 이제 극락에 사실 분이에요. 아무리 편안하게 지낼 수 있어도 여관은 임시로 머무는 곳이고요. 제가 배웅할 테니 떠나십시오."

간타로는 웃는 얼굴이다. 어르신의 망자는 움직이지 않는다.

지켜보는 일동도 굳어 있다.

드디어 어르신의 망자가 마른 나무처럼 야위고 가느다란 오른

손으로 간타로가 내민 통행증을 받아들었다.

오쓰기는 숨을 삼켰다. 세키조 선생이 나뭇조각에 글씨를 써서 만든 통행증, 이 세상의 재료로 만들어진 통행증이 망자에게 닿자 망자와 똑같이 반쯤 투명하게 비쳐 보였기 때문이다.

간타로의 쪼글쪼글한 웃는 얼굴은 울고 싶은 걸 참고 있는 것처럼 보인다.

“이쪽으로 오시지요.”

한 발짝 옆으로 비켜선 간타로가 딱 한 장만 열려 있는 장지문 쪽으로 손을 내밀며 허리를 숙이고 재촉하자 어르신의 망자는 흐르듯이 일어섰다.

떠 있다. 허공에 떠 있지만 발을 움직여 걷고 있다. 부루퉁한 듯한, 그저 졸릴 뿐인 듯한 옆모습. 손에는 통행증.

한 발짝, 또 한 발짝. 불가사의한 밝은 빛으로 가득 찬, 장지문 안쪽을 향해 망자가 걷는다.

오쓰기는 깨달았다. 바람이 그쳤다.

별채 안에서 불어오는 것 같던 바람이 어느새 딱 그쳐 있었다.

“가는 길 조심하십시오.”

간타로가 깊이 머리를 숙였다. 그 앞을 가로질러 어르신의 망자는 지금 장지문의 문지방을 넘었다.

“나누시님은 우리 고모리 신사의 신자들을 잘 보살펴 주시는 좋은 분입니다. 어르신도 모쪼록 안심하십시오.”

그러자 떠도는 것 같던 망자의 움직임이 멈추었다. 공허한 눈이 간타로를 돌아본다.

망자의 입이 열리고 거기에서 목소리가 흘러나왔다. 목소리라기보다는 바람의 떨림이라고 해야 할까. 아니, 표현하기 힘들 정도로 맑은, 울림이 그치기 직전의 거울처럼 미덥지 못하고, 하지만 뱃속을 떨리게 하는 진동.

"그그노옴으으으은부울효오오오오자다아아아아."

간타로는 머리를 긁적이며 쓴웃음을 지었다.

"그렇습니까. 이거, 쓸데없는 말씀을 드렸군요."

쓴웃음을 짓고 있는 간타로를 잠시 노려보던 어르신의 망자가 둥실 몸을 돌린다. 그러고는 열려 있는 장지문 맞은편에서 조금 우습게 폴짝 뛰듯이 모습을 감추었다.

오쓰기는 무릎에서 힘이 빠졌다. 오쓰기만이 아니다. 남자들 중 몇 명도 다리가 풀려 차례차례 주저앉는다.

간타로가 이쪽을 보았다. 여전히 쓴웃음을 짓고 있다.

"한 사람 떠나셨군요."

음, 우우, 하는 신음 소리가 난다. 촌장이다.

"간타로, 아기가 발밑에 있네."

소타로가 목소리를 낮추어 속삭이듯이 말했다. 아기가 기어와서 간타로의 발에 매달리려 하고 있었다.

그러자 봉당에 있던 진베에의 아내가 방으로 들어왔다. 바람처럼 빠르다. 망자가 몸을 굽히고 양손을 뻗더니 열심히 기어가는 아기를 바닥에서 들어 올려 품에 안았다.

"아아, 고마워요."

간타로는 망자에게 웃음을 지었다. "으음, 당신은."

"숯 굽는 진베에 할아버지의 처일세. 이름은 오겐이야." 세키조 선생이 말한다.

"오겐 씨."

간타로는 또 정중하게 머리를 숙이며 꾸러미에서 통행증을 두 개 골라내었다.

"음, 이거로군요. 이 통행증은 당신 것, 이쪽이 아기 겁니다. 잘 부탁합니다."

오겐은 한 팔로 아기를 안고 빈손으로 통행증 두 장을 받아 품에 넣었다. 눈은 여전히 멍한 상태였지만 분명히 의사가 통하는 것처럼 보인다.

"극락으로 돌아가면 당신이 쓸 부엌이 있을 거예요. 이 여관에서는 마음껏 부엌일을 할 수 없었지요?"

망자 오겐이 스르륵 장지문으로 향한다. 아기는 하부하부 하고 젖을 조르듯이 그 어깨에 매달려 있다. 간타로는 아기에게 어르듯이 손끝을 흔들어 보였다.

"극락으로 돌아가면 젖을 얻어먹으렴. 내 마누라가 아기와 함께 있으니까 배불리 얻어먹도록 해."

그 말에 오쓰기도 떠올렸다. 간타로는 작년 봄에 아내와 아기를 잃었다.

이런 식으로 망자 세 명이 여관을 떠났다. 간타로는 고개를 들고 대들보 위에 있는 잇페이를 불렀다.

"어때, 잇페이. 이렇게 하면 이곳을 태우지 않아도 되겠지."

잇페이는 여전히 원숭이처럼 웅크리고 있다. 얼굴이 대들보에 가려서 보이지 않는다.

"나, 나는, 나는."

허둥거린다. 잇페이는 그저 오나쓰를 돌려보내고 싶지 않은 마음 하나로 터무니없는 짓을 저질렀을 뿐이니까.

"오겐 씨라는 사람은 미련이 없었나 보군" 하고 간타로는 고개를 갸웃거렸다. "남편인 진베에 씨는 만났나?"

만나지 않았어, 만나지 않았어. 남자들이 저마다 대답했다.

"내가, 파수꾼들 이외에는 가까이 가지 못하게 했으니까."

촌장이 쓸쓸한 어조로 말하고 나서 약간 목소리를 낮추어 덧붙였다.

"한 번쯤은 만나게 해 주어도 좋았으려나. 조금 불쌍한가."

"그렇지 않네." 딱 잘라 말한 사람은 오사키 마을의 촌장이다. "진베에라는 할아버지도 굳이 쳐들어오지는 않았잖은가. 그걸로 충분하다고 판단한 거야."

겉모습만 돌아와 봐야 그것은 내 마누라가 아니라고.

"나도 곧 그쪽으로 갈 테니 허둥거릴 것도 없다고 하더군."

소타로가 이번 일이 시작되고 나서 처음으로 웃으며 말했다.

간타로도 납득한다. "그래? 대단한 할아버지일세."

그러자 대들보 위의 잇페이가 화를 냈다. "지, 진베에 씨는 아직 안 죽을 거예요!"

"흥, 네가 어떻게 아느냐. 수명이라는 건 사람이 정할 수 있는 게 아니야, 이 멍청아."

간타로가 무뚝뚝하게 내뱉고 나서 안쪽 방을 바라보았다.

"다음은, 으음."

여자 망자 두 사람이 앉은 채 서로 몸을 기대다시피 하고 있다.

"왼쪽이 오유, 오른쪽은 우리 어머니야. 이름은 오키치일세."

소타로가 간타로에게 말했다. 어느새 평소와 다름없이 침착해진 말투다.

"남편의 몸이 차갑게 식어 잠들어 있어서 후처가 화를 내고 있다는 게—."

"오유일세, 오유야." 남자들이 합창한다.

"오유 씨, 용서하세요."

죽은 전처에게 매정한 남자를 대신하여 사과하듯이 간타로가 망자를 향해 꾸벅 고개를 숙였다.

"내 이런 머리라도 괜찮으시다면 얼마든지 숙일 테니까요. 이 주걱턱의 체면을 좀 세워 주십시오. 이제 여관을 접어야 하거든요."

간타로가 통행증을 내밀자 오유는 스윽 받아들었다. 그대로 일어서서 장지문 쪽으로 둥실둥실 걸어간다.

"다음에 돌아온다면 피안 때겠군요. 제대로 공양하지 못하겠느냐고 따지면서 남편 머리맡에 서 계세요."

간타로가 웃으면서 손을 흔들었다. 오유는 돌아보진 않았지만 그 옆얼굴이 희미하게 웃고 있는 것을 오쓰기는 보았다.

안쪽 방에는 소타로의 어머니인 오키치만 남았다. 소타로가 툇마루로 다가가 들어가려고 한다.

"자네는 오지 마."

간타로가 재빨리 말렸다.

"우리 어머니야."

"그러니까 자네는 오면 안 돼."

간타로는 오키치 옆에 쪼그리고 앉더니 팔짱을 끼고 그 얼굴을 들여다보았다.

"오키치 씨, 어떠세요, 이곳을 떠날 마음은 드시지 않나요?"

눈앞에서 벌어지는 일에 넋이 팔려 한동안 공포를 잊고 있던 일동에게, 이때 깜짝 놀랄 일이 일어났다. 망자 오키치가 눈을 까뒤집은 것이다.

"화가 나셨나요? 왜지요? 소타로가 마누라만 예뻐해서 질투하시는 건가요?"

눈을 까뒤집은 채로 오키치는 별채 옆에 있는 소타로를 노려보았다.

"—어머니."

꿀꺽 하고 목젖을 움직이며 소타로가 말했다. "제가 하는 일이 마음에 안 들면 저한테 벌을 내리세요. 마누라는 상관하지 말아주세요. 부탁드립니다, 이렇게요."

땅바닥에 손을 짚고 털썩 소리가 날 정도로 머리를 숙인다. 간타로가 "아아" 하고 한탄했다.

"그래서는 오히려 어머니가 오기를 부리고 말 텐데."

하지만 개구리처럼 몸을 엎드리고 있는 소타로를 노려보는 사이에 오키치의 흰자위가 원래대로 돌아왔다. 공허한 눈빛이 허공을 헤맨다.

"이건 당신의 통행증이에요."

오키치가 손을 뻗어 통행증을 받아들었다. 망자의 손가락이 닿자 통행증도 순식간에 투명해진다.

"극락이 훨씬 더 지내시기 편할 거예요. 그쪽에는 남편도 계시잖아요."

꿇어 엎드린 채 움직이지 않는 소타로를 대신하여 촌장이 한숨을 쉬며 말했다.

"어설프게 논을 가져 위세가 좋았던 게 잘못이었지. 소타로의 아버지는 방탕에 빠져서, 이 녀석이 어렸을 때 집을 나가 버렸다네."

"아이쿠야."

간타로는 눈을 감고 고개를 저었다.

"괴로우셨겠군요. 고생 많으셨습니다, 오키치 씨. 하지만 당신 아들은 당신 남편이 아니에요. 마누라를 소중히 여기고 있지요. 그걸 칭찬해 주세요."

오키치는 스윽 일어섰다. 통행증을 꽉 움켜쥐고 있다. 오키치를 따라 간타로도 장지문으로 향했다.

"자, 소타로, 어머니를 배웅해 드리게."

재촉을 받은 소타로가 얼굴을 들자 문지방을 넘던 오키치는 또 눈을 까뒤집었다. 일동이 얼른 뒤로 물러난다. 소타로는 여전히 굳어 있었다.

그리고 오키치는 장지문 너머로 사라졌다.

혼자 남은 오나쓰는 툇마루에 가까운, 방 한쪽 구석에 서 있다.

"으음, 당신은."

"낫짱이에요."

오쓰기의 대답과 동시에 대들보 위에 있던 잇페이의 고함 소리가 들렸다. "오나쓰한테 가까이 가지 마! 오나쓰는 여기에 있을 거야! 저세상으로 돌려보내지 않아!"

잇페이의 외침 따위는 들리지 않는다는 듯 간타로가 주걱턱을 내밀다시피 하며 오나쓰에게 다가간다.

오나쓰도 간타로 쪽으로 얼굴을 돌린다.

"그만해, 하지 마, 그만해 줘!"

잇페이가 대들보에서 뛰어내렸다. 쿵! 그 바람에 품에 쑤셔 넣은 보라색 천 안에서 청동으로 만든 작은 거울이 미끄러져 나와 바닥에 탁 떨어지더니 그 기세로 툇마루까지 굴러왔다.

"오오, 거울이!"

"와아아아아!"

촌장과 고모리 신사의 신관이 소리를 질렀다. 지금껏 숨을 죽이며 사람들 뒤에 숨어 있던 신관은 엉덩이에 채찍질이라도 당한 것처럼 펄쩍 뛰어오르더니 거울을 향해 돌진했다.

"젠장, 젠장."

허리부터 바닥에 떨어져 당장은 일어서지 못하고 버둥거리는 잇페이를 간타로가 붙잡아 누른다.

"놔, 놔 줘!"

간타로가 난동을 부리는 잇페이의 뺨을 한 대 쳤다.

"이제 그만 정신 차려, 잇페이!"

신관이 청동 거울을 가슴에 안고 툇마루에서 굴러떨어졌다. 촌장이 그 등을 감싼다.

망자 오나쓰가 천천히 머리를 돌려 실랑이를 벌이는 잇페이와 간타로를 바라보았다. 그러고 나서 다시 한 번 오쓰기 쪽으로 시선을 보내고는,

—고개를 끄덕였다?

꽃잎이 못에 흘러가는 것처럼 희미하게 위아래로 움직이면서 둥실 떠오르더니 장지문으로 향한다.

잇페이가 외쳤다. "오나쓰, 가지 마!"

견딜 수가 없게 된 오쓰기가 신을 벗어던지고 툇마루로 뛰어올랐다.

"간타로 씨, 통행증을 주세요."

오나쓰가 극락으로 가기 위한 통행증이다.

"자, 여기 있다."

"고마워요!"

오나쓰가 벌써 장지문 앞에 다다랐다. 오쓰기는 재빨리 달려가 따라잡고, 양손의 손가락으로 통행증을 움켜쥐었다.

"나, 낫짱."

잇페이가 계속해서 외친다. "오나쓰, 가면 안 돼! 오쓰기, 쓸데없는 짓 하지 마. 너, 무슨 짓을 하는 건지 아는 거야?!"

순간, 또 한 대 간타로에게 뺨을 얻어맞았다. "무슨 짓을 하는지 모르는 건 너야."

"오나쓰, 오나쓰으."

"얌전히 배웅해 줘. 오나쓰는 더 이상 이런 모습으로 이쪽에 있어선 안 돼."

"싫어, 싫어."

"오라버니." 오쓰기는 떨리는 목소리로 말했다. "낫짱이 이쪽에 있으면 오타마는 앞으로도 내내 죽은 사람처럼 지내야 해."

잇페이가 눈물과 콧물로 범벅이 된 얼굴을 잔인하게 일그러뜨리더니,

"오타마 따위 알 게 뭐야! 그런 까불이야말로 죽어 버렸으면 좋았을 텐데!"

원망하고 저주하는 듯한 통곡을 토해 냈다.

"어째서 그 녀석이 멀쩡하고 오나쓰가 죽어 버린 거야아아아."

오쓰기는 스스로도 놀랄 만큼 화가 났다. 오라비의 말을 용서할 수가 없었다.

그런 생각은 나도 해. 오타마는 싫어. 낫짱이 그리워.

―하지만.

"오라버니가 그런 말을 하면 낫짱은 슬퍼할 거야."

오쓰기는 망자 오나쓰의 가냘픈 등을 보았다. 장지문 앞에서 오나쓰가 돌아보았다.

잇페이를 보았다. 간타로를 보았다. 마지막으로 가느다란 목을 비틀어 오쓰기와 눈을 맞추었다.

그렇다, 확실히 눈과 눈이 마주쳤다. 오나쓰의 눈은 생기를 되찾고 있었다. 상냥한 눈빛이 살아 있었다.

―이제 갈게.

오쓰기의 마음에 오나쓰의 목소리가 속삭여 왔다.

오쓰기도 "응" 하고 대답했다.

"이거, 낫짱의 통행증이야."

오나쓰의 손이 뻗어 와 받아들었다. 그 손은 망자가 되어서도 여전히 거칠었다.

오나쓰는 소중하다는 듯이 통행증을 가슴에 대었다. 통행증이 투명해져 간다. 먹으로 적힌 '나쓰 고모리 마을 여자 향년 십칠'이라는 글자만이 오나쓰의 투명한 손바닥 너머로 떠올라 보인다.

"그만둬, 그만, 두라고."

간타로는 신음하면서 머리를 끌어안고 울음을 터뜨리는 잇페이를 잡아 일으키더니 툇마루까지 끌고 가서 내동댕이쳤다. 남자들이 몰려들어 잇페이를 받아내자 세키조 선생이 안아 일으켰다.

"너한테는 정말 미안한 짓을 했다. 부디, 여기에서 오나쓰를 배웅해 다오."

잇페이는 소동을 멈추었다. 선생에게 매달려 소리 내어 울었다.

간타로는 다시 오나쓰를 돌아보며 정중하게 머리를 숙였다. 오나쓰도 마주 머리를 숙였다.

그러고 나서 장지문의 문지방에 발을 걸쳤다.

저도 모르게 앞으로 나선 오쓰기는 오나쓰와 나란히 섰다.

장지문 안쪽에 펼쳐져 있는 광경이 눈에 들어왔다.

풀밭이다. 햇빛에 빛나고 있다. 너무나도 눈부셔 장지문에서 이쪽으로도 빛이 넘쳐나고 있다.

오쓰기는 눈을 크게 떴다. 이것이 저세상일까. 이렇게나 밝고 따뜻하고—.

아니, 아니다.

밝은 것은 풍경이 아니다. 끝없이 넓은 풀밭을 지나 무리 지어 이쪽으로 다가오는 '것'이 밝은 것이다. 그것이 빛을 띠고, 빛을 내뿜고 있는 것이다.

혼? 이것이 망혼이라는 것일까. 오쓰기는 망혼의 무리를 보고 있는 것일까.

한순간, 한순간, 그 하나하나는 보통 사람의 모습으로 보인다. 하지만 다음 순간에는 그저 빛 덩어리로 바뀐다. 또 다음 순간에는 사람의 모습으로 돌아간다.

그런데 이상하다. 끊임없이 떨리고 꿈틀거리고 윤곽을 바꾸고, 그 때문에 팔다리가 늘어났다 줄어들었다 하는 것처럼도 보인다. 머리에서 뿔이 돋은 오니처럼 보일 때도 있다.

이제 사람이 아니다.

이쪽에서 보면, 저것은, 저것은,

—귀신이다.

"낫짱!"

오쓰기의 입에서 튀어나온 비통한 외침에 오나쓰는 미소를 지으며 한 번 고개를 끄덕였다.

응, 귀신이지.

하지만 걱정하지 않아도 돼.

이 세상의 눈으로 보니까 무서울 뿐이야.

그러니까 이쪽에서 봐서는 안 되는 거야.

이쪽으로 불러들여선 안 돼.

포기해야 하는 거야.

오쓰기도 입술을 세게 깨물며 고개를 끄덕였다. 눈물이 뚝뚝 떨어졌다.

장지문 저편으로 발을 들여놓자 오나쓰의 반쯤 투명하던 몸은 안쪽에서부터 눈부신 빛을 내뿜기 시작했다. 오쓰기가 저도 모르게 눈을 깜박이는 사이에 오나쓰의 몸은 사라졌다.

분명히 빛이 되어 흩어져 버린 것이다.

그 자리에 우두커니 서서 눈물을 흘리고 있는데 등 뒤에서 누군가 살며시 팔꿈치를 잡았다.

간타로다. 주걱턱을 끄덕이며 오쓰기의 머리를 쓰다듬어 준다.

"대단하구나. 자, 오라비 옆으로 가 주렴."

"네."

오쓰기가 물러나자 간타로는 그 등을 툇마루 쪽으로 밀었다. 오쓰기는 맨발로 땅바닥에 내려섰다.

"이봐, 간타로!"

소타로가 날카롭게 부른다. 오쓰기가 돌아보니 함께 나온 줄 알았던 간타로는 아직도 장지문 옆에 있었다. 그뿐만 아니라 문 가장자리에 손을 대고 당장이라도 저쪽으로 발을 내딛으려 하고 있다.

"뭘 하는 겐가. 자네도 이쪽으로 돌아와."

에헤헤, 하고 간타로는 수줍은 듯이 웃었다.

"나는 여기에서 저쪽으로 갈 거야."

일동은 망연자실했다.

"마누라와 아기를 만나고 싶으니까."

바, 바, 바보 같은, 바보 같은, 하고 세키조 선생은 거품을 뿜으려고 한다.

"그런 말은 한마디도 하지 않았잖은가! 간타로, 자네가 그런 마음인 줄 알았다면 나는 통행증 같은 건 만들지 않았을 거야!"

"미안합니다, 선생님."

간타로는 전혀 기죽지 않는다. 수줍은 듯한 웃음을 지우고 주걱턱을 가슴 쪽으로 붙여 고개를 숙이더니 중얼거렸다.

"우리 마누라는 산고가 심해서 죽었어요. 아기도 살아나지 못했지요."

참혹한 일이에요—.

"아아, 정말 참혹한 일일세."

달래듯이 말을 건 사람은 요노 마을의 촌장이다.

"하지만 여자가 산고로 목숨을 잃는 건 드문 일이 아니네. 아기도, 내가 젊었을 때는 셋 중 하나는 무사히 태어나지 못했을 정도야. 자네만 괴로운 것은 아닐세. 아무리 괴로워도, 목숨이 있는 사람은 살아가야 해. 목숨이 있다는 건 하늘이 주신 은혜니까."

고개를 숙인 채 간타로는 "예" 하고 대답했다.

"압니다. 알지만, 저는 이제 쓸쓸해서 견딜 수가 없어요."

장지문 가장자리에 대고 있는 손에 힘이 들어간다.

"몇 번이나 죽으려고 했지만 막상 그때가 되면 무서워서요. 죽는 게 무서운 게 아니에요. 실수로 죽지 못하면 큰일이라고 생각하니 결심이 서지 않았어요."

장지문 너머로 가기만 하는 거라면 어렵지 않다. 한 발짝 내딛기만 하면 된다.

"간타로, 안 돼. 다시 생각하게."

목소리를 쥐어짜 내듯 세키조 선생이 부른다. 그러자 간타로는 또 싱긋 웃었다.

"뭣하면 선생님, 같이 가시겠습니까?"

화가뿐만 아니라 그 자리의 모든 사람이 두려워 떨었다.

세키조 선생은 안색이 창백해지고 순식간에 땀으로 흠뻑 젖었다. 그때까지도 선생에게 매달려 있던 잇페이가 겁먹은 듯이 몸을 떼었다.

"나, 나는—."

선생은 우물거린다.

"그래요? 선생님은 저쪽에 가고 싶지 않은 거군요. 마누라와 아이를 이쪽으로 되돌아오게 하고 싶었던 것뿐이로군요."

간타로의 표정에 처음으로 희미하게 나무라는 듯한 빛이 떠올랐다.

"잇페이, 너는 어떠냐?"

질문을 받은 잇페이는 간타로 쪽을 보았다. 열려 있는 장지문 쪽을 보았다.

"오나쓰를 만나러 나랑 같이 저쪽으로 갈래?"

오쓰기는 잇페이의 기모노 소매를 움켜쥐었다. 하지만 그런 짓을 하지 않아도 잇페이는 그 자리에서 움직이려고 하지 않았다. 눈물에 젖은 얼굴에 눈썹과 콧방울만이 움찔움찔 움직이고 있다.

"그래? 응, 그렇구나."

간타로는 고개를 끄덕이고 다시 상냥하게 웃는 얼굴로 돌아왔다.

"여러분. 저는 잠시 작별하겠습니다."

가볍게 머리를 숙여 인사한다.

"이 장지문은 저쪽에서 꼭 닫을 테니 안심하십시오."

말이 끝나는가 싶더니 그 홀쭉한 몸은 이미 장지문 너머로 사라지고 없었다.

"간타로!"

"어이, 간타로!"

남자들이 부른다. 부를 뿐이다. 툇마루에는 가까이 가지 못한다. 지켜볼 뿐이다.

한순간 "헤에" 하고 감탄한 듯한 간타로의 목소리가 들리고 곧 사라졌다.

장지문이 가볍게 미끄러지고, 닫혔다. 탕 하고 높은 소리가 울린다.

저쪽에서 이쪽으로 넘쳐나던 이상한 빛이 사라졌다.

모두 숨을 멈추고 있다.

―바람이다.

바람 소리가 난다. 오쓰기는 깜짝 놀라 제정신으로 돌아왔다.

산 위에서 불어 내려오는 바람이다. 숲을 건너며, 나뭇가지를 흔들어 소리를 낸다. 마른 풀을 소란스럽게 하고 흙먼지를 일으킨다.

이것은 이 세상의 바람이다.

"―불을 질러라."

촌장의 무거운 목소리가 일동의 주박呪縛을 깼다.

"이 집은 더 이상 여기에 있어선 안 돼."

한 사람도 대답하지 않았다. 남자들은 말없이 움직이기 시작했다.

오쓰기의 코끝에 기름 냄새가 강렬하게 와 닿았다.

부우우우우. 작은 불이 눈 깜짝할 사이에 별채 주위를 돌고 툇마루를 달리고 바닥을 미끄러지고 기둥을 타고 올라간다. 뜨거운 연기 때문에 눈이 시리고 목이 따갑다.

"오쓰기."

잇페이가 오쓰기의 손을 잡았다. 오쓰기는 오라비와 단단히 손을 마주 잡은 채 별채가 불타는 것을 지켜보았다.

"불은 별채를 태웠을 뿐이고 다른 곳으로 번지지는 않았어요."

별채 바깥은 마른 풀 한 줄기 그을리는 일도 없었다고 한다.

오쓰기의 목소리가 어느새 쉬어 있었다. 가슴이 멘 탓이 아니라 그저 이야기하느라 지친 것이리라.

"아직 불이 남아 있는 동안 마을에서 사람이 와서 알려 주었어요. 죽은 것처럼 잠들어 있던 나누시님도, 오타마도, 소타로 씨의 아내도, 모두 깨어났다고."

오쓰기는 후우 하고 숨을 내쉬었다.

"간타로 씨는 그 후로 돌아오지 않았어요. 사라져 버렸어요."

저쪽으로 가 버린 후로.

"요노 마을 사람들은 간타로 씨가 귀신이 되어 나타나지 않을까 지금도 벌벌 떨고 있는 모양이지만 그런 일은 없는 것 같아요.”

오쓰기는 미소를 지었다. “그야 각오하고서 저쪽으로 건너간 사람이니까.”

아내와 아기는 만났을까. 빛이 넘치는, 사람이 더 이상 사람이 아니게 된 저쪽 세상에서 세 사람은 사이좋게 함께할 수 있었을까.

잘되었다, 잘되었다고 딱 잘라 말할 수 없는 결말을 만나는 건 오치카도 이번이 처음은 아니다.

“별채가 탄 자리를 치우고 있을 때 저는 그 물동이를 발견했어요.”

오쓰기와 이와이 세키조가 둘이서 처음으로 별채에 들어갔을 때 봉당에 있던 금이 간 물동이다.

“그을려서 새까맸어요. 제가 만진 순간 산산이 부서져 버리더라고요.”

또 하나, 산산이 부서진 것이 있다고 한다. 바람개비다.

“다음 날 공양 무덤에 가 보니 바람개비가 전부 망가져 있었어요. 날개 부분만이 아니라 손잡이까지 전부 부러져서.”

마치 누군가에게 짓밟힌 것 같은 모습이었다고 한다.

“세키조 선생님은 그 새까만 물동이의 파편과 바람개비의 부서진 날개를 소중히 싸서 가져가셨어요.”

―앞으로 내 인생의 훈계로 삼으려고.

“훈계, 라.”

"사흘도 지나기 전에 나누시님의 저택을 떠나 에도로 돌아가셨어요."

고모리 마을에 화가가 떠나는 것을 아쉬워하는 사람은 없었다고 한다.

"나누시님도, 자신이 잠들어 있는 사이에 어떤 일이 일어났는지 알자 몹시 화를 내셨고요. 하지만 저는 선생님을 배웅하려고 했어요."

오치카가 미소를 지었다. 역시 정이 있는 아이다.

"그랬더니 오라버니도 같이 와서."

화가에게는 구원이었으리라.

"마을 사거리에서 헤어졌지만 선생님은 오라버니한테 마을에 있는 게 아무래도 괴로워지면 자기를 찾아오라고 하셨어요. 선생님 댁에서 고용살이를 할 수 있도록 나누시님한테 부탁해 두었다고 말해 주시더군요."

"잇페이 씨는 어떻게 했니?"

오쓰기는 어깨를 으쓱했다. "마을에 있어요. 지금은요."

그 몸짓이 어른스러워서 우스웠다.

"오타마는 어때?"

반쯤 죽었다가 살아났는데 무언가 달라졌을까.

"원래 그대로예요. 까불이지요."

"세상에, 보람이 없었구나."

"질리지도 않나 봐요. 잠들어 있는 동안은 아무것도 먹지 못했으니까 많이 야위었거든요. 주위에서 걱정해 애지중지 보살펴 주니까 한때는 전보다 더 시끄럽고 제멋대로였을 정도였어요."

화난 말투지만 오쓰기는 웃고 있다. 그래서 오치카도 웃었다. 그러고 나서 자세를 바로 하며 머리를 숙였다.

"고모리 마을의 오쓰기 씨, 불가사의한 이야기를 들려주셔서 고맙습니다."

"아, 이거면 될까요? 예, 저야말로."

오쓰기도 허둥지둥 엎드린다. 오치카는 손뼉을 쳐서 오시마를 불렀다. 일부러 그러는 것처럼 쿵쿵 발소리를 내며 다가온 오시마는,

"이야기는 끝나셨어요? 수고 많으셨습니다."

씨익 하고 오쓰기에게 웃음을 짓더니 덧붙였다.

"선물이 있으니 잠시만 기다리세요."

"네? 저는 그런."

"괜찮아요, 괜찮아요."

오시마의 말로는,

"마님이 손님에게 상을 드려야겠다며 서둘러 가져오게 하셨어요."

미시마야의 단골 배달 가게의 도시락이라고 한다.

"삼단 찬합에 맛있는 것이 가득 들어 있어요. 바래다드릴 겸, 제가 여관까지 가져다드릴게요."

오쓰기는 울상을 지을 것만 같았다. "저는, 그런, 아깝게."

오치카의 숙모인 오타미는 용의주도한 사람이다. 오쓰기 한 사람에게 그런 호화로운 찬합을 들려 보내 봐야, 제대로 이 아이의 입에 들어갈지 어떨지 알 수 없다. 그래서 오시마를 붙여 감시하려는 것이다.

이것은 오치카에게도 마침맞은 일이었다.

"그럼 여기에 남아 있는 만주도 싸 가면 되겠다. 오시마 씨, 한 가지만 더, 가져가 주었으면 하는 게 있으니까 잠깐만 기다리세요."

오치카는 서둘러 자신의 방으로 돌아가서 재빨리 서찰을 적었다. 오카쓰가 대기하고 있는 옆방으로 오시마만 살짝 불러내어 용건을 부탁했다. 오시마는 놀란 표정을 지었지만 옆에 있는 오카쓰는 생긋 웃었다. "이 이야기는 아직 끝나지 않은 것이로군요."

"네. 오쓰기의 이야기로 대단원의 막은 내렸지만 조금 더 알고 싶은 것이 남아 있어서요."

"네, 알겠습니다."

오시마가 오쓰기를 데리고 돌아가고 반 각(약 한 시간)도 지나지 않아 그 인물이 미시마야에 나타났다. 오치카는 곧 그를 흑백의 방으로 안내했다.

고모리, 오사키, 요노 세 마을의 관리인이자 세 명의 영주를 대신해 그곳을 다스리는 나누시다.

그는 떨떠름하기 짝이 없는 얼굴을 하고 입을 열자마자 제일 먼저 이렇게 말했다.

"아가씨요, 이 이바라 야지로베에에게 급한 용건이 있다고 불러낸 사람이?"

야지로베에양팔을 반원형으로 벌린 균형 인형. 이름은 같지만 애교 있는 그 장난감과는 전혀 닮지 않은 노인이다. 불쾌함이 얼굴 주름 하나하나에까지 배어 있는 것 같은 표정에, 야윈 몸은 조금 왼쪽으로 기울어 있다. 걸음걸이로 미루어 보아 왼쪽 무릎이 아픈 것 같다.

크고 부루퉁한 목소리에 말도 빠르다.

"나는 바쁜 몸입니다. 에도 상인의 딸과는 달리 괴담에 넋을 빼고 있을 시간은 없거든요. 오늘 저녁에는 호리—영주님의 저택을 찾아뵈어야 하고."

호리, 라고 운을 떼다 만 것은 제1영주님의 이름일 것이다.

맞혔다, 하고 생각했다.

오치카는 얌전히 손을 짚고 머리를 숙였다.

"말씀대로 저 같은 사람이 나누시님을 불러내다니 참으로 주제넘은 짓이라는 것은 잘 알고 있습니다. 실례가 많았습니다. 하지만."

거기에서 정중하게 미소를 지으며,

"오쓰기에게서 이야기를 듣다 보니, 작년 팔월에 세 살짜리 따님을 마진으로 잃으신 제1영주님이라는 분은 혼고에 저택이 있는 하타모토 호리코시 신노조 님이 아닐까 하는 생각이 들어서요."

나누시 야지로베에는 깜짝 놀라 눈을 부릅떴다.

"아, 아가씨, 어떻게 그것을."

오치카는 태연하게 자신도 놀란 척을 했다.

"어머나, 역시 그랬나요? 기이한 인연도 다 있군요. 호리코시 님은 이 미시마야의 단골손님이시거든요. 작년 장례 때는, 피안으로 떠나시는 따님을 위해 특별히 맞춘 소품을 주문하셨을 정도지요."

사실을 말하면 오쓰기의 이야기를 듣기 시작한 지 얼마 되지 않아 제1영주님이 누구인지 오치카는 짐작할 수 있었다. 하지만 호리코시 님의 영지에서 있었던 일은 에도 저택에 출입이 허락되는 상인이라 해도 알 길이 없다. 별채를 둘러싼 소동 역시 물론 처음 듣는 이야기라서 시종일관 흥미로웠다.

그러나 나누시가 이제부터 오쓰기를 데리고 호리코시 님의 저택으로 찾아가, 이 일을 일장 '훈계하기 위해' 말하게 한다면 사정은 조금 달라진다.

"나누시님에게 호리코시 님이 소중한 영주님인 것처럼 저희들 미시마야에도 소중한 손님이십니다."

오치카에게는 이헤에 같은 관록도 오타미처럼 보는 눈도 없다. 고작해야 성의를 보이며 부탁할 뿐이다.

"그래서 주제넘은 일인 줄은 알지만 잠자코 있을 수가 없었어요. 나누시님, 별채를 둘러싼 망자의 일을 호리코시 님께 말씀드려서 대체 어떤 훈계로 삼으시려는 생각이신지요?"

이바라 야지로베에는 알기 쉽게 당황했다.

"어, 어떤, 이라니, 그야, 그 소동은, 원인을 따지자면, 초롱 축제가 금지되었기 때문에 일어난 일이고."

"호리코시 님이 따님을 잃은 슬픔이 지나친 나머지 영지에서 화려한 축제를 하지 말라고 명령하신 게 잘못이었다고요?"

"그렇게 말하지는 않을 겁니다. 다, 다만."

나누시는 쩔쩔맸다.

"농촌의, 하물며 논의 신을 경외하기 위한 축제는, 그렇게 쉽게 금지해서는 안 되는 겁니다. 에도 사람인 당신은 모르겠지만—."

오치카는 나누시의 말을 가로막았다. "왜지요? 흉작이 되기 때문인가요?"

"그야 그렇지요."

"고모리, 오사키, 요노 세 개의 마을은 흉작이 될지 어떨지 아직 모르잖아요."

겨울에 큰 눈이 내린 것은 확실하다. 그러니 여름은 가물지도 모른다고, 노인 진베에가 걱정하고 있는 것도 확실하다. 하지만 지금은 아직 삼월이다.

"모내기도 시작되지 않았잖아요. 아직 흉작이고 뭐고 없지요."

"이봐요, 아가씨."

애교 없는 야지로베에의 부루퉁한 주름 하나하나에서 당장이라도 식은땀이 배어 나올 것 같다.

"오쓰기한테서 들었을 텐데요. 고모리 신사에서 신체가 사라져 버려서—."

"그건 잇페이 씨가 가지고 나갔기 때문이고, 신체가 망자를 싫어해서 혼자서 없어진 건 아니잖아요."

붉으락푸르락하는 나누시의 얼굴을 오치카는 정면에서 똑바로 응시했다.

그러자 야지로베에는 힘없이 고개를 숙였다.

"우리가 저지른 잘못을 고백하고 호리코시 님의 생각을 바꾸고 싶은 겁니다. 그걸 위한 훈계로 삼을 작정이었습니다."

"무슨 생각을 바꾸고 싶으신 건가요?"

나누시는 조용히 중얼거렸다. "돌아가신 따님을 이 세상에 되살아나게 하려고, 이것저것 손을 쓰시는 것을."

아아—그런 것이었나.

"지금까지도 수상한 무녀며 수험자며 기도사의 출입을 허락하시고, 호리코시 님은 실컷, 쓸데없이 큰돈을 뜯기셨습니다. 모두 가짜, 엉터리뿐이니까요."

정말로 죽은 사람을 도로 불러낼 수는 없는 사기꾼이 호리코시가를 좋은 돈줄로 삼고 있는 것이다.

"호리코시 님도 마님도, 아무리 해도 포기하지 못하시겠지요. 나도 그냥 내버려 둔 건 아니었어요. 송구하지만 의견도 말씀드렸고, 친척분들의 중재도 있었습니다만."

전혀 효과가 없었다고 한다.

"이렇게 된 이상은 이제 어쩔 수 없어요. 이번 소동을 전부 털어놓고 일단 저세상으로 건너간 사람을 이 세상으로 다시 불러와 봐야—정말로 그런 일을 할 수 있다고 해도 말입니다, 조금도 좋은 일은 없다는 사실을 알려드리는 것 외에, 방법이 없다고 생각했습니다."

별채의 소동을 털어놓으려면 야지로베에는 나누시로서의 일에 불찰이 있었음을 자백할 수밖에 없다. 자신의 불효도 폭로하게 된다. 그래도 좋다. 그렇게 결심했다.

원래 나쁜 사람은 아니라고, 오치카는 생각했다. 오쓰기와 다른 사람들에게 (그럭저럭) 제대로 존경받을 만한 인물이기는 한 것이다.

"그런 사정이었다면, 화가 세키조 선생님이 고모리 마을에 머무른 이유도 호리코시 님의 뜻에 따르기 위해서 나누시님이 초대했기 때문이었나요?"

이와이 세키조야말로 사기가 아니라 진실로 죽은 사람을 되살아나게 할 방법을 찾아다녔고 어중간한 형태지만 그것을 실현시킨 사람이니까.

나누시는 몸까지 통째로 뒤로 물리며 "당치도 않아요!" 하고 부정했다.

"선생이 마을에 와 있었던 건 정말로 우연이고 나는 아무것도 모릅니다. 그런 화가인 줄 알았다면 당장 쫓아냈을 겁니다."

단순한 우연일까. 뒤집어 보면 그것은, 세상을 떠나 버린 사랑하는 사람을 이 세상에 도로 불러오고 싶다고 바라는 사람들이 여기에나, 저기에나, 어디에나 있다는 슬픈 진실을 나타내는 게 아닐까.

오치카는 상냥하게 물었다. "나누시님, 그 후에 몸은 좀 어떠신가요?"

갑자기 화제가 바뀌었기 때문에 야지로베에는 질문의 뜻을 이해하지 못하는 표정이었다. "아?" 하며 시선이 방황하고 있다.

"어르신의 망자가 별채에 있는 동안, 나누시님은 잠들어 계셨지요. 몸이 완전히 차가워져서요. 잠에서 깨어나니 완전히 원래대로 돌아오던가요? 뭔가 지장이 생기지는 않았나요?"

"아아, 그런 거라면 나는 아무렇지도 않소. 깨어난 사람은 모두 원래대로고, 무사해요."

그것은 다행이라고 생각했지만,

"오히려 미노스케가 더 걱정이지요. 그 후로 몸이 약해져 버려서 바로 지난달에는 결국 졸중을 일으키고 지금은 거의 누워만 있어요."

오치카는 오쓰기의 이야기를 들었을 뿐이지만 고모리 마을의 사람들과 아는 사이가 된 것 같은 기분이 들었다. 가엾어서 마음이 아프다.

"미노스케 씨가 별채에서 본 것—오타마도, 오쓰기도 보았다고 하는데, 대체 무엇이었을까요."

세키조 선생은 '죽은 사람의 염念의 더러운 조각'이라고 내뱉었다는데.

"글쎄, 요."

회지를 꺼내어 식은땀을 누르다시피 닦으면서 야지로베에는 또 씁쓸한 얼굴이 되었다.

"모릅니다. 아버지가 돌아가신 지 얼마 안 돼서 처음에는 우리 저택에 나타났습니다."

처음 듣는 이야기다.

"그래서 나는 아버지가 죽은 장소를 봉인한 거요. 그랬더니 나오지 않게 되었지요."

"지금은 어떤가요?"

"돌아왔어요, 우리 저택에. 아내가 계속 무서워하고 있어요."

가엾은 일이다.

"나는 요즘, 그것이야말로 진짜 망자가 아닌가 생각하고 있습니다. 이와이 선생의 선도로 별채에 줄줄이 돌아온 쪽은, 모두 환상이었을 거라고요."

조금 투명하고, 공중에 떠 있고, 거의 대화도 할 수 없지만 원래 그 사람의 모습으로 별채에 나타난 존재는, 이와이 세키조의 지시하에 마을 사람들이 혼을 담아 그린 그림이 생기를 얻어 생겨난 환상에 지나지 않았다—.

그리 생각하면 좋게든 나쁘게든 망자와 인연이 깊었던 산 사람이 한 명씩 생기를 빼앗기듯 차가워져서 잠들어 버린 일도 이치에 잘 들어맞는 것 같다.

그렇다. 별채 어르신의 망자가 간타로에게서 통행증을 받아 피안으로 돌아갈 때, 아들인 나누시를 '불효자다'라며 욕한 것도, 정작은 어르신의 생각이 아니라 아들인 나누시 자신이 가슴 깊은 곳에 숨기고 있던 씁쓸한 마음일지도 모른다.

—나는 불효자였다. 아버지에게 미안한 짓을 했고, 쓸쓸하게 돌아가시게 하고 말았다.

그 마음이 망자의 모습을 한 환상의 입을 빌려 마을 사람들이 지켜보는 앞에서 토해 내어진 것이 아니었을까.

그래서 지금도 오나쓰를 그리워하는 잇페이의 마음을 모아 나타난 오나쓰의 환상은 잇페이가 기억하고 있는 대로 상냥했던 것이다. 그리고 잇페이가 싫어하는 오타마를 잠들게 하거나 그에게서 멀어지게 했다.

세키조 선생이 뛰어난 그림 실력으로 불러내고 조종해 보인 것은 결국 산 사람의 혼 쪽이었을지도 모른다.

그러나, 그렇다면 진짜 망자 쪽은 어떻게 하면 좋을까.

"이번에는 저택 안에서, 생전의 어르신이 사용하던 방을 봉인해 보면 어떨까요. 흔히들 말하는 잠가 두는 방으로 만든다고 할까요."

나누시는 눈을 깜박깜박하더니 재듯이 오치카의 얼굴을 보았다.

"아가씨는 괴담 자리를 하면서 그런 이야기를 들은 적이 있소?"

"글쎄요. ……어쨌든 공양을 빠뜨리지 않는 일이 중요할 것 같기는 한데요."

"뭐, 그렇겠지요."

야지로베에는 완전히 기가 죽고 말았다.

"한 가지 더 주제넘은 말씀을 드리겠습니다. 호리코시 님의 저택에는 오쓰기를 데려가시기보다 제가 함께 가는 편이 낫겠어요."

제1영주님에게, 소위 설교를 하는 데 오쓰기를 주선자로 삼는 것은 불쌍하다.

"제가 가는 일이 지나친 실례라면 이 가게의 주인인 이헤에는 어떨까요. 숙부님은 호리코시 님의 바둑 상대를 하신 적도 있으니 알현을 부탁드릴 수 있을 거예요."

나누시 같은 입장에 있는 사람에게는 다른 무엇보다도 이런 이야기가 효과가 있다. 야지로베에는 갑자기 태도를 바꾸었다.

"미시마야의 주인이 그렇게나 영주님과 친하셨소? 그런 분이 저를 도와주실 수 있다면 더없이 고마운 일이지요."

사실 이헤에 쪽이 지나치게 강해서 승부가 되지 않는 바람에 딱 한 번 불려 갔을 뿐이지만 지금은 너무 정직할 필요가 없겠다.

"그럼 숙부님께는 제 쪽에서 사정을 말씀드려 두지요."

"잘 부탁드립니다."

왔을 때와는 전혀 다르게 무거운 짐을 (적어도 절반 정도는) 내려놓은 발걸음으로 돌아가는 나누시 야지로베에를 배웅하고, 오치카는 한숨을 쉬었다.

옆방으로 통하는 당지문이 갑자기 열리고 오카쓰가 얼굴을 내밀었다.

"아가씨, 수고 많으셨습니다. 오쓰기는 야무지고 귀여운 아이더군요."

"우리 가게에 고용살이로 보내 달라고 조르고 싶을 정도예요."

"여관에서는 그 아이가 차분하게 도시락을 먹을 수 있도록 오시마 씨가 보살펴 주고 있을 테니까 안심하세요."

이런 부분은 찰떡같이 호흡이 잘 맞는다.

"—화가 선생님은, 지금은 어떻게 지내고 있을까요?"

오카쓰는 조용히 중얼거렸다.

"마님과 아기님을 포기하셨을까요."

"오카쓰 씨는 세키조 선생님을 걱정하는 거로군요."

오치카는 간타로가 더 마음에 걸린다. 그가 문지방을 가볍게 넘어 건너간 저쪽이, 정말로 저세상이었을지 의심스러워졌다.

"환상이었다면 어디에선가 불쑥 돌아올 거예요. 우리는 모두, 언젠가 죽을 때까지는 어떻게 해도 살아가야만 하니까요."

그렇게 말하며 오카쓰는 방긋 미소 지었다.

식 객

히다루가미

축제와 싸움은 에도의 꽃이다.

하지만 에도 사람들이 들뜬다는 점에서만 보면 축제와 싸움보다 더 윗길이 있다. 봄의 꽃구경이다. 장사가 번성하여 매우 바쁜 미시마야도 예외는 아니어서 매년 스미다가와 강둑으로 꽃구경을 나가곤 한다. 지금 자리한 간다 미시마초에 처음 가게를 열었을 때부터 줄곧 이어져 온 관습이다.

간다에서는 우에노 산이 더 가깝지만 산에서는 악기 연주나 음주가 금지되어 있다. 악기는 몰라도 모처럼의 꽃구경에 술이 빠지면 재미가 없다. 그렇다고 에도의 벚꽃 명소인 아스카 산까지 가자니 조금 멀다. 아무래도 배를 이용해서 많은 인원이 쉽게 찾아갈 수 있는 스미다가와 강둑이 가장 편리하다.

봄의 길일을 고르고 날씨도 감안해서 모두 함께 나가는 것이므로 미시마초에 있는 가게는 하루 동안 문을 닫는다. 하지만 장사를 완전히 쉬는 건 아니다. 매년 꽃구경 때마다 이용하는 단골 대석貸席집의 큰길에 면해 있는 방을 한 칸 빌려서 임시로 가게를 차리는 것이다. 파는 물건은 옛날에 이헤에와 오타미가 주머니 행상을 했을 때와 똑같이 조릿대에 매달아 처마 끝에 기대어 세워 둔다.

"꽃구경 때는 모두 지갑 끈이 느슨해지니까. 아름다운 꽃을 보노라면 아름다운 소품도 갖고 싶어지게 마련이고."

좋은 기회를 놓칠 수는 없다며 오타미가 고안해 낸 것이었다.

다만 평소 끈기가 필요한 일을 하는 직인들이나 바느질 직공들은 이날 하루 종일 아무 일도 돕지 않아도 된다. 그저 꽃구경에 들떠 있기만 하면 된다. 임시 점포의 장사는, 이 또한 옛날처럼 주인 부부가 도맡아 한다—.

그래야 했는데, 근자에는 그럴 수 없게 되었다. 이 임시 점포가 묘하게 인기가 많아서 손님이 모였기 때문이다. 단골손님 중에는 일찌감치 미시마야의 꽃구경 날짜를 알아두고 꽃구경을 하면서 물건을 사러 오는 사람들도 있다. 여기에 이헤에가 또 상인 정신을 불태워, 일 년에 한 번 있는 임시 점포에서만 파는 물건을 준비하니 더더욱 인기가 올라가서,

"고마운 일이기는 한데."

대행수 야소스케를 비롯해 장사를 맡고 있는 고용살이 일꾼들은 꽤 바빠지고 말았다.

미시마야 사람이 된 지 삼 년째인 오치카는 이 꽃구경에 참가한 적이 없다. 숙부 부부의 집에 몸을 의탁하는 계기가 된 괴로운 사건을 아직 극복하지 못했기 때문이다. 다소 기분이 나아져서 적극적인 마음이 들 때가 있어도 팔자 좋게 산천유람의 즐거움을 만끽하기는 역시 께름칙하다. 꽃구경으로 주위 사람들이 하나같이 들떠 있으면 더더욱 그렇다.

드디어 내일이 꽃구경 가는 날이야, 기대되지, 하고 오가는 말을 들으며 오치카는 올해도 집이나 봐야겠다고 생각했는데 오타미가 부르더니 이렇게 말했다.

"야소스케나 다른 사람들이 느긋하게 꽃구경을 하게 해 주고 싶으니까 너도 장사를 도우러 와 주렴."

미시마야의 수수께끼 아가씨라는 말을 들을 만큼 집 안에만 틀어박혀 있는 오치카를 어떻게든 밖으로 끌어내려고 지금껏 숙부부부는 여러 가지로 수단을 강구해 왔다. 그러나 이것은 새로운 방법이다.

놀러가자는 제안은 거절하기 쉽지만 일을 해달라는 부탁은 오치카의 성격상 거절하기 어렵다. 오타미도 그걸 알고 엷은 웃음을 띠며 말하는 것이니 화가 치민다.

"네, 갈게요."

"손님 앞에 나가는 거니까 제대로 차려입어야지."

기쁜 듯이 후리소데소매 길이가 긴 기모노. 고소데의 소매를 길게 만든 것으로, 성인식 전의 남녀가 모두 착용하였다를 옷걸이에 늘어놓는 오타미에게,

"일을 하는 거니까 고소데통소매의 평상복를 입어야지요."

하고 대꾸는 했지만 외출복을 입고 이초가에시머리채를 좌우로 갈라 반달 모양으로 틀어 올려서 묶은 머리 모양에 오타미가 좋아하는 옥비녀까지 꽂은 채로 나가게 되었다.

그런데—.

꽃구경은 의외로 나쁘지 않았다.

우선 임시 점포가 정말로 바빴기 때문이다. 주머니나 소품을 매달아 줄줄이 다섯 개나 세워 놓은 조릿대로 손님이 계속해서 몰려들었다. 오봉음력 칠월 십오일, 죽은 조상의 영혼을 추모하는 일본 최대의 명절 휴가 이외에는 일만 하는 대행수 야소스케와 행수들이 천천히 꽃구경을 즐길 수 있도록 하려면 오치카가 숙부 부부를 도와 부지런히 일하는 수밖에 없다.

오치카의 "동료예요", "부하랍니다", "제가 첫 번째 부하", "그럼 저는 두 번째 부하" 하고 사이좋게 지내는 오시마와 오카쓰도 기꺼이 도와주었다. 틈만 나면 일을 도와주러 오려는 야소스케를 눌러앉혀 술을 따라 주고 마시게 하기도 했다.

두 번째로는 바쁜 와중에도 평소 마주할 기회가 적은 직인들이나 바느질 직공들과 친하게 말을 주고받고, 모두가 즐거운 듯 꽃을 바라보며 맛있는 음식을 먹고 편하게 쉬는 얼굴을 보는 것이 기뻤기 때문이다.

세 번째로는 벚꽃이란 제아무리 여러 그루가 늘어서서 활짝 꽃을 피우고 있어도 결코 활기찬 꽃이 아님을 깨달았기 때문이다.

어딘가 덧없고 쓸쓸하고 오히려 구슬프다고 평해도 좋을 듯한 분위기가 있다.

오치카 혼자만의 착각은 아니었는지, 잠시 쉬며 꽃놀이 도시락을 먹고 있을 때 빌린 방 안까지 춤추며 들어온 꽃잎을 집어 들며 오카쓰가 이런 말을 했다.

"북쪽의 어느 지방에서는 벚꽃이 피었을 때만 장례를 치른대요."

물론 죽은 사람은 그때그때 묻지만 장례 의식은 벚꽃이 피는 시기에 다 같이 한다는 뜻이다.

"벚꽃은 원래 극락에 피는 꽃인데 활짝 핀 벚나무가 길을 헤매지 않도록 정토로 통해 있기 때문이래요."

극락정토라는 말을 들으며 오치카는 문득 고모리 마을에서 온 오쓰기의 얼굴을 떠올렸다. 그 아이는 잘 지낼까. 고모리 마을 사람들은 함께 꽃놀이를 즐길 수 있을 정도로 차분함을 되찾았을까.

그때 오타미가 눈을 크게 뜨며 물었다. "오카쓰, 당신은 어째서 그런 걸 알고 있는 거지요?"

"교넨보 씨한테서 들은 적이 있어요."

흑백의 방에도 이야기하러 온 적이 있는 교넨보는 미시마야에 얼마쯤 은혜를 베풀어 준 인물이다. 진짜 승려는 아닌데 가짜 승려라고 딱 잘라 말하기는 애매하고 '승려 비슷한 자'라고 하면 오히려 수상하지만 결코 나쁜 사람은 아니다.

이 승려 비슷한 자는 구름을 뚫을 듯 키가 크고 목소리도 쩌렁쩌렁하다. 근처에 오면 금방 알 수 있다. 지난 일 년 정도는 마주치지 못했는데 그러다 보니 오치카도 '흐음?' 하고 생각했고 오타미는 더 놀랐다.

"오카쓰 씨, 언제 스님을 만났어요?"

"보름쯤 전이었나. 우연히 가게 앞을 지나가시기에 차를 내어 드렸는데요."

오치카는 태연하게 대답하는 오카쓰의 갸름한 눈 속에서 '그만 말실수를 하고 말았네'라는 대사를 어렵지 않게 읽어 낼 수 있었다.

이것은 수상하다. 불가사의한 이야기와는 다른 의미로 기이하다. 오카쓰는 언제 교넨보와 친해졌을까.

지금은 너그럽게 넘기고 깊이 캐묻지 말기로 하자. 오치카는 오타미의 추궁도 피하게 해 주려고 일부러 황홀한 듯한 표정을 지으며,

"아아, 도시락이 맛있네요" 하고 말했다.

"'다루마야'의 요리는 언제나 꽝이 없지만 오늘의 이 꽃놀이 도시락은 또 각별한데요. 숙모님, 어떻게 주문하신 거예요?"

연막으로 그냥 한 말이 아니다. 정직한 감상이었다. 모양이 아름답고 맛도 최고인 데다 배까지 든든해지는, 삼박자를 갖춘 훌륭한 도시락이다.

오카쓰도 "그러고 보니" 하며 장단을 맞춘다. "아까 벚꽃 무늬

회지함을 찾으시던 손님이 미시마야 임시 점포에서 저 꽃놀이 도시락도 좀 팔면 안 되겠느냐, 너무 맛있어 보여서 침이 나온다고 하셨지요."

"다루마야라면 처음에는 여기 대석집 안주인이 소개해 주신 거야."

대석은 글자 그대로 장소만 빌려주는 장사이기 때문에 경사든 불사佛事든 공부 모임이든, 술이나 요리는 손님이 알아서 가져와야 한다. 하지만 그런 수고를 얼마쯤 덜고 마음껏 소개할 수 있도록 좋은 배달 요릿집이나 술집과 여기저기 끈을 대어 두는 것이 현명한 대석 장사꾼이다.

"그때 안주인이, 미시마야三島屋의 꽃놀이 도시락이니 삼색 줄무늬 보자기에 싸서 가져다주면 좋겠다고 다루마야 주인에게 말해주었거든. 다루마야의 주인은 눈치가 빠른 분이라, 그런 보자기라면 미시마야에 부탁해서 만들어 달라고 한 거야. 그러니까 이건 우리 가게의 특별 주문품이지."

아차차. 오치카는 자그마한 삼 단 찬합에 일 인분씩 들어 있는 호화로운 도시락의 내용물에 열중해서 포장까지는 신경 쓰지 못했다.

"어머, 정말이네. 안쪽 구석에 우리 가게 옥호가 옅게 물들여져 있어요."

"밥이 삼색 줄무늬로 되어 있는 건 저도 알았지만요."

찬합에 담겨 있는 밥은 하얀 쌀밥, 사쿠라메시간장과 술을 쳐서 지은 쌀밥, 나물밥까지 삼색이다. 하얀 밥에는 채소절임, 머위 간장 조림, 멸치볶음이 곁들여져 있다.

"아마 작년 도시락에는 검은콩밥이랑 버섯밥이랑 다반茶飯찻물로 지어 소금으로 간을 맞춘 밥의 삼색이었지."

"매년 조합이 바뀌는군요."

일 년에 한 번뿐인 즐거움이 한층 더 재미있어지는 풍류다.

"올해는 우리가 모처럼 맛있는 나물을 얻어서 먹고 싶으니 한 가지 색은 흰밥으로 해 달라고 부탁했어. 그러지 않았으면 닭고기밥이 되었을 거라더구나."

거기까지 말하고 왠지 오타미가 후우 하고 한숨을 쉬었다.

"정말 아깝지 뭐니. 다루마야도 이렇게 훌륭한 실력이 있으니 좀 더 폭넓게 장사를 해도 좋으련만 그 주인장은 누가 어떻게 설득해도 고개를 끄덕이지 않거든."

모토하마초에 있는 폭 두 간길이의 단위. 일 간은 약 1.9미터짜리 어둑어둑한 가게 한 채뿐, 증축도 하지 않고 분점도 내지 않는다. 고용살이 일꾼이 가게를 내는 건 허락하지만 '다루마야'라는 이름은 못 쓰게 한다. 그래서 다루마야의 규모는 커지지 않는다.

"장사꾼의 욕심이라는 게 없어. 특이하지."

"그냥 가족들끼리 사이좋게 장사를 계속하고 싶은 거겠죠."

오치카가 떠오르는 대로 대답해 보았지만 오타미는 납득하지 못하겠다는 얼굴로 진지하게 말했다.

"그렇지 않아. 매년 꽃놀이 시기가 끝나면 가을 단풍철이 될 때까지 가게를 닫아 버린단 말이다."

이 말에는 오치카도 오카쓰도 놀랐다.

"여름에는 그냥 휴업인가요?"

"어딘가 다른 곳으로 가게를 옮기는 게 아닐까요? 시나가와 부근의 바닷가에는 꽤 많은 수의 배달 가게나 도시락 가게가 노점을 내고 있으니까요."

오타미가 단호하게 고개를 가로젓는다. "아니야, 전혀. 다루마야는 여름에는 쉰단다."

"가와비라키그해의 강놀이 개시를 축하하며 수해 방지를 기원하는 행사 날도요?"

"그래."

오치카는 오카쓰와 얼굴을 마주 보았다. 꽤 수상쩍은 이야기다.

하루 저녁뿐이니 꽃놀이 계절만큼은 아니지만 오카와 강의 가와비라키도 배달 가게나 도시락 가게의 대목이다.

여름의 아름다움과 풍류를 모아 밤하늘에 수놓는 불꽃놀이를 바라보며 술과 안주에 입맛을 다시는 것은 신분이나 빈부의 차이를 뛰어넘어 에도 사람들의 즐거움 중 하나다. 오카와 강가의 대석이나 요릿집은 모두 만원이 된다. 불꽃놀이가 잘 보이는 곳에 가게가 있는 상가는 단골손님을 초대해 연회를 연다. 불꽃놀이를 강 수면에서 올려다볼 수 있기 때문에 큰 인기를 모으는 불꽃놀이 배도 밀치락달치락해야 할 정도의 수가 강에 나온다.

그 모든 자리에 술과 요리가 필요하다. 평소에는 배달을 하지 않는 고급 요릿집이 이때만은 특별히 불꽃놀이 도시락을 장만해 좋은 평판을 얻기도 한다.

장사를 하는 가게 입장에서는 너무나 좋은 기회를, 다루마야는 왜 매년 그냥 지나쳐 보내는 걸까.

"그럼 산노 축제산노 권현의 매년 정해진 날짜에 행하는 축제. 음력 사월 중의 신일(申日)로, 도쿄의 히에 신사에서는 유월 십오일에 열린다나 간다 신사의 축제 때도?"

"다루마야는 내내 가게를 닫고 단골손님이 아무리 졸라도 배달하지 않아. 도시락도 안 내놓지. 전에 후카가와에 사는 안주인의 친척이 부탁했는데도 미안하다면서 거절한 적이 있다더구나."

오타미가 입을 삐죽거린 까닭은 이런 사정 때문이다.

오카와 강을 건너 맞은편에 있는 후카가와에는 도미오카 하치만구라는 유서 깊은 신사가 있다. 이곳의 중요한 제례는 삼 년에 한 번, 음력 팔월에 열리는데 백 대가 넘는 크고 작은 신여가 줄을 지어 동네를 돌고 구경하는 사람들이 신여와 가마꾼에게 물을 뿌린다. 그래서 일명 '물뿌리기 축제'라고도 불린다. 미야모토신사에 봉사하는 특별한 역할을 가진 마을 사람들의 커다란 신여가 나오기 전에는 그 동네의 다쓰미게이샤후카가와 유곽의 기생들이 줄줄이 늘어서서 '데코마이에도 시대의 제례 여흥으로 즐기는 춤. 원래는 신사 신자들의 딸이 추었지만 후에는 기생들이 가마의 선두에 서서 춤을 추게 되었다. 현재도 간다 축제에서 볼 수 있다'를 추고 꽃삿갓을 쓴 아이들이 화려한 장식 수레를 끈다. 용맹하고 아름답고 요염하여 실로 에도의 꽃 중의 꽃이라 부를 만한 축제라고 한다. 물론 구경꾼도 많이 몰려들어 북적거린다.

"그런데 요전 대제大祭가 있던 해에는 다루마야 안주인의 어머니 사촌의 환갑과 겹쳤다는 거야."

그 집은 후카가와의 창호상으로 살림살이도 풍족했다. 좋은 기회이니 오랫동안 단골이었던 손님들과 친인척들을 모아, 대제 가마 행렬 날에 맞추어 환갑 잔치 자리를 마련하게 되었다. 그래서 다루마야에 요리를 부탁했는데,

"여름에는 장사를 하지 않습니다, 죄송합니다, 그러더라는구나."

"그거, 다루마야의 안주인도 아시고 하신 말씀일까요?"

부부싸움이 일어나지 않았을까.

"글쎄, 거기까지는 모르겠다. 나라면 가만있지 않았겠지만."

숙부 부부는 거의 싸움을 하지 않는다. 그만큼 끈끈하고 사이가 좋다는 뜻이 아니다. 이 부부의 '싸움'은 오타미가 이헤에를 야단치는 것이다. 대개의 경우 야단치는 오타미 쪽이 옳다.

"여름철에는 식중독이 무서우니까요……."

고개를 갸웃거리며 오카쓰가 중얼거린다.

오타미도 고개를 끄덕였다. "아아, 그럴지도 모르지. 이 대석집 안주인도, 옛날에 식중독을 일으켜서 고생한 적이 있으니까 여름 장사를 삼가는 게 아니겠냐고 하더라만."

안주인도 확실한 이유를 모르는 걸까. 알고 있어도 남에게 말하지 않는 걸까.

"오치카, 그런 얼굴 하지 마라."

"네?" 오치카는 눈을 깜박거렸다.

"그런 얼굴이라니 어떤 얼굴이요?"

"뭔가 사연이 있어서 재미있을 것 같구나, 하는 얼굴 말이야."

"세상에, 숙모님. 저는 그렇게 호기심 많은 사람이 아니에요."

깔깔 웃으며 "잘 먹었습니다" 하고 손을 모은 후 임시 점포로 돌아간 오치카지만 실은 꿍꿍이가 있었다.

미시마야와 친한 대석집의 안주인은 멋진 은발을 시마다쿠즈시머리채를 틀어 올리고 남은 머리카락을 비녀 등의 장식으로 감아 올린 머리 모양로 묶은 늙은 여인이다. 얼굴뿐만 아니라 목이나 목덜미까지 쪼글쪼글한 주름으로 덮여 있지만 우단羽緞처럼 윤기 있고 아름다운 목소리를 가졌다.

꽃구경을 마치고 돌아가는 길에 오치카는 안주인에게 하루 동안 잘 지냈다며 감사 인사를 하고 갑자기 떠올랐다는 듯 비밀스러운 부탁을 했다. 안주인은 "좋지요" 하고 우단 같은 목소리로 답하며 떠맡아 주었다.

벚꽃을 서글프게 느끼는 것은 활짝 피었는가 싶으면 곧장 서둘러 져 버리는 꽃이기 때문일지도 모른다. 하지만 그렇기 때문에 더더욱 '시원스럽다'는 칭송을 받기도 한다. 사람의 마음은 꽃 하나만 놓고 봐도 다른 법이다.

스미다가와 강둑의 벚나무가 완전히 잎만 남게 되었을 무렵, 대석집의 안주인이 심부름꾼을 보내어 오치카가 기다리던 소식을 전해 주었다.

배달 요릿집 '다루마야'의 주인인 후사고로가 흑백의 방의 손님이 되어 주겠다고 한다. 날짜도 곧 정해졌다.

당일 아침, 오치카는 흑백의 방의 도코노마에, 미시마야에 드나드는 꽃장수에게 주문해 두었던 잎만 남은 벚나무 가지를 꽃꽂이했다.

미시마야에서는 현재 단 하나뿐인 견습 점원 신타가 우연히 마당을 청소하다가 칠흑의 화기花器 앞에서 잎만 남은 벚나무 가지를 꽃꽂이하고 있는 오치카를 발견하고 소리를 질렀다.

"으악, 아가씨, 털벌레 없어요?"

벚나무는 새잎이 나면 금세 벌레가 꾄다. 자칫하면 꽃비가 흩날린 후에 털벌레의 비가 내릴 때도 있다.

오치카는 미소를 지었다. "꽃장수한테서 산 벚나무니까 괜찮아. 너는 털벌레를 싫어하니?"

"예에. ……한 번, 바깥을 청소하는데 정신을 차려 보니 목깃에서 등으로 들어간 적이 있어서."

해마다—아니, 좀 더 일찍, 반년마다 키가 자라고 든든해져 가는 신타지만 이런 모습을 보면 아직 어린애다.

"이제 벚꽃은 다 졌는데 잎만 남은 벚나무를 장식하시는 건가요?"

"벚나무는 잎도 아름다우니까."

오치카는 무릎 옆에 둔 작은 종이 꾸러미를 들어 올려 보였다.

"이걸 장식하기에 딱 좋잖아?"

종이 꾸러미 안에는 붉은색 비단 조각으로 만든 작은 구슬이 몇 개 들어 있다. 마유다마음력 정월 대보름날 매다는 장식물. 나뭇가지에 떡이나 경단 등을 매단 것으로 누에가 잘되기를 비는 행사이다보다 조금 더 큰데 속에 든 것은 솜이다. 모양을 잡을 만큼만 채워 넣었을 뿐이라서 무게가 가볍다. 한쪽 끝에 실이 달려 있다.

신타는 눈치가 빠르다.

"가지에 매다는 거군요."

"맞아. 오늘 이곳에 오실 손님의 취향에 맞춰 장식해 보고 싶다는 생각이 들었거든. 작업장 쪽에 좀 떼를 써서 급하게 만들어 달라고 했단다."

작은 구슬에는 하나에 하나씩 검은 실로 오뚝이가 수놓아져 있다'다루마'는 일본어로 '달마 대사' 또는 '오뚝이'라는 뜻이다.

"올해 첫 장사 때 여러 가지 보물을 수놓은 오자미를 내놓았잖니."

학과 거북, 부채, 복갈퀴, 올빼미, 손짓하는 고양이 등 행운의 상징을 수놓은 오자미를 세 개씩 담아 복주머니로 내놓았던 것이다.

"그때 이걸 더 작게 만들어서 끈을 달고 장식물로 매달면 예쁘겠다 싶었어."

신타가 툇마루에서 방 쪽으로 몸을 내밀며 말했다.

"네, 예뻐요. 좋네요. 아가씨는 풍류를 아시는군요. 이런 걸 가지에 매달아서 꽃을 대신하다니 나는 생각도 못 할 거예요."

손님 앞에서는 제대로 '저는'이라고 말하는 데 익숙해진 신타지만 오치카와 함께 있으면 아직도 '나'다. 그래도 어느새 '풍류를 아시는군요'라는 표현을 할 수 있는 만큼 성장했다.

"이거 팔아도 되겠는데요."

"가게에서 판다고?"

"가게 앞에 장식해 두면 분명히 찾으시는 분이 계실 거예요. 이런 행운의 상징이 가득한 것도 좋고 주문을 받아서 손님의 가문家紋이나 가게 이름을 자수하는 것도 좋지 않을까요?"

"와아, 신타. 너 훌륭한 장사꾼이 되었구나."

신타는 몹시 부끄러워하더니 청소를 마저 해야겠다며 돌아가 버렸다.

오치카는 매다는 오뚝이를 모두 장식하고 나서 도코노마의 족자를 골랐다. 이헤에에게 부탁해서 달마와 관련 있는 그림을 몇 개 꺼내 달라고 했지만 결국 숙부가,

"이게 제일 세련되었다."

하며 권해 준 것으로 결정했다.

하얀 벽에 나뭇잎 그림자가 비친다. 모양으로 짐작하건대 이것도 잎만 남은 벚나무인 듯하다. 그 외에는 그림 끝에 두루마리 두 권이 가지런히 놓여 있을 뿐이다. 인물은 없다. 얼핏 보기만 해서는 하얀 부분이 많은 괴상한 그림이다.

그러나 그림의 낙관 옆에 작자는 짧게 한 문장을 덧붙였다. '대

사립락앵지벽大師立落櫻之壁'.

이것은 구 년 동안이나 소림사의 벽을 노려보며 앉아 있던 달마 대사가 깨달음을 얻고 떠난 후의 벽을 그린 그림입니다, 라는 뜻이다.

그림풀이에 후훗 하고 웃으며 시선을 아래로 내리면 화기에 꽂혀 있는 잎만 남은 벚나무 가지 사이로 매달려 있는 붉은색의 오뚝이 장식이 엿보인다—는 것이 오늘의 풍류다.

과연, 다루마야의 주인 후사고로는 흑백의 방으로 안내되자마자 무릎을 쳤다.

"오호, 이건 각별한 맛이 있군요, 아가씨."

역시 미시마야입니다, 하며 감탄한다.

"저도 다루마야를 운영하다 보니 그림이며 장식물을 꽤 모으게 됐지만 이런 건 처음 보았습니다. 분명히 이름난 화가 선생님이 그리셨겠지요."

오치카는 웃었다. "아니요. 숙부님의 바둑 친구로 그림도 시도 샤미센도 노래도 무엇이든 해 보는 것을 좋아하는 종이 가게의 어르신이 그리셨다던데요."

헤에에~ 하며 후사고로는 더욱 감탄했다. 몸집이 작고 얼굴도 작고 가느다란 눈의 눈초리가 처져 있어서 가만히 있어도 웃고 있는 것 같기도 하고 울고 있는 것 같기도 한, 뭐라 말할 수 없이 애교스러운 얼굴이다. 나이는 사십대 중반 정도일까.

감색 줄무늬 기모노는 쪼글쪼글한 목면으로 지은 것인데 딱 보기에도 질이 좋은 듯하니 분명 조시산産일 것이다. 제대로 된 외출복이지만 하오리를 입을 만큼 격식을 갖추지는 않았습니다—라는 정도의 옷차림이다.

“풍류를 아는 어르신이군요. 저도 닮고 싶습니다.”

후사고로는 목소리가 약간 높고 가끔 말꼬리가 가볍게 뒤집어진다. 남자의 새된 목소리는 사람들이 싫어하기 마련이지만 이이의 경우는 그것도 애교여서 오치카는 벌써 허물없는 기분이 들기 시작했다.

“달마기선종에서 달마 대사의 기일에 행하는 법회는 시월 오일이니 대사님이 돌아가신 날은 알고 있지만 깨달음을 얻으신 것은 봄이었을까요. 봄이 끝나는, 딱 이맘때.”

족자를 바라보던 후사고로가 턱 끝을 어루만지며 중얼거린다.

“아니면 잎만 남은 벚나무는 계절을 나타내는 것이 아니라 인생의 덧없음을 표현한 걸까요. 무상하다는 뜻 말입니다.”

문득 후사고로의 눈이 동그래졌다.

“이런! 이건 또, 정말 귀여운 오뚝이로군요!”

다루마야의 주인장은 오뚝이를 매단 장식물이 몹시 마음에 들었던 모양이다. 가실 때 선물로 드리겠다는 오치카의 말에 몹시 기뻐하며 물었다.

“미시마야의 새로운 상품입니까? 그렇다면 당장 좀 부탁드려도 될까요?”

도시락을 싸는 보자기 매듭에 이 장식물을 매달면 귀여울 것 같아서요, 라고 한다.

"알겠습니다. 숙부님께 이야기해 둘게요. 이 크기면 될까요? 색깔은 어떻게 할까요?"

이것저것 상의하다가 오시마가 다과를 가져왔을 때는 구입이 결정되었다.

오늘의 다과는 쑥떡이다. 좋은 향이 난다.

"아니, 자리를 데울 새도 없이 법석을 떨어 버리다니 제가 너무 시끄러웠지요."

후사고로는 머리를 긁적이면서 앉은 자세를 고쳤다.

"저야말로 바쁘신 분을 오시라고 하다니 실례했습니다."

후사고로는 가느다란 눈을 더욱 가늘게 뜨며 오치카를 보았다.

"대석집 안주인한테 들었는데 아가씨는 우리가 여름에 가게를 닫아 버리는 이유를 듣고 싶으시다고요."

"네. 호기심이 많아서 죄송해요. 제가 이렇게 특이한 괴담 자리에서 이야기를 듣는 역할을 맡고 있다 보니—."

후사고로는 음음 하며 고개를 끄덕였다. "미시마야는 지금 장사뿐만 아니라 그쪽으로도 좋은 평판을 얻고 있습니다."

"고맙습니다."

오치카는 정중하게 머리를 숙였다.

"다루마야가 여름철에 휴업을 하는 데는 뭔가 특별하거나 불가사의한 사연이 있지 않을까 싶어서 안 되더라도 부탁해 보자고 멋대로 결심했지요."

후사고로의 가느다란 눈이 거의 반원을 그린다. 싱긋 웃은 것이리라.

"예, 아가씨가 짐작하신 대로 이유가 있습니다. 꽤 이상한 이유지요."

대뜸 믿어 달라고 할 수 있는 이야기는 아니라고 한다.

"그래서 저와 제 아내는 내내 가슴에만 담아 왔는데요."

요즘 들어 부부가 가끔씩 속내를 털어놓곤 하는 모양이다.

"슬슬 누군가에게 들려주어도 되지 않겠느냐고요. 결코 아첨으로 드리는 말씀이 아니라 저도 미시마야의 특이한 괴담 자리를 떠올렸습니다."

오치카에게는 참으로 영광스러운 일이다.

"이렇게 저를 불러 주신 것은 아가씨가 멋대로 결심하신 탓이 아니라 저와 아내의 염원이 통했기 때문이겠지요."

후사고로는 싱긋 웃는 얼굴을 한 채,

"이야기하고 버리고, 듣고 버리고."

오치카가 해야 할 말을 앞질러 했다.

"이 특이한 괴담 자리의 규칙이라고, 이 또한 소문으로 들었습니다. 제가 하는 이야기도 마찬가지겠지요?"

오치카는 깊이 고개를 끄덕였다. "네, 물론이지요."

후사고로는 차를 한 모금, 천천히 맛보듯이 마시고 나서 입을 열었다.

"이것은 우선 제 신상에 관한 이야기이고 다루마야가 생긴 경위도 포함되기 때문에 지루하실지도 모르지만 상당히 거슬러 올라가야 합니다."

후사고로는 올해 마흔세 살. 이야기의 시작은 그가 스무 살까지 고용살이를 했던 아타고시타의 배달 요릿집을 뛰쳐나왔을 때라고 한다.

"저는 뿌리부터 에도 사람은 아닙니다. 태어난 곳은 가즈사노쿠니현재의 지바현 중부를 가리키는 옛 지명의 도가네 번藩이라는 곳이었지요."

에도 시중에서 사흘 남짓이면 오갈 수 있는 곳이니 그리 멀지는 않다.

"도가네는 옛날부터 유채씨 농사가 성했던 곳이었습니다. 유채씨는 쌀과 달리 도매상에 팔면 바로 돈이 되어서 좋지요."

유채씨는 등불에 사용하는 유채씨 기름의 원료다. 질만 좋으면 비싼 값에 팔리고 일 년 내내 사용하기 때문에 장사의 전망을 예측하기가 용이하다.

"도가네의 영주님이 유채씨 생산을 장려하신 덕분에 그 지방에서는 봄이 되면 온통 노란색 꽃을 주욱 깔아 놓은 것 같은 풍경이 펼쳐집니다."

후사고로의 생가는 성하마을城下町영주의 성을 거점으로 생성된 도시에서 유채씨 중간 도매업에 종사했다고 한다.

"아버지가 일으킨 가게였습니다. 당신께서는 소작인의 아들로, 열두 살 때 고용살이를 나간 곳에서 열심히 일하여 고맙게도 가게를 낼 수 있게 된 것입니다."

이 가게가 '다루마야'다.

"저희 가게도 아버지의 가게 이름을 그대로 받은 것이었는데."

다루마야라고 명명한 데에는 사연이 있다.

"아버지가 고용살이를 하러 갈 때 마을에 있는 절의 스님이 이런 말씀을 해 주셨다고 합니다."

—달마 대사는 혼자서 벽을 향해 구 년이나 앉아 계셨다. 범부라 해도 '돌 위에도 삼 년차가운 돌에도 삼 년간 앉아 있으면 따뜻해진다. 참고 견디면 결국에는 성공한다는 뜻의 속담'이라고 하지. 너도 구 년은 무리겠지만 삼 년은 돌이 되어라.

"아버지는 고용살이를 하게 된 유채씨 도매상에서 십팔 년 동안 일했습니다. 구 년의 두 배지요."

"훌륭하시군요."

오치카가 감탄하자 후사고로는 또 가느다란 눈을 반원 모양으로 만들며 웃었다.

"그게 가게 점원의 인생입니다, 아가씨."

성실한 사람은 이런 말을 아무렇지도 않게 한다.

"대개 열 명이 고용살이를 나가면 괴롭다, 시시하다면서 예닐곱 명은 도망쳐 버리지요. 처음 삼 년이 특히 힘들어요. 스님도 사정을 아시니까 그런 가르침을 주셨을 테지요. 그것을 바보처럼 정직하게 지켜 온 아버지도 대단하시고요."

참을성이 강하고 부지런했던 후사고로의 아버지는 십팔 년 동안 일하고 가게를 내면서 자신이 원하는 이름을 붙여도 된다는 허락을 받았기 때문에 스님의 말을 다시 한 번 가슴에 새기자는 뜻으로 '다루마야'라는 간판을 걸었던 것이다.

"아버지는 그때 가게를 내면서 아내도 소개받았습니다. 같은 가게의 고용살이 동료였던 하녀로 아버지보다 세 살 연하였으니 나이는 많았습니다. 하지만 그 후로 매년 아이를 줄줄이 낳았습니다. 모두 순산했고요. 사남 삼녀. 그 셋째 아들이 접니다."

후사고로는 자신의 콧등을 가리켰다.

"일곱 남매는 한 명도 빠짐없이 무사히 자랐어요. 하나같이 끈질기다고 할까요."

아니, 좀처럼 보기 힘든 행복한 일가다. 요전의 고모리 마을 이야기와 비교해 보아도, 그것은 분명하다.

"부러울 정도로 복이 많은 집안이네요."

오치카가 말하자 후사고로는 고개를 끄덕였다.

"네, 저희도 가끔 그 고마움을 곱씹곤 합니다. 일곱 명이 싸우지도 않고 사이좋게 자랐고요."

그러나 남매가 혼기가 되자 조금 곤란한 사정이 생겼다.

"우리의 장래에 관한 문제였습니다. 뭐, 누이들은 시집을 가면 될 일이지만 아들이 넷이나 있으니까요."

장남은 다루마야를 물려받는다. 밑의 세 사람은 어떻게 할까.

오치카는 깜짝 놀랐다. "아들들이 각각 분점을 내면 안 되나요?"

"안 됩니다" 하고 후사고로는 말했다. "에도 시중에서도 후다사시에도 시대에 하타모토나 고케닌을 대신하여 저장미 수취 및 판매 사무를 관할하고 수수료를 받거나 곡물을 담보로 금은을 대부하는 것을 업으로 삼은 사람라든지 약초 도매상이라든지 가부나카마에도 시대에 막부나 번의 인가를 받아 결성된 상공업자의 독점적 동업조합가 있어서 함부로 가게를 늘릴 수 없는 장사가 있지 않습니까. 도가네에서는 유채씨 도매가 그렇습니다."

번의 감찰, 즉 허가증이 없으면 가게를 낼 수가 없다.

"유채씨는 도가네성 금은 창고의 원천이었기 때문에 가게가 너무 늘어나서 장사의 틀이 깨지지 않도록 족쇄가 채워져 있었던 것입니다. '유채씨 관아'라는 관청도 있었어요."

한 가게당 한 대代에, 고용살이 일꾼에게 가게를 내게 해 주는 것은 한 번(한 명)뿐. 그것도 동업하는 가게 두 곳의 첨장(추천장)이 없으면 안 된다. 아버지가 아들에게 가게를 물려주는 것도 적자 한 명에 한하며 다른 자식들은 유채씨 도매상을 경영해서는 안 된다. 상속과 분점, 어느 경우에나 일일이 관아에 부탁해서 감찰을 받는다.

"세상에……."

"그러다 보니 둘째 형과 저와 남동생은 마땅히 할 일이 없었습니다. 물론 둘째 형에겐 큰형을 돕다가 만일 무슨 일이 있을 때 대신 다루마야를 책임진다는 역할이 있었지만 과히 바람직한 방법은 아니지요."

만일 무슨 일이 있을 때를 위해 대비하는 역할이란 무슨 일이 없으면 나설 일이 없는 셈이고 경우에 따라서는 무슨 일이 생기지 않을까 기대하는 것처럼 보일 수도 있으니 몹시 거북하다.

"큰형은 왠지 둘째 형을 엉큼하다 여기고 둘째 형은 왠지 큰형을 꺼림칙하게 느끼는 거지요. 그래서 둘째 형은 한동안 방탕하게 살다가 의절을 당할 뻔한 적도 있었지만 도가네 같은 좁은 곳에서는 건달인 척해도 한계가 있으니까요."

그러다가 마음을 다잡고 아버지가 열심히 주선해 준 혼담에 순순히 고개를 끄덕여 성하마을의 작은 채소 가게에 데릴사위로 들어갔다.

"겨우 안심했다 싶으니 다음은 제 차례였습니다."

둘째 형의 번민을 보아 온 후사고로에게는 복안이 있었다.

"에도로 가고 싶다면서 아버지와 담판을 지었습니다. 갈 곳도 있었어요. 시중에서 유채씨를 사들이러 오는 도매상의 대행수님이 고용살이 할 곳을 소개해 주겠다고 했거든요."

그곳이 아타고시타에 있는 배달 요릿집이었던 것이다. 들어가 살면서 일하는 고용살이 일꾼만 해도 열 명을 헤아리는 큰 가게였다.

"제가 신세를 진 곳이긴 하나 지금도 영업중이라서—."

"네, 가게 이름은 말씀하시지 않아도 괜찮아요. 이 괴담 자리에는 그런 규칙도 있답니다."

그런가요, 하며 후사고로는 안심한 것 같았다.

"저는 열다섯 살 때부터 그곳에서 고용살이를 시작했습니다. 뛰쳐나온 것이 스무 살 때이니 범부가 참을 수 있는 삼 년은 넘겼지만 대사님의 구 년이 되려면 사 년이 부족하지요. 그래도 그 사 년에 미련을 두고 배달 요릿집에 남아 있었다면 우선 목숨을 부지하지 못했을 겁니다."

갑자기 위험한 이야기가 나왔다.

후사고로는 약간 목소리를 낮추었다. "배달 요릿집이라는 장사는, 어떻게도 꾸려나갈 수 있습니다. 파는 것이 음식, 다시 말해서 먹으면 없어지는 것이니 고급으로, 품위 있게 운영하려고 하면 그렇게도 할 수 있고, 손님을 많이 받는 대신 빨리빨리 해내려고 하면 그렇게도 해 나갈 수 있지요."

아타고시타의 배달 요릿집은 후자였다.

"배달 요리라고 해도 그저 싼 도시락뿐이었거든요. 무사님의 저택에 있는 가신이나 하인, 오카바쇼에도 시대 요시와라 이외의 사창가나 활터의 여자들, 이런 사람들을 손님으로 잡으면 편하게 장사를 계속해 나갈 수 있습니다."

애초에 맛이 있고 없고를 따지지 않는, 따지기 어려운 입장의 사람에게 주는 것이다. 하루에 두 번, 일 년 내내 거의 똑같은 도시락을 내도 그게 당연하다고 여기니까 아무런 지장이 없다.

"이런 조잡한 배달 요릿집은 가게에 들어와 살면서 일하는 고용살이 일꾼에게도 까다롭게 굴지 않습니다. 한 번에 세 말의 쌀을 씻어서 커다란 솥에 하루에 두 번 밥을 짓지요. 도시락을 나르는 것도 한 사람당 오십 인분을 짊어지고 나누어주러 다니는 것이니 힘이 듭니다. 일꾼을 고르고 자시고 할 여유가 없어요."

그래서 가게에 들어와 살며 일하는 남자들 중엔 이런 놈이 도시락을 만들 수 있는 건가 싶을 정도로 성미가 거칠거나 다른 곳에서는 일할 수 없는 반편이가 섞일 때도 있다. 쌀만 씻을 수 있으면, 도시락을 나를 수만 있으면 일이 되고 끼니가 해결되며 여럿이 뒤섞여 자더라도 잘 곳이 주어지기 때문이다.

"고용하는 쪽도 그것을 알고 있어서 가게에 들어와 살며 일하는 사람한테는 일당으로 삯을 지불하기도 합니다."

어제는 함께 쌀을 씻던 동료가 오늘은 없다 했더니 어제 번 돈을 쥐고 노름판에 틀어박혀 있더라는 일도 있었다고 한다.

"저한테도 문제는 도박이었습니다."

형님뻘 되는 고용살이 일꾼 중에 뼛속까지 도박을 좋아하는 사람이 있었다. 심성이 나쁜 것은 아니었겠지만 표정이 억세고 눈매가 고약한 데다 어디에서 어떻게 된 것인지 왼쪽 뺨에 눈에 띄는 흉터가 있다. 얼핏 보아서는 건달 같기도 한데 본인도 자신의 인상을 곧잘 써먹었다. 손아래 젊은이들을 달래거나 위협하거나 하여간 교묘한 방법으로 도박에 끌어들여 푼돈을 벌었던 것이다.

"뭐, 구제불능의 똘마니였습니다."

그 사람이 후사고로에게 눈독을 들이고 끈질기게 노름을 하러 가자고 권했다. 후사고로가 거절하면 돈을 빌려달라고 조른다. 또 거절하면 돈을 훔친다. 놀라서 화를 내면 결국은 힘으로 해결하자고 달려든다.

후사고로가 아무것도 모르는 동안에는 그나마 나았다. 그가 고

용살이를 한 지 이 년쯤 지났을 때였다. 배달 요릿집 장사의 기본을 익혔을 때,

"이 장사는 제대로 요령을 익히고 방법만 그르치지 않으면 저 같은 사람도 독립할 수 있겠다 싶더군요."

그는 배달 요릿집 장사의 기본을 익히고, 뜻대로 되지 않더라도 열심히 연구하고, 반찬 만드는 법을 배우고, 재료를 사들이는 법을 배우고, 거래처에서 어떻게 행동해야 하는지를 배웠다.

"드디어 조금씩 저축도 시작했는데 이 불량배가 저의 그런—뭐라고 할까요."

후사고로가 말하기를 망설이자 오치카가 거들어 주었다.

"상인다운 점. 긍정적으로 매진하는 점. 성실한 점."

후사고로는 "에헤헤" 하고 웃었다.

오치카도 웃으며 덧붙였다.

"아무리 유혹해도 결코 노름에는 손을 대지 않는 고지식한 점."

"아가씨, 그쯤에서 그만해 주십시오. 저는 다루마야지 덴구야가 아닙니다 '덴구'는 깊은 산속에 산다는 상상 속의 요괴 이름이기도 하지만 우쭐대고 뽐내는 사람, 자기 자랑을 하는 사람을 가리키기도 한다.."

이때 당지 맞은편의 작은 방에 대기하며 오늘도 특이한 괴담 자리를 지키는 역할을 맡은 오카쓰가 작게 훗 하고 웃었다. 후사고로는 눈치채지 못한 것 같지만 오치카에게는 들렸다.

"하여간 저의 여러 가지가 형님에게 거슬렸던 모양입니다."

"후사고로 씨 쪽에서는 그런 사람을 형님으로 여기진 않았을

것 같은데요."

"맞습니다. 아마 저의 본심도 어느 순간 얼굴에 나타나 있었겠지요."

그래서인지 호되게 괴롭힘을 당했다고 한다.

"예전에 겪은 공갈이나 갈취는 그냥 시늉만 한 것이었구나 싶을 정도로 당했습니다. 저는 항상 얼굴이 부어 있었고 몸 여기저기 화상을 입거나 멍이 들곤 했지요."

모은 돈은 필사적으로 지켜냈지만 그만큼 몸은 학대당했다.

"또, 그런 똘마니일수록 당장의 잔머리는 좋아서 자신의 노름 동료를 가게 일꾼으로 끌어들이더군요. 함께 달려드니 더욱 곤란해지고 말았습니다."

가게의 대행수나 주인에게 호소해 봐야 헛수고임을 알고 있었다. 어떻게든 스스로 해결해야 했다.

"저는 월말에 일삯을 받고 있었기 때문에 스무 살이 되던 해의 삼월 말, 도시락을 배달하러 아카사카에 가서 그대로 도망치자고 결심했습니다."

이때도 후사고로에게는 갈 곳이 있었다. 근처의 단골손님에게 갈 때마다 인사를 나누다가 얼굴을 익히게 된 장어구이집이다.

"완전히 제 사정만으로 도망쳐 들어가는 것이지만 장어구이집 부부의 사람 됨됨이를 알고 있었거든요……."

그 전해의 몹시 더운 어느 날, 도시락을 다 배달하고 돌아가던 후사고로를 장어구이집 안주인이 불러 세웠다.

—잠깐만요, 총각, 좀 도와주세요.

"무슨 일인가 했더니, 우리 가게 아이가 구운 장어가 다 타서 도저히 손님에게는 낼 수 없다, 하지만 버리는 것도 아까우니 좀 먹어 달라는 것이었습니다."

물론 후사고로는 당장 달려들었다. 고용살이를 하는 배달 요릿집에서는 손님에게 내는 도시락보다 더 맛없는 밥밖에 먹을 수 없었고 양도 모자라서 항상 배를 곯았기 때문이다.

"양념장을 발라 구운 장어라니 눈앞이 어질어질할 정도로 사치스러운 음식이지요. 몹시 기쁘게 먹었습니다."

제대로 된 우나주찬합의 위 칸에 장어 양념구이, 아래 칸에 밥을 담은 요리였지만 탄 부분이 보이지 않게 할 셈이었는지 아니면 탄 껍질을 떼어 버려서 보기가 안 좋았는지, 맨 위에 밥을 빽빽하게 얹어 장어구이는 숨겨져 있었다.

"한 입 먹었는데 어찌나 맛있던지. 게다가 탄내라고는 조금도 나지 않았고 껍질도 알맞게 구워진 채 틀림없이 붙어 있었습니다."

다시 말해서 장어구이집 부부는 후사고로에게 우나주를 대접해 주기 위한 방편으로 거짓말을 한 것이다.

"같은 일이 그해에만 두 번 더, 새해가 되고 나서도 한 번 있었습니다. 제가 어지간히도 배고프고 불쌍해 보였다는 걸 감안하더라도 생판 남인 젊은이에게 대단한 친절을 베풀어 준 것이었지요."

우나주의 밥에 양념장이 배어들듯이 후사고로의 마음에는 장어구이집 부부의 온정이 배어 있었다.

"그러니 도와주실 거다, 도와주길 바라며 도망쳐 들어갔는데요."

과연 짐작이 맞았다. 장어구이집 부부는 사정을 듣더니 이렇게 말했다.

"우리 집에 숨겨 주고 싶지만 금방 발각되고 말지도 몰라. 그러니 우리 어머니와 내 딸이 사는 집으로 가게."

—모토하마초에서 니우리밥이나 생선, 채소 등을 익혀서 파는 것 가게를 하고 있으니까.

"여자 둘이서 하는 장사라 늘 걱정스러웠는데 마침 잘되었다, 총각은 몸집이 작으니 몽둥이는 무리더라도 빗장 정도는 될 거라면서요."

후사고로도 빗장 대신만이 아니라 쌀도 씻을 수 있고 밥도 할 수 있고 채소도 데칠 수 있고 조림 정도라면 만들 수 있다고 생각했기 때문에 이것은 매우 마침맞은 일이었다. 모토하마초라면 간다보다 더 동쪽, 아타고시타에서는 전혀 방향이 다르니 배달 요릿집의 단골손님과 마주칠 일도 없으리라.

"지옥에서 부처를 만난 기분이더군요. 몇 번이나 고맙다는 인사를 한 다음 몸뚱이 하나만 믿고 장어구이집 부부가 알려 준 니우리 가게로 굴러들어 갔습니다."

이 대목에서 후사고로는 갑자기 부끄러워했다.

"반년쯤 지나 장어구이집 딸과 부부가 되었지요."

흑백의 방에서는 드문 일이지만 오치카는 밝게 소리 내어 웃었다.

"다루마야 씨, 그렇게 빨개지지 마세요."

부끄러워하는 후사고로의 표정을 마주하니 즐거웠다.

"아니, 부끄러울 따름입니다."

장어구이집 딸, 후사고로의 아내가 된 오타쓰가 그때 열여덟이었으니 서로 어울리는 나이다.

아카사카의 장어구이집 부부는 이따금 보이는 배달 요릿집의 고용살이 일꾼에게 그저 동정의 눈길만 보내진 않았으리라. 그가 일하는 모습, 인사하는 모습, 우나주를 고맙게 먹는 얼굴 표정을 눈여겨봐 둔 것이다. 좋은 젊은이 같다며 처음부터 딸의 남편감으로 어떨지 생각했을지도 모른다. 바로 그 젊은이 쪽에서 굴러들어 왔으니 이야기에 기세가 붙어 단숨에 혼담이 이루어지고 말았다. 그렇게 된 것이 아니었을까.

"할머니도 건강하게 살아 계셨고, 따님도, 제가 말하기는 뭣하지만 맛있는 조림을 만들 줄 알았어요. 조용히 작은 뒷골목 가게에서 냄비 하나만 놓고 시작한 장사였지만 차츰 번성하게 되었지요. 저는 함께 살면서 반찬 만드는 법을 처음부터 새로 배웠습니다."

훗날 다루마야의 토대는 여기에서 쌓인 셈이다.

"모토하마초의 가게에서는 니우리만 팔았나요? 장어구이는 내놓지 않으셨어요?"

"네. 그게 또 이상한 일이었지요."

오타쓰는 뱀장어든 붕장어든 양념구이를 매우 싫어했단다.

"태어났을 때부터 그 냄새에 찌들어 이제 참을 수 없다고 투덜거려서 할머니와 함께 모토하마초로 이사한 것이라고 했습니다. 할머니도 할머니대로."

—나도 이제 평생 치 하고도 거스름돈이 나올 만큼 양념구이 냄새를 맡았어.

"질려 버렸으니 되었다며 시원시원하게 말씀하시더군요."

술고래인 조모가 안주나 반찬을 잘 만들었던 이유도 본인이 그걸 먹고 싶어 했기 때문이다.

"저에게는 좋은 스승이었습니다."

후사고로의 말투에는 절절하게 그리워하는 울림이 있었다.

"제가 굴러들어 간 지 오 년째 되던 해 가을에 졸중으로 세상을 뜨고 말았지만요. 좋아하는 술을 마시고 기분 좋게 잠들어 있는 사이에 저쪽으로 건너가셨으니 호상이었지만 저는 배우고 싶은 것이 더 있었습니다. 할머니가 만든 달걀말이는 입안에서 녹는 것처럼 부드러워서."

아직도 그것만은 흉내 낼 수가 없다고 한다.

흑백의 방에서 이야기하는 사람이 옛날 일을 떠올리느라 조용히 침묵하는 일은 드물지 않다. 그럴 때 오치카는 재촉하지 않는다. 화로에서 주전자를 들어 올려 새 차를 따라 주었다.

"뭐, 그렇게 해서."

뜨거운 엽차의 향을 맡은 후사고로가 살짝 고개를 들고 이야기를 계속했다.

"할머니 없이 부부 둘만 남게 되자 모토하마초의 집은 불이 꺼진 느낌이었다고 할까."

후사고로와 오타쓰에게는 아직 아이가 없었다.

"아내도 우울해져서 자주 훌쩍훌쩍 울었고 그 무렵 아카사카에 사는 장인은 고뿔이 더쳐 한동안 앓아눕기도 하다 보니, 형님 부부가 걱정해 주셔서—."

"형님?"

"아아, 순서가 바뀌었군요. 죄송합니다. 오타쓰에게는 오라비가 한 명 있습니다. 아카사카의 장어구이집 후계자인데 양념구이뿐만 아니라 모든 요리에 실력이 좋은 요리사지요."

바로 옛날에 후사고로가 얻어먹었던 '탄' 장어구이를 구운 사람이다.

"형님과 아주머니 내외가 하코네에 탕치를 하러 다녀오라고 권하셨습니다."

—아버지도 어머니도 이제 연세가 있으셔. 계속 일을 해 왔으니까 조금쯤 사치를 부려도 괜찮을 게야.

"노인 두 분만 하코네까지 보내기는 걱정스러우니 오타쓰도 따라가라, 그 김에 아이를 갖게 해 달라고 소원도 빌고 오라면서요."

부모와 누이를 생각해 주는 좋은 오라비다.

"그동안 저는 아카사카의 가게에 들어가 가르침을 받는 것이지요. 아까 말씀드렸다시피 형님의 요리 실력은 뛰어났기 때문에 제게도 기쁜 제안이었습니다."

하코네의 일곱 개 온천을 도는 것은 에도에서 매우 인기 있는 행락으로 탕치 모임이 많이 있다. 물론 그럭저럭 돈은 들지만 유명한 모임의 보증인에게 한마디 하면 필요한 절차를 척척 준비해 준다.

"기왕이면 단풍이 있을 때 가는 편이 좋겠다고 해서 후다닥 출발하게 되었습니다. 저는 할머니의 위패와 가게를 지키는 역할이었지요. 일찌감치 아카사카에 가려고 생각하던 차에 이번에는 저희 본가에서 서찰이 왔습니다."

에도에 온 후로 후사고로는 도가네로 돌아간 적이 없었지만 오타쓰와 가정을 꾸리고 자리를 잡았을 때 한 번 소식을 전하고 그 후로도 가끔 파발꾼에게 부탁해 서찰을 보내곤 했다.

"저는 글씨를 잘 알지는 못해서 늘 대필을 부탁했지만 큰형은 꽤 관록 있는 글씨를 씁니다."

큰형의 필적으로, 어머니의 병이 중태라 오래는 살지 못하실 것 같다고 쓴 서찰이었다.

"저보다도 형님과 아주머니가 더 동요하더군요. 어쨌든 빨리 가보라고 해서."

후사고로는 도가네 번으로 향했다.

"열다섯에 고향을 떠나서 슬슬 십 년입니다. 하지만 십 년 정도로는 길가의 풍경도 성하마을의 모습도 크게 달라지지 않았더군요."

단 하나 달라진 것은 부모님이다. 아버지는 늙고 어머니는 병들고 야위어, 누워 있는 몸을 덮은 이불이 거의 편평할 정도였다.

"여름 감기가 길게 이어지는 바람에 병이 폐로 간 듯했습니다."

한때는 집안사람들이 잠을 잘 수 없을 만큼 심하게 기침을 했는데 지금은 그럴 만한 체력도 잃어버려서 입을 반쯤 벌리고 그저 꾸벅꾸벅 자고 있을 뿐이었다.

"의원 선생님의 진단을 듣지 않아도 저도 알 수 있었습니다."

—얼마 남지 않으셨구나.

후사고로가 돌아오기를 기다리고 있었다는 듯이 그가 도착한 날 밤에 어머니는 세상을 떠났다.

"저는 짚신 끈을 풀자마자 장례를 치르게 되었습니다. 본가는 큰형의 대에서 조금 더 위세가 좋아졌고 어머니는 그런 큰 가게의 큰마님이니 스님을 불러다가 머리맡에서 독경을 올려 달라고 하고 끝낼 수도 없었지요. 그래서 저도 예복을 빌려 입고 어머니의 관을 짊어지게 되었습니다."

장례를 치른 다음에는 오랜만에 남매가 함께 밥을 먹고 술을 마시며 옛날이야기를 했다. 안주는 후사고로와 남동생 둘이서 만들었다. 그가 에도로 갔을 무렵에는 아직 장래가 정해지지 않았던 동생은 큰형이 내준 밑천으로 지금껏 성하마을에서 작은 밥집을 운영해 왔다고 한다.

조림, 구이, 무침, 초무침, 도가네에서 나는 재료를 사용한 동생은 꽤나 익숙한 칼솜씨를 보여 주었다. 후사고로는 감탄했다.

"저는 그 배달 요릿집에서 도망쳐 버린 일로 그곳을 소개해 준 유채씨 도매상의 대행수님께 폐가 되었을까 신경이 쓰였기 때문에 술이 들어가서 입이 가벼워졌을 때쯤 큰형에게 조심조심 물어보았습니다. 그랬더니 큰형은 웃더군요."

—그 사람이라면, 후사고로 씨가 그 배달 요릿집에서 오 년이나 버텼느냐며 놀라던데.

말하면서 후사고로도 웃는다.

오치카는 조금 씁쓸한 얼굴을 했다.

"너무하시네요."

"상인끼리의 '소개'라는 건 대개가 그런 법입니다, 아가씨."

후사고로는 닷새 동안 본가에서 지냈다. 남매들이 각각 훌륭하게 성장하여 행복하게 사는 모습을 보니 기뻐서 처음에는 초칠일初七日사람이 죽은 지 칠 일째에 해당하는 날, 불사를 행한다의 법회까지 머물 생각이었지만,

"집 생각이 나더군요."

에도로 돌아가고 싶어진 것이다.

"에도 물이 그리워서만은 아니었습니다. 빨리 아카사카의 형님네 가게에 가서 요리를 배우고 싶다는 생각이 들었어요. 동생 녀석이 능숙하게 칼을 쓰고 밥집 한 채를 제대로 꾸려 나가고 있었

으니까요."

—나도.

"냄비 하나뿐인 니우리 가게 장사를 그때까지 부족하다고 생각한 적은 없었지만 새롭게 의욕이 생기기 시작했다고나 할까요."

새벽에 도가네의 성하마을을 떠나 여관을 잡지 않고 노숙하면서 달빛에 의지해 밤길을 재촉하면 에도 시중까지 이틀 정도 걸린다. 상당한 강행군이지만,

"저는 괜찮았습니다. 빨리 돌아가고 싶었거든요. 마음이 조급했습니다."

이때 갈 길을 서두르는 후사고로의 고동에 맞추듯이 품에서 기분 좋은 소리를 내는 것이 있었다.

낡은 오자미가 세 개. 후사고로네 남매가 어렸을 때 어머니가 만들어 주었다.

"세 개 다, 이치마쓰 무늬격자 무늬의 일종으로, 서로 다른 두 색깔을 교대로 배치한 바둑판 같은 모양. 에도 중기의 가부키 배우인 사노가와 이치마쓰가 이 무늬의 하카마를 입은 데서 유래했다고 한다의 마 천조각으로 만들었고 안에는 팥이 들어 있습니다. 여동생이 자주 가지고 놀았지요. 그 후 큰형의 딸이 가지고 놀다가 누나의 아이한테 돌아온 것을."

—할머니의 유품을 나눈다 생각하고 삼촌에게 주렴.

"그렇게 졸라서 받아온 것입니다. 이치마쓰 무늬가 보이지 않을 정도로 손때가 묻어 더러웠지요. 하지만 어머니의 바느질이 그리워서요."

아주 서툴렀거든요, 라고 한다.

"우리 어머니만큼 솜씨가 없는 여자도 드물 겁니다. 그 오자미는 팥이 엉성해서 휙휙 던져 올리며 놀다 보면 팥이 튀어나와 버렸지요. 정말이지 이 세상에 둘도 없는 오자미였습니다."

그렇기 때문에 더더욱 그립고 귀중한 물건이었다. 후사고로는 팥 소리를 들으며 성큼성큼 걸어서 첫째 날 해 질 녘에 곧 가도로 나가게 되는, 그 지방에서는 '나나카 산길'이라 불리는 곳에 접어들었다. 그때,

"갑자기 무릎이 털썩 꺾이고 그 자리에서 움직일 수 없게 되고 말았습니다."

무릎이 어떻게 된 것이 아니다. 아픔은 없었다. 어디도 아프지는 않다. 다만 온몸에서 힘이 빠지고 서 있기가 힘들고 식은땀이 줄줄 흐른다. 쪼그려 앉아도 현기증이 나고 호흡이 거칠어져서 괴로워 견딜 수가 없다. 신음하며 그 자리에 누웠지만 조금도 편해지지 않았다. 점점 눈앞이 어두워졌다.

"그것에 당한 거라고 저는 생각했습니다."

오치카는 후사고로에게 고개를 끄덕였다.

"히다루가미걸어가는 사람에게 들러붙는다는 신. 고개나 묘지 등을 걸을 때 갑자기 기운이 빠져 나가는 기분이 든다. 이키아이가미라고도 함에 씌고 만 거로군요."

"오, 아가씨도 아십니까?"

"네. 특이한 괴담 자리 이야기로 듣는 건 처음이지만 제 본가는 가와사키 역참의 여관이라서요—."

"그렇군요. 여관 손님한테서 들으신 거로군요."

히다루가미는 '아귀'라고도 부른다. 산길이나 들길에서 쓰러져 죽은 사람의 영혼이며 요괴이다. 이것에 씌면 갑자기 심한 공복을 느끼고 자리에서 움직일 수 없게 되고 만다.

"히다루가미에 씌었을 때는 어떻게 하면 되는지 아십니까?"

"무언가 먹을 것을 조금 입에 넣으면 된다고 하던데요."

"맞습니다. 아무것도 갖고 있지 않을 때는 손바닥에 '쌀'이라고 써서 핥기만 해도 효험이 있다고 합니다."

'나나카 산길'에서 움직일 수 없게 되었을 때 후사고로는 대나무 껍질에 싼 주먹밥 세 개를 품에 안고 있었다.

"오후 무렵에 길가 찻집에서 쉬는 동안 만들어 달라고 한 것이었지요."

저녁을 먹기에는 아직 일렀지만 어쩔 수 없었다. 떨리는 손으로 꾸러미를 열고 주먹밥을 하나 꺼내어 천천히 먹어 보았다.

"그랬더니 거짓말처럼 현기증도 식은땀도 멈추었습니다. 겨우 살았구나 하고 저도 모르게 주먹밥을 향해 두 손을 모았지요."

그 김에 죽통에 든 물로 입을 축이고 끙차 하며 일어섰다. 좁은 산길의 앞에도 뒤에도 사람 그림자는 전혀 보이지 않았다.

"단풍도 지기 시작한 가을이라, 옅은 붉은색 저녁 해가 두레박이 떨어지는 정도가 아니라 오자미를 던진 것처럼 산자락 끝으로 뚝 떨어지는 참이었습니다."

매우 쓸쓸한 광경이었다. 후사고로는 문득 생각했다고 한다.

"이런 곳에 쓰러져 히다루가미가 되어 버린 것은 어떤 사람이었을까, 하고요."

도가네 번은 소박하고 작은 번이지만 사계절 어느 때고 기후가 특별히 혹독하진 않다. '나나카 산길'도 소위 말하는 험한 곳은 아니다. 이곳에서 쓰러졌다니 몹시 운이 나쁜 여행자인 모양이다.

"어디에서 어디로 가려고 했을까. 여행에 목적지가 있었을까 없었을까. 아픈 사람이었을까. 그런 것까지 생각하고 말았습니다."

후사고로의 입안에는 아까 먹은 주먹밥의 맛이 아직 희미하게 남아 있었다.

"그냥 주먹밥이 아니었으니까요."

새벽같이 출발을 서두르느라 점심밥을 가지고 나오지 않았다. 그래서 오는 길에 찻집에 들러,

"그곳의 자랑거리라는 유부초밥을 먹었는데 맛있더라고요."

유부초밥은 진한 맛으로 조린 유부 속에 식초를 친 밥을 넣고 가마니 모양으로 형태를 가다듬은 것이다. 이 찻집에서는 초밥에 가늘게 다진 생강 절임과 볶은 깨를 섞어 매콤한 맛과 향을 살렸다.

"더 먹고 싶어서 저녁밥용으로도 싸 달라고 할까 생각했지만 유부초밥은 짜니까 아무래도 목이 마르지요. 갈 길을 서두르는 여행의 도시락으로는 맞지 않아서 찻집 안주인에게 그렇게 말했더니."

—우리 초밥은 흩어지지 않기 때문에 주먹밥으로도 만들 수 있어요. 찰밥이 절반 들어가거든요.

지금 떠올려도 즐겁다는 듯 후사고로가 칭찬한다.

"길가의 찻집이라고 해서 우습게 보면 안 되겠다 싶더군요. 솜씨가 대단했습니다. 찰밥은 뱃속도 든든했고요."

후사고로는 주먹밥을 만들어 달라고 하여 품에 넣었다.

"생각했던 대로 유부 없이 속만 먹어도 맛있는 초밥이었습니다. 생강을 먹으면 기운이 나고 여름철이면 식중독도 막을 수 있지요. 저도 음식 장사 나부랭이고 게다가 에도로 돌아가면 동생에게 지지 않을 만한 장사를 하자고 결심했던 터라 왠지 한층 더 부추겨진 것 같은 기분이 들더군요."

다시 걷기 시작하면서 저도 모르게 소리 내어 혼잣말을 했다.

"히다루가미 님, 좋은 밥을 나눌 수 있어서 다행이네요, 저는 에도 모토하마초라는 곳에서 냄비 하나로 장사를 하는 보잘것없는 니우리 장수지만 음식 장사라는 건 재미있답니다, 앞으로 제 장사를 키울 생각을 하니 기운이 넘치네요, 하고 말이죠."

가도로 나올 무렵에는 밤이 되었지만 날씨도 나쁘지 않았고 열사흗날 밤이라 달은 밝았다. 후사고로는 멈추지 않고 계속 걸었다. 어머니의 유품인 오자미가 가슴 옆에서 가벼운 소리를 내며 그를 격려해 주었다.

"도카이도 가와사키 역참 출신인 아가씨에게는 부처님 앞에서 경 읽는 격이겠지만 저 같은 사내가 가도를 따라 밤길을 걷는 일은 딱히 위험하지 않습니다.
"불안하지 않나요?"
"가끔은 밤 여행을 하는 사람을 마주칠 때도 있지요."
"아니, 그러니까—그, 마주친 사람이 정말로 사람인지 아닌지 알 수 없잖아요."
후사고로는 눈을 휘둥그렇게 뜨고 나서 웃었다.
"앗핫하, 분명히 그렇군요. 이거 한 방 먹었습니다."
다행히 그날 밤에 후사고로가 마주치거나 지나친 것은 틀림없는 '사람'뿐이었다.
"녹초가 될 때까지는 걷자 싶어서 남은 두 개의 주먹밥은 걸으면서 먹고 기울어 가는 달을 바라보면서 부지런히 걸음을 옮겼습니다."
다리가 피로해졌다 싶을 때쯤에는 엷은 달빛 맞은편으로 작은 지장당이 보이기 시작했다.
"가도에서 조금 옆으로 들어간 잡목림 끝에 오도카니 서 있었습니다. 거기서 잠깐 자기로 했지요."
지붕이 기운 낡은 지장당이지만 깔끔했고 주위의 땅도 평평하게 골라져 있었다. 가도를 서둘러 가는 여행자가 그날 밤의 후사고로처럼 잠시 잘 곳으로 빌리는 일이 많을 듯했다.
"고맙게도 가까운 곳에서 물소리도 났습니다. 저는 지장보살님께 합장하고 사당 뒤쪽으로 돌아 들어가 땅바닥에 앉자마자 짚신 끈을 늦출 새도 없이 깜박 잠이 들고 말았습니다."

새소리에 잠에서 깨어 보니 이미 날이 밝아 있었다. 뜻밖의 늦잠이다. 후사고로는 지장당 옆에 있던 샘물로 얼굴을 씻고 입을 헹군 후에 짚신 끈을 다시 졸라매고 기운차게 에도를 향해 걷기 시작했다.

그러다가 잠시 후에 묘한 것을 깨달았다.

"어머니의 오자미 소리가 작아져 있었던 것이지요."

기분 탓인가 하고 품에 손을 넣어 오자미를 꺼내 본 후사고로는 약간 놀랐다.

"세 개였던 오자미 중 하나가 텅 비어 있었거든요."

안에 든 팥이 사라지고 없었다.

"어느새 팥이 없어지고, 다 큰 남자가 가도 한쪽에서 팥알을 맞은 비둘기 같은 얼굴을 하고 있었달까. 재미없는 우스갯소리지요."

재봉이 서툴렀던 후사고로의 어머니가 만든 오자미는 던져 올리다 보면 솔기 틈으로 팥이 튀어나오곤 했기 때문에,

"제가 성큼성큼 걷다 보니 팥이 빠져 떨어졌나 싶어서 몸을 두들겨 보고 소맷자락 속을 뒤져 보았지만 한 알도 보이지 않았습니다."

의아했지만 소란을 피울 만한 일도 아니다.

"누가 팥만 훔쳐 갔을 리도 없고요. 혹시 아즈키아라이잘그락잘그락 소리를 내며 강에서 팥을 씻는다는 일본의 요괴인가 하는 요괴의 짓일까 하고."

오치카는 저도 모르게 쿡쿡 웃었다.

"히다루가미도 그렇고 아즈키아라이도 그렇고 다루마야 씨는 요괴에 대해서 잘 아시네요."

"옛날부터 그림책을 좋아했거든요. 배달 요릿집에 있었을 때 시간을 때우려고 들여다봤는데 특히 요괴 책은 신기하고 재미있었습니다."

미시마야에서는 오시마가 세책 가게돈을 받고 책을 빌려주는 가게의 단골 손님이다. 읽을거리는 원수를 갚는 이야기가 제일이라고 말하곤 한다.

"아즈키아라이라는 요괴는 물가에 나오는 거 아닌가? 아아, 그 지장당 옆에는 샘물이 있었지. 하지만 그 요괴가 씻는 팥은 자기 팥일 텐데—하면서 말이죠."

터무니없지만 즐거운 생각을 하면서 걷는 후사고로의 배에서 꼬르륵 소리가 났다.

"빨리 아침밥을 얻지 못하면 이쪽이 히다루가미가 될 판이었습니다."

마침내 가까운 역참에 도착해 밥집을 발견하고 바깥에 있는 긴 의자에 걸터앉았다. 아침 해가 높이 떠오를 무렵이어서 앉아 있는 후사고로의 발치에 마침 자신의 그림자가 드리워졌다.

"밥집 하녀가 잡곡밥과 국을 가져다주었을 때 제가 깜짝 놀라 큰 소리를 질렀기 때문에 하녀가 쟁반을 떨어뜨릴 뻔했습니다."

후사고로는 왜 그렇게 놀랐을까.

"제 그림자가 두 개였거든요."

자세히 말하자면 발치에 드리워진 머리 모양의 그림자가 두 개였던 것이다. 머리가 두 개 나란히 있었다.

“마치 제가 누군가를 업고 있고 그 누군가의 머리가 제 왼쪽 어깨 너머로 튀어나와 있는 것처럼 보였습니다.”

손님도 참, 갑자기 소리를 지르시면 어떡해요. 새빨개져서 화를 내는 하녀에게 꾸벅꾸벅 사과하고 후사고로는 밥과 국이 담긴 쟁반을 받아들었다.

“다시 보니 그림자는 하나로 돌아와 있었습니다.”

잘못 봤나. 눈이 부셔서 머리 그림자를 두 개로 착각했을까.

“꺼림칙했지만 이것도 다 큰 남자가 소동을 피울 만한 일은 아니었지요.”

아침밥을 먹은 후에는 또 밥집에 주먹밥을 만들어 달라고 부탁해서 받아들고 역참을 떠났다.

잡곡밥에 채소절임, 국에는 토란과 푸성귀가 들어 있을 뿐인 검소한 아침밥이었지만 밥은 얼마든지 달라는 대로 주었기 때문에 후사고로는 배가 잔뜩 불렀다. 얼마간은 걷기가 불편할 정도였다.

그런데.

“반 각(약 한 시간)도 지나지 않아 배에서 꼬르륵꼬르륵 소리가 나기 시작했습니다.”

무릎이 후들거리고 식은땀도 났다. 눈앞이 살짝 어두워진다.

—아니, 이봐, 새로운 히다루가미인가? 좀 봐줘.

"쇼군님이 만들어 주신 과분한 가도 한가운데에서 또 히다루가미에 씌다니 참을 수 없는 일이었습니다."

무섭기보다는 부아가 치밀어 후사고로는 자신의 배 언저리를 향해 화를 냈다.

"장소를 좀 생각해라. 이런 길바닥에 쓰러진다면 그건 네놈이 지나치게 멍청하다는 뜻이다. 내가 점심밥을 먹을 때까지는 얌전히 참고 있어."

흑백의 방에서는 정말로 드문 일이지만 오치카는 재미있어서 또 깔깔 웃었다. 이야기하는 후사고로도 즐겁다는 듯 말했다.

"아가씨가 좋은 얼굴로 웃어 주시니 저도 기뻐서 젊어지는 기분이 듭니다."

"죄송해요. 웃기만 해서는 듣는 역할을 제대로 할 수 없는데."

아무래도 당지 맞은편의 오카쓰 역시 웃고 있는 것 같았다.

"그래서, 화를 내 보니 어떻게 되었나요?"

"배에서 나던 소리가 멎었습니다."

상대가 요괴라도 화내야 할 때는 화를 내면 효험이 있는 모양이다.

"무릎도 후들거리지 않게 되어서 저도 마음을 다잡고 해님이 머리 꼭대기에 올 때까지는 부지런히 걸었습니다."

그런데 발을 옮기고 있는 사이에,

―오독오독.

묘한 소리가 들렸다.

—오독, 오독오독.

대관절 그게 무슨 소리이고 어디에서 들려오는지 안 순간 후사고로는 펄쩍 뛰어오를 뻔했다.

"제 품이었습니다. 어머니의 유품인 오자미였지요."

허둥지둥 꺼내어 보니 두 번째 오자미가 거의 텅 비어 있었다.

"팥을 먹어 없앤 것이었습니다."

어안이 벙벙해져서 문득 발치를 내려다보니 드리워진 그림자의 머리가 또 두 개가 되어 있었다.

"아무리 눈을 깜박여도 손으로 눈을 비비고 다시 보아도 역시 두 개였어요."

손바닥으로 얼굴을 얻어맞은 듯 후사고로는 깨달았다.

"저는 새로운 히다루가미에 씐 것이 아니었어요. '나나카 산길'에서 만난 놈을 내내 업고 걸어온 겁니다."

—이거 큰일났다.

머리가 두 개 있는 자신의 그림자를 밟은 채로 후사고로는 어쩔 줄 몰라 했다.

"너 말이다."

발치의 그림자에 말을 걸어 보았다.

"대체 어째서 나한테 달라붙어 이런 곳까지 와 버린 게냐? '나나카 산길'에서 틀림없이 주먹밥을 먹여 주었는데."

히다루가미라면 그걸로 떨어져야 하는 거 아닌가.

두 번째 머리의 그림자는 꼼짝도 하지 않았다. 이번에는 자신의 왼쪽 어깨 너머로 등 쪽을 향해 불러 보았다.

"그것만으로는 모자라서 계속 나한테 업혀 있는 게냐? 그렇다고 어린아이나 가지고 놀 법한 오자미 속을 먹어 버리다니 식탐이 너무 지나친 건 아니고?"

그러자 등에 있는 히다루가미의 그림자가 부르르 떠는 것 같았다.

"일단 미안해하는 게냐?"

후사고로는 한숨을 쉬었다.

"이 오자미는 우리 어머니의 유품이다. 낡고 지저분하고 솔기도 엉망진창이라 내용물이 튀어나와 버리는 물건이지만 나한테는 소중한 거란 말이다. 이제 더 이상 먹지 말아 다오. 대신 지금 당장 아까 그 밥집에서 만들어 준 주먹밥을 먹어 줄 테니."

길가로 비켜 적당한 곳에 앉은 후사고로가 주먹밥 꾸러미를 꺼냈다.

"이걸 먹으면 내 등에서 내려와 다오. 가엾긴 하지만 히다루가미도 히다루가미의 인의라는 것을 지켜 주지 않으면 우리 같은 살아 있는 사람들도 곤란하단 말이다."

주먹밥을 먹는다. 아직 별로 배가 고프지는 않았지만 맛있었다. 호사스럽게도 새하얀 백미 밥에 소금도 아낌없이 뿌려져 있었다.

"흰쌀밥이라는 건 어째서 이렇게 맛있을까."

후사고로는 등에 있는 히다루가미에게 말을 걸었다.

"도가네의 본가에서 흰쌀밥을 먹을 수 있는 건 일 년에 한 번이나 두 번이었거든. 그래서 에도에 갔을 때는 놀랐어. 그런 조잡한 장사를 하는 배달 요릿집도 밥만은 새하얗더라니까. 에도는 못 당하겠다고 생각했지."

하나를 다 먹고 손가락에 묻은 밥풀까지 꼼꼼하게 핥아 낸다. 꼬르륵거리는 배의 소리가 멈추었다.

두 개째로 베어 문 주먹밥에는 안에 다시마조림이 들어 있었다.

"너도 조림 좋아하니? 나는 아주 좋아해. 잔고기를 조린 것도 좋지. 에도에는 김조림이 있는데 이게 또 맛있단 말이야. 다시마도 맛있지만 이건 좀 딱딱하군. 더 잘게 썰려 있었더라면 좋았을 텐데."

두 개를 다 먹고 또 손가락을 핥는다. 발치에 드리워진 그림자에는 후사고로 자신의 머리밖에 없다. 히다루가미는 밥을 먹고 있는 그와 하나가 된 모양이다. 그건 그것대로 으스스했지만 어떻게 할 수도 없어서 세 번째 주먹밥을 먹기 시작했다.

이번에는 내용물이 없고 속까지 다 흰쌀밥이었다.

"아까 그건 어쩌다 운이 좋았던 모양이야."

그래도 역시 맛있었다.

"아까 산길에서 말했던가? 나는 에도에서 니우리 가게를 하고 있어."

우리 조림은 맛있다고, 하며 후사고로는 자랑했다.

"앞으로는 장사를 넓혀 나갈 작정이지만 밥집은 안 돼. 동생 흉내를 내는 것 같아서 아니꼬우니까. 사전 연습으로 흰쌀밥이랑 조림을 넣은 도시락을 내 볼까."

일회용 나무 도시락 하나도 좋고 찬합이 필요하면 처남네 장어구이집에서 낡은 찬합을 빌릴 수 있다.

"그렇지, 그렇지, 에도로 돌아가면 우선 형님 밑에서 한동안 요리를 배울 거야. 형님네 가게는 장어구이집이거든. 그 가게의 우나주는 떠올리기만 해도 침이 나올 만큼 맛있어. 아아, 못 참겠네."

후사고로는 말을 하면서 주먹밥 세 개를 다 먹었다. 밥알 하나도 남기지 않았다. 꾸러미를 접어서 품에 밀어 넣고 후사고로는 일어섰다.

"자, 배부르지? 히다루가미, 이번에야말로 여기에서 헤어지자고."

잘 지내거라 하고 말하려다가 아무래도 뭔가 이상하다는 생각이 들어 "그럼 이만" 하고 가볍게 어깨 너머로 손을 흔들고는 걷기 시작했다. 하지만—,

반 정도 못 가서 발치의 그림자 왼쪽 어깨 부근에서 히다루가미의 머리가 불쑥 튀어나왔다.

"너, 아직도 따라오는 게냐아!"

크게 소리를 지르고 말았다. 동시에 배 속에서 성대한 소리가 났다.

"그만 좀 해."

어째서 이 히다루가미는 이토록 끈질긴 것일까. 꼬르륵거리는 배를 안고 쪼그려 앉은 후사고로는 퍼뜩 깨달았다.

"너, 내가 음식 장사를 하고 있으니 떠나지 않는 게냐?"

믿기 어려운 일이지만 히다루가미의 머리가 끄덕끄덕 고개를 움직였다.

"아이구야."

배뿐만 아니라 머리도 끌어안고 싶다. 내가 왜 주절주절 수다를 떨었을꼬. "혹시 너, 에도까지 가서 우나주가 먹고 싶은 게냐?"

히다루가미가 또 끄덕끄덕한다. 말도 안 된다.

"보아하니 죽기 전에도 어지간히 식탐이 있었던 모양이지. 그 벌을 받아서 히다루가미가 되어 버린 거 아니냐?"

이번에는 가타부타 대답하지 않았다.

"너는 남자냐, 여자냐? 할아버지냐, 할머니냐, 아니면 어린아이냐? 이 세상에 있었을 때 많이 먹기 대회에서 일등을 했다거나 그런 건 아니겠지."

히다루가미는 역시 가타부타 반응하지 않았지만 후사고로의 배는 꼬르륵꼬르륵 계속 소리를 냈다.

"알겠다. 어쩔 수 없지. 에도로 데려가서 맛있는 것을 실컷 먹여 주마. 내게도 음식 장사를 하는 사람의 오기라는 게 있으니까."

단, 거기에는 조건이 있다.

"계속 따라올 거라면 내가 밥을 먹을 때까지는 너도 고픈 배를 달래며 참아라. 꼬르륵꼬르륵 소리도 내지 마. 먹으면 금세 배고파하지 말고. 다시 말해서 걸근거리지 말라는 뜻이다. 알겠지? 약속할 수 있지?"

히다루가미는 건방지게도 한참이나 뜸을 들이고 나서 어느 모로 보나 마지못해 한다는 듯이 '끄덕끄덕'했다.

"좋아. 한 가지 더 약속해야겠다. 주위 사람들이 수상하게 여길 테니 앞으로는 섣불리 모습을 보이지 말아 다오."

히다루가미는 약속을 지켰다. 남은 길에는 금세 배가 고파지는 일도 없어지고 그림자의 머리가 두 개로 보이는 일도 없었다. 다만 밥때가 되면 평소 먹는 양의 두 배는 너끈히 먹어야 했다.

게다가 간식도 필요했다. 가는 길에 경단이나 쑥떡을 판다는 깃발을 세워 놓고 있는 찻집이 있으면,

"이봐, 잠깐만."

후사고로의 발길은 비틀거리듯이 그쪽으로 끌려가고 만다.

"알았다, 알았어. 어이, 누님. 경단 한 접시 주시오."

본가를 떠날 때 큰형이 여관비로 쓰라며 조금 싸서 들려 준 돈이 음식값으로 사라졌다.

"하아, 잘도 먹는구나."

먹는 것은 후사고로의 입이고 부른 것도 후사고로의 위장이지만, 이상하게도 배가 부르지 않다. 전부 히다루가미에게 흡수되

는 것이리라.

—정말로 씌고 만 거야.

그렇게 생각하면 목덜미가 선뜻하니 차가워진다. 하지만 '잘 먹는다'는 사실 외에는 이렇다 할 해가 없어서 아무래도 진심으로 무섭다는 생각은 들지 않았다. 금세 배가 고프다며 이걸 먹고 싶다 저걸 먹고 싶다고 조르고 단것을 좋아하고 배가 빵빵해질 때까지 먹지 않으면 후련해하지 않는 폼이 꼭 어린아이 같다.

어쨌거나 이런 짐을 짊어지고 꾸물거릴 수는 없다. 후사고로는 한층 더 걸음을 재촉해서 남은 길을 순조롭게 지나 그날 밤에는 에도 경계선 안으로 돌아올 수 있었다.

에도 시중에 들어서고 나서 아카사카의 어느 기도반에도 시대에 마을의 출입구에 설치한 오두막을 지날 때, 종이에 싸서 선반에 올려놓은 군고구마가 눈에 들어온 순간,

"꼬르르르르르르륵."

후사고로의 배에서 기도반에 있는 여자가 눈을 부릅뜰 만큼 큰 소리가 났다.

"미안합니다, 아주머니. 급히 오느라 저녁밥을 걸렀더니."

후사고로가 부끄러운 듯이 웃으며 변명했다.

"그거 안됐네요. 배가 고픈 게 당연해요. 오늘 팔다 남은 군고구마지만 괜찮으면 드세요."

덕분에 커다란 군고구마를 하나 받았다. 식어서 껍질은 딱딱해졌지만 속은 황금색으로 구워져 있어 매우 맛있었다.

"득을 보았네, 히다루가미."

후사고로는 왼쪽 어깨 너머로 말을 걸었다. 에도의 밤하늘은 구름이 많아 그림자는 옅었지만 히다루가미의 머리가 불쑥 튀어나와 '끄덕끄덕'했다.

"에도에 많이 있는 기도반이야. 이런 간단한 음식을 팔지. 지금 계절에는 군고구마나 군밤이 제격이거든. 추워지면 아메유물엿을 뜨거운 물에 녹여 말린 계수나무 껍질을 조금 넣은 것나 어묵이지. 물엿은 일 년 내내 있어. 봄에는 경단이나 팥소를 묻힌 찰떡, 여름에는 어쨌든 감주쌀밥과 누룩을 혼합해 빚은 단 음료랑 도코로텐우뭇가사리를 씻어서 끓인 다음 찌꺼기를 제거한 즙을 틀에 부어 냉각, 응고시킨 식품이고."

줄줄이 늘어놓아 버리고 나서 후사고로는 이마를 철썩 때렸다.

"나도 참, 어째서 이렇게 멍청할까. 이런 자랑을 하면 또 네가 먹고 싶어 할 게 뻔한데."

스스로도 우스워서 몸을 꼬고 웃으며 걸음을 옮기는데 앞쪽에서 어슬렁거리고 있던 들개가 딱 멈추어 섰다. 그대로 가만히 후사고로를 노려보면서, 우우우—, 하고 낮게 으르렁거리기 시작한다.

어릴 때 들판에서 놀다가 들개에게 쫓겨 죽을 만큼 무서웠던 적이 있는 후사고로는 어른이 되어서도 개가 질색이었다. 에도 시중의 들개는 시골의 들개만큼 흉포하지는 않지만 그렇다고 해도 이런 밤길에 딱 마주쳐 자신을 보고 으르렁거리면 역시 무섭다.

들개에게서 눈을 떼지 않고 후사고로는 천천히 뒷걸음질 쳤다.

그러자 개는 갑자기 "끼잉" 하고 울더니 꼬리를 말고 달아났다.

살았다. 한숨 돌리고 발치를 보니 자신의 그림자 왼쪽 어깨 위에 또렷하게 히다루가미의 머리 모양이 튀어나와 있다.

"그렇군, 너도 요괴 나부랭이이니 짐승을 쫓는 정도는 할 수 있는 게로구나."

그렇다고 할까, 짐승이 꺼리는지도 모른다.

"에도에는 들개가 많거든. 정말 질려 있었는데 앞으로는 조금 안심이네."

또 이런 말을 안일하게 입 밖에 내고 만다. 약점을 잡히기 쉽다면 쉽지만 결국 후사고로는 그런 성격인 것이다. 뭐든 그다지 나쁘게 생각하지 않는다.

무사히 손위 처남의 가게에 돌아온 후사고로는 이튿날부터 당장 요리 공부를 시작했다. 여행에서 돌아온 참이니 조금은 쉬지 그러냐는 처남 부부의 배려는 고마웠지만 빨리 여러 가지를 배우고 싶었다. 게다가 도가네에 있는 동안 아내에게서 온 서찰에 따르면 대엿새 뒤에 부모님과 함께 하코네에서 돌아올 거라고 했다. 느긋하게 있을 시간이 없다.

도시락 장사에 대해서 상의하자 처남도 찬성해 주었다. 반찬을 만들거나 요리를 하거나 음식을 만드는 기술은 엄청나게 폭이 넓다. 니우리 가게에서 조금 손을 뻗어 도시락까지 낸다는 당장의 목표가 있는 편이 가르치는 쪽도 배우는 쪽도 계획을 세우기가 좋다.

도시락에 넣을 반찬은 채소절임 외에는 불에 익힌 것이다. 여름철을 피하면 무침이나 초무침도 쓸 수 있지만 양념이 밥에 배어 버리면 양쪽 다 별로 맛이 없어지기 때문에 이 단 찬합, 삼 단 찬합으로 된 호화로운 도시락에나 적합하다. 그러면 니우리 장수인 후사고로가 일회용 나무 도시락 하나짜리 도시락을 만들 때 우선 배워야 할 것은 생선구이나 채소구이다. 그러고 나서 찜, 튀김으로 이어지는데 도시락에는 '명반名飯' 즉 각종 조미밥이나 비빔밥도 좋은 상품이 되니 그쪽도 배우라고 처남은 말했다.

"실은 요즘 우리 가게에도 상품이 하나 늘었거든."

장어 양념구이를 이용한 '히쓰마부시'라는 밥이라고 한다.

"오와리현재의 나고야 부근을 가리키는 옛 지명에서 교대 근무에도 시대에 다이묘의 가신이 에도 또는 오사카에 있는 다이묘의 저택과 번을 오가며 교대로 근무하던 일로 에도에 와 있는 무사님한테 배웠는데 그곳에서는 장어를 이렇게 먹는다더군."

양념구이를 잘게 썰어 뜨거운 밥에 양념장과 함께 섞어서 다진 김을 뿌린 밥이라고 한다. 찬합에 넣어도 좋고 덮밥도 된다. 그러면 도시락에도 쓸 수 있을 것이다.

"오타쓰가 싫어하니 거기서는 양념구이를 할 수 없을 거야. 우리 가게에서 구운 것을 보내 주지. 모토하마초 부근에도, 교토에서 에도로 와 있는 동안 그쪽 맛을 그리워하는 손님이 있을 게야. 손님을 끌 수 있을 테니 배우도록 하게."

후사고로는 단숨에 여러 가지를 배우며 눈앞이 빙빙 돌 정도로 바쁜 나날을 보냈다. 생선을 사들여 소금을 뿌려 굽고 된장에 절이고 바싹 튀기고 식초에 절이고. 그러는 한편 씻은 쌀을 육수로 밥을 지어 우선 다반, 계절이 계절이니만큼 밤밥에 버섯밥을 차례로 배웠다.

"오는 길에 찻집에서 맛있는 유부초밥을 먹었어요."

후사고로가 다진 생강과 볶은 깨가 든 유부초밥을 만들어 보여 주자 처남은 감탄했다.

"이건 자네 가게에서 팔아도 되겠어. 하지만 유부초밥은 의외로 빨리 상하니 도시락으로 만들 때는 조심하게."

기름에 튀긴 것은 빨리 상하기 때문에 방심해서는 안 된다. 이것은 도시락 가게에 있어서 중요한 일이다.

"채소절임 외에 조금 단것이 곁들여져 있으면 손님이 좋아한다네. 거창할 필요는 없고 누에콩을 달콤하게 조린 것 정도면 돼."

처남은 바쁜 가게를 꾸려 나가면서 후사고로를 가르친다. 후사고로도 이것저것 배우면서 시간이 나는 대로 가게 일을 돕는다. 하루 종일 만들고는 시험 삼아 먹어 보고 또 만들고는 맛을 본다. 끼니도 제대로 내주기 때문에 평소 때보다 많이 먹고, 먹고, 계속 먹었다. 후사고로의 배가 꼴사납게 꼬르륵거리는 일은 한 번도 없었다.

혹시 히다루가미 녀석, 만족하고 어디론가 사라진 게 아닐까. 어느 날은 측간에 가서 그런 생각을 하고 있는데 마치 여봐라는 듯 발치에 머리 그림자가 나타났다.

—여기 있습니다.

그래, 그래, 알았다.

사흘째 점심밥으로는 처남이 구운 양념구이 우나주를 맛보았다. 단순히 입을 만족시키려는 게 아니라 히쓰마부시에 쓰려거든 이렇게 구우면 지나치게 부드러워서 안 된다, 아주 살짝만 바싹하게 구워야 한다. 그런 설명을 듣긴 했지만 역시 기똥차게 맛있었다.

그날 밤. 후사고로가 잠을 자는 안쪽 방으로 돌아가 보니 당장 쓸 물건들을 넣어 두라며 처남댁이 빌려준 고리짝 위에 어머니의 유품인 오자미가 떨어져 있었다.

안에 든 팥이 없어지고 주머니만 남아 버린 것이 하나. 팥이 반쯤 빠져 버린 것이 하나. 원래 모습 그대로인 것이 하나.

후사고로는 고개를 갸웃거렸다. 도가네에서 돌아왔을 때 오자미를 품에서 꺼내어 이 고리짝 안에 넣었을 터이다.

—어째서 여기에 있는 거지?

더욱 기묘하게도 팥 세 알이 오자미 앞에 가지런히 놓여 있다.

솔기 틈으로 튀어나왔다면 부근에 아무렇게나 떨어져 있을 텐데 마치 누군가가 두고 있던 오목처럼 세 개가 가로로 줄지어 있었다.

—요즘 배가 불러서 오자미의 팥에는 손을 대지 않았습니다.

히다루가미가 그렇게 말하고 싶었던 걸까.

두 평 반짜리 방을 비추는 와등의 불빛으로는 옅은 그림자밖에 생기지 않는다. 후사고로 자신의 머리 그림자가 하나.

"너, 심심해서 팥알을 가지고 놀았던 게냐?"

후사고로는 살짝 웃으며 팥을 손가락으로 집어 들고 오자미 안에 밀어 넣은 후 잠이 들었다.

그로부터 이틀 후.

"이거라면 거의 일 년 내내 만들 수 있고, 이게 맛있는 도시락 가게야말로 멋스러운 거지."

처남이 그렇게 말한 푸성귀밥을 후사고로가 열심히 짓고 있을 때 오타쓰가 장인 장모와 함께 돌아왔다.

"오오, 안색이 좋아졌구려. 다행이야, 다행이기는 한데 인사는 나중에 해 주겠소? 나는 지금 이것 때문에 바빠서."

부뚜막에 달라붙어 있는 후사고로 대신 처남과 처남댁이 오타쓰와 장인 장모에게 여행 이야기를 듣고 이쪽의 상황을 들려주는 사이에 푸성귀밥이 다 지어졌다. 재료로는 순무 잎을 썼다.

푸성귀밥은 그때그때 제철 푸성귀로 지을 수 있는 소박한 밥이다. 만드는 방법은 두 가지다. 하나는 밥에 소금을 넣어 지은 다음 뜨거운 물에 데친 푸성귀를 잘게 다져 섞는다. 다른 하나는 다진 푸성귀를 지어지기 직전의 밥 위에 얹고 뚜껑을 다시 덮어 그대로 찌고 나서 섞는 방법이다. 후사고로는 푸성귀의 향기가 짙게 나는 후자의 방식을 더 좋아하지만 시간이 지나면 푸성귀의 색깔이 바래어 별로 맛있어 보이지 않게 되는 것이 문제였다.

도시락에 담는 밥은 식어도 맛있어야 하고 또 맛있게도 보여야 한다. 푸성귀를 뜨거운 물에 데쳐 두는 경우는 그 물에 소금을 듬뿍 넣어 변색을 막을 수 있기 때문에 섞은 후에도 색깔이 남고 보기에 좋지만 향은 날아가 버린다.

후사고로는 생각했다. 같은 푸성귀밥이라도 밥집이나 요릿집에서 밥공기에 담아 먹는 경우와 도시락으로 먹는 경우는 다르다. 도시락에서 우선해야 하는 것은 냄새가 아니라 겉모습이다. 푸성귀는 먼저 소금에 데쳐 변색을 막고 나무 도시락 통을 열었을 때 좋은 향이 확 나는 반찬을 궁리해야 한다.

그래서 두부 산초된장구이를 생각하게 되었다. 두부의 물기를 완전히 빼고 먹기 쉬운 크기로 잘라 꼬치에 꿴 후, 산초나무 순을 으깨어 넣은 된장을 발라서 굽고 마무리로 산초 가루를 뿌린다. 여기에 데친 채소와 채소절임, 제철 생선구이를 한 조각 곁들이면 후사고로의 푸성귀밥 도시락이 완성된다.

처남네 가게의 찬합을 빌려다가 사람 수만큼 푸성귀밥 도시락을 만들어 내었더니 아카사카의 장인장모는 물론 오타쓰도 맛있다, 정말 맛있다며 놀랍다는 표정을 지었다. 하코네의 온천은 좋았지만 여관 밥에는 질린 참이라 한층 더 좋다며 매우 기뻐했다.

후사고로는 아내의 여행 이야기를 듣고 모토하마초에서 이런 도시락을 팔고 싶다는 뜻을 밝혔다.

"괜찮지 않을까요. 해 봐요. 나는 새언니한테 재료 사들이는 법을 배울게요. 손님을 끌려면 인찰(전단지)이라도 뿌려야겠지요?"

오타쓰도 적극적으로 나와서 왁자지껄하게 대화를 나누고 있자니 가게에 나가 있던 처남이 돌아와 끼어들었다.

"그 도시락, 식은 다음에 먹어 보았네. 음, 궁리를 잘했어."

이렇게 해서 후사고로와 오타쓰 부부는 며칠 더 아카사카에 머물며 함께 장사를 배우게 되었다.

그날 밤.

다시 두 평 반짜리 방의 고리짝 위에 오자미가 나와 있었고 이번에는 팥알이 두 개 늘어서 있었다.

여행에서 돌아와 피로했던 오타쓰는 자리에 눕자마자 푹 잠들었다. 후사고로는 잠시 동안 두 개의 팥알 앞에서 고개를 갸웃거렸지만 아무래도 영문을 알 수가 없어서 팥알을 오자미 안에 도로 넣고 왼쪽 어깨 너머를 향해 작은 목소리로 속삭였다.

"이봐, 히다루가미. 마누라가 돌아왔으니까."

앞으로도 제대로 먹게 해 주마. 그러니 얌전히 있어 다오. 오타쓰를 겁먹게 하지 말아 줘.

부부가 마음을 모아 시작한 도시락 공부는 순조롭게 진행되었다. 갑자기 인찰을 뿌리기보다는 니우리 가게의 손님에게 도시락을 팔아 좋은 평판을 퍼뜨리는 쪽이 더 낫겠다 싶어서 아카사카 가게의 단골손님인 세책 장수에게 멋들어진 도시락 차림표를 써 달라고 했다. '푸성귀밥 도시락', '생선구이 도시락', '모둠 도시락'. 시작은 이렇게 세 가지. 붓으로 쓴 글씨에 힘이 넘쳐 결투장처럼 보일 법한 차림표였지만 세책 장수는 이 정도는 돼야 눈에

띈다고 귀띔해 주었다.

후사고로는 여러 가지 반찬을 배웠다. 처남의 주선으로 재료를 사들일 곳과 협상도 잘되었다. 오타쓰는 도시락에 음식을 담는 법을 궁리하며 이것저것 시험해 보았다. 조릿대 잎을 끼우면 색깔이 예뻐진다. 조림은 밥 위에 조금 얹어도 맛이 좋지만 튀김은 그러면 안 된다.

게다가 후사고로는 이 튀김이 어려웠다. 처남이 하는 것처럼 잘되지 않는다. 튀김옷이 질펵한 것은 소화가 잘되지 않아 최악이다.

"차라리 튀김옷 없이 튀겨 보면 어떨까요."

"그보다 우리 도시락에 튀김은 없어도 되지 않을까요? 호화롭게 구성할 때는 닭이나 달걀을 쓰면 돼요."

나무 도시락은 아카사카의 가게에서 손님들이 음식을 포장해 가는 용도로 사용하는 그릇을 만드는 직인이 조금 더 바닥이 깊고 길이가 짧은 것을 만들어 주었는데 도시락용으로 마침맞아서 사들이기로 했다.

이처럼 바쁘고 설레는 생활을 하는 와중에도 문제의 '팥 늘어놓기'는 가끔 일어나곤 했다. 보통 한 알이나 두 알이고, 세 알은 없다.

—수수께끼인가?

얼핏 생각했지만 그렇다고 해도 품이 너무 많이 든다. 히다루가미가 수수께끼를 낸다는 이야기는 어느 요괴 책에서도 읽은 적이 없다.

어쨌거나 드디어 아카사카에서의 공부를 마치고 부부가 모토하마초로 돌아가기 전날, 후사고로는 혼자서 히쓰마부시를 만들어 보기로 했다.

"장어 양념구이는 내가 구워 주지. 밥을 짓고 도시락으로 만드는 것까지 자네가 한번 해 보게."

히쓰마부시를 잘 만들 수 있으면 좋은 간판 도시락이 될 거라고 한다.

"사일巳日이나 진일辰日 등으로 날을 정하고 한 번에 스무 개까지만 판다는 원칙을 세워서 팔면 돼. 손님이 줄을 잇게 될 걸세."

처남의 말대로 이것은 후사고로와 오타쓰의 장사에 있어서 중요한 밑천이 될 도시락 만들기다. 그렇게 생각하니 손이 떨렸다.

결과적으로는 대성공이었다. 히쓰마부시는 도시락으로 만들어 식히고 나서도 밥에 장어와 양념 맛이 배어들어 충분히 맛있었다.

다시 그날 밤.

고리짝 위에 팥알 세 개가 줄지어 있었다.

떠올려 보면 팥알 세 개가 나란히 있었던 것은 처남의 우나주를 먹은 날 밤이었다. 그 후로 팥알이 세 개인 경우는 처음이다.

셋은 미숫자 3은 일본어로 '산' 또는 '미'라고 읽는다다. 아니면 미味일까. 맛이 좋다는 말장난일까. 으~음, 왠지 어중간하다.

"이제 그만하고 얌전히 있어 다오. 부탁이다."

하룻밤이 지나고 짐을 꾸려 모토하마초의 뒷골목에 있는 가게로 돌아가려고 했을 때 도시락의 차림표를 적어 준 세책 장수가 찾아왔다.

"이것도 필요할 테니 작별 선물로 줌세."

또 결투장 같은 '명물 히쓰마부시 도시락'이다. 후사고로는 고맙게 받았다. 도시락 장사의 토대가 된다면 꼭 쓰도록 하자.

그 김에 불쑥 물어보았다.

"하나 둘 셋 할 때의 미, 산에는 뭔가 수수께끼 거리가 될 만한 의미가 있을까요? 저는 히라가나밖에 읽고 쓸 줄 모르니 가르쳐 주시면 좋겠습니다."

"그게 뭔가? 무엇을 세는 3은 어디를 어떻게 해도 3인데—아아, 그렇군. 미나 산이란 발음과 같은 다른 한자를 끼워 맞추면 의미가 달라진다는 뜻인가?"

"맞아요, 맞아. 가능하면 재수가 좋다는 의미가 있는 걸로 하나 부탁드립니다."

항상 느긋하고 얼굴이 불그레한 세책 장수가 고개를 갸웃거린다.

"미는 우선 '맛味'이지. 음식 장사한테는 중요한 한자야. '열매実'라고 쓰면 벌이와 통하고. 이것도 좋은 한자지. '보다見'는 한자 한 글자라면 견이라고 읽히는 게 보통이야."

띠에 끼워 두었던 부채를 꺼내어 그걸로 손바닥에 한자를 쓰면서 가르쳐 준다.

"십이간지의 '사巳'는 후사고로 써도 알겠지. '몸身'이라고 쓰면 몸을 가리키는 것이고 비 오는 날에 입는 도롱이蓑도 한 글자로 미라고도 읽힌다네. 무언가를 섬긴다는 존경의 뜻을 가진 '어御'도 미라고 읽지."

후사고로에게는 와 닿지 않았다. "산은 어때요?"

"산山, 잔桟, 산算."

세책 장수가 손바닥에 한자를 술술 써 나간다.

"산産은 낳는 것이고 무언가를 만들어 내는 것일세. 아아, 재수가 좋다는 의미라면 '찬賛'이 있지."

묘한 모양의 한자다.

"흔히 서화書畫에 짧은 문장이 곁들여져 있지 않나. 그게 '찬賛'이야."

"그러니까 무슨 뜻인데요?"

"찬사를 보내는 것이지. 이 서화는 잘 만들어졌다, 나는 마음에 들었다고 말이야."

"찬사?"

"칭찬하는 것 말일세."

후사고로는 헤에 하고 생각했다. 팔이 세 개 있는 산은 '찬賛'일까.

처남의 우나주에 세 개.

후사고로가 처음으로 혼자서 만든 히쓰마부시에도 세 개.

—맛있었다. 마음에 들었다. 찬사를 보낸다.

그런 뜻인가. 그렇다면 히다루가미 녀석, 풍류를 알지 않는가.

아니, 잠깐만. 그럼 푸성귀밥 도시락의 팥알 두 개는 어떻게 된 거지? 찬을 주기에는 부족하다는 뜻일까. 건방진 놈.

"너, 그냥 장어를 좋아할 뿐인 거 아니냐?"

후사고로는 몰래 왼쪽 어깨 뒤를 향해 속삭였다.

"하지만 너는 의외로 좀 배운 모양이군."

"자네, 뭘 혼자서 중얼거리나?"

"아니에요, 아무것도 아니야. 자, 돌아갑시다."

모토하마초의 뒷골목에서는 "후사고로 씨랑 오타쓰 씨가 계속 문을 닫아 두었던 니우리 가게를 다시 시작하나 했더니 도시락도 팔게 되었어, 흐음~" 하고 신기하게 여긴 손님들 덕분에 세 종류의 도시락은 그럭저럭 팔렸다.

하지만 오래가지는 않았다. 잘 생각해 보면 당연하다. 그때까지의 니우리는 손잡이가 있는 냄비나 사발이나 주발을 가져오는 손님에게 무와 두부튀김을 두 조각씩 준다거나 새끼 토란을 담아 주는 장사를 해 왔던 것이다. 단골손님의 수가 많았기 때문에 벌이는 되었지만 하나하나의 돈 거래는 불면 날아갈 듯 적은 액수였다.

그런 손님들에게 도시락은 사치품이다. 당초에는 돌아가신 할머니에 대한 부조의 의미나 가게 문을 다시 열었으니 축하하는 뜻에서 사 주었던 단골손님도 있었겠지만 그런 것은 장사가 아니라 그냥 교류다. 그리고 '교류'에 의지하는 상인은 진짜가 아니다.

궁리에 궁리를 거듭한 도시락을 뒷골목 가게에서 팔겠다는 생각 자체가 비녀나 화잠을 팔려는 것만큼이나 잘못이었다.

후사고로는 니우리 가게를 오타쓰에게 맡기고 도붓장사를 나가기로 했다. 도시락을 가득 짊어지고 다니는 일은 아타고시타의 배달 요릿집 시절에 실컷 해 봐서 고생스럽지 않았다. 싸구려 여인숙이나 상인 여관이 많은 동네를 골라 돌아다녔더니 손님도 꽤 모을 수 있었다.

하지만 이 방식은 타지 사람이 그 동네의 밥집과 도시락집의 영역을 어지럽히고 정면에서 싸움을 거는 셈이나 다를 바 없으니 후사고로의 성정과는 맞지 않는다.

몸집이 작고 얼굴 표정도 온화하고 완력도 매우 약한 후사고로는 원래 싸움을 잘 못한다. 무서운 형님들이 위협이라도 하면 도시락을 안고 도망칠 수밖에 없다. 그렇다고 근방의 유명한 불량배한테 돈을 쥐여 주고 굽실거리며 장사를 하는 것도 내키지 않는다—고 할 정도의 쓸데없는 기개는 있으니 일이 뜻대로 될 리 없다.

가을이 지나 겨울이 오고 음력 섣달 내내 열심히 해도 뾰족한 수가 없어 후사고로는 도시락 장사를 포기했다. 새해부터는 다시 니우리 장사에나 매진하자.

"좋잖아요. 냄비 하나 놓고 하는 니우리 장사로도, 나는 충분한 걸요."

오타쓰는 밝게 웃었다.

"이웃 사람들이 다들 단골이 되어 주니까."

그렇다. 손님이 이웃 사람들이기 때문에 이 니우리 가게에는 옥호屋號조차 없다. '저기 있는 니우리 가게'면 충분했기 때문이다.

장사를 넓혀 나가려면 우선 새로운 손님이 있는 곳으로 나가야 한다. 팔 물건만 만들고 팔 곳을 생각하지 않은 후사고로는 경솔했다.

큰길에 있는 가게로 옮기기만 해도 꽤 다를 것이다. 하지만 관리인에게 물어보니 넓은 만큼 가겟세는 세 배라는 대답이 돌아왔다. 도시락을 만들기 위해 모아 두었던 돈을 써 버렸기 때문에 어디선가 빌리지 않으면 옮기기는 어렵다. 아카사카의 형님이라면 빌려주겠지만, 그랬다가 망하면? 장사가 되지 않아 가겟세가 밀리고 쫓겨나는 처지가 된다면?

"다른 방법을 찾아봅시다."

"그래요. 하지만 여보, 당신은 우리 오라버니 같은 요리사가 되고 싶은 거예요? 그럼 니우리 가게는 나한테 맡기고 아카사카에 있는 가게로 가도 돼요."

장어구이집에서 일하며 급료를 받고 그 돈을 밑천으로 큰길에 있는 가게로 옮겨 도시락 장사를 다시 시작한다. 음, 확실히 견실한 방법이지만 상당히 오랜 시간이 걸리리라.

생각이 많아지면서 마음은 울적한 후사고로지만 배 쪽은 기운이 넘쳤다.

"여보, 전부터 이렇게 많이 먹었어요? 아니, 상관은 없는데 가끔은 배를 적당히 비워 두지 않으면 몸에 나쁘—나쁘지도 않은 것 같네요."

과식을 계속해도 후사고로는 살이 찌거나 붓지 않았다. 전혀 달라지지 않는다. 물론 히다루가미를 부양하고 있기 때문이다.

—보람이 없군.

오타쓰를 위협하지 않도록 모습을 보이지 않는다는 약속은 착실하게 지켜지고 있다. 히다루가미는 조용히 숨어 있었다. 그래서 그것이 눌러앉았다는 증거는 후사고로의 과식뿐이다. 어머니의 유품인 오자미는 모토하마초로 돌아온 후에도 침실의 선반 위에 변함없이 놓여 있다. 팥알이 늘어서는 일은 한 번도 없었다. 아마도 도시락 장사를 접고 후사고로가 새로운 밥이나 반찬을 연구하지 않기 때문이리라.

—언제까지나 나한테 씌어 있어도 이제 재미는 없다고. 너, 알고 있는 게냐? 나는 기가 죽었어. 단식을 해 주마. 애당초 너를 먹여 줄 의리라고는 요만큼도 없으니까.

혼자서 위협해 보아도 상대가 모습을 보이지 않고 실체도 붙잡을 수 없으니 왠지 공허했다.

그리고 맞이한 초봄, 나나쿠사봄의 일곱 가지 푸성귀를 넣어서 쑨 나나쿠사(七草)죽을 먹으며 축복하는 명절. 음력 일월 칠일 다음 날의 일이다.

후사고로가 멍하니 가게 앞에 쪼그리고 앉아 토란 껍질을 벗기고 있는데 가게 골목길을 따라 짓토쿠에도 시대에 한학자, 화가, 의사 등이 입던 나들이옷를 입은 노인이 이쪽으로 다가왔다. 아는 사람이라서 후사고로는 꾸벅 머리를 숙였다.

—선생께 또 산통疝痛이 일어났나?

짓토쿠 차림의 노인은 가까운 이와시로초에 사는 동네 의원이다. 하인을 거느리고 가마로 왕진을 다니는 화려한 유행 의원은 아니지만 꽤 실력이 좋다고 해서 환자는 많다. 이 공동주택에 사는 도키와즈반주에 맞춰 이야기를 읊는 전통 예능 조루리의 유파 중 하나 선생도 그중 한 사람으로 지병인 산통이 도지면 소녀를 심부름 보내어 이 선생을 부르곤 한다.

도키와즈 선생은 후사고로가 만든 도시락의 몇 안 되는 단골손님이었다. 아마도 선생의 정부情夫일 잘생긴 남자가 놀러오면 술과 안주를 가져다가 한동안 정답게 마시고 나서 도시락으로 마무리하는 듯했다. 그래서 늘 두 개를 사 주니까 좋았지만 정부가 선생을 버리면 도시락도 같이 버려질 터이니 그다지 믿음직스럽지 못한 것이 난점이었다.

어쨌든 후사고로가 만드는 세 가지 도시락을 전부 사서 먹어 준, 얻기 힘든 손님이기는 하니까.

—유감스러워해 주시려나.

이제 도시락 장사는 그만두었다고 말하면 "너무하네, 안타까워라" 하고 다정한 말을 해 주시려나. "후사고로 씨, 나를 실망시키지 마" 하며 소매로 툭 치는 정도는 해 주시지 않을까—.

"여보!"

귓가에서 커다란 목소리가 들려서 후사고로는 몽상에서 깨어났다. 고함을 친 사람은 냄비 앞에 있던 오타쓰였다.

“큰일 났어요! 선생님이.”

바로 앞에 그 동네 의원이 쓰러져 있었다. 눈은 뜨고 있지만 힘없이 다리를 버둥거리며 일어나지 못하고 있다.

“선생님, 왜 그러십니까?”

후사고로는 토란을 내팽개치고 의원을 안아 일으켰다. 공동주택의 주민들이 여기저기에서 얼굴을 내밀고 무슨 일인가 하며 내다보고 있다.

“아니. ……왜 이러지. 갑자기 다리에 힘이 풀려서.”

통통하고 하얀 얼굴에서는 핏기가 가시고 이마에 식은땀이 흠뻑 배어 있다. 후사고로의 손에 매달려 몸을 일으키려고 하지만 그것도 잘되지 않는다.

“눈이…… 어지럽네.”

졸중일까. 후사고로도 식은땀을 흘리던 그때였다.

“꼬르르륵 뀨우우우.”

동네 의원의 배에서 우렁찬 소리가 났다.

—아니, 이건.

히다루가미에 씌었을 당시의 모습과 똑같지 않은가.

“서, 선생님, 저한테 업히세요. 저희 집으로 들어가세요.”

“으, 으음.”

후사고로는 슬슬 모여들기 시작한 구경꾼들에게 큰 소리로 말했다.

"걱정 말게들. 선생님은 편찮으신 게 아니야. 현기증이 좀 나셨을 뿐이지. 병자를 보느라 바빠서 끼니를 거르신 게 아닐까? 뭔가 먹는 게 제일 좋지. 자, 이쪽으로."

"으~음, 으~음."

"오타쓰! 좀 도와주오. 선생님한테 밥을 먹여야 해요."

겨우 칸막이 자리에 눕히고 흰쌀밥을 한 덩어리 입가로 가져가 먹이자 의원은 거짓말처럼 멀쩡해졌다.

—역시 히다루가미 녀석의 짓이다.

"오오, 이건 또 어떻게 된 일일까."

"선생님, 일단 한 입 더 드세요."

안색이 돌아왔다. 히다루가미에 씌었을 때는 무언가 먹으면 증상이 사라진다.

"앉을 수 있으세요? 아아, 그럼 안심이네요. 선생님, 배가 너무 고파서 어지러웠던 거예요. 오타쓰, 백탕을 좀 가져다주시오. 밥도 더 가져다주고, 우리 가게 조림이랑, 그 왜 두부 된장구이."

어제는 나나쿠사여서 후사고로와 오타쓰도 나나쿠사 죽을 먹었다. 나나쿠사 죽을 먹는 풍습은 설날부터 칠 일 동안 기름진 음식을 먹느라 지친 위장을 쉬게 할 목적으로 생겼으나 후사고로가 울적해한 탓에 부부는 정월에도 흥청망청 먹은 적이 없었다. 조금도 위장이 지치지 않은 오타쓰가,

"죽만 먹으니 맛이 없네요."

하고 투덜거렸기 때문에 후사고로가 오랜만에 두부 산초된장

구이를 만들었던 것이다.

그게 조금 남아 있었다. 원래 도시락 반찬으로 만든 것이라서 식어도 맛있다. 작은 접시에 담자 산초 향도 희미하게 피어오른다.

“선생님, 이건 두부예요. 맛이 진해서 밥이랑 잘 맞으니 같이 드셔 보세요.”

후사고로가 권하는 대로 의원 노인은 밥을 먹고 두부를 먹었다.

“오오, 이거 맛있군!”

밥도 먹고 조림도 먹고, 맛있다 맛있다를 연발하며 말짱하게 원래대로 돌아왔다.

“아니, 정말 맛있었네. 니우리 장수, 자네는 내 생명의 은인일세. 고맙네, 고마워.”

오타쓰가 끓인 엽차를 천천히 마시던 의원이 벗어지기 시작한 이마를 살짝 붉히며 말했다.

“배가 고파서 쓰러지다니, 의원이 병에 걸리는 것보다 더 부끄러운 일이야. 하지만 점심밥이라면 틀림없이 먹었는데.”

“무엇을 드셨습니까?”

“더운물에 밥을 말아서.”

“그런 것으로는 배가 안 차지요.”

“너무 적게 먹었나?”

셋이서 웃고 있는 사이에 의원은 갑자기 진지한 얼굴이 되어 좁은 가게 안을 둘러보았다.

"니우리 가게일 거라고만 생각하고 있었는데 이런 근사한 반찬도 취급하나?"

"예, 뭐 조금."

"그럼 단체 요리 배달을 부탁할 수 있을까? 도시락이라도 좋네만."

놀란 후사고로는 당장 대답할 수가 없었다. 그러자 옆에서 오타쓰가 무릎걸음으로 다가왔다.

"네, 배달해 드리겠습니다. 날짜는 정해졌나요? 수는 몇 개면 될까요?"

"이달 보름에 하이카이용어 또는 내용이 익살스러운 와카(일본의 정형시)의 한 형식 모임이 있거든. 새해 첫 모임일세. 항상 순서대로 주최를 맡는데 이번에는 내 차례라서."

장소는 이케노하타의 대석으로 정해져 있고 인원은 열 명. 시를 짓고 돌아가며 비평을 마치면 점심식사를 하는 식인데 술로 자리가 어지러워지는 것을 싫어하는 모임이다.

"하이카이 시인에게 지나친 사치는 풍류가 없으니까, 요리도 마냥 호사스러우면 그만이라는 것이 아닐세. 매번 주최하는 사람의 풍류가 어떤지를 시험당하기 때문에 꽤 어려워서 골치를 썩고 있네만."

이 된장에 구운 두부는 맛도 있고 흔하지도 않다고 한다.

"어떤가, 맡아 주겠나?"

아직도 말을 하지 못하는 후사고로의 갈비뼈를 오타쓰가 팔꿈치로 누른다.

"예? 예, 아, 물론 기꺼이 맡겠습니다."

후사고로의 혀가 잘 돌아가지 않았다. 이제 포기하려고 의기소침해져 있었는데 이런 제안이 들어오다니.

"고맙군."

그대로 자세한 내용을 정하고 기분이 좋아진 의원을 부부가 함께 가게 앞에서 머리를 숙이며 전송했다.

"아, 그렇지, 나는 도키와즈 선생한테 가는 중이었지."

큰일 날 뻔했군, 하지만 산통으로는 죽지 않으니까, 하고 그래도 되는 건가 싶은 말을 중얼거리면서 의원은 떠났다.

"이거 봄부터 재수가 좋네요."

무작정 좋아하는 오타쓰 옆에 우두커니 선 후사고로의 그림자에 머리가 두 개 있다.

후사고로는 식은땀이 나는 것을 느꼈다.

"그렇긴 하지만 여기에는 조금 비밀이 있소."

"네?"

"내 발치를 봐 주시오."

꺅 하고 소리를 지르며 이번에는 오타쓰가 쓰러졌다.

쑥스럽다는 듯이 머리를 긁적이던 후사고로가 말을 이었다.

"뭐, 대충 이렇게 되는 바람에 저는 히다루가미에 관해서 마누라에게 모조리 자백하고 말았습니다."

처음에는 다리가 풀려서 무서워하던 오타쓰지만 의외로 회복이 빨랐다. 그 이유가 재미있다.

―요괴라고 해도 히다루가미 씨는 나쁜 요괴가 아닐 거예요. 이름에 '가미神'가 붙어 있는 건 괜히 그런 게 아니지 않겠어요?

실제로 조금 거친 방법이었지만 손님을 끌어다 주었다.

"그것도 어디까지 믿을 수 있을지 알 수 없지, 신 중에는 가난의 신도 있으니까, 하고 저는 대답했지만요."

후사고로의 쓴웃음에 오치카도 웃었다.

"하이카이 모임에는 어떤 도시락을 내셨나요?"

"두부 산초된장구이와 푸성귀밥을 조합해서 내었습니다. 푸성귀는 무청으로, 한 조각 올라가는 생선은 삼치 된장구이. 이쪽은 산뜻한 백된장으로 단맛도 적게 했지요."

꼬들꼬들한 붉은 매실절임과 하얀 매실절임을 곁들여 홍백紅白으로 축하하고, 검은콩은 솔잎을 꽂아 장식했다. 조림은 토란과 연근과 무. 무는 타기 직전까지 조려, 물기가 없도록 완성하는 것이 후사고로 식이라고 한다.

"듣고만 있어도 맛있을 것 같아요. 평판은 어땠나요?"

"덕분에 아주 좋아해 주셨습니다."

그리고 이것이 후사고로가 도시락 장사의 길을 여는 큰 계기가 되었다.

"그 동네 의원 선생님한테는 좋은 병자가 붙어 있다―고 하면 말이 좀 이상하지만 잘 사는 집과 교류가 있는 의원이라는 소문을 들은 적이 있었습니다. 그 하이카이 모임이라는 것도 대단해서 이름난 화가 선생이나 학자, 게다가 긴자의 관리까지 있더라고요."

듣고 보니 이와시로초에서는 긴자도 가깝다.

"다들 맛있는 것에도 사치에도 익숙한 풍류인들입니다. 그래서 제가 만드는 아담한 도시락이 오히려 재미있으셨던 거겠지요."

"와비간소한 가운데 깃든 한적한 정취. 다도와 하이카이의 근본 정신와 사비마쓰오 바쇼의 하이카이에서 완성된 일본 문학의 기본 이념 중 하나. 한적하고 인정미 넘치는 정취미" 하고 오치카가 말했다.

"저는 그런 말도 몰랐습니다."

사람의 마음은 재미있다. 어떤 사치보다 소박한 온기가 더 깊이 스며들 때도 있으니까.

어쨌든 그런 풍류인들이 줄줄이 손님이 되어 후사고로의 도시락을 주문해 주었다.

"거기에서 또 평판이 퍼졌군요."

"예, 감사한 일이었습니다."

물이 따뜻해지는 봄이 오면 산천유람이나 들놀이를 나가는 사람들도 늘어난다. 도시락이 활약할 때다. 꽃구경 연회가 한창일 무렵에는,

"저와 오타쓰 둘만으론 일손이 부족하여 아카사카의 형님 댁에서 도와줄 젊은이를 보내 주어야 할 정도가 되었습니다."

나날이 번성했지만 후사고로는 허둥거리며 욕심을 내지는 않았다.

"가끔 배달 요리도 해 달라는 주문을 받았는데 정중하게 거절했습니다. 좋은 그릇을 이것저것 갖추고 보기 좋게 담는 것도 승부가 되는 배달 요리는 저에게 부담이었거든요. 나무 도시락 하나, 큰맘 먹어도 찬합까지. 그 안에서 연구를 거듭하여 정진하기로 결심했지요."

이윽고 후사고로의 도시락은 간단한 선물로도 이용되었다.

"그러다가 어느 날인가 큰 가게의 안주인에게, 좋아하는 배우의 대기실에 보낼 선물을 부탁받았는데요."

이름을 물으니, 놀랍게도 장사로 바빠서 연극은 평판이나 듣는 것이 고작인 후사고로도 알고 있을 정도로 잘나가는 간판 배우였다.

"게다가 그 안주인도 음식 맛에 정통한 분이라 평소에는 배우들을 야오젠이나 히라세이에 데려가기도 하고, 거기에서 도시락을 받아 넣어 주기도 하신다지 않겠습니까."

야오젠도 히라세이도, 뒷골목 도시락집과는 하늘과 땅만큼이나 차이 나는 유명한 요릿집이다.

"이번에는 하이카이 모임 때처럼 조촐한 것을 내놓고 와비니 사비니 하는 것을 느끼시라는 방법은 무서워서 쓸 수가 없었습니다. 안주인의 열정이 식은 것처럼 잘못 보일 수도 있으니까요."

그러나 유명한 가게와 정면 승부를 하기도 어려운 노릇이었다.

“어쩔 수 없이 새로운 것으로 승부를 걸어 볼 수밖에 없었습니다.”

오오, 하고 오치카는 생각했다.

“그럼 히쓰마부시를?”

“네. 슬슬 더워질 무렵이라 장어도 통통해졌으니까요.”

이것이 딱 들어맞아 후사고로는 체면을 단단히 세웠다.

“아내도 매우 기뻐했지요. 드디어 형님네 장어구이집을 널리 알리게 되기도 했으니까요.”

체면을 세운 기세를 몰아 도시락 가게 간판을 내걸자. 그런 말을 꺼낸 것도 오타쓰가 먼저였다.

“큰길에 있는 가게로 옮기자, 지금이라면 해 나갈 수 있다고요.”

다행히 가까운 곳에 적당한 빈 가게도 있었다. 관리인도 권해 주었다.

그러나 후사고로는 결정을 내리지 못했다.

“지금 이렇게 팔리는 건 일시적인 유행이다. 유행이란 반드시 끝날 때가 온다. 지금은 오지 않겠지, 아직 잘되겠지, 그렇게 생각할 때면 반드시 딱 오는 법이다, 그런 생각이 들었거든요.”

아무리 좋은 것이라도 질릴 때가 있다. 그리고 ‘질리는’ 데 이유는 없다. 아무런 잘못도 하지 않고 누구의 탓도 아닌데 손님은 지겨워지면 그냥 지겨워한다. 오치카의 숙부인 이헤에도 자주 그런 말을 하곤 했다. 하지만 치고 나가야 할 때를 놓치기만 하는 신중

한 처사도 장사를 키우는 데 걸림돌이 된다.

결단을 내리지 못한 채 망설이고 고민하는 후사고로의 등을 떠밀어 준 것은 히다루가미였다.

"잊을 수도 없습니다. 그해 여름 토왕土旺의 축일丑日토왕은 추분 전의 십팔 일간을 말한다. 이 기간 중의 축일에는 여름을 타는 사람에게 약이 되는 장어구이를 먹고 뜸을 뜬다, 일 년 중에서 장어 양념구이가 가장 잘 팔리는 날이었습니다. 저희 가게에서도 히쓰마부시 도시락 주문이 많아서 아침부터 야단법석이었지요."

만든 도시락이 이제 딱 세 개 남았을 즈음, 후사고로의 눈앞에서 옷을 잘 차려입은 부인이 비슬비슬 쓰러졌다.

—히다루가미 녀석, 또 저질렀군.

턱 아래 하나의 턱이 더 있는 것처럼 보이는 데다 '풍채가 좋다'는 평이 잘 어울릴 법한 이 부인은 후사고로와 오타쓰의 간호를 받아 정신을 차리자마자,

"여기가 장어집이냐고 물으시기에, 아니 도시락집인데 장어도시락도 있습니다, 하면서 히쓰마부시 도시락을 건네드렸지요. 그랬더니,"

맛있다, 맛있다를 연발하며 엄청난 기세로 먹고는 이렇게 말했다.

"이거라면 도련님 입에도 맞겠어요!"

부인은 미치노쿠현재의 후쿠시마현, 미야기현, 이와테현, 아키타현, 아오모리현에 걸친 지방의 옛 이름에 있는 어느 번의 에도 저택에서 열두 살짜리 도련님을

모시는 사람이었다.

“이 도련님이 몸이 약하고 특히 여름이 되어 더울 때는 먹는 양이 확 줄어든다는 겁니다. 게다가 제일 영양이 풍부한 토왕 축일의 장어도 먹지 않고요. 양념구이의 껍질이 기분 나빠서 싫다고 하신다더군요.”

그러나 히쓰마부시는 장어 양념구이를 잘게 썰어 밥과 섞어 버리기 때문에 껍질이 눈에 띄지 않는다. 맛은 정평이 나 있다.

“도시락이 몇 개나 더 있느냐, 두 개냐, 그럼 둘 다 팔라고 하시더니 도시락 꾸러미를 안고 서둘러 돌아가셨지요.”

다음 날, 부인은 아름다운 서장書狀을 들고 다시 찾아왔다.

“도련님뿐만 아니라 때마침 저택에 와 계시던 영주님도 도시락을 매우 마음에 들어 하셔서 앞으로 자네 가게에 도시락 납품을 명한다, 그리해도 된다는 말씀이었습니다.”

으스대는 얼굴로 턱을 내밀면서 후사고로가 목소리를 흉내 내어 보이는 모습이 재미있다.

“이 특이한 괴담 자리에서는 지장이 있는 이름은 덮어 두거나 바꾸어 버려도 괜찮답니다. 그러니 굳이 여쭙지는 않겠지만…….”

“예, 제 입으로는 말할 수 없습니다. 수다스러운 것은 사나이의 멋이 아니니까요.”

멋이라면 센다이 번이다센다이 다이묘 가문은 다테(伊達)씨인데, 다테는 멋을 부린다는 뜻이기도 하다. 오치카는 저도 모르게 가슴 앞에서 손을 모으고 와아하고 소리를 질렀다.

"굉장하네요."

"그런 큰 번의 저택에서 도련님 시중을 드시는 분이 모토하마초 부근에 있는 골목길에 무슨 볼일이 있어서 오셨는지 전혀 짐작도 가지 않더군요. 이유를 여쭈어 보았더니."

—그게, 저도 확실치가 않아요.

몸종을 시켜 도련님에게 영양 보충이 될 만한 음식을 찾게 해 봤지만 별 소득이 없어서, 눈에 띄는 유명한 가게 몇 군데를 직접 방문할 요량으로 시중에 나왔는데 어느새 일행과 헤어져 모토하마초의 골목길에 들어서 있더란다.

"그거, 히다루가미 씨한테 끌려온 거네요!"

"뭐, 그렇겠지요."

손님을 끌어온 히다루가미 '신'은 역시 그냥 이름뿐인 신은 아니었던 것이다.

이 일로 후사고로의 망설임은 깨끗이 날아갔다.

"가을이 끝날 때쯤, 마침 장어철이 지났을 무렵에 옮기기로 했습니다. 큰길에 있는 가게로요. 이름은 제 아버지의 다루마야에서 따오기로 했고 간판은 축하 선물이라며 형님이 만들어 주셨지요."

"좋은 형님이시네요."

"그러게 말입니다. 저는 아카사카에 있는 가게 쪽으로는 발을 뻗고 잘 수도 없습니다."

오치카는 생각했다. 후사고로라는 사람은 처음 일했던 아타고시타의 배달 요릿집에서는 심하게 고생했지만 그 이외에는 인복이 매우 좋다. 거기에는 '사람'이 아닌 것까지 하나 끼어 있고.

"새 가게에서 처마 끝에 걸려 있는 간판을 올려다보았을 때는 가슴이 부풀어 오르고 감격스러워서, 이것 참."

또 부끄러워하며 머리를 긁적인다.

"아내가 오히려, 물론 기뻐하기는 했지만 천연덕스러웠지요. 이건 히다루 씨 덕분이니까 앞으로도 소홀하게 대하면 안 된다고."

"히다루 씨?"

"그 무렵에는 그렇게 불렀거든요. 더 웃기는 건."

—사실은 '선생님'이라고 불러야 할지도 몰라.

"군기軍記 이야기꾼의 이야기를 들으면 히다루 씨 같은 사람은 흔히 그렇게 불린다면서 말이지요."

오치카는 살짝 고개를 갸웃거리다가 웃으며 말했다.

"아아, 그렇군요! 식객 말씀이시군요."

삼국지나 수호전 등, 중국에서 건너온 군기물에 많이 나오는 이야기다. 종종 정체를 알 수 없는 떠돌이를 주워다가 밥을 먹여 주면 막상 전쟁이 일어났을 때는 일당천의 싸움을 해 준다거나, 실은 뛰어난 군사軍師였다거나, 새로운 무기를 만들어 주는 발명가였다거나. 그런 도움이 되는 더부살이를 일반적으로 '식객'이라고 부른다.

"식객 히다루가미 씨."

"할 수 있는 일은 정해져 있긴 하지만요."

사람을 배고프게 만들어 먹을 것으로 끌어당긴다. 백발백중이고 빗나가는 법이 없다. 게다가 큰 손님을 꿰뚫어 보는 눈도 확실하다.

"식탐의 신통력이지요."

"한자를 읽고 쓰는 데에도 밝아 보이니 어쩌면 길을 가다 쓰러져서 히다루가미가 되기 전에는 상당한 인물이었을지도 모르겠네요."

"그건 좀 지나친 칭찬입니다, 아가씨. 전국 시대라면 몰라도, 이 태평성대에 뛰어난 인물이 산길에 쓰러져 죽을 리가 없어요."

둘이서 또 서로 즐겁게 마주 웃었다.

"감사하게도 다루마야는 시작부터 순조로웠습니다. 단골손님도 금방 늘어서 곧 사환이나 하녀를 더 고용하게 되었지요. 저도 오타쓰도 부지런히 일했고, 그게 조금도 고생스럽지 않았습니다."

맛있는 것을 만들고 손님의 웃는 얼굴을 보는 것이 진심으로 좋아서 견딜 수 없었기 때문이다.

"이제 만사 다 잘되어 행복하게 살았습니다, 라면 오늘 제가 아가씨 앞에서 향기 좋은 차와 쑥떡을 얻어먹으며 기분 좋게 이야기할 일은 없었겠지요."

후사고로는 문득 웃음을 지우고 진지한 얼굴로 돌아왔다.

"조짐은 전부터 있었습니다."

마침 배우의 대기실로 히쓰마부시를 보내어 장사가 잘되기 시작했을 무렵부터였다고 한다.

"아내가 가끔 현기증이 난다는 겁니다."

—서거나 앉거나 하면 어질어질해요.

"뭐, 그 외에는 딱히 이렇다 할 증상이 없어서 본인도 저도 크게 신경 쓰지는 않았습니다."

그러다가 후사고로도 가끔 어지럼증을 느꼈다.

"아침에 일어날 때나 밤에 자려고 누웠을 때 어지럽다고 할지, 휘청거린다고 할지."

불쾌하게 어지러워진다고 한다.

"아이쿠, 아가씨, 그런 얼굴 하지 마십시오. 실은 대단한 일도 아니었어요—아니, 대단한 일이기는 했지만 저나 아내의 몸에 이상이 생긴 것은 아니었으니까요."

이상이 생긴 것은 골목길 안쪽에 있는 집이었다.

"가게를 옮길 때 관리인이 짐을 꺼낸 집 안을 한 바퀴 둘러보면서 끊임없이 고개를 갸웃거리더군요. 뭔가 곤란한 일이라도 있느냐고 물었더니."

—이 방, 조금 기울어 있지 않나?

실제로 그 말이 옳았다.

"집이 망가져 있었던 겁니다."

얇은 다다미를 들어 올리고 바닥 판자를 벗겨내자마자 알 수 있었다.

"옆으로 가로질러 있는 동귀틀이, 서쪽 끝 쪽에서, 이렇게, 부러져 있었거든요. 그래서 바닥 판자가 가라앉아 있었던 거지요."

"그렇군요……" 하고 오치카도 납득했다. "다루마야 씨와 안주인의 현기증도 잠을 자는 곳이 기울어 있었던 탓이었군요."

"예, 바로 그렇습니다."

후사고로는 쓴웃음을 지으며 관자놀이를 벅벅 긁었다.

"동귀틀이 부러진 모습도 묘해서 두들겨 부서졌다든가 내리눌러 부러졌다거나 하는 모양새가 아니었습니다. 골목길 쪽에 세 들어 살던 사람 중에 목수 일을 하는 사내가 있어서 급하게 불러다가 보아 달라고 했더니."

—후사고로 씨, 이 위에 어지간히 무거운 것을 올려놓았나 보네.

"가게가 잘되고 있으니 금화 상자를 쌓아 놓았던 거 아니냐고 놀림을 받았습니다."

무언가의 무게 때문에 동귀틀이 조금씩 눌려서 서서히 휘다가 부러지고 그에 따라 바닥 판자가 가라앉았다. 다만 분명하게 느끼고 눈에 보이도록 가라앉은 것은 아니다. 날마다 미세한 변화가 조금씩 쌓였기 때문에 그곳에서 살고 있는 후사고로와 오타쓰는 알아차리지 못했다. 그래도 기울이 심해져 감에 따라 몸에 이상이 생겼고 바깥에서 들어온 관리인은 금세 느낄 수 있었던 것이다.

"동귀틀이 휠 정도로 무거운 물건이라니 저도 아내도 전혀 짐작 가는 바가 없었습니다."

쌀이나 된장은 봉당에 두었고 방에서 날뛰거나 뛰어오르거나 해서 무게를 가한 적이 있을 리 없다.

"우리한테는 아이도 없었고요."

물론 금화 상자를 쌓아 놓은 기억도 없다.

"희한하긴 했지만 깊이 생각하지 않더라도 뒷골목 공동주택의 일이니 처음 지었을 때부터 문제가 있었다고 해도 이상하지는 않았지요."

에도에는 화재가 많이 발생한다. 한번 불이 나면 불이 시작된 집만 타는 것이 아니라, 불이 번지는 것을 막기 위해 주위 집들은 전부 부숴 버린다.

그런 동네이다 보니 집이란 허무할 뿐이다. 어지간한 부자가 아닌 한은 수고를 들이고 돈을 써 봐야 소용없다고 생각한다. 하물며 뒷골목 공동주택이면 기둥이 있고 지붕이 있고 바닥이 있으면 되지, 동귀틀도 있었나? 그거 고급이로군, 이라고 할 정도다.

"뒤처리는 관리인에게 맡기고 큰길에 있는 가게로 옮겼더니 저와 아내의 어지럼증도 나았습니다."

"기울지 않은 곳에서 자게 되었기 때문이군요."

"예. 게다가 매일 바쁘고 재미있었거든요."

도시락집 장사에 정신이 팔려서 깨끗이 잊어버리고 말았다.

"다루마야 간판을 내걸고 나서 곧, 흰살생선의 소보로가열한 흰살생선을 잘게 으깨 조미하고 지져 낸 음식와 달걀 소보로를 이용한 이색二色 도시락을 팔기 시작했는데요, 감사하게도 이게 평판이 좋았지요."

가게에서 파는 것만이 아니라 한꺼번에 여러 개를 배달해 달라는 도시락 주문도 들어오는 바람에 금방 일손이 부족해져서 가게에 들어와 살며 일하는 하녀와 사환을 고용했다는 것이 조금 전까지 이야기한 대목이다.

그러나—.

"다루마야가 첫 번째 겨울을 지내고, 다 함께 정월을 축하하고 나서 새해의 첫 달 중순쯤부터였을까요. 무언가 이상해지기 시작했습니다."

우선 사환이 감기에 잘 걸렸다. 늘 싯누런 콧물을 달고 다니고 에취에취 재채기를 하곤 한다. 열이 나서 앓아누울 때도 있었다.

"음식 장사를 하는 가게이니 이것은 안 될 일이지요. 잘 때는 배를 잘 덮고 자라며 야단을 치기도 했습니다."

고용살이 일꾼에게 가게의 주인과 안주인은 부모나 마찬가지다.

"그러는 사이에 오타쓰와 하녀도 몸 상태가 이상해졌습니다."

팔다리가 몹시 차고 하루 종일 몸 마디마디가 아프다.

"피가 지나는 길에 병이 생긴 건가 싶어서 생약방에서 달인 약을 사다 먹어 보기도 했지만 전혀 좋아지지 않았습니다. 바깥세상은 조금씩 봄기운을 띠어 가는데 집 안에서는 아내와 하녀와 사환이 제각각 추워서 떨었지요."

“다루마야 씨 본인은 어떠셨나요?”

오치카의 물음에 후사고로는 목을 움츠렸다.

“튼튼하다는 점 외에는 장점을 찾기 어려운 사람이라 딱히 이상하다거나 지장은 없다고 여겼지만 오타쓰에게 물어보니 제 안색도 좋지 않다고 하더군요.”

그 무렵 다루마야의 단골손님 중에 본도本道(내과)를 잘 보는 동네 의원이 있어서 주문 도시락을 배달하는 김에 걱정스러운 점을 상의해 보았다고 한다.

—왕진을 나갈 때 내가 한번 들러서 봐 주겠네.

“며칠 지나기도 전에 약상자를 짊어진 하인을 데리고 어슬렁어슬렁 와 주셨습니다.”

동네 의원은 다루마야의 안채로 안내하자마자 무서운 얼굴을 하고 주위를 둘러보았다.

—이 집은 뭔가? 틈새기 바람이 심하지 않나.

“여기에 서 있기만 해도 목덜미가 선뜩선뜩하다, 이러면 감기에 걸리고 몸이 차가워지는 것도 당연하다고 말씀하시는 겁니다.”

—집세는 얼마인가? 고집불통 집주인이 날림으로 지은 집에 터무니없는 집세를 매긴 게 아닌가?

의원은 노기등등한 태도로 당장 관리인을 불러들였다. 그러자 무슨 일인가 싶어 달려온 관리인도 어라 하며 의아한 얼굴을 하더니,

"왠지 틈새기 바람이 심하군그래, 하는 겁니다."

—지난달에 집세를 받으러 왔을 때는 이렇게까지 춥지 않았던 것 같은데.

그래서 일동이 머리를 맞대고 따져 보았다.

"작년 가을 말에 처음 이사했을 무렵에는 분명 틈새기 바람이 신경 쓰이지 않았다, 그러니까 이 집이 원래부터 문의 여닫이가 나쁜 건 아닌 듯하다."

오타쓰가 말했다—겨울이 되니 엄청나게 추운 집이구나 하고 생각했지만 겨울에 추운 건 당연하니까요.

하녀가 말했다—하지만 마님, 겨울이라서 추운 것과 틈새기 바람이 차가운 건 다르지요.

콧물이 멈추지 않는 사환이 말했다—정월쯤부터인가, 누워 있으면 코끝을 지나는 틈새기 바람이 느껴졌어요. 요즘은 낮에도 싸늘하니 바람이 부는 듯해서 몸이 덜덜 떨려요.

음식을 하는 가게이니 낮 동안에는 항상 불이 있다. 본래는 추위나 싸늘함을 느끼기 어려운 집이어야 마땅하다.

사환의 말이 옳다면 정월 초쯤부터 틈새기 바람이 불기 시작하면서, 몸이 차가워지고 추워지고 그것이 점점 심해진 듯하다.

"또 한 가지."

당시의 기분이 떠올랐는지 후사고로는 복잡한 표정이 되었다.

"나중에 생각하면 절대로 흘려들어서는 안 될 수수께끼 풀이의 열쇠였는데요, 사환이 이런 말을 했습니다."

—나리, 이 집은 굉장히 삐걱거려요.

"정월쯤부터 삐걱삐걱 하고 집 어딘가에서 나는 소리가 신경 쓰이기 시작했다는 겁니다."

—저는 무서워서 잠이 잘 오지 않아요.

"어린아이니까요" 하고 오치카는 말했다. "집에서 소리가 나면 으스스하겠지요."

"예. 사환 아이도 요괴가 나오는 게 아닌가 싶어서 몹시 겁이 났던 모양입니다."

그렇다면 역시, 건물에 문제가 있는 것인지도 모르니 목수에게 봐 달라고 했다. 목수는 얼굴을 찌푸리며 집이 일그러져 있다고 말했다.

—이만큼이나 일그러져 있으면 틈새기 바람이 들어오지 않는 게 더 이상하다고 할 정도요.

집에서 소리가 나는 것은 틈새기 바람 탓도 있을 테고 집이 일그러진 탓이기도 했으리라.

"참으로 곤란했습니다. 일일이 손가락으로 가리키면서 봐라 여기가 이렇다, 저기가 저렇다고 가르쳐 주는 것을 들으니 정말로 여기저기가 일그러져 있었습니다. 판벽의 널빤지에는 틈새가 생겨 있고 바닥 판자는 덜컹거리고."

급히 가능한 대로 수선을 해 달라 부탁해서 일단은 틈새기 바람을 막을 수 있었다. 하지만,

"집에서 나는 소리는 전혀 그치지 않았습니다. 저도 한 번 깨닫

고 나니 엄청 신경이 쓰이더군요.”

삐걱삐걱, 끼익끼익, 덜컹덜컹.

“누군가가 집 안을 걸어 다니고 있었어요—에구구, 하고 무척 힘들다는 듯한 발걸음으로.”

사다리를 오르내리는 소리처럼도 들린다. 밤중에는 그 무겁고 힘들어 보이는 누군가가 뒤척이는 소리 같기도 하다.

“그럴 때는 집이 그냥 삐걱거리는 정도가 아니라 흔들립니다.”

지진처럼 크게 흔들린다. 찬장 안의 그릇이 부딪쳐 덜컹덜컹 소리가 날 만큼.

“지금이야 웃으면서 얘기하지만 당시에는 얼마나 으스스한지 저도 꿈자리가 사나워서 고생했습니다.”

집에서 소리가 난다는 것은 곧 집이 조금씩 일그러져 간다는 증거다. 아니나 다를까 매화가 피고 복사꽃이 피고 벚꽃이 필 무렵이 되자 다시 틈새기 바람이 심해졌다. 여자들은 추워하고 사환 아이는 콧물을 흘리고 후사고로 자신도 걸핏하면 목덜미를 어루만지는 틈새기 바람에 덜덜 떠는 일이 늘었다.

“사월 중순에, 꽃놀이 도시락 장사가 일단락되어서 안심한 탓도 있겠지만 결국 아내가 앓아눕고 말았습니다.”

사환 아이의 코감기는 여전히 낫지 않고 하녀의 안색도 나쁘다. 잠옷으로 갈아입고 잘 시간이 없을 정도로 바빴던 후사고로도 몸속 깊은 곳까지 녹초가 되어 있었다.

“우선 목수한테 가서 재수선을 부탁하고 동네 의원 선생 댁을 돌면서 좋은 약을 받아 와야겠다고 생각했지요."

가게는 하루 닫고 사환 아이에게도 하녀에게도 휴가를 주었다. 따뜻한 죽을 만들어 세 사람에게 먹인 후에 후사고로는 몸단장을 하고 밖으로 나왔다.

"다루마야를 시작하고 제가 가게를 떠나는 것은 처음 있는 일이었습니다."

꽃놀이 도시락으로 많은 돈을 벌었고 평판도 좋아졌지만 정작 자신은 꽃을 하나도 보지 못하고 지나가 버린 봄이었다.

"가게에서 멀지 않은 공터에 가지가 멋지게 뻗은 벚나무 고목이 있었지요."

화재가 번지는 것을 막기 위한 공터이니 사실은 베어 버려야 옳았지만,

"가지가 멋지게 뻗었는데 아깝다며 남겨 둔 것이었습니다."

만개한 순간을 보고 싶었는데—하고 생각하면서 잎만 남은 벚나무의 살랑거리는 속삭임을 들으며 옆을 지나치다가 이상한 점을 깨달았다.

"해님은 이제부터 머리 꼭대기로 올라가려는 시간이었고 그래서 벚나무 고목에는 그림자가 져 있었습니다. 제 발밑에도 제 그림자가 있어야 했지요."

하지만 없다.

"대체 어떻게 된 일인가 하고 깜짝 놀랐지요. 그 자리에서 몸을 비틀어 보기도 하고 쪼그려 앉아 보기도 하고 버둥거려 보기도

했지만."

후사고로 주위는 온통 어두웠다. 가장자리가 조금 울퉁불퉁했지만 둥근 어둠이 드리워져 있고 그 원의 지름이 두 길(약 삼 미터)은 될 것 같았다.

"식은땀이 나고 무릎이 떨렸습니다. 이건 뭘까 하고 생각하다가."

퍼뜩 떠올랐다.

"히다루 씨였습니다."

후사고로에게는 히다루가미가 씌어 있다.

"히다루 씨는, 다루마야를 시작하는 계기를 만들어 준 후로는 내내 자취를 감추고 있었습니다. 제가 매일 잘 먹고 판매를 위해서 맛있는 음식을 잔뜩 만들고 있으니 히다루 씨도 만족하고 배가 불러서 행복하니까 얌전히 지내는 거겠지, 그 정도로 생각하고 전혀 신경도 쓰지 않았지요. 가게가 점점 바빠져서 거의 잊고 있었을 정도였습니다."

히다루 씨—하고 작게 말을 걸어 보았다.

"그랬더니 제 발치의 어둠이 꿈틀꿈틀 움직이지 않겠습니까."

거기에 있는 거지요? 하고 불러 보니,

"어둠의 가장자리가 부르르 파도치더니 커다란 수박만 한 그림자가 쑥 나타났습니다."

히다루가미의 머리다.

"그제야 저도 알았지요."

후사고로는 오치카 앞에서 무릎을 탁 쳤다.

"발치의 이 어둠은, 요컨대 그림자였던 것입니다. 히다루 씨의 그림자 말이지요."

그림자가 커졌기 때문에 그저 컴컴하게 보였던 것이다.

"대체 어째서 히다루가미의 그림자가 지름이 두 길이나 될 정도로 크고 둥글어졌을까요?"

그렇구나. 오치카도 알았다.

"그건, 히다루 씨가—."

"그렇습니다, 아가씨."

두 사람은 얼굴을 마주 보고 서로를 뚫어지게 바라보다가 동시에 웃음을 터뜨리고 말았다.

"하긴, 확실히 큰일이네요."

히다루가미는 살이 찐 것이다.

"맛있는 음식을 너무 많이 먹은 겁니다."

매일 매일 맛있는 음식을 배불리 먹으면 당연히 살이 찔 수밖에 없다. 후사고로의 말을 처음에는 믿지 않았던 오타쓰도, 양달로 데리고 나가 발치의 커다란 그림자를 보여 주며,

"히다루 씨, 아내한테 얼굴을 좀 보여 주세요."

불쑥 나타난 수박만 한 커다란 머리를 보여 주자 뻣뻣하게 굳어 버렸다.

히다루가미는 후사고로와 오타쓰가 뒷골목 가게에 있었을 때부터 살이 쪘으리라 짐작할 수 있다. 방의 동귀틀도 히다루가미

의 무게로 인해 부러지고 말았다.

후사고로는 으~음 하고 신음했다.

"히다루 씨는 이제 나한테가 아니라 내 장사 자체에 씌어 있소."

부부가 큰길에 있는 가게로 옮겨서 다루마야를 개시하자 히다루가미가 살찔 '요소'는 더욱 늘었다. 그 무게를 견디지 못해 정월 초쯤부터 집은 일그러졌고 종종 삐걱거리고 틈새기 바람이 심하게 불어오게 되었다. 한 번 수선을 했지만 계속 살찌는 히다루가미의 무게 때문에 집은 금세 찌그러졌다. 집 안에서, 히다루가미는 아직도 계속 살이 찌고 있다.

장사가 잘되면 잘될수록 살이 찌는 것이다.

히다루가미에게는 입은 은혜가 있다. 감사는 할지언정, 내쫓을 생각을 한 적은 한 번도 없다. 다만 눈에는 보이지 않으니 잊어버리고 있었을 뿐이다.

하지만 더 이상은 내버려 두기도 곤란하다. 일그러진 집에서 계속 살면서 병에 걸리거나 급기야 집이 무너지기라도 한다면 목숨과도 관련되는 문제다.

"너무 살이 찌면 히다루 씨 본인한테도 나쁘지 않을까요? 살이 찌면 히다루 씨는 히다루 씨가 아니게 되어 버리는 거 아니에요?"

그럼 무엇이 되는 걸까요—하고 엉뚱한 듯하면서도 정곡을 찌르는 것 같은 고민을 하는 아내는 화를 내지도 무서워하지도 않았다. 나쁘게 생각하지 않았다. 그러니 더욱 곤란하다.

히다루가미여, 어떻게 하면 좋을까.

"뚱뚱해지는 게 문제라면 할 일은 하나뿐이오."

살을 빼게 해야 한다.

"먹는 것을 줄여야겠소."

눈을 부릅뜨고 후사고로는 아내에게 말했다.

"장사를 쉽시다."

다 큰 어른이 진지하게 말한들 믿을 수 있는 이야기가 아니니까 별 수 없이 하녀와 사환 아이에게는,

"요즘 문제가 계속되고 있어서 기도사한테 점을 쳐 달라고 했다. 우리가 갑자기 장사를 키운 탓에 다른 사람들의 원한을 샀다더구나. 한동안 얌전히 몸을 삼가고 원한이 사라지기를 기다려야겠다."

그렇게 설명하고 다른 고용살이처를 찾아 주었지만 마음씨 좋은 후사고로와 오타쓰 밑에서 일하며 맛있는 밥을 먹는 데 익숙해진 두 사람은 울면서 아쉬워했다. 다시 장사를 시작하면 꼭 다시 불러달라는 부탁을 받고 "그러마" 하며 맞장구를 치기는 했으나 후사고로는 마음속으로 이제 그리되지는 않을 거라고 짐작했다.

"어쨌든 지금은 히다루 씨의 살을 빼고 가능한 한 원래의 히다루 씨에 가깝도록 만들어야 하오. 그다음부터는 히다루 씨가 너무 뚱뚱해지지 않도록 조절하면서 장사를 해 나가야 할 테지."

원래의, 부부 둘이서 꾸려 나갈 수 있을 정도의 장사가 딱 알맞다.

단골손님에게는 오타쓰가 아파서 요양을 한다는 구실로 사과를 하러 다니고, 집의 일그러짐은 다시 임시로 수선해 달라고 한 후, 다루마야는 바깥문을 닫고 휴업에 들어갔다. 마침 햇가다랑어가 잡힐 무렵대개 음력 사월경에 해당한다이었다.

들놀이에도 행락에도 좋은 계절이지만 장사를 하지 못하니 손해는 컸다. 단골손님도 떠나가리라.

그래서 몹시 분할 줄 알았는데 의외로 그렇지도 않았다. 내내 바쁘게 일만 하면서 살아온 데다 몸이 차가워지고 피로가 쌓여 있었기 때문에 후사고로도 오타쓰도 휴가를 얻어 안도했다. 지금까지 화려하게 장사해 온 덕분에 검소하게 산다면 일 년 정도는 곤란하지 않을 만큼 모아 둔 돈도 있다.

그러나 이 '검소하다'는 부분에서는 부부의 의견이 갈렸다. 후사고로는 야위어 버린 아내가 가엾어서 아카사카의 친정으로 돌려보내 처남이 만드는 영양가 있는 음식을 먹이고 싶다고 생각했지만 오타쓰는 반대했다.

"이런 이야기를 친정에 어떻게 해요?"

믿어 줄 리가 없다.

"무엇보다 히다루 씨는 배고프게 만들면서 나만 맛있는 걸 먹고 편하게 지낸다면 벌을 받을 거예요."

셋이서 함께 푸성귀를 띄운 죽을 홀짝이며 삽시다, 라고 한다.

"그럼 당신 몸에 체력이 붙지 않아요."

"죽지는 않아요."

그렇게 해서 부부는 선사禪寺의 스님이 이러할까 싶은 생활을 시작했으나—,

생각보다 훨씬 더 힘들었다.

히다루가미가 울었기 때문이다.

칭얼칭얼 훌쩍훌쩍, 아침부터 밤까지 운다. 말로 확실하게 '배고프다', '맛있는 것이 먹고 싶다'고 호소해 오는 것은 아니지만 울면서 뭔가 중얼중얼 말한다. 그게 오히려 더 성가시다.

후사고로가 매실 장아찌를 반찬 삼아 고부가유쌀 한 홉에 물 한 되의 비율로 쑨 죽를 홀짝이면,

"중얼중얼, 훌쩍훌쩍."

오타쓰가 찬밥을 더운물에 말아 장아찌와 함께 먹고 있으면,

"중얼중얼, 칭얼칭얼."

그래도 보름, 한 달, 열심히 노력하니 심술이 났는지 히다루가미는 날뛰게 되었다. 선반에 쌓여 있는 그릇을 떨어뜨리고 텅 빈 냄비를 뒤집어엎고 집을 흔든다. 그러나 부부는 지지 않았다. 집에서 소리가 나는 것도 계속되면 익숙해진다. 억지로라도 익숙해졌다.

그러자 히다루가미는 다루마야 앞을 지나가는 사람을 털썩털썩 쓰러지게 만드는 자신의 특기를 사용했다.

"흥, 비장의 수를 꺼냈군."

빤히 들여다보이는 수다. 부부는 픽픽 쓰러지는 사람이 나타날 때마다 미음을 먹여 간호했다. 몇 번 그렇게 되어도 "자, 미음이요" 하며 동요하지 않았다.

오타쓰는 가끔 허리에 손을 대고 집 안을 둘러보며 히다루가미에게 타일렀다.

"히다루 씨, 이해해 주세요. 앞으로도 계속 사이좋게 살아가고 싶으니까 지금은 참아야 하는 거예요."

히다루가미는 납득해 주지 않고 설교를 하면 한층 더 음침하게 울 뿐이었다.

오카와 강의 가와비라키 때도 가게를 열지 않고 쥐 죽은 듯 조용히 틀어박혀 있으니 "다루마야 사람은 어지간히 병이 무거운 건가?"라는 소문이 아카사카에까지 퍼지고 만 모양이었다. 걱정이 된 처남이 문병을 와서,

"대체 어떻게 된 게야? 둘 다 얼굴은 창백해서는."

그런 말을 주고받고 있는데 히다루가미가 계단 위에서 빈 고리짝을 굴려 떨어뜨리는 장난을 쳤다. 게다가 이층 방에서 펄쩍펄쩍 뛰며 집을 흔들흔들 흔들어 댄다.

후사고로도 오타쓰도 말을 잘하는 편은 아니지만 이런 진귀한 일에는 변명을 할 방법이 없다.

놀라는 처남에게 히다루가미에 대한 이야기를 다 털어놓자 처음에는 "너희들 제정신이냐"며 아연실색할 뿐이었다. 이번에는 히다루가미가 부엌의 물독을 쳐서 소리를 냈기 때문에,

"지금 당장 그만두지 않으면 저녁밥은 없어!"

후사고로가 고함치자 멈추었다.

처남은 한동안 파래졌다 빨개졌다 했지만 세상 물정에 익숙한 상인이다 보니 배짱은 두둑했다.

"한 가지 시험해 보지."

그러더니 부엌 쪽을 향해 양손을 둥글게 모으고 말했다.

"히다루 씨, 나는 아카사카에서 장어구이집을 하고 있다. 네가 착하게 지내고 빨리 살을 뺀다면 이 단 찬합에 히쓰마부시와 조림, 구이를 가득 담아서 상으로 주마."

그렇지, 하고 품에 손을 집어넣더니 생각에 잠겼다가,

"앞으로 두 달—시월 초하룻날까지는 완전히 원래대로 되어 보아라. 그날 점심에 후사고로의 그림자가 예전의 머리 두 개 크기로 돌아와 있으면 내가 이 단 찬합을 만들어 주지. 어떠냐? 알겠으면 물독을 한 번 쳐 다오."

잠시 동안, 히다루가미는 훌쩍훌쩍 칭얼칭얼 했지만 이윽고 물독이 동~ 하고 울렸다.

"알았다는구나" 하며 처남은 웃었다.

"고, 고맙습니다, 형님."

"어쨌든 너희들도 성가신 것을 주웠군."

"죄송합니다."

"이것저것 고생해 가며 살을 빼게 하느니 주운 곳에 다시 버리고 오면 어떠냐?"

"새끼고양이도 아닌데요."

후사고로와 오타쓰의 뜻으로 히다루가미를 이곳에서 떼어낼 수 있을 것 같지는 않았다.

"게다가 형님, 히다루 씨는 우리에게 복을 가져다주는 신입니다. 함부로 대할 수는 없어요."

사람이 좋구나, 하고 쓴웃음을 지으면서 처남은 아카사카로 돌아갔다.

그날 밤, 불이 없어서 쓸쓸한 부엌에 서서 어둠 속을 향해 후사고로는 속삭였다.

"약속 잘 지켜. 다른 누구보다 내가 힘들단 말이야. 내가 제일, 히다루 씨한테 맛있는 것을 먹여 주고 싶으니까."

이 말에 배어 있던 정情 때문일까. 히다루가미는 얌전해졌다. 뭐, 이 단 찬합을 먹고 싶은 일념이었을지도 모르지만.

팔월 말에 다시 목수를 불러 집 안을 조사하고 일그러진 곳을 수선해 달라고 했다. 그 후로는 틈새기 바람도 멎고 집이 삐걱거리는 소리도 거의 신경 쓰이지 않게 되었다.

마침내 약속한 시월 초하룻날 오전.

해님을 올려다보며 후사고로는 다루마야 앞에 섰다. 오타쓰가 마른침을 삼키며 지켜본다.

발치에 드리워진 그림자의 왼쪽 어깨에서 예전처럼 히다루가미의 머리가 불쑥 튀어나오더니 의기양양하게 끄덕끄덕 고개를 끄덕였다.

부부는 손뼉을 치며 기뻐했다. 그대로 아카사카의 장어구이집으로 가서 맛있는 것을 배가 터지도록 먹고 약속대로 처남이 만들어 준 이 단 찬합 꾸러미를 들고 돌아와서 부엌 한 모퉁이에 놓았다.

이튿날 아침에 보니 이 단 찬합은 텅 비어 있었다.

후사고로는 시장에 재료를 사러 나갔다. 오타쓰는 부엌 도구를 청소하고 쌀을 씻고 물을 끓였다.

다루마야는 장사를 재개했다.

그 후로 몇 년 동안은 계속 더듬거리며 모색하는 나날이었다. 히다루가미가 지나치게 살이 찌지 않도록 하려면 일 년 중 언제 얼마 동안이나 장사를 쉬면 좋을까.

"차라리 손님들이 알기 쉽도록 한 달 걸러 가게를 열면 어떨까요. 히다루 씨도 연달아 몇 달을 배곯지 않아도 되고."

"여보, 그건 세상을 우습게 보는 거요. 그런 가게를 누가 단골로 삼아 준단 말이오?"

"그럼 정월부터 이월까지는?"

"이월은 어떨지 모르겠지만 초봄에는 주문이 많은데."

지금까지 다루마야 수입의 많고 적음을 적어 온 장부를 펼쳐 놓고 부부는 기탄없이 의견을 나누었다.

결국 지금처럼 꽃놀이 도시락으로 바쁜 시기가 끝나면 휴업에 들어가 여름을 보내고 가을바람이 불면 다시 장사를 시작한다는 것으로 결론이 자리 잡기까지 꽤 수고가 들었다. 여름철에는 식중독이 걱정되어서 장사를 쉽니다, 라는 구실을 이용하기 쉬운 시기지만 그래도 이상하게 여기는 손님이 많았다. 어떻게 해서라도 꼭 좀 부탁한다는 거액의 주문을 거절할 수 없어서 한여름에 보름밖에 쉬지 않았다가 히다루가미를 살찌우고 마는 바람에 당황한 해도 있었다.

시중의 배달 요릿집이나 도시락집을 하는 동업자들 사이에서는 다루마야의 평판은 꽤 나쁘다. 거들먹거린다, 장사를 가볍게 여긴다, 실은 남편이 흉악한 범죄를 저지른 적이 있어서 세상 사람들을 꺼린다—등등 터무니없는 소문이 난 적도 한두 번이 아니다. 후사고로도 사람이다 보니 끙끙 앓을 때도, 이를 박박 갈 때도 있었다.

원래 같으면 단골이 되어 줄 손님도 휴업 때문에 많이 잃었을 것이다. 평판을 듣고 멀리에서 와 준 손님에게 "공교롭게도 내일부터 휴업입니다"라고 말해서 손님이 화를 낼 뿐만 아니라 손님에게 얻어맞는 재난도 겪었다.

기묘하기 짝이 없는 고생을 해 왔다. 그래도 후사고로와 오타쓰는 굳게 비밀을 지키며 처남 한 사람을 제외하고는 누구에게도 말하지 않고 들키지 않도록 지금껏 조심해 왔다.

"세상 사람들에게 알려진다면 히다루 씨가 부끄러워할 테니까요."

오타쓰는 말했다. "사람들이 신기하게 여기든 무서워하든 불쌍하기는 마찬가지고."

후사고로도 같은 생각이었다.

히다루가미는 구경거리가 아니다. 부부에게는 인생을 함께해 온 동료다. 그 팔 세 알과 '끄덕끄덕'이 지금의 인생을 만들어 주었다.

말라도 쭈그러져도—아니, 살이 쪄도 신이다.

이야기를 마친 후사고로는 만면에 따뜻한 웃음을 담고 있었다. 흑백의 방에서는 좀처럼 보기 힘든 웃음이다. 오치카는 마음속이 깨끗하게 씻겨 나가는 듯한 기분이 들었다.

그러나 이야기가 끝나고 나니 한 가지 커다란 수수께끼가 남았다.

"다루마야 씨를 부른 저희들 쪽에서 이런 것을 물으면 풍류에 어긋나는 일일지도 모르겠지만."

오치카가 끝까지 말하지 않아도 알아챈 모양이다. 후사고로는 익살스럽게 눈썹을 위아래로 움직이더니,

"예, 물론 의아하게 여겨지시겠지요."

왜 지금 이때에, 이렇게 선뜻 히다루가미의 이야기를 털어놓은 것일까.

"미시마야는 우리 단골이시지만, 그래서 스스러운 마음에 무슨 일이 있어도 이야기해야겠다는 압박을 느낀 것은 아닙니다. 제가 호기심 많은 호색꾼이라서 이번 기회에 가게 안쪽에 조용히 틀어박혀 계시는 아가씨의 얼굴을 실컷 봐 주마 하는 계략을 꾸민 것

도—아니, 그건 좀 있었으려나요."

"세상에, 고맙습니다."

"고맙다는 말씀을 하시면 안 됩니다. 그러고 보니 우리 사환 아이, 사환 아이라고 해도 이제 어엿한 남자가 되었지만요, 그 녀석이 미시마야의 아가씨는 대단한 미인이다, 그 모습이 가와라반찰흙에 글이나 그림을 새겨서 기와처럼 구운 것을 판으로 하여 인쇄한 것. 에도 시대에 신문의 호외 같은 것으로 사용되었다에 실렸을 정도라며 난리던데요."

분명히 한 번, 가게 선전이 된다는 이유로 가와라반의 소재가 된 적이 있다.

"경솔한 짓을 했더니 언제까지나 그 일이 따라다녀서 곤란하네요."

"그런가요? 물론 보기 좋은 모습이었겠지만 아가씨가 싫으시다면 저는 보지 않기를 잘했군요."

또 싱긋 웃더니 후사고로는 앉은 자세를 바로 했다.

"작년 구월 초이니, 여름 휴업이 끝나고 장사를 시작한 지 얼마 되지 않았을 때의 일이었는데요, 본가에서 서한이 왔습니다."

얼마 전에 쓰러져서 앓아누워 있던 아버지가 돌아가셨다고.

"무려 여든 살이셨어요" 하고 눈을 크게 뜨며 말한다. "오래 사셨지요. 어머니가 먼저 돌아가셨을 때는 금세 뒤를 쫓아가시는 게 아닐까 싶을 정도로 몸이 약해지셨는데."

후사고로는 서둘러 고향으로 향했다.

"이삼일이라면 가게는 사환 아이에게 맡겨 둘 수 있었겠지요.

그래서 이번에는 아내도 함께 가고 싶어 했지만 아무래도 본가에서 온 서한의 내용이 위험해 보여서 저 혼자 돌아갔습니다."

"위험?"

"예. 아버지한테 여자가 있었다느니, 몰래 자식까지 만들었다느니."

그것은 또 곤란한 이야기지만, 후사고로의 본가는 도가네 번에서는 유서 깊은 유채씨 가게다. 큰나리에게 여자 한두 명쯤 있었다고 해도 이상할 것은 없지 않을까.

"어머니가 돌아가시고 그 후에 아버지에게 다시 한 번 봄이 온 걸까요. 이래서 남자란 곤란하단 말이지요. 가족이라도 방심할 수가 없어요."

그런 사정으로 가는 길에는 다리도 마음도 급했다.

"집에 가 보니 본가는 야단법석이었습니다. 저도 그럭저럭 에도 물에 익숙해졌고 에도의 치정 싸움은 많이 보고 들었지만 그런 광경은 처음 봤습니다. 가족들이 모두 관을 사이에 두고 울었다가 고함쳤다가 맞붙어 싸웠다가 하니, 죽은 사람도 놀라서 벌떡 일어나지 않을까 걱정이 되더군요."

후사고로가 싱글벙글 웃는 바람에, 오치카도 따라 웃고 말았다.

"그래도 훌륭한 장례를 치를 수 있었습니다. 아버지가 숨겨 두었던 여자라는 사람은."

후사고로는 여기에서 목소리를 낮추었다.

"매우 요염한 과부였어요. 아버지가 돌아가셨다고 훌쩍훌쩍 울고 계셔서, 저는 그렇게 나쁘게 생각되지는 않았습니다. 나란히 앉아 스님의 독경을 들으면서 조금 위로하기도 했을 정도였어요. 그것 때문에 나중에 형수님한테 욕을 들었지만요."

이미 에도 사람이 된 후사고로에게 본가의 다툼은 힘에 부쳤다. 뒷일은 잘 부탁한다며 냉큼 귀갓길에 올랐다.

"아버지의 일생은 행복했구나, 하고 생각하면서 혼자 터벅터벅 걸어갔습니다."

그러다가 '나나카 산길'에 접어들었지요.

"또 가을 해 질 녘이었습니다."

주위에는 어린애 하나 없었다. 낙엽이 바람에 쓸려 버스럭거리는 소리를 낸다. 새빨간 저녁 해가 유유히 서쪽 하늘에 떠 있다.

"물론 본가에 갈 때도 산길을 지났습니다. 하지만 서두르고 있었기 때문에 풍경을 볼 경황이 없었거든요."

돌아가는 길에 겨우 천천히 걸음을 멈추고 후사고로는 히다루가미에게 말을 걸었다.

"그 후로 이십이 년이야. 히다루 씨, 당신도 여기가 그리울 테지, 하고 말입니다."

당신 덕분에 나도 행복해. 아버지의 행복만큼 요염하지는 않지만 다른 사람한테 양보하고 싶지는 않은, 진귀한 행복을 붙잡았어―.

"하지만 아가씨."

후사고로의 그림자의 왼쪽 어깨에, 히다루가미의 그림자는 나타나지 않았다.

"어떻게 된 일이냐고 말을 걸어도 나오질 않는 겁니다."

해 질 녘이라 햇빛이 약하기 때문일까. 서 있는 곳이 좋지 않아서 그림자가 잘 보이지 않는 걸까.

"장소를 바꾸어도, 펄쩍펄쩍 뛰어도 무슨 짓을 해도, 제 그림자는 외톨이였습니다."

우두커니 서 있는 후사고로 주위를 가을바람만이 불어 지나간다.

"좀처럼 그 자리를 떠나기가 힘들었어요."

해가 완전히 질 때까지 후사고로는 거기에 있었다.

"하지만 그러다가 집에 갈 생각을 했더니, '돌아가고 싶은 마음 간절하다'고 하지요. 젊을 때처럼 할 수는 없는데도, 여관도 잡지 않고 노숙을 하면서 좌우간 열심히 다루마야를 향해 갔습니다."

집에 도착하자 여장도 풀지 않고 먼지도 털지 않은 채 가게 앞에 서서 소리 내어 말했다.

"다녀왔소, 나도 히다루 씨도 돌아왔다오!"

가게 앞에 나와 있던 오타쓰는 깜짝 놀랐다. 어엿한 어른이 된 사환에게도, 그 후로 몇 명인가 바뀐 하녀들에게도 히다루가미에 대한 이야기는 비밀이다.

"손님도 있는 시간이었으니 당연히 아내는 놀랐습니다. 당황하며 저를 뒷문 쪽으로 데려가더군요."

그러나 후사고로의 머리는 히다루가미 생각으로 가득 차 있었다.

"봐 주시오, 오타쓰. 내 그림자를 봐 주시오. 히다루 씨가 있지? 있지? 내 왼쪽 어깨에서 머리를 쑥 내밀고 있지요?"

함께 돌아왔지?

하지만 히다루가미는 나타나지 않았다. 아무리 불러도, 발을 굴러도, 기다리고 또 기다려도 나타나지 않았다.

"아내가 제 손을 잡고 이렇게 말했습니다."

—여보, 히다루 씨도 돌아간 거예요.

고향으로 돌아간 거예요.

"바보 같은 소리 하지 마시오. 이제 와서 그런 곳으로 돌아가서 어쩌겠다는 거요? 애초에 그 녀석은 길을 가다가 쓰러져 죽은 거라고, 우리밖에 의지할 곳이 없소. 우리처럼 맛있는 것을 먹여 주는 곳이, 또 어디에 있다는 거요?"

이야기하는 후사고로의 목소리가 점점 커지고, 필사적인 기색을 띠었다. 그리고 갑자기 힘이 빠졌다.

"부끄러운 이야기지만 저는 얼굴을 덮고 엉엉 울었습니다."

히다루가미 녀석, 이 은혜도 모르는 놈, 몰인정한 녀석 같으니, 돌아와, 돌아와.

돌아와 다오.

"결국 그게 끝이었습니다."

히다루가미는 후사고로의 곁을 떠나갔다.

"나중에 조금 진정하고 나서 떠올려 보니, 생각이 미치는 것이 있었습니다. 아버지 장례 때 독경을 잔뜩 들려준 것이 잘못이었나, 하고요."

히다루 씨도 성불한 거로군. 음음, 분명히 그럴 거요. 그러니까 잘못된 것은 아니에요. 부부는 그런 대화를 나누었다.

"하지만 아가씨. 히다루 씨가 없어졌다고 해서 다루마야의 장사가 기운 것은 아니었습니다."

그렇게 말을 잇고 나서, 후사고로는 당황한 듯이 갑자기 말을 삼켰다.

"기울지—않은 것 맞나요? 올해 꽃놀이 도시락은 마음에 드셨습니까?"

오치카는 몸 전체로 크게 고개를 끄덕였다.

"네. 평소와 똑같이 맛있고 호화로워서, 과연 다루마야로구나 하며 다들 좋아했어요."

"아아, 다행입니다. 제 실력은 녹슬지 않았군요, 음."

후사고로는 몸 전체로 안도한 모양이다. 기력이 다한 듯 주저앉았다.

히다루가미는 떠나고 추억이 되었다. 그것이 그리워서 이야기할 마음이 든 것이다. 덕분에 오치카도 좋은 이야기를 들을 수 있었다. 이것은 히다루 씨가 두고 간 선물이라고 생각했다.

"그럼 다루마야 씨, 올해 여름에는 어떻게 하실 생각이세요?"

히다루가미가 살찔 걱정을 하지 않아도 괜찮으니 휴업을 할 이유가 없다.

그러나 오치카의 물음에 후사고로는, "예, 그 말씀이 옳습니다" 라고는 대답하지 않았다.

"글쎄요. 이십이 년이나 계속해 온 관습이라……."

점점 목소리가 작아지더니 고개를 떨어뜨린다. 오치카는 잠자코 지켜보았다.

이윽고 후사고로는 불쑥 중얼거렸다.

"제가 생각해도 이상하지만,"

그렇게 말하더니 눈을 든다. 곤란한 듯한, 조금 그늘진 얼굴을 하고 있었다.

"뭘까요, 그 후로 내내, 가슴에 구멍이 뚫린 것 같은 기분이 듭니다. 저만 그런 게 아니에요. 아내도 그렇다더군요."

—생기가 없어져 버렸네요, 당신.

"무리도 아니지요. 이십이 년이나 함께 있던 동료가 없어져 버린걸요."

"그런 걸까요?"

"네."

"이것이, 쓸쓸하다는 걸까요."

"그럴 거예요."

"아가씨는 웃으실 겁니까? 만일 제가, 그, 고향으로 돌아갈까 한다면……그쪽에서 도시락 가게를 시작할까 하고요."

"당치도 않아요. 제가 왜 웃겠어요. 다만 다루마야가 이쪽에 있는 가게를 접어 버린다면 아주 유감스럽기는 하겠지요."

"아아, 그런 짓은 하지 않아요. 다루마야 간판은 사환에게 맡길 겁니다."

후사고로의 눈에 맑은 빛이 돌아왔다.

"저는요, 아가씨. '나나카 산길'에 서서 큰 소리로 이렇게 말해 주고 싶습니다."

어어이, 히다루가미. 나도 돌아왔어.

"내가 만드는 계란부침이나 소보로밥, 두부 된장구이가 그립지, 하고요."

오치카는 생각했다. 나는 아무래도 생각을 잘못했던 모양이야. 이 이야기는 히다루가미가 두고 간 선물이 아니었구나.

—다루마야가 두고 가는 선물이었구나.

그로부터 며칠 후, 다루마야의 안주인 오타쓰가 미시마야에 찾아와 작은 오뚝이 장식물을 산더미처럼 주문했다. 다 만들어서 납품하기까지 이십 일 정도 걸렸을까.

"특이한 괴담 자리 덕분에 다루마야와 인연이 한층 더 깊어졌구나."

괴담 자리를 처음 시작했을 무렵에는 손님의 이야기가 어땠는지 일일이 숙부 부부에게 다시 들려주었던 오치카지만 요즘은 자기 혼자만 듣고 끝내곤 한다. 그래도 이헤에나 오타미는 아무 말도 하지 않는다.

하지만 오월도 다 끝나갈 때쯤, 회합에서 돌아온 이헤에가 오치카를 불러,

"회합이 끝난 후에 다루마야의 이색 도시락이 나왔는데 말이다. 맛이 좀 달라진 것 같은 기분이 들더구나. 맛이 없어졌다는 뜻이 아니야. 하여간 지금까지와는 다르던데. 내 혀 때문이 아닐 게다. 몇 사람인가가 그런 말을 했으니까."

하며 무언가 짐작 가는 데가 있느냐고 묻기에 오치카는 후사고로가 해 준 이야기를 들려주었다.

"맛이 달라진 건 다루마야 주인장이 드디어 사환에게 가게의 지휘를 맡기려 하고 있기 때문이 아닐까요?"

주로 요리를 만드는 사람이 후사고로가 아니었기 때문에 맛도 미묘하게 달라진 것이리라.

"얘야, 그런 큰일이라면 좀 더 일찍 가르쳐 줬어야지. 무엇보다 왜 후사고로 씨를 말리지 않은 게냐. 고향으로 돌아가다니, 아까운 일이야."

오치카는 얌전히 "마음을 쓰지 못해서 죄송합니다" 하고 사과해 두었지만 숙부도 후사고로와 마주하고 히다루가미의 이야기를 들었다면, 그리고 그 얼굴을 보았다면,

—이것이, 쓸쓸하다는 걸까요.

말릴 수 없었을 거라고 새삼 생각했다.

"오카쓰가 붙어 있으니 요즘은 완전히 방심하고 오치카 네 마음대로 하게 내버려 두었지만 다음에는 나도 나란히 이야기를 들

어 볼까 싶다."

어머나, 귀찮게 되었네, 어쩌지. 하지만 의외로 재미있어지려나. 오치카가 마음속으로 그렇게 궁리하면서 다음 이야기를 해 줄 사람을 기다리는 동안 에도 거리에는 장마가 시작되었다.

삼귀

며칠 동안 따듯한 보슬비가 계속 내렸다. 개구리들에게는 기쁜 나날이다. 두꺼비 도사에게도 마찬가지일 것이다. 직업소개꾼 도안 노인은 평소보다 더 반지르르하니 기름에 젖은 것 같은 얼굴을 하고 있다.

길쭉한 화로를 사이에 두고 그 두꺼비 얼굴과 마주 앉은 이헤에가 떫은 표정으로 말했다.

"꽤나 기대하게 하시는군요. 다음 이야기를 할 사람은 어지간히 어려운 분인가 봅니다."

도안 노인이 흑백의 방의 다음 손님이 정해졌습니다—하고 소식을 전해 온 지, 벌써 열이틀이 되었다. 중간에 두 번이나 날짜를 미뤘다. 이헤에가 초조해하는 것도 무리는 아니다.

"이제나저제나 기다리고 있는데 그저 내키지 않는다는 이유만으로 날짜를 계속 미루면 이쪽이 힘들어집니다."

두꺼비 도사는 부루퉁하게 대꾸했다.

"미시마야 씨도 풍류를 모르는 분이시군요. 호사好事로 하는 일에 다른 사람을 재촉하는 법이 아닙니다."

"나도 한가한 몸은 아니라서 말이오."

"아가씨는 한가하시지 않습니까."

오치카 쪽으로 불똥이 날아왔다.

"네, 저는 한가하지만 이번에는 숙부님도 함께 이야기를 듣고 싶다고 하셔서요."

도안 노인의 이마에 새겨진 깊은 주름 세 줄이 쑤욱 올라가 팔자를 그렸다.

"뭐라고요? 중개 역할을 하는 저를 빼고 마음대로 정하시면 곤란한데요. 미시마야의 특이한 괴담 자리는 꽃도 부끄러워할 나이의 아가씨가 이야기를 들어 준다는 것으로 평판이 높으니까요."

평소에 오치카에게는 걸핏하면 '질이 낮은 차도 막 달였을 때는 맛이 좋다아무리 못생긴 여자라도 시집갈 나이가 되면 예뻐 보인다는 뜻'거나 '눈 깜짝할 사이에 노처녀가 된다'며 비아냥거리는 주제에 이럴 때만은 치켜세운다.

"나는 당지문 맞은편에 숨어 있으면 되지 않겠습니까."

"그러는 편이 평판을 망치지 않겠군요."

그럭저럭 정리가 되었지만 물러갈 때의 도안 노인은 몸의 어딘가 부드러운 부분을 누군가가 움켜쥐어 뭉개 놓은 듯한 얼굴을 하고 있었다.

오치카도 조금 불안해졌다. 어지간히 어려운 이야기꾼. 도안 씨에게 저런 얼굴을 하게 만드는 '어려움'이란 어떤 것일까.

날짜가 세 번이나 미뤄지는 일은 없어서 수수께끼는 곧 풀렸다.

다음 이야기꾼은 나이가 오십대 중반쯤 되었을까, 인품도 외모도 훌륭한 무사였다.

지금까지 오치카는 괴담 이야기를 듣는 사람으로서 두 명의 무사와 만났다. 둘 다 대화가 딱딱하지는 않았다. 한 사람은 낭인浪人주인을 떠나 봉록을 잃은 무사이자 서당 선생이라서 무사라고는 해도 시정 사람이었고, 게다가 오치카는 흑백의 방에서 만나기 전부터 그의 됨됨이를 알고 있었다. 또 한 사람은 첫 교대 근무를 하러 막 에도에 올라온 사람으로 사투리를 부끄러워하는 젊은 무사였다.

물론 아무리 착한 사람이라도, 젊은이라도, 상대가 무사라면 신분의 차이를 염두에 두어야 한다. 앞선 두 사람 때도 그것은 당연히 가져야 할 마음가짐이었다.

그러나 이번 이야기꾼을 흑백의 방에 맞아들이자마자 오치카는 앞의 두 사람 때와 비교도 되지 않는다는 것을 깨달았다. 그저 나이 차이만이 아니다. 위엄이 넘치는 자세로 볼 때 상당한 지위의 무사임을 알아차릴 수 있었기 때문이다.

미쓰몬등 위쪽과 양 소매의 등쪽 면에 하나씩 물들인 가문(家紋)을 넣은 검은 비단

하오리에 자잘한 줄무늬가 들어간 어두운 녹갈색 히라바카마복사뼈까지 오는 길이로, 옷자락에 묶는 끈이 없는 기모노 바지를 입었다. 안내해 온 오시마에게 두 자루의 칼을 맡길 때도 군더더기 없이 흐르는 듯한 동작에 빈틈이 느껴지지 않았다.

미시마야에는 무사 손님도 많은데 보통 단골손님들에게는 이쪽에서 물건을 짊어지고 저택으로 찾아간다. 지나가는 길에 불쑥 가게를 들여다보는 무사는 우선 신분이 낮고 기나가시하카마나 하오리를 입지 않은 남성의 약식 복장 차림으로 느긋하게 다니는 경우가 대부분이다.

노련한 하녀이긴 해도 언제나 가게 안쪽에서만 일하는 오시마가 이처럼 긴장되는 손님을 만날 일은 좀처럼 없으리라. 힘을 주고 있는 것 같은 딱딱한 얼굴이다.

—분명히 나도 마찬가지일 거야.

사투리를 쓰는 젊은 무사를 만났을 때는 사전에 도안 노인으로부터 실례가 없도록 해야 한다고 구시렁구시렁 잔소리를 들었다. 이번에는 어떤 충고도 없었다. 이분은 만나 보면 일목요연하다, 아무리 오치카가 말괄량이라도 얌전하게 행동할 거라고 짐작한 걸까. 그래도 충고해 주는 것이 중개인으로서의 친절일 텐데.

"오늘 미시마야의 특이한 괴담 자리에 와 주셔서 고맙습니다."

오시마가 다과를 가져오고 자리가 차분해지자 오치카는 손가락 세 개를 바닥에 짚고 깊이 머리를 숙였다.

"저는 오치카라고 합니다. 가게 주인 이헤에의 조카딸 되는 사람입니다. 숙부님 대신 이야기를 듣는 역할을 맡고 있습니다."

당사자인 이헤에는 도안 노인과의 약속에 따라 괴담 자리를 지키는 역할인 오카쓰와 나란히 당지문 맞은편에 숨었다.

흑백의 방 상석에 정좌한 손님도 정중하게 인사했다.

"약조를 해 놓고 이쪽의 사정으로 두 번이나 날짜를 미루어서 정말 미안합니다. 사과드리지요."

위풍은 있어도 위압적이지는 않다. 목소리에는 자연스럽게 귀 기울이게 하는 풍부한 울림이 있었다.

"황송한 말씀이십니다. 저희 가게의 특이한 괴담 자리는 풍류가 분들이 모여서 여는 괴담 자리와는 취지가 다릅니다. 손님이 이야기를 해 주시고 제가 들을 뿐인 매우 소박한 자리지요. 모쪼록 편안히 계시면서 마음 가는 대로 말씀해 주십시오."

"고맙소."

손님은 정면에서 오치카를 바라보았다. 무슨 얘기가 나올까 싶어 한층 더 마음을 긴장시키고 있자니,

"이 꽃은 아가씨가 꽂은 겁니까?"

도코노마 쪽으로 가볍게 상반신을 틀며 그렇게 물었다.

오늘의 도코노마에는 연한 보라색 꽃이 원뿔처럼 달린 백단향 가지가 꽂혀 있다. 보통은 정원에 심고 요즘처럼 따뜻한 계절에 꽃을 피우는데 질그릇 병에 백단향 가지를 던져 넣듯이 꽂으면 운치가 있다며 이헤에가 좋아한다.

"네, 부끄럽습니다."

"족자는?"

"숙부님이 골랐습니다."

그림이 아니라 글이다. 반야심경의 마흔일곱 글자다. 이헤에 본인도 '언제였는지 잊었다'고 하는 옛날, 간다 묘진시타의 골동품 가게에서 발견하고 헐값에 샀다고 하니 이름난 서예가가 쓴 글은 아니다. 호號도 낯설다. 아니, 묘하게 한자가 어수선하게 들어가 있는 호라서 읽을 수가 없다. 그러나 이헤에는 이 족자가 마음에 든 모양이다.

그런 유래를 오치카가 설명하자 그렇군, 하며 고개를 끄덕이던 손님은 "좋은 필적입니다" 하고 칭찬했다.

"그런가요?"

오치카가 무릎 위에서 손을 모으고 얌전히 고개를 끄덕이자 손님은 참다못한 듯이 갑자기 웃었다.

"이것은 습자용 글씨본입니다."

"예에?"

오치카가 저도 모르게 격의 없이 되묻자 손님은 가볍게 무릎을 미끄러뜨려 도코노마의 글씨로 다가가더니 손가락으로 호가 있는 부분을 가리켰다.

"이 호는, 한자가 엉망진창이라서 알기 어렵지만 '한자도숙사필漢字道塾師筆'이라고 씌어 있습니다. 아가씨 나이에는 모르는 게 당연하지만 벌써 이십 년쯤 전에 에도 시내에서 '한자도숙'이라는 간판을 건 서예 학원이 유행한 적이 있었지요."

서당과는 달리 학생은 어른뿐이었다고 한다.

“한서에 익숙하지 않은 장사꾼이라도 풍류를 안다면 자기 손으로 품격 있는 글을 쓰고 싶다고 생각할 때가 있지요. 그런 사람을 제자로 삼아 서예를 가르쳤습니다.”

한때는 가와라반에 실릴 정도로 평판이 자자해 사람이 많이 모였다고 한다.

“소생이 처음으로 상경했을 때의 일이라서 똑똑히 기억합니다. 세책 장수한테 빌린 책에 이 학원의 인찰이 끼워져 있더군요. 상인들 사이에서 이런 배움이 유행하다니 에도는 대단한 곳이구나 하고 놀랐지요. 속수(수업료)가 꽤 비쌌거든요.”

그렇다면 보통의 상인이 아니라 유복한 상인이나 지주, 집주인 정도의 돈과 시간이 있는 사람들이 배우는 것이다.

“삼 년 정도는 배울 사람이 모였던 모양입니다. 그 후 심한 냉해와 가뭄 때문에 에도 시중에서도 쌀값이 오르니 곧 기세가 기울었는지 불이 꺼지듯 폐업하고 말았지만.”

오치카는 전혀 몰랐다. 지금은 비슷한 학원이, 적어도 간다 일대에서는 눈에 띄지 않는다.

“이 글씨본은 한자도숙의 기념품 같은 것이로군요. 제자가 스승의 필적이 아까워 남겨놓았거나, 공덕이 있는 마흔일곱 글자를 버리자니 안타깝다 싶어서 족자로 만들었겠지요. 그것이 골동품 가게 한쪽 구석에 놓여 있다가 아가씨의 숙부님께서 발견하신 걸 테고요.”

당지문 안쪽에서 식은땀을 흘리고 있을 이헤에의 모습이 눈앞에 떠오른다.

"무사님." 오치카가 작은 목소리로 말했다. "이 가게의 주인은 '숙부님께서'라고 하실 정도의 사람은 아닙니다."

손님은 활짝 웃었다. 웃느라 눈가에 주름이 생기자 한층 더 관록이 풍긴다.

"그렇습니까? 아까 말씀드렸다시피 제자에게 올바르고 아름다운 한자의 모습을 가르치려는 일념으로 쓰인 이 글씨본은 쓸데없는 과시가 없어서 글자로는 아주 좋습니다. 그 가치를 꿰뚫어 본 아가씨의 숙부님도 뛰어난 인물일 테지요."

당치도 않습니다, 당치도 않습니다, 하며 이헤에가 뛰쳐나오지 않을까 싶었지만 당지문은 움직이지 않았다. 오카쓰가 말렸을지도 모른다.

입가에 웃음을 띤 채 이야기꾼은 다시 오치카를 돌아보았다.

"두 자루의 칼을 허리에 차고 아직 이렇게 사카야키남자가 이마에서 머리 중앙에 걸쳐 머리카락을 깎던 일를 하고는 있지만, 소생—아니, 나는 이미 봉록을 떠나 시중에 있는 지기知己에게 의지하며 살고 있습니다. 말하자면 더부살이를 하는 몸이지요."

그렇구나. 그래서 이렇게나 자세가 반듯한 무사가 도안 노인의 주선과 이어진 것이다.

"차라리 머리를 완전히 밀고 칼 두 자루를 놓은 다음 짓토쿠를 입은 채로 세상을 피해 숨어 살면 어떨까 생각하다가 그러려면 이 이야기를 한 번쯤 털어놓아야 맺고 끊는 일도 용이할 듯하여 제멋대로 결심한 후에 찾아뵙게 되었습니다.”

고맙습니다, 하고 오치카는 다시 한 번 절을 했다.

“두 번 날짜를 미루었는데 첫 번째는 정말로 급한 용건이 생겼지만 두 번째는…… 자백하자면 망설임 때문이었지요.”

마음속의 이야기를, 정말로 해도 될까.

“저희 특이한 괴담 자리는 이야기하고 버리고 듣고 버립니다.”

“오오, 도안 님한테 들어서 나도 알고 있습니다.”

“성함이나 장소를 덮어 두셔도 된답니다.”

“아니, 그렇게 신경을 써 주실 필요는 없습니다.”

부드러운 목소리 속에 순간 엄숙한 울림이 섞였다.

“그 후로 슬슬 열 달이 지났을까요. 당시 시중에서 소문이 요란하지는 않았습니까?”

“무슨 말씀이신지요.”

“우리 구리야마 번의 주가主家 모리씨는 적자嫡子 없이 개역改易관직을 면직시키고 다른 사람을 임명하는 것. 에도 시대에는 무사의 신분을 평민으로 떨어뜨리고 영지와 봉록, 집을 몰수하는 형벌을 뜻했다에 처해졌고 이만 석石다이묘나 무사가 소유한 땅의 쌀 생산량을 나타내는 단위의 영지는 조정에 몰수되어 막부의 땅이 되었습니다.”

어? 하고 오치카는 생각했다.

—그러고 보니.

다이묘 가문의 대가 바뀌거나 개역 · 전봉轉封다이묘의 영지를 다른 곳으로 옮기는 일이 이루어지는 경우에는 먼저 포고가 있고 상가의 동업조합이나 회합에 안내장이 돈다. 각 번은 글자 그대로 한 나라와 같고 경제는 독립되어 있어서 구성원이나 집단의 이동이 있으면 상거래에 여러 가지 변화가 일어나기 때문이다. 기노쿠니야 같은 호상豪商은 물론이고 시중에서 큰 가게로 꼽히는 곳이라면 대부분의 상가가 친하게 지내는 번에 '다이묘가시', 즉 융자를 해 주게 마련이므로 상대가 바뀌면 빌려준 돈을 회수하거나 정산해야 하고 새로운 융자를 조성하는 등, 눈 돌아갈 정도로 수속이 복잡하다.

다행인지 불행인지, 미시마야는 인기 있는 가게이기는 해도 주머니를 파는 장사를 할 뿐이라서 다이묘에게 빌려줄 정도로 큰돈을 갖고 있지 않으니 다이묘가시와는 인연이 없다. 따라서 납품을 하고 있는 무가 댁의 일이 아니면 일일이 신경 쓰지 않는다. 그러나 산인 지방의 도자마外樣세키가하라 전투 이후부터 도쿠가와 가문을 따랐던 다이묘가 다스리는 작은 번, 구리야마 번의 개역에 대해서는 적잖게 소문이 퍼져서 오치카도 들은 기억이 있다.

구리야마 번을 다스리는 모리씨에게는 분명 대를 이을 도련님이 있었지만 적자임을 신고하는 과정에서 실수가 생기는 바람에 번주가 병사하자 적자가 없는 것으로 취급되었다고 한다. 그러나 이것은 표면적인 구실이고 실상은 이전부터 가신들 사이에 내홍(내분)이 끊이지 않아 영지민의 강소强訴승병이나 농민들이 무리를 지어 위정자에게 강경하게 호소하던 일나 봉기가 자주 일어나는 구리야마 번을 떨떠름하게 여기던 조정이, 적자 신고 과정에서 발생한 사소한 과오를 따지고 들며 개역으로 몰아넣은 거라는 소문이었다.

소문의 출처는 구리야마 번에 납품을 하던 (많은 융자를 해 주었던) 상인이다. 돈을 빌려준 쪽은 입장이 유리하다 보니 말하는 데도 인정사정이 없다. 살림살이가 어려웠던 구리야마 번은 계속 빚을 지면서 금리를 깎거나 변제 기한을 미루며 빌려준 사람을 꽤나 곤란하게 했던 모양인지 이 개역을 두고 '귀찮던 참인데 마침 잘되었다'고 함부로 말한 상인도 있었다나 뭐라나. 아무리 그래도 너무 심한 말이라며 오타미가 싫은 얼굴을 했었다.

"아시는 모양이군요."

손님은 오치카의 안색을 제대로 읽었다.

"시중에 여러 가지 소문이 유포되었음을 나도 알고 있습니다. 그래서 드리는 말씀인데, 조정이 구리야마 번의 실정失政을 문책하는 차원에서 개역을 분부하시는 것은 참으로 손쉬운 일이었을 겁니다. 그런데도 적자가 없기 때문에 대가 끊겼다는 명목을 내세워 주신 점을 우리 가신들은 오히려 자비로 받아들여야 할 것입니다."

무서운 말을 한다. 아니, 엄하다고 해야 할까. 부르르 떠는 오치카 앞에서 손님은 담담하게 말을 이었다.

"금이나 은이 매장돼 있거나 요충지도 아닌 이만 석짜리 땅이 막부의 소유가 된 까닭도 그곳을 다스리려는 새 번주를 찾기가 어려워서였지요. 그만큼 우리 고향은 인심이 매우 황폐했습니다.

전부 우리가 져야 할 책임이지요."

오치카도 자신의 경솔한 행동으로 인해 소중한 사람을 잃고 자책하다가 견디지 못하여 에도로 상경했다. 미시마야에 자리를 잡고 괴담을 통해 다른 이들의 인생을 접하면서 조금씩 회복하는 중이긴 해도 이따금 가슴이 답답해질 때가 있다.

하지만 지금 여기에 정좌하고 있는 사람이 방금 했던 말에서는 자신의 고민을 훌쩍 뛰어넘고도 남을 만큼의 무게가 느껴졌다. 자기 혼자만의 번민으로는 끝나지 않는, 정사政事에 몸담았던 경험을 가진 사람만이 품을 수 있는 무게가.

"나는 무라이 세이자에몬이라고 합니다. 지난 십 년 동안은 구리야마 번의 에도 가로家老를 맡았었지요."

에도 가로란 다이묘 가문의 에도 저택을 맡아서 지휘하며 번주가 영지에 가느라 에도를 떠나 있을 때는 그를 대신할 권한을 갖는 요직이다. 이만 석의 작은 도자마 번이라고는 해도 중요한 자리에 앉았던 사람임을 알고 나니 지금껏 보여 준 관록도 납득이 간다.

"지금은 이처럼 허무한 더부살이 신세지만요."

남자가 오치카를 향해 미소를 지으며 말했다.

"가슴에 맺힌 옛날이야기를 어떻게든 한 번은 토해 내고 싶어서 특이한 괴담 자리에 매달려 보려고 했으나 그것마저도 망설이고 주저하는, 마음 약한 노인에 지나지 않습니다. 아가씨도 내 사정을 감안하여 들어 주시면 안 되겠소이까."

오치카는 망설이지 않고 대답했다.

"물론입니다, 말씀하시지요."

어디에서부터 이야기할까—하고 잠시 생각한 후에 무라이 세이자에몬은 입을 열었다.

"우리 주가인 모리씨의 출신은 쓰쿠시현재의 후쿠오카현을 가리키는 옛 지명이고 구리야마 번에는 삼십이 년 전에 이봉移封되어 왔소. 삼십이 년이라면 대략 2대에 걸친 기간이지요. 그 정도로는 아직 타지 사람 냄새가 완전히 빠지지는 않습니다. 그 전의 번주는 도쿠가와 쇼군 가가 에도 막부를 열기 이전부터 뿌리를 내리고 있던 오래된 가문이었으니 더욱 그랬겠지요."

바로 첫 번째 어려움이었다.

"두 번째 어려움은 어쨌거나 구리야마 번이 가난했다는 거요."

산이 많고 논농사에 적합한 땅이 적은 데다 하천은 짧고 물살이 빠르며 종종 범람한다. 이렇다 할 특산물도 없고 광산도 없다. 좋은 항구도 없다.

"그래도 전 번주와 영지민들 사이에는 먼 옛날 전투의 시대부터 가난을 견디며 어깨를 맞대고 이 땅을 지켜 왔다는 굳은 유대가 있었습니다."

덕분에 버텨 오긴 했지만 유대가 의존의 원인도 되었다.

"어떻게든 가난에서 빠져나가려는, 말하자면 투쟁심 같은 것이 없었다고 할까."

쓰쿠시에서 온 '타지 출신 영주님'이 보기에는 답답하기 짝이 없는 모습이었다.

"논이 부족하면 늘리면 된다. 하천이 날뛰면 흐름을 바꾸면 된다. 좋은 항이 없으면 만들면 된다는 식으로, 차례차례 시책을 생각했습니다만."

실행에 옮기려면 일손과 돈이 필요하다.

"일손은 영지민들을 징용하고 남녀노소에게 각각 노무를 부과한 후에 해내지 못하는 자는 사정없이 벌했습니다. 연공이나 세금 대신 노동을 쥐어짜 냈다는 형태가 되겠지요."

한편 자금은 빌릴 수밖에 없다. 이때 구리야마 번이 기댄 것은 오사카의 상인이었는데,

"보통 수단으로는 다루기도 힘든 오사카 상인들이 기가 막혀서 입을 다물어 버릴 만큼 강압적으로 모을 수 있는 돈은 모조리 모았습니다. 그냥 낭비하는 것도 아니고 번을 위해, 영지민들을 위해서이고 욕심 많은 상인들은 이해하지 못하는 정사政事를 위해서이니 거리낄 필요가 무엇이 있느냐며."

그러나 이것이 세 번째 어려움이 되었다.

"아무리 뜻이 좋고 목적이 훌륭해도 빌린 돈에는 이자가 붙고 변제 기한이 있습니다."

갚지 못하면 돈을 빌려준 사람과 분쟁이 일어난다.

"당시의 번주님은 이번에 적자로 인정되지 못한 도련님의 조부, 큰어르신입니다. 중년의 나이였지만 혈기왕성한 주군이셨지요."

세이자에몬의 눈빛에 옛날을 그리워하는 빛은 전혀 없다. 오치카는 숨을 죽인 채 들었다.

"영명한 분이었지만 큰어르신은 만사에 이치만 앞세워 생각하려는 기질이 있었습니다. 그런 사람들이 대개 그렇듯 상당히 성급하시기도 했달까요."

모든 계산, 경제를 가볍게 보는 구석도 있어 큰돈을 빌렸으면서도 빌려준 상인들을 깔보곤 했던 모양이다.

"구리야마 번을 가난에서 빠져나오게 하기 위한 시책은 대부분 옳았지만 열매를 맺기까지는 시간이 걸리고 참을성이 필요했습니다. 큰어르신은 그것을 기다리지 못하고 결과가 보이지 않으면 금세 시책을 바꾸거나 고치셨습니다. 공연히 쓸데없는 시간과 돈을 쓰는 꼴이었지요."

가신들도 당혹스러워하고 징용된 영지민들 쪽에는 불만과 불안이 쌓여 갔다. 빚도 점점 늘었다.

"어떻게든 번정藩政을 계속해서 이끌어 가셨고 몇 가지 공사도 중단과 속행을 반복하며 진행됐지만 큰어르신이 구리야마 번주가 되신 지 칠 년째 되던 해에 마침내 파탄에 이르렀습니다."

날이 갈수록 불어나는 빚을 갚지 않은 채 이리저리 변명만 늘어놓고, 항의를 하면 다이묘 가의 위신을 휘둘러 물리치는 구리야마 번의 방식에 참을성이 다한 상인들 몇 명이 뜻을 모아 당시의 로주老中에도 막부에서 정무를 총괄하고 다이묘를 감독하던 쇼군 직속의 직책에게 호소했다고 한다.

“돈을 빌려준 사람의 주장이 더 이치에 맞았기 때문에 로주께서도 이쪽의 손을 들어 주셨습니다. 다행히 은밀하게 처리하는 형태로 결말이 났소만.”

구리야마 번은 누적 채무의 절반을 갚는 동시에 번주가 은퇴하고 적자를 새 번주로 세워야 한다.

“이 영주님이 도련님의 부군父君이시지요.”

큰어르신에게는 아들이 셋 있었지만 장남, 차남이 모두 요절하여 새 번주는 삼남이었다.

“당시에는 열일곱 살의 젊은 나이셨는데—.”

앳되다기보다는 애처로웠다고 한다.

“어릴 때부터 몸이 약하셨던 데다 번주 자리에 앉으시니 종종 산적 발작 때문에 괴로워하시게 되었습니다.”

산적이란 갑자기 가슴이 아프고 호흡이 힘들어지는 병인데 이렇다 할 치료법이 없다. 본래 확실히 병이라고 단언해도 좋을지 의심스러운 데마저 있는, 소위 말하는 ‘마음의 병’이다.

만사에 이치만 앞세워 생각하는 조급한 아버지를 모셔야 하고, 형들이 차례차례 세상을 떠나고, 번정에는 실책이 이어지고, 영지민들은 가난에 시달리고 있다. 상당히 기가 센 사람이라도 녹초가 될 것 같은 상황에서 몸이 약한 열일곱 살의 청년이 빚 때문에 실랑이를 한 끝에 로주의 명령으로 번주 자리에 떠밀려 오르고 만 것이다. 산적에 걸려도 이상하지는 않다.

다이묘 가의 당주라면 아무리 작은 집안이라도 오치카 같은 상인의 딸에게는 구름 위의 사람이다. 하지만 지금은 우러러보며 동경하기보다 가엾게 여겨진다.

"큰어르신의 실정을 목격해 오신 번주님은 그것을 만회하려는 의지를 갖기도 전에 기세가 꺾이고 말았습니다."

세이자에몬의 말투가 조금 무거워졌다.

"부군이 건재하실 때는 그나마 괜찮았지만 은퇴하시고 일 년 남짓 만에 큰어르신이 졸중으로 돌아가시자 더욱더 안 좋아졌지요."

아무것도 하지 않는 상태가 되었다고 한다.

"모든 일을 아버님이 하셨던 대로 하면 된다, 그대로 하면 된다, 전례에 따르라고만 지시하셨습니다."

가신들이 무슨 말씀을 올려도 건성이고 한 귀로 듣고 한 귀로 흘린다. 공사도, 새 논의 개발도, 영지민들의 징용도, 빚도, 아무것도 생각하지 않는다. 자신이 짊어지고 있는 것에서 눈을 돌리고 말았다.

"하지만 큰어르신은 이미 없지요. 당연히 가로들이나 각 부교奉行정무를 분담하여 한 부분을 감당하는 사람들은 지금껏 해 온 시책을 바탕으로 각각 멋대로 생각하여 정무를 하게 됩니다."

가신 중에는 인재도 있지만 인재가 못 되는 자도 있다. 구리야마 번을 위해 일하려는 뜻을 가지고 움직이는 사람이 있는가 하면 뜻만 있을 뿐 헛도는 사람도 있다. 사소한 의견 차이로 당파를 만들고 싶어 하는 사람이 나타나자마자 그 안에서 권세 싸움에 기력을 쏟는 사람도 나온다.

결국 구리야마 번은 싸우기만 할 뿐 아무것도 바뀌지 않은 채 가난에서 한 발짝도 빠져나가지 못했다.

"그저 세월만 흘렀습니다."

세이자에몬이 작게 한숨을 쉬며 완전히 식어 버린 차로 손을 뻗었기 때문에 오치카는 가볍게 눈인사를 하고 나서 새 차를 끓였다. 축축한 공기 속에도 신록 같은 향기가 피어오른다.

"고맙소."

"변변치 못한 차입니다."

"아니, 번저에서는, 우리는 백탕아무것도 넣지 않고 끓인 맹물만 마셨으니까요—."

너무 놀란 나머지 저도 모르게 말하고 말았다. "설마, 가로님이."

"가난에 허덕이는 작은 번입니다. 영주님과 마님이 원하실 때나 손님을 맞이할 때 외에는 차도 사치품이었지요."

오치카는 얼굴이 뜨거워졌다. "무례를 용서하십시오."

세이자에몬은 미소를 지으며 정중한 손놀림으로 이제 막 새로 끓인 차를 마셨다.

"이게 구리야마 번이 흘러온 대략의 역사인데."

"네."

"내가 할 이야기의 서두에 지나지 않습니다. 우리 번은 가난했어요. 가신도 영지민도 가난 속에 갇혀 있었지요. 그것을 염두에 두어 주십시오."

"알겠습니다."

찻잔을 내려놓은 이야기꾼이 등을 약간 폈다.

"내 생가인 무라이 가는 쓰쿠시 시절부터 모리 가문을 모셔 왔습니다. 대대로 고난도小納戶직을 배명하였으니 가문의 신분은 높은 축에 들었지만 평직에서 올라가는 일은 없었고 녹봉은 예순 섬이었지요."

고난도직이란 주군의 옷이나 주변의 자질구레한 것들, 성내에서 사용하는 비품 등을 조달하는 직책이다.

"그렇다면 무라이 님 대에서 에도 가로를 맡게 되신 일은 대단한 출세라고 할 수 있겠군요."

오치카의 말에 세이자에몬은 쓴웃음을 지었다.

"글쎄요, 그게 어느 정도의 출세였는지도 차차 설명 드리지요. 다만 한 가지 먼저 말해 두자면."

구리야마 번의 에도 번저—가미야시키上屋敷에도 시대에 다이묘가 평상시에 거주하던 저택에서도 시모야시키下屋敷본 저택 이외에 준비해 두는 별저에서도, 무라이 세이자에몬 본인이 없는 곳에서는 아무도 그 이름을 제대로 부르지 않았다고 한다.

"내게는 별명이 붙어 있었습니다."

검약儉約 세이자에몬.

"걸핏하면 '검약하라, 검약하라'며 사람들을 꾸짖으니까요."

그래서 사람들이 세이자에몬에게 붙인 별명이다.

"도저히 화려하게 출세한 걸물의 별명은 아니지요."

구리야마 번의 어려운 살림살이를 대변하는 동시에 무라이 세이자에몬의 사람 됨됨이를 보여 주는 일화이기도 하다.

"미시마야도 손님들에게 팔기 위해서 사치스러운 물건을 만들지만 안에서는 검약을 우선하고 있답니다."

"좋군요."

칭찬을 받았다. 당지문 안쪽에서 이헤에는 또 어떤 얼굴을 하고 있을까.

"나는 일찍 아버지를 여의고 열여덟 살의 나이에 가독을 물려받았소. 당초에는 견습 고난도였지요. 야단스럽게 표현하면 고난도직 수습이라고 부르는데."

수습 딱지가 떨어지고 정식으로 고난도직에 앉아 아내를 맞이한 것이 이십이 년 전, 스물아홉 살 때라고 한다.

그러면 세이자에몬은 지금 쉰하나일까. 표정이나 목소리만으로는 더 젊어 보이고 앉은 자세는 더 늙어 보인다.

오치카는 머릿속에서 뺄셈을 해 보았다. 모리 가문이 쓰쿠시에서 구리야마 번으로 이봉된 것이 삼십이 년 전. 큰어르신의 빚과 실정 때문에 로주가 개입하여 번주가 그의 삼남으로 바뀐 것이 그로부터 칠 년 후, 즉 이십오 년 전이다. 새 번주가 자리에 앉은 지 삼 년째 되던 해에 무라이 세이자에몬은 드디어 '수습'을 뗀 고난도직에 오른 셈이다.

그렇다고 해도—.

“실례지만 여쭙겠습니다. 무사님이 직책에 앉고 나서 십일 년이나 견습으로 머무르시는 일이 흔한가요?”

“글쎄요, 우선 드문 일이겠지요.”

세이자에몬은 시원시원하게 대답했다.

“어디까지나 구리야마 번의 살림살이가 어려웠기 때문이오. 수습이면 녹봉은 정직의 절반, 서른 섬이면 되니까요.”

윗분 중 누군가가 서른 섬을 아까워한 탓에 세이자에몬은 오랫동안 수습에 머무르고 말았다. 이런 것은 절약도 검약도 아니고 그저 쩨쩨한 처사일 뿐인데. 하지만 당장 그런 잔재주를 부리지 않을 수 없을 정도로 구리야마 번은 가난했다.

“수습이었던 십일 년 동안에는 어머니에게도 누이에게도 고생을 시켰소.”

세이자에몬에게는 세 살 어린 누이가 있었다. 이름은 시즈라고 한다.

“어머니도 시즈도 검약에 힘쓰고 열심히 삯일을 하여 집안 살림을 지탱해 주었지만.”

정규 녹봉의 절반밖에 받지 못해도 신분은 높기 때문에 대놓고 삯일을 할 수는 없다. 옷을 짓는 일이나 바느질, 아이들 장난감 만드는 일 등을 몰래 받아다가 그날그날 돈을 번다. 세이자에몬의 체면상, 무라이 가에 하인을 한 명은 두어야 했지만 하녀나 하인을 고용할 여유는 없어서 집안일도 모녀끼리 꾸려 나갔다.

"언젠가 좀 더 편하게 해 주고 싶다는 마음만 품고 있다가 어머니는 내가 스물두 살 되던 해에 돌아가시고."

무라이 가에는 남매 둘만 남았다.

"시즈는 열아홉이었소. 벌써 어딘가에 시집을 가거나 약혼자가 정해졌어도 될 나이였는데."

시즈 본인은 혼인에 뜻이 없었고 세이자에몬도 누이가 평생 그 집에 머물러 있을 거라 여겼다.

"왜냐면—."

세이자에몬은 조금 슬픈 눈빛을 했다.

"누이는 일곱 살 되던 해의 초봄에 심한 열병에 걸려서."

목숨은 간신히 건졌지만 며칠이나 고열에 시달린 탓인지 귀가 멀었다. 잘 들리지 않으면 말을 하는 데도 불편이 생기고 말수도 적어진다.

"어머니와 나 사이에서는 큰 소리로 말하고 손짓발짓을 섞어 의사소통을 할 수 있었지만 밖에서는 그러기가 쉽지 않았을 테니까요."

세상에 친절한 사람만 있는 건 아니다. 다른 집으로 시집을 보내기는 불쌍하다고 여겼다.

"게다가 늘 몸을 아끼지 않고 일하는 부지런한 성정을 가졌지요. 성격도 밝고 총명했습니다. 나에게는 의지가 되는, 착한 누이였습니다."

말만 들으면 자랑스러워하는 것 같은데 세이자에몬은 더욱더 서글픈 얼굴이 되었다.

"다만—무슨 얄궂은 일인지."

몸이 튼튼했다고 한다.

오치카는 물었다. "튼튼한 것이 왜 얄궂은 일인가요?"

"아니, 튼튼한 것은 좋지요. 하지만 지나치게 튼튼하면."

눈썹을 축 늘어뜨린 세이자에몬이 어렵게 말을 이었다.

"차라리 건강하다고 표현하는 게 맞을 정도로 튼튼했지요. 아니, 건장일까요."

키는 세이자에몬의 귀에 닿을 정도이고 어깨 너비는 비슷하며 전체적으로 뼈가 굵었다. 가난한 생활인 것치고는 살집도 좋았다.

"예에." 오치카는 고개를 끄덕였다.

"말하자면 누이는 거구였소."

돌아가신 아버지의 큰 덩치를 물려받은 것이겠지요, 라고 한다.

"아무리 총명해도 다른 사람과 의사소통이 약간 어렵고 몸이 큰 탓에 시즈는 꽤나 놀림을 당하고 험담을 듣거나 웃음거리가 되었습니다."

본인은 잘 참았다. 애써 흘려듣고 신경 쓰는 기색도 없이 매일을 보냈다.

"내 누이지만 대단하달까, 머리가 숙여지는 기분이었소."

세이자에몬의 동기 중에는 어디까지나 그를 생각해서 충고한

다며,

—시즈 아가씨를 비구니로 보내게.

출가를 권하는 사람도 있었다고 한다.

"누이가 있으면 내게 시집오는 사람이 없을 거라며 말이지요."

—저렇게 덩치 큰 시누이가 있으면 무라이 가에 자네 색시가 들어갈 자리가 없지 않겠나.

"오지랖이네요." 오치카는 딱 잘라 말했다. "쓸데없는 참견이에요."

무라이 세이자에몬은 잠시 눈을 깜박이며 오치카의 얼굴을 새삼스럽게 바라보았다. 그러더니 한쪽 뺨에만 희미한 웃음을 띠었다.

"그대도 꽤나 다부진 사람이군요."

"실례했습니다."

"아니, 아니오. 지금 그 눈빛을 보니 시즈가 떠올랐습니다."

슬퍼 보이던 눈빛이 조금 온화해졌다.

"어쨌거나 쓸데없는 참견은 집 밖으로 쫓아내고 누이와 나는 평온하게 살고 있었는데."

사건이 일어났다. 세이자에몬이 스물네 살, 시즈가 스물한 살 되던 해의 한겨울에 일어난 일이었다.

"구리야마의 겨울은 얼어붙을 것처럼 춥고 산지에는 눈이 많이 내리지만 성하마을에서는 별로 눈을 볼 일이 없지요. 한데 그 해에는 심상치 않은 빈도로 눈이 내려서."

성하마을에 사는 사람들도 익숙지 않은 눈 치우는 일에 쫓기게 되었다.

"무사들이 모여 사는 우리 동네에서도 눈이 쌓일 때마다 각 집의 하인들이 분주하게 갈퀴질을 하곤 했습니다."

무라이 가도 마찬가지였지만 선대부터 모셔 온 나이 많은 하인 한 명만으로는 도저히 눈을 다 치울 수가 없었다. 한 번 치웠다고 끝나는 게 아니라 눈이 계속 내리는 동안에는 쌓이면 치우고 쌓이면 치우는 일을 반복해야 하니까. 내버려 두면 길이 막히고 집이 망가진다.

"집에 있을 때는 나도 나서서 갈퀴질을 했습니다. 내가 등성하면 시즈가 대신 눈을 치우곤 했는데."

그 모습이 재미있다는 소문이 났다.

"누이는 체격에 어울리게 힘도 세고 솜씨가 좋았습니다. 익숙하지 않은 일도 나서서 하고요. 이것은 본래 칭찬받아야 할 일이지 비웃음을 살 일은 아니지요."

그러나 시즈는 무가의 아가씨다. 장도長刀 연습이라면 모를까, 씩씩하게 갈퀴를 휘두르며 눈을 치우다니 채신머리 있는 일은 아니었다. 애초에 부업도 대놓고 하지는 못하고 체면을 지켜야 하는 집안이다.

"누가 옆에서, 꼴사나우니 그만두라고 충고해 준다면 그건 친절입니다. 공교롭게도 시즈는 그런 친절을 누리지 못했지요."

—저것 봐, 무라이 가의 시즈 님이 또 눈을 치우고 있어.

—보세요. 세상에, 힘이 장사네요.

이웃 사람들은 휘둥그렇게 뜬 눈으로 구경하고 웃으면서 서로 수군거렸다. 시즈가 자기 집 주위만이 아니라 사람들이 다니는 길가나 무사 공동주택의 문 앞까지 친절하게 눈을 치워 주는 데 대해 감사 인사를 하기는커녕 비웃음거리로 삼으며 구경했던 것이다.

"그러던 어느 날."

세이자에몬이 직무를 마치고 하성하여 집에 돌아와 보니 시즈의 모습이 보이지 않았다. 늙은 하인 혼자 안절부절못하며 그가 돌아오기를 기다리고 있었다.

"물어보니 겨우 삼십 분쯤 전에 저택 뒤쪽에서 눈을 치우고 있는 시즈를 누군가가 데려갔다는 겁니다."

하인도 직접 보진 못하고 목소리를 들었을 뿐이라고 하니 자세한 사정은 알 수 없었다. 다만 누군가—한 명이 아니라 여러 명의 남자들이 지나가는 길에 시즈에게 말을 걸었는데 그 기색이 술에 취한 것처럼 소란스러워서 신경을 쓰고 있는 사이에 싸움이 일어난 모양이다. 남자들의 웃음소리가 나고 꺅 하는 비명이 일고,

"오라버니!"

도움을 청하는 시즈의 외침을 똑똑히 들었다고 늙은 하인은 눈물을 글썽이며 호소했다.

"급히 뛰어나가 보니 다툼이 벌어졌는지 눈길 위에 몇 사람의 발자국이 난무하고 이어진 발자국을 따라가 보니 조금 앞쪽에 시

즈의 신발 한 짝이 떨어져 있었다더군요."

—이것은 납치다.

세이자에몬은 문지기에게 달려갔다. 이곳에 근무하는 번사藩士는 구리야마 성의 외곽을 둘러싸고 있는 저택 거리와 무사 공동주택을 경비하는 임무를 맡기 때문에 여기 사는 가신들의 얼굴을 대충 기억할뿐더러 세이자에몬 쪽에서도 번사들을 알고 있었다. 누가 시즈를 데려갔다면, 보았다면 누구인지 찾을 수 있으리라.

문지기에게 물어보니 오늘 아침부터 시즈를 보지 못했다는 대답이 돌아왔다. 시즈는 아직 문 밖으로 나가지는 않은 것이다. 문 안쪽 어딘가에 있다.

—이게 무슨 일이람.

세이자에몬은 새파랗게 질렸다. 시즈를 데려간 사람은 시중의 파락호나 건달이 아니다. 가신 중에 있는 것이다.

일단 입을 굳게 다물고 조금 뜸을 들이던 세이자에몬이 얼굴을 들고 오치카를 보았다.

"아까 말씀드렸다시피 시즈는 가신들 사이에서 몰래 웃음거리가 되곤 했습니다. 이 일도 누군가가 눈을 치우는 시즈에게 시비를 걸어, 아마도 못된 장난을 하려다가 마음대로 되지 않으니 저지른 짓일 거라고 나는 쉽게 상상할 수 있었지요."

시즈는 도움을 청하며 소리를 질렀지만 상대는 웃고 있었다. 그것도 기분 나쁘고 무섭다.

"시즈는 고난도직 수습의 누이이고 시집갈 곳도 없어 본가에 눌러앉은 노처녀였소."

무가 사회에서는 최하층의 여자라고 한다.

"상대가 어떤 인물이든 적어도 시즈보다는 신분이 높은 사람들이겠지요. 나도 경솔하게 소란을 일으킬 수는 없었습니다."

그래서 성가신 것임을 머리로는 알지만, 알기 때문에 오치카는 가슴이 턱 막히는 듯한 기분이 들었다.

"하지만 납치인데요. 한시라도 빨리 찾아내서 구해 줘야지요. 번사 여러분도 이런 때를 위해서 일하시는 거잖아요?"

세이자에몬은 천천히 고개를 가로저었다.

"과연 납치되었는지 확실치 않았습니다. 그저 하인의 증언이 있을 뿐. 다만 실제로 시즈는 모습을 감추었지요. 주군을 모시는 무사나 그 가족이 정해진 거처에서 벗어나면 이것은 우선 출분입니다."

출분이란 집을 버리고 신분을 버리고 도망치는 것이다. 무가 사회에서는 거의 죽음이나 다를 바 없다. 출분자는 그 집안의 불찰이자 불명예가 된다.

"무라이 가의 시즈가 없어졌습니다, 하고 수속을 밟아 신고하면 출분의 의혹이 있다고 말씀을 올리는 것이나 마찬가지고 주가의 지시를 청해야만 합니다."

납치되었다고 큰 소리로 호소하고 여럿이서 손을 나누어 찾아달라고 부탁한다—는 당연한 일이 공공연하게는 어렵다.

"하지만 이런 경우 방편이 있소."

괴이한 일이라는 말을 퍼뜨리는 것이다.

"시즈가 가미카쿠시神隠し사람의 행방이 갑자기 묘연해지는 것. 사람의 형상에 날개가 달린 요괴 덴구나 산신의 짓으로 여겼다를 당했습니다, 누가 무언가 보지 못하셨소, 덴구의 짓인지, 아니면 여우나 너구리에게 홀렸는지, 시즈가 모습을 감추어 버렸습니다, 누가 무언가 아시는 것 없소, 하고."

"아아, 그러면 얼마든지 큰 소리로 사방에 말을 퍼뜨릴 수 있군요."

오치카는 저도 모르게 가슴에 손을 댔다.

"결과는 어떠했나요?"

세이자에몬은 또, 잠시 침묵했다.

"누이는 사흘 후 이른 아침에 돌려보내어졌습니다."

괴로운 이야기를 다시 꺼내기 위해 무릎 위에서 힘주어 주먹을 쥐고 있다.

"모습을 감춘 날 신이 한 짝 떨어져 있었던, 그 장소였지요."

시즈는 옷이 벗겨지고 맨발인 채 속옷 위에 지저분한 한텐만 입은 차림으로 버려져 있었다. 팔다리는 허리띠로 묶여 있고,

"몇 번이나 다시 묶인 것인지, 시즈가 저항한 것인지."

묶인 곳이 쓸리고 벗겨져 피가 배어 있었다.

"머리는 흐트러지고 얼굴은 얻어맞아서 부었고."

세이자에몬은 괴로운 듯이 숨을 쉬었다.

"재갈이 굳게 물려 있었습니다."

새벽의 한기와 고조된 감정으로 덜덜 떨리던 세이자에몬의 손

가락으로는 좀처럼 매듭을 풀어 줄 수가 없었다. 오라비가 분투하는 동안에도 시즈는 재갈을 악문 채 울고 있었다고 한다.

"심하게 맞은 데다 치욕을 당한 몸이었습니다."

세이자에몬의 얼굴을 똑바로 볼 수가 없어서 오치카는 손으로 시선을 떨어뜨렸다.

"의원의 진단을 기다리지 않아도 어렴풋이 짐작이 갔지만 본인은 굳게 입을 다물고 지난 사흘 동안 무슨 일이 있었는지, 누구에게 어떤 짓을 당했는지, 끝내 한마디도 하지 않았습니다."

그래도 한 번, 세이자에몬은 누이에게 이야기를 들으려고 빌다시피 한 적이 있었다. 그러자 시즈는 이렇게 대답했다.

—가미카쿠시를 당했어요.

"그동안의 일은 전부 잊었다고."

더 이상 아무것도 묻지 말아 달라는 무언의 외침을 세이자에몬은 들었다.

"떠올려 봐야 이제 와서 어떻게 할 수도 없고 오히려 오라비를 곤란하게 만들 뿐이라는 누이의 생각이 전해져 왔습니다."

세이자에몬의 목소리가 희미하게 떨린다.

"시즈가 고민하지도 망설이지도 않고 '가미카쿠시'라는 말을 쓴 이유는 내가 가미카쿠시를 방편으로 삼아 누이를 찾고 있었음을 알아챘다는 뜻이었겠지요."

시즈는 누이를 찾는 세이자에몬의 호소가 들리는 곳에 붙잡혀 있었다. 시즈를 납치한 자들도 그것을 알면서 계속 감금하고 있었다.

그리고 사흘이 지나자 만족했기 때문인지 질렸기 때문인지 내팽개치듯 돌려보낸 것이다. 살려서 돌려보내도 시즈가 아무 말도 못한 채 무도한 범인들의 이름을 밝히는 일은 결코 없을 거라는 자신감과 경멸이 있었기 때문이리라.

"누이의 등에는 칼자국이—얕게 새겨져 있었습니다."

두 글자.

피가 굳어 딱지가 되자 글자가 또렷이 보였다.

"우녀牛女, 라고."

세이자에몬은 피가 끓어올라 이성을 잃었다.

"나는 순간 칼자루에 손을 대고 일어서려고 했습니다. 이런 무도한 짓을 한 놈들을 가만 둘 수는 없다, 한 놈도 남김없이 찾아내어 베어 주마, 하고."

그 손에, 시즈의 손이 겹쳐 왔다. 몸집에 어울리는 커다란 손, 긴 손가락이다. 물일을 하느라 거칠어진 손이 지금은 싸늘하게 식어 있다.

—오라버니는 무라이 가의 호주예요.

"무라이 가를 지키기 위해서 참아라, 화내지 말라는 뜻이겠지요."

이 무도한 놈들에게 죄를 물으려고 하면 무라이 가의 존속이 위태로워진다.

최악이다. 세이자에몬은 깨달았다. 시즈를 학대한 놈들은 무라이 가보다 신분이 위다. 가문의 지위가 높은 것이다.

"하지만 나는 화가 가라앉지 않았습니다."

뭐가 가문이란 말이냐. 뭐가 신분이란 말이냐. 불면 날아가 버릴 이만 석짜리 도자마 번, 영지민의 대부분이 가난에 시달리고 성의 금고에도 곡창에도 틈새기 바람이 불어들고 구석에는 거미줄이 쳐져 있다. 이런 한심한 작은 번의 가신이 무에 대단하단 말이냐. 두려워할 것이 무어란 말이냐.

"원래 말수가 적었던 누이지만 이 일을 경계로 집 안에서도 거의 말을 하지 않게 되었습니다. 상처가 낫고 등의 글씨가 눈에 띄지 않게 되어도 원래대로 돌아오지는 않았습니다."

세이자에몬도 원래대로 돌아올 수 없었다. 의젓하고 마음씨 착한 고난도직 수습 청년은 분노로 타오르며 복수만을 꿈꾸는 사람이 되었다.

"누이는 슬픔 속에 스스로를 가두고 모든 것을 포기했습니다. 그 옆에서, 나는 타오르는 분노를 어떻게 해도 억누르기가 어려웠지요."

시즈를 농락한 놈들을 찾자. 반드시 찾아내서 벌해 주리라. 그래서 무라이 가의 대가 끊기게 된다 해도 아버지나 어머니는 용서해 주시겠지. 설령 용서받지 못해 불충불효의 오명을 쓰고 이 몸이 지옥에 떨어진다 한들 상관없다.

그런데 막상 진심으로 덤벼드니 복수는 한심할 정도로 쉬웠다. 왜냐하면 시즈가 무라이 가로 돌려보내진 지 보름쯤 지나자 그때까지 조금은 무라이 가의—라기보다 번의 메쓰케目付무사의 비행을 감찰하던 직책의 기색을 살피고 있었을 범인들도 긴장이 풀렸는지 시즈의 일에 대해서 자랑스럽게 떠들고 다녔기 때문이다.

구리야마 번의 성하마을에도 비좁기는 하지만 유곽이 있다. 소문은 당초 거기서 새어 나오기 시작했다. 그곳에 다니는 사람들의 입을 통해 거리에 퍼지자 가신들 사이에서도 알음알음 알려지게 되었다.

—그 우녀는 역시 맛도 덤덤했어.

—우리가 그렇게 맛을 봐 주지 않았다면 그래도 절반은 여자이니 소한테도 시집가지 못하고 고독하게 살았겠지.

—우리는 좋은 공덕을 베풀어 준 거야.

"그런…… 심한 말을."

오치카는 지금까지 흑백의 방에서 꽤 무서운 이야기를 들었다. 심한 이야기도 들었다. 하지만 이 세상 사람이 이처럼 무도하고 비열한 짓을 저질렀다는 이야기를 들은 건 처음이었다.

"그놈들은 세 명, 자주 어울리며 방탕한 짓을 일삼곤 하던 젊은 무사였습니다."

번의 상층부, 야쿠카타에도 시대에 막부나 각 번의 행정 조직을 가리키던 말의 조장組長 아들이 두 명, 오사키테구미에도 막부의 군제 조직 중 하나. 치안 유지 역할을 담당했다의 요리키에도 시대의 치안을 담당했던 관리 중 하나. 각각 여러 명의 도신을 수하로 두었다의 아들이 한 명인 삼인조다.

"그래도 적자는 아니었습니다. 차남 이하의 상속권이 없는 자들이었지요. 좋은 집안에서 태어났어도 나름대로 울적할 만한 이유는 있었겠지요."

시즈 사건이 일어나기 반년쯤 전에도 술을 마시고 난투 소동을 일으켜 각자의 아버지에게 호되게 꾸중을 들은 적이 있다. 하지만 전혀 반성하지 않았을 뿐만 아니라 더욱 나쁜 짓을 저지른 것이니 무엇 하나 참작해 줄 필요는 없다.

오치카는 세이자에몬이, 구리야마 번은 인심이 몹시 황폐하다고 했던 것을 떠올렸다.

장래가 확실하지 않은 차남 이하의 자식이라고는 해도 상당히 지위가 높은 가문에서 태어난 청년인데 나쁜 짓을 태연하게 저지른다. 자신이 저지른 못된 장난을 의기양양하게 떠벌리고 다닌다. 알려져도 아무런 지장이 없을 거라고 얕잡아 보면서.

구리야마 번에는 그런 분위기가 세이자에몬이 젊었을 때부터 분명히 있었던 것이다.

의욕 없는 주군 때문일까. 의욕 없는 주군 밑에서 제멋대로 정무를 주무르는 중신들 때문일까. 헤어날 수 없는 가난 속에서 가신들의 마음속에 천천히 쌓인 분노가 갈 곳을 잃고 잘못된 곳으로 향한 것일까.

약한 자를 괴롭히는 것은 세상에 흔히 있는 일이다. 상사上士는 평사平士를. 부자는 가난뱅이를. 남자는 여자를. 어른은 아이를.

풀 길이 없어 타들어 가기만 하는 분노나 몸을 썩게 만드는 권태를 잠시 잊기 위해 사람은 자기보다 약한 자를 때리고, 괴롭히고, 비웃는다.

그 순간 짐승만도 못한 인간이 되어버리는데도.

"무라이 님은 세 사람을 어떻게 하셨나요?"

짐승만도 못한 놈들을 어떻게 했을까.

"한 명은 베어 죽일 수 있었습니다."

오사키테구미 요리키의 아들로, 이 사람이 주모자였다. 부녀자에게 난폭한 짓을 한 전력이 많고 행실이 좋지 못하다 하여 번의 학교나 도장에 출입이 금지되었던 시기마저 있는, 무사라는 말은 이름뿐인 난봉꾼이었다.

다른 두 명도 주모자와 같은 도장에 다니는 친구였다. 그래서 세이자에몬은 그들이 도장에 오기를 기다려 정정당당하게 겨루기를 신청했다.

"혼자서 한꺼번에 세 사람을 상대하신 건가요?"

"예."

세이자에몬은 시원스럽게 대답했다.

"주모자를 베어 죽이고 동료 두 명이 칼을 버리고 달아났을 때 도장 사범님이 말리려고 끼어드시는 바람에 나도 칼을 집어넣었습니다."

—거기까지. 이제 충분하다.

나머지 두 사람도 목숨은 건졌으나 당당하게 결투를 신청받고도 등을 돌리고 달아났다는 사실만으로 무사로서는 이미 죽은 것이나 마찬가지다. 아니, 서로 싸우다가 죽는 것 이상의 불명예이리라.

“가신들이 무사의 본분인 검술이나 창술을 배우고 영혼을 단련하는 도장 앞마당을 개인적인 싸움의 피로 더럽힌 것입니다. 나는 그 자리에 고쳐 앉아 할복할 요량이었으나 그것도 사범님이 말리셨습니다.”

—무라이 세이자에몬의 신병은 내가 맡겠다.

“무라이 님은 그, 뭐라고 할까요.”

경박한 표현은 하고 싶지 않아서 오치카는 곤란해졌다.

“실력에 자신이 있으셨던 거군요.”

세이자에몬은 시원시원하게 웃었다.

“어느 정도의 자신 말입니까? 다만 그 도장에서 사범 대리를 맡은 적이 있습니다.”

아아, 그렇다면. 오치카의 가슴도 후련해졌다.

“가신의 개인적인 싸움은 이유 여하를 막론하고 잘해야 할복, 잘못하면 참수지요. 나는 무라이 가의 단절도 각오하고 있었지만 시즈만은 살아 주기를 바랐습니다. 그래서 사범님께 부탁드려서, 딱 한마디.”

—죽지 마라.

“그렇게 전해 달라고 하고 판결을 기다리는 몸이 되었습니다. 글쎄요. ……대략 사십 일 정도는 관아의 옥사에서 지냈으려나요.”

세이자에몬의 처분은 좀처럼 결정되지 않았다.

"아무래도 중신들의 의견이 갈렸던 모양입니다. 꼬이고 또 꼬여, 만사 좋은 게 좋은 것인 우리 영주님은 매우 곤란하셨겠지요."

그리고 오랫동안 질질 끈 끝에 실로 의외의 판결이 내려졌다.

"나는 녹미에도 시대에 막부나 다이묘의 가신 중 영지가 없는 가신에게 봄, 여름, 겨울 세 번에 한해 지급된 쌀를 받는 하사下士 신분이 되어 산 부교에 소속된 산지기로서 영지 내 북부에 있는 호라가모리 마을이라는 곳에 보내지게 되었습니다."

그곳에서 삼 년을 일하고 무사히 산을 내려올 수 있다면 무라이 가를 다시 일으켜 주고 세이자에몬도 고난도직 수습으로 재발탁하겠다는 것이다.

"산 부교란 영지 내의 산림을 관리하는 관청이지요. 산지기는 거기에서 가장 하급 관리인데 산촌의 경비를 맡습니다. 산적이나 짐승의 피해로부터 마을 사람들을 지킨다는 명목이 있지만."

실은 마을 사람들이 일상에 게으름을 피우지는 않는지 감시하고 도망쳐 흩어지는 것을 막는 일이 더 중요하다. 가난한 구리야마 번에서는 산촌의 빈곤이 한층 더 심해 도망쳐 흩어지는 경우가 자주 있었다.

"가신들 사이에서도 기피되고 싫어하는 직무 중 하나였습니다. 하지만 개인적인 싸움으로 상대를 벤 가신의 처분치고는 이례적이었고 지나치게 너그러웠다고 할지."

—뭔가 내막이 있지 않을까.

"나를 산으로 쫓아내고 세 사람의 친척이나, 아니면 도망친 두 사람에게 베게 하여 명예를 만회하게 하려는 꿍꿍이가 아닐까 싶었는데……."

아니, 더 이상한 이야기였다.

옥사에서 끌려나온 무라이 세이자에몬은 산 부교 요리키 모토기 겐지로의 저택에서 며칠을 보내고 호라가모리 마을로 떠나게 되었다.

이때 세이자에몬에게는 한 사람의 동료가 있었다. 보름쯤 전에 성하마을에서 폭력 사태를 일으켜 영지 밖으로 도망치려다가 포박되어 도로 끌려왔다는, 나쁜 의미로 화려한 경력을 가지고 있는 스가 리사부로라는 스무 살의 젊은 무사다.

리사부로는 반카타에도 시대에 막부나 각 번의 군사 조직을 일반적으로 부르던 말 가치구미말을 탈 수 없는 하급 무사로 구성된 부대. 평소에는 현관 및 중앙 출구를 지키고, 쇼군이 행차할 때는 선도하는 역할을 맡았다의 포술대 일원으로, 다시 말해서 총을 쏘는 사람이다. 에도에서 총술을 지도하고 있는 리사부로의 조부를 선대 번주가 불러 거느렸다고 한다. 그야말로 총술밖에 모르는 가문이었다.

폭력 사태의 전말은 성하마을에서 동료와 허가 없이 총쏘기 연습을 하다가 승패를 둘러싸고 말다툼이 일어나 상대를 때렸다는 것이니 여러 가지 의미로 성질이 나쁘다. 확실히 리사부로는 콧대가 센 젊은이로 얼굴 표정부터가 조급해 보이고 금세 화를 내는 사람이었다. 다만 실력은 나름대로 확실했던 모양이다.

즉 처벌로 호라가모리 마을에 보내지게 된 두 사람은 각각 검술과 총술이 뛰어난 자였다. 호라가모리 마을은 그런 실력 있는 산지기가 필요한 곳일까.

요리키인 모토기 겐지로는 은퇴할 때가 가까운 노인이었다. 저택 안쪽에 세이자에몬과 리사부로를 나란히 앉혀 놓고 그간의 사정을 들려주었는데 이가 빠져서 가끔 발음이 새는지라 알아듣기가 어려웠다.

"호라가모리 마을은 영내 북쪽의 이부키야마 산중에 있네. 실은 윗마을과 아랫마을 둘로 나뉘어 있지. 윗마을은 열두 세대, 아랫마을은 열 세대쯤 된다네."

원래는 편백나무의 식림植林 사업을 위해 만들어진 마을로 사람들은 밭벼를 재배하고 숯을 구워 생계를 꾸리면서 꾸준히 식림에 힘쓰고 있다. 다만 이 사업은 벌써 삼십 년쯤 전부터 시작되었으나 한 걸음 전진했다가 두 걸음 물러나고 두 걸음 전진했다가 또 한 걸음 물러난다고 할 정도로 지지부진한 상태였다.

"이부키야마 산은 산세가 험하고 기후도 혹독해. 비가 내리면 순식간에 토사土砂의 강이 생기고 바람이 불면 숲이 쓰러지지. 여름에는 가뭄이 자주 들고 한겨울의 혹한기에는 마을 사람들의 보잘것없는 오두막은 물론이고 산 부교가 머무는 곳도 파묻힐 정도로 많은 눈이 내린다네. 눈사태도 자주 일어나 산기슭에서 가까스로 나 있는 길을 막지."

늙은 요리키는 가끔 새는 발음으로 무서운 소리를 했다.

"나는 성하마을에서 들여온 병 안에 든 술이 하룻밤 만에 얼어붙는 걸 본 적이 있어."

당연히 마을 사람들의 생활은 편하지 않다. 과거에는 굶어죽는 사람도 나왔다. 한두 번이 아니고 한두 명이 아니었다.

"그런 곳에, 왜 계속 식림 마을을 두는 겁니까?"

성질이 급한 사람답게 리사부로가 질문으로 끼어든다. 늙은 요리키는 늘어진 뺨을 부르르 떨며 대답했다.

"영주님이 그만하라는 말씀을 하시지 않으니까. 중신 중 누구도 이건 포기하는 편이 낫겠다는 진언을 하지 않아."

편백나무는 비싸게 팔리니까, 라고 한다.

"심고 키우면 되는 거잖습니까."

날카롭고 신경질적인 목소리로 말하는 리사부로를 세이자에몬은 달랬다. "잠시 입 좀 다물게."

"뭣이, 이 할복도 못 한 수치스러운 놈이."

대뜸 호통을 친다. 정말이지 툭하면 싸우자고 달려드는 사람이다.

"죽지도 못한 수치스러운 놈이라면 자네도 마찬가지지."

리사부로의 얼굴이 데친 문어처럼 빨개지고 모토기 겐지로는 이가 빠진 입을 벌리고 웃었다.

"두 사람 다, 그렇게 말다툼을 할 수 있는 시간도 지금뿐일 게야. 호라가모리 마을에 가면 싫어도 서로가 서로를 의지하게 될 걸세.”

노인의 불길하고 의미심장한 말투에 세이자에몬은 저도 모르게 리사부로와 얼굴을 마주 보았다.

“호라가모리 마을 사람들이 그렇게 만만치 않습니까?”

“윗마을과 아랫마을이 서로 싸우기라도 합니까?”

저마다 묻는 것을 늙은 요리키는 듣고 있는지 그렇지 않은지,

“도망치는 사람도 있네. 죽는 사람도 있지.”

담담하게 가끔 새는 발음으로 말을 이었다.

“하지만 어느 마을에서도 사람이 부족해지는 일은 없네. 일할 사람이 줄어들면 다른 곳에서 새로 영지민을 이주시키니까.”

호라가모리 마을에 들어가는—보내지는 영지민 중에는 다른 산촌에서 불러 모은 농민들 외에, 몰래 번에서 도망친 사람이나 도둑, 동반 자살을 시도했다가 혼자만 죽지 못한 사람 등, 죄를 저지른 자도 있다고 한다.

“과연 위험한 마을이군요.”

갑자기 기쁜 듯한 얼굴이 되어 리사부로가 중얼거렸다. 실력을 보여 줄 수 있겠다고 여긴 모양이다.

“강력한 산지기가 필요할 법도 하네요.”

“그렇다네. 지난 사오 년 동안 간평쌀 수확 전에 막부 또는 영주가 관리를 파견하여 풍흉을 검사하고 연공을 정하는 것 관리도 호라가모리 마을에는 가을 수확 때만 올라가게 되었네. 순시와 경비는 한층 더 산지기에게 의지할 수밖에 없지.”

호라가모리 마을에 있던 산지기는 두 명,

두 사람이 다 빠졌기에 세이자에몬과 리사부로를 보내는 것이라고 한다.

간평 관리는 작물의 작황을 검사하고 연공을 징수하는 일을 하는 직책이다. 번의 요직 중 하나인데 농촌이나 산촌에 있어서는 이 또한 거북하고 무서운 감찰관이다.

그런데 호라가모리 마을에는 가을에만 올라간다고 한다. 연공을 거두는 시기에만 발길을 옮긴다는 것이다.

"불편하기 짝이 없고 연공은 적지. 몇 번이나 올라가도 노력이 헛된 게야."

그것은 관리로서의 태만이 아닌가.

"전의 산지기는 왜 빠지게 됐나요?"

"우선 한 사람, 도베 고로베에는 연기처럼 모습을 감추었네. 또 한 사람은,"

이름이 다가와 규스케라고 한다. 작년 가을 초, 기다시피 이부키야마 산을 내려왔다.

"한 사람은 출분, 한 사람은 멋대로 하산한 겁니까?"

"그렇다네. 어쩔 수 없었지."

미쳐 있었으니까.

"나이는 스물셋이라 하니 자네들과 큰 차이가 없네. 하지만 머리카락은 전부 백발로 변해 있었다더군."

세이자에몬과 리사부로는, 이번에는 서로의 얼굴을 마주 보는 대신에 미리 짜기라도 한 것처럼 물끄러미 늙은 요리키의 얼굴을 응시했다.

"다가와의 말에 따르면."

—오니불교 경전에서 유래한 지옥의 옥졸. 지옥뿐만 아니라 산속 동굴에 살며 사람을 덮친다는 설도 있다가 있습니다.

"호라가모리 마을에는 오니가 있다 하더군."

방에 갑자기 침묵이 흘렀다.

스가 리사부로가 웃음을 터뜨렸다. 무언가를 깨부수듯이 요란하게 웃더니 회지를 꺼내어 코를 푼다.

"실례했습니다. 마치 유치한 괴담 같아서요."

"뭐, 그렇다면 좋겠네만."

늙은 요리키가 흐리멍덩한 표정을 지으며 애써 별일도 아니라는 듯 꾸미는 기색을 느끼고 세이자에몬은 문득 등줄기가 서늘해졌다.

"모토기 님은 호라가모리 마을에 계셨던 적이 있으신가요?"

"이 년쯤."

마을이 생긴 지 얼마 되지 않았을 때였다고 한다.

"나는 오니는 만나지 못했네. 호라가모리 마을은 그저 가난하고 사람이 살기에는 빠듯한 곳이라고 절실하게 느꼈을 뿐 별일은 없었지. 지금은 그동안 흘렀던 시간의 무게가 마을을 완전히 바꿔 버린 게 아닐까."

젊은 산지기가 완전히 정신을 잃고 도망칠 정도의 장소로.

"자네들도 도망치려면 도망치게. 도망치면 다시 관리가 될 수는 없지만 그래도 도망치지 않을 수 없는 일이 생기거든 산을 내려오면 돼."

스가 리사부로의 얼굴에서도 어느새 웃음이 사라졌다.

"대체 무슨 일이 얼마나 크게 일어난다는 말씀이십니까?"

"오니라니까. 그 이상은 나도 모르네."

거기에서 이야기는 중단되었다.

"산에 들어갈 준비는 우리 집에서 하지. 두 사람 다, 가족과 작별 인사를 할 기회는 줄 수 없네. 서찰이나 전언이 있다면 내가 전해 줌세."

옥사에 묶여 있는 동안, 세이자에몬은 누이를 만날 수도, 서찰을 교환할 수도 없었다. 그저 인편에 시즈는 살아 있고 돌아가신 어머니의 친척 덕분에 근근이 살아간다는 소식을 들었을 뿐이다.

세이자에몬이 서찰을 맡기자 이튿날 시즈에게서 답장이 왔다. 서찰은 아니었다. 단단히 싸여 있는 반지半紙글씨 연습에 쓰는 일본 종이를 풀어 보니 천 조각으로 만든 것 같은 부적이 나왔다. 안에는 검은 머리카락이 한 타래 들어 있다. 시즈의 머리카락이다.

여자의 머리카락은 커다란 바위도 잇는다고 한다. 이제부터 험한 산에 들어가 산지기로 일해야 할 오라비가 삼 년의 임기를 무사히 마치고 성하마을로 돌아올 수 있기를 바란다는 소망을 담아 시즈가 자른 머리카락이다.

—이 머리카락이 내 목숨 줄이다.

삼 년을 무사히 넘기면 무라이 가는 다시 일어설 수 있다. 두 남매의 검소하면서도 평온한 생활을 되찾을 수 있다. 그런 바람을 마음의 지주로 삼아 결코 도망치지 않겠다. 꺾이지 않겠다.

무라이 세이자에몬은 호라가모리로 올라갔다. 마침 얼어붙을 듯한 긴 겨울이 겨우 끝나 갈 무렵이었다. 목적지인 이부키야마 산의 정상 부근에는 어디에선가 눈사태가 일어났는지 눈보라가 희미하게 피어오르고 있었다.

호라가모리 마을은 정말 가난했다.

세이자에몬이 나름대로 각오했던 것보다 더 가난했다. 어쨌거나 하루에 두 끼가 잡곡이나 감자가 떠 있는 묽은 죽이고 쌀이라 불리는 곡식은 좀처럼 만나 볼 일이 없다. 밭벼를 키워 근근이 수확하는 쌀은 연공으로 빼앗겨 버리기 때문이다.

편백 식림을 하는 한편으로 남자들은 숯을 굽고 여자들은 마를 키워 실을 잣는다. 그렇게 만든 숯과 마사麻絲도 일단은 전부 연공으로 상납하고 전체의 사 할 정도의 매상이 하사되는데, 이 매상은 매년 거의 편백 묘목과 비료와 손질에 필요한 도구를 사는 데 쓰이기 때문에 호라가모리 마을 사람들은 벌써 오랫동안 돈을 주고받으며 물건을 사고파는 것을 잊은 채 살아왔다.

밭벼와 감자와 콩, 푸성귀 밭을 만들려면 초봄에 산의 마른 풀을 태워야 한다. 관목이나 잡초를 태워 없애고, 그 재를 흙에 섞어 비료로 쓰는 것이다. 산을 황폐하게 만들기 때문에 좋은 경작

법은 아니지만 이렇게라도 하지 않으면 이듬해를 위한 볍씨, 씨감자나 콩이 점점 작아져서 수확량이 떨어지니 어쩔 수 없다.

윗마을과 아랫마을은 해발로는 거의 같은 높이로, 일대에 펼쳐진 호라가모리 숲 안에 있었다. 윗마을이 원래의 호라가모리 마을이고 아랫마을은 나무를 심기 시작하고 나서 오 년쯤 후에 거기에서 나뉘어진 마을이라고 한다. 그러니 원래는 '앞'마을과 '뒷'마을이라고 불러야 하리라. 두 마을은 삼 리쯤 떨어져서 윗마을은 이부키야마 산 칠분 능선 부근의 남동쪽 경사면에, 아랫마을은 남서쪽 경사면에 딱 달라붙어 있다.

산지기의 초소—라고 해도 마을 사람들의 집과 마찬가지로 판자 지붕에 둥근 돌을 얹은 오두막이다. 모양뿐인 판자담을 둘러치고 구리야마 번의 깃발을 꽂아 놓았는데 이 초소는 윗마을에 있다. 따라서 산지기가 아랫마을을 둘러보려면 숲을 지나 사 리의 산길을 왕복해야 한다. 날씨나 계절에 따라 하루 안에 오갈 수 없으면 아랫마을에서 하룻밤을 묵는다. 이를 위한 오두막이 아랫마을에도 있다. 옛날에는 깃발도 꽂혀 있었지만 이미 한참 전에 사라져 버렸다. 깃발이 없다고 해서 주가에 대한 불충 불경이라며 감평 관리에게 책망을 들은 적은 없다고 한다. 감평 관리는 윗마을에만 들어가기 때문이다. 아랫마을에 가기는커녕 식림 상황을 검사하러 숲에 들어가는 일조차 없다고 하니 무엇을 위한 감평인지, 무엇을 위한 식림인지도 알 수 없다.

정말이지 모토기 겐지로가 설명했던 그대로였다. 아무도 '이 식림은 그만두자'거나 '좀 더 새로운 방책을 생각하자'고 진언하지 않는다. 그저 목표도 없이 같은 일을 계속하고 있을 뿐이다.

편백 숲은 실제로 조사해 보니 전혀 자라지 않은 것은 아니었다. 산사태나 눈사태로 망가져 버린 곳도 있지만 무사한 곳도 있다. 다만 숲을 육성하는 데는 시간이 걸리기 때문에 호라가모리 마을 사람들이 그때를 기다리면서 살아갈 수만 있으면 이 사업은 지금보다 훨씬 더 잘 될 거라고 세이자에몬은 생각했다.

세이자에몬도 스가 리사부로도 성하마을에서 태어나고 자랐다. 산촌 생활은 처음이다. 당연히 낯설고 적응하느라 힘들었지만 그런 와중에도 '이 마을의 모습은 이상하다'고 할 만한 점을 몇 가지 발견했다.

우선 노인과 아이가 없다. 살기가 너무 힘들어서 아기나 어린 아이는 키우지 않고 노인이 될 정도로 오래 살지 못한다는 뜻일까. 어쨌거나 아래로는 열한 살과 열세 살의 형제, 위로는 사십 줄의 남자까지 있을 뿐 그보다 연상도 연하도 없다. 그 사람들이 모두 매일 살기 위해서 일을 하고 있다.

게다가 병자가 없다. 몸이 불편한 사람도 눈에 띄지 않는다.

초소에는 전임 산지기 두 사람이 기록한 호적부가 있었다. 윗마을과 아랫마을로 나누지 않은 채, 누군가 호라가모리 마을에 들어오면 날짜와 이름, 성별, 출신지를 순서대로 적고, 마을에서 죽은 사람이나 도망친 사람의 이름에 선을 그어 놓았을 뿐인 간소한 양식이다. 세이자에몬과 리사부로는 신임 산지기로서 호적부에 적힌 사항을 마을 사람들에게 확인하다가 또다시 놀랐다.

모토기 겐지로는 '윗마을이 열두 세대, 아랫마을이 열 세대쯤'이라고 했지만 이것은 세대라기보다 그저 사람이 살 수 있는 오두막의 수였다. 실제로는 윗마을에는 스물네 명, 아랫마을에는 스물한 명의 마을 사람이 있었다. 이곳에 오기 전부터 부부였다는 사람이 세 쌍, 자매가 두 쌍, 부자와 모자가 각각 세 쌍. 그 외에는 모두 홀몸으로 보내어졌거나, 남편과 아내와 자식을 잃은 사람들이 서로 기대어 새로운 가족을 이루고 있다.

호라가모리 마을에 보내어지는 영지민 중에는 몰래 도망친 사람이나 도둑, 동반 자살을 시도했다가 혼자만 죽지 못한 사람 등, 이런저런 죄를 저지른 사람도 있다고 모토기 겐지로는 말했었다. 물어보니 그런 전력이 있는 사람은 물론이고 죄인과 연좌된 불운한 가족도 있었다.

그러나 마을 사람들의 대부분은 영지 내의 다른 농촌이나 산촌에서 봉기에 가담했거나, 연공을 내지 못했거나, 도망쳤다가 실패해서 붙잡힌—말하자면 번정藩政에 반항한, 켕기는 데가 있는 농민들이었다. 사정이 이렇다면 유독 홀몸인 사람이 눈에 띄거나 가족 구성에 빠진 데가 있는 것도 납득이 간다.

"이 마을은 거의 옥사나 마찬가지로군."

리사부로는 어이없어했고 세이자에몬은 모토기 겐지로가 가끔새는 발음으로 들려준 사연 뒤에 숨겨져 있던 어둠을 목격하고 아연실색했다.

가장 나이가 많은 사십 줄의 남자는 긴키치라고 하는데 호라가모리 마을의 촌장이다. 긴키치는 영지 내의 농촌에서 평범하게 이주해 온 영지민의 아들로 삼십 년 전에 부모와 동생과 함께 넷이서 이부키야마 산을 올랐다고 한다. 즉 처음으로 이 마을에 이주해 온 사람이다.

"모두 여기에서 죽었습니다."

초창기에 이주해 온 백성들의 결말이 좋지 않자, 다음 대부터는 이제 '사연 있는' 사람들이 들어오기 시작했다. 농민들뿐이었다면 그나마 다행이었을 텐데 농사와 전혀 인연이 없는 시정의 죄인도 섞여서 끌려오게 되었다고 한다.

긴키치처럼 타고난 농부는 오히려 곤란해졌다.

"산괭이 쓰는 법부터 가르쳐야 할 정도였으니까요."

참다못해 도망치려고 하는 사람이 생기면 쫓아가서 붙잡는 것은 산지기의 역할이다. 하지만 이부키야마 산중에는 곰이나 들개가 돌아다니고, 식림이나 농작업 때문에 산에 들어갔다가 짐승에게 피해를 입는 경우도 많으니 너무 깊숙이 쫓아서는 안 된다고 한다.

"어차피 이 산에서 길을 잃으면 아무도 살아남지 못해요."

짐승에게 잡아먹히거나 쓰러져 죽거나 둘 중 하나다.

호적은 감평 관리가 올라올 때 고친다. 도망친 사람이나 죽은 사람이 나와서 줄어든 머릿수는 감평 관리에 의해 확인된 후 다시 새로운 이주민이 끌려오지만, 금방 온다는 보장은 없다.

"일손이 부족하다 보니 산지기님도 들일을 하시곤 합니다."

식림은 그렇다 치더라도, 자신들이 먹을 감자나 콩을 키우는 농사는 산지기도 도와야 한다. 전임 산지기 두 사람도 자주 밭일을 했던 모양이다.

"흙냄새 나는 직무도 다 있군."

리사부로는 불만스러운 듯이 얼굴을 일그러뜨렸지만 세이자에몬은 딱히 농사를 싫어하지는 않았다.

신경이 쓰이거나 의아한 일은 또 있었다.

긴키치의 말에 따르면 전임 도베 고로베에와 다가와 규스케의 임기는 삼 년이었다. 세이자에몬과 리사부로처럼 '할복에 실패한' 사정이 있었던 것 같지는 않고, 산 부교에 소속되어 있는 산지기로서 지극히 당연한 직무를 맡았을 뿐인 듯했다.

그들에게 무슨 일이 일어난 것일까.

뭔지는 모르지만 너무나도 무섭고 불길한 일이었기에 다음 산지기로 세이자에몬과 리사부로라는 죽지 못한 사람들이 뽑혔으리라.

—오니가 있습니다.

긴키치에게 물어도 전혀 모른다고 한다. 다만 평소와 다름없는 가을의 어느 날, 초소에서 두 사람이 사라지고,

"순시하러 나가신 줄 알았습니다."

돌아오기를 기다리고 있자니 며칠 후에 성하마을에서 거창한 옷차림의 산지기 한 무리가 올라와,

"다가와 님은 미친 상태로 산을 내려가셨고 도베 님은 사라져 버렸다고 하시더군요. 우리는 뭐가 뭔지 알 수가 없었지요."

그 전후의 사정은 세이자에몬도 리사부로도 처음 듣는다. 기가 막히게도 초소에 올라온 거창한 무리는 한나절 정도 윗마을 주위를 수색하더니 도베 고로베에가 발견되지 않자 그대로 마을을 떠나 버렸다.

"그럼 우리가 올라올 때까지 이 마을에는 산지기가 없었던 겐가?"

"예."

"산지기가 없으면 감시하는 사람도 없네. 무슨 일이 있어도 보호를 받을 수 없어. 자네들도 하산할 수 있었을 텐데 왜 그리 하지 않았나?"

세이자에몬의 물음에 긴키치는 천진한, 사십 줄의 남자라고는 도무지 생각할 수 없는 맑은 눈빛으로 대답했다.

"우리는 이제 다른 곳에서는 살아갈 수 없어요."

이 마을에서 살고 이 마을에서 죽는다.

"우리는 이 산의 사람들입니다."

"오니라는 것은 요컨대 이부키야마 산을 비유한 말이 아닐까?" 하고 리사부로는 말했다.

눈이 녹고 바람도 따뜻해지는 봄날의 일이었다. 세이자에몬과 리사부로는 나란히 호라가모리 숲을 지나 윗마을에서 아랫마을로 향하고 있었다.

두 사람 다 삿갓을 쓰고 도롱이를 입었다. 머리 위는 맑았지만 빽빽하게 우거진 호라가모리 숲의 커다란 나무 틈으로 가끔 구름이 지나간다. 이부키야마 산의 날씨는 변덕스럽고 아직 한기가 강해서 조심할 필요가 있었다. 세이자에몬은 두 자루의 칼 외에 손도끼를 장비하고, 등에 총을 짊어진 리사부로는 약실과 탄약을 담은 가죽 자루를 들었다.

아랫마을 순시는 본래 혼자서 가고 한 사람은 초소에 남아야 한다. 그러나 산에 익숙하지 않은 세이자에몬도 리사부로도 단독 행동을 할 자신이 없었다. 초소를 비워도 촌장인 긴키치가 단언한 대로 누군가 도망치긴 힘들 거라 짐작했다.

—둘이 있으면 만일 오니를 만나더라도 마음 든든하다.

서로 입 밖에 내진 않았지만 둘 다 비슷한 생각이었다.

"내가 멀리 있는 것을 더 잘 보네."

하며 리사부로는 언제나 세이자에몬 앞에 서서 걷는다. 지금도 질척거리는 길을 조심스럽게 한 발짝씩 내딛으며 앞을 향한 채 이야기하고 있다.

"왜 산이 오니란 말인가?"

"산세도 깊이도, 정말이지 얼어붙을 것 같은 한기도 지옥 같지 않은가. 이 세상이라고는 생각할 수 없어."

오니의 산이라 할 만하지, 라고 한다.

"자네치고는 약한 소리를 다 하는군."

그러자 리사부로는 벌컥 화를 내며,

"내가 어디가 약하단 말인가? 이것저것 지레짐작하고 복잡한 줄거리를 만드는 자네보다야 내 쪽이 훨씬 더 강하지."

나는 다만 자연이 만만치 않다고 말했을 뿐이야, 하고 씩씩거린다.

이부키야마 산의 이 일대에 펼쳐져 있는 숲은 울창해서 낮에도 어둑어둑하고 발을 들여놓으면 마치 동굴 속에 있는 것처럼 느껴지기 때문에 호라가모리洞ヶ森라는 이름이 붙었다고 한다. 많은 새가 둥지를 틀고 살지만 아침저녁으로 지저귀는 소리가 멀고 높아서 독특한 반향을 띠고 들려온다. 처음으로 새의 지저귐을 들었을 때 세이자에몬은 문득 생각했다.

—새가 아니라 새의 영혼이 울고 있다.

여러 종류의 잡목이 뒤섞여 햇빛을 가로막을 정도로 빽빽한 숲이다. 만만치 않다고 해야 할까, 확실히 수수께끼 같은 구석이 있다.

아랫마을 순시는 이번이 겨우 네 번째다. 초소에 처음 자리를 잡았을 때는 눈이 많이 쌓여 있어서 숲에 들어갈 수 없었다. 오랜 세월 동안 사람이 밟아 다져서 낸 길은 눈 밑에 파묻혀 있었고, 표지 삼아 일정 간격으로 베어 놓았다는 가지는 수빙樹氷에 덮여 분간이 가지 않았다. 혹한기에는 마을 사람들도 어지간히 급한 일이 없는 한 오가지 않는다고 한다.

"그럼 급한 일이 있을 때는 어떻게 서로 알리는가?"

"봉화를 피웁니다."

느긋하다고 할까, 불편하다. 호라가모리 마을의 이상한 점은 여기에도 있었다. 왜 윗마을과 아랫마을로 나뉘어 있을까. 산속 깊이, 살아가기 힘든 곳이면 힘든 곳일수록 가능한 많은 사람이 모여서 사는 편이 이래저래 마음 든든할 텐데. 일부러 나뉘어 있는 것을 이해할 수가 없다.

윗마을에 자리를 잡은 뒤로 아랫마을을 돌아보고 나서 실감했지만 특별히 어느 쪽이 편리하다거나 물 사정이 좋다거나 흙이 부드럽다는 차이는 없었다.

식림이든 밭을 일구는 일이든 충분한 일손이 있어야 비로소 거점을 둘로 나누는 법이다. 세이자에몬이 보기에, 호라가모리 마을이 지금처럼 둘로 나뉘어 이득이 되는 점은 전혀 없었다.

"서로 사이가 틀어진 게지."

성질이 급한 리사부로는 태연하게 단정해 버렸다. 세이자에몬도 한때는 같은 생각이었다. 하지만 막상 아랫마을에 가 보니 틀어졌다는 기색을 전혀 느낄 수 없었다. 아랫마을의 스물한 명을 통솔하는 이는 고사쿠라는 아직 서른도 되지 않은 남자로 처음으로 이주해 온 긴키치에게 만사를 의지하는 듯했다.

고사쿠는 열다섯 살 때 동생과 함께 이곳에 보내졌다. 아니나 다를까, 고향 마을에서 부모가 참수에 처해지고 남은 아이들이었다. 흉작이었던 해에 연공이 모자랐던 데다 쌀을 숨겼다는 이유로 마을의 어른들 중 반수가 처형되거나 물을 채운 감옥에 던져 넣어져 옥사했다고 하니 잔인한 이야기다.

아무래도 이해할 수가 없어서 세이자에몬은 긴키치에게도 고사쿠에게도 물어보았다. 윗마을과 아랫마을로 나뉘어 있는 게 무슨 이익이 있는지. 그러자 고사쿠는 "글쎄요. ……촌장님한테 물어보십시오" 하며 어물어물 넘어갔다. 어린아이 같은 눈을 가진 긴키치로부터는 나뉘어 있어야 만일의 사태에 대비하기가 좋다는 대답이 돌아왔다.

"한곳에 뭉쳐 있다가 다 같이 눈사태를 당하면 전멸이니까요."

그럴지도 모르지만 긴키치가 걱정하는 정도의 무시무시한 눈사태는 좀처럼 일어나지 않을 텐데. 좀처럼 일어나지 않는 일에 대비하기 위해서 불편과 불안을 견디며 마을을 둘로 갈라 두는 것이 상책이라고는 생각되지 않는다.

마을 사람들은 산지기에게 순종적이고 경건하였으며 산에 익숙하지 않은 세이자에몬과 리사부로를 경멸하는 일도 없이 나서서 이것저것 가르쳐 주고 도와주었다. 전임 산지기 두 사람, 도베고로베에와 다가와 규스케를 그리워하며 하나같이 가엾게 여기고 있었다. 산에 있는 식림 마을의 힘든 생활을 함께한 사이라서 신분을 뛰어넘은 친근감이 발현한 것이리라.

다만 두 사람의 도망 또는 실종에 대해서 물으면 판에 박은 듯이 긴키치와 똑같은 대답을 늘어놓을 뿐이다. 도베도 다가와도 그해 겨울만 지나면 임기가 끝날 참이었다고 한다. 다시 말해, 이미 두 번의 겨울을 윗마을의 초소에서 지냈는데 세 번째 겨울을 목전에 두고 갑자기 겁을 먹거나 싫증을 느껴 도망쳤다는 건 아무래도 조리에 맞지 않는다. 그 점을 어떻게 생각하느냐고 세이자에몬이 물어도 "흐음, 그런가요?" 하며 고개를 갸웃거리거나 "안된 일이지요, 나무아미타불, 나무아미타불" 하고 얼버무린다.

"이 마을 사람들에게는 무언가를 깊이 따져 볼 지혜가 없다니까."

성급하게 단정해 버리는 리사부로를 곁눈질하며 세이자에몬은 생각에 잠겼다.

여기에 또 하나, 다른 '이상한' 일과는 종류가 다르지만 세이자에몬의 눈에는 마찬가지로 불온해 보이는 이상한 일이 있었다.

윗마을 초소에 도베 고로베에와 다가와 규스케가 썼을 일지가 남아 있지 않다.

산지기만이 아니라 어디에선가 직책을 맡고 있는 관리는 반드시 일지를 쓴다. 기록으로 보관되는 만큼 실수로 잃어버린다면 책망을 받을 정도로 중요한 물건이다. 하지만 호라가모리 마을의 초소에는 일지가 눈에 띄지 않는다. 전임 산지기 두 명뿐만 아니라 이전의 일지도 전부 사라지고 없었다.

다가와가 미쳐서 산을 내려온 후 이곳에 왔다는 거창한 산지기들의 짓이 틀림없다. 도베와 다가와가 일지에 쓴 내용이 바깥에 새어 나가지 않도록 하기 위해서다.

—은폐, 라는 것이지.

전임 산지기 두 사람의 일지를 읽으면 두 사람에게 일어난 일이 무엇인지 알 수 있다. 자세한 부분까지는 판명되지 않더라도 대강의 줄거리를 끼워 맞추는 일은 가능하다. 산 부교는 (아니면 번의 더욱 상층부일지도 모르지만) 그것이 싫어서 손을 썼으리라.

두 사람 이전의 일지도 가져간 까닭은 그래야 두 사람의 일지가 없는 것이 나쁜 의미로 눈에 띄지 않을 터이기 때문이다. 혹은 이전의 일지에도 다소의 단서가 될 만한 기록이 남아 있었을지 모른다.

그럴지도 모르는 것밖에 없어서 답답하다. 다만 자신의 추측이 크게 틀리진 않으리라고 세이자에몬은 생각한다. 그렇다면 더욱 커다란 궁금증이 생긴다.

관리가 일지에 쓰는 것은 공적인 기록이다. 산지기라면 매일의 날씨는 중요한 기록 사항이 되고, 작업의 진행 상태, 병자나 다친 사람이 나왔다면 원인을 비롯한 내용, 짐승으로 인해 피해를 입었다면 그에 대한 전말. 다시 말해서 마을 전체에 관련된 일들을 적는다.

따라서 일지에 은폐해야만 하는 '무언가'가 있다면 그 '무언가'를 두 명의 산지기만 알고 있었을 리 없다. 마을 사람들도 알고 있었을 가능성이 크다.

그렇다면 그들도 입막음을 당했을까. 입을 굳게 다물고 세이자에몬처럼 캐내기를 좋아하는 사람이 이것저것 물어도 사실을 말하지 말라고.

—그렇다고 하기에는 이곳 마을 사람들이 뭔가 밝혀질까 봐 두려워하는 기색을 보이는 건 아닌데.

애초에 옥사 같은 마을에 갇혀 있는 셈이니 입막음 정도는 무섭지도 않으려나.

"이제 다른 곳에서는 살아갈 수 없어요." 마을 사람들은 무슨 일이 있어도 호라가모리 마을에 매달릴 수밖에 없으니까.

그렇다면 어쩔 수 없다. 세이자에몬도 죽으려다가 실패해서 이곳에 보내진 몸이다. 삼 년 동안 버티면 다시 관직을 받을 수 있고 시즈와도 함께 살 수 있다. 그 희망만 바라보고 있으면 된다.

그러나 불온한 의혹은 가슴에 응어리진다.

세이자에몬과 리사부로처럼 버린 말로 삼아도 되는 인재를 찾아낼 때까지 산 부교는 호라가모리 마을에 산지기를 보내지 않은 채 방치했다.

그만큼 마을의 '무언가'를 두려워하고 있다. 모토기 겐지로는 그 '무언가'의 일부를 알고 있었기 때문에 '도망쳐도 된다'고 말한 것이다.

—오니가 있습니다.

오니가 마을 밖에 있다면 상관없다. 세이자에몬이 가장 걱정하는 것은 오니가 마을 안에 있을, 아니, 마을 자체일 가능성이다. 마을 사람들이 입막음을 당한 것이 아니라 그들이 비밀 그 자체일 가능성이다.

"우리는 이제 다른 곳에서는 살아갈 수 없어요."

긴키치가 어린애 같은 맑은 눈을 하고 그렇게 단언한 까닭은 그들 자신이 비밀이자 금기가 되었기 때문이 아닐까. 도베와 다가와는 뜻하지 않게 비밀이자 금기를 건드리는 바람에 초소에서 도망쳤을지도 모른다.

아랫마을을 세 번째로 순시한 후에 혼자서 가슴에 묻고 있기가 괴로워진 세이자에몬이 조심스럽게 말을 골라 가며 자신의 생각을 털어놓았지만 리사부로는 "지나친 생각일세" 하고 일축했다.

"이곳 사람들은 먹고사는 일만으로도 힘들어서 나쁜 짓을 할 여유가 없어."

도베와 다가와 두 사람은 지난가을에 순시를 나갔다가 산에서 길을 잃었겠지, 라고 한다.

"길을 잃고 헤매다가 겨울잠을 자기 전에 먹이를 찾던 곰이나 사냥감이 줄어서 굶주린 들개의 습격이라도 받았으려나."

뿔뿔이 흩어져 도망치다가 도베는 어디에선가 죽었다. 다가와는 어떻게든 산을 내려왔지만 공포에 질린 데다 쇠약해져서 백발이 되었고 정신이 나갔다—.

"산 부교가 벌벌 떠는 이유는 호라가모리 마을을 만든 지 삼십 년이나 지났는데도 이부키야마 산에서는 산지기라도 한번 길을 잃으면 아직도 그런 참사가 일어난다는 걸 깨달았기 때문일 걸세."

"그럼 일지는?"

"이제야 혹독한 산의 옥사 마을에 어울리는 산지기를 둘씩이나 찾아냈으니 처음부터 다시 시작하는 마음으로 낡은 기록은 처분해도 되지 않겠나? 무엇보다 우리처럼 갑자기 산지기가 된 사람한테 전임자의 일지는 참고도 안 되네.”

성질 급한 사람에게 흔히 있는 일이지만 리사부로는 머리 회전도 빠르다. 척척 이치를 내세워 말을 늘어놓았다.

“결국 자네는 겁을 먹은 게야.”

코웃음을 치며 세이자에몬을 비웃었다.

“이리저리 고민하면서 스스로의 두려움을 감추고 있어. 나는 그런 놈을 좋아하지 않고 신용하지도 않네.”

두 사람 사이에는 일부러 뛰어넘을 필요도 없을 만큼 좁지만 들여다보면 바닥을 알 수 없는 깊은 골이 생기고 말았다.

—과연, 이 산이 오니라고 생각해 버리면 가슴의 술렁거림은 잦아든다.

리사부로도 삼 년을 순조롭게 견디고 성하마을로 돌아가 총술을 살려서 다시 일하고 싶은 것이다. 그러려면 가능한 한 빨리 마음을 진정시키고 단단히 각오하는 게 최고다. 그래서 이래저래 억측하고 생각을 굴리는 세이자에몬이 성가신 것이리라.

실제로 두 사람이 윗마을 초소에 들어가 산 지 육십 일이 지났지만 일지가 사라졌다는 한 가지만 제외하면 수상한 구석은 전혀 없었다. 호적을 고치는 일을 마치니 마을 사람들의 얼굴과 이름도 눈에 익었다. 아랫마을 쪽은 아직 불안하지만 매일 함께 있는 윗마을 사람들을 잘못 보는 일은 없다. 각자의 성격이나 마을에서의 역할도 대체로 파악하게 되었다.

겨울의 끝자락이었다고 해도 엄동설한의 이부키야마 산에 갑자기 올라와, 리사부로가 말한 대로 먼저 지옥 같은 한기를 경험한 것은 오히려 잘된 일인지 모른다. 봄에서 여름으로 향하는 산촌의 생활도 조금은 편해질 것이다. 마을 사람들이 얌전한 것도, 다른 번에 비해 농촌에서의 소란이 많은 구리야마 번 내에서는 특필할 만한 장점이 아닌가.

조금은 화가 나지만 앞으로는 리사부로를 보고 배워 볼까 하고 세이자에몬이 생각하는 것도 봄 날씨 덕분이다. 사람은 스스로 생각하는 것 이상으로 날씨에 기분이 좌우되는 법이다.

네 번째 순시를 하러 가 본 아랫마을에서는 작은 소동이 일어나고 있었다. 어제 아침 일찍 마을 근처에 곰이 나타났다고 한다.

다행히 피해는 없었다. 덤불 맞은편에 얼핏 검은 털이 보였을 뿐이다. 하지만 고사쿠가 남자들을 데리고 갔을 때는 발자국이 몇 개나 남아 있었다. 남자 손바닥만 한 크기이니 어엿한 어른 곰이다.

"겨울잠에서 깨어나 굶주린 곰이 마을로 다가오곤 합니다."

어젯밤에는 만약을 위해 중요한 곳에 횃불을 피우고 여자들은 한 오두막에 모여서 지냈다고 한다.

"아랫마을에 총을 쏠 줄 아는 사람은 있나?"

낡은 총이 한 자루 있지만 쏠 줄 아는 사람은 없다. 옛날에는 있었는데 죽었다고 한다.

"또 곰이 나타나면 내가 쏘아 줄 수밖에 없겠군."

한바탕 조사가 끝나자 스가 리사부로는 한동안 아랫마을에 머물겠다고 했다.

"기왕 하는 김에 이쪽에서도 꼼꼼하게 일지를 다시 찾아보지."

윗마을에서는 짐작 가는 장소를 모조리 다 찾아보았다. 아랫마을의 경우 산지기가 묵는 오두막 안은 조사했지만 그 이상은 찾지 않았다.

"누군가가 맡아 가지고 있을지도 모르지. 의외로 불쑥 나올지도 모르네."

세이자에몬은 설마 그럴 리 없다고 말하려다가 마음을 바꿨다.

—아니, 일지는 찾지 못하더라도 뭔가를 알 수 있을지 몰라.

이곳의 얌전한 마을 사람들에게는 리사부로의 급한 성격이 손해 보는 기질이 아니라 활기차고 든든하게 보이는 모양이다. 여러 가지로 생각이 많고 안색이 어두운 세이자에몬보다 밝고 친해지기 쉬우니까. 리사부로가 혼자 있으면 입이 가벼워지는 사람이 나올지도 모른다.

"그럼 맡기겠네."

마을에 와서 따로따로 떨어져 생활하기는 처음이지만 리사부로는 태연하다 못해 즐거워하는 것처럼 보였다.

—아하.

세이자에몬은 생각했다.

아랫마을에 있는 스물한 명의 사람들 가운데 여자는 아홉 명이다. 그중에 스무 살과 열여덟 살의 자매가 한 쌍 있었다. 언니는 마을에 온 후로 남편이 될 남자를 찾았지만 아직 혼자인 동생은 언니 부부와 같은 오두막에 살고 있다. 이름은 미네라고 했다.

호적을 고칠 때 물어본 바에 따르면 삼 년 전 고향 마을의 생가에 불을 내는 바람에 가족은 타죽고 살아남은 자매는 마을에서 추방되어 호라가모리 마을의 이주자가 되었다고 한다.

리사부로는 처음부터 자매에게 동정적이었다. 미네에게는 특히 다정하여 만날 때마다 말을 걸곤 했다. 미네도 순시라고 하면 곧 일손을 멈추고 인사를 하러 나왔다. 미네의 모습을 주시하던 세이자에몬은 기존의 '수상함'과는 다른 수상쩍음을 느꼈는데 아무래도 쓸데없는 억측은 아니었던 모양이다.

옷깃과 소매가 닳은 기모노를 겹쳐 입고 머리는 묶어서 둥글게 고정하고 얼굴에는 늘 검댕이가 묻어 있고 손발도 지저분하지만 열여덟 살인 미네에게는 역시 한창 나이의 처녀다운 반짝임이 엿보였다. 그 눈이 곰을 퇴치해 주겠다는 산지기님을 바라보며 빛나고 있었다. 리사부로도 미네의 눈빛을 알아채고 즐거운 듯이 들떠 있는 것이다.

혼자서 윗마을로 돌아가게 된 세이자에몬은 곰을 쫓기 위해 소리 나는 물건을 받아 허리에 차고, 해가 지기 전에 호라가모리 숲을 빠져나갔다. 그가 받은 물건은 대나무를 짧게 베어 가늘게 쪼갠 다음 묶은 것으로 마을 사람들은 '잘랑이'라고 불렀다. 과연 걸으면 잘랑잘랑 시끄러운 소리가 났다.

세이자에몬은 잘랑이 소리만을 벗 삼아 길을 가면서 생각했다.

—스가가 여자를 밝힌다는 것은 아니지만.

이 년이고 삼 년이고 이런 궁벽한 곳에 갇혀 지내야 하는 산지기가 마을 여자와 정을 통하는 일은 충분히 가능하다. 사람이라면 그런 일이 전혀 없다는 쪽이 더 부자연스럽고 여자가 어지간히 싫어하지 않는 한 마을 사람들도 묵인해 주리라.

산지기가 호라가모리 마을에 있는 동안에만 함께 살던 아내가 언젠가 아기를 갖는 일 또한 자연스럽다.

—아기가 태어난다면?

지금껏 산지기와 마을 여자 사이에서 태어난 아기도 다른 아기들과 마찬가지로 가혹한 생활 속에서 자라지 못하고 어린 나이에 죽었을까.

—하나도 살아남지 못하고?

삼십 년 동안, 단 한 명도.

그 아기는 옥사의 죄인 같은 마을 사람들 사이에서 생긴 아이가 아니다. 아버지는 산지기, 번의 가신 중 한 명이다. 아기도 첩복의 자식이기는 하지만 무사의 핏줄을 물려받았다.

—자신의 피를 물려받은 아기를 소중하게 여기고 성하마을로 데려가서 키울 생각을 한 산지기가 한 사람쯤 있지 않았을까.

세이자에몬은 걸음을 멈추고 눈썹을 찌푸렸다.

—아니면 그것은 금지되어 있는 일일까?

그래서 아기는 모두 허무하게 죽어간 것일까.

지금 호라가모리에서 살아가는 사람들에 대해서는 대강 알았다. 다음에는 죽은 사람에 대해서 알아야 한다. 정신이 번쩍 들었다. 첫 이주 이후로 몇 명이나 죽었을까. 아기는 몇 명이 태어났고 누가 몇 살까지 자라다가 죽어갔을까. 가장 오래 산 아기는 몇 살이었을까.

초소에 있는 호적만으로는 옛날 일에 대해 알 수 없다. 과거를 파헤치려면 한 사람 한 사람 붙잡고 물어봐야 한다.

해 보자고 마음먹었다. 혼자서 이것저것 생각하며 의심암귀에 사로잡혀 있느니 호라가모리 마을의 역사를 알아보는 것이다.

이야기가 끊긴 틈에 무라이 세이자에몬은 한숨 돌렸다. 줄곧 열심히 듣고 있던 오치카도 주전자의 물이 얼마나 뜨거운지를 살펴본다.

"우선 긴키치에게 물어보니 호라가모리 마을에서는 아기가 태어나 열 살이 될 때까지는 호적에 싣지 않는 관습이 있다더군요."

다시 말해서 열 살까지는 사람으로 인정하지 않는다.

"에도에서도 '아이는 일곱 살까지 신의 품' 안에 있다고 하지요."

"네." 오치카는 고개를 끄덕였다. "저희 본가가 있는 가와사키 역참에서도 그런 말이 있었어요."

아기의 목숨은 그만큼 허무하다. 일곱 살이 되기 전에 하늘로 올라간 아이는 빨리 환생하게 해 달라는 바람을 담아서 어린 아이만 모아 놓은 무덤에 묻는다.

"하지만 일곱 살보다 더 많은 열 살까지 자라야만 비로소 세상 사람으로 인정한다는 것은, 호라가모리 마을이 사람의 수를 목숨의 수가 아니라 일손의 수로 정한다는 뜻이겠지요."

일곱 살은 아직 어른이 키워야 하는 나이지만 열 살이 되면 풀 베기나 실 감기 정도는 거들 수 있다. 남자아이라면 숲에 데리고 들어갈 수도 있다. 노동력이 되면 사람으로 세고 거기에 미치지 못하면 사람이 아니라고 선을 긋는 셈이다.

"이것은 마을의 묘소를 보아도 일목요연했습니다. 아기도 아이도 어른도 다 한데 모아 묻어 버리는 무덤인데 묘표도 솔도파도 전혀 없더군요. 그저 흙을 다져 놓았을 뿐인 무덤이었지요."

죽은 사람은 더 이상 일을 해 주지 않는다. 아무 도움도 되지 않는다며 그저 묻어 버리는 것처럼 보였다. 너무 무정하게 느껴져 세이자에몬이 저도 모르게 노기까지 띠며 긴키치를 다그치자,

—짐승한테 먹히거든요.

"따로따로 흙을 파서 묻으면 곰이나 들개, 쥐가 꾀기 때문에 한곳에 모아서 깊이 묻고 흙을 다져서 짐승들이 어지럽히지 못하도록 조심하는 거랍니다."

—무라이 님은 모르시겠지만 짐승은 우선 시체를 먹고 사람 고기의 맛을 알게 됩니다.

"이치에는 맞지요."

"그래도 좀 박정해 보이는데요."

세이자에몬은 고개를 끄덕이더니 오치카의 얼굴을 보았다.

"나는 긴키치의 그 담담한 말투가 왠지 서글프게 느껴졌습니다."

"무슨 말씀이신지요?"

"죽은 사람은 더 이상 이곳에 없다, 호라가모리 마을을 떠날 수 있어서 겨우 편해졌다, 그러니 공양할 필요도 없다, 그런 본심이 엿보이는 것 같았으니까요."

오히려 살아 있는 것이 더 괴롭다.

"실제로 호라가모리 마을의 역사를 더듬어 가려는 작업을 시작해 보니."

매일매일 들일을 비롯한 온갖 노동에 쫓기는 마을 사람들을 한 명씩 붙들고 찬찬히 얼굴을 마주하는 일 자체가 어려운 데다가,

"모두 입이 무거웠습니다."

첫 번째 이주자인 긴키치조차 옛날 일은 이제 흐릿해져서 잘 기억나지 않는다며 입을 열려고 하지 않았다.

—또 호적을 고치십니까? 아무도 거짓말은 하지 않으니 그만 좀 하시지요.

"내 생각이 얼마나 짧았는지 깨달았지요."

옥사의 죄인 같은 마을 사람들이 산지기에게 공손한 것과 친근함을 느끼고 믿어 주는 것은 다르다.

"우선은 내가 호라가모리 마을의 생활에 익숙해지고 마을 사람들과 조금이라도 고생을 함께한 이후가 아니면 누구도 옛날이야

기를 들려주려 할 리가 없겠다 싶더군요."

호라가모리 마을처럼 가난하고 궁벽한 생활을 하는 사람들이 아니더라도 산촌이나 농촌에서는 대개 마찬가지인 법이다.

"여기에는 시간이 걸리지요. 천천히, 물방울이 바위를 뚫는 것처럼 참을성을 가지고 조사해 나가자고 생각하니 이상하게도 삼 년이라는 기한이 짧게 여겨지기까지 했습니다."

"그건 무라이 님 혼자 하시려고?"

세이자에몬은 쓴웃음을 지었다. "스가에게도 물어봤지만 또 코웃음을 치더군요."

—별난 친구로군. 뭐, 마음대로 하게.

"그 친구도 그 친구대로 바빠졌으니까요."

아랫마을에 접근한 곰은 결국, 열흘쯤 뒤에 다시 나타났을 때 리사부로가 쏘아 죽였다. 그의 사격 실력은 확실해서 키가 오 척이나 되는 어른 곰을, 우선 한 발을 가슴에 맞춰 쓰러뜨리고 두 발째에 미간을 쏘아 죽였다고 한다.

"든든한 산지기의 활약에 아랫마을 사람들은 모두 감탄했지만 그중에서도 미네가 좋아했지요."

이 일을 계기로 리사부로와 미네는 단숨에 사귀는 사이가 되었다.

"그 후로 아랫마을에 순시를 갈 때는 혼자서 갔고 필요 이상으로 자주 찾아간 데다 좀처럼 윗마을로 돌아오지 않더군요. 제 임무는 그만큼 가벼워졌다고도 할 수 있지만요."

아랫마을에서 리사부로에게 보내는 신뢰에 기대어 그쪽 마을 사람들의 입을 열게 할 수 있겠다 싶었지만 전혀 소득이 없었다.

"스가는 미네를 얻고 나서 지루하기만 할 줄 알았던 삼 년의 임기에 조금은 재미가 생겼다고 여겼겠지요. 그걸로 충분했을 테고."

전임자들에 얽힌 수수께끼에도 완전히 흥미를 잃어버렸다.

"여름 초입, 이부키야마 산에서도 일 년 중 가장 해가 긴 시기에, 여전히 행방을 알 수 없는 도베 고로베에를 찾으려고 두 번에 걸쳐 긴키치를 앞세우고 셋이서 산에 들어갔지만."

리사부로는 자랑거리인 총을 쓸 기회만 엿봤을 뿐 수색에는 별로 열의가 없었다.

―이제 와서 찾아봐야 소용없을 걸세.

"그래도 수색을 하면서, 나도 리사부로도 호라가모리 숲 일대의 지리를 대강 알 수 있었습니다."

호라가모리 숲을 지나서 산꼭대기까지 올라가는 일은 여름철에도 어렵다는 것. 이부키야마 산중에는 깎아지른 절벽이나 험한 능선길, 깊은 못 등 사람을 삼킬 만한 위험한 곳이 많다는 것.

"도베는 산에 삼켜지고 만 겁니다. 제정신이 아니었는데도 무사히 산기슭까지 다다른 다가와 규스케 쪽이 오히려 드문 행운이었다고 나도 실감했지요."

이렇게 한 발짝씩 발밑을 밟아 다지듯 세이자에몬은 호라가모리 마을의 산지기 생활을 쌓아 나갔다. 그리고 그해 가을에 (세이자에몬의 지나친 생각이 아니라면) 약간 겁에 질린 듯한 기색으로 감평 관리 일행이 올라왔다.

"감평 관리는 무사히 지내고 있는 나와 스가를 보며 놀라고, 여전히 가난하기는 하지만 무사히 살아가고 있는 마을 사람들의 모습에도 놀라더군요."

한바탕 조사와 연공 납입이 끝나고 이제는 관리도 진정했겠지 싶어서 세이자에몬은 분실된 일지에 대해 물어보았다.

"그랬더니 갑자기 또 겁에 질린 것 같더군요. 목소리를 낮추어, 오히려 나에게 물었소."

—역시 분실된 겐가?

"듣자하니 작년 가을, 그 거창한 무리가 호라가모리 마을에 들어왔을 때 이미 일지는 사라지고 없었다더군요."

그렇다면 전임자 두 사람이 마을에서 모습을 감추자마자 일지도 사라진 셈이다.

"마을 사람 가운데 누군가가 가져갔거나 처분해 버렸다는 뜻이겠네요."

"그렇소. 나는 다시 생각했지요."

두 산지기가 마을에서 도망친 원인은 마을에 있다.

역시 이 마을 자체가 수수께끼인 것이다.

오니는 마을 안에 있다. 아니면 마을 그 자체다.

"마을 사람들의 신뢰를 얻지 못하면 그들에게서 아무 말도 들을 수 없소. 한편 내 마음에는 그들에 대한 의심이 쌓였지요. 마음속이 괴로웠소."

미네와 부부처럼 살면서 느긋하게 지내는 리사부로가 부럽게 여겨질 때도 있었다.

"특히 긴 겨울을 맞아 나는 윗마을에, 스가는 아랫마을에 틀어박히게 되니 의심에 고독까지 더해졌지요."

가끔 시즈가 준 부적을 꺼내어 살며시 쥐고 스스로를 격려할 수밖에 없었다고 한다.

오치카는 몹시 묻기 힘든 질문을 하나 떠올렸다. 어떻게 물어볼지 망설이고 있자니,

"내게도 미네 같은 마을 여자가 나타나지 않았느냐는 생각을 하고 계십니까?"

세이자에몬은 눈치가 빠르다. 오치카는 얼굴이 빨개지고 말았다.

"실례 되는 생각을 해서 부끄럽습니다."

"아니, 아니."

그런 여자는 나타나지 않았다. 다만 윗마을에 사는, 호라가모리 마을 전체에서도 가장 나이가 어린 형제인, 열세 살 도미이치와 열한 살 센지와 친해졌다.

"이 형제는 열 살, 여덟 살 때 마을에 들어왔습니다."

형제의 부모는 성하마을에서 방물 가게를 운영했는데 아버지가 가게 앞에서 여자 손님한테 시비를 걸던 주정뱅이를 말리려다가 싸움이 나서 관아로 끌려갔다.

"잘못은 주정뱅이가 먼저 했지만 운 나쁘게도 그놈은 성하마을의 돈놀이꾼이었지요."

가신 중에 고객이 많았고 관아에도 얼굴이 알려져 있는 인물이라, 일방적으로 형제의 아버지가 싸움을 걸어 다쳤다 주장했고 뻔뻔스럽게도 그 주장을 끝까지 밀어붙였다.

"아버지는 곧 붙잡혀 가고 남편을 감싸며 돈놀이꾼의 주장이 거짓말이라고 호소한 어머니도 붙잡혀 가서 혹독한 고문을 당한 끝에 두 사람 다 사형을 당했습니다."

"어떻게 그럴 수가……."

저도 모르게 중얼거린 오치카의 말에 세이자에몬도 목소리를 낮추었다.

"처벌을 한 후에 남은 방물 가게의 얼마 안 되는 재산은 그 돈놀이꾼의 소유가 되었다더군요. 이건 관아의 관리와 결탁하지 않으면 할 수 없는 일입니다. 정말 너무한 일이었소."

부모와 집을 한꺼번에 잃은 도미이치와 센지는 그들의 할머니와 함께 호라가모리 마을로 보내졌다. 하지만 나이가 많은 할머니는 산촌의 힘든 생활을 견디지 못하고 겨우 몇 달 만에 죽고 말았다.

"그럼 열 살, 여덟 살짜리 아이 단둘이서 살았던 건가요?"

"긴키치가 두 사람의 아버지를 대신해 주고 윗마을 사람들 모두가 꽤 보살펴 주었다고 합니다. 만나 보니 도미이치는 영리한 아이더군요. 이제 마을에서 살아갈 수밖에 없다는 사실을 일찌감치 깨달았겠지요. 어리지만 할 수 있는 일은 거들고 동생을 지키면서 키워 왔는데, 형제 둘 다 체격이 좋았던 것도 다행이었지요."

세이자에몬이 만났을 때 열세 살의 도미이치는 벌써 얼굴과 체격이 어른 같았고 열한 살인 센지도 성하마을에 사는 비슷한 나이의 아이들보다 훨씬 다부졌다고 한다.

"도미이치는 식림과 벌채를, 센지는 밭일을 하면서 변변찮은 오두막이지만 두 형제가 훌륭하게 살아가고 있었습니다."

그래도 세이자에몬이 형제에게 눈물이 날 정도로 그리운 성하마을 이야기를 해 달라고 조르면서 친해졌다고 하니, 그들의 속마음을 생각하면 가엾을 뿐이다.

"언젠가 둘이서 산을 내려가면 장사를 배워 다시 방물 가게 간판을 걸고 싶다, 부모님의 무덤도 만들고 싶다, 도미이치는 그렇게 말하곤 했습니다."

세이자에몬은 결심했다. 반드시 삼 년의 임기를 무사히 마치고 무라이 가를 일으켜 세우자. 그날이 되면 도미이치 형제를 맡아 주자고.

"무라이 님께도 그게 큰 격려가 되었군요."

"예. 당시의 내 나이로는 아직 형제의 아버지를 대신할 수는 없으니 나이 많은 형이나 삼촌이라도 돼 주고 싶었습니다."

구리야마 번의 인심은 거칠고 질서와 치안을 맡고 있는 관아의 관리조차 뇌물에 취해 정의를 무시한다. 그렇다면 혼자서 할 수 있는 일만이라도 하자. 도미이치 형제와 함께 호라가모리 마을에서 살아남아 본래 누려야 할 인생을 되찾는 것이다. 그런 결심이 세이자에몬을 강하게 해 주었다.

"어른처럼 일하고 야무지기는 해도 센지에게는 아직 천진한 구석이 있었습니다. 내가 만들어 준 다케톤보아이들 장난감의 일종. 대나무를 프로펠러 모양으로 깎아 중심부에 자루를 붙인 것으로, 자루를 두 손으로 비벼 회전시켜 날리며 논다에 매우 기뻐하는 귀여운 아이였지요."

한편 도미이치 형제가 세이자에몬의 생활을 도와줄 때도 있었다. 짚신이나 눈신 짜는 법은 센지가 가르쳐 주었고, 조릿대로 간소한 낚싯대를 만들고 못에서 낚아 올린 물고기를 손질해 말리는 방법은 도미이치에게 배웠다.

봄, 여름, 가을을 이부키야마 산에서 일하다가 겨울이 되어 마을 사람들이 집 안에 틀어박히자 세이자에몬은 형제와 함께 눈 치우는 일에 힘썼다. 그 김에 눈싸움을 하며 놀기도 했다.

"가장 눈이 많이 내리는 음력 섣달 중순부터 이월까지, 스가는 아랫마을에 가서 돌아오지 않았지요. 초소에 혼자 있는 시간이 많았던 나는 자주 도미이치 형제들을 불러다가 읽고 쓰는 법을 가르쳤습니다."

허물이 없어지자 윗마을에서 지금까지 있었던 일이나 전임자인 산지기들에 관해 물어보기가 쉬워졌지만 형제의 입에서 주목할 만한 단서는 나오지 않았다. 역시 아이는 아이였던 것이다.

그래도 두 사람과 대화하고 있으면 즐거웠다.

"도미이치 형제 덕분에 나는 큰 탈 없이 첫 번째 겨울을 날 수 있었습니다."

이부키야마 산에 봄의 징후가 보이고 눈이 녹기 시작하자 집에만 틀어박혀 있던 시간도 끝났다.

"나는 서둘러 아랫마을의 상황을 보러 가기로 했습니다. 긴키치가 동행해 주었지요."

호라가모리 마을 안쪽은 아직 눈이 많이 남아서 대부분의 길이 눈에 덮여 있었다. 긴키치의 안내를 받으면서,

"눈사태가 잦은 곳이나 눈이 녹아서 걷기 힘든 곳을 확인하며 겨우 아랫마을에 도착해 보니."

아랫마을 사람들에게는 변화가 없었지만,

"미네가 아이를 가졌더군요."

배가 얼마쯤 부풀어 있고 입덧도 있으니 틀림없었다. 본인은 야위었고 미네의 언니는 불안한 듯한 얼굴을 하고 있었다.

산지기와 마을 여자 사이에 아이가 생기면 어떻게 되는 걸까. 세이자에몬의 의혹 중 하나가 바로 눈앞에서 일어나고 있었다.

"그래서 스가 님은요?"

"거리낌 없이 좋아하고 있었습니다."

스가의 대답에 세이자에몬은 당혹했다.

"자네가 좋아해도 되는 입장이냐고 물으니 물론이다, 거리낄 일이 뭐가 있느냐며."

—나는 성하에 아내도 자식도 없네. 임기가 끝나면 미네와 아

이와 함께 산을 내려갈 걸세.

"뭐, 그렇다면 내가 쓸데없는 걱정을 할 필요도 없겠다 싶어서 가슴을 쓸어내렸지요."

다만 미네의 임신으로 스가 리사부로는 완전히 아랫마을에 붙어 있게 되었다.

"본인은 주눅 든 기색도 없이, 아랫마을은 자신이 맡겠다, 윗마을은 자네한테 맡기겠다고 태연하게 말했으니 말이오. 미네와는 완전히 부부처럼 살면서 아랫마을을 통솔하는 고사쿠를 제쳐 놓고 촌장처럼 행동하고 있었습니다."

아랫마을의 여자들에 따르면, 아기는 여름이 끝날 무렵에 태어날 거라고 한다. 봄, 여름에는 식량 걱정도 덜하다. 미네도 아기도, 분명히 견뎌 낼 수 있을 것이다.

"스가가 기뻐하는 모습을 보니 나도 조금 들떴습니다. 돌아가는 길에 긴키치에게 저도 모르게 쓸데없는 말을 하고 말았지요."

—긴키치, 태어날 아기는 호라가모리 마을의 희망일세. 소중하게 키우세.

긴키치는 아무 대답도 하지 않았다. 웃지도 않았다. 마을 여자가 산지기와 정을 통하고 만 무례함에 기분 나빠하지도 않았다.

"그저 입을 꾹 다물고 있을 뿐이었소."

긴키치의 침묵은 세이자에몬의 가슴에 작은 그늘을 드리웠다.

그리고 또 하나, 기묘한 일이 있었다.

"도미이치도 센지도 아직 아랫마을에 간 적이 없다고 해서 어느 날 순시를 하는 김에 형제를 아랫마을로 데려가자고 생각했습니다."

오랫동안 윗마을과 아랫마을로 나뉘어 있기는 했지만 원래 호라가모리 마을은 하나였다. 한 번쯤 찾아가도 괜찮으리라 여겼다.

"그런데 긴키치가 안 된다고 하는 겁니다."

—이곳 사람들은 한 번 윗마을과 아랫마을로 나뉘면 그걸로 끝입니다. 그게 관례예요. 산지기님도 똑똑히 알아 두셔야 합니다.

"촌장이 너무 노기등등하게 구니 형제가 겁을 먹고 말아서 결국 나도 물러났습니다. 하지만 아무래도 납득이 가지 않아서 이유를 물어보았는데 긴키치는 좌우간 안 된다고만 할 뿐 말이 통하지 않았습니다."

다른 마을 사람들에게도 확인해 보니 윗마을과 아랫마을을 왕래하는 이는 윗마을에서는 긴키치, 아랫마을에서는 고사쿠뿐이라고 한다.

"아무도 그것을 이상하게 여기지 않았습니다. 뭐, 매일 먹고사는 문제만으로도 힘들고 일부러 호라가모리 숲을 지나서 갈 정도의 볼일이 없을 테니까요. 여자들은 저마다 숲에서 길을 잃는 것이 무섭다고 하고요."

지당한 의견이기는 하다.

"다만 긴키치 정도는 아니어도 윗마을에 오래 있었던 남자들이 내 물음에 조금 동요했다고 할까요."

무언가 말하고 싶어 하는 기색을 보인 것 같아 세이자에몬은 마음에 걸렸다.

"무라이 님과 사이좋게 지내던 형제는 어떻던가요?" 오치카가 물었다. "아랫마을에 가서는 안 되는 이유를 들었다고 하던가요?"

세이자에몬은 한순간 가슴이 철렁할 정도로 날카로운 눈을 하고 오치카의 얼굴을 보았다. "좋은 질문을 해 주셨소."

형제는 저마다, 촌장님이 안 된다고 하니까, 라고 대답했다. 호라가모리 숲은 깊고 무섭다며.

"센지가 아무렇지도 않게 덧붙이더군요."

—숲에서 길을 잃으면 오니를 만나요. 그러니까 무서운 거예요.

오니를 만난다.

지난가을, 제정신이 아닌 상태로 성하마을에 다다른 다가와 규스케는 이렇게 호소했다.

—오니가 있습니다.

"의외의 곳에서 처음으로 '오니'가 나왔습니다. 나는 긴장했지요. 더 캐물었지만 센지는 어리둥절한 얼굴로 전에 촌장님이 해준 얘기라고만 할 뿐이었습니다. 도미이치는 웃으며, 그건 지어낸 이야기라고 동생을 놀리고."

형제 사이에 싸움이 나서 세이자에몬은 두 사람을 달래고 꾸짖어야 했다.

"호라가모리 숲은 확실히 깊고 이부키야마 산에는 험한 곳이 많습니다. 어린아이가 함부로 숲에 들어가지 않도록 긴키치가 이야기를 꾸며 냈다는 것은 충분히 있을 수 있는 일입니다. 무서운 존재의 비유로 '오니'라는 말을 쓰는 것도 그리 드문 일은 아니고요."

그러니 지나치게 생각해서는 안 된다.

그러나 생각하지 않을 수도 없다.

"전임 산지기인 도베 님과 다가와 님도 오니 이야기를 한 적이 있느냐고 물어 보니 형제는 얼굴을 마주 보고는 제각기 고개를 저었습니다."

—으스대기만 했는걸요.

"또 센지가 천진하게 말하고 도미이치는 내 안색을 살피는 기색이었습니다."

—우리는 죄인이니까 어쩔 수 없어요.

"어린아이인데도 내뱉는 듯한, 분한 마음이 배어 있는 말투였습니다."

전임 산지기들은 마을 사람들을 엄하게 대하며 산지기로서 거들먹거렸던 것이다.

"마을 어른들한테서는 결코 나오지 않을 본심이었소. 나는 여세를 몰아서 다시 물었습니다."

—전에 있던 산지기가 작년 가을에 둘 다 갑자기 마을에서 사라져 버렸지?

—응.

—왜 없어졌는지 아느냐?

—몰라요.

"숨기는 게 아니라 정말로 모르는 거라고 생각했습니다. 그만큼 시원시원한 태도였거든요."

다만 이번에는 도미이치가 세이자에몬이 처음 듣는 얘기를 꺼냈다.

—없어지기 며칠 전부터 도베 님은 몸이 안 좋아서 초소에 누워 있었어요.

—몸이 안 좋아? 어떻게?

—몰라요. 촌장님이 문병을 가긴 했지만요.

"으스대기나 하는 거북한 산지기가 아프든 말든 형제에게는 아무래도 상관없는 일이었겠지요. 하지만 촌장은 사정을 알고 있었습니다. 나는 곧 긴키치에게 캐물었습니다."

그러나 이쪽은 이쪽대로 시치미를 뗀다. 글쎄요, 그런 일이 있었던가요. 앓아누워 있었다고요? 글쎄, 저는 모르겠는데요.

"정말 답답할 뿐이었지요. 나도 화가 치밀어서, 그만 내가 든 패를 보여 주고 말았습니다."

—초소에서 산지기의 일지가 없어졌네. 긴키치, 자네가 가져간 겐가? 이 마을에서 일어나는 무슨 일을 숨기려는 겐가?

긴키치의 눈이 멍하니 흐려졌다. 거짓말을 하려는 눈이 아니었다. 악의도 느껴지지 않았다.

그는 공허한 눈빛과 잘 어울리는, 혼이 빠져나간 것 같은 목소리로 이렇게 말했다고 한다.

"무라이 님, 너무 깊이 파고드시면 이 산을 내려가실 수 없게 됩니다."

오치카의 면전에서 이야기하는 세이자에몬의 뺨이 아득한 회상에 눌려 굳어 있었다.

"그 말을 듣고, 그 표정을 눈앞에서 보고, 나는 분노를 잃었습니다. 한기가 느껴져 팔에 소름이 돋더군요."

무서웠다고 한다.

"무사된 자로서 위협을 받고 겁을 집어먹다니 면목이 없는 일이지만 그 자리에서는 더 이상 아무 말도 못 하고 물러나고 말았습니다."

크게 숨을 한 번 내쉬고 세이자에몬은 시선을 아래로 향했다. 다음 이야기를 할 힘을 쥐어짜 내는 거라고 오치카는 생각했다.

"그대로—있을 걸 그랬지요."

세이자에몬은 억누른 것처럼 낮은 목소리로 말을 이었다.

"긴키치의 말은 위협이 아니었습니다. 충심으로 한 조언이었어요. 호라가모리 마을의 수수께끼는 나 따위가 짊어질 수 있는 게 아니었으니까."

무라이 세이자에몬은 그해 장마가 끝날 무렵에 일어난 사건을 계기로 그것을 깨달았다.

"하룻밤 사이 큰 비가 내려 갑자기 물이 불어나는 바람에 넘친

못에 들어갔던 도미이치가 흙탕물 속에 빠지고 말았습니다."

세이자에몬은 때마침 아랫마을에 가 있었다. 윗마을로 돌아와 보니 센지가 눈이 부을 만큼 울다가 세이자에몬에게 매달렸다.

"무라이 님, 형이 죽게 생겼어요."

도미이치는 긴키치의 오두막에 누워 있었다. 달려간 세이자에몬은 그 모습을 보고 얼어붙었다.

불어난 못의 흙탕물 속에는 자갈이나 바위 조각, 부러진 나뭇가지 등이 섞여 있다. 그 물속에 빠진 도미이치의 몸은 상처투성이였다. 한쪽 다리가 부러졌고 오른쪽 팔의 팔꿈치 아래가 덜렁거렸으며 등뼈도 다쳤는지 몸이 묘하게 뒤틀리고 말았다.

가까스로 숨은 쉬고 있었다. 빠르고 얕은 숨으로, 거의 토해 내고 있을 뿐이다. 눈은 반쯤 감겨 있고 눈물이 고여 있었다. 입은 반쯤 벌리고 있어 혀가 보였다. 머리맡에 붙어 있던 긴키치는 창백한 얼굴이었다.

"왜 이런 꼴이 된 겐가? 어른들은 뭘 하고 있었기에?"

비가 그쳤으니 식림한 지 얼마 안 된 개간지의 상황을 보기 위해 도미이치를 포함한 네 사람이 산에 올라갔다. 도중에 도미이치가 흙탕물이 요란하게 소용돌이치는 못의 모습을 재미있어하며 가까이 가기에 동행했던 남자들이 더 이상은 다가가지 말라고 타일렀다.

—와아, 무서워.

도미이치도 돌아오려고 했으나 하필 서 있던 곳이 무너져서 흙

모래와 함께 물에 삼켜지고 말았다.

"남자들은 필사적으로 쫓아갔습니다."

구하는 쪽도 목숨을 걸어야 했다. 그래도 어떻게든 도미이치를 건져 올리고 흙탕물을 토하게 하자 다시 숨을 쉬기에 남자들이 돌아가며 업고 마을까지 내려온 것이다.

도미이치는 불러도 대답하지 않았다. 뺨을 만져 보니 차갑게 식어 있었다. 흙탕물에 휘말린 사이에 나뭇가지에 찔렸는지 깊은 상처에서 피가 흘렀다.

"부러진 뼈를 붙이고 상처를 꿰매고 피를 멎게 하면."

"우리한테 그런 일은 무리입니다."

"그럼 의원을 부르세."

"이 마을에는 의원이 오지 않아요."

"내가 성하마을에서 데려오겠네!"

격정에 휩쓸린 채 딱 잘라 말하다가 세이자에몬은 흠칫했다. 어떤 이유로든 멋대로 마을을 떠나면 부과된 임무를 완수하지 못한 것이 된다. 무라이 가를 재건할 수도, 고난도직 수습으로 다시 일할 수도 없다.

세이자에몬의 동요와 망설임을 달래듯이 긴키치가 으스스할 만큼 부드러운 목소리로 말했다.

"무라이 님. 센지를 부탁드립니다. 몸은 다 컸지만 속은 아직 어린애라, 형이 죽는 걸 보여 줄 수는 없어요."

"도미이치는…… 이대로 죽게 할 수밖에 없는 겐가."

"오늘밤을 넘기지 못할 겝니다. 제가 지켜보겠습니다."

어깨를 축 늘어뜨리고 밖으로 나가는 세이자에몬 대신 여자 하나가 들어왔다. 도미이치에게 입힐, 여러 번 빨아서 색이 바랜 유카타를 들고 있었다.

—저 아이의 수의인가.

세이자에몬은 무릎이 떨렸다. 오두막 밖에서는 센지가 땅바닥에 주저앉아 있었다. 윗마을 사람들 모두가 긴키치의 오두막을 멀찍이 둘러쌌다. 여자들은 울고 있고 남자들은 고개를 숙이고 있었다.

울 만큼 울다가 지쳐서 센지는 밥도 먹지 않고 잠들어 버렸다. 그 옆에서 세이자에몬도 잠들지 못하는 하룻밤을 보냈다.

새벽에 찾아가 보니 도미이치는 아직 버티고 있었다.

회복되어 가고 있는 것은 아니었다. 그저 버티고 있을 뿐이다. 그러나 세이자에몬의 눈에는 희망의 빛이 보였다. 도미이치는 튼튼한 아이다. 아니, 이제 거의 젊은이의 체격이다. 어떻게든 이겨내고 회복할지도 모른다.

"긴키치, 탕약이나 고약은 없나? 지금까지 자네들은 부상이나 병에 자력으로 대처해 왔겠지? 뭔가 치료를 해 주게."

긴키치는 느릿느릿 고개를 끄덕였다.

"무라이 님은 센지 옆에 있어 주십시오. 그 녀석은 무라이 님을 잘 따르니까요, 부탁드립니다."

센지와 둘이서 초소에 있자니 마을 여자가 죽을 가져다주었다.

"센지, 울지 말고 밥을 먹어라. 도미이치는 분명히 괜찮아질 거야. 네가 먼저 쓰러지면 어떡할 테냐."

센지는 울면서 죽을 먹었다. 초소의 화롯가에서 세이자에몬은 센지에게 염불을 가르쳐 주었다. 서쪽을 향해 손을 모으고 부처님께, 먼저 서방정토로 건너간 부모에게 도미이치를 구해 주십사 빌라고 가르쳤다. 자신도 함께 빌었다. 열심히 빌었다. 그러나 마음을 비울 수는 없어서 망설임과 싸웠다.

도미이치의 목숨을 구하기 위해서라면 자신의 장래를 버려도 괜찮을까.

산을 내려가 성하마을에서 의원을 데리고 온다. 오늘 하루면 할 수 있는 일이다. 그것 때문에 무라이 가의 재건을 포기해도 될까.

—시즈, 나를 용서해 줄 테냐.

망설임은 가슴에 무겁게 내려앉았다. 마음을 틀어막는 갈등에 숨이 막혔다. 눈앞이 어두워졌다 밝아지기를 반복했다.

투둑투둑 빗소리가 들려와 세이자에몬은 제정신으로 돌아왔다. 아침에는 맑았는데 지금은 어둑어둑하다. 작은 창으로 바깥을 내다보니 하늘은 검은 구름에 덮여 있고 멀리서 번개가 번쩍였다.

장마가 끝날 무렵에는 갑자기 비가 오고 벼락이 칠 때가 있다. 매년 있는 일이지만 지금은 그저 원망스럽게 여겨졌다.

센지는 화롯가에 앉아 졸고 있었다. 무릎 위에 놓인 양손은 여전히 합장을 하는 모양이다. 뺨에는 몇 줄기나 되는 눈물 자국이 남아 있었다.

세이자에몬의 가슴 깊은 곳에서 뭔가가 치밀어 올랐다.

도미이치를 살리고 싶다. 이들 형제는 가혹한 일을 많이 당해 왔다. 여기에 센지까지 외톨이가 된다면 너무 가엾은 일이다.

빗소리가 강해졌다. 번개가 번쩍인다. 주위는 해 질 녘처럼 어두워졌다.

멀리서 천둥소리가 울렸다.

—미안하다, 시즈.

산을 내려가자.

세이자에몬은 깊이 숨을 내쉬고는 봉당 벽에 걸려 있는 삿갓과 도롱이를 집어 들어 몸에 걸쳤다. 결심을 한 이상 한시라도 빨리 가는 편이 좋다.

초소의 나무문을 지났다. 밖에는 아무도 없었다. 비구름이 지나갈 때까지 마을 사람들도 오두막 안에 틀어박혀 있으리라.

거센 호우 맞은편으로 긴키치의 오두막이 보였다. 햇빛과 바람을 막기 위해 둘러 세운 갈대발에 커다란 빗방울이 튀고 있었다. 그 소리가 시끄럽다.

—도미이치, 내가 돌아올 때까지 힘내야 한다.

질척거리는 길에 크게 한 발 내딛은 바로 그때였다. 비 맞은편에서 무언가가 움직였다. 삿갓 가장자리를 들어올리고 세이자에몬은 빗발 사이를 응시했다.

긴키치의 오두막 갈대발 옆에 이상한 것이 서 있었다.

—누구지.

순간 그렇게 생각한 까닭은 도롱이를 입고 있었기 때문이다. 사람이었다. 그런데도 이상했다.

삿갓이 아니라 통 모양의 바구니를 쓰고 있었다. 숯을 칠한 것처럼 새까만 바구니다. 그래서 얼굴이 전혀 보이지 않았다.

키는 세이자에몬보다는 작다. 도롱이가 복사뼈 위까지 내려왔다. 그 사이로 보이는 것은 계절에 맞지 않는 눈신이었다.

"누구냐."

세이자에몬이 날카롭게 목소리를 던지자 그 인물은 재빨리 달아났다. 빗방울이 도롱이에 맞아 튀어오른다.

"잠깐, 웬 놈이냐!"

긴키치의 오두막에서 옆 오두막 뒤쪽으로 도망간다. 세이자에몬은 쫓아갔다. 마을 풍경이 흐려 보일 정도로 퍼붓는 빗속을 새까만 바구니가 뚫고 지나간다.

"거기 서, 서라니까!"

마을 끝까지 쫓아갔을 때 진흙에 미끄러져 세이자에몬은 저도 모르게 비틀거렸다. 자세를 다시 바로 하고 머리를 번쩍 들었다. 격렬한 비 때문에 삿갓 가장자리에서도 폭포처럼 물이 흘러 떨어졌다.

이상한 인물은 사라지고 없었다.

숲으로 도망쳐 들어갔을까. 엄청나게 재빨랐다. 강한 빗발과

질척거리는 길에도 아랑곳하지 않고 바람처럼 모습을 감추고 말았다.

누구일까. 그런 옷차림으로 무엇을 하고 있었을까? 긴키치의 오두막에서 나왔을까? 아니면 오두막 안의 모습을 엿보고 있었을까.

아연해져서 우두커니 서 있자니 등 뒤에서 분주한 사람 소리가 났다.

"센지, 빨리 와, 형이 큰일 났다."

마을 남자가 초소 앞에서 센지를 불렀다. 긴키치의 오두막 문이 열려 있고, 비에 젖는 것도 아랑곳없이 마을 사람들이 모여 들었다.

그중 한 사람이 세이자에몬을 알아보고 고개를 저었다.

"도미이치!"

세이자에몬은 흙탕물을 튀기며 긴키치의 오두막으로 달려갔다. 센지도 왔다.

도미이치는 숨이 끊어져 있었다. 작은 조개 같은 눈꺼풀도, 고통스러운 듯이 얕은 호흡을 계속하던 입도 다물어져 있었다.

"형, 형!"

센지의 울음소리가 빗소리 속에 울렸다.

세이자에몬에게는 안타까운 일이지만 도미이치는 윗마을의 관습에 따라 마을 남자들의 손으로 무덤에 던져졌다. 혼자가 된 센지는 긴키치의 오두막에 의탁하게 되었다.

윗마을에서 사람이 죽었다는 사실을 아랫마을에도 알려야 한다. 그쪽에 있는 스가 리사부로를 부를 필요도 있다. 세이자에몬은 숲의 한 모퉁이에 있는 높다란 곳까지 긴키치를 따라가 그가 봉화를 지피고 한 줄기 연기가 피어오르는 것을 지켜보았다. 뇌우가 지나가자 장마는 완전히 끝나고 하늘은 탁 트여 파랬다.

아랫마을에서는 고사쿠와 스가 리사부로가 왔다. 고사쿠는 얌전히 고개를 숙이고 있을 뿐이었지만 리사부로는 도미이치가 죽게 된 자세한 경위를 듣자 형제의 신상을 깊이 동정했다.

"다음에는 더 좋은 곳에서 태어날 게다."

무덤에 흙을 뿌리는 작업을 지켜보면서 손을 모으고 그렇게 중얼거렸다. 오만하고 성질이 급하지만 상냥하고 정도 많은 사람이다. 어쩌면 미네의 뱃속에서 자라고 있는 아기의 운명을 도미이치를 통해 미리 배운다고 여겼을지도 모른다. 내 아이는 이런 산속에서 죽게 하지 않겠다고 다짐하면서.

그건 그렇고 검은 바구니를 뒤집어쓴 인물은 누구였을까.

그자는 긴키치의 오두막 바로 바깥에 있었다. 무언가 보지 못했나. 짐작 가는 데는 없나. 세이자에몬의 질문을 긴키치는 전혀 알아듣지 못했다.

"글쎄요. ……저는 도미이치한테 붙어 있느라 아무것도 모르겠습니다."

그뿐만 아니라 세이자에몬의 말을 의심하는 듯한 태도를 보였다. 무라이 님, 그런 심한 벼락은 처음 겪으셔서 깜짝 놀란 나머지 무언가 잘못 보신 거 아닙니까?

"분명히 보았네!"

세이자에몬의 호소에 리사부로는 한동안 내팽개쳤던 산지기의 본분과 두 명의 전임자에게 닥친 괴이한 일을 떠올린 모양이었다. 이 일에 진지하게 흥미를 가졌다.

"재빠르게 도망갔다고?"

"음, 정말로 나는 것 같은 움직임이었네."

차분하게 떠올려 보니 문제의 인물은 흙탕물을 튀기지도 않았다. 눈신을 신고 있었기 때문일까.

"그때의 뇌우는 갑작스러웠으니까. 아랫마을에서도 숲에 들어가거나 밭에서 일하느라 남자들 대부분은 마을에 없었네."

"윗마을에서도 마찬가지일세."

"그렇다면 그중 누군가일 수도 있겠군."

검은 바구니를 뒤집어쓰고 도롱이를 껴입으면 얼굴은 물론이고 몸집도 알 수 없다. 단서는 키뿐이지만 비교할 대상인 세이자에몬의 키가 크다 보니 리사부로를 포함한 대부분의 남자가 들어맞고 만다.

"검게 칠한 바구니를 뒤집어쓰다니 참으로 불길하군. 장례식에 어울릴 것 같은 차림새 아닌가."

도미이치를 매장할 때는 마을 사람들 중 누구도 그런 것을 쓰고 있지 않았다.

"구리야마 영지 내에 그런 관습이 있다는 소리를 들은 적도 없고."

리사부로가 고개를 갸웃거리다가 말했다.

"관습 하니까 생각나는데 나는 붉은 봉화를 보았네."

도미이치가 죽기 전날, 못에 빠진 날의 일이라고 한다.

"저건 뭐냐고 고사쿠에게 물었더니 윗마을에서 병자나 다친 사람이 나왔다는 소식이라고 하더군."

숲에는 태우면 붉은색 연기를 내는 나뭇잎이 있어서 필요할 때를 위해 모아 둔다고 한다.

당장 긴키치와 고사쿠에게 확인해 보니 두 사람 다 순순히 인정했다.

"도미이치의 상처가 중해서 태웠지요."

"아랫마을에서 누군가 도우러 와 달라는 알림이 아닌가?"

"아닙니다. 오히려 누군가가 병으로 앓아누웠을 때는 돌림병일지도 모르니 이쪽으로 오지 말라고 알리지요."

과연, 그것은 이치에 맞는다.

세이자에몬은 문득 깨달았다. 호라가모리 마을을 둘로 나누고 자유로운 왕래를 금한 이유도 돌림병이라면 납득이 간다. 하나의 마을을 괴멸시킬 정도로 큰 눈사태는 드물지만 돌림병이라면 더 자주 생길 수 있다. 당장 목숨에 지장이 생기는 병이 아니라 눈병이나 설사라도, 빠듯한 산의 생활 속에서 그런 병이 돌면 마을 사람들은 순식간에 더욱 가난해지고 마침내는 목숨을 잃게 되는 중대한 사태로까지 발전할 수 있다.

"무언가 좋은 일, 기쁜 일이 있다고 알리는 봉화는 없나?"

리사부로의 물음에 긴키치도 고사쿠도 고개를 저었다.

"없습니다."

"그럼 내 아기가 태어나면 또 숲을 가로질러 올 수밖에 없나? 고사쿠, 그때는 좀 부탁하네. 무라이 님한테 알려 주게. 빨리 아기의 건강한 얼굴을 보여 주고 싶으니까."

즐거운 듯이 느긋한 소리를 늘어놓고 리사부로는 아랫마을로 돌아갔다. 살아갈 보람을 얻어 힘찬 그의 발걸음을 고개를 숙인 고사쿠가 종종거리며 따라간다. 호라가모리 숲으로 들어가는 그 등을 지켜보던 세이자에몬은 홀로 남겨졌다.

그해 여름은 더웠다. 가뭄도 계속되어 땅은 마르고 마을 사람들도 갈증으로 고생했다.

도미이치를 잃고 센지와도 소원해지면서 세이자에몬의 신변은 불이 꺼진 것처럼 쓸쓸해졌다. 지금까지 중에서 가장 통절하게, 이곳 생활을 견디기가 괴로웠다.

그런 만큼, 저녁 바람이 점차 선선해지고 부지런한 가을벌레가 가느다란 소리로 울기 시작했을 무렵 아랫마을에서 고사쿠가 찾아와 낭보를 전해 주었을 때는 기뻤다.

"스가 님의 아기가 태어났습니다."

여자아이라고 한다.

"아기도 미네도 무사하겠지."

"예. 한데 산고가 심해서 스가 님이 몹시 걱정하고 계십니다."

그 말을 듣고는 더더욱 가만히 있을 수가 없어서 세이자에몬은 아랫마을로 향했다.

"세이자에몬인가, 잘 와 주었네."

리사부로는 야위어 있었다. 미네는 산고가 심한 정도가 아니라 사흘 밤낮을 힘들어했고 출혈도 심해서 한때는 목숨이 위태로웠다고 한다. "당분간 정양해야 하네. 아기에게 젖을 주기도 힘들어서 처형이 내내 붙어 간병을 하고 아기에게는 미음을 주고 있네."

정말로 리사부로가 살고 있는 오두막 봉당에는 한껏 부푼 쌀자루가 있었다. 말린 생선이나 닭, 토끼도 매달려 있다.

"이건 미네에게 먹일 건가?"

"응, 그렇고말고. 내가 총을 쏠 줄 알아서 다행이야."

미네가 회임하고 나서 리사부로는 자주 총을 들고 숲에 들어가 짐승을 사냥했다고 한다.

"더 힘써야지. 미네에게는 영양가 있는 음식이 필요해."

세이자에몬의 가슴속에 문득 불온한 바람이 스치고 지나갔다.

미네와 아기를 소중하게 생각하는 리사부로의 마음은 이해가 간다. 그러나 총을 들고 숲에서 내키는 대로 사냥하는 리사부로의 모습을 마을 사람들이 기분 좋게 바라봤을 리 없다. 이곳의 숲은 사냥터가 아니라 식림과 농사를 하는 곳이다.

게다가 저 쌀자루의 쌀은 아랫마을 사람들끼리 나누어야 하는 귀중한 식량인데 리사부로가 산지기의 권한을 이용하여 독차지하고 있다.

—좀 더 일찍 충고해 두어야 했다.

요즘의 리사부로는 계속 이처럼 제멋대로 행동해 왔으리라. 자기 여자가 어여쁘고, 그 여자가 가진 아이가 어여뻐서.

그것은 전횡이다. 리사부로가 자기 사정에 넋이 팔려 있고 세이자에몬도 아랫마을을 그에게만 맡겨 놓은 사이에 아랫마을에서는 리사부로에 대한 반감이나 원한이 쌓이지 않았을까.

그렇게 생각하면서 마을 사람들의 안색을 살피니 모두 하나같이 떨떠름하다. 스가 님의 아기가 태어났으니 축하드린다고 입으로는 인사하지만 누구의 눈도 웃고 있지 않았다. 눈빛은 오히려 험악했다.

미네도 언니도 본래 연약한 여자다. 자매 두 사람을 합해서 간신히 한 사람 몫을 하는 노동력이었을지도 모른다. 그중 한쪽이 아기를 가져 임부가 되고 일손으로는 도움이 되지 않게 되었다. 하지만 일하지 않아도 밥은 먹는다.

지금의 상황은 더욱 나빠졌다. 산후 회복이 좋지 못해 앓아누운 미네도, 그런 미네만 보살피는 언니도 일을 하지 못하는데 부양은 필요로 한다. 아기도 마찬가지다. 귀중한 쌀이 아이의 미음이 된다. 자라면 더욱 많이 먹을 테고 리사부로도 주고 싶어 하리라.

그런 사람은 아랫마을에 짐만 되지 않을까. 호라가모리 마을의 힘든 생활에, 멋대로 사귀다가 멋대로 아이를 만든 산지기와 그 여자는 쓸데없는 누름돌이 되어 얹혀 있는 셈이 아닌가.

리사부로는 젊고 튼튼한 산지기다. 총도 잘 쏜다. 산지기의 위엄도 갖추고 있다. 아랫마을 사람들이 그를 거역할 수는 없었을 것이다. 하지만 사람의 참을성에는 한계가 있다. 혼자서는 무서워서 할 수 없는 일도 무리를 지으면—그런 생각을 할 수도 있다.

리사부로가 미네와 아이 옆에 있는 동안 세이자에몬은 고사쿠에게 부탁해 마을의 중요한 자들을 모아 달라고 했다. 그리고 거기에서 머리를 숙였다.

"아기가 태어난 것은 본래 축하할 일이지만 이 마을에서는 사정이 조금 다르지. 모두에게 부담을 지우게 되어 나도 스가도 괴로운 마음일세. 모쪼록 잘 보살펴 주게."

모인 마을 사람들은 하나같이 말이 없었다. 그들의 침묵에 세이자에몬은 자신의 의심이 적중했음을 깨달았다.

"무언가 곤란한 일이 있으면 언제든지 봉화를 피워 알려 주게. 사양할 필요는 없으니."

고사쿠를 설득하는 한편으로, 소용없을 줄 알면서 리사부로도 설득해 보았다. 아기의 얼굴을 보았고 하니 일단은 윗마을의 초소로 돌아가 산지기의 직무에 전념하게.

리사부로는 처음에는 웃다가 세이자에몬의 설교가 진심임을 알아채자 얼굴을 새빨갛게 붉히며 화를 냈다.

"자네는 윗마을, 나는 아랫마을이 영역일세. 가르치려 들지 말게!"

"우리는 호라가모리 마을의 산지기일세. 멋대로 행동해서는 안 돼."

"그럼 자네는 어떤가?"

리사부로는 세이자에몬의 얼굴에 손가락을 들이대고 침을 튀기며 욕을 했다.

"도미이치라는 아이가 죽게 되었을 때 자네가 긴키치에게 성하 마을에서 의원을 데려오겠다고 말했다더군."

세이자에몬은 말문이 막혔다. "그건—."

"실제로 산을 내려가려고도 했지. 심한 뇌우가 퍼붓는데 몸단장을 하고 초소를 나가는 모습을 보았다고 긴키치가 가르쳐 주었네."

보고 있었나. 당시 세이자에몬은 비장한 얼굴을 하고 있었을 텐데. 그 표정에서 속마음까지 알아챈 것일까.

그러나 이상하다. 긴키치가 오두막 안에서 바깥을 보고 세이자에몬을 알아차렸다면, 검은 바구니를 뒤집어쓴 기이한 인물도, 세이자에몬이 그에게 누구냐고 물으며 쫓아간 사실도 알고 있어야 하지 않을까.

"정말로 긴키치가 그리 말했나?"

"거짓말을 해서 무슨 이득이 있겠나?"

제멋대로인 사람이 누구냐고 리사부로는 화를 내며 고함쳤다.

"자네가 산을 내려가면 자네를 막지 못한 나도 직무를 실패한 것이 되고 마네. 우리는 한 배를 탄 사이야. 잘 기억해 두게!"

이 싸움은 두 산지기 사이에 깊은 골을 만들었다. 그 후에도 세이자에몬은 아랫마을을 찾아갔지만 리사부로는 거의 말도 하지 않았다. 그가 윗마을에 발길을 한 것은 가을 연공을 위해 감평 관리가 올라왔을 때뿐인데 그날 리사부로는 감평 관리가 도착하기를 기다리는 동안 세이자에몬의 귓가에 위험한 말을 속삭였다.

"감평 관리님께 시시한 고자질을 할 생각은 말게."

"무슨 고자질 말인가?"

"여러 가지로 하고 싶은 말이 속에 쌓여 있지 않은가. 하지만 그만두게. 모처럼 건진 목숨을 헛되이 할 뿐이니까."

나는 총 쓰는 사람일세, 하고 리사부로가 말했다.

"이제 와서 다시 말하지 않아도 알고 있네."

"하지만 자네는 내가 먼 거리에서 얼마나 총을 잘 쏘아 맞히는지 보지는 못했지. 가르쳐 주겠네. 나는 일 정(약 백십 미터) 떨어진 곳에서 과녁에 그려진 엄지손톱만 한 별표를 맞힐 수 있다네."

이 정까지 떨어져도 빗나가지 않을 거라고 리사부로는 의기양양하게 말했다.

"나는 사냥을 하기 위해서 호라가모리 숲을 돌아다니면서 이 근처를 아주 잘 알게 되었네. 발 딛기 좋은 곳과 시야가 좋은 곳이 몇 군데 있더군. 그게 무슨 뜻인지 아나? 지금의 나는 언제든 내가 원할 때 자네를 쏠 수 있다는 걸세."

그러니 입 다물고 있게—하고 비웃었다.

세이자에몬은 물었다. "미네와 아기는 잘 지내나?"

리사부로는 갑자기 당황하더니 "자네가 알 바 아니야" 하고 내뱉고는 얼굴을 돌렸다. 그것을 마지막으로 세이자에몬을 피하듯이 눈도 마주치지 않았다.

그 해에도 감평 관리는 두 명의 산지기가 무사한 것에 놀라고 나름대로 감탄했는지 칭찬하는 듯한 말까지 했다.

“둘 다 산 생활에 익숙해져서 얼굴이 좋아졌군.”

우선은 연공을 조사하고 납입을 마치자 세이자에몬과 리사부로는 지난 한 해 동안 있었던 일을 고했다. 감평 관리는 도미이치의 갑작스러운 죽음에 몹시 관심을 보였으나,

“흙탕물에 빠진 것이 원인이로군. 그러니까 그—괴이한 일은 아니겠지?”

요컨대 오니의 소행이 아니냐는 대목에만 신경을 썼다.

“괴이한 것, 사람이 아닌 이형의 것, 오니 같은 것은 한 번도 나타나지 않았습니다.”

리사부로는 태연하게 말했다. 그러나 세이자에몬은 그럴 수 없었다. 검은 바구니를 뒤집어쓴 괴이한 인물에 대해서 설명하자 감평 관리는 눈썹을 찌푸렸다.

“세상에, 그건 이상하군.”

“예. 도망치는 속도도 각별해서—.”

그러자 리사부로가 끼어들었다.

“심한 뇌우 속에서 마을 사람 가운데 누군가가 도롱이를 입고 비를 피하느라 가까이 있던 바구니를 뒤집어썼을 테지요. 도망치는 발이 빨랐다고 해 봐야 무라이의 눈이 착각을 일으켰을 수

있고요. 천둥소리 때문에 무라이도 내심 움츠러들었을지 모릅니다."

"아니, 나는."

"애초에 무기인 몽둥이도 들지 않은 채 도롱이를 입고 빗속을 어슬렁거리는 오니가 존재할 리 있겠습니까?"

두 사람의 얼굴을 번갈아 바라보던 감평 관리는 자신감에 찬 리사부로 쪽의 손을 들어 주었다. 후후, 후후, 하고 웃음을 짓더니 안도한 듯이 말했다.

"그래, 스가의 말이 옳네."

감평 관리의 웃음에 리사부로는 더욱 기세를 얻어 말을 이었다.

"재작년에 눈이 녹기 시작하고 나서 지금까지 저는 순시에 힘쓰면서 호라가모리 숲 일대를 샅샅이 조사했습니다. 거듭 말씀드리거니와 오니라곤 본 적이 없습니다. 제 총을 쏜 것은 지난 봄, 아랫마을을 위협하는 곰을 한 마리 쏘아 죽였을 때뿐이었습니다."

"오오, 그런가?"

"깊은 산에 들어가 길을 잃으면 쉽게 마음이 흐트러지고 있지도 않은 허깨비를 볼 때도 있습니다. 도베 고로베에도 다가와 규스케도 비슷한 사정으로 도베는 목숨을, 다가와는 제정신을 잃었겠지요. 말하자면 담력도 없고 무사로서 부족한 두 사람이었기 때문에 그러한 불찰을 저지른 것입니다."

그렇군, 하며 감평 관리는 무릎을 쳤다.

"잘 알겠네. 스가 리사부로, 자네야말로 믿음직스러운 진짜 산지기일세. 무라이 자네도 좀 더 담력을 길러 두게. 앞으로 일 년의 임기가 남아 있으니까."

도미이치가 죽었지만 그 몫을 메울 이주자나 새로운 죄인이 이곳에 보내지는 일은 없었다.

"자네들이 삼 년을 넘기면 산 부교님도 다시 생각하시겠지."

이부키야마 산에도 호라가모리 숲에도 오니는 존재하지 않는다. 그렇다면 두려워할 필요도 없다. 지금까지 하던 대로 이주와 식림을 진행해 나가면 된다.

"하지만 그러면 아무것도 바뀌지 않습니다."

세이자에몬은 저도 모르게 무릎을 꿇은 채 몸을 내밀며 호소했다.

"이 마을의 생활은 지나치게 가혹하고 마을 사람들은 고립된 채 버려져 있습니다. 도미이치처럼 다치는 사람이 나와도 제대로 된 치료조차 할 수가 없습니다. 여건도 방법도 주어지지 않았기 때문입니다."

그게 어쨌다는 거냐고, 감평 관리는 대답했다.

"호라가모리 마을은 원래부터 그랬네."

태연한 그 표정에 세이자에몬은 할 말을 잃고 말았다.

"자네와 스가의 직무가 무엇인가. 호라가모리 마을에 변사變事가 없는지 확인하고 있으면 제거하여 주민들이 동요하지 않도록 평정하는 것이지."

다짐하듯 찬찬히 설교하더니 또 실실 웃어 보인다.

"스가가 오니 따위는 없다고 하지 않는가. 당초에 했던 걱정보다 의외로 쉬운 직무 아니었나? 조금만 더 버티면 자네들 모두 다시 관직을 맡을 수 있네. 애써 보게."

감평 관리는 산을 내려갔다. 리사부로도 유유히 아랫마을로 돌아갔다.

세이자에몬은 뱃속이 타들어 가는 기분이었다.

삼 년 동안 아무 일도 없이 살아남으면 된다. 그러니 끝까지 해내자고 생각하고 있었다. 하지만 지금은 몹시 화가 났다.

무책임하다. 이제 완전히 호라가모리 마을의 주민이 된 세이자에몬은 산지기로서 현재의 상황을 그대로 놔둔 채 바꾸지 않는 것이 더 무책임한 행동임을 깨달았다.

—잘못되었어.

호라가모리 마을이 여기에 있고 마을 사람들이 갇혀 있는 것은 명백한 실정失政이다. 현재의 상황을 바꾸지 않고 지키는 것이 가신인 무사로서 옳은 행동일 리가 없다.

"긴키치, 거짓말을 하세."

리사부로와 감평 관리와 나눈 대화 때문에 얼마쯤 앵돌아진 기분이었던 세이자에몬은 대담한 말을 꺼냈다.

"썩어빠진 감평 관리 놈은 느슨한 얼굴을 하고 있지만 그렇게 엿장수 마음대로 되게 할 수는 없지. 아직 늦지 않았네. 도베 님과 다가와 님의 변을 역으로 이용해 보세. 나와 자네와 고사쿠 셋이서 입을 맞춰, 이부키야마 산에는 역시 무서운 오니가 있다고, 도저히 사람이 살 수 있는 곳이 아니라고 호소하는 거야."

그렇다, 그게 무엇이 잘못이란 말인가? 수수께끼를 풀어야겠다, 마을 사람들의 생활을 도와야겠다, 고지식하게 생각해 봤자 누구에게 도움이 된단 말인가?

수수께끼의 답도 진실도 필요 없다. 필요한 것은 오히려 그럴듯한 거짓말이다. 그러면 마을 사람들은 구할 수 있다.

하지만 긴키치는 두려워하지도 세이자에몬에게 장단을 맞추며 아첨하지도 않았다.

"그런 말씀 마시고 무라이 님도 스가 님도 임기가 끝나면 산을 내려가십시오."

긴키치의 담담한 대꾸에 세이자에몬은 오히려 발끈했다.

"스가에 대해서라면 신경 쓰지 말게. 내가 설득해 주겠네. 아니, 말로 눌러 주지. 힘으로 눌러도 상관없네. 총 실력이나 자랑하는 것은 무사의 본분이 아니지. 진검 승부라면 나는 절대로 녀석에게 지지 않아."

격분하는 세이자에몬에게 긴키치는 낮게 말했다.

"무라이 님답지 않은 생각이십니다."

안 됩니다, 하고.

"조금 주워들었을 뿐이니 무례한 말씀이 될지도 모르겠지만 무라이 님도 스가 님도 이곳에서 직무를 마치지 못하면 곤란해지지 않습니까?"

세이자에몬은 얼굴에 찬물이라도 끼얹힌 것처럼 눈을 깜박였다.

"무, 무슨 소릴 하는 겐가. 나는 괜찮네."

괜찮지는 않다. 괜찮지는 않지만 세이자에몬은 어떻게든 이 현실을 바꾸고 싶었다.

―분명, 시즈도 이해해 줄 테지.

시즈도 무라이 가의 재건을 정말로 원하고 있을까. 앞으로도 계속 구리야마 번에 있으면 누이는 과연 행복할까. 아무런 잘못도 하지 않았지만 능욕을 당하고 세상 사람들을 꺼리는 몸이 되고 말았는데.

구리야마 번의 실정이 그런 무도함을 용납하고 있다.

이제 질렸다.

분명히 그렇게 생각한 자기 자신에게 세이자에몬은 신선한 놀라움을 느꼈다.

시즈를 데리고 구리야마 번을 떠나자. 이 땅을 나가자. 이부키야마 산에서 두 번의 겨울을 넘길 수 있었으니 다른 어디에 가도 살아갈 수 있다. 그것이 자신의 본심이다.

"나는 사람으로서 더 훌륭하게, 더 올바르게 살고 싶을 뿐이야. 자네는 어떤가? 이 부당한 처사에서 도망치고 싶지 않나?"

그러자 긴키치는 또 멍하니, 세이자에몬이 모르는 먼 곳을 보는 듯한 눈을 했다.

“우리에 대해서는 모쪼록 걱정하지 마십시오. 무라이 님은 본인을 소중하게 여기십시오. 그러지 않으면 정말로 이 산을 내려갈 수 없게 되고 맙니다.”

한 번 들었던 말이다. 억양이 없는 그 말투의, 뭐라 말하기 힘든 불길하고 절실한 울림도 똑같다.

“무슨 뜻인가?”

세이자에몬은 큰 맘 먹고 정면에서 물었다.

“너무 깊이 파고들면 내가 산에서 내려갈 수 없게 된다, 전에도 그런 말을 했지.”

긴키치는 희미하게 웃었다. “글쎄요, 제가 그랬습니까?”

“긴키치, 자네는 무엇을 숨기고 있는 겐가?”

“숨기는 것은 없습니다.”

그저 걱정될 뿐이라고 한다.

“산지기님도 병에 걸리거나 다칠 때가 있지요. 그러면 이곳에서 목숨을 잃게 됩니다. 무라이 님은 훌륭한 분이니 그리 되지 않기를 바랄 뿐입니다.”

그러고는 깊이 머리를 숙였다.

“밭에 가야겠습니다. 이만 돌아가 보겠습니다.”

연공을 내는 일이 일단락되어도 느긋하게 있을 수는 없다. 혹한기에 대비해 가능한 한 식량을 확보해 두어야 한다.

나무를 심고 경작을 하며 그저 목숨을 이어가기 위해 매일 몸이 가루가 되도록 일을 한다.

긴키치는 그래도 좋다고 한다. 산지기가 없는 시기에도 누구 한 사람 이곳에서 도망치려고 하지는 않았다.

모두가 완전히 체념한 걸까.

—죄인이니까 어쩔 수 없어요.

혼자 남겨진 세이자에몬이 입술을 깨물었다.

이부키야마 산의 가을은 짧고 겨울은 서둘러 달려온다. 산등성이에 하얀 자국이 생기는가 싶더니 며칠 후에는 호라가모리 숲도 약간의 눈이 흩날리다가 이내 완전히 눈으로 뒤덮였다.

다시 집 안에 틀어박히는 겨울이 시작된다. 이제 두 번째 겨울을 맞이한 세이자에몬은 더욱 괴롭고 쓸쓸해졌다.

아무도 가까이 다가오지 않는다. 마을 사람들은 그를 멀찍이 에워싸고 있다. 음식을 해 주는 여자들에게 말을 걸어도 말없이 머리를 숙일 뿐이다. 긴키치가 사람들에게 무언가 언질을 준 걸까. 센지조차 세이자에몬에게 다가오지 않았다.

순시를 하고 일지를 쓴 뒤 화롯가에서 불을 지피며 우두커니 앉아 생각에 잠겼다가 만 하루 동안 아무하고도 말을 섞지 않는 날도 있었다.

일월 중순, 며칠 동안 하늘이 맑았고 얼어붙을 것 같은 북풍이 불어닥쳤다. 이것이 술도 언다는 추위인가 하고 몸으로 깨달았을 무렵에 갑자기 큰 눈이 내렸다.

얼음판처럼 얼어붙은 눈 위에 새로운 눈이 쌓이면 표층 눈사태 쌓인 지 오래되어 단단해진 눈 위에 새롭게 내린 눈이 미끄러져 발생하는 눈사태가 일어나기 쉽다. 작년 겨울의 경험으로 세이자에몬도 잘 알고 있었다.

이부키야마 산의 산자락은 비단처럼 매끄러운 눈의 옷으로 덮여 있다. 큰 눈을 가져온 구름이 떠나가고 푸른 하늘이 돌아오니 실로 절경이다. 그러나 선불리 산에 올라가서는 안 된다. 소리를 내는 것도 엄금이다. 손뼉을 치거나 재채기만 해도 눈사태의 계기가 된다.

"이 눈이 한 번 더 얼면 안정될 겁니다. 그때까지만 참으십시오."

긴키치의 말을 가슴에 새기고 허벅지까지 오는 눈을 헤치며 윗마을 주위를 한 바퀴 돌아 순시를 마치고 돌아오는 길에, 세이자에몬은 아랫마을 쪽에서 피어오른 붉은 봉화를 발견했다.

서둘러 긴키치의 오두막으로 가서 하늘을 가리켜 보이자 촌장은 눈을 가늘게 뜨며 하얀 숨을 길게 내쉬었다.

"무슨 일이 있었나 봅니다. 무라이 님, 아랫마을에 가는 것은 삼가십시오. 어쨌든 지금은 숲속을 걷기 어렵습니다."

아랫마을에서 다친 사람이나 병자가 발생했나. 혹시 미네나 아기는 아닐까. 세이자에몬의 가슴은 술렁거렸지만 초소에 머물러 있을 수밖에 없었다.

이튿날 오전에 또 봉화가 일었다. 불길한 검은 선처럼 피어오르는 연기는 아랫마을의 갑작스러운 변사를 알리는 표시다.

이제 꾸물거리고 있을 수는 없다.

"긴키치, 나는 아랫마을에 가겠네."

다행히 하늘은 맑고 북풍도 그쳤다. 깊은 호라가모리 숲에 들어가고 나면 갑자기 눈사태에 깔릴 위험도 적어진다.

"그럼 저도 같이 가겠습니다."

후미다와라길에 쌓인 눈을 밟아 다지기 위한 도구. 짚으로 짠 작은 가마니 같은 것을 두 개 만들어, 위에서 발을 집어넣고 걸으면서 눈을 밟아 다진다를 신은 긴키치가 앞장서서 가끔 낫으로 나뭇가지나 줄기에 표시를 하면서 나아갔다. 쌓여 있는 눈에 빠진 세이자에몬을 긴키치가 몇 번 끌어내 주었다. 두꺼운 장갑을 끼었어도 손가락이 곱고 코 밑으로는 작은 고드름이 매달렸다.

간신히 아랫마을에 도착해 보니 마을 사람들이 고사쿠의 오두막에 모여 있었다. 아니, 갇혀 있었다. 좁은 오두막에 다 들어가지도 못하고 바깥으로 넘쳐난 사람들은 하나같이 움츠러든 모습이다.

그들의 표정을 본 세이자에몬은 깜짝 놀랐다. 추위 때문만은 아니다. 모두 겁을 먹고 있었다.

"대체 무슨 일인가?"

세이자에몬의 물음에 오두막 안에서 우렁찬 고함 같은 목소리가 대답했다. 스가 리사부로다. 아무렇게나 수염이 자란 뺨은 움푹 패어 있고 눈만 번쩍번쩍 빛나고 있었다.

"오오, 와 주었나!"

움켜쥔 총으로 마을 사람들을 헤치다시피 밀어내고 나오더니 세이자에몬에게 바싹 다가섰다.

"세이자에몬, 그것이 나왔네. 미네와 아기가, 다, 당하고 말았어."

오두막 안쪽에는 고사쿠와 미네의 언니가 나란히 등을 웅크리고 앉아 있다. 미네의 언니는 눈꺼풀이 부어 있었다. 세이자에몬과 눈이 마주치자 양손으로 얼굴을 덮고 말았다.

그리고 세이자에몬은 보았다.

얇은 이불 위에 누워 있는 가냘픈 여자와 야윈 아기. 양쪽 모두 얼굴에 여러 번 빨아서 색깔이 바랜 손수건이 덮여 있다.

"미네도 아기도—죽은 겐가?"

"아아, 죽었네. 둘 다 죽어 버렸어."

수염투성이 얼굴을 일그러뜨리며 리사부로는 울기 시작했다. 그 광란에 이끌린 듯이 미네의 언니도 소리 내어 흐느꼈다.

"오늘 아침, 날이 밝기 시작했을 무렵이었네. 검은 바구니를 뒤집어쓰고 도롱이를 입은 그것이 나타났네. 자네 말이 맞았어. 정말로 갑작스러워서 꼭 요술을 보는 것 같았네."

도미이치가 숨을 거두기 직전, 벼락과 거센 호우 속에 불현듯 서 있던 그 이상한 존재가 이곳에도 나타났다는 것이다.

"분명히 본 거겠지?"

"보았네! 나는 여기에 있었어! 밤새 두 사람에게 붙어 있었네. 다만 아주 잠깐, 측간에—측간에 갔다가 돌아와 보니."

도롱이를 부풀리며 그 이상한 것이 누워 있는 미네와 아기 위를 덮치고 있었다.

—누구냐!

“나는 소리쳤네. 그랬더니 재빨리 일어나서 밖으로 도망치더군. 그래서 쫓아갔지만 마치 질풍처럼.”

리사부로는 발을 굴렀다.

“코앞에 있었는데, 손을 뻗으면 도롱이를 잡아챌 수 있었는데, 순식간에 놓치고 말았네. 눈 깜짝할 사이에 모습을 감추고 말았어.”

오두막 안에서는 미네와 아기가 숨이 끊어져 있었다.

“젠장, 젠장, 젠장! 내 눈앞에서!”

리사부로는 미친 듯이 화를 내고 울며 난리를 쳤다.

“세이자에몬, 도와주게. 그것을 찾아내서 찢어 죽이고 말겠어!”

제대로 자지도 않고 먹지도 못했으리라. 비틀거리는 리사부로의 모습은 몹시 불안해 보였다. 종이인형처럼 미덥지 못했다.

“알았네, 알았으니 좀 진정하게. 자네가 더 죽은 사람 같은 얼굴을 하고 있어.”

“미네와 아기의 원수. 나는 원수를 갚아야 해. 부탁하네, 도와주게.”

거품을 뿜으며 호소한다. 곤봉이라도 움켜쥐듯이 총을 잡고 있지만 약실도 화약을 담은 주머니도 눈에 띄지 않는다. 리사부로는 완전히 이성을 잃었다. 이래서야 마을 사람들이 두려워하는 것도 당연하다.

세이자에몬은 리사부로를 밖으로 끌어냈다. 마을 사람들이 얼른 길을 비킨다. 그들의 얼굴에는 산지기에 대한 경외도 친근함도 없었다. 세이자에몬은 슬픔과 비참함 때문에 가슴이 메었다.

"다들 자신의 오두막으로 돌아가 있게. 아무도 마을을 나가선 안 돼."

마을 사람들은 얌전히 머리를 숙였다. 리사부로가 고함쳤다.

"반드시 범인을 찾아낼 테다! 각오해 둬!"

리사부로의 오두막은 온기도 없고 어지럽혀져 있다. 더러운 기저귀가 대야에 내팽개쳐져 있었다.

"일단 거기 앉게."

세이자에몬에게 떠밀려 화롯가에 무너지듯이 앉으면서도 리사부로는 거품을 뿜으며 주장했다.

"웃기는 차림새로 얼굴과 몸집을 숨기면 정체가 탄로 나지 않으리라 여긴 걸까? 백성들의 얄팍한 지혜는 웃기는군!"

"마을 사람 중 누군가가 범인이라고 말하고 싶은 겐가?"

리사부로는 충혈된 눈으로 세이자에몬을 노려보았다.

"달리 누가 있나? 이 호라가모리 숲에는 우리 두 사람과 마을 사람들밖에 없네."

마을 사람 중 누군가가 검은 바구니를 뒤집어쓰고 도롱이를 입고 미네와 아기를 죽이고 도망쳤다—.

"고사쿠 놈, 아무것도 모른다며 시치미를 떼더군. 애초에 그놈이 미네와 아기를 자신의 오두막에서 간병하겠다는 말을 꺼낸 것부터가 이상했어. 그쪽이 볕이 잘 든다는 둥, 북풍이 통하지 않는다는 둥 그럴싸한 말을 하더니."

리사부로가 머리를 끌어안고 이를 바득바득 갈며 말했다.

"진작 의심했어야 하는데. 고사쿠가 끌어들인 거야. 아니, 고사쿠만이 아니라 마을 사람들 전체가 한통속일지도 모르네. 그러니 재빨리 모습을 숨길 수 있었겠지. 누군가의 오두막에 뛰어 들어가서 바구니와 도롱이를 벗어 버리면 되니 말일세. 그래, 틀림없어."

갑자기 "오오" 하고 소리를 지르더니 눈을 부릅뜨고 세이자에몬의 어깨를 흔든다.

"이보게, 도미이치라는 아이도 분명히 같은 수법에 당했을 걸세!"

흥분하여 난리를 치고 있지만 리사부로는 넋이 나간 것이 아니었다. 전후 사정을 고려하면 역시 세이자에몬도 같은 생각이었다.

한편으로 리사부로의 주장은 등골이 얼어붙을 듯한 통찰을 끌어다 주었다.

설마.

세이자에몬은 애써 차분하게, 천천히 물었다.

"미네와 아기는 몸이 좋지 않았나?"

리사부로는 눈물을 흘리면서 고개를 끄덕였다.

"산후 회복이 쉽지 않아서 내내 자리에 누웠다 일어났다 했네."

아기도 어미의 젖이 없으니 좀처럼 살이 찌지 않아 허덕였다고 한다.

"엎친 데 덮친 격으로 한기 때문에 감기까지 걸렸네. 사흘쯤 전부터는 계속 잠만 자고…… 아기도 약해질 대로 약해져서 울음소리조차 내지 않았어. 나는 너무나 걱정되어서 곁을 떠나지 않고 돌보았는데."

아주 잠깐 사이에 두 사람 다 죽임을 당하고 말았다—.

암담한 일이다.

도미이치는 죽어가고 있었다. 미네와 아기도 죽어가고 있었다.

도미이치 때는 촌장인 긴키치가 곁에 있었다. 미네와 아기 때는 아랫마을을 통솔하는 고사쿠가 옆에 있었다.

거기에 이상한 것이 나타나고 세 사람의 목숨이 끊겼다.

도미이치는 어쩌면 살 수 있었을지도 모른다. 하지만 상처가 심각해서 생활에는 큰 지장이 생겼을 것이다. 걷기는커녕 혼자서 일어나는 것조차 어려웠으리라.

미네도 줄곧 몸이 좋지 않았다. 아기는 무사히 자랄 가능성이 적었다. 그렇지만 산지기의 권한으로 좋은 음식을 먹고 지극한 간호를 받고 있었다.

호라가모리 마을의 다른 사람들에게, 세 목숨은 짐이다.

노동력은 되지 않고 일손과 식량만 축내는 '군더더기'다.

그런 '군더더기'를 이부키야마 산의 가혹한 자연, 호라가모리 숲의 힘든 생활은 용납하지 않는다.

이상한 존재의 정체는 아직 모른다. 누구의 결정에 따라 움직이는지도 확실하지 않다.

하지만 '무엇 때문'인지 이유는 알 수 있었다.

솎아내기다.

호라가모리 마을에서는 키워 줄 수 없고 부담만 주는 목숨이기 때문에 제거되었다.

마을을 살리기 위해서 이루어지는—이루어져야만 하는 일이다. 그래서 촌장이나 고사쿠가 지켜보는 것이다.

"무라이 님, 스가 님."

두 산지기는 깜짝 놀라 돌아보았다. 오두막 문 앞에 긴키치가 서 있었다.

"고사쿠가 실수를 저지른 모양이군요. 정말 죄송합니다."

세이자에몬은 낯선 이를 대하듯 긴키치의 얼굴을 바라보았다. 지금까지 세이자에몬이 매일 보아 온 익숙한 긴키치가 아닌 것 같았다.

"무슨 소리인가?"

"고사쿠만 탓할 수는 없습니다. 실은 저도 실수를 저질렀습니다. 무라이 님께 오니의 모습을 보이고 말아서."

오니.

—오니가 있습니다.

"산지기님께는 결코 알려져서는 안 되는 일입니다."

호라가모리 마을의 비밀이다.

"그래서 저나 고사쿠 같은 책임자가 옆에 있으면서 제대로 감시하고 있습니다."

역시 긴키치는 보고 있었던 것이다. 고사쿠도 알고 있었다.

"계속 숨겨 왔지만 전에 도베 님과 다가와 님 일이 있었고."

행방을 알 수 없는 도베 고로베에와 미쳐서 산에서 도망친 다가와 규스케.

"우리가 계속 실수를 해서."

긴키치는 어깨를 움츠리며 고개를 저었다.

"이런 일을 더 이상 할 수 없을지도 모르겠습니다."

긴키치의 눈이 공허해져 있었다. 아아, 이 눈을 보는 것은 세 번째라고 세이자에몬은 생각했다.

"더 이상 숨길 수 없으니 전부 다 말씀드리겠습니다. 오니에 대해서는 마을 사람 모두가 알고 있지만 그건 저나 고사쿠가 자주 들려주기 때문이고 본 적이 있는 사람은 윗마을에서도 이곳에 온 지 오래된 두세 명 정도입니다. 아랫마을에는 한 명도 없어요."

어차피 모든 것은 호라가모리 마을의 촌장인 자신이 혼자 짊어져야 하는 일이라고 했다.

"다른 사람들은 용서해 주십시오. 부탁입니다."

긴키치가 무릎을 꿇고 엎드려 빌었다. 입고 있는 도롱이에 작은 눈이 얼어붙어 있다. 긴키치가 덜덜 떨자 그 눈이 봉당에 떨어졌다.

원래는 이십육 년 전, 긴키치의 가족을 포함한 첫 번째 이주자가 호라가모리 마을을 개척한 지 사 년째 되던 해 여름에 있었던 일이 발단이었다.

"마을 남자가 덤불을 베다가 낫에 팔을 베이고 말았지요."

상처 자체는 얕았고 스무 살가량의 건강한 젊은이였기 때문에 묶어서 지혈해 두면 이렇다 할 지장은 없을 줄 알았다.

그런데 며칠이 지나자 상태가 이상해지기 시작했다.

"상처가 곪고 썩어들어 갔어요."

호라가모리 마을에서도 여름은 길다. 여름에는 모든 것이 잘 썩는다.

"몹시 아파하더군요. 열도 나고. 학질이라도 걸린 모양새였습니다."

의원은 없다. 마을 사람들이 지혜를 모아 어떻게든 하는 수밖에 없었다.

"이럴 때는 가래 끝을 불로 달구어 뜨겁게 한 다음 상처를 지지면 되는데. 처음부터 그렇게 할 걸 그랬다고 우리 아버지는 말했습니다."

거칠기 짝이 없는 치료에 젊은이는 엉엉 울며 괴로워했다.

"어쨌거나 구해 주려고 한 일이었으니까요."

그러나 긴키치의 아버지가 말한 대로 조금 늦었을지도 모른다. 운이 없었던 것일지도 모른다. 상처를 지져서 생긴 화상에 다시 고름이 생기고 썩어서 젊은이의 팔은 통나무처럼 부풀어 갔다.

"축 늘어져서 앓아누워 버리고 헉헉거리며 헐떡일 뿐이었습니다. 음식도 먹지 못했어요. 아래로도 계속 쏟아냈고요."

—이제는 편하게 해 주는 게 낫겠다.

"촌장님이 남자들과 상의해서 결정했지요."

—잔인한 일이고 좀처럼 할 수 없는 일이야. 내가 할 테니 다들 이해해 주게.

"저는 아직 어린애였지만 태어나고 자란 마을에서도 비슷한 일은 있었습니다."

키울 수 없는 아기. 일손으로는 도움이 안 되는 노인. 회복할 가망이 없는 병자나 다친 사람을 편하게 해 주어 촌락의 부담을 없앤다.

"어쩔 수 없었어요. 그 젊은이가 어떻게든 목숨만은 건진다고 해도 계속 보살펴 주어야 하니까요. 안 될 일입니다."

젊은이는 어머니와 둘이서 이주해 왔다. 어머니는 촌장과 남자들에게 애원했다. 부탁이니 목숨만은 살려 달라고.

"아들은 자신이 보살피겠다, 자신이 먹여 살리겠다, 다른 사람들한테는 폐를 끼치지 않겠다고 울고 또 울면서 땅바닥에 머리를 비비며 빌었지만."

—하지만 할머니, 할머니는 자기 몸 하나 부양하는 것만으로도 벅차요.

마을을 위해서다. 모두를 위해서다. 용서하시오.

"우리 아버지의 말로는 그럴 때 삼베를 쓴다고 하더군요."

삼베를 물에 푹 적셔서 얼굴에 대고 세게 누르면 숨을 쉴 수 없게 되어 금방 죽는다. 가장 편한 방법이고 죽은 모습도 깨끗하다고 한다.

"젊은이의 아버지는 원래 있던 마을에서 봉기에 가담하는 바람에 참수되었지요. 어머니에겐 아들만이 살아갈 희망이었는데, 그 후로 조금 이상해지고 말았습니다."

호라가모리 숲의 생활은 원래대로 돌아왔다. 힘들고 가난하고 겨우 입에 풀칠이나 하는 죄인 마을의 생활이다.

"그해 겨울, 이번에는 독한 고뿔이 돌았습니다."

기침병이었다고 한다. 걸리면 핏덩어리를 토할 정도로 기침이 계속된다. 그중에서도 심하게 쇠약해진 병자가 세 명 있었다.

"안 그래도 겨울에는 음식이 부족합니다."

죽어가는 병자를 세 명이나 데리고 있을 수는 없다.

"촌장은 다시 남자들을 모아 놓고 이번에는 제비를 뽑게 했습니다."

세 병자를 '제거할' 사람을 제비뽑기로 정한 것이다.

"마을을 위해서니까요. 모두를 위해서."

세 병자들에게도 가족이 있었다. 매일 함께 살아가다 보니 친해진 사람도 있었다. 사귀는 중인 사람도 있었다.

"무라이 님도 스가 님도 성하마을 분이지요. 그러니까 모르시겠지만 산골이나 농촌 마을에서는 이런 일이 있어도 원망해서는 안 된다는 규칙이 있습니다."

조만간 죽을 사람이었다고 체념하는 것이다.

"언제까지나 꿍얼거리면서 원망하고 있으면 원망하는 쪽이 따

돌림을 당합니다. 어쩔 수 없는 일이었으니까요."

그러나 호라가모리 마을의 경우는 여타 산촌이나 농촌과는 다른 사정이 있었다.

"다른 마을과 전혀 왕래가 없었거든요."

호라가모리 마을은 고립되어 있었다.

"아무도 여기에서 도망칠 수 없어요."

마을 사람들은 갇혀 있었다.

"이주자 중에는 원래부터 평민이 아니었던 사람도 섞여 있었습니다."

마을을 위해 '짐'이 되는 약자를 없앤다는 풍습에 겁을 먹고 주춤하는 사람도 있었던 것이다.

"그래서…… 원한이 남았습니다."

안 그래도 숨 막히는 호라가모리 마을이 점점 더 감옥처럼 변하면서 매섭고 싸늘한 공기가 마을 사람들을 짓눌렀다.

"우리는 여기에서 살 수밖에 없어요."

앞으로도 같은 일이 벌어질 수 있다. 각오해 두어야 한다. 하지만 그로 인해 질서가 무너지고 마을 자체가 붕괴되고 더 많은 사람의 목숨이 위험해진다면 이것도 저것도 죄다 잃게 된다.

"마침내 촌장이 결단을 내렸지요."

호라가모리 마을을 둘로 나누자.

"뚝딱 하고 새로운 마을을 만들 수는 없지만 둘로 나누면 그럭저럭 견딜 수 있을 테니까요."

“……무슨 뜻인가?” 리사부로가 물었다. 완전히 얌전해져서 여전히 충혈된 눈을 깜박거리고 있다.

“마을을 둘로 나누어 두면 여차할 때 싫은 역할을 서로 분담할 수 있다는 뜻이겠지” 하고 세이자에몬이 말했다.

긴키치는 천천히 고개를 끄덕였다. “그렇습니다.”

윗마을에서 그럴 필요가 생겼을 때는 아랫마을 사람이 해결한다. 아랫마을일 때는 윗마을 사람이 수습한다.

“역할을 나누면 가족이나 친한 사람이 처치되고 말았을 때, 남겨진 사람도, 그…… 손을 댄 사람도 매일매일 얼굴을 마주하지 않아도 되니까요.”

긴키치의 목소리가 갈라졌다. “적어도 그 정도는 하지 않으면 우리 모두 너무 괴로워서.”

“그럼 붉은 봉화는.”

“예. 윗마을에서 아랫마을로, 아랫마을에서 윗마을로, 누군가와 달라는 알림입니다.”

저세상으로 보내야 할 사람이 생겼다. 호라가모리 숲을 지나 이쪽으로 와 달라고.

그때마다 남자들은 제비를 뽑는다.

“지금까지 삼십 년 남짓 동안, 그런 일이 몇 번 있었나?”

긴키치는 느릿느릿 오른손을 들었다. 손가락을 꼽기 시작한다. 다섯 손가락을 모두 접었다 펴더니 다시 엄지부터 접는다.

“됐네, 그만하게.” 세이자에몬이 제지했다. 긴키치는 손을 축 늘어뜨렸다.

"병자나 다친 사람일 경우가 아닐 때도 있었습니다."

변명처럼 중얼중얼 말한다.

"음식을 훔치려고 하거나 난동을 부리거나 게으름을 피운 사람을—."

"알겠네. 이제 됐어."

긴키치는 멈추지 않았다.

"차라리 들켰을 때 도망이라도 치면 좋았을 텐데."

이부키야마 산이 삼켜 줄 텐데.

"그러지 않으면 너무 잔인해서."

분노와 공포로 날뛰는 사람도, 목숨을 구걸한 사람도 있었으리라.

"자네는 아까, 산지기에게 알려져서는 안 되는 일이라고 했는데."

세이자에몬은 긴키치의 얼굴을 보았다.

"사람의 목숨이 왔다 갔다 하는 일을 과거의 산지기가 누구 한 사람, 전혀 눈치채지 못했을 리가 없지 않나."

긴키치는 대답하지 않았다. 세이자에몬은 계속해서 말했다.
"모두, 보고도 못 본 척하고 있었군."

퍼뜩 일지가 분실된 이유에 생각이 미쳤다.

호라가모리 마을의 은밀한 규칙에 개입하지 않은 과거의 산지기들도 후임자에게 전달하기 위해 일지에는 기록했으리라. 그러나 전임인 도베 고로베에와 다가와 규스케에게 변사가 생겨 소동이 일어나자 일지가 유기되고 만 것이다.

호라가모리 마을만의 죄와 수치니까.

"이번에는 누구였나?"

리사부로가 낮게 신음하듯이 말하며 온몸을 부르르 떨었다.

"윗마을에서 제비를 뽑은 사람은 누구지? 미네와 아기를 죽인 자가 누구냐. 말해!"

고함치자마자 긴키치에게 달려들어 그의 목을 조르려고 한다. 두 사람 사이에서 도롱이가 버석버석 소리를 냈다.

"그만하게. 긴키치를 탓해 봐야 소용없어."

"시끄러워!"

긴키치는 전혀 저항하지 않고 리사부로에게 붙잡혀 이리저리 흔들렸다. 세이자에몬은 깨달았다. 몇 번이나 보았을 그의 허무한 눈빛, 완전히 이완된 표정 속에 처음으로 공포가 떠올라 있었다.

"—몰라요."

긴키치는 속삭이듯이 대답했다.

리사부로는 고함쳤다. "아직도 숨기려는 겐가!"

"숨기는 게 아닙니다. 우리도 몰라요."

마을 사람이 아니니까요, 라고 한다.

긴키치의 눈에 눈물이 살짝 고였다.

"누구도 아니에요. 하지만 산 어디에선가 옵니다."

"웃기지 마!"

두 사람 사이에 끼어들어 리사부로에게서 긴키치를 떼어놓은 세이자에몬이 긴키치의 팔을 움켜쥐고 그의 얼굴을 정면에서 바라보았다.

"무슨 뜻인가, 긴키치."

이제 긴키치는 질질 울고 있었다.

"얘기해 주게. 누구도 아니라니 무슨 뜻인가?"

"이 빌어먹을 놈은 헛소리를 하고 있을 뿐이야."

또 덤벼드는 리사부로를 세이자에몬은 힘껏 밀어냈다. 야위고 지친 리사부로는 맥없이 넘어져 봉당에 납죽 엎드렸다.

"말하게, 긴키치."

긴키치의 뺨도 코 밑에 얼어붙은 눈도 눈물에 젖어 있었다.

"—맨 처음은, 십 년 전 봄의 일이었습니다."

윗마을에서 달을 채우지 못한 아기가 태어났다. 어머니도 출혈로 몹시 약해져 있었다.

"저는 붉은 봉화를 피웠습니다."

눈이 녹기 시작한 이부키야마 산의 푸른 하늘을 채색하는, 진홍색 연기.

"그랬더니 그것이 왔습니다."

봉화를 피운 지 일 각 정도밖에 지나지 않았다. 긴키치도 꽤 빠르다고는 생각했지만,

"숲의 눈도 녹아서 길이 생겼으니 서둘러 올 수 있었나 보다 생

각했지요."

그러나 찾아온 사람의 모습은 이상했다. 숯을 칠한 것 같은 새까만 바구니를 뒤집어쓰고 도롱이를 입고 눈신을 신었다.

다시 말해서 얼굴이 전혀 보이지 않았다.

"말을 걸어도 대답하지 않았습니다. 하지만 뭐, 누구든 이런 역할은 싫을 테니 지금까지도 모두 말수가 적었지요."

"받아들이는 쪽에서 이름을 묻는 일은 없었나?"

"없습니다. 누군지 모르는 편이 좋지요."

아기와 어머니의 '처치'는 빨리 끝났다. 검은 바구니를 뒤집어쓴 인물은 왔을 때처럼 소리 없이 떠났다.

"그래서 시체를 묻으려 준비하고 있는데 아랫마을에서 사람이 왔습니다. 제비를 뽑았다며 저를 찾아온 겁니다."

일은 이미 끝났는데.

"그럼 그건 누구였다는 걸까요."

그로부터 반년쯤 지나 여름이 끝날 무렵 이번에는 아랫마을에서 식중독이 발생했다. 다섯 명이나 한꺼번에 걸려 그중 한 사람이 빈사 상태가 되었다.

아랫마을의 붉은 봉화를 본 긴키치는 제비를 뽑지 않고 자신이 가기로 했다. 물론 요전에 있었던 일이 수상했기 때문이다.

"저는 혼자서 호라가모리 숲을 지나 아랫마을로 갔습니다."

허리에 찬 '잘랑이'가 요란하게 소리를 냈지만 발걸음도 마음도 무거웠다.

빽빽하게 나무가 우거진 호라가모리 숲의 오솔길을 혼자서 터벅터벅 걸어가는데 저쪽 구석에서 검은 형체가 바람처럼 스쳐갔다.

"까마귀인가 했지만 아니었습니다."

검은 형체는 긴키치의 앞길을 몇 번이나 가로질렀다. 그와 마찬가지로 아랫마을을 향해 가고 있었다.

"몇 번인가 깜짝 놀라다가 자세히 보았더니 검은 형체도 잠깐 멈추고 제 쪽을 돌아보았습니다."

이상한 모습을 한 자였다. 검은 바구니. 도롱이와 눈신.

"숲 속에 우뚝 서 있다가."

갑자기 몸을 돌려 달리기 시작했다. 기가 막힐 정도로 다리가 빠르다. 실로 날듯이 숲을 빠져나간다.

똑같다고, 세이자에몬은 생각했다. 도미이치가 죽었을 때 내가 긴키치의 오두막 옆에서 본 자와 똑같다. 모습도, 질풍 같은 움직임도.

"뒤를 쫓으려고 해도 전혀 그럴 수가 없었어요."

긴키치는 두렵고 놀란 와중에도 일단 아랫마을을 향해 갔다.

"간신히 도착해 보니 '처치'는 끝나 있었습니다."

당시 아랫마을을 통솔하던 사람은 고사쿠가 아니라 더 나이가 많은 남자였는데, 긴키치를 보고는 혼비백산하며 반년 전의 긴키치와 똑같은 말을 했다.

—그럼 그건 누구인가.

같은 일은 그 후로도 계속되었다. 윗마을에서 붉은 봉화를 피우면 긴키치는 검은 형체를 만났다. 아랫마을에서 붉은 봉화가 올라도 이쪽에서는 제비를 뽑지 않고 언제나 긴키치가 아랫마을로 갔다. 그러면 역시 아랫마을에서는 일이 끝나 있었다.

"저는 생각했어요."

눈물도 콧물도 얼어붙는 추위 속에서 억양 없는 평탄한 목소리로 긴키치는 말했다.

"산 어딘가에 세 번째 호라가모리 마을이 있는 겁니다. 거기에서 온 거예요."

이부키야마 산의 오니일지도 모른다.

"덕분에 우리는 손을 더럽히지 않아도 되었어요."

이부키야마 산의 자비일지도 모른다.

"그토록 빠르게 사람의 목숨을 가져가다니."

그것이 누구든, 무엇이든.

"우리는 그것을 원망하지 않습니다."

그것 또한 호라가모리 숲의 비밀.

"어리석군."

리사부로가 봉당에 침을 뱉으며 말했다.

"세 번째 마을이라고? 어디에 그런 게 있단 말인가? 누가 거기에서 살 수 있다는 거야?"

"잠깐, 리사부로."

격분하는 리사부로의 앞을 막으며 세이자에몬은 긴키치에게 물었다.

"도베 고로베에와 다가와 규스케도 그것을 만난 게로군?"

—오니가 있습니다.

"얘기해 주게. 두 사람에게 대체 무슨 일이 있었나?"

긴키지는 또 눈물을 뚝뚝 흘렸다.

"그때 도베 님은 독버섯 때문에 앓아누워 계셨습니다."

숲을 순시하던 중에 버섯을 발견한 도베가 마을 사람들의 만류에도 불구하고 구워 먹었다가 중독되었다고 한다.

세이자에몬이 퍼뜩 떠올렸다. 도미이치와 센지가 말해 주지 않았던가. 행방을 알 수 없게 되기 전부터 도베 고로베에는 몸이 안 좋았다고.

참으로 경솔한 사람이다.

"도베 님은 평소부터 우리가 하는 말에는 귀를 기울여 주시지 않는 분이었습니다."

전임 두 사람은 으스대곤 했다. 그것도 도미이치 형제가 한 말이다.

조심성이 많은 규스케는 버섯을 먹지 않아 무사했다. 그 대신 괴로워하는 도베를 간호했지만 용태는 더욱더 나빠졌다.

"도저히 살릴 수가 없었습니다."

긴키치는 그렇게 말하더니 입을 다물었다.

"긴키치." 리사부로가 오싹한 목소리로 말했다. "자네, 그래서 어찌했나?"

긴키치의 눈물은 멈추지 않았다.

"어쨌느냐고 물었네. 대답해!"

"—붉은 봉화를 피웠습니다."

세이자에몬의 등줄기에 오한이 스치고 올라왔다.

"왔나?"

오니는 왔을까.

"예."

"도베를 죽이러 온 게로군."

편하게 해 주기 위해서 온 것이다.

자비다.

그러나 오니의 짓이다.

"그 광경을 다가와 님이 보시고 말았습니다."

동료의 목숨을 쉽사리 빼앗아간 수상쩍은 모습의 존재를 다가와 규스케는 쫓아갔다. 질풍처럼 도망치는 형체를 쫓고 또 쫓아 숲으로 산으로 헤치고 들어갔다가, 사라졌다.

며칠이 지나고 운 좋게 성하마을에 도착했을 때는 제정신이 아닌 상태에 머리가 새하얗게 세어 있었다.

세이자에몬은 오싹하니 몸이 떨리는 것을 느꼈다. 다가와 규스케는 분명히 검은 바구니에 숨겨져 있는 얼굴을 본 것이다.

"—무라이."

낮고 무거운 목소리로 부르며 리사부로가 일어섰다. "그것을 붙잡으세!"

이튿날.

해가 높이 뜨기를 기다려 긴키치에게 붉은 봉화를 피우게 하고 세이자에몬과 리사부로는 초소에 숨어 기다렸다.

윗마을 사람들에게는 오두막에 들어가 절대 밖으로 나와서는 안 된다고 말해 두었다. 또 마을 밖에서 초소로 통하는 길은 북쪽의 하나만을 남겨두고 짐수레나 나무통 같은 것으로 빈틈없이 막았다. 찾아오든 도망치든, 그것은 그곳을 지날 수밖에 없다.

단단히 준비를 갖추고 세이자에몬은 병자인 척하며 요에 누워 이불을 뒤집어썼다. 머리맡에는 리사부로가 앉아 있었다. 물론 총은 완벽하게 준비해 두었다. 언제든 쏠 수 있도록 탄약을 채워 어깨에 걸머졌다.

초소 뒷문이 열리고 긴키치가 돌아왔다.

리사부로가 말했다.

"큰 목소리 내지 말게."

"예."

"방해하면 어찌 될지 알고 있겠지."

긴키치는 봉당 구석에 웅크리고 앉았다. 잠시 지나자 작은 목소리로 염불을 외기 시작했다.

그날도 매우 맑았다. 하늘은 푸르고 탁 트여 있었지만 바람이 강했다. 가끔 초소 처마 밑을 돌풍이 으르렁거리며 지나갔다. 마을 안에서도 쌓인 눈이 바람에 날려 올라갔다. 산에서는 분명히 눈이 휘날리고 있으리라.

얼마나 기다렸을까. 기척을 느낀 세이자에몬이 감고 있던 눈을 떴다.

“무라이.” 리사부로가 억누른 목소리로 속삭였다.

덜컹. 어딘가 가까운 곳에서 소리가 났다.

초소의 화로에서 타고 있던 불이 스윽 꺼졌다. 바람 때문이 아니다. 바람이 불어 꺼진 것이 아니었다.

불이 없어졌다.

“나무아미타불, 나무아미타불.”

긴키치의 염불이 낮게 들리고,

“나무아미.”

갑자기 끊겼다.

세이자에몬은 이불을 걷어차고 벌떡 일어났다. 리사부로도 일어서서 허리에 찬 작은 칼을 뽑았다.

검은 바구니, 긴 도롱이, 눈신.

초소 입구에 그것이 서 있었다.

주위의 공기가 얼어붙었다.

“네 이놈!”

리사부로가 고함을 질렀다.

다음 순간 그것은 이미 몸을 돌려 두 산지기의 시야에서 사라지고 없었다.

세이자에몬이 쫓았다. 리사부로도 쫓았다. 둘 다 필사적이었다. 하얀 숨을 내쉬며 때로는 뜻을 알 수 없는 고함을 지르면서 무아지경으로 쫓아갔다.

검은 바구니, 긴 도롱이, 눈신을 신은 그것의 발은 거의 허공을 밟고 있었다. 거기인가 생각하면 저쪽에 있고 저쪽인가 생각하면 더욱 멀리 떨어져 있다.

숲을 뚫고 나무 사이로 보였다 숨었다 하는 검은 형체를, 세이자에몬은 한 번도 놓치지 않았다. 리사부로도 마찬가지여서 몇 번인가 고꾸라질 듯이 발을 멈추더니 총을 쏘려고 했을 정도다.

—우리를 안내하고 있다.

호라가모리 숲을 지나 이부키야마 산 정상을 향한다. 대체 어디로 데려가려는 것일까.

숲이 끝났다. 경사면이 코에 닿을 만큼 가팔라진다. 두 산지기 앞에 버티고 선, 오직 새하얀 눈에 덮여 있는 산자락. 검은 바구니가, 긴 도롱이가 날듯이 산을 올라간다. 여기에 이르러서야 세이자에몬은 확신했다.

저것은 이 세상 사람이 아니다.

눈에 덮인 산자락에 발자국이 하나도 남아 있지 않으니까.

"이봐, 기다려!"

세이자에몬은 숨을 헐떡이면서 그것을 불렀다.

"기다리라고!"

옆에서 후려치는 듯한 돌풍이 불어와 쌓인 눈이 흩날린다. 미세한 얼음 알갱이가 꽂혀 들어 세이자에몬은 저도 모르게 몸을 숙이고 얼굴을 감쌌다.

오오오, 오오오.

눈을 휘날리며 바람이 운다.

우는 것 같다. 고함치는 것 같다.

무릎을 꿇고 등을 웅크린 채 돌풍을 견딘다. 온몸이 얼어붙어 이대로 고드름이 되어 버릴 것 같았다.

바람이 갑자기 그쳤다.

세이자에몬은 몸을 일으키고 얼굴을 들었다.

푸른 하늘을 등지고 온통 눈에 덮인 산자락. 주위는 쥐 죽은 듯 조용했다.

옆에서 눈을 밟으며 리사부로도 일어선다. 얼굴까지 눈투성이가 되어 떨리는 손으로 총을 움켜쥐고 있다.

검은 바구니를 뒤집어 쓴 긴 도롱이는 아마 일 정은 떨어진 급경사의 높은 곳에 서서 두 산지기를 내려다보고 있었다.

“누구냐, 너.”

푸른 하늘 아래. 맑은 정적 속.

완전히 얼어붙어서 세이자에몬은 발음이 제대로 되지 않았다. 숨이 차서 이제 큰 목소리는 낼 수 없다.

화약 냄새가 코를 찔렀다. 리사부로가 약실에 화약을 넣은 것이다. 화승이 바직바직 탄다.

리사부로가 총을 들어 조준한다.

순백의 경사면에 우뚝 선 검은 바구니도 움직이지 않는다.

“스가, 그만두게. 쏘지 마!”

세이자에몬의 외침과 동시에 발포음이 일었다.

총알이 날아간다. 그 순간.

시간이 멈춘 것 같은, 영원의 찰나.

세이자에몬은 보았다.

리사부로가 쏜 총알은 멋지게 명중했다.

칠흑의 바구니가 가볍게 허공으로 튕겨 날아갔다.

그러나.

바구니가 감추고 있던 얼굴은 없었다.

거기에 사람은 없었다.

한 호흡 늦게 긴 도롱이가 그 자리에 풀썩 떨어졌다.

안은 텅 비어 있었다.

검은 바구니는 도롱이에서 조금 떨어진 곳에 거꾸로 툭 떨어졌다.

세이자에몬의 마음 깊은 곳에서 말이 되지 못한 외침이 치솟아 올랐다.

이 슬픔을 어찌할까.

이 분노를 어찌하면 좋단 말인가.

우두커니 선 채 세이자에몬은 울었다.

헐떡이는 듯한 숨소리가 들렸다. 리사부로다. 바싹 굳은 몸을 풀듯이 천천히 총신을 내린다. 눈을 부릅뜨고 있다. 속눈썹이 얼어 있다.

"—비었어."

그렇다. 저 안에는 아무도 없다. 저것은 누구도 아니다.

"리사부로."

세이자에몬은 그의 팔꿈치를 잡았다.

"이제 그만두세."

그때였다.

산이 으르렁거리는 소리가 들렸다.

바람인가 했다. 아니었다. 발치에서 떨림이 전해져 온다.

세이자에몬은 앞쪽을 올려다보았다. 산자락이 흔들리고 있었다. 하얀 눈안개가 밀려온다.

"도망쳐!"

몸을 돌려 달리기 시작했지만 곧 눈에 발이 걸려 넘어졌다. 리사부로의 부축을 받아 일어서서 서로에게 매달렸다.

"달려, 달려!"

산이 우웅우웅 운다.

이부키야마 산은 사람을 용납하지 않는다.

사람은 죄를 저지르는 존재니까.

호라가모리 숲은 비밀을 품고 있다.

거기에는 사람의 죄가 있으니까.

커다란 눈산의 울림은 보잘것없는 두 산지기를 쉽게 삼키고 말았다.

—오라버니!

"시즈가 부르는 소리에 나는 눈을 떴습니다."

이야기에 지친 기색도 없이 무라이 세이자에몬은 단정하게 앉아 있었다.

어느새 약한 장맛비가 툇마루를 톡톡 때리는 소리가 들린다. 오치카는 아득히 먼 한겨울의 눈 덮인 산에서 돌아온 것 같아 문득 주위를 둘러보고 말았다.

눈이 마주치자 세이자에몬은 미소를 지었다. 그 웃음에 간신히 제정신으로 돌아온 기분이 들었다.

"정신을 차렸을 때는 아랫마을의 오두막에 누워 있었습니다. 눈사태에 파묻힌 나를 고사쿠와 마을 사람들이 열심히 파내어 구해 준 것이지요."

"스가 님도요?"

"예. 둘 다 목숨을 건졌습니다."

드문 행운이지만 이유가 있다.

"눈사태가 그친 후에는 다시 온통 눈밭이 됩니다. 우리가 어디에 파묻혀 있는지 전혀 알 수 없었지요. 그대로 얼어 죽을 뻔했는데."

세이자에몬이 한시도 떼어놓지 않고 가지고 다니던 시즈의 부적 덕분에 살았다고 한다.

"부적 속에 들어 있던 누이의 길고 검은 머리카락이 크게 부풀어 오른 눈 위에 한 가닥, 마치 표식처럼 뻗어 있었던 것입니다."

아랫마을 사람들은 그것을 단서로 눈을 파내어 세이자에몬과 리사부로를 발견했다.

실로 여자의 머리카락이 목숨을 이어준 것이다.

"듣자 하니 나는 그때 벌써 사흘이나 죽은 듯 자고 있었다더군요."

그 사이에 리사부로는 촌장 긴키치를 데리고 산을 내려갔다.

"임기는 아직 일 년이 남아 있었습니다. 왜 스가가 산을 내려갔는지, 나는 놀랄 뿐이었습니다만."

두 사람을 눈 밑에서 파낸 마을 사람들의 간호를 받아 정신을 차리자 스가 리사부로도 자신의 억센 운에 놀랐던 모양이다. 그도 동상을 입기는 했지만 상처다운 상처는 없었다. 그리고 세이자에몬의 부적에 대해 알자 깊이 감동한 듯,

"정신없이 자고 있는 내 머리맡에 오랫동안 앉아서 생각에 잠겨 있었다고 하더군요."

이윽고 긴키치를 불러들이더니 잠시 무언가를 이야기했다. 그러고 나서 또 고사쿠를 불러,

—나는 지금부터 긴키치를 데리고 성하마을로 내려가 산 부교요리키인 모토기 겐지로 님을 만나러 갈 걸세.

"더 이상 마을을 이대로 둘 수는 없다며."

동상으로 군데군데 빨개진 얼굴이 사나운 결의를 띠고 있었다고 한다.

"호라가모리 마을에서 무슨 일이 일어나고 있는지. 오랫동안 얼마나 무참한 일이 숨겨져 왔는지. 그리고 도베 고로베에와 다

가와 규스케에게 무슨 일이 일어났는지."

—오니란 대체 무엇인지.

"숨김없이 고하고 이 헛된 식림도, 이주도 중지하고 사람들을 구해 달라고 부탁해 보겠네. 아니, 무슨 일이 있어도 관철해 내겠네, 하고 투지를 보였다고 합니다."

—임기가 남았는데 산을 내려가고 심지어 봉기나 다름없는 짓을 하는 걸세. 나도 긴키치도 무사할 수는 없겠지.

"그래도 무라이와 마을 사람들만은 구하고 싶네. 망설임 없는 말투로, 그렇게 말했다고 합니다."

—나는 실컷 멋대로 굴었네. 목숨을 건진 것은 바로 무라이 덕분이야. 아니, 무라이의 누이 덕분인가.

"적어도 감사와 사죄를 위해 나를 시즈 곁으로 돌려보내 주고 싶다는 말을 남기고 나갔다고 합니다."

리사부로의 결의를 전해 들은 세이자에몬도 가만히 있을 수 없었다. 하지만 그는 다리를 심하게 다쳐 걷기는 고사하고 일어서는 일조차 힘에 겨웠다.

"그렇게 내 몸이 한심했던 적은 없었소. 스가도 긴키치도 무사하지 못할뿐더러 그들의 호소는 소리 없이 사라지고 말 테지. 슬프지만 그게 우리 구리야마 번의 정치라고 크게 후회하고 있었는데."

그로부터 열흘쯤 지나자 성하마을에서 산 부교 휘하의 번사들이 한 무리 올라왔다.

"나도 마을 사람들도 남김없이 붙잡힌 모양새였지만."

일동은 무사히 산을 내려갈 수 있었다.

"마을 사람들은 먼저 내려와 있던 긴키치와 함께 성하마을 변두리의 빈 집에 갇혔지요. 스가의 신병은 모토기 님께서 맡고 계셨습니다."

세이자에몬도 요리키의 저택에서 그와 재회했다.

"과거의 경위와 비교하면 이것은 놀랄 정도로 자비로운 조치였소. 나와 마주한 스가는 여전히 콧대가 세서."

—내가 고한 말이 영주님의 마음을 움직인 걸세.

"하고는 의기양양한 얼굴을 하더군요. 썩 허풍은 아니었지만."

실제로는 스가 리사부로의 호소가 원래부터 호라가모리 마을을 둘러싼 어둠을 (어렴풋이나마) 눈치채고 있던 모토기 겐지로에게 닿았고, 이 요리키가 젊은 시절에 산지기로 일한 경험이 있는 필두 가로에게 손을 썼고, 기괴하고 잔인한 호라가모리의 수수께끼를 알고 놀란 필두 가로가 번주에게 말씀을 올리기에 이르렀다—는 경위였다.

"무슨 일이나 '좋은 게 좋은 것'으로 끝내곤 했던 영주님이지만 본래 아둔한 분은 아니오. 가신이나 영지민을 헛되이 죽게 하고도 마음 아파하지 않는 냉혈한 분도 아니고."

세이자에몬과 리사부로는 번주에게 불려 가 호라가모리 마을에서의 체험을 이야기했다.

"그때 영주님의 얼굴에는 경악과 두려움이 떠올랐고 우리에게 내려진 치하의 말씀에도 진심이 절절하게 담겨 있었습니다."

—살아서 돌아왔으니 장하다. 이 일을 알려 주기를 잘했구나.

"오히려 애처로운 영주님이라고, 거들먹거리는 마음을 품고 있던 나는 안도와 함께 부끄러운 마음이 들었습니다."

마침내 호라가모리 마을은 구원받았다. 마을 사람들은 몇 년 동안 영지 내 여기저기로 보내져 노역을 했지만 이 일이 봉기로 취급되어 사형에 처해진 사람은 없었다.

"긴키치만은."

노역을 하던 곳에서 갑자기 모습을 감추어 행방을 알 수 없게 되었다고 한다.

"아마 이부키야마 산으로 돌아갔겠지요."

긴키치에게는 달리 머물 곳이 없으니까.

삼 년의 임기를 마치지는 못했지만 건강을 되찾은 세이자에몬은 원래의 고난도직 수습으로 복귀했다. 무라이 가도 재건할 수 있게 되어 시즈와 함께 겨우 예전의 생활로 돌아갈 수 있었다.

"눈사태에 휩쓸려 죽음의 가장자리를 헤매고 있을 때."

—오라버니!

"내가 들은 누이의 목소리는 환몽이었습니다. 하지만 재회한 시즈에게 물어보니 묘한 일이 있었다더군요."

세이자에몬이 눈사태에 휩쓸린 바로 그때, 친척 집에 있던 시즈는 갑자기 가슴이 심하게 뛰는 것을 느꼈다고 한다.

"곧 내 몸에 변고가 생겼다고 짐작한 누이는 열심히 돌아가신 부모님께 빌었는데."

일 각쯤 지나, 이 또한 바로 세이자에몬이 눈 속에서 구출되었을 무렵,

"시즈의 머리카락이 몽땅 빠지고 그와 동시에 가슴이 술렁거리던 증상이 멎었다는 것입니다."

커다란 바위도 잇는 여자의 머리카락. 오라비를 생각하는 누이의 마음이다.

오치카는 가슴이 떨려서 눈을 내리깔았다.

세이자에몬은 온화한 목소리로 말을 이었다. "그렇지, 윗마을에 있던 센지도 일 년 정도는 노역을 해야 했지만, 그 후 무라이 가에서 맡을 수 있게 되었습니다."

양자로 삼을 수는 없었지만 시즈도 잘 따르며 무라이 가에서 살다가 곧 성하마을의 방물 가게에 고용살이를 하러 갔다.

"지금은 그 방물 가게의 대행수를 맡고 있습니다."

염원이었던 부모와 형 도미이치의 무덤을 짓고 명복을 빌어 줄 수도 있었다고 한다.

세이자에몬은 고난도직 수습으로 열심히 일하다가 스물아홉 살 때 정직에 올라 아내를 맞이했다. 그리고 그해에 번주에게서 에도로 떠나는 길을 수행하라는 명을 받고 처음으로 에도 땅을 밟았다. 이것이 인생의 전기轉機가 되었다.

"당시의 에도 번저를 맡고 있던 가로께서는 고향을 떠나 있으

면서도."

세이자에몬이 호라가모리 숲에서 당한 변을 알고 있었다.

"그 무렵에는 전부 옛날이야기가 되어 있었지만 가로께서 크게 흥미를 품으시고는."

이부키야마 산에서 살아 돌아온 무라이 세이자에몬은 어떤 사내인가.

"꼭 본인에게서 이야기를 듣고 싶다고 소망하셔서 세세한 부분까지 몇 번이나 물으시기에 진저리가 나는 걸 참고 말씀을 드렸습니다. 덕분에 가로의 눈에 들게 되었지요."

출부出府를 마치고 번주가 영지로 돌아갈 때가 왔지만 세이자에몬은 정부定府다이묘와 그 가신의 일부가 참근교대를 하지 않고 에도에 상주하는 것가 되어 에도 가로의 측근으로 일했다.

나중에는 자신이 에도 가로로까지 출세하여 '검약하라' 세이자에몬이라는 별명을 얻으며 구리야마 번의 에도 번저를 꾸려 나갔던 것이다.

"모든 번의 재정에는 에도 번저에서 쓰는 돈이 큰 부담입니다."

그렇기 때문에 검약 세이자에몬이 된 것이다.

"하나 지출을 줄이는 것만으로 근본적인 문제를 해결할 수는 없지요. 구리야마 번은 그 방도를 찾지 못해 결국 가난에서 빠져나오지 못하고 말았습니다."

결국은 번의 내분도 잦아들지 않아 이번 개역改易에 이르게 되었다.

지금 오치카의 면전에 있는 전직 에도 가로는 어깨의 짐을 내려놓은 듯 편안한 얼굴을 하고 있다.

"지금도 가끔 호라가모리 마을의 일을, 긴키치의 우는 얼굴을, 눈 덮인 산에서 나와 스가를 내려다보고 있던 새까만 바구니를 뒤집어쓴 자를 떠올립니다."

한겨울의 이부키야마 산에 서 있던, 텅 빈 '오니'.

"먼 옛날의 일이지만 나는 이제야 겨우 확신하기에 이르렀습니다."

그것과 마주했을 때 가슴 깊은 곳에서 치밀어 오른 마음을 지금이라면 말로 표현할 수 있다.

너는, 나다.

"그것은 구리야마 번에 있던 모든 부조리, 모든 업, 모든 슬픔이 뭉쳐진 것이었습니다."

나는, 너다.

"내가 시즈를 위해 사람을 벤 것처럼 그것도 호라가모리 마을을 위해 사람들을 죽여 왔지요."

너와 나는 동포다.

그래서 세이자에몬은 소리 내어 울고 싶었다. 고함치고 싶었다.

"그것과 대치했던 스가도 텅 빈 안을 보고 무언가 깨달았겠지요."

자신의 죄. 자신의 욕심. 미네와 아기의 잃어버린 목숨과 여기에 있는 자신의 목숨이 가진 무게.

"그렇기 때문에 마을 사람들을 돕자는 결심을 하고 산을 내려간 거요. 나를 누이 곁으로 돌려보내 주자고 생각해 주었지요."

오니는 사람에게서 진실을 끌어낸다.

오치카는 천천히 고개를 끄덕였다.

"시즈 님은 지금도 무라이 님과 함께 사시나요?"

문득 눈을 깜박이며 오치카의 얼굴을 보던 세이자에몬이 빙긋 웃었다.

"아니, 아니, 시즈는 인연이 생겨 시집을 갔습니다."

"어머나, 축하드려요."

"남편과 함께 에도 시중에서 살고 있지요. 내가 신세를 지고 있는 곳도 실은 누이 부부의 집입니다."

매부가 총술을 가르치는 학원을 경영하고 있습니다, 라고 한다.

"총술—."

어라? 하고 생각하며 오치카는 고개를 갸웃거렸다.

세이자에몬의 웃음이 더욱 커진다.

"시즈의 남편은 스가 리사부로라오."

"네?"

오치카가 놀라자 세이자에몬은 더욱더 기뻐하는 것 같았다.

"고난도직 수습으로 돌아간 나와 마찬가지로 스가도 한 번은 포술대로 돌아갔습니다. 호라가모리 숲의 변을 함께 겪고 살아남은 후로 우리는 마음이 통하는 친구가 되어 자주 서로를 방문하게 되었지요. 그러다가 시즈와도 친해졌는데."

일 년쯤 지나자 스가는 '총술을 더 배우고 싶다'며 녹봉을 반납하고 에도로 가겠다는 말을 꺼냈다.

"그때 시즈에게 구혼했다더군요."

그런 경위였던가.

"하지만 나는 그 구혼에, 처음에는 반대했습니다. 스가는 시즈에게 은의를 느끼고 있었으니까요."

—무라이의 누이 덕분에 목숨을 건졌다.

"은의 때문에 아내로 맞이하겠다니 안 될 말이지요. 게다가 시즈는 몸에도 마음에도 깊은 상처를 입었고요."

우녀牛女라고 새겨진 상처는 평생 사라지지 않는다.

세이자에몬의 반대에 리사부로는 얼굴을 새빨갛게 붉히며 화를 냈다.

—나는 시즈 님에게 반했네. 시즈 님이 싫다고 하신다면 포기하겠지만 자네가 이러쿵저러쿵 말한다고 해서 물러날 수는 없어.

"성질이 급하고 고집이 세고 한 번 말을 꺼내면 다른 사람의 얘기를 듣지 않는 부분은 전혀 달라지지 않았거든요."

세이자에몬이 익살스럽게 어이없다는 표정을 지어서 오치카도 웃고 말았다.

"리사부로 그놈은 시즈의 손을 잡고 끈덕지게 설득하고 또 설득했습니다."

—이 스가 리사부로, 총술의 길을 가기 위해 떠돌이 신세가 되겠지만 결코 그대를 고생시키지 않겠습니다. 삼 년, 아니 오 년만 유예를 주시오. 반드시 총술사로서 출세하여 그대를 행복하게 해 주겠다고 굳게 약속드리겠소.

"시즈 님은 그 말씀을 받아들이신 거로군요."

"생각이 부족한 것 같지 않습니까."

둘이서 웃었다.

"결국 리사부로가 총술사로서 독립하기까지 육 년, 학원을 열어 제자를 받게 되기까지 십일 년이 걸렸습니다. 시즈도 그만큼 고생했겠지만 남편을 잘 섬기고 지지하면서 지금도 사이좋게 살고 있습니다."

부부 사이에는 아이가 셋, 손자가 일곱 있다고 한다.

"호라가모리 마을이 맺어 준 인연이군요."

"정말 그렇소. 리사부로는 늙어서도 여전히 성질이 급해 곤란하지만 제자들은 그를 경애하는 모양입니다."

어둡고 깊은 호라가모리 숲, 눈 덮인 산을 날듯이 나아가는 오니, 많은 목숨이 사라진 슬픈 이야기 끝에 부부의 행복이 반짝 빛난다.

"무라이 님, 이야기를 들려주셔서 고맙습니다."

"고맙다는 인사를 해야 할 사람은 이쪽입니다."

이제 가슴을 답답하게 하는 일은 없다. 그런 말을 남기고 무라이 세이자에몬은 흑백의 방을 떠났다.

❖

그로부터 며칠 후의 일이다.

“어머나, 도안 씨. 벌써 다음 이야기 손님에 대해 상의하러 오신 건가요?”

늘 그렇듯이 반지르르한 떫은 얼굴을 하고 직업소개꾼인 두꺼비 도사가 미시마야를 찾아왔다.

“아니. 나는 아가씨를 위해서 일부러 찾아온 겁니다.”

만일 다른 곳에서 듣게 되면 괴로울 테니까, 라고 한다.

“제가 괴롭다고요?”

그렇게 되묻던 오치카의 뇌리에 퍼뜩 새 그림자가 스치는 듯한 예감이 번득였다.

도안 노인이 오치카의 얼굴을 물끄러미 응시한다.

“얼마 전 특이한 괴담 자리에 주선해 드렸던 분이.”

이름을 숨기고 빙빙 둘러 말한다.

“할복을 하여 돌아가셨습니다.”

오치카는 할 말을 잃었다.

설마, 하는 심정이었다. 하지만 그 마음의 절반에는 ‘역시’라는 기분 또한 자리하고 있었다. 신분이나 무사의 풍습 때문이 아니라 사람의 마음 상태로서의 납득이다.

구리야마 번은 개역되었고 가문은 단절되었다. 가신들은 녹봉을 잃고 앞으로의 행방도 정해지지 않은 채 뿔뿔이 흩어졌다. 에도 가로라는 요직에 앉아 있었던 무라이 세이자에몬은 그 책임을 진 것이다.

그분은 그런 분이다.

"각오를 단단히 하시고 훌륭하게 돌아가셨는데, 오직 한 통, 누이 앞으로 유언장을 써 두셨다나요."

무라이 세이자에몬은 그 각오의 마지막 돌 하나를 쌓기 위해 호라가모리 마을의 이야기를 하고 싶었던 것이 아니었나.

—이제 가슴을 답답하게 하는 일은 없다.

"어느 분이 도움할복한 사람의 목을 쳐 주어 고통을 덜어 주는 것을……."

"매부가 되는, 원래는 구리야마 번사였던 분이 맡으셨다고 합니다."

스가 리사부로다.

오치카는 저도 모르게 양손으로 뺨을 눌렀다.

"이런 일에는 우리 같은 아랫것들이 상관하는 게 아닙니다."

일부러 그러는 것처럼 밉살스럽게 도안 노인은 말을 이었다.

"다만 한 가지 알 수 없는 대목이 있어서요."

무라이 세이자에몬이 할복해 죽은 그 자리에 기묘한 물건이 남아 있었다는 것이다.

"아가씨라면 그 뜻을 알 것 같은 기분이 들어서 물어볼까 하고."

"무엇이 남아 있었나요?"

바구니라고 도안 노인은 대답했다.

"숯을 칠한 것 같은 새까만 바구니입니다. 시체를 닦으려고 건드렸더니 어디에선가 불쑥, 툇마루로 굴러 나왔다더군요."

아아—하고 오치카는 생각했다.

나와 너는 동포다.

멀리, 호라가모리 숲의 어둠이 술렁거리는 소리가 났다.

오쿠라 님

오늘도 무덥다.

특이한 괴담 자리는 당분간 쉬기로 했고 숙부 이헤에가 바둑 상대를 초대하지도 않아서 흑백의 방은 벌써 한 달 가까이 비워 둔 상태다.

지금 흑백의 방에서는 오치카가 화기花器에 꽈리를 꽂고 있다. 청소는 항상 부지런히 해놓아서 먼지 하나 없지만 인기척이 느껴지지 않는 방의 모습이 적적해 보여 계절에 맞는 꽃 정도는 장식해 볼까 하는 생각이 든 것이다.

특이한 괴담 자리를 쉬고 있는 까닭은 이헤에와 오타미가 그렇게 분부했기 때문이다. 장마 초입에 이곳에 온 이야기꾼, 무라이 세이자에몬이라는 무사가 이야기를 마치고 돌아간 며칠 후에 할복해 죽었다. 오치카에게는 이런 경험, 이야기를 들려준 사람이

자살한 경우가 두 번째였지만 몇 번을 겪어도 익숙해질 수 있는 일은 아니다. 기분이 무겁고 답답하여 눈물도 흘렸다. 이를 걱정한 숙부 부부가 당분간 쉬자는 말을 꺼낸 것이다.

다만 그것뿐이라면 오치카는 어떻게든 마음을 다잡을 수 있었다.

이야기를 들려준 이가 죽으면 듣는 역할을 한 사람은 정말 슬프다. 하지만 당사자는 인생의 마지막에 토해 내고 싶은 이야기를 완전히 토해 내려고 처음부터 각오를 다지고 미시마야를 찾았을 터이다. 그러니 이야기를 마치고 후련해졌기를, 얼마쯤은 마음이 가벼워졌기를 바라며 조용히 두 손을 모을 뿐, 그 이상으로 이것저것 고민하는 것은 오히려 주제넘은 짓이다.

죽은 두 사람의 경우에는 그렇게 마음을 가다듬을 수 있었기 때문에 슬프기는 했지만 슬픔이 길게 이어지진 않았다. 듣는 사람으로서는 역할을 다했다고 생각했다.

오치카는 그보다 여기에서 살인을 고백한 이야기꾼이 관아에 잡혀가는 모습을 지켜보았을 때가 더 괴로웠고 나중까지 아쉬움이 남았다. 차라리 당사자에게서 이야기를 끌어내지 않는 편이 더 나았을지 모른다는 망설임과 후회가 들었기 때문이다.

미시마야의 간판을 걸고 계속하는 괴담 자리이니 오치카 혼자 속 시원해지면 그만이라는 뜻은 아니지만 어쨌거나 숙부 부부가 한시름 놓을 때까지 다음 이야기꾼은 없을 것으로 보고 오치카는 매일을 바쁘게 지냈다.

그런데.

유월이 되자마자 터무니없는 일이 일어나고 말았다.

이헤에와 오타미에게는 아들이 둘 있다. 장남인 이이치로는 스물세 살, 차남인 도미지로는 스물한 살. 둘 다 부모 밑에서 주머니 만드는 법을 찬찬히 배우다가 열대여섯 살이 되자 '남의 집 솥의 밥을 먹어 보고 오라'며 고용살이로 보내졌다. 이이치로는 도리아부라초의 소품 가게인 '히시야'에서, 도미지로는 신바시 오와리초의 목면 도매상 '에비스야'에서 지금껏 일해 왔는데 이제 슬슬 미시마야로 돌아올 때라는 말이 나오고 있다. 장래에는 이이치로가 미시마야를 물려받고 도미지로는 어딘가에 분점을 내게 될 것이다. 혼인도 해야 한다.

오치카는 사촌들과 딱 한 번 만난 적이 있다. 에도에 처음 올라왔을 무렵 두 사람이 일삼아 와 주었다. 겨우 일 각쯤 대화를 나누었을 뿐이지만 다정한 사촌들임을 알게 되어 기뻤다. 또 이때, 두 사람이 각각 고용살이 하는 곳에서 꽤나 눈코 뜰 새 없이 부려 먹히고 있는 듯한 이야기를 해 놀랐던 기억도 있다. 보통의 고용살이 일꾼은 자신의 볼일 때문에 일을 내팽개치고 외출할 수는 없는 법이다. 이이치로와 도미지로는 남의 집 귀한 아들이니 다른 가게에서 일을 배우기는 하지만 손님 취급을 받고 있으리라 여겼는데 그렇지도 않았던 모양이다.

—나도 미시마야에서 제대로 일을 해야지.

그들의 방문은 오치카가 마음을 다잡는 계기가 되었다. 하기야 이헤에의 말에 따르면 오치카는 늘 지나치게 마음을 다잡아서 조카를 딸처럼 아끼려 노심초사하는 숙부로서는 도무지 재미가 없는 모양이지만.

그건 그렇고 이이치로는 히시야에서, 도미지로는 에비스야에서 워낙 일을 잘하여 그곳 사람들이 의지하고 있다고 한다. 반년쯤 전인가, 히시야의 주인이 미시마야를 찾아와 한동안 숙부 부부와 이야기를 나누더니 왠지 실망한 듯한 얼굴로 돌아간 적이 있다. 이이치로를 데릴사위로 달라고 해서 거절했다고 오타미가 나중에 말해 주었다. 도미지로 쪽에서도, 에비스야의 딸과 부부가 되면 당장이라도 가게를 내 줄 텐데 어떠냐는 제의를 받은 적이 있는데 역시 거절했다며 오타미는 웃었다.

"아무리 좋은 이야기라도 본인한테 그럴 마음이 없으면 안 되지."

숙부도 숙모도, 형제가 미시마야로 돌아와서 오치카와 남매처럼 지내며 살 거라고 기대하는 듯하다. 한편 형제가 집으로 돌아와 아내를 맞이하면 시누이의 입장이 되는 오치카는 방해꾼이 되고 싶지는 않다는 마음에 살짝 고민하는 중이다.

하지만 그런 고민도 만사가 무탈할 때의 이야기다.

유월 초하룻날, 오후의 일이었다. 에비스야에서 사환이 숨을 헐떡이며 달려왔다. 사환을 맞이한 이헤에와 오타미도 곧 허둥거리며 가마를 불러 신바시 오와리초로 달려갔다.

"대체 무슨 일이에요?"

오치카의 물음에 대행수 야소스케가 새파란 얼굴로 말했다.

"도미지로 씨가 다쳐서 목숨이 위태롭다고 합니다."

더 이상의 자세한 내용은 알 수 없어 불안만 쌓일 뿐이었다. 미시마야 사람들도 동요했다. 평소처럼 침착하게 행동한 사람은 오카쓰 정도이고 어릴 때부터 형제를 봐왔던 오시마는 벌써 도미지로가 죽기라도 한 듯한 기색이었다.

그날 해가 지고 나서야 집으로 돌아온 이헤에가 사정을 설명해 주었다.

"에비스야에서 행수 두 명이 빌려준 돈을 주고받는 문제로 크게 싸워서 말이다. 말리려던 도미지로가 공연히 휘말려서 머리를 세게 얻어맞고 말았단다."

도미지로는 정신을 차리지 못했고 숨은 쉬고 있지만 불러도 반응이 없는 모양이다. 지금은 히시야에서 달려온 이이치로와 함께 오타미가 머리맡에 붙어 앉아 있다.

"의원님은요?"

"자연스럽게 눈을 뜰 때까지 기다릴 수밖에 없다며 절대로 움직여서는 안 된다는구나."

그 말을 들은 오시마는 당장 가까운 신사에 가서 백 번 참배신사나 절의 경내에서 일정한 거리를 백 번 왕복하며 기원하는 일를 시작했다. 하룻밤에 백 번씩 기원하는 일을 도미지로가 살아날 때까지 계속할 거라고 한다. 오치카도 야소스케와 오카쓰와 나란히 집안 조상들의 위패를 모신 불단 앞에서 손을 모으고 기도했다.

그리고 사흘 후 아침. 도미지로가 정신을 차리고 부르는 소리에 대답하며 오타미의 손을 잡았다는 소식이 전해졌다.

오타미는 도미지로를 미시마야로 데려오고 싶어 했지만 지금 움직이면 위험하다고 의원이 말려서 자신이 에비스야에 머물며 간호하기로 했다. 당분간은 안정이 필요하다.

그로부터 보름 가까이 오시마와 사환 신타가, 간다 미시마초와 신바시 오와리초 사이를 왔다 갔다 하면서 오타미를 거들었다. 미시마야 쪽은 어떻게든 지금까지 하던 대로 장사를 했지만 사람들의 마음은 아직 진정되지 않았다. 특이한 괴담 자리를 쉬어도 어쩔 수 없는 일이었다.

꽃집에 부탁해 가져다 달라고 한 꽈리는 열매가 파랗다. 이것이 전부 붉게 물들 무렵에는 도미지로 오라버니가 완전히 건강해져서 미시마야로 돌아오기를—.

오치카가 마음속으로 빌면서 검게 옻을 칠한 화기 앞에 앉아 가위질을 하고 있는데,

“실례합니다.”

흑백의 방 툇마루 쪽에서 누군가 부르는 소리가 났다.

몸집이 왜소해 보이는 젊은 남자가 자신의 머리보다도 껑충한 보따리를 등에 지고, 가슴 앞에 맨 보따리의 매듭에 양손을 단단히 건 채 허리를 굽히고 있다. 오치카와 눈이 마주치자 남자는 정중하게 꾸벅 고개를 숙였다.

이렇게 짐을 짊어지고 오는 상인은 세책 장수뿐이다.

오시마가 미시마야로 세책 장수를 즐겨 불러서 구사조시삽화가 들어간 에도 시대 통속소설의 통칭나 연애담을 읽곤 한다. 재미있다며 오치카에게도 권한 적이 있지만 흑백의 방에서 듣게 되는 이야기보다 더 실감 나는 읽을거리를 만나기란 어렵지 않을까 싶어서 늘 건성으로 대답하곤 했다.

그렇더라도 이 집에 드나드는, 오시마가 책을 빌리는 세책 장수의 얼굴 정도는 기억하고 있다. 자그마한 몸집의 젊은 사람이 아니라 더 아저씨였는데.

"네, 누구신지요?"

"늘 신세 많이 지고 있습니다. '효탄코도瓢箪古堂'입니다."

그 아저씨가 이런 풍아한 이름의 가게를 하고 있었던가?

"우리 집 사람이 책을 빌리는 가게인가요?"

"예, 그렇습니다."

젊은 남자의 목소리는 부드럽고 전체적으로 초연한 분위기를 풍겼다.

"효탄코도?"

"'효탄코 도'입니다."

응? 뭐가 어떻게 다른 걸까.

"효탄(호리병박)에 코(옛 고)에 도(집 당)라고 쓰는데요."

젊은 남자는 오른손을 보따리의 매듭에서 떼고 허공에 손가락으로 어려운 한자를 술술 써 보였다.

"이건 저희 주인이 나중에 갖다 붙인 글자입니다. 주인의 고향에서는 호리병박을 '효탄코'라고 불러서, 본래는 거기에 당堂을 붙였을 뿐인 이름이었지요."

효탄코. 유쾌한 울림이다.

"호리병박에서 말駒이 나오듯이뜻하지 않은 곳에서 뜻하지 않은 것이 나타난다는 의미 글씨로 적힌 읽을거리 속에서 진실이 굴러 나올 때도 있다는 것이 유래랍니다."

젊은 남자는 편안하게 웃으며 말했다.

"미시마야에 요즘 걱정거리가 있다는 소문을 듣고 오늘은 어떠신지 보러 왔습니다. 저는 행상에 익숙하지 않아서 정원에서 길을 잃는 바람에 실례하게 되었습니다."

또 꾸벅 머리를 숙인다. 오치카도 가위를 손에 든 채 목례를 하고 말았다. 그러다가 조금 예의가 없는 행동이었다는 생각에 허둥지둥 가위를 내려놓고 툇마루 쪽을 향했다.

"어머나, 고맙습니다. 우리 가게의 오시마가 부엌에 없던가요?"

"예. 오시마 씨가 안 보여서 오늘은 일단 돌아갔다가 나중에 다시 오려고요."

등에 진 책이 상당히 무거울 텐데도 젊은 남자는 가볍게 발길을 돌리다가, 다시 문득 이쪽을 돌아보았다.

"도미지로 씨가 많이 좋아지셨다고 하니 여러분도 한시름 놓으셨겠군요."

아니, 잘도 알고 있다.

"네, 고맙습니다."

오치카가 대답했을 때, 흑백의 방 옆방 쪽에서 오카쓰의 목소리가 났다. "아가씨, 오카쓰입니다."

당지문이 불쑥 열린다. 얼굴을 내민 오카쓰는 툇마루 옆에 서 있는 효탄코도의 젊은 남자를 보고 놀랐다.

"누구신지요?"

"세책 장수예요."

효탄코도는 "늘 신세가 많습니다" 하고 한 번 목례를 하고 이번에는 재빨리 정원을 나갔다.

오치카는 왠지 마음이 가벼워졌다.

—이상하지만 싫은 기분은 아니야.

오히려 따뜻한 기분이다. 저 젊은 남자의 표정이나 말투에서 담담한 애교가 느껴졌다. 접대가 아니라 자연스럽게 배어 나오는 애교다.

오카쓰는 아직도 당지문 앞에 앉은 채 효탄코도 사람이 서 있던 곳을 바라보고 있었다. 튀어나올 것처럼 눈을 크게 뜨고 있다.

오카쓰의 이런 모습은 보기 드물다.

"그렇게 놀랐어요?"

오치카가 웃으면서 말을 걸자, 몇 번인가 눈을 깜박이고는 제정신으로 돌아온 듯이 이번에는 오치카의 얼굴을 뚫어져라 바라보았다.

"왜 그래요? 구멍 뚫리겠네."

"아가씨."

오카쓰는 매우 진지한 얼굴을 하고 있었다.

"네."

"제가 이상한 말씀을 드릴 텐데 웃지 마세요."

특이한 괴담 자리를 지켜 주는 역할이자 흉사를 물리쳐 주는 오카쓰는 오치카의 소중한 동료다. 든든한 언니 같은 여자이기도 하다. 어떤 때에도 당황하거나 소란스럽게 굴지 않고 마음이 흐트러지는 일이 없도록 오치카를 도와준다.

그런 여자의, 이 진지한 눈빛.

"왜 그러세요?"

신탁이라도 내리듯이 무겁게 오카쓰는 말했다.

"아가씨는 방금 그분과 인연이 있어요."

"네?"

오카쓰는 마치 활짝 핀 꽃처럼 환한 얼굴로 웃었다.

"방금 오시마 씨가 에비스야에 심부름을 갔다가 돌아왔거든요. 이삼일 안에 도미지로 씨가 미시마야로 돌아오실 거래요."

이 말에 오치카도 펄쩍 뛰어오르고 싶은 기분이 되었다. "정말?"

"네. 몸이 많이 좋아져서 의원님의 허가가 나왔다는군요. 마님도 눈물을 글썽거리셨어요."

기쁜 소식이 미시마야를 한바탕 돌았다. 그럼 준비를 해야지, 회복을 축하하자, 도미지로 씨가 좋아하는 음식이 뭐였더라—등

등의 소동에 정신을 빼앗기는 바람에 오치카가 오시마에게 효탄코도에 대해서 물은 것은 그날 밤이 되고 나서였다.

"아아, 주로 씨가 왔군요."

그렇다. 오시마가 늘 이야기하는, 군기물에 대해서 잘 아는 세책 장수 아저씨의 이름은 주로였다.

"아니에요. 다른 사람이었어요."

이러이러한 사람이었다고 오치카가 설명하자 오시마는 깜짝 놀랐다.

"글쎄요. ……저는 짐작 가는 데가 없는데요. 정말 효탄코도 사람 맞나요?"

그러고 보니 젊은 남자는 '행상에 익숙하지 않다'고 했다.

"평소에는 가게를 지키는 사람이 어쩌다가 장사를 나온 건지도 모르지요."

"그러게요. 저도 가게 쪽에는 가 본 적이 없어서 주로 씨밖에 모르거든요."

주로 씨가 허리라도 다친 걸까요, 하며 오시마가 걱정한다.

한쪽에서 대화를 듣고 있던 오카쓰가 시종 즐거운 듯이 미소를 지으며 말했다.

"효탄코도라니. 좋은 이름이에요."

"저기, 오카쓰 씨. 인연이 있다는 건 무슨 뜻인가요?"

"때가 되면 알게 될 거예요. 안녕히 주무세요. 오늘밤에는 좋은 꿈을 꿀 수 있을 것 같네요."

오치카는 어리둥절한 표정을 지었다.

그로부터 사흘 후.

도미지로가 미시마야로 돌아왔다.

다만 마냥 기뻐할 일이 아니라는 것을 곧 알게 되었다. 도미지로는 신바시 오와리초에서 간다 미시마초까지 거의 하루에 걸쳐 쉬엄쉬엄 걸어서 돌아와야 했다.

"가마를 탈 수가 없어."

능숙한 가마꾼을 골라 아무리 천천히 가마를 지게 해도 흔들리다 보면 어질어질해진다고 한다.

"머리를 세게 얻어맞은 탓일까요?"

"아무래도 그런 것 같네. 의원님은 반년만 정양하면 나을 거라고 하시지만."

머리가 아프다거나 어디가 저리다거나 팔다리가 잘 움직이지 않는 것은 아니다. 건망증도 없다. 그러나 곤란하게도 일상생활 속에서 서거나 앉거나 하면, 즉 가마를 탈 때와 마찬가지로 머리를 움직이면 그 순간 어질어질해질 때가 있다고 한다.

"그럼 걷는 동안에도."

"조심해야 하지."

오치카와 거의 이 년 만에 마주한 도미지로는 겉으로는 건강해 보였다. 처음 만났을 때보다 턱이 조금 더 날렵해졌나 싶을 정도다.

"오치카, 나 돌아왔어. 앞으로 잘 부탁한다."

시원시원한 목소리도 똑같다.

"저야말로 잘 부탁드립니다."

"그렇게 격식 차리지 마."

"오라버니, 몸은—."

"응, 나쁘지 않아. 하지만 왠지 갑자기 어지러울 때가 있어서 그것만은 곤란하다니까."

조금도 곤란해 보이지 않는 얼굴로 말한다. 오치카의 머릿속에 옛 기억이 점점 떠오르기 시작했다. 장남 이이치로는 좋은 집안에서 자란 후계자다운 차분함을 갖췄지만 차남인 도미지로는 오월의 바람처럼 가볍고 천연덕스러웠다.

정양하라, 안정하라고 의원이 명령해도 가끔 현기증이 덮쳐 오는 것 외에는 이렇다 할 문제가 없다 보니 도미지로도 누워만 있을 수는 없었다. 실제로 오타미가 쉬어라, 누워 있으라고 잔소리를 하면,

"욕창이 생기겠어요, 어머니."

하고 대꾸하며 웃는다.

오시마도 미시마야 안을 돌아다니거나 작업장의 모습을 보러 가거나 툇마루에서 졸거나 쉬고 있는 도미지로의 모습을 매서운 눈으로 관찰하며 안도했다 걱정했다를 반복하느라 바쁘다. 도미지로가 조금이라도 비틀거리면,

"작은 나리!"

하며 어디에선가 달려온다. 눈도 귀도 엄청나게 밝아서,

"내가 장사를 배우러 나가 있는 사이에 오시마도 닌자술 수업을 받은 모양이군."

당사자인 도미지로에게 놀림받곤 한다.

"작은 나리의 몸이 걱정되어서."

"고맙기 그지없는 일이지만 그 '작은 나리'라는 말은 그만 좀 해."

그 호칭은 조만간 미시마야를 물려받을 이이치로의 것이라는 말이다.

"아버지가 큰 나리, 형이 작은 나리라는 게 이치에 맞잖아."

"그럼 어떻게 부를까요?"

"오치카, 네게 좋은 생각이 없을까?"

오치카가 생각에 잠겨 있는 사이에도 도미지로는,

"둘째 작은 나리, 다음 작은 나리, 작은 작은 나리, 도미 나리, 더부살이 나리, 현기증 나리."

차례차례 말해서 오치카와 오시마를 웃게 한다.

"뭐, 도련님이라고 하는 게 좋으려나."

그렇게 해서 고용살이 일꾼들에게는 도련님이라고 부르게 하자고 정했다. 오치카는 예전처럼 '오라버니'라고 불러도 된다고 한다.

"그럼 오라버니도 저를 '치카'라고 편하게 불러 주세요."

"그래도 될까? 들어 주시는 분, 이라고 안 해도 되려나?"

도미지로도 특이한 괴담 자리에 대해서는 잘 알고 있었다.

"에비스야에 있을 때도 평판은 귀에 들어왔으니까. 가와라반도 봤어."

"부끄러운 일이지요."

"무슨 소리야. 에비스야에서 어떠냐, 내 사촌누이 미인이지, 하고 실컷 자랑했으니 본인이 이제 와서 거북해하셔도 빼도 박도 못 합니다."

에비스야에서 도미지로는 행수 격의 위치였고, 동료의 싸움에 끼어들었을 정도니 고용살이 일꾼들 사이에서도 격의 없이 편하게 지냈을 것이다. 정중한 '저'보다 '나'라고 말하는 게 딱 맞는 느낌이다.

혼자서는 아직 불안하다며, 도미지로는 자주 오치카에게 산책을 함께 가자고 권했다. 근처를 한 바퀴 돌고 오는 정도지만 도미지로는 오치카가 오기 전부터 미시마초에서 살았으니 추억이 많다.

"아, 여기 니우리 가게는 없어져 버렸네. 아깝다, 맛있었는데."

"이 감나무, 이런 좁은 곳에 가지를 뻗고 있다니 기특하지? 매끈매끈한 커다란 열매가 열린다고. 하지만 땡감이야."

"저 골목길 끝에 살았던 신나이신나이부시. 조루리의 한 유파 선생님은 우리 가게 단골이었는데 왠지 모르겠지만 어머니가 싫어해서 말이야."

오치카가 모르는 사실을 여러 가지 알려 주었다.

"숙모님이 단골손님을 싫어하다니 깜짝 놀랐어요."

"주는 것 없이 미운 사람이라면서 선생님이 물건을 사러 와서 야소스케와 수다를 떨고 있으면 몰래 빗자루를 거꾸로 세워 놓곤 했어."

빗자루를 거꾸로 세우는 것은 오래 있는 손님을 쫓아내기 위한 주술이다.

"어머니는 감이 좋은 사람이니까 뭔가 있었던 거겠지. 이야, 오늘은 푹푹 찌는구나. 오치카, 감주나 마시고 갈까?"

지나가던 감주 장수를 불러 세워 감주를 사는 사이,

"엇차, 잠깐 좀."

도미지로가 오치카의 팔을 붙들고 눈을 감았다. 어지러운가 보다.

"오라버니, 괜찮으세요?"

"—응, 괜찮아졌어."

동료의 싸움을 보다 못해 중재하려고 끼어든 대가가 이것이다. 세상은 부조리하다.

그 싸움의 자세한 경위에 대해서 숙부 부부는 특별히 말해 주지 않았다. 도미지로도 말하지 않는다. 알려 달라고 조를 만한 일도 아니라서 오치카도 묻지 않았다. 도미지로 님이 소중한 오시마도 그 부분에서는 고용살이 일꾼이 지켜야 할 선을 잘 알고 있다. 다만 오치카와 오카쓰에게는,

"도련님을 저렇게 만든 행수들이 에비스야에서 제대로 벌을 받

았을까요?"

하고 거친 콧김을 내뿜으며 말한 적이 있다.

도미지로는 터무니없는 재난 때문에 에비스야에서 떠나왔고 가게에 나갈 수도 없다. 그래서 미시마야에서도 단골손님에게 인사를 시키거나 하지 않고 친하게 지내는 곳에 조용히 알리는 데 그쳤다. 그래도 의리 있는 사람이 있는 법인데 그중 하나가 사마귀 행수, 이 근방을 매의 눈으로 살피고 있는 붉은 한텐의 한키치라는 오캇피키에도 시대에 범인을 체포하는 관리의 길잡이로서 범인의 탐색 · 포박을 하는 사람였다.

"작은 나리의 쾌유를 축하드립니다."

말은 그래도 술은 아직 몸에 해가 될지 모른다고 염려해서인지 호화로운 요리가 담긴 도시락 상자를 들고 인사하러 왔다.

한동안 숙부 부부와 함께 이야기를 나눈 후, 도미지로가 오치카를 팔꿈치로 찔렀다.

"이 행수님이 우리 가게를 강도에게서 지켜 준 든든한 분이지?"

작년 가을, 미시마야는 두목의 별명이 '금붕어 야스'라는 일당의 표적이 되었다가 한키치 덕분에 간신히 어려움을 모면한 적이 있다. 꽤 큰 소란이 일어났기 때문에 이헤에가 아들들에게도 심부름꾼을 보내 여차여차했지만 모두 무사하다고 전했다. 그래서 도미지로도 알고 있었다.

"제가 한 일은 대단한 게 아닙니다. 미시마야에는 더 든든한 조력자가 있었으니까요."

한키치의 말에 도미지로는 한층 더 흥이 났다.

"좀 더 자세히 가르쳐 주십시오. 옮지, 흑백의 방을 쓰면 안 될까요, 아버지?"

"아아, 그래라."

그래서 한키치와 도미지로, 오치카는 흑백의 방으로 자리를 옮기게 되었다.

"흐음. ……오치카는 이곳에서 특이한 괴담 자리를 하는 건가?"

찬찬히 방을 둘러보며 도미지로는 감개무량하다는 듯이 중얼거렸다.

"불경 같은 걸 장식해 놓아서 절간 같네."

지난번에 무라이 세이자에몬이 왔을 때 반야심경을 적은 습자 글씨본을 걸어 두었다. 그 직후에 할복해서 죽은 세이자에몬의 공양을 위해 그대로 걸어 둔 것이다.

"답답해서 싫으시면 바꿀게요."

"아니, 아니, 그대로 두어도 돼. 아주 상쾌한걸."

흑백의 방이 오랜만에 사람의 기척을 얻어 기뻐하는 걸까. 오늘은 꽃도 없고 향도 피우지 않았는데 분명히 희미하게 시원한 느낌이 돈다.

"자, 행수님. 얘기하세요, 얘기하세요."

한키치가 강도 이야기를 하고 이야기 속에 나오는 사람들에 대

해서는 오치카가 설명을 덧붙인다. 오시마가 다과를 가져오자,

"마침 잘됐어. 오카쓰가 특이한 괴담 자리를 지키는 역할을 하고 있지? 오시마, 좀 불러다 줘."

도미지로가 졸라 결국 모두 다 모인 시끌벅적한 자리가 되었다.

헤에, 호오, 하고 맞장구를 치면서 도미지로는 기쁜 듯이 이야기를 들었다. 한키치 일행이 강도 일당과 숨 가쁜 포박전을 펼치는 동안 오시마가 내내 쿨쿨 자고 있었다는 대목에서는 가장 큰 웃음이 터졌다.

"그래야 나의 오시마지."

"놀리지 마세요, 작은 나리."

"작은 나리가 아니야, 도련님이지."

완전히 놀림거리가 된 오시마를 오치카도 생글생글 웃으며 바라보았다. 그러나 갑자기 불똥이 날아왔다. 이야기가 계속되자 도미지로가 오치카에게 아무렇지도 않게 물었던 것이다.

"그래서 오치카는 행수님을 도와준 그 습자소의 작은 선생을 좋아하는 거야?"

그 습자소란 혼조 가메자와초에 있는 '진코 학원'이고, 작은 선생이란 그곳의 선생인 아오노 리이치로라는 낭인이다. 작은 선생이라고 불리는 까닭은 원래 그곳에 나이 많은 큰 선생이 있었기 때문이다. 하지만 아오노 리이치로는 아마 그렇게 젊지 않을 것이다. 처음 만났을 때는 눈매가 맑고 말투가 시원스러웠기 때문

에 '젊은 무사다'라고 오치카도 생각했지만 그 후에 교류가 이어지면서 생각이 바뀌었다. 아마 오치카보다 열 살은 연상이 아닐까. 더 많을지도 모른다. 그의 인생에 오치카 따위는 상상도 못 할 고난의 시기가 있었으리라는 것도 한키치가 얼핏 흘린 말에서 알아챌 수 있었다.

갑자기 검도 대련 때처럼 "머리!" 하고 얻어맞은 느낌이라 오치카는 대답할 수가 없었다. 오시마는 실실 웃고, 오카쓰는 조신하게 모르는 척하고, 한키치 행수은 오카쓰만큼 능숙하게 연기하지는 못하는지라 허둥거리며 만주를 입에 넣는다.

"어때, 오치카?"

도미지로는 태연하게 대답을 재촉했다.

"어, 어째서 오라버니는 그런 걸 물으시는 거지요?"

"그야 네 얼굴에 '반했다'고 씌어 있으니까."

오치카의 뺨이 빨개졌다. 그러자 도미지로가 아하하 하고 웃는다.

"나도 귀여운 사촌누이한테 이런 심술을 부리면 안 되는데. 미안, 미안."

반했다고 적혀 있으니 대답은 정해져 있지, 하며 멋대로 납득해 버린다.

"너한테는 좋은 일이야. 안심했다. 나뿐만 아니라 형님도 걱정하고 있었거든."

이 년 전 오치카는 불행한 사건으로 소꿉친구이기도 했던 약혼자를 잃었다. 약혼자를 해친 이는 오치카의 본가, 가와사키 역참의 여관 '마루센'에서 거두어 기른 고아로 오치카와는 남매 같은 사이였으나 그러면서도 '주워서 키워 준' 은혜에 묶여 있는 신세의 젊은이였다.

질투와 시기, 열등감, 은혜와 원한이 바짝 졸아든 끝에 일어난 사고로 인하여 두 사람의 목숨이 사라지고 오치카는 마음속 깊이 상처를 입었다. 본가를 떠나 에도에 있는 숙부 부부의 집에 몸을 의탁한 후 우연한 기회로 특이한 괴담 자리에서 이야기를 듣는 역할을 맡아, 세상에는 많은 슬픔이 있고, 잘못이 있고, 행복도 불행도 여러 가지 형태가 있음을 알게 되면서 간신히 회복해 가는 중이다.

하지만 아직 반했느니 어쨌느니 하기에는 이르다. 오치카 자신이 그런 평범한 행복을 추구하기는 꺼려진다.

"오라버니, 저는."

"됐어, 됐어. 미안하다. 사과할 테니 그런 얼굴 하지 말아 줘."

도미지로는 오치카의 팔을 부드럽게 두드리더니,

"이봐, 오카쓰" 하고 괴담 자리를 지키는 사람 쪽으로 화제를 돌렸다.

"예, 왜 그러시는지요."

"앞으로 나를 동료로 삼아 주지 않겠어? 함께 특이한 괴담 자리의 이야기를 듣고 싶은데."

"예에?"

오치카는 멍청한 목소리를 내고 말았다.

"오라버니가?"

"안 되나?"

"안 되는 건 아니지만, 오라버니는 몸이."

"몸이 이래서 아직 장사는 거들 수 없고 한가해서 죽을 지경이니 말이다. 재미있잖아, 괴담 자리."

"글쎄요, 확실히 재미있기는 하지요."

한키치 행수가 끼어든다. "저는 미시마야가 아니라 다른 곳의 괴담 자리 모임밖에 모르지만 이야기를 듣다 보면 속세의 근심을 잊게 됩니다. 그냥 흥이 있는 것만이 아니라 몸이 깨끗해지는 기분도 들지요."

"좋군. 재미있는 데다 그런 효능까지 있다면 더욱 좋겠어."

도미지로 님이 소중한 오시마가 반대할 리는 없고, 오카쓰도 그 말에 고개를 끄덕이고 있다.

"숙부님과 숙모님이 괜찮다고 하시면요" 하고 오치카는 말했다.

남의 집 솥의 밥을 먹으면서 세상을 보고 온 도미지로는 이야기를 끌고 가는 방식이 교묘하다. 오치카와 나란히 듣는 역할을 맡고 싶다는 것이 아니라 오카쓰의 동료가 되어 몰래 듣고 싶다는 것이라면 성가신 일은 없고, 몸이 나빠지거나 기대했던 만큼 재미있지 않다면 그만둬 버리면 될 일이다. 이헤에도 오타미도 선뜻 허락했다.

곧장 사환 신타가 직업소개꾼 도안 노인에게 달려갔다. 새로운 이야기꾼을 알선해 달라는 부탁에,

"뭐야, 그만둔 게 아니었나?"

하고 밉살스러운 말을 한 두꺼비 도사도 특이한 괴담 자리가 다시 시작되는 것이 기쁜지 눈은 웃고 있었다나 뭐라나.

이렇게 해서 혹독한 여름 더위도 고비를 넘고, 해가 지면 가을 벌레 소리가 작은 방울을 굴리는 것처럼 들릴 무렵, 흑백의 방은 오랜만에 손님을 맞이하게 되었다.

도미지로는 오카쓰와 함께 옆방에 숨어 있으면서도 꼴 보기 싫지 않을 만한 옷차림을 갖추었다. 현기증이 나면 무리하지 않고 누울 수 있도록 오카쓰가 모두 배려할 것이다.

"있지, 오치카."

옆방에 들어갈 때가 되자 도미지로는 생각난 듯이 오치카를 부르더니 웃음을 지었다.

"나도 그냥 심심풀이나 반쯤 장난치려는 기분은 아니야. 내 나름대로 생각하는 게 있거든."

밝은 웃음이지만 시시덕거리는 기색은 아니었다.

"에비스야에서 호되게 머리를 맞은 그때."

눈앞이 점점 어두워져 가는 가운데—,

"생각했어. 이렇게 한심한 일로 죽는다면 나는 귀신이 되어서 나와야겠다."

그 말에 오치카도 뜨끔했다. 오카쓰는 온화하게 두 사람을 지

켜보고 있다.

"도저히 편안하게 성불할 수는 없다고 말이야. 그거야말로 원통하다는 것이고 그대로 죽었다면 원념 덩어리가 되었을 거야. 그래서 정신이 들어 어머니와 형님의 얼굴이 보였을 때는 울고 싶어질 정도로 안도했지."

아아, 나는 살아 있다.

"머리 가죽 한 장 차이로 이 세상에 매여 있을 수 있었어. 의원 선생님의 치료 덕분이고, 열심히 간호해 준 어머니나 다른 사람들 덕분이고, 물론 오시마의 백 번 참배 덕분이야."

미소를 지으며 도미지로는 가볍게 가슴 앞에서 손을 모으는 시늉을 해 보였다.

"나는 오늘도 해님을 올려다보고 맛있는 밥을 먹고 웃으면서 이야기를 하고 있어. 이렇게 행복한 일은 없지. 진심으로 감사하게 생각해."

그 때문에 더더욱, 가끔씩 떠올리지 않을 수 없다고 한다.

"아아, 나는 죽는구나—라고 느꼈을 때의, 그 기분을."

슬펐다. 분했다. 화가 나서 가슴이 찢어져 버릴 것 같았다.

"스스로 돌이켜보아도 그때의 내가 무서워. 시커먼 원한이 무서워. 하지만 가엾어서 견딜 수가 없어."

이 세상에 그때의 자신보다도 무서운 존재가 있을까. 당시의 원통함보다도 분한 마음이 있을까. 자신뿐만이 아니라 사람이라는 생물은 누구에게나 그런 마음에 사로잡히는 순간이 있지 않을까. 그것이 번뇌이고 업이라는 것일까.

"그래서 생각했지. 너랑 같이 괴담을 들어 보면 좋지 않을까 하고."

오치카는 고개를 끄덕였다. "오라버니의 마음속 정말로 깊은 곳은 저 같은 건 알 수 없어요. 하지만 저와 마찬가지로, 오라버니에게도 이곳에 오시는 분들의 이야기를 듣는 건 분명히 좋은 치료가 될 거예요."

"흐음, 치료라고 하는 건가?"

"네. 금세 효험이 나타나서 거짓말처럼 낫는 약은 아니지만요."

무섭고 꺼림칙하고 슬픈 이야기여도 그것은 사람의 말로 전해진다. 거기에는 이야기하는 사람과, 이야기 속에서 등장하는 사람들의 생명의 온기가 담겨 있다.

"좋은 말을 해 주는구나. 좋아, 여기에 잘 적어 둬야겠다."

도미지로는 가슴 위에 손바닥을 대고 가만히 눈을 감았다.

"그럼 오카쓰 자매님, 잘 부탁합니다."

"네, 도련님."

준비를 마친 오치카도 자리에 단정하게 앉았다.

오늘 흑백의 방에는 반쯤 붉은색과 노란색으로 변해 가는 단풍에 싸리를 섞어서 꽂아 두었다. 족자 또한 지금이 제철인 꽁치를 그린 수묵화다. 두 마리가 서로 겹쳐서 위에 있는 꽁치는 등지느러미를 위로, 아래에 있는 꽁치는 배를 위로 한 채 몸을 젖히고 있다. 구도 때문인지 통통하게 살이 오르고 펄떡펄떡 뛰는 맛있어 보이는 생선의 그림이라기보다는 무언가 다른 의미가 숨겨진 수수께끼 그림처럼 보인다.

흑백의 방은 가게에서 떨어져 있는 집 안쪽이기 때문에 미시마야의 시끌벅적한 장사 소리도 들리지 않는다. 느긋한 고요 속에서, 정원을 둘러싼 판자담 맞은편으로 군밤 장수가 지나갔다. 아이들이 신이 나서 떠들어 대며 달려가는 소리도 들린다. 마침 여덟 점(오후 두시)이다. 습자소에서 집으로 돌아가는 것이리라.

햇볕에는 아직 늦여름의 흔적이 남아 있지만 오늘의 바람은 완연한 가을을 실감케 한다. 단풍이나 은행도 점점 가을 빛깔을 띨 것이다. 손님을 위해서 준비해 둔 다과는 오타미가 단골로 다니는 근처 과자 가게의 고구마 양갱이다. 일 년 내내 잘 팔리는 간판 상품이지만 지금 시기가 가장 달다고 한다.

그건 그렇고 손님이 늦는 모양이다.

약속 시간은 벌써 지났다.

"오라버니, 오카쓰 씨."

오치카는 당지문 맞은편에 있는 두 사람에게 말을 걸었다.

"어떻게 된 건지 좀 보고 올게요."

벌떡 일어나 복도로 나간다. 인기척은 없다. 오치카는 주위를 둘러보고 귀를 기울였다.

"오시마 씨? 야소스케 씨, 계세요?"

늘 이야기를 들려줄 손님을 안내하는 사람은 오시마나 대행수인 야소스케다.

대답이 없다. 오치카는 복도를 따라 바깥쪽으로 걸어갔다. 사람 목소리가 귀에 들어온다.

"네, 어서 오세요. 오늘은 무엇을 찾으시나요?"

"이 물건이 눈에 들어오시나요? 고맙습니다."

가게 앞에서 오가는 대화가 시끌벅적하다. 소품을 계절에 맞는 것으로 바꾸려는 멋쟁이들 덕분에 환절기에는 한층 더 바빠지는 미시마야다. 행수들도, 사환 신타도 부지런히 일하고 있다.

목을 빼고 계산대 쪽을 들여다보니 야소스케의 뒷모습이 보였다. 주판을 튕기며 원장을 쓰고 있다. 이헤에의 모습은 눈에 띄지 않는다. 외출한 듯하다. 그러고 보니 오늘 아침에 회합이 있다는 말을 했던가.

—어떻게 하지.

결국 오치카는 슬그머니 되돌아왔다. 흑백의 방으로 통하는 당지문을 바라본다. 조금 전 열어놓고 간 당지문이 닫혀 있다. 어쩌면 손님과 길이 어긋난 것인지도 모른다.

"실례합니다."

그렇게 말을 걸고 단정하게 앉아 문을 여닫았다.

열었을 때는 상석에 아무도 없었다.

그런데 당지문을 닫고 숙였던 얼굴을 들어 보니 거기에는 여자가 다소곳이 앉아 있었다.

앗 하고 소리를 지르지 않은 것은 너무 놀라서 오히려 숨을 삼키고 말았기 때문이다. 두근! 심장이 한 번 튀어 올랐다.

오치카는 눈을 크게 뜨고 여자를 바라보았다.

상당히 나이가 많은 사람이다. 손님에 대한 예의를 빼고 말하자면 피골이 상접한 노파다. 등이 굽어 있는 데다 아래턱을 내미는 듯한 자세로 앉아 있다. 덕분에 기모노를 여민 부분이 목까지 너무 올라오고 목 뒷부분은 꼴사납게 깊이 내려가 있어, 목덜미에서 등 위쪽까지 다 보인다.

놀랍게도 머리를 시마다마게로 묶고 후리소데를 입고 있다. 두 가지 모두 젊은 처녀의 차림새다. 기모노는 대담한 줄무늬이고 마를 쫓는 부적이라는 의미도 있는 귀여운 '삼잎' 무늬가 있는 검은 공단 주야오비를 맞추어 입었다. 꽃비녀도 화려하고 아름답다.

"—어서 오세요."

오치카는 그 자리에서 손가락을 바닥에 짚으며 인사했다.

"기다리시게 했군요. 제가 괴담 자리에서 듣는 역할을 맡고 있는, 이 집의 주인 이헤에의 대리, 치카입니다."

노파는 이쪽을 마주 보려고도 하지 않았다. 귀가 어두운 것일까. 아니면 기분이 상했나.

"손님."

다시 한 번 부르자 다른 쪽을 향한 채 노파가 막힘없이 말했다.

"특이한 그림도 다 있군요."

오치카는 또 깜짝 놀랐다. 목소리는 나이에 어울리게 갈라져 있는데 말투는 처녀처럼 달콤하고 혀가 짧다.

기세에 압도되어 굳어 있는 오치카를 그제야 노파가 쳐다보았다.

"그런 곳에 있지 말고 어서 이쪽으로 앉으세요. 나는 이야기를 하러 왔는데 그래서야 하기가 어렵잖아요."

"아, 네."

오치카는 어색하게 무릎걸음으로 걸어 서둘러 아래쪽에 앉았다.

"자리를 비웠더니 손님과 길이 어긋나 버린 모양이네요. 대단히 실례했습니다."

"전혀 상관없어요."

코끝을 반짝 쳐든 노파가 새치름한 얼굴을 했다.

"이 족자를 바라보면서 마음껏 즐기고 있었으니까요."

두 마리의 꽁치 그림을 바라보며 말한다.

"그러셨나요. 마음에 드신 것 같아 다행입니다."

"이건 꽁치의 혼이 빠져나가는 모습을 그린 그림이로군요."

"네?"

노파는 사랑스럽게 고개를 갸웃거리며 좌우의 검지로 족자에 있는 두 마리의 꽁치와 똑같은 모양을 만들어 보였다.

"위에 있는 꽁치가, 이제부터 손질되거나 구워져서 먹히게 될 쪽. 아래 있는 꽁치가 그 몸에서 빠져나가는 혼이잖아요. 아니면 반대일까요? 당신은 어떻게 생각하세요?"

오치카는 한 번도 떠올려보지 못한 재미있는 감상이다.

"저는 그저 두 마리의 꽁치가 그려져 있다고만……."

"그냥 나란히 그려져 있을 뿐이라면 그렇겠지요. 하지만 그렇지 않아요. 이런 그림에는 화가가 무언가 기지를 숨기고 있는 법이지요. 그걸 생각하고 보지 않으면 재미가 없어요."

전의 반야심경 글도 그랬지만 이헤에는 골동품가게에서 발견한 것을 별 생각 없이 사들이는 버릇이 있다. 꽁치 족자도 그중 하나다. 어떤 화가의 작품인지 모르니 기지인지 무엇인지도 알 수 없다.

노파의 말투는 자신만만하고 그러면서도 아니꼽지 않다. 표정에도 장난기가 있다. 오치카는 따라서 미소 지었다.

"손님은 기지 있는 것을 좋아하시나요?"

"품위가 넘치는 것이라면요. 아직 시집도 안 간 처녀니까요."

이 말은 기지가 아닐 것 같다. 어쨌든 이번에는 까다로운 손님인가 보다.

특이한 괴담 자리를 계속해 나가면 다양한 손님과 만나게 될 것이다. 느낌이 나쁜 사람이 있는가 하면 불만이 많은 사람도 있을 테고 괴담에 섞어 남의 험담을 하고 싶은 사람이 오거나 지어낸 이야기를 하는 허풍쟁이가 방문할지도 모른다. 얼마든지 각오는 하고 있지만,

—이 손님은 꿈을 꾸고 있는 사람이구나.

현세의 모습은 노파지만 마음은 젊은 처녀, 그런 꿈을 꾸고 있는 이야기꾼인 것이다.

그러면 안 된다는 말은 아니다. 꿈 이야기가 어엿하게 괴담 중 하나가 된다면 만족할 일이다. 기분이 상하지 않도록, 대답할 때는 조심하자고 마음에 새겨 두었다.

"그럼 모쪼록 잘 부탁드립니다."

늘 하듯이 듣고 버리고 이야기하고 버리는 규칙이나 사람의 이름 정도는 바꿔도 된다고 알려 주었다. 화로에 걸쳐 둔 주전자는 희미하게 김을 피워 올렸지만 다과가 준비되어 있지 않았다. 오늘은 계속 오시마와 호흡이 맞지 않는다.

"터무니없는 실수로 손님을 기다리시게 한 데다 차도 드리지 않다니 거듭 실례를 저질러 부끄럽습니다."

오치카가 손뼉을 쳐서 오시마를 부르려고 하자 노파는 의젓하게 가로막았다.

"아뇨, 신경 쓰지 마세요. 차도 간식도 필요 없어요."

"하지만—."

"단것은 이에 나쁘잖아요. 저는 한 달에 한 번, 초하룻날에만 먹는답니다. 그러니까 정말 신경 쓰지 마세요."

단호한 말투여서 오치카도 순순히 따르기로 했다.

다시 마주해 보니 노파는 옅게 화장을 하고 연지를 발랐다. 그 입술을 열어 이야기를 시작했다.

"지금부터 말씀드릴 것은 저희 집 이야기예요. 옛날부터 시바 신메이초 3초메에서 향료 가게를 운영해 왔는데."

향료 가게는 각종 향료 · 향유나 그것을 넣는 향주머니를 다루는 장사다. 하는 김에 빗, 화잠이나 다리여성의 머리카락에 더하는 머리카락. 가발, 분 같은 자질구레한 물건도 함께 파는 경우가 많다. 하지만 시바 신메이초라면—이 부근과는 사정이 달라서 큰 무가 저택과 절이 많이 늘어서 있는 곳이 아닌가. 그렇다면 손님들이 좀 더 딱딱한 사람들일지도 모른다.

오치카가 생각에 잠겨 있는데 노파가 갑자기 눈을 깜박이며 물었다.

"무례하게 굴어 죄송하지만 그건 그런 기모노인가요? 아니면 저를 기다리게 하면 안 될 것 같아서 허둥거리다가 뒤집어 입으신 건가요?"

"무슨 말씀이신지요?"

"무늬가 있는 쪽이 안쪽으로 되어 있는데요."

분명히 오늘 오치카가 입은 기모노는, 겉은 황토색 무늬 없는 천이고 안쪽은 연두빛 그물 격자무늬에 잠자리가 군데군데 날고 있다. 안감에 무늬를 넣어 처음엔 아무 무늬도 없는 옷 같아도 옷깃 사이로 들여다보이는 무늬가 은근하면서도 세련되었다.

손님에게 예의를 다하려면 제대로 갖추어 입어야 하면서도 듣는 역할이니 화려하게 꾸며서는 안 되는 입장인 오치카에게는 편리한 기모노지만 특별히 보기 드문 형식은 아니다. 비슷한 나이의 상가 아가씨라면 셋 중 하나는 안감에 무늬를 넣은 옷일 테고, 나머지 둘 중 하나는 옷자락에 무늬를 넣은 옷을 입었으리라. 오치카가 입은 것도 수수한 색깔의 무늬 없는 천에 옷자락 주위에만 무늬를 배치한 세련된 기모노다.

—이분은 모르시려나?

생각에 잠겨 있자니 노파는 얼굴을 찌푸리고 "아아, 싫어라" 하고 소리쳤다.

"그게 요즘 유행하는 거로군요. 정말이지 유행이 변하는 건 못 당하겠다니까. 기모노도 띠도 머리 모양도 십 년만 지나면 완전히 바뀌어 버리고. 머리를 틀어 올리는 모양도, 그렇게 유행했던 '가모메타보' 같은 건 당신은 전혀 모르시겠지요."

모를 뿐만 아니라 어떤 머리 모양인지 짐작도 가지 않았다. 오치카가 철이 들 무렵에 "에도에서는 이런 게 세련된 거야"라며 비단 가게 주인한테서 들었던 것 같기도 하고.

노파는 작게 한숨을 쉬더니,

"미안해요. 이제부터 할 이야기를 들으면 아시겠지만 저는 여자 우라시마 다로거북을 살려준 덕으로 용궁에 가서 호화롭게 지내다가 뭍으로 돌아와 보니 많은 세월이 지나 친척이나 아는 사람은 모두 죽고 모르는 사람뿐이었다는 전설의 주인공여서 꽃다운 나이 때부터 지금까지 시간의 변화에서 벗어난 삶을 살아 왔답니다."

듣고 보니 호화로운 후리소데의 줄무늬는 색깔이 약간 바랜 것 같다. 린즈무늬를 짜 넣은 두껍고 매끈한 비단 허리띠는 오치카가 매고 있는 것보다 다소 폭이 좁다.

이미 돌아가신 본가의 할머니가, 자신이 젊었을 때는 허리띠의 폭이 좁고 길이도 짧았으며 기모노도 옷자락이 끌리지 않았다고 말해 준 적이 있다. 세상이 풍요로워지면 여자는 모두 공주님 같아지는구나, 하며.

물론 평상복이 아니라 일 년에 한 번 입을까 말까인 나들이옷을 말하는 것이기는 하지만, 분명히 세상 전체에 여유가 없으면 여자 옷을 짓는 데 이렇게 천을 잔뜩 쓰기는 어려우리라.

"우리 가게도 미시마야만큼은 아니지만 유행하는 물건을 다루니까요. 그런 집의 딸이 철 지난 옷차림을 하고 다니다니 좀 그렇지 않느냐고 생각하시겠지만 저는 좋아서 이렇게 하는 것이고 아무도 화를 내지는 않아요."

저는 우메라고 합니다, 하고 노파는 말괄량이 아가씨처럼 꾸벅 머리를 숙였다. 자세히 보니 백발이 섞인 머리는 꽤 숱이 적었고 가짜 머리카락인 다리를 많이 넣어 어떻게든 묶은 모양이었다.

"우리 가게의 이름은 비센야美仙屋예요. 조금 신기한 이름이지요."

손가락으로 다다미에 글씨를 써 보여 준다.

"1대째 주인은 비젠야備前屋라는 향료 가게에서 고용살이를 하다가 그곳에서 가게를 나누어 주어서 자기 가게를 갖게 되었대요."

그러니 그대로 '비젠야'라고 해도 되었지만,

"그때 본점 안주인의 조카딸을 아내로 맞았는데 대단한 미인이었다지 뭐예요. 하늘에 오를 것 같은 기분에 들떠서, 나는 아름다운 선녀를 아내로 맞이했으니 그것을 가게 이름으로 하겠습니다,

하고.”

절로 미소가 나오는 이야기 아닌가.

“태어난 딸이 또 미인이었거든요. 더욱더 들떠서, 오오, 이거야말로 가게 이름을 이렇게 지은 덕분이다, 과분하다, 감사하다, 하면서.”

몸을 배배 꼬며 연극조로 손을 모으고 꾸벅꾸벅 머리를 숙이더니,

“다른 사람들이 보기에는 작작 좀 하라는 말이 나올 정도였어요.”

오우메는 입을 벌리고 깔깔 웃었다. 이가 몇 개 빠져 있다.

“정말로 그 이름의 효험인지는 모르겠지만 확실히 비센야의 딸들은 대대로 모두 미인이었어요. 며느리들도 미인만 들어왔고요. 우리 아버지는 6대째 주인인데 아내인 우리 어머니도 피부가 하얗고 얼굴이 갸름하고 머리숱이 많은 사람이었답니다.”

하지만—하고 말하더니 갑자기 무서운 눈빛이 되었다.

“오른쪽 눈 밑에 커다란 눈물점이 있었어요. 이런 여자는 슬픈 일을 불러들이기 때문에 징조가 좋지 못하다고 싫어하는 사람도 있었는데 어쨌거나 홀딱 반한 아버지가 박박 우겨서 아내로 맞이했대요.”

잠시 눈을 깜박이자 눈빛이 원래대로 돌아왔다.

“그렇지만 아버지도 어머니도 눈물지으며 딸과 생이별을 하는 처지가 되고 말았으니 역시 징조가 좋지 못했던 걸지도 몰라요.”

위태로운 이야기가 흘러나왔다.

"혹시 그 따님이 손님이신가요?"

"아뇨, 저는 아니에요."

한 살 터울의 언니라고 한다.

"우리는 세 자매인데 장녀가 후지, 그 두 살 아래의 차녀가 키쿠, 막내인 제가 우메예요."

눈은 쑥 들어가고 뺨에서 턱 언저리는 뼈의 윤곽이 그대로 보일 정도로 야위어 버린 오우메지만, 이마는 넓고 콧날이 오뚝하고 입은 작고 귀엽다. 젊었을 때는 분명 미인이었을 것이다.

"아름다운 꽃들만 모인 세 자매후지는 등나무꽃, 키쿠는 국화, 우메는 매화라는 뜻이다로군요."

"네, 그야 뭐."

오우메는 조금도 겸손을 떨지 않았다.

"그래도 누가 제일 예쁘냐고 한다면 오키쿠 언니예요. 오오쿠大奥에도성 중심의 일부로 쇼군의 부인과 첩실이 거처하던 곳에 들어가면 좋겠다는 평판이 났을 정도지요."

대체 무슨 일이 있어서 비센야는 옥 같은 둘째 딸과 헤어지게 되었을까.

"오후지 언니가 열일곱, 오키쿠 언니가 열다섯, 제가 열네 살 때의 일이에요. 먼 옛날이야기를 느긋하게 들어 주셔야 할 텐데, 괜찮으실까요?"

"네, 말씀해 주시지요."

오우메는 오치카를 빤히 바라보았다. 눈 안쪽을 똑바로 꿰뚫어 보는 것 같은 강렬한 눈빛이다.

"저는 이제 이런 할머니지만."

본인도 알고 있다.

"마음의 시간은 그대로 멈추어 있어요. 오키쿠 언니와 헤어졌을 때 그대로."

열네 살 그대로.

"외출을 하느라고 한껏 치장하고 왔어요. 아까부터 당신이 웃지 않고—웃음이 나려는 것을 참는 기색도 아니어서 얼마나 기쁜지 몰라요."

침울하지는 않다. 말투는 발랄하고 활달하다.

"향료 가게는 우리만이 아니라 다른 곳도 가게 규모가 그리 크지 않아요. 하지만 향료는 겨우 한 조각에 백 냥, 이백 냥이나 하는 재료를 쓸 때도 있기 때문에 장사 자체는 크지요."

장사를 잘하면 돈도 많이 들어온다.

"그래서 우리는 사치스럽게 자랐어요."

딸들이 아름답고 호화롭게 하고 있어야 가게 분위기가 좋아진다는 이유도 있다.

"원래 미인인 세 딸을 한껏 치장하게 하고 알맹이도 외모에 어울리도록 예의범절을 확실하게 가르쳤어요. 우리 부모님은 무르기도 하고 엄하기도 했거든요."

세 자매는 어지간한 건 뭐든 원하는 대로 할 수 있었지만,

"꼭 지켜야 한다고 엄하게 말씀하셨던 몇 가지가 있었어요."
하나는 연애 금지.
"우리 집에는 딸 셋뿐이고 오라비도 남동생도 없었기 때문에 오후지 언니의 짝으로 데릴사위를 들여야 했어요. 오키쿠 언니와 저는 시집을 가겠지만 상대 집안도 비센야와 어울리는 곳이어야 하고요."
그러니까 좋아하느니 반했다느니 연애편지를 주고받는 연애는 하지 마라.
"큰 가게나 유명한 가게에서는 흔한 경우지요."
"미시마야는 어떤가요?"
"우리는 벼락출세를 한 가게고 저는 주인의 조카이지 딸이 아니니까요."
"그래도 혼담은 들어올 텐데요."
오우메는 후후, 하고 콧김을 내뿜었다.
"뭐, 여기서 아가씨를 괴롭혀 봐야 소용없으니 봐드릴게요."
감사합니다, 하며 오치카는 머리를 숙였다.
"연애는 금지였어요. 우리 세 자매에게도 재미없는 일이었지만 주위에 있는 남자들에게야말로 정말 잔인한 법도였답니다."
남자깨나 울렸다고 태연하게 말한다.
"오후지 언니에게도 오키쿠 언니에게도, 혼인하지 못하면 죽겠다는 남자가 몇 명이나 있었으니까요."
세 자매는 다도, 꽃꽂이, 무용, 샤미센에 칠현금까지, 실로 여러 가지를 배웠는데 배우러 가는 곳마다 세 자매에게 첫눈에 반하는 사람들이 있었다. 집으로 돌아오는 길에 서찰을 전하려고 기다리는 젊은이도 여럿이었다고 한다.

“만약을 위해서라며 아버지가 일부러 우리와 함께 다닐 사람을 고용했을 정도였지요.”

연극을 구경하러 나갔다가 우연히 옆자리에 있던 상가의 작은 나리가 첫눈에 반했다며 구혼을 했지만,

“공교롭게도 우리 집에는 딸이 셋 있습니다, 어느 딸을 원하시는지요, 하고 물었더니 셋 중 누구라도 좋다, 본심을 말하자면 셋 다 아내로 맞이하고 싶다, 다른 남자에게 빼앗기는 것은 참을 수 없다, 같은 헛소리를 하는 바람에 아버지가 우두머리 하녀랑 둘이서 소금을 뿌리며 내쫓았다니까요.”

오우메가 노골적으로 자기 자랑을 하는데도 거만하게 들리지는 않았다. 그것이 이상하고 재미있어서 오치카는 미소를 지으며 들었다.

“웃기지요. 하지만 당사자들은 꽤 마음고생을 했어요. 질투도 많이 샀고요.”

오후지는 샤미센현이 세 개 달린 일본 전통 현악기을 잘 탔고 본인도 열심히 연습해서 겨우 몇 년 만에 스승과 어깨를 나란히 할 정도의 실력을 갖추게 되었는데.

요염하게 차려입은 발표회에서 오후지의 미모와 능숙한 샤미센 소리가 어떤 인물의 눈에 들었다.

"그 사람이 난봉꾼이어서요. 스승님의 애인이었던지라 아주 난리가 나서."

지옥도가 펼쳐졌어요—라고 해서 오치카는 웃음을 터뜨리고 말았다.

"죄, 죄송해요."

"괜찮아요, 괜찮아. 저도 배를 잡고 웃었으니까요. 스승님도 꽤 요염한 중년 여인이었지만 자기 애인이 여자 제자에게 마음을 빼앗겨 매정해졌다는 사실을 알자마자 이성을 잃고 울고 소리치고 할퀴고, 들고양이처럼 손톱을 세우고 캬앙캬앙 난리를 쳤다니까요. 꼴사납기 짝이 없었어요."

물론 비센야를 물려받을 딸이 샤미센 선생과 사귀던 난봉꾼을 데릴사위로 맞이할 리는 없지만 오후지는 이 일에 질려서 샤미센 연습을 그만두고 말았다고 한다.

"저는 분했어요. 오후지 언니가 타는 샤미센 소리를 들으면 언제나 마음이 맑아지는 기분이 들었는데."

오우메는 그리운 듯이 눈을 가늘게 떴다.

"아버지도 유감스러워하셨어요. 오후지의 샤미센 연주를 오쿠라 님도 기대하고 계셨을 텐데, 하고요."

오쿠라 님. 처음 나온 이름이다. 오치카가 표정으로 묻자 오우메도 금세 눈치 챘다.

"어머나, 나도 참, 마음이 너무 급해서. 다른 분과 찬찬히 얘기하는 건 정말 오랜만이라서 순서가 엉망진창이에요."

오우메는 입가에 살짝 손가락을 대더니 잠깐 생각하고 나서 말을 이었다.

"오쿠라 님이라는 건 우리 집 신이에요."

네, 맞아요, 신—하고 스스로에게 확인하듯이 작게 중얼거린다.

"비센야의 장사가 잘되도록, 집안사람들이 무탈하고 행복하게 살 수 있도록 수호해 주시는 우리 집만의 신이었어요."

세 자매가 지켜야 하는 두 번째 법도에 이 오쿠라 님이 관련되어 있다고 한다.

"오쿠라 님은 우리 집 안쪽의 곳간방에 살고 계셨어요."

집과 별개로 지은 곳간이 아니라 집의 일부와 이어진 곳간이다.

"복도 막다른 곳에 검게 옻을 칠하고 금박 당초 문양을 단 훌륭한 쌍바라지문이 있었어요. 늘 빗장과 자물쇠로 잠가 놓는데 아버지만 열쇠를 가지고 계셨지요. 아침저녁으로 아버지가 문을 열어 주시면 곳간방에 들어가, 안에 놓인 상향반常香盤향을 피워 향이 다 타는 일정한 시간으로 시각을 측정하는 장치의 향을 새 걸로 바꾸는 게 우리 세 자매의 역할이었어요."

"상향반, 이요?"

"모르시나요? 절에서 본 적 없으세요?"

보았을지도 모르지만, 모르겠다.

향시계라고도 해요, 하고 오우메는 말했다.

"원래는 부처님을 위해 내내 향을 피우기 위한 도구였겠지만 향의 양으로 시간을 잴 수 있잖아요."

지금 불을 붙인 향이 꺼지면 나갈까요, 라든가 모깃불이 다 타 버렸으니 이제 날도 거의 밝은 듯하다거나, 천천히 타는 것은 시간의 경과를 재는 기준이 된다.

"상향반의 크기에 따라 어느 정도의 시간을 잴 수 있는지 달라지는데 우리 집에 있던 것은 지름이 이 정도 되고."

하며 양팔을 어깨 넓이만큼 벌려 보인다.

"타원 모양을 하고 있었어요. 접시 같은 도자기였고요. 놓기 쉽도록 실굽그릇의 밑바닥에 가늘게 둘려 있는 받침이 달려 있었지만 가장자리가 솟지 않고 평평했어요. 그 상향반 전체에 재를 뿌리고 얇게 펴서 소용돌이 모양으로 길을 내는 거예요."

그 길에 분말로 된 향을 넣고 끝에 불을 붙이면 천천히 타면서 좋은 냄새가 난다. 향을 갈 때는 상향반 위의 재와 타고 남은 찌꺼기를 재그릇에 버리고 나서 상향반을 깨끗이 닦아 새로운 재를 뿌린 후에 다시 길을 내는 것이다.

"꽤 손이 많이 가네요."

"네. 우리도 처음에는 혼자 하기가 어려워서 아버지한테 배웠어요."

상향반 자체는 물을 얕게 채운 큰 그릇 위에 놓고 그것을 방 한가운데에 배치한다.

"불이 날 걱정은 없을까요?"

"곳간방 안은 텅 비어서 탈 만한 물건이 없어요. 세 평 정도 되는 마루방으로 천장과 벽은 하얗게 회칠을 해놓았고요."

비센야의 신이 계시는 곳인데,

"가미다나神棚신사에서 만든 부적을 모시는 선반나 부적은 없었나요?"

"없어도 괜찮다고 아버지가 말했어요."

—다만 이곳의 향이 끊겨서는 안 된다.

"아침저녁으로 향을 갈았고 대개 한나절은 타는 상향반이었지만 늘 일찌감치 갈도록 했죠."

세 자매가 순서대로 한 명씩 가서 향을 갈았다.

"급한 볼일이 있거나 고뿔로 앓아눕기라도 하면 아침에는 오후지, 저녁에는 오우메, 이렇게 될 때도 몇 번 있었는데 사실 부산스러워서 좋지 않지요. 오쿠라 님께 얼굴을 보이는 건 하루에 한 명이 좋다고 했어요."

오치카의 머리 한구석을 스친 의문에 오우메는 앞질러 대답해 주었다.

"달거리가 있어도 상관없어요. 오쿠라 님은 용서해 주시니까, 순서를 틀리거나 빼먹지 말고 역할을 다하면 된다고 하셨지요."

"그렇다면 오쿠라 님은 여자 신일지도 모르겠네요."

문득 떠올라서 한 말이었지만 오우메는 흠칫하며 몸을 움찔거렸다. 갑자기 앉은 자세를 바로 하더니 꿰뚫을 듯한 눈으로 오치카를 응시한다.

"당신, 비슷한 이야기를 들은 적이 있으신가요?"

"네?"

"우리 집의 오쿠라 님과 비슷한 이야기를 다른 데서도 들은 적이 있으시냐고요."

오치카도 자세를 바로 하며 대답했다. "아뇨, 없습니다."

한 박자 쉬고 나서 오우메는 야윈 어깨를 축 늘어뜨렸다.

"그래요. 없나요."

머리를 숙이고 가볍게 고개를 젓는다.

"있었더라면 좋았을 텐데. 우리가 어떻게 하는 게 좋았을지. ……이미 늦었지만요."

낮은 중얼거림을 들으면서 오치카는 조용히 기다렸다. 아무래도 오쿠라 님의 정체—라는 말은 무례하지만, 그것이 이 이야기의 중요한 부분인 모양이다.

오우메가 입가에서 흐른 침 한 방울을 손등으로 천천히 닦고 얼굴을 들었다.

"우리 세 자매는 번갈아 가며 하루에 두 번씩 상향반을 돌보았어요."

비센야에서 태어난 여자의 의무였다.

"우리 전에는 고모님들, 아버지의 두 누이가 같은 역할을 했대요. 비센야는 딸이 많이 태어나는 가계라 대대로 딸을 두세 명은 두었기 때문에 할 사람이 부족해서 곤란했던 적은 없었다고요."

대대로 미인인 딸을 몇이나 낳는 가계라니 오쿠라 님의 수호 덕분일까 하고 얼핏 생각했다.

"며느리가 하면 안 되나요?"

"어머니는 곳간방에 들어간 적이 없다고 했어요."

비센야의 핏줄인 여인이 아니면 안 되는 걸까.

"오랫동안 상향반에서 향이 끊이지 않도록 하면서 비센야는 번성해 왔군요."

"네. 오키쿠 언니와 제가 시집을 가면 오후지 언니가 혼자서 하고, 언니에게 딸이 태어나면 그 딸에게 물려주고."

그랬어야 했는데—라고 말하더니 오우메가 처음으로 얼굴을 찌푸렸다.

"화재 때문에 달라지고 말았어요. 비센야를 지키기 위해 오키쿠 언니가 오쿠라 님이 되어 버렸거든요."

오키쿠가 오쿠라 님이 '되었다'.

오우메가 험악한 얼굴로 입을 다물고 있기에 오치카는 자신이 먼저 뜻을 물어보려고 했다. 그러자,

"나도 참, 또 이야기가 앞서 갔네요."

낮게 중얼거리던 오우메가 손가락으로 가볍게 자신의 오른쪽 관자놀이를 눌렀다. 손가락도 야위고 피부가 바싹 말라, 뼈 위에 가죽만 한 장 씌운 것처럼 보인다.

오치카는 뒤늦게 불안해졌다. 이분은 나이가 많아서 야윈 것만이 아니라 병을 앓고 있어서 쇠약해진 것이 아닐까.

하지만 오우메가 얼굴을 들자 표정은 다시 편안해졌다. 눈빛도 밝았다.

"있잖아요, 우리 세 자매도 오쿠라 님이 어떤 신인지, 어떤 모습을 하고 계시는지 매우 신경이 쓰였고 알고 싶어서 견딜 수가 없었어요."

말투는 태연하고 목소리에도 활기가 돌아온다.

"아버지를 졸랐지만 가르쳐 주시질 않는 거예요. 조만간 알게 될 거라면서."

그리고 사실, 상향반을 돌보다 보니 조금씩 알게 되었다고 한다.

"아까 당신이 제대로 보았어요. 오쿠라 님은 여자 신이에요."

젊은 처녀의 모습을 하고 계신다.

"우리들 중 아무도 얼굴은 보지 못했어요. 지금 당신과 내가 이렇게 있는 것처럼 얼굴을 마주한 적은 한 번도 없었으니까요."

다만 상향반을 닦거나 새로 재를 뿌리거나 길을 내는 등 자잘한 일을 하고 있으면 시야 한쪽 구석에 문득 보인다.

"하얀 버선을 신은 발끝이 보이거나 손끝과 기모노 소매가 보이거나 했어요. 기척을 느끼고 돌아보면 방금 뒤에 있던 누군가가 도망치듯이 다시 이쪽의 등 뒤로 숨어 버린 적도 있고요."

마치 오우메네 세 자매와 숨바꼭질이라도 하듯이.

"얼굴을 보지 않고도 젊은 처녀라고 확신한 이유는 기모노가 화려했기 때문이에요. 그리고 냄새."

달콤한, 아직 시집을 가지 않은 처녀가 사용하는 향냄새가 느껴졌다고 한다.

이상했던 점은.

"우리는 향료 가게의 딸이니까 다른 집 아가씨들보다는 향에 대해서 잘 알거든요. 코가 좋다고 할까요."

그런데도 향의 종류를 알아맞히려고 하면 세 사람 사이에서 의견이 갈리고 만다.

"오후지 언니는 '자려향紫麗香'이라고 했어요. 오키쿠 언니는 '금사접錦糸蝶'이라고 했고요. 저는 '백매향白梅香'이 분명하다고 주장했지요."

야윈 손가락을 움직여 오우메는 향의 이름을 하나하나 적어 보여 주었다.

"자려향은 등나무꽃 향기. 금사접은, 그런 이름의 국화꽃이 있다는 걸 아시나요? 나비의 뿔이라고 할까요, 머리에서 쑥 나와 있는 두 개의 그거 말이에요, 그것처럼 꽃잎 끝이 말려 있는 노란색 국화가 있답니다."

백매향은 글자 그대로 백매 향기다.

"다시 말해서 각자 자신의 이름이 유래한 꽃의 향기를 느낀 거예요. 어떻게 다른 향기로 잘못 맡을 수 있는지 모르겠다고 할 정도로 또렷하게."

아무래도 오쿠라 님은 상향반을 보살피러 오는 아가씨에 맞추어 냄새를 바꾸는 모양이다.

"기모노도 갈아입는 걸까요?"

"그게 확실하지 않아요. 금사은사를 써서 화초를 정교하게 자수한 호화로운 후리소데라는 건 알 수 있지만 모습 전체가 보이진 않으니까요."

"함께 곳간방에 들어가시는 아버님도 보시거나, 냄새를 맡으셨나요?"

오우메는 무겁게 고개를 가로저었다.

"아뇨, 전혀. 아버지는 아무것도 보지 못하고 아무것도 느끼지 못했어요."

그래도 괜찮다고 하시면서.

"아버지는 선대 때부터 얘기를 들었고 선대는 또 그 선대 주인에게서 비슷한 얘기를 들어 왔대요."

오쿠라 님은 젊은 처녀의 모습을 하고 있으며 젊은 처녀에게만 아주 얼핏 모습을 보인다.

"상향반에는 어떤 향을 피우셨나요?"

"백단향이에요. 다른 향으로 바꾸면 안 된다고 정해져 있어요."

냄새가 강하게 나지는 않는다. 연기도 엷고 우아하다고 한다.

"그러니까 오쿠라 님이 내는 향과 착각할 일은 없지요."

"오우메 씨와 언니들은 평소에 어떤 향을 사용하셨나요?"

"우리도 셋 다 백단향이었어요." 오우메는 눈을 크게 떴다. "그래요. 당신이 물어서 생각났어요. 향료 가게 딸인데 어째서 셋 다 흔해 빠진 백단향밖에 쓸 수 없는지 혼기가 가까워질수록 불만이었거든요."

향주머니도 그렇고 옷에 배게 하는 향도 그렇고 언제나 똑같은 향이다.

"이러쿵저러쿵 불평을 했더니 향을 파는 가게의 딸인 만큼 더 더욱 흔한 향으로 해야 한다며 아버지한테 야단을 맞았어요. 이제 와서 돌이켜 보니 곳간방의 상향반 향에 맞추었던 거네요."

오우메가 납득한 듯이 뾰족한 턱을 끄덕인다.

오치카는 약간 목소리를 낮추며 물었다.

"무섭다거나 으스스한 기분은 들지 않으셨어요?"

집 안에 잠가 두는 방이 있고 매일 거기에 들어가서 이상한 일을 접하게 되는데.

"상향반을 보살피는 일이 싫어지지는 않았나요?"

오우메는 뭔가를 골똘히 떠올리는 표정이 되었다.

"그게 말이지요, 아무렇지도 않았어요."

힘들다고 여기지 않았다.

"늘 아버지가 옆에 있어 주었던 데다가 딱히 무섭지도 않았거든요."

오히려 친근감을 느꼈다고 한다.

"친척을 만나러 가는 기분이었다고 할까요."

오우메가 깊이 한숨을 쉬었다.

"아무래도 말로 잘 표현할 수가 없어요. 오쿠라 님의 정체를 잘 몰랐을 때는—우리도 태평하기 짝이 없었지요."

오쿠라 님의 정체. 역시 이야기의 중요한 부분은 이것이다.

"아까 말씀드렸다시피 오후지 언니가 열일곱, 오키쿠 언니가 열다섯, 제가 열네 살 되던 해 초봄의 일이었어요."

아침부터 남풍이 강하게 불어 닥치는 날이었다.

"해 질 녘이 다 되어서 비센야가 있는 신메이초 남쪽 시치켄초의 어느 상가에서 불이 났어요."

불은 강풍을 타고 순식간에 옮겨 붙었다.

"장소가 장소이다 보니 마을 소방단뿐만 아니라 다이묘님 휘하의 소방단 분들도 와서 조금이라도 빨리 불을 끄려고 애써 주셨지만 아시다시피 봄에 화재가 일어나면 바람이 문제지요."

비센야 안에서도 연기로 인한 냄새를 맡을 수 있을 지경이었다. 큰길은 피난 가려는 사람들로 넘쳐났다. 모두들 가재도구를 짊어지거나 짐수레에 싣고 서로의 이름을 불러 무사한지 확인하면서 불길과 새까맣게 피어오르는 연기로부터 도망치기 시작했다.

"제가 철이 든 이후에 가까운 곳에서 화재를 보는 건 처음이었거든요. 오후지 언니는 십 년쯤 전에 인근의 절에서 났던 화재를 기억한다고 했지만 그때는 이런 소동이 일어나지 않았대요."

세 자매는 서로 손을 꼭 잡고 공포에 떨었다.

"결국 우리도 도망쳐야 할까."

그렇게 생각하니 무릎이 떨릴 지경이었다.

"도망쳐서 목숨은 건지더라도 가재도구가 전부 타 버리면 내일부터 어디에서 비를 피할까. 살아갈 수 있을까. 내가 좋아하는 옷도, 인형도, 소중한 물건들이 전부 없어져 버리는데."

오우메가 울음을 터뜨리자 오키쿠도 울었다. 장녀 오후지는 다부지게 두 동생을 달래며 안아 주었다. 고용살이 일꾼들도 갈팡질팡하며 우왕좌왕 허둥거렸다.

"그런데 갑자기 당지문이 열리고 묘한 복장을 한 아버지가 나타났어요."

놀랍게도 비센야의 주인은 하카마를 입고 히토쓰몬일본 옷차림의 예복. 문양을 등에 하나만 단 옷 하오리를 입고 있었다. 정장을 하고 있었던 것이다.

"화재가 거센 와중에 그게 얼마나 어울리지 않는 일인지 우리도 알 수 있었어요."

세 자매는 어안이 벙벙해서 아버지를 올려다보았다.

"아버지의 얼굴은 핏기가 가셔서 새하얬어요."

주먹을 굳게 움켜쥐었는데도 떨리는 기색을 감추지 못했다.

"아버지는 우리 세 자매를 바라보며 말했어요."

—걱정하지 않아도 비센야는 불타지 않을 게다.

"너희들은 여기에 꼼짝 말고 있어라. 절대 밖으로 나가서는 안 돼. 도망치는 인파에 휩쓸리면 큰일이 날 테니까, 라면서."

오우메는 두 눈을 동그랗게 부릅뜨고 있었다. 분명히 당시에도 그랬으리라. 그저 놀라고 기가 막혀서, 아버지의 모습을 올려다볼 뿐.

"이제부터 내가 곳간방에 가서 문을 열고 오쿠라 님께 나와 달라고 할 거야. 그렇게 하면 비센야는 절대 불타지 않을 게다. 오쿠라 님이 지켜 주실 테니까."

그 말을 들은 오후지가 언제나처럼 아버지와 함께 곳간방에 들어가려고 몸을 일으키자,

"아버지가 오후지의 어깨를 누르면서."

—오쿠라 님이 곳간에서 나오실 때는 당주가 혼자서 마중하는 것이 법도다.

아무도 이 자리에서 움직여선 안 돼. 소란을 피워서는 안 된다. 마음을 고요히 하고 손을 모으고 있으면 무서운 일 따위는 일어나지 않아.

비센야에는 오쿠라 님이 계신다.

"그렇게 말하고 울 것 같은 얼굴을 하시는 거예요."

—미안하다. 너희들에게는 정말 미안해.

지금까지는 피해 왔는데.

"내 대에서 오쿠라 님이 바뀌다니. 너희들을 바쳐야 하다니."

피를 토하듯이 한탄하고 몸을 돌리더니 발소리도 거칠게 내며 복도를 걸어간다. 곳간방 쪽을 향해서.

"아버지의 손에는 곳간방의 열쇠가 쥐여 있었어요."

세 자매는 더욱 몸을 움츠리며 서로에게 매달렸다. 연기 냄새는 점점 더 강해졌다. 바깥의 소동도 격렬해졌다.

"저는 오후지 언니의 품에 얼굴을 묻고 눈을 감고 있었어요. 그랬더니 들리더군요."

집 어딘가에서 어머니가 울고 있었다.

체면이고 뭐고 없이 흐느껴 울고 있다.

"분명히 어머니도 우리와 똑같이, 이 자리에서 움직여선 안 된다고 아버지한테 단단히 말을 들으셨겠지요."

바깥은 화재 때문에 난리인데 비센야 안에서는 모두가 숨을 죽이고 있다. 요란하게 으르렁거리는 바람 소리도 멀어졌다. 어머니의 울음소리만이 들려올 뿐.

"그때—느꼈어요."

백단 향기를.

"풍겨 오더군요. 곳간방 쪽에서."

향기만이 아니었다. 서늘하고 맑은 기척도 다가온다. 맑은 물처럼 비센야 안을 채워 가는 청정한 공기.

연기 냄새가 사라져 간다.

바깥의 소동이 썰물처럼 물러간다.

오후지가 가볍게 손바닥을 들었다. 거기에 이끌린 듯이 오키쿠도 허공을 향해 손바닥을 들었다.

"언니들 둘은 맑은 기를 손으로 떠 보려는 것 같았어요."

오우메는 보았다. 오후지와 오키쿠의 백어白魚 같은 손가락 사이를, 반짝거리는 알갱이가 빠져 나간다.

고귀하고, 눈부시고, 부드러운 빛.

"이게 오쿠라 님의 힘이야."

맑은 물처럼 흐르고 수면에 반짝이는 빛처럼 튕기면서 비센야를 감싼다.

오후지가 황홀한 듯이 눈을 감고 미소를 지었다.

오키쿠가 깊이 숨을 들이쉬며 양손을 가슴에 댄다.

오우메는 자연스럽게 눈물을 흘리고 있었다. 슬픈 것이 아니다. 무서운 것도 아니다. 감사해서, 기뻐서, 마음이 편안해서, 눈물이 흘러 멈추지 않았다.

"그러다가 서서히 정신이 아득해졌어요. 꿈을 꾸는 기분으로 저는 어느새 잠들고 말았지요."

꿈도 꾸지 않고 푹 잤다.

"잠에서 깨었을 때는 이미 날이 밝아 있었어요."

오우메는 혼자서 방 안에 몸을 웅크리고 누워 있었다. 허둥지둥 일어나서 당지문을 열어 보니 툇마루에는 아침 햇빛이 비쳐 들고 있다.

—불은 어떻게 됐지?

"비센야는 무사했어요. 종잇조각 한 장 타지 않았답니다."

청정하고 서늘한 공기는 아직도 집 안을, 비센야가 있는 땅 전체를 채우고 있었다.

"정원의 나뭇잎에는 아침 이슬이 맺혀 있었는데 그 너머를 쳐다보았다가 혼비백산할 뻔했지요."

화재는 바로 옆집까지 다가왔었다.

"종이 가게인 옆집은 절반쯤 타고 절반은 불길이 번지는 것을 막기 위해 부순 상태였어요. 하얀 벽이 새까맣게 그을린 곳간이 남아 있었지만 나머지는 무참한 모습이었지요."

반면 비센야에는 아무 일도 없었다. 옆에 있는 종이 가게와의 경계가 되는 판자담이 그을리지도 않았다.

"길 건너 맞은편은 세 집 앞까지 불에 탔는데."

누군가가 폭 덮어 지켜 준 것처럼 비센야만은 무사했다.

"정말로 오쿠라 님이 지켜 주신 거야!"

어머니는, 아버지는, 언니들은 어디에 있을까.

"겨우 정신을 차리고 사람들의 이름을 부르면서 온 집 안을 찾아 다녔더니—."

부모와 장녀 오후지가 곳간방 입구에서, 평소와 똑같이 빗장을 지르고 자물쇠를 채운, 검게 옻을 칠한 문 앞에 주저앉아 부둥켜안고 있었다.

"어머니는 울어서 눈이 부어 있고 오후지 언니도 눈물로 빰이 젖어 있었어요."

세 자매의 아버지는 하룻밤 사이에 몰라볼 만큼 야위어 있었다. 그뿐만 아니라 나이를 열 살이나 먹은 것 같았다.

"머리카락이 새하얗게 세어 있었어요."

딸인 오우메조차 이 사람이 아버지인가 하고 잘못 볼 만큼 변했다.

언니 오키쿠는 웬일인지 보이지 않았다.

"아버지는 저를 알아차리고는 기다시피 다가와서, 아아, 오우메, 무사해서 다행이다, 하며 우는 거예요. 그러더니 웅크리고 앉아 머리를 끌어안고."

—오키쿠가, 오키쿠가 가 버렸어. 그 애가 선택되고 말았다. 앞으로는 오키쿠가 오쿠라 님이 되어서 이 비센야를 지키는 거야.

그렇게 말하면서 어느새 늙은 오우메도 눈시울을 적시고 있다.

"이건 비센야의 1대째 주인이 맨 처음에 오쿠라 님과 나눈 약속이래요."

오쿠라 님은 비센야의 곳간방에 머물며 밖으로 나오는 일은 없다.

하지만 화재나 지진, 돌림병이나 강도 등 비센야의 재산이나 가족의 목숨을 상하게 할 만한 변고가 일어났을 때, 주인이 부탁하면 곳간방에서 나와 사람들을 지켜 준다.

대신, 그 대의 오쿠라 님의 역할은 거기에서 끝난다. 오쿠라 님은 대가 바뀌게 된다.

다음 오쿠라 님으로는 오쿠라 님이 지켜 준 비센야의 딸 중 누군가 한 명이 선택된다.

"오쿠라 님이 된 딸은 이 세상의 삶을 살지 않게 돼요. 사람이 아니게 되는 거니까요."

음식도 필요 없다. 물도 필요 없다. 시간의 흐름에서 떨어져 나가 나이도 먹지 않는다. 영원한 처녀가 된다.

상향반의 향기에 감싸여.

"그 후 아버지에게 이끌려 그날만은 제가 오후지 언니와 함께 곳간방에 들어갔는데 상향반이 뒤집어져 있고 향 찌꺼기와 재가 흩어져 있었어요."

자매는 향 찌꺼기와 재를 깨끗이 치우고 새로운 재를 평평하게 깐 후 길을 냈다.

"그랬더니 향기가 났어요."

금사접 냄새가 났다. 등 뒤에서 인기척도 느껴졌다.

—오키쿠 언니다.

"아버지는 우리를 향해 고개를 끄덕이고 금사접이 들어 있는 작은 상자를 내밀며 말했어요."

—오늘부터는 이게 오쿠라 님을 위해 피울 향이다.

"어제까지 피우던 백단향은 지난번 오쿠라 님의 향기였어요. 앞으로는 오키쿠 언니가 오쿠라 님이니까 국화 향을 피우는 거지요."

국화꽃 향기의 금사접. 오키쿠가 곳간방에 들어가면 느끼곤 했던 냄새다.

—오후지와 오우메도 향과 향주머니를 금사접으로 바꾸렴. 비센야의 딸은 오쿠라 님의 향기를 몸에 띠어야 해. 이것도 중요한 약속이니까 멋대로 바꾸면 안 된다.

"저는 며칠 동안 울며 지냈어요."

세상에 이토록 잔인한 법도가 어디 있단 말인가.

왜 우리 비센야의 딸들이 이따위 법도에 매여 있어야 한단 말인가.

"오키쿠 언니가 불쌍했어요. 오키쿠 언니가 보고 싶었어요. 어떻게든 곳간방에서 다시 데리고 나올 수 없을까. 함께 먼 곳으로 도망칠 수 없을까."

온갖 궁리를 하느라 자는 것도 먹는 것도 잊었다. 오후지도 마찬가지였다. 자매는 서로 기대어 눈물로 시간을 보내면서 집안을 탓하고, 아버지에게 화를 내고, 맥없이 남편을 따를 뿐 딸을 위해 아무것도 하지 않는 어머니를 원망했다.

하지만 시간이 지나면서 오후지와 오우메는 서로의 눈 속에서 어떤 마음을 발견하게 되었다.

이것이 비센야 딸들의 바꾸기 어려운 운명이라면.

모든 재앙에서 보호받을 수 있는 것이라면.

"오쿠라 님이 되는 게 내가 아니어서 다행이다, 하고."

내가 아니라서 살았다.

서로의 본심이 상대방의 눈 깊은 곳에 비치고 있었다.

"그러다가 무서운 사실을 깨달았어요. 지난번 오쿠라 님은 우리들 각자의 앞에 이름과 관련된 향냄새를 풍기며 언뜻언뜻 나타나곤 했는데."

그것은, 다음은 누구로 할지 가늠하고 있었던 게 아닐까.

등나무꽃으로 할까.

국화가 좋을까.

매화를 고를까.

어떤 향기가 다음 오쿠라 님에게 어울릴까.

"어, 느, 것, 으, 로, 할, 까."

노파가 된 오우메가 떨리는 손가락을 세우며 노래하듯이 억양을 붙여 속삭인다.

"신의 말대로. 신이 바라는 대로."

한 처녀에게서 시간을 빼앗는다. 인생을 빼앗는다. 당연한 생활을 빼앗는다.

"그때 처음, 진심으로 무서워졌어요. 제가 얼마나 위태로운 가장자리에 서 있었는지 알게 되었으니까요."

하지만 뽑힌 것은 국화 향기. 매화는 피했다.

안도하면서도 켕기는 마음이 든다.

"오후지 언니도 같은 기분이었겠지요. 그 후로 우리는 완전히 소원해지고 말았어요. 얼굴을 마주하면 거북해서 견딜 수 없었으니까요."

아침저녁으로 상향반을 보살피러 곳간방에 가는 습관은 변함이 없었지만,

"그럴 때의 기분도 많이 달라져 버렸어요."

무거운 엉덩이를 들고 마지못해 곳간방으로 간 후 일을 마치면 도망치듯이 나오게 되었다.

"오키쿠 언니가 뽑히지 않은 우리를 원망하고 있지 않을까 싶어서."

오치카는 온화하게 물었다. "곳간방에 있을 때 실제로 그런 기척을 느낀 적이 있었나요?"

오키쿠가 화를 내며 금사접 향기가 나는 싸늘한 기척으로 다가오는 일이 있었을까.

“없었어요.”

오우메는 기분이 상한 듯이 거칠게 말했다.

“오키쿠 언니는 비센야를 지키는 신이 되어 버렸는걸요. 자애로운 오쿠라 님이라고요.”

반면에 오쿠라 님의 자애로 보호받아야 할 가게의 딸들은 공포와 죄책감에 시달리게 되었다.

“그게 또 미안해서 견딜 수가 없었어요. 자기 언니를 무서워하다니.”

오우메는 양손을 들어 올려 얼굴을 덮었다. 야윈 몸도 두꺼운 긴 소매의 그늘에 전부 가려져 버린다.

“그래서 저도 시간을 멈춰 버리기로 했어요.”

사람의 몸인 채로 오키쿠를 따라 죽자. 오키쿠가 빼앗긴 모든 것을 오우메도 포기할 셈이었다.

“저는 비센야 안에 틀어박혀 한 발짝도 밖으로 나가지 않고, 배우던 것도 전부 그만두었어요.”

혼담도 거절하고 결국 어디로도 시집가지 않았다.

“그래서 이런 할머니가 되어 버렸지요.”

양팔을 펼치고 스스로 자신의 모습을 둘러보며 오우메는 신음했다.

“오쿠라 님은 나이를 먹지 않지만 저는 늙어 간답니다. 이 나들이옷은 오쿠라 님의 옷이에요. 오키쿠 언니가 좋아했던 후리소데지요.”

오우메의 단벌 나들이옷. 산 채로 죽은 것처럼 시간이 멈춘 처녀의 나들이옷이고 수의이다.

"제가 너무 불쌍하지요."

다시 긴 소매를 걷어 올려 몸을 감추다시피 하며 오우메는 흐느껴 울기 시작했다.

"오키쿠 언니도 너무 불쌍해요."

비센야에 걸린 저주다—.

"사실은 오쿠라 님이 우리를 지켜 준 게 아니었어요. 속이고 재앙을 내리고 있었던 거예요."

아아, 원통하다!

따지듯이 소리치더니 그대로 몸을 숙이고 양손으로 주먹을 쥐고는 방바닥을 내리쳤다. 쿵, 쿵, 쿵!

오우메의 기세에 꽃비녀가 주르륵 빠져 떨어졌다. 틀어 올린 머리에서 다리도 삐져나오고 만다. 그래도 오우메는 난폭한 행동을 멈추지 않았다. 남아 있는 숱이 적은 머리카락만으로는 틀어올린 머리를 유지할 수 없어서 머리카락이 흐트러져 후리소데의 양 어깨로 흘러내린다.

"손님, 머리가—."

그때, 양 어깨가 쪼그라들더니 옆으로 기울었다. 후리소데의 소맷자락도 다다미 위에 스르륵 펼쳐진다.

어?

거기에 앉아 있는 것은 후리소데와 엉성하게 묶은 허리띠뿐.

알맹이인 오우메는 사라져 버렸다.

순간 오치카는 얼어붙었다.

"오우메 씨!"

소리치며 상석으로 달려들려는데 움직인 순간 흑백의 방이 흔들렸다. 천장이 보이고 다다미가 얼굴 앞으로 닥쳐든다.

머리가 핑 돈 것이다.

팔을 짚어 몸을 지탱하려고 했다. 그 손이 허무하게 다다미 위를 미끄러진다. 무릎이 무너진다.

혼이 빠져나가는 것처럼 정신이 아득해진다. 몸이 가벼워진다. 냉기가 오치카를 감싼다.

희미하게 백매 향기가 났다.

어둡다. 춥다. 차가운 물에 휩싸여 끝도 없이 떠내려가는 것 같다—.

"밤~, 군밤 사시오~."

판자담 맞은편을 군밤 장수가 지나간다.

갑자기 몸에 무게가 돌아왔다. 눈앞이 밝게 트인다.

퍼뜩 정신을 차린 오치카가 눈을 떴다.

이야기를 듣는 자리에서 옆으로 쓰러져 있었다. 저도 모르게 뻗은 팔은 소매 부분이 다 드러나 있다.

오치카는 고개를 들었다. 흑백의 방 안은 조용하고 유키미 장지에는 가을 햇빛이 비치고 있었다. 달라진 것은 전혀 없다.

오치카는 혼자였다.

상석에는 손님이 없다. 아무도 없다.

엉금엉금 기어 앞으로 가서 손으로 더듬어 보았지만 방석에 사람의 온기는 느껴지지 않았다.

그럴 리가. 있었는데. 분명히 있었는데. 치장을 하고 꽃비녀를 꽂은 노파가 있었는데.

당장은 목소리도 나오지 않았다. 몇 번인가 헉헉거리며 숨을 쉬자 간신히 목이 트였다.

"오라버니, 오카쓰 씨!"

비틀거리면서 일어서서 옆방으로 이어지는 당지문을 열어젖혔다.

그러고 나서 다시 경악했다. 오카쓰는 정좌하고 양손도 다소곳이 무릎 위에 올려놓은 채 눈을 감고 있었다. 머리가 옆으로 툭 기울어져 있다. 도미지로는 팔베개를 하고 누워 두 무릎을 구부린 자세다.

설마, 죽었나?

"쿠울" 하고 도미지로가 숨소리를 냈다.

우두커니 선 채로 오치카는 있는 힘껏 소리쳤다.

"두 사람 다 일어나요!"

도미지로가 벌떡 일어나고 오카쓰가 눈을 번쩍 뜬다. 오치카를 올려다보고 서로 얼굴을 마주 보더니,

"아, 아야야야."

"아가씨, 왜 그러세요?"

왜고 자시고. 오치카는 그 자리에 주저앉고 말았다.

"도대체 어떻게 된 일일까." 도미지로는 고개를 갸웃거렸다.

"저도 참, 이런 실수를 하다니." 오카쓰가 분한 얼굴을 한다.

"그래도 세 사람 다 무사해서 다행이에요." 오시마는 가슴을 쓸어내렸다.

간신히 차분함을 되찾았지만 오치카는 아직도 믿을 수가 없었다.

"분명히 손님이 오셨단 말이에요."

"저는 아무도 안내하지 않았어요, 아가씨."

대행수 야소스케도 오시마의 말에 고개를 끄덕였다.

"오늘은 특이한 괴담 자리의 손님이 늦게 오시려나 보다 생각했는데요—."

그것도 기묘했다. 사환인 신타를 보내 군밤 장수를 쫓아가서 붙들고 물어보니, 오늘 이곳은 처음 지나간다고 하더란다. 다시 말해서 오치카가 손님을 기다리면서 들었던 군밤 장수 소리는, 어지러움을 느꼈다가 정신이 들었을 때 들은 군밤 장수 소리와 같은 것이다. 그동안 시간이 얼마 지나지도 않은 셈이다.

"하지만 저는 오우메라는 분의 이야기를 들었어요. 오라버니도 오카쓰 씨도 분명히 들으셨지요?"

"응, 들었지. 듣긴 했는데."

도미지로가 애매하게 말을 흐렸다.

"어떤 이야기였더라?"

이것도 믿기 어렵다. 게다가 오카쓰도 마찬가지로,

"왠지 머리가 어질어질한가 싶더니 잠들어 버렸어요. 저는 뭘 하고 있었던 걸까요."

전혀 기억하지 못한다!

"다 함께 같은 꿈을 꾸었을까요."

야소스케가 지극히 건실한 의견을 말했지만 특이한 괴담 자리와 관련된 사람에게 "꿈입니다"는 가장 중대한 금구禁句다.

"절대로 아니에요."

야소스케가 사죄할 정도로 오치카는 힘주어 대꾸했다. "꿈일 리가 없어요. 정말로 손님이 오셨다고요."

"응응, 알았어, 알았어. 오치카, 화내지 마."

도미지로가 부드럽게 끼어들었다.

"분명히 우리 셋 다 홀린 걸 거야."

여우일까, 너구리일까.

"특이한 괴담 자리의 평판을 들은 무언가가 한 번 홀려 줄까 하고 야나기와라도쿄 지요다구 만세바시 다리에서 간다가와 강을 따라 아사쿠사바시 다리에 이르는 길 강둑 부근에서 일부러 찾아온 거지."

오카쓰는 망연자실했다. "저는 더더욱 면목이 없네요. 괴담 자리를 지켜야 할 제가 여우나 너구리에게 속다니."

"뭐 어때. 덕분에 나는 처음부터 진귀한 경험을 하게 되었는데."

오치카는 승복할 수 없었다. 그런 일은 있을 수 없다.

“아뇨, 아뇨, 아니에요. 외람되지만 저도 괴담 자리의 듣는 역할을 맡은 지 벌써 이 년이 되었어요. 여우든 너구리든 오소리든, 그런 것 따위에 홀릴 정도로 어설프지 않다고요.”

“오치카. 여우나 너구리 요괴는 그래 봬도 꽤 만만치 않아. 짐승 따위에게 속을 리가 있냐며 고집스럽게 구는 사람일수록 허무하게 당하는 법이지.”

“도련님은 잘 아시나요?”

“요괴 이야기책에 일화가 많이 실려 있어.”

도미지로는 울분을 풀지 못하는 오치카를 달래려고 일부러 익살스러운 얼굴을 해 보이며 말했다.

“우리는 운이 좋았어. 대낮에 찾아와서 집 안에서 홀렸으니까. 캄캄한 밤이고 바깥을 걷고 있을 때였다면 큰일 났을 거야.”

여우는 그나마 괜찮아, 똑똑하니까.

“홀릴 사람의 손을 잡고 데려가거든. 위험한 곳에는 가지 않지. 하지만 너구리는 바보라서 홀릴 사람의 등을 밀면서 간단 말이야. 도랑이나 거름 구덩이에 떨어뜨리기도 하고. 잘못하면 목숨이 위험해.”

“어머나, 정말인가요?”

감탄하고 있을 때가 아니다. 마구잡이로 할퀴거나 무언가를 집어던지지는 않는 만큼 더욱더 신경이 곤두선 오치카에게 오카쓰가 문득 웃음을 지었다.

"제 체면은 완전히 상했지만 아가씨가 화내는 얼굴을 볼 수 있는 건 기쁘네요."

"어째서요!"

"평범하게 살다 보면 누구나 일 년에 한 번 정도는 화를 내는 법이니까요. 아가씨는 지금까지 너무 조심스러워하고 너무 화를 안 내셨어요."

오카쓰다운 말이지만 지금은 오치카의 신상이나 심정에 대해서 이야기할 계제가 아니다.

"오치카가 그만큼 편안해졌다는 뜻인가? 그럼 오늘은 축하할 날이로군."

도미지로도 장단을 맞춘다. "축하주 한잔할까? 오시마, 준비 좀 해 줘."

오시마는 무서운 얼굴을 했다. "술은 아직 몸에 안 좋습니다."

"무슨 상관이야, 이제 괜찮은데."

"아아, 저도 술이 마시고 싶은 기분이에요."

"세상에, 오카쓰 씨까지 그런 말을 하는 거야?"

"빨리 정화하지 않으면 괴담 자리를 지킬 힘을 잃어버릴 것 같아서 그래요."

"그거 큰일이로군. 가게도 오늘은 일찍 닫아 버려. 다 같이 마시고 놀자."

"그럼 나리께 여쭤 보고 올게요."

대체 이 사람들은 뭘까. 오치카는 기가 막혀서 말도 나오지 않았다. 그야말로 무언가에 홀려서 들떠 있는 게 아닐까.

얼굴을 휙 돌리자 때마침 도코노마의 족자가 눈에 들어왔다. 꽁치 수묵화—.

꽁치가 한 마리, 보였다.

두 마리가 있었는데. 분명히 위아래로 겹쳐 그려져 있어서 수수께끼 그림 같은 구도였는데.

지금은 한 마리다. 머리가 왼쪽, 등지느러미가 위. 살이 올라 맛있어 보이는 제철 생선을 그렸을 뿐인 그림이다.

어느 쪽이었을까. 오늘 아침 도코노마에 족자를 걸었을 때는. 애초에 숙부 이헤에가 골동품가게에서 사들인 것은.

여기에 무언가 의미가 있을까?

오우메는 두 마리의 꽁치 그림을 보고 꽁치의 혼이 빠져나가는 모습을 그린 그림이라고 풀이했다. 위에 있는 꽁치가 이제부터 손질되거나 구워져서 먹힐 쪽. 아래에 있는 꽁치가 그 몸에서 빠져나가는 혼일 거라고.

—정체가 여우나 너구리나 오소리였기 때문에 맛있는 생선 이야기를 하고 싶었을 뿐인가?

아니면 꽁치에 빗대어 은연중에 무언가를 나타내고 싶었을까.

예를 들면 먹히게 될 몸과 거기에서 도망치는 혼에 대해서.

가게를 일찍 닫지는 않았지만 주인 부부가 허락했기 때문에 그날은 정말로 갑작스럽게 술자리가 벌어졌다.

"도미지로가 돌아온 것도 이렇게 몸을 회복한 것도 제대로 축하하지 않았으니 말이다."

오치카도 내내 토라져 있을 수는 없다. 하지만 서둘러 두 가지를 확인했다. 하나는 물론 꽁치 그림에 대해서다.

"저 족자라면, 아주 통통하고 맛있어 보이는 꽁치구나, 하고 생각하면서 샀지."

꽁치 한 마리를 그렸을 뿐인, 단순하고 소박한 그림이었다고 이헤에는 기억했다.

또 하나는 도안 노인 쪽이다. 다시 신타를 보내어 물어보니,

"내가 주선할 다음 이야기꾼은 정해져 있지만 날짜는 아직 정하지 않았소. 그쪽 사정이 되질 않아서."

댁의 아가씨는 왜 지레짐작을 하냐며, 오치카 대신 신타가 잔뜩 비아냥거리는 말을 듣고 돌아왔다.

그렇다, 오치카는 아침부터 오늘이 다음 이야기꾼이 오는 날이라고 믿고 있었다.

완전히 착각일까? 오치카가 경솔했을 뿐일까.

자신에게 유리한 변명을 할 마음은 없지만 착각이나 경솔함의 문제는 아닐 거라고 오치카는 생각했다. 여우나 너구리가 그렇게까지 용의주도하게 사람을 홀릴 것 같지도 않다. 전부 '오우메'라고 스스로를 소개한 손님이 꾸민 일임에 틀림없다. 오우메라는 손님이 미시마야에 오고 싶었기 때문에 오치카가 제대로 마중하도록 유도한 것이다.

오치카는 비센야의 오쿠라 님 이야기를 듣고 말았다. '속이고

재앙을 내리고 있었다'는 비통한 외침이 아직도 귓속에 남아 있다. 이대로 잊어버릴 수는 없다.

조사해 보자고 마음먹었다.

제일 먼저 붉은 한텐의 한키치의 얼굴이 떠올라서 행수의 손을 빌릴까 하다가 곧 지워 버렸다. 죄를 지은 범인을 잡는 것도 아닌데 쇼군의 일을 하는 오캇피키를 동원하는 것은 꺼려진다.

스스로 움직일 수밖에 없다. '신메이초 3초메의 비센야'. 우선 이곳이 진짜인지는 가 보면 알 수 있다. 향료 가게 비센야가 있으면 좋고 지금은 없더라도 옛날에 있었다면 그것도 좋다.

남몰래 결심을 다지고 있자니 도미지로도 도와주겠다고 말을 꺼냈다.

"나도 이번 일은 기괴한 기분이 들어."

이 귀로 똑똑히 들은 손님의 이야기를 잊어버렸다, 정말 기분이 나쁘고 안심이 되지 않는다고 한다.

"네게만 맡겨 둘 수는 없지. 그런 조사는 규중의 간판 처녀한테는 무리일 테고."

"어머나, 그렇지는 않은데요."

마음만 먹으면 혼자서 에도를 조사하고 다닐 수도 있다. 그 정도쯤이야.

도미지로는 낄낄 웃었다.

"초장부터 기를 꺾는 것 같아서 미안하지만 시바 신메이초에 3초메가 없다는 건 아니?"

오치카는 대답이 막혔다. 3초메가 없다니.

"지금까지도 손님이 장소나 이름을 숨기거나 바꾸는 일은 있었잖아?"

"네. 그 편이 이야기하기 쉬울 테니까 제 쪽에서 권하기도 하고요."

"오우메라는 할머니도 자기가 하고 싶은 이야기만 하면 속이 후련했겠지. 그 이상 이쪽에서 조사하는 건 싫었을 테고."

신상 이야기란 그런 법이야, 라고 한다.

"오라버니, 아직 돌아다니기는 무리 아니세요?"

"글쎄. 뭐, 아버지나 어머니한테 들키면 혼날 테니까 나갈 때는 비밀로 해 둬야지."

실은 오우메 사건 자체가 숙부 부부에게는, 오치카가 손님이 오는 날을 착각했다는 식으로 웃어넘길 이야기가 되어 버렸다. 진짜 일어난 일을 털어놓는다면 걱정할 게 뻔하기 때문이다.

"우선은 장소보다 '향료 가게'라는 장사부터 찾아봐야 하지 않을까?"

『에도 물건 사기 자습서』가 활약할 차례야, 라고 한다.

"그럼 우선 그 책을 구해야겠네요."

"아니, 우리 집에는 『물건 사기 자습서』가 없단 말이야?"

"네. 숙부님이 우리 가게는 실려 있지 않고 실리지 않아도 상관없으니 필요 없다고 하셔서."

"주머니 같은 세련된 물건을 팔면서 웬 고집이람. 멀리서 찾아오는 손님을 위해서 에비스야에도 갖추어 두는데."

『에도 물건 사기 자습서』란 에도의 유명한 가게를 모아서 소개하는 안내서다. 상하 권에 음식부部까지 세 권으로 이루어져 있다.

오치카의 본가는 가와사키 역참에 있는 여관 '마루센'이기 때문에 『물건 사기 자습서』가 언제나 눈이 닿는 곳에 놓여 있었다. 숙박객이 사용하기 편하도록 어머니가 시간이 나면 내용을 베껴 분책分冊을 만들곤 했을 정도다. 그러면 약삭빠르게 가져가 버리는 손님도 있었다.

"뭐, 됐어. 오우메 할머니가 처녀였을 무렵의 가게를 조사하려면 지금 시중에 나돌고 있는 자습서로는 어차피 부족할 거야. 그런 건 여러 번 개판改版될 테니까."

책 장수를 부르자.

"그 왜, 오시마가 자주 이용하는 세책 가게. 뭔가 유쾌한 이름의 가게였지."

효탄코도다. 오시마에게 다시 물어보니 가게는 간다 다초에 있다고 한다. 이번에도 심부름꾼 신타가 활약할 차례다.

그러자 이튿날 일찍, 이쪽의 용건이 별났기 때문인지 효탄코도의 오시마 담당 주로가 가게의 작은 나리와 함께 찾아왔다.

"늘 이용해 주셔서 고맙습니다."

오치카는 놀랐다. 인사하는 작은 나리가 요전에 길을 잃고 정원에 들어왔던 젊은 남자였기 때문이다.

"당신이 효탄코도의—."

"네, 주인의 아들 되는 간이치라고 합니다. 미시마야의 아가씨, 일전에는 실례가 많았습니다."

군기물을 좋아하는 주로는 목소리가 좋다. 손님에게 책을 권하기 위해 싸움의 명장면을 읊어 줄 때도 있다고 한다. 주로가 잘 울리는 목소리로 이렇게 선전했다.

"우리 작은 나리는 책벌레라서요. 장사할 책을 먹어 버린다고 큰 나리께 야단을 맞을 정도랍니다."

고용살이 일꾼인 주로의 놀림을 받고도 간이치는 부끄러워하지도 않고 웃지도 않는다. 나이는 오치카와 비슷해 보이지만 차분하다고 할까 종잡을 수가 없다고 할까,

—낮에 켜져 있는 사방등낮에 켠 등불처럼 빛이 으스름하고 쓸모없는 것이나 사람을 뜻한다.

이라는 말이 머리에 떠오른다.

—잠자코 있어도 음침하지는 않은 점도 딱 맞네.

"그런데 인사 순서가 바뀌었군요. 도미지로 도련님, 예전처럼 건강해 보이셔서 다행입니다."

주로가 머리를 숙이자 간이치도 따라했다. 도미지로는 늘 그렇듯이 천연덕스럽게 대꾸했다.

"오시마도 참, 세책 장수의 귀에까지 내 무용담을 불어넣었나? 곤란한걸."

"오라버니, 무용담은 아니지 않나요?"

“오시마는 그렇다고 하잖아. 내버려 두면 살인이 날 것 같은 상황에 끼어들어서 원만하게 일을 수습한 내 공로를 말이야.”

오시마는 자기 일처럼 의기양양하게 말했다.

“네, 도련님이 아니었다면 결코 할 수 없었을 일이에요.”

주로도 오시마의 도련님 자랑을 거든다. “싸움을 건 쪽의 행수는 도박으로 진 빚이 너무 불어나서 거의 자포자기했던 모양이니까요. 그래서 자기보다 어린 행수한테 가진 돈을 전부 빌려 다오, 두 배로 돌려줄 테니 빌려 달라고 조르다가.”

이 경우의 ‘빌려 달라’는 처음부터 돌려줄 생각이라곤 없는 ‘내놓아라’다. 다그침을 당한 쪽으로서는 도저히 받아들일 수 없는 이야기다.

“싫다고 거절하면 때리고 걷어차니 참다못해 반격했다가 큰 싸움이 나 버렸다지 않습니까. 너무하지요.”

이 일에 대해서 오치카는 자세한 경위를 처음 들었다.

“용케 그런 상황에 끼어드셨네요.”

“말리지 않으면 누구 하나 죽어 나가겠더라고. 그 자리에서는 무섭다는 생각도 들지 않았어.”

콧마루를 긁적이면서 도미지로는 쓴웃음을 지었다.

“그런 주제에 제가 제일 호되게 얻어맞고 뻗어 버렸으니 꼴이 말이 아니지요. 너무 추어올리지 마십시오.”

“두 행수는 어떻게 되었나요?”

“둘 다 에비스야에서 해고되었어.”

당연하지요, 하며 오시마가 씩씩거린다.

"더 무거운 벌을 받아도 되었을 정도예요. 우리 도련님은 평범한 고용살이 일꾼이 아니었으니까요. 미시마야에서 에비스야에 맡긴 소중한 분이었다고요. 도련님을 때린 행수는 주인에게 칼을 겨눈 거나 마찬가지예요."

가게 안에서 고용살이 일꾼이 주인이나 주인의 가족에게 상처를 입히는 행위는, 우선 죽을 죄다. 실제로 그렇게 되면 일이 너무 시끄러워지니 은밀하게 끝낼 때가 많지만 아무리 해도 용서하기 어려워 정식으로 판결을 청하면 고용살이 일꾼 쪽의 어떤 주장도 인정되지 않는다.

"그러게요. 에비스야도 정이 두터운 점은 좋지만 미적지근하다면 미적지근하지요."

주로는 오시마가 단골손님이니 오시마의 콧김에 장단을 맞춰 준다. 둘이서 신나게 떠들며 도미지로를 한껏 추어올리는 것을 도미지로 본인은 부끄러운 듯이 웃으며 흘려듣고 있다.

한편 간이치는 이 대화에 끼어들지 않고 표정도 바꾸지 않은 채 우두커니 서 있었다. 전에 (우연이기는 하지만) 오치카와 얼굴을 마주했을 때 금세 도미지로의 안부를 물었으니 사정은 알고 있을 텐데.

"자자, 이 얘기는 그만하지."

도미지로가 손뼉을 짝짝 쳤다.

"오시마, 자네는 설거지를 하던 중 아니었나?"

"어머나, 맞아요!"

허둥지둥 어깨띠를 고쳐 매고 오시마는 부산스럽게 부엌 쪽으로 달려갔다.

"정말이지, 자주 먼지를 일으키는 사람이지만 저는 철이 들었을 때부터 줄곧 신세를 져 와서 저 사람한테는 못 당해요."

도미지로는 싱글싱글 웃는 얼굴로 말하며 간이치를 향해 가볍게 머리를 숙였다.

"서두가 시끄러워서 죄송했습니다. 오치카, 드디어 본론에 들어갈 수 있겠다."

"저도 이만 실례하겠습니다."

주로가 책 상자를 추스르며 일어섰다.

"도련님이 원하시는 것은 저보다 작은 나리가 더 잘 아실 테니까요."

"뭐야, 그럼 자네는 뭘 하러 온 겐가?"

"그야, 도련님께 인사하러 왔지요."

물러나는 순간까지 좋은 목소리로 애교를 잔뜩 떨고 나서 주로가 떠나자, 효탄코도의 간이치는 얼른 꾸러미를 풀고 책 상자를 꺼냈다.

"듣자하니 지금은 더 이상 없을지도 모르는 오래된 가게를 찾기 위해『에도 물건 사기 자습서』가 필요하다 하셨다는데요."

"그렇습니다. 게다가 그 가게가 어디에 있는지도 확실하지 않지요."

"향료 가게라는 건 확실해요."

오우메가 한 이야기는 향료와 깊이 관련되어 있다. 다른 장사일 것 같지는 않았다.

"비센야라는 가게인데 조금 신기한 이름이지요. 원래는 비젠야라는 향료 가게에서 갈라져 나온 모양입니다."

간이치는 책 상자를 열더니 내용물을 꺼내어 늘어놓았다. 책이 차례차례 나온다.

"이게 다『물건 사기 자습서』입니까?"

"그렇습니다. 저희 가게에 있는 것을 거의 다 가져왔습니다."

두꺼운 것, 얇은 것, 깨끗한 것, 지저분한 것, 오래된 것, 새것, 큰 것, 작은 것, 묶여 있지 않고 말려 있는 것 등, 가지각색이다. 제첨서명 · 권수 등을 기록하여 책 표지에 붙인 가늘고 긴 종잇조각 또는 천 조각된 서명書名만 얼핏 보아도 한 가지가 아니다.

"『에도 물건 사기 자습서』는 오사카의 나카가와 호잔도라는 발행소에서 펴냈는데요—."

"예? 오사카에 있는 책방인가요?"

"예. 등잔 밑이 어둡다더니 에도의 책방은 생각해 내지 못했던 것이지요."

그러나 유명한 가게를 안내함과 동시에 에도의 구경거리를 안내하는 데도 쓸 수 있는 이 책이 인기를 얻자, 에도성 안의 책방에서도 버드나무 밑에 꼬이는 두 마리, 세 마리째의 미꾸라지처럼 차례차례 비슷한 안내서를 만들기 시작했다.

"원래의 『자습서』는 세 권짜리 책이니 가벼운 분책이나 염가판 등을 고안해서."

"그거, 저희 어머니도 만들곤 했어요."

저희 본가는 여관이거든요, 하고 오치카가 설명했다.

"그런 것을 사가판私家版이라고 합니다. 여기에도 여관이나 요릿집에서 손님을 위해 직접 만든 분책이 몇 권 있지요."

사가판은 원본에 충실하기 때문에 오히려 질이 좋다고 간이치가 말했다.

"상품으로서의 안내서는 여러 가지가 만들어지게 되니 그다지 질이 좋지 않은 책도 나왔으니까요."

"아하, 아무렇게나 소개하는 거로군요."

"그냥 아무렇게나 소개하기만 하는 거라면 그나마 낫지만 가게 쪽에서 돈을 받고 만든 안내서는 내용을 신뢰할 수 없는 경우도 있습니다."

손님의 편의가 아니라 가게의 선전을 위한 안내서가 되기 때문이다.

"평판이 좋지도 않은 물건을 아주 평판이 좋다고 쓴다거나, 유명하지도 않은 가게를 유명한 가게라고 칭찬하거나."

그렇군요, 하고 말하며 도미지로는 고개를 갸웃거렸다.

"하지만 그거라면 원조 『자습서』도 마찬가지 아닌가? 아니, 신용할 수 있다 없다가 아니라 가게에서 돈을 받는 거 말입니다."

"제가 들어서 알고 있는 바로는 나카가와 호잔도가 돈을 받았다는 이야기는 없는 것 같습니다."

"그럼 가게 쪽에서 알아서 돈을 내는 거로군요."

만들어진『자습서』를 여러 권 사들이는 방식도 있다.

"소개된 분량이 가게에 따라 다르고 명물 · 명품에 대해 자세히 쓰거나 혹은 대충 쓰는 방식으로 차등을 두지요. 이건 지불한 돈의 차이로군요."

"꽤 유명한 가게인데도 실리지 않는 경우가 있는데 아마도 그런 까닭인 것 같습니다."

"자부심이 높은 노포老鋪는 오히려 싣지 말라고 화를 내기도 하고요."

"예. 노포가 아니어도 이런 안내서에 실리면 싸구려처럼 보인다, 또는 장사의 질이 떨어진다며 싫어하는 분위기도 있었던 모양입니다."

우리도 그쪽일 거라며 도미지로가 웃었다.

"어쨌든 짭짤한 돈벌이로군요. 나중에 흉내를 낸 쪽이 그 짭짤한 부분을 꿀꺽꿀꺽 먹어치웠다고 해도 이상하지는 않아요."

단순히 흉내만 낸 것. 오사카의 발행소가 에도의 유명한 가게에 대해서 뭘 아느냐며 에도의 발행소가 경쟁하듯 낸 것. 의도락, 식도락을 표방하는 멋쟁이가 개인적으로 가게와 물건을 선정하여 낸 것.

"와, 무척 많이 모으셨네요."

"세책 장수는 책을 많이 갖추는 것이 장사의 시작이니까요."

도미지로가 말한 대로 원조『에도 물건 사기 자습서』도 증보나 개정을 되풀이한다는 이유로 몇 권인가 있었다.

"자, 오치카. 이걸 전부 조사해야 해."

나누어서 하자며 팔을 걷어붙인다.

"오치카 너는 향료 가게 비센야와 비젠야를 찾아다오. 나는 파는 물건과 상관없이 비젠야라는 이름의 가게를 전부 골라내 볼 테니까."

"네, 알겠어요."

오치카도 곧 어깨띠를 매는 기분으로 일을 시작했다. 그러자 옆에 있던 한 권을 집어 들며 간이치가 말했다.

"모든 책자의 맨 뒷장에 이 단책조붓하고 긴 종이. 짧은 시나 신에게 기원하는 문구 등을 쓰는 데 사용됨이 끼워져 있는데요."

과연 간이치가 들고 있는 책에는 벚꽃색 단책, 오치카가 들고 있는 것에는 붉은색 단책, 도미지로가 펼치고 있는 책에는 자줏빛 단책이 각각 맨 뒤쪽에 살짝 튀어나와 있다.

"붉은색이 짙을수록 시대가 오래된 책이라는 뜻입니다."

"이거 도움이 되겠군. 고맙습니다."

아뇨, 아뇨, 하며 간이치는 머리를 숙이고는 또 말을 이었다.

"주제넘은 소리 같지만 저희가 좀 더 도와드릴 수 있겠다 싶은데요……."

오치카와 도미지로가 얼굴을 마주 보자 간이치는 당황하며 부정하듯이 손을 흔든다.

"아니, 쓸데없는 말씀이었습니다. 죄송합니다."

"춤추어라 춤추어라 달팽이달팽이와 노는 어린아이의 순수함을 표현한 고전 가요 가사도 아니고 그렇게 급히 움츠러들지 않아도 돼요" 하고 도미지로는 놀렸다. "그래서, 어떻게 도울 수 있다는 거지요?"

"그…… 찾으시는 가게가 향료 가게임에 틀림이 없다면."

"뭔가 묘안이 있으신가?"

"저희 단골손님 중에 향료 가게도 몇 군데 있으니 여쭤 볼 수 있을 것 같습니다."

에도의 가게는 업종에 따라 동업조합이나 회합을 만들기 때문에 횡적인 연결이 있다. 확실히 동업자라면 비센야라는 드문 이름의 가게를 알고 있거나 기억할 가능성도 기대해 볼 만하다.

오치카는 어떻게 하면 좋을까 생각했다. 효탄코도의 간이치 작은 나리는 느낌이 좋은 사람이다. 평범한 조사라면 두말없이 부탁했겠지만.

—이건 좀 괴이한 일이니까.

진심으로 한 말인지는 알 수 없지만 도미지로가 '홀렸다'고 할 정도의 일에 전혀 상관없는 사람을 끌어들여도 괜찮을까.

그때 당사자인 도미지로가 선뜻 고개를 끄덕였다.

"그래요? 그럼 부탁할까."

"어머나, 오라버니."

"안 되나? 직업상 이 작은 나리는 발이 넓은 데다 성실하고 믿음직스러워 보이잖니."

"만약 페를 끼치게 된다면."

오치카가 우물우물 얼버무리자 간이치는 조금 목소리를 낮추며 말했다.

"혹시 이것은, 미시마야의 이름 높은 괴담 자리와 관련이 있는 일일까요?"

이름 높다, 는 말까지 듣기는 부끄럽다.

"사실을 말하면 그렇지요. 작은 나리가 아신다면 얘기가 빨라서 좋겠군요."

도미지로는 전혀 거리낌이 없어 보인다.

"우리 괴담 자리는 들은 이야기를 밖으로 내보내지 않는 것이 자랑거리라서요. 작은 나리한테도 자세한 사정을 가르쳐 드릴 수는 없어요. 그래도 괜찮을까요?"

"예, 물론입니다."

"상당히 괴이한 일이 얽혀 있어요. 무서울지도 모르는데 정말 괜찮겠습니까?"

간이치는 매우 진지하게, 그러면서도 어딘가 느긋하게 잠깐 동안 생각에 잠겼다.

"지금으로서는 무서워질 일이 없는 것 같습니다만."

솔직한 대답에 오치카는 미소를 지었다.

"이런, 아가씨도 납득하셨군. 그럼 부탁합시다. 비센야라는 향료 가게를 찾으면 가르쳐 주십시오."

"예, 알겠습니다."

"왜 그 가게를 찾느냐고 물으면 어떻게 하실 건가요?"

오치카의 물음에 간이치는 문득 웃음을 띠었다. "세책 장수다운 이유를 말씀드리겠습니다."

효탄코도가 떠나자 오치카와 도미지로는 산더미처럼 쌓여 있는 자습서들과 마주했다. 빌린 책이니 찾는 가게 이름이 나오면 베껴 적어야 한다. 오치카가 붓과 먹을 준비하는 사이에 도미지로는 신타의 도움을 받아 골방에서 낡은 책상을 가져왔다.

"내가 습자를 익힐 때 썼던 책상이야."

원조 『에도 물건 사기 자습서』에서는 'ㅎ'자 목록부터 '향료'를 찾아 나가면 되니 증보에 있는 내용을 놓치지만 않으면 별다른 수고가 들지는 않는다(다만 의외로 겹장이나 낱장이 많아서 고생했다). 문제는 '두세 번째 미꾸라지' 계열의 안내서인데 제대로 분류가 되어 있지 않거나, 업종별이 아니라 장소별로 되어 있거나, 가게 이름만 나열되어 있고 파는 물건은 색인과 대조해 보지 않으면 알 수 없는 것도 있었다.

"이거, 어려운 싸움이로군."

정말 도미지로의 말대로 자잘한 글자를 좇기만 하는 작업은 눈에도 좋지 않았고 어깨도 뭉쳐 좀처럼 끈기 있게 계속할 수가 없었다. 가을 해는 순식간에 져서 어두워졌고 등불을 켜면서까지 계속하자니 더욱 지친다. 그래도 사흘째부터는 오치카도 가게 이름 '비젠야' 찾기로 넘어갈 수 있었다.

"이런 작업은 눈이 피곤하니까 자기 딴에는 열심히 하고 있다고 생각해도 깜박 놓치는 게 있을지 모르니 조심하자꾸나."

도미지로가 한 번 훑은 책자를 다시 훑었다. 그렇게 둘이서 이틀을 더 보냈지만 성과는 미미했다.

"비센야는 없네요."

"비젠야는 너무 많아."

지금 에도 시중에서 장사를 하고 있는 비젠야만 해도 수십 군데나 된다. 비센야는 드문 이름이지만 비젠야는 흔한 이름이다.

"이걸 전부 다 찾아다니다간 오치카가 혼기를 놓치고 말겠지."

그것은 상관없지만 물건 사기 안내서만 보자면 지금이나 옛날이나 시바 신메이초에는 향료 가게가 없다. 정말 없었을까, 비센야가 (미시마야와 마찬가지로) 안내서에 실리기를 꺼렸던 건 아닐까. 어쨌거나 시바까지 가 보지 않고서는 알 수가 없다.

"잠깐 쉬고, 그야말로 꽁치라도 먹고 수명을 연장한 다음에 가자."

도미지로의 말에 마음 약한 소리를 한다며 웃어서는 안 된다. 사촌 오라비는 아직 몸이 완전히 회복되지 않았다는 사실을 오치카는 새삼 떠올렸다. 실제로 연일 안내서 책장을 넘기며 눈에 힘을 주고 있었기 때문인지 가라앉은 줄 알았던 현기증이 몇 번 일어났다.

"그러게요. 효탄코도에서 뭔가 알아다 줄지도 모르니까 잠깐 쉬도록 해요."

사촌끼리 마음을 모아 무언가 열심히 하고 있다며 흐뭇하게 지켜봐 주던 이헤에와 오타미도 약간 피곤한 듯 칙칙해진 도미지로의 안색을 걱정하고 있다.

그날 저녁 밥상은 통통하게 살진 꽁치와 밤을 넣어 지은 밥. 도미지로의 왕성한 식욕에 오치카는 안심했지만 대신 신경 쓰이는 일이 생겼다.

"믿어지세요, 아가씨? 신타가 밤밥을 한 그릇만 먹었어요."

사환 신타가 그렇게 좋아하는 밤밥을 앞에 두고도 묘하게 풀이 죽어 있었던 모양이다.

식사 시중을 들던 오시마가 "배가 아프니?" 하고 물었다. 대행수 야소스케가 낮에 별것 아닌 일로 신타를 야단친 터라 그 일이라면 이제 신경 쓰지 말라고 타일렀다. 그러자 신타가 "밥은 맛있지만 꽁치 잔뼈가 목에 걸려서"라고 하기에, 오카쓰가 밥을 동그랗게 뭉쳐 통째로 삼키게 했다. "이렇게 하면 잔뼈가 내려가니까요."

정말 그러네요, 오카쓰 씨. 이제 목이 따끔거리지 않아요. 잘 먹었습니다.

"하지만 밥을 더 달라고 하지는 않았어요."

이것은 오우메 사건과 비슷하다고 할 만큼 기괴한 일이다.

"생각해 보면…… 기운이 없다고 할 정도는 아니지만 가끔 난데없이 생각에 잠기는 것 같기는 했지요."

지난 사오일 내내 그랬다고 한다. 오카쓰의 말에 오치카도 며칠 전 일을 떠올렸다.

"그러고 보니 마침 그 무렵에 긴타네가 얼굴을 보이러 왔었는데……."

신타는 미시마야의 일꾼이지만 가게 밖에 같은 또래의 동무가 있다. 긴타, 스테마쓰, 요시스케라는 세 명의 (오시마의 말에 따르면) 장난꾸러기 녀석들과 미시마야 근처의 채소 가게 아들인 나오타로다.

처음에는 나오타로에게 생긴 어떤 문제를 진코 학원의 작은 선생 아오노 리이치로가 해결하려고 나섰다가 오치카까지 전부 아는 사이가 되었다. 리이치로는 흑백의 방에 들른 이야기꾼 중 하나이기도 했다.

긴타 등 세 아이들은 진코 학원의 제자다. 집은 혼조에 있으니 아이들 걸음으로는 꽤 멀다. 그래도 나오타로나 신타를 만나고 싶어서 줄곧 무언가 심부름을 맡아 값을 받거나 불쏘시개를 주우면서 학원에 다닌다. 다만 각자의 생활이 있으니 자주 오는 편은 아니다. 근자에는 나오타로도 채소 가게의 장사를 돕고 있고 신타는 원래 미시마야에서 바쁘게 지내기 때문에 더욱 그랬다.

"이야, 오치카 누님."

"잘 지내니?"

"언제 봐도 미인이네요."

세 아이가 오치카를 찾아오는 일도 예전보다는 소원해진 감이 있다.

"긴타네라는 건 누구지?"

묻는 말에 설명해 주자 도미지로는 감탄했다.

"흐음, 재미있구나. 나도 소개를 받고 싶은걸."

"네, 기회가 있으면요."

"신타가 그 사이좋은 동무 중 누군가와 싸움이라도 해서 풀이 죽어 있는 걸지도 몰라."

오치카도 그 정도밖에는 떠오르지 않았다.

"몸집은 작아도 남자는 남자니까" 하고 도미지로가 말했다. "체면이 있어서 누님한테는 울며 매달리지 못하고 참는 거야."

"오라버니, 그 '누님'이라는 건 저를 말씀하시는 건가요?"

"오시마랑 오카쓰도 다 합쳐서 '누님들'인가?"

"어머나, 도련님, 그 못된 장난꾸러기들은 이 오시마를 '도깨비 여자'라고 부른답니다."

오시마가 토라진 얼굴을 하고,

"오카쓰 씨는 '오카쓰 님'이나 '미시마야의 보살님'이고 아가씨는 '미인'인데."

도미지로는 크게 웃었다. "재밌네. 더욱더 그 아이들을 만나보고 싶어졌어."

나중에 오치카가 물어보니 대행수 야소스케도 장난꾸러기 삼인조가 신타를 만나러 왔던 사실을 알고 있었다. 하지만 싸움이나 말다툼이 벌어졌다면 자신이 몰랐을 리 없다고 한다.

긴타, 스테마쓰, 요시스케가 오면 이런저런 심부름을 시켜 심부름 값을 벌게 해 주니 야소스케도 아이들과는 친한 사이이다. 그 김에 예의범절도 가르치곤 한다. 싸웠다면 그냥 보고 넘기지는 않았을 것이다.

"어쨌든 신타가 왠지 모르게 이상한 건 분명히 그 후부터였지요."

아이들 중 누군가가 고용살이라도 하러 가는 게 아닐까요, 하고 말한다.

"모두들 언제까지나 어린아이일 수는 없지요. 혼자 설 때가 오면 헤어지게 됩니다."

"그렇군요……."

만일 그런 이야기라면 신타가 쓸쓸해서 울적해하는 것도 당연하다. 오치카도 쓸쓸한 기분이 들었다.

"하지만 그 꼬마들은 여전하더군요. 눈썰미 좋게 도련님을 발견하고 저 단역 배우 같은 사람은 미시마야의 더부살이냐고 묻기에 야단을 쳐 주었습니다."

오치카는 웃고 말았다. 도미지로를 단역 배우라고 평하다니 말도 참 잘한다.

다음번에 만나면 용돈을 조금 주어야겠다. 그렇게 생각하니 기분이 조금 밝아졌다. 정말 유쾌한 아이들이다.

그러나—.

바로 다음날의 일이었다. 사마귀 행수, 붉은 한텐의 한키치가 미시마야를 찾아왔다. 일전에 인사를 하러 왔을 때처럼 깍듯한 태도는 아니지만 오치카에게, 괜찮을 때 시간을 좀 내어 주었으면 좋겠다, 드릴 말씀이 있다고 한다. 게다가 오치카에게 직접 말하지 않고 오카쓰를 통해서 물었다.

"저는 지금도 괜찮아요. 그렇게 조심스럽게 물어보시다니 행수님께서 무슨 일이실까요?"

작년 말, 오치카와 오카쓰는 한키치와 아오노 리이치로와 넷이서 괴담 이야기 모임에 나간 적이 있다. 그 후로 오카쓰와 행수도 스스럼없는 사이가 되었다.

―그런데 왠지 빙빙 돌려서 말씀하시네.

흑백의 방은 빌려온 안내서로 꽉 차 있고 한키치가 너무 조심스럽게 굴어서 부엌 옆의 손님방으로 안내해 마주 앉았다.

"아가씨께선 바쁘실 텐데, 죄송합니다."

거듭 공손한 말을 하는 모습도 평소의 시원시원한 행수답지 않다. 옆에 앉은 오카쓰도 의아한 듯이 지켜보고 있다.

"혹시 또 금붕어 야스 같은 애물단지가 가까이 있나요?"

오치카 쪽에서 말을 꺼내 보니 아니라며 고개를 젓는다.

"다행히 그런 위험한 일은 아닙니다만."

그렇다면 왜 말하기를 주저할까.

"실은요, 아가씨."

말을 꺼내더니 또 망설이며 우물쭈물한다.

"제 괜한 참견입니다. 쓸데없는 참견이니 모쪼록 마음 상하지 않으셨으면 좋겠습니다."

"네에."

"무사님의 신상에 관한 일은 본래 저희 같은 평민들이 이러쿵 저러쿵 수군거려도 되는 게 아닙니다. 진코 학원의 작은 선생님은 아시다시피 고지식한 분이라 이곳을 떠나기 전에 미시마야에 정식으로 인사를 하러 오겠다고 하셨지만—."

진코 학원의 작은 선생. 이것은 아오노 리이치로와 관련된 이야기일까.

"이곳을 떠나기 전에?"

보기 드물게 오카쓰가 남의 말에 끼어들며 물었다. "작은 선생님, 어디 가시나요?"

붉은 한텐의 한키치는 한동안 침묵하다가 천천히 고개를 끄덕이며 오치카와 오카쓰의 얼굴을 보았다.

"고향으로 돌아가시게 되었습니다."

오치카는 멍해졌다. 고향으로 돌아가?

"작은 선생님은 야슈 나스도치기현의 북동부 조린 번 출신이십니다. 작은 선생님이 모시고 있던 다이묘인 몬마 님의 가문은, 으음 그러니까."

하고 행수는 손가락을 꼽으며 세었다.

"벌써 오 년 전이 되려나요. 영주님이 갑자기 돌아가시고 후계 수속이 늦어지는 바람에 영토가 몰수되었습니다."

아오노 리이치로는 그 일로 주가主家와 녹봉을 잃고 떠돌이 신세가 되어 에도로 온 것이다.

"이후에 이쿠타 님이 영주님으로 가셔서 지금은 이쿠타 조린 번으로 바뀌었지만 작은 선생님의 고향이라는 사실에는 변함이 없지요."

그 이쿠타 조린 번에서 관직을 제의했다고 한다.

"세상에…… 그건 축하…… 할 일이기는 하네요."

이 또한 오카쓰치고는 보기 드물게 축하의 말이 어색하다.

오치카는 아직도 멍하니 있었다. 작은 선생님이 고향으로 돌아간다. 사라져 버린다.

"낭인 생활에서 손을 씻는 거니까요. 물론 축하할 일입니다. 축하할 일이긴 한데."

한키치는 씹기 힘든 뭔가를 씹는 듯한 말투다.

"본인이 입이 무거운 분이라 저간의 사정은 무코지마의 어르신한테 들었습니다. 작은 선생님네 큰 선생님이신 가토 신자에몬 님 말입니다."

진코 학원의 원래 스승이다. 오치카는 면식은 없지만 리이치로가 흑백의 방에서 해 준 이야기가 가토 신자에몬 부부의 사연이었기 때문에 아는 사이처럼 느껴졌다.

가토 부부는 아오노 리이치로에게 진코 학원을 맡기고 무코지마에 있는 고우메 마을에서 살고 있다. 그래서 한키치가 '무코지마의 어르신'이라고 부르는 모양인데 분위기로 보아 친하게 지내며 자주 드나드는 듯하다.

"그러니까 작은 선생님의 관직 이야기에는 행수님이 그런 얼굴을 하실 만한 '사정'이 있는 거로군요."

오치카가 입을 굳게 다물고 있으니 오카쓰가 대화를 진행해 준다.

"예에. ……정말이지, 저도 쓸데없는 수다를 다 떱니다."

행수의 표정이 점점 어두워진다.

"작은 선생님은 나스 조린 번에서 계실 적에 요타시 시타야쿠用達下役라는 직책을 맡으셨는데 전체적으로 영지민의 생활을 좋게 만드는 일이라나요."

새로운 작물을 키우는 법을 연구하고 다른 지방에서 들여온 씨나 모종을 영지 내에 뿌리 내리게 하거나,

"아이들에게 읽고 쓰기를 가르치기도 했다고 합니다."

산업 진흥과 교육을 위해 노력하는 직책이다.

"그때부터 가르치는 일을 하셨던 거군요" 하고 오카쓰가 미소를 지었다.

"진코 학원에서도 금세 적응하신다 싶었지요."

요타시 시타야쿠는 나스 조린 번의 독자적인 직책이었는데 나중에 들어온 이쿠타 가문도 이 일을 중하게 여겼다. 다른 곳에서 이봉되어 온 새 영주에게는 가신들이 가진 식견이 소중했으리라.

"그러니까, 작은 선생님은 떠돌이 낭인이 되고 말았지만 같은 요타시 시타야쿠 중에 한 분을 이쿠타 조린 번에서—이렇게 말하면 좀 그렇지만 주워 줬다는군요."

물론 출세를 할 수 있을지는 확실하지 않다. 평생 요타시 시타야쿠로 살다가 죽을 수도 있다. 그래도 신분과 녹봉이 보장되고

무엇보다 고향을 떠나지 않아도 되었으니 운이 좋았다.

그 인물은 아오노 리이치로의 친구로 나이는 한 살 위. 이름은 기노시타 겐고라고 한다.

"한데 기노시타 님이 폐병에 걸리셔서요."

반년쯤 전부터 와병중인데 이제 한 달이나 남았을까.

"가족은 그분의 어머니와 아내와 아이 넷. 위의 세 아이가 여자아이고 제일 막내가 사내아이인데 겨우 세 살이라고 하니 가엾게 되었지요."

오치카는 아직도 넋이 나가 있었지만 대충 무슨 이야기인지 알 것 같았다.

"—작은 선생님이 그 댁으로 들어가시는 거군요."

그리운 친구의 부탁을 받고 신분을 물려받아 그 집을 지키기 위해 고향으로 돌아간다.

무더운 계절은 이미 지났는데도 한키치의 얼굴에는 땀이 배어 있었다.

"바로 그렇습니다."

"이쿠타 영주님은 대범한 분이군요" 하고 오카쓰가 말했다. "가신이 그런 형태로 양자를 들여 집안을 잇는 걸 허락하시다니."

"그만큼 기노시타 겐고라는 분이 일을 잘했다는 의미겠지요."

"작은 선생님 댁은 어떤가요? 아오노 가문이 끊겨도 되는 걸까요?"

"부모님은 이미 돌아가셨고 무덤을 돌보는 일도 다른 사람에게 맡겨 두었으니 작은 선생님도 언젠가는 고향으로 돌아갈 마음을 품고 있었던 것 같긴 한데요."

전에도 얼핏 고향으로 돌아가겠다는 얘기를 중얼거린 적이 있다고 한키치는 말했다.

"작은 선생님은, 으음, 그러니까."

약혼자가 있었다고 한다.

"이분은 나스 조린 번의 영지가 몰수되기 전에, 젊은 나이에 돌아가셨다고 하더군요. 게다가 뭐랄까요—불행하게 돌아가신 모양이에요."

한키치도 자세한 사정은 모르는지, 들어서 알고는 있지만 여기에서 입에 담을 수 없는 것인지, 좌우간 얼굴이 땀범벅이다.

"낙담한 부모님도 뒤를 쫓듯이 돌아가셨고요. 그 집안도 무덤을 지킬 후계자가 없는 셈입니다. 그쪽도 마음에 걸린다는, 뭐 그런 얘기였습니다."

한키치는 품에서 수건을 끄집어내어 땀을 닦았다. 오카쓰는 조용히 고개를 끄덕였다. 오치카는 입을 꾹 다물고 있다.

"돌아가신 약혼자분과 기노시타 겐고 님은 사촌지간이라고 합니다."

기노시타 가가 본가 쪽이라고 한다.

"작은 선생님 입장에서 보자면 이중삼중으로 인연이 있어서 마음이 움직일 법한 이야기로군요."

"예."

"도저히 거절할 수가 없겠는데요."

"오카쓰 씨도 그렇게 생각하십니까?"

오카쓰가 고개를 끄덕이자 한키치도 고개를 끄덕이더니 미리 약속이라도 한 듯 입을 다문다.

오치카는 이런저런 말을 하려고 했다. 작은 선생님은 다정한 분이니까, 이쿠타 영주님의 허락은 좀처럼 없는 고마운 것이니까, 세상을 떠난 약혼자분과도 인연이 있는 이야기니까.

거절할 수는 없고 거절할 생각도 하지 않았으리라.

그냥 고향으로 돌아가기만 하는 것이 아니다. 아오노 리이치로는 친구가 뒤에 남기게 될 여자를 아내로 맞이하고 네 아이의 아버지가 되려 하고 있다.

작게 한숨을 쉬고 나서 마음을 다잡은 듯이 오카쓰가 얼굴을 들었다.

"서둘러야 할 일인가요?"

"기노시타 님의 용태가 점점 나빠져서요."

"아아, 그렇군요. 저도 참, 뻔히 일을 다 묻고."

손가락으로 자신의 이마를 누른다.

"작은 선생님이 벼슬에 오르게 된 거니까 미시마야에서도 합당한 축하 선물을 보내야겠네요. 아가씨도 같은 생각이시지요?"

오카쓰의 눈빛을 느끼고 오치카도 시선을 들었다. 오카쓰의 표정이 말하고 있었다.

쓸쓸해해도 돼요. 슬퍼해도 돼요. 분하게 여겨도 돼요. 하지만 칠칠치 못하게 훌쩍훌쩍 울어서는 안 돼요, 아가씨.

"—야단스러운 물건을 보내면 작은 선생님이 거절하실 테니까" 하고 오치카는 말했다. "숙부님, 숙모님이랑 상의해서 요란하지 않으면서도 미시마야의 감사하는 마음이 전해질 만한 걸 준비하지요."

아오노 리이치로는 미시마야를 강도로부터 지켜 준 은인이니까.

"행수님, 알려 주셔서 고맙습니다."

"뭘요, 송구합니다."

"쓸데없는 수다가 아니었어요. 우리 가게에서는 저와 오카쓰 씨가 처음 듣는 사람이 아닐 테니까요."

신타가 가장 빨리 소식을 들었겠지. 긴타, 스테마쓰, 요시스케로부터 "작은 선생님이 진코 학원을 그만두신대"라는 말을 전해 듣고 실망해서 풀이 죽어 있었던 것이다.

"진코 학원의 제자들은 쓸쓸하겠네요. 학원은 어떻게 되는 걸까요."

"무코지마의 어르신이 급히 대신할 스승을 찾고 있습니다. 때를 맞추지 못한다면 당장은 어르신이 돌아올 생각이신 것 같더군요."

조만간 리이치로가 인사를 하러 올 때 한키치도 같이 올 거라고 한다. 이야기는 일단 거기까지 하고 오치카와 오카쓰는 당장 이헤에에게 고했다.

이헤에도 크게 놀라며 아오노 리이치로를 위해서는 기뻐해야 할 일이지만 진코 학원과 미시마야에는 유감스러운 이별 아니냐며 신음했다.

"사람의 인연은 옮겨 가는 것이니 어쩔 수 없다만."

오치카에게 들려주기 위한 말 같았다.

볼일이 끝나자 오치카는 갑자기 흑백의 방에 가고 싶어졌다. 매일 잠을 청하는 방보다 흑백의 방이 더 오치카의 자리인 것 같은 기분이 든다.

조사도 잠시 쉬고 있어 도미지로도 없었다. 오치카는 효탄코도에서 빌린 물건 사기 자습서들의 틈새에, 혼자서 조용히 앉았다.

잠시 그러고 있자니 정원 쪽에 그림자가 비쳤다. 빗자루를 손에 든 신타였다.

"—아가씨."

신타가 다음 말을 잇지 못하고 끅끅거리며 울기 시작했다.

여러 가지로 흐트러진 오치카의 속마음을 짐작하지 못할 리 없겠지만, 숙모 오타미는 미시마야의 안주인으로서 아오노 리이치로의 벼슬을 기뻐하며 의욕적으로 축하 선물을 마련했다.

"우리가 주제넘게 굴면 안 되니까."

라며 한키치에게 부탁해 가토 부부를 소개해 달라고 하고 일부러 무코지마 고우메 마을까지 찾아가 리이치로를 위해 무엇을 얼마만큼 준비하면 좋을지 상의했을 정도다.

"가토 님네 마님께서 하오리와 몬쓰키가문(家紋)을 넣은 일본 예복를 새로 지어 주신대요."

무사의 정장이니 고소데의 앞자락에 문장이 두 개, 등에 세 개 들어가 있는 이쓰쓰몬五つ紋이다.

"기노시타 가문의 문장을 넣어야 하지만 작은 선생님의 본가인 아오노 가문의 문장이 완전히 없어져 버리는 것도 서운하지요. 그래서 지갑이랑 다모토오토시소매 속에 넣어 사용하는 주머니를 만들어서 아오노 가문의 문장을 넣을까 하는데."

물들이는 것이 아니라 자수를 놓은 문장으로, 우리 가게에서 제일 실력이 좋은 직인에게 맡기려고 한다며 들뜬 듯이 말했다.

"주머니는 우리가 파는 물건이니까요. 아주 질 좋은 걸로 해요. 가토 님네 마님 말씀으로는, 기노시타 님 가문은 녹봉으로 여든 섬을 받는다고 하니 지나치게 화려해서 안 좋은 방향으로 눈에 띄어선 안 되겠지만."

그 외에는 신일까요? 아니면 요타시 시타야쿠는 영지 내를 돌아다니시는 직책이라고 하니 좋은 여행용 하카마가 있으면 편리하게 사용하시지 않을까요.

"오치카, 어떻게 생각하니?"

"숙모님 생각대로 하면 될 것 같아요."

어머, 얘—하고 오타미는 오치카를 응시했다.

"좀 더 기쁜 얼굴을 하렴."

"제가 그런 얼굴을 하고 있지 않나요?"

“전혀. 비 내리는 날의 종이 인형처럼 축축한 얼굴을 하고 있어.”

그러면 안 돼, 하고 엄하게 말했다.

“작은 선생님의 혼인에 불만이 있다면 큰 소리로 말하렴. 전부 다 뒤집어엎을 생각으로 고향에 돌아가지 말아 달라고 졸라 봐.”

오치카는 입을 다물고 있었다.

“그만한 각오가 없다면 웃는 얼굴로 축하드린다고 말해야 해. 그게 여자의 패기라는 거다.”

오치카가 오타미에게 이토록 엄한 꾸중을 듣기는 처음이다. 오치카는 깜짝 놀랐다. 하지만 그렇다고 해서 ‘이까짓 것’ 하며 오기가 솟아오르지도 않았다.

오치카가 이런 식이다 보니 선수를 쳐서 엉엉 울었던 신타도 순식간에 걱정하는 쪽으로 기울고 말았다. 매일 무언가 볼일을 만들어 오치카의 얼굴을 보러 와서는 거북한 듯 아무 말 없이 있다가 맥없이 물러간다.

신타가 엉엉 운 까닭은 물론 자신이 쓸쓸했고, 긴타, 스테마쓰, 요시스케와 나오타로가 쓸쓸하겠다고 생각했기 때문이었지만 다른 누구보다도 오치카가 슬퍼할 거라고 배려해 주었기 때문일 것이다. 그 마음 씀씀이가 절절하게 와 닿았다.

오타미도 꾸중을 함으로써 위로하려는 것이다. 오치카도 똑똑히 알고 있다. 하지만 아는 것만으로 마음이 평온해진다면 폐를 끼칠 일도 없다.

오타미와 오치카 사이가 어색하니 이헤에는 어느 쪽을 대하든 종기라도 건드리듯 조심스럽다. 한 번은 안채에서 오카쓰를 상대로 이런 말을 하기도 했다.

"오치카한테는 안됐지만 실연으로 슬퍼하는 건 나쁜 일이 아닐세. 어쨌거나 마음이 열렸다는 뜻이잖나. 일 년쯤 전까지는 연애라니 당치도 않다, 나는 평생 혼자서 어두운 움막에 틀어박혀 있으면 된다는 식이었으니까."

오치카는 들리지 않는 척하면서 지나쳐 갔다. 오카쓰도 맞장구치기가 곤란했으리라.

오치카 본인도 사실은 무엇이 슬픈지 잘 알 수가 없었다. 그것은 자신의 본심을 알 수 없다는 뜻이기도 하다. 나는 어떻게 하고 싶은 걸까.

"뭐, 그럴 때는 될 대로 되게 내버려 두면 돼."

상담을 청하지도 않았는데 도미지로는 멋대로 그런 조언을 했다.

한키치의 방문이 하나의 고비였던 것처럼 계절도 발걸음을 빨리 해서 바뀌기 시작했다. 지난 며칠은 아침저녁으로 쌀쌀하게 느껴질 정도였다. 도미지로는,

"나는 이 정도의 계절이 제일 좋아. 몸에 잘 맞나 봐."

하며 기운차게 움직인다.

"찾아낸 비젠야를 전부 돌아다녀야 하는데 가능한 한 효율이 좋게 순서를 짜 보자꾸나."

그러고는 다시 흑백의 방에 앉아 〈비젠야 찾기 그림지도〉라는 것을 만들기 시작했다. 무척 열심히 하기에 슬쩍 지도를 들여다보니 도중에 쉬거나 간식을 사먹을 가게까지 넣어 가며 순서를 정하고 있다.

"이 가게의 하부타에 만주가 맛있대. 오시마가 가르쳐 주더구나. 여기 니하치 국숫집은 할아버지가 끌고 다니는 노점인데 자일子日과 진일辰日에만 여기에 나와. 달력을 확인하고 가야겠다."

"오라버니도 참."

오치카가 저도 모르게 웃자 도미지로도 싱긋 웃었다.

"웃음이 나오면 괜찮은 거야."

도미지로에게까지 걱정을 끼치고 말았구나.

"먼저 말해 두겠는데 장황한 이야기는 필요 없어. 너는 한창때니까 여러 가지 일이 생길 수 있지. 고민이 있는 게 당연해. 생각하고 또 생각해도 생각대로 되지 않을 때는 말이다."

될 대로 되도록 내버려 두면 된다고 말했던 것이다.

"그건 그렇고 아오노 님이라는 작은 선생님은 언제쯤 오시려나? 이쪽에서 재빨리 축하할 준비를 해 버리는 바람에 오히려 오기 어려워진 건 아닐까?"

아오노 리이치로의 인품으로 보아 짐작해 볼 수 있는 일이다.

"무사님은 우리하고는 신분이 달라. 영주님을 모시고 자기 가문도 지켜야 하니 책임이 무겁겠지. 그래서 좀처럼 본심을 내뱉을 수 없을 것 같은데."

만나면 물어보고 싶다고 한다.

"친구의 미망인과 아이를 거두다니 귀찮지는 않으십니까, 하고."

"세상에!"

"화를 내는구나. 아이쿠, 살려 주십시오."

장난치며 웃던 도미지로가 그 말투 그대로 큰 소리를 질렀다.

"오오, 효탄코도 아니신가. 마침 잘 왔어요."

정원에 늘 그렇듯이 책 상자 꾸러미를 짊어진 간이치가 허리를 구부리고 서 있다.

"오시마 씨한테 인사를 드렸더니 도련님도 아가씨도 이쪽에 계신다고 하셔서요."

들어와요, 들어와, 하고 도미지로가 손짓했다.

"그래, 결과는 어땠지요?"

간이치는 툇마루에서 책 상자를 내려놓고 꾸벅 머리를 숙였다.

"그럭저럭 수확이 있기는 했는데요. ……도련님은 뭘 쓰고 계십니까?"

펼쳐 놓은 그림지도가 눈에 들어온 모양이다.

"음. 비센야는 못 찾고 비젠야는 산더미처럼 많아서—."

이러저러하고 여차여차하다고 설명을 하고 나서 〈비젠야 찾기 그림지도〉를 보여 주자 간이치는 몸을 내밀었다.

"이거 나쁘지 않군요."

짧게 감탄하더니 뚫어져라 들여다본다.

"도련님은 단것을 좋아하십니까?"

"무척 좋아하지요."

분명히 매일 간식으로 무언가를 먹는다.

"어쩐지 잘 아신다 했습니다. 하지만 이 시라타마야는 지난달에 대가 바뀌어서 꿀의 맛이 달라지고 말았답니다."

"뭐라고요? 그건 처음 듣는데."

"호센도의 설탕 절임은 가지가 일품입니다. 귤은 의외로 호불호가 갈리는 모양이더군요."

"오호라" 하며 도미지로도 붓을 들고 그림지도에 달려든다.

"여기 니하치 국수는."

"할아버지가 끌고 다니는 노점이지요."

"그렇기는 한데 할아버지의 제자가 이케노하타나카초에 가게를 냈습니다. 국수는 그쪽이 맛있다는 평판이지요."

이런 식으로 음식 문답이 계속된다.

"이 튀김 가게는."

"그 초밥 노점은."

"여기 있는 찻집의 꼬치 경단은 꼬치 하나에 경단이 다섯 개."

"쑥떡이라면 이쪽 덴만야보다 그쪽에 있는 하리마야가 더."

"피안彼岸이 지날 때까지는 이 밥집에서 소면이."

"접시에 담아서 생강즙을 뿌린 거지요? 알아요, 알아요."

구경하고 있던 오치카는 기가 막혔다. 이 두 사람, 걸신 동료가 아닌가.

"오라버니는 에비스야에서 대체 무슨 수업을 받으셨나요?"

도미지로는 딱 굳었다.

"효탄코도도, 행상에는 익숙하지 않다고 하신 것치고는 음식 가게에 대해서 잘 아시네요."

몸을 앞으로 내민 자세 그대로 간이치도 굳었다.

"두 분, 마음이 맞으시나 봐요."

한껏 눈썹을 찌푸리려고 했는데 오치카는 웃음을 터뜨리고 말았다.

"마침 간식 시간이에요. 뭔가 가져올 테니 계속하시지요."

부엌에서는 오시마가 간식 준비를 하고 있었다. 옆에 종이 꾸러미가 놓여 있다.

"손님한테 받은 거예요. 도련님이 좋아하시는 다이코쿠야의 강정이랍니다."

과자 그릇에 옮기겠다고 하기에 오치카가 말렸다.

"뚜껑 달린 사발이 더 좋겠어요."

엽차를 끓여 들고 흑백의 방으로 돌아가 보니 간이치도 방에 들어와 있었다. 단정하게 정좌했지만 더욱더 열을 올리며 도미지로와 함께 그림지도를 들여다보고 있다.

오치카는 쟁반을 내려놓고 두 사람을 둘러보았다.

"이 사발 안에 오늘의 간식이 들어 있어요."

두 남자는 고개를 번쩍 들고 쟁반 위를 보았다. 사발 뚜껑은 덮여 있다.

"내용물이 무엇인지 알아맞혀 보실래요?"

간이치는 눈을 깜박였다. 도미지로는 갑자기 흥이 난 듯했다.

"오오, 해 보마. 어떻게 알아맞히지?"

"사발을 등 뒤에 숨기고 두 분께는 뚜껑만 드릴게요. 냄새로 알아맞혀 보세요."

그럴 생각으로 희미하게 옻 향기가 나는 칠기 과자 그릇은 쓰지 않았다.

좋아, 좋아, 하며 도미지로는 양손을 비비고 코 밑을 문질렀다.

"내가 먼저 해도 될까요, 작은 나리."

"예, 그러시지요."

도미지로는 사발 뚜껑을 들고 킁킁 냄새를 맡았다. 코를 바싹 들이대고 맡는다.

"으~음. 기름에 튀긴 과자 같은데."

다음은 간이치다. 양손으로 뚜껑을 받쳐 들고 코를 가까이 대더니 곧 말했다.

"오토와초 도운지洞雲寺 절 뒤, 다이코쿠야의 흰깨 강정이군요."

도미지로도 오치카도 감탄했다.

"나도 강정이 아닐까 싶긴 했는데, 어떻게 냄새만으로 가게 이름까지 알 수 있지요?"

"조청 냄새가 납니다. 강정의 단맛을 내는 데 조청을 쓰는 건 다이코쿠야뿐이거든요."

"하지만 다이코쿠야의 강정은 흰깨와 검은깨가 있잖아요."

잘도 알고 있다.

"참고로 나는 흰깨를 더 좋아하지."

"네, 오시마 씨가 잘 알고 있더군요. 효탄코도 씨, 흰깨랑 검은 깨는 강정 냄새에 차이가 있나요?"

오치카의 물음에 간이치는 희미한 웃음을 띠었다.

"아뇨, 없습니다."

"그렇다면—."

"처음에 뚜껑을 열었을 때 아가씨의 손가락에 흰깨가 붙어 있었거든요."

"네?"

당황하며 살펴보니 정말이었다. 손톱 끝에 붙어 있다.

"이거, 이거, 작은 나리는 빈틈이 없군요."

이렇게 해서 떠들썩한 간식 시간이 되었다. 차를 마시고 강정을 먹으며 도미지로는 그동안의 경과를 다시 설명했다.

"나는 이래 봬도 병자였다가 회복된 참이라 한꺼번에 전부 다 돌기는 무리거든요. 그래서 부담이 되지 않을 만한 순서를 생각하고 있었던 것이지요."

"식도락 가게를 잔뜩 집어넣어서 말이지요."

"즐겁잖니? 오치카 너는 에도에 온 지 삼 년이 다 되어 가는데 거의 바깥 구경을 하러 나간 적이 없다면서. 아까운 일이야."

한데 효탄코도 쪽의 '그럭저럭 있었다'는 수확은 무엇일까.

"제가 최근에 만난 두 사람이 비센야라는 향료 가게를 아는 듯한 눈치였습니다."

"오오, 해내셨군요!"

"제가 멋대로 해 본 추측입니다만 왠지 모르게 비센야라는 가게는 딱히 좋은 평판을 얻지 못했던 것 같습니다. 두 사람 다 화제에 올리고 싶어 하지 않는 기색이더군요."

흠흠, 하고 고개를 끄덕이며 도미지로는 팔짱을 꼈다.

"좋은 평판을 얻지 못했다는 말인즉슨 지금은 없는 가게라는 뜻이로군요."

"예. 그건 확실하게 알 수 있었습니다."

이번에 효탄코도에서 사들인 옛날 책 몇 권에 '비센야'의 장서임을 나타내는 도장이 찍혀 있었다. 책 자체는 흔한 고칸혼合巻本에도 후기에 유행했던 장편 소설의 일종. 여러 권으로 나뉘어 있던 책을 하나로 합친 데에서 '합권본'이라는 이름이 붙었다. 각 페이지에 삽화가 들어가 있었다이나 조시삽화를 주로 한 대중 소설 종류이고 비싼 물건은 아니지만 소중하게 여겼음이 분명했다.

"가끔 있는 일인데 돌고 돌아 저희한테 오게 된 옛날 책에 도장이 찍혀 있곤 하지요."

그럴 때 원래의 주인을 찾아내서 가져가면 그리워하며 기뻐해 주는 경우가 있다.

"그래서 저도 그 도장의 비센야를 찾고 있다고 말씀드렸습니다. 가게 이름으로 보아 세련된 물건을 다루는 가게일 테니 잡화점이나 향료 가게나 주머니 가게에 물어보고 있다면서요."

일전에 간이치가 오치카에게 말했듯 비센야를 찾는 데에 그야말로 '세책 장수다운' 변명을 마련하고서 찾아간 것이다.

도미지로는 눈을 크게 떴다. "작은 나리는 대단한 배우시로군요!"

간이치는 부끄러운 듯이 목을 움츠렸다.

"아뇨, 정말로 가끔씩 있는 일이니까요."

그리고 무언가 알고 있어 보이는 두 사람을 만났다.

"한 분은 니혼바시 도리초에 있는 향료 가게 주인이고 다른 한 사람은 그 가게의 단골인 요릿집 안주인이었습니다."

향료 가게의 주인은 말했다.

—비센야라면 노포였지만 이미 가게를 접어 버렸으니 그 책은 효탄코도에서 다루어 주시오.

더 이상은 아무 말도 하지 않았고 간이치가 캐물으려 하자 거북한 얼굴을 했다고 한다.

"그래도 겨우 발견한 단서이니 어떻게든 조금 더 이야기를 들을 수 없을까 싶어서 매일 찾아갔는데."

향료 가게에 드나든 지 세 번째 되는 날 가게에서 노렌상점 입구의 처마 끝에 거는 상호를 적은 장막을 가르며 나온 말쑥한 여자가 그에게 말을 걸었다.

—혹시 당신이 비센야의 책을 갖고 있다는 세책 장수인가요?

"그 사람이 요릿집 안주인이었군요?"

오덴마초 3초메의 다이마루신도에 있는 마쓰다야라는 요릿집이다.

"예. 뭣하면 그 책을 자기가 사겠다기에, 고맙습니다, 그럼 주인님과 상의하고 오겠습니다, 라고 말씀드렸습니다."

바로 어제의 일이라고 한다.

"한데 마쓰다야의 안주인이 수수께끼 같은 얘기를 하더군요."

—언제 오든 상관없지만 아마 별로 길한 책은 아닐 테니 버리려면 빨리 버리는 편이 좋을 거예요.

"그건 무슨 말씀이시냐고 물었더니."

—쓸데없는 말을 해서 미안하군요. 잊어 주세요.

"저도 조금 곤혹스러웠습니다."

오치카와 도미지로는 얼굴을 마주 보았다.

"별로 길한 책은 아니다……."

오치카가 중얼거리자 도미지로는 팔짱을 풀고 콧등을 벅벅 긁적였다.

"분명히 수수께끼 같은 얘기군요. 게다가 앞뒤를 다 자르고 얘기했으니 효탄코도 씨가 당혹스러워하는 것도 당연해요."

도미치로는 작은 나리에게도 가르쳐 드리자며 어린애처럼 오치카의 소매를 잡아당겼다.

"이번에는 괜찮지 싶은데. 애초에 이야기를 듣고 버리지 않은 채 조사하는 참이니까 경우가 다르잖니."

당장은 대답하기가 곤란해서 오치카는 잠시 생각해 보았다.

괴담 자리를 지키는 역할로 오카쓰를 몰래 세워 두기는 하지만, 줄곧 해왔던 대로 오치카 혼자 이야기를 들었다면 일이 이렇게 되진 않았으리라.

그러고 보니 오카쓰가 효탄코도의 간이치를 보자마자 '아가씨는 방금 그분과 인연이 있어요'라고 말했었지.

간이치가 미시마야의 특이한 괴담 자리와 인연이 있다, 관련될 인물이다, 라는 뜻이었을까. 이야기꾼으로서 흑백의 방을 찾는 것이 아니라 이처럼 이례적인 형태로.

"그래요. 전부 말씀드리지요."

간이치는 역병신의 강한 신통력을 받은 오카쓰가, 말하자면 보증해 준 인물이다.

"좋아, 그래야지."

도미지로는 손뼉을 치며 좋아하고 강정을 집어 입안에 넣었다.

"자, 얘기하렴, 얘기해!"

우선 오치카가 손님인 오우메와 길이 어긋난 데서부터가 시작이다. 천천히 꼼꼼하게, 오치카는 이야기했다. 도미지로는 음음, 그래그래, 하고 맞장구를 치며 (강정을 씹느라) 소란스러웠지만 간이치는 자세를 단정히 하고 열심히 들었다.

진지한 얼굴을 하고 있어도 어딘지 모르게 한가로운 분위기는 변함이 없다. 덕분에 오치카도 묘하게 긴장하지 않고 이야기를 마칠 수 있었다.

"—정신이 들어 보니 저는 여기에 혼자 있고 옆방에서는 오라버니와 오카쓰가 잠들어 있었어요."

"오치카가 깨워서 정신을 차렸는데 들은 이야기는 완전히 잊어

버려 기억나지 않았지요. 오치카한테 다시 들어도 왠지 흐릿하니 꿈속의 일처럼 생각될 뿐이었어요."

처음부터 끝까지 다 듣고 난 간이치는 양손을 무릎 위에 가지런히 모으고 꼼짝도 하지 않았다. 눈은 도미지로가 만든 그림지도 위를 응시하고 있다.

오치카가 미지근해진 차로 목을 축이고 도미지로가 사발에 남은 마지막 강정을 씹어 삼킨 후에도 그대로였다.

"저어, 효탄코도 씨?"

오치카가 부르자 간이치는 몇 번인가 눈을 깜박이더니 입을 열었다.

"오우메 씨라는 노인은."

"아, 네."

"유령일까요?"

거리낌 없이 파고드는 물음이다.

"조금 전까지는 없었는데 갑자기 나타났지요. 조금 전까지는 거기에 있었는데 갑자기 사라졌고요. 어느 모로 보나 유령 같은 행동이라고 저는 생각합니다."

"우리가 다 함께 꿈을 꾸었던 게 아니라요?"

"아가씨는 벌써 삼 년이나 특이한 괴담 자리에서 듣는 역할을 해 오셨는데 눈을 뜬 채로 자면서 꿈을 꾼 적이 있으십니까?"

아니, 눈을 뜬 채로 잠을 잘 만큼 해이해진 적은 없다.

"듣는 역할을 처음 맡았을 때 이 세상과 저세상 사이 같은, 잘 알 수 없는 곳에 갔다가 돌아온 적은 있지만…….”

도미지로가 “에엑” 하고 소리를 질렀다. “오치카, 그런 위험한 일이 있었단 말이냐?”

“위험하지는 않았어요. 귤 덕분에 무사히 이쪽으로 돌아올 수 있었으니까요.”

도미지로는 뚫어져라 오치카의 얼굴을 바라보다가 약간 몸을 뒤로 물렸다.

“뭔지 모르겠지만 그냥 여기에 앉아서 듣기만 하는 역할은 아니었나 보구나. 내가 더 겁을 먹고 말았어.”

“아직 오카쓰가 없었을 때의 일이니까 이제 괜찮아요.”

“하지만 이번에는 괴담 자리를 지켜 주던 오카쓰 씨도 잠들어 버리고, 이야기를 잊어버린 거로군요.”

간이치가 세심하게 확인한다.

“네, 맞아요.”

“아가씨는 기억하고 계셨고요.”

오치카는 무엇 하나 잊지 않았다.

“오우메 씨는 어지간히 아가씨한테 이야기를 들려주고 싶었나 봅니다.”

듣고 기억해 주기를 바랐다.

“그 마음이 통했기 때문에 아가씨도 평소와 달리 오우메 씨의 이야기를 확인하고 싶었던 거예요. 제가 보기엔 그렇습니다.”

그런가. 오치카는 가슴에 손을 대 보았다.

"역시 유령일까요?" 하고 간이치는 되풀이해서 물었다.

"다과를 먹지 않았다니, 유령 같은 행동이잖습니까."

"유령은 음식을 먹지 않나?"

"네. 귀신이나 요괴처럼 괴이한 존재는 먹고 마시지 않지요."

이야기책에는 쓰여 있다고 한다.

"오우메 씨는 단것은 이에 좋지 않으니까 안 먹는다고 했어요. 으음—."

제대로 말하자면 "초하룻날에만 먹는답니다"였다.

"한 달에 한 번만 먹는다, 고요?"

도미지로가 겁에 질린 듯이 목소리를 낮추었다. "기일에 올라온 것만 먹는다는 뜻일까? 그렇다면 정말로 죽은 사람의 유령이야."

"유령이 충치를 걱정할까요?"

"맞아. 충치 걱정을 했다면 살아 있는 사람이지."

도미지로는 웃으며 손가락에 묻은 흰깨를 탁탁 털었다.

"어쨌거나 우리 세 사람은 이제 수수께끼 풀이의 한 패가 되었어. 마음을 모아서 뛰어들어 보자고."

"어디로요?"

"뻔하지 않니, 마쓰다야지."

"그럼 효탄코도 씨는 그럴듯한 도장이 찍힌 책을 준비해 주셔야겠네요."

마쓰다야의 안주인에게 그리 말해 두었으니까.

"뭐야, 융통성이 없구나."

그 허풍은 이제 필요 없었다.

"요릿집이니까 뛰어드는 건 어렵지 않아. 손님이 되면 되지."

마쓰다야, 마쓰다야라—하며 도미지로는 물건 사기 자습서를 넘기기 시작했다.

"가장 최근에 나온 책이 어느 거였더라. 음식부, 라면."

"공교롭게도 안내서에는 실려 있지 않은 가게입니다." 간이치가 말했다.

"어, 그래요? 요리하는 사람의 실력이 별로인가?"

"아뇨, 그 반대입니다."

고급 요릿집이고 음식도 비싸다고 한다. 처음 오는 손님은 받지 않기 때문에 애초에 안내서의 신세를 질 일이 없다.

"흐음~, 얄미운데."

도미지로는 흐흥 하고 코웃음을 쳤다.

"상관없어. 준비는 모두 나한테 맡겨 두렴."

"하지만 비싸다고—."

"상품권을 뜯어낼 거니까 괜찮아."

요릿집의 상품권이란 흔히 답례품으로 사용되는 '이용권'이다.

오치카는 이번에는 간이치와 얼굴을 마주 보았다.

"어디에서 뜯어내실 겁니까?"

"에비스야."

나한테 위문품을 주겠다고 계속 말했으니까, 라고 한다.

"에비스야의 큰 나리는 발이 넓고 방탕한 사람이거든. 에도 시내의 요릿집이고, 더구나 비싼 곳이라면 모를 리가 없어. 내가 조르면 흔쾌히 음식을 사 줄 테고 그걸로 나를 다치게 했다는 죄책감도 사라지겠지."

에비스야가 도미지로의 부상에 죄책감을 느낄 정도로 신경 쓰고 있는 줄은 몰랐다.

"우리 집에도 몇 번이나 사과하러 오려고 했는데 어머니가 줄곧 거절했어."

—소중한 아들을 다치게 하다니 사과를 받는 정도로는 속이 풀리지 않습니다.

"문병도 안 오셔도 됩니다, 이랬대. 정말이지 기가 센 사람이야, 우리 어머니도."

어쨌거나 뒷일을 맡겨 달라고 큰소리친다.

"하지만 행락철이라 마쓰다야의 자리를 쉽게 잡을 수는 없을 테니까 조금만 기다려 주시지요."

도미지로가 간이치를 향해 기다려 달라고 하자 간이치가 손가락으로 자신의 코를 가리키며 물었다.

"도련님, 저도 같이 간다는 뜻입니까?"

"당연하지요. 우리는 한 패예요. 당신, 수수께끼가 풀리는 제일 중요한 순간이 다가오려는데 그 자리에서 빠지시려고요?"

"아니, 워낙 비싼 요릿집이라서—."

"이런 걸 사양하는 건 촌스러운 짓이에요."

도미지로가 일단 마음을 먹은 이상 말려 봐야 소용없다. 오치카는 웃었다.

"네, 같이 가 주세요."

간이치는 또다시 펼쳐 놓은 그림지도를 내려다보았다. 그 얼굴에 점점 흐릿한 웃음이 퍼져 간다.

"제가 너무 이득을 보는 것 같아서요."

"아이고, 이 사람 좋아하네. 솔직해서 좋지 않니, 오치카."

정말, 왠지 귀엽다.

"아뇨, 아뇨, 그냥 맛있는 음식에 매달리기만 해서는 안 되지요."

잠시 당황한 듯했던 간이치가 다시금 여유로운 얼굴로 돌아와 도미지로에게 물었다.

"그럼 도련님, 저는 조금 더 조사를 해 봐도 될까요?"

"뭘 또 조사하려고요?"

단것이라고 간이치는 말했다.

"오우메 씨는 매달 초하룻날에만 단것을 먹는다고 하셨지요."

공물로 바쳐지는 단것인지 그냥 먹는 단것인지는 알 수 없다.

"어쨌든 초하룻날에만 한정되는 음식이라면 계절에 맞는 것, 유명한 가게의 것, 그때 평판이 좋은 것을 고르지 않을까요?"

과연 그럴까. 오치카는 고개를 갸웃거렸다. 오우메의 옷차림은 나이에 어울리지 않기는 했지만 사치스러웠다. 그런 사람이 누리는 한 달에 한 번뿐인 즐거움이라면 단것에도 돈을 많이 들이지 않을까. 어떨까. 부질없는 생각일까.

"밑져야 본전입니다. 짐작이 가는 과자 가게를 돌면서 한 달에 한 번, 초하룻날에만 단것을 사러 오는 손님이 있는지 물어볼게요."

단것을 좋아하는 사람이 '올 만한 곳'이다. 샅샅이 뒤지고 다니다가 운 좋게 마침맞은 손님을 찾게 된다면 오우메가 있는 곳과 이어질지도 모른다.

"막상 손님을 찾았는데 오우메 씨 본인은 무덤 밑에 있고 우리끼리 초하룻날 위패 앞에 과자를 바치고 있습니다, 라는 말을 듣게 되면 어떡하지……."

"오라버니, 그렇게 쉽게는 알 수 없을 거예요. 이제 와서 도망치지 마세요."

그러자 도미지로는 황공해하며 엎드리는 척을 했다. "효탄코도 씨, 보셨소? 우리 사촌누이도 기가 센 분이지요."

어쨌든 이야기가 그럭저럭 정리되었다.

"한 가지 더, 뻔뻔한 부탁을 드려도 될까요?"

간이치는 꽁치 그림을 보고 싶다고 했다. 그거라면 어렵지는 않다. 선반 위의 작은 벽장에서 족자를 꺼내어 펼쳐 보여 주니 뚫어져라 들여다본다.

"꽁치 한 마리로군요."

"제가 봤을 때는 두 마리였어요."

위아래로 겹쳐 있어 수수께끼 그림처럼 보였다.

"수수께끼 그림이라면 거기에도 분명히 의미가 있을 테지요."

그러더니 이번에는 도미지로에게 물었다. "도련님은 그림을 좀 아시지요?"

뜻밖의 질문을 받고 놀란 도미지로가 이내 수줍은 표정을 지었다.

"취미로 배운 적이 있지요. 어떻게 알았습니까?"

"쓰시는 글씨에도, 그림지도에도 멋이 있으니까요."

오치카는 처음 듣는 이야기다. "저는 몰랐어요."

"멋쟁이인 척해 보고 싶어서 말이야. 비밀이다."

효탄코도가 책 상자를 짊어지고 돌아가자 도미지로가 말했다.

"정말 재미있는 작은 나리네."

오치카도 같은 생각이었다. 특이한 괴담 자리는 괴이한 것들을 불러들이는 한편으로 재미있는 사람과의 인연도 이어준다.

큰소리친 대로 도미지로는 에비스야에서 쉽사리 요릿집 상품권을 뜯어 왔다.

다만 고가인 데다 에비스야에서 도미지로에게 주는 보상금이기도 하니 비밀로 할 수는 없었다. 이헤에와 오타미에게도 사정이 다 알려졌다.

"사치를 좀 부려 보고 싶어서요. 지금의 저는 무위도식하는 처지이니 아버지한테 조르고 싶지는 않아서 직접 변통했습니다."

도미지로의 적당한 변명에 이헤에는 웃었지만 오타미는 무서운 얼굴을 했다. 상품권 따위로 봐줄 수는 없다는 뜻이다.

오타미는 전에도 "사과를 받는 정도로는 턱도 없다"며 에비스야의 사죄를 거절한 적이 있다. 평소에는 이렇게까지 속이 좁은 사람이 아니다. 아무래도 미심쩍어서 오치카가 물어보았다.

"숙모님, 오라버니 일로 이렇게까지 화를 내시는 이유가 있으신가 봐요."

오타미는 되물었다. "너, 도미지로한테 아무 얘기도 듣지 못했니?"

"오라버니를 때린 행수가 도박에 빠져서 빚이 많았다고……."

그러자 오타미가 콧김을 한 번 내뿜더니 분한 듯이 내뱉었다.

"도박을 좋아하는 행수라는 놈이 바로, 에비스야의 주인이 밖에서 낳아 온 아들이야."

"네?" 오치카는 처음 듣는 소리다.

"에비스야에서는 암묵적으로 모두 알고 있는 일이었대. 어머니는 야나기바시의 게이샤였는데 산고로 죽고 말았다는구나."

달리 의지할 곳을 찾지 못해서 어쩔 수 없이 에비스야가 거두었다고 한다.

"그럼 제대로 아들 대우를 해 주면 될 텐데 어째서 고용살이 일꾼 취급을 했을까. 너무하잖아, 그렇지?"

오치카는 놀랐다. 숙모가 에비스야를 용서할 수 없다며 화를 낸 데는 그런 사연이 있었구나.

"어중간한 처지이다 보니 고용살이 일꾼들은 어울리길 꺼렸겠지. 안주인도 못마땅하게 여겼을 테고.

"그렇군요……."

"에비스야의 나리는 미안한 마음이 있으니까 용돈만은 많이 주곤 했단다."

"아아, 그게 도박 밑천이 된 거군요."

오치카도 납득했다.

가게에서 일하는 일꾼 중에도 도박에 손을 대는 사람이 있다. 주사위 던지기쯤은 목욕탕 이층에서도 할 수 있을 정도니까 기회는 여기저기에 널려 있다. 하지만 빚이 커질 정도로 탐닉하는 경우는 드물다. 우선 몇 푼 안 되는 급료로는 금세 밑천이 바닥나 버리고 주위의 고용살이 일꾼들이 눈치채서 말리거나 주인에게 일러바치기 때문이다.

그러나 오타미가 말한 대로 행수의 처지가 특별했다면 이야기는 전혀 달라진다.

"저도 숙모님 말씀이 옳다고 생각해요. 가엾은 사람이네요."

아들이 아니라 고용살이 일꾼 중 하나로 에비스야에 붙들려 있으니 오히려 지내기가 거북하고 분한 일도 많았을 텐데. 가족에게도, 동료인 고용살이 일꾼들에게도, 좋은 뜻으로든 나쁜 뜻으로든 조심스러운 취급을 받지 않았을까.

차라리 인연이 끊기고 에비스야에서 내쫓기는 쪽이 마음 편히 살 수 있는 길일지도 모른다. 도박 같은 데 손을 대고 푹 빠져 버린 까닭도 가슴속에 쌓인 울분과 고독을 잊기 위해서였으리라.

"큰 가게니까 분명히 잘 가르쳐 줄 거라고만 믿고 그처럼 무정한 짓을 하는 집에 소중한 도미지로를 맡기고 말았어."

오타미는 분한 듯이 입술을 깨물었다.

"나는 스스로에게도 화가 나서 아무래도 마음이 가라앉질 않는구나."

"그렇다면 가라앉을 때까지 실컷 화를 내세요." 오치카는 말했다. "참으실 필요 없어요. 참으면 앙금이 되어 숙모님의 가슴속에 쌓이고 자칫하면 괴이한 일을 일으키기도 하는 법이에요."

"재미있는 말을 하는구나."

"네. 저도 멋으로 특이한 괴담 자리를 하고 있는 건 아니니까요."

나중에 도미지로에게 물어보니 그는 내내 쑥스러워했다.

"오치카 네게는 알리고 싶지 않았는데."

"오라버니는 잘못한 게 없는데요."

"아니, 잘못했어. 나도 은연중에 그놈을 깔보고 있었거든."

말투에 독기가 있어서 오치카는 깜짝 놀랐다.

"에비스야에는 훌륭한 후계자가 있고 그놈은 방해꾼이었으니까. 가엾은 처지라고는 생각했지만."

어깨를 약간 으쓱이며 도미지로는 씁쓸한 얼굴을 했다.

"그놈은 평소의 행실도 좋지 않았어. 게으르고 나리나 마님께는 굽실거리고 어린 고용살이 일꾼한테는 거들먹거리고."

에비스야의 주인이 몰래 주는 용돈으로는 부족해지자 뻔뻔한 얼굴로 돈을 갈취했다.

"비굴한 주제에 으스대는 놈이었어."

그래서 싫어했다고 한다.

"오라버니한테는—."

"나한테는 손대지 않았지. 이 도미지로 씨는 미시마야에서 맡긴 몸이니까."

말하자면 손님이다. 같은 행수이기는 하지만 굳이 따지자면 굽실거려야 하는 상대다.

"따라서 그놈도 내가 마음에 들지 않았겠지. 우리는 서로 싫어했던 거야."

싸움이 벌어졌을 때도 사실은 중재하려고 끼어들었다가 실수로 얻어맞은 건 아니라고 한다.

"끼어들려고 했을 때 나는 아마 이 가엾은 놈은 어쩔 수 없구나, 라는 표정을 짓고 있었겠지. 그놈도 발끈해서 실수가 아니라 나를 때리려고 때린 거야."

순간적으로 눈과 눈이 마주쳐서 알 수 있었다. 틀림없다고 한다.

"싫은 이야기이니 이제 그만하자."

오치카는 한동안 가슴이 답답해 견딜 수가 없었다. 그런 사정이 있었기 때문에 사촌 오라비는 의식을 잃었을 당시에 이대로 죽을 수 없다고, 눈을 감을 수 없다고 생각한 것이다.

그 후 심부름꾼 신타를 보내 몇 번인가 마쓰다야와 이야기를 주고받은 끝에 다행히도 자리를 잡을 수 있었다. 팔월 십삼일 저녁. 뜻밖에 빨리 날짜가 잡혔다.

"에비스야의 상품권이니까 특별히 자리를 비워 준 걸까요?"

"아니. 달구경을 하기 전이라 비어 있었던 거지."

십오일은 중추 명월이 뜨는 날이다. 십사일도 명월을 기다리는 '마쓰요이待宵'라는 풍아한 날이라 시를 짓는 연회가 많이 열린다. 요릿집이나 대석집으로서는 대목이다. 하지만 그보다 하루 전날인 십삼일은 아무것도 없다.

"십육일에도 손님이 많아서 사흘 연속 대성황이니까. 가게에 따라서는 제대로 준비하려고 십삼일은 쉬는 곳도 있을 정도야."

맛있는 음식을 좋아하는 도미지로답게 역시 잘 안다.

"돈이 많은 사람에게도 풍아한 취향의 멋쟁이들에게도 냉정한 대접을 받는 십삼일 밤에 어떤 음식을 내 줄지 기대되는군. 우리 집 달구경 준비에 참고가 될지도 몰라."

에도의 요릿집은 손님이 재료를 조달해서 음식 종류를 정하는 곳도 있고, 데리고 있는 요리사의 실력이 자랑거리라면 가게 쪽에서 음식의 선정부터 재료까지 전부 담당하는 곳도 있다. 마쓰다야는 후자였기 때문에 손님은 빈손으로 편하게 먹으러 가기만 하면 된다.

당일에는 효탄코도의 간이치에게 먼저 미시마야에 들러 달라고 해서 셋이 함께 찾아가기로 했다. 오치카도 일찌감치 준비를 시작했지만 간이치는 더욱 빨리 도착했다.

“어머나, 작은 나리, 오늘은 몰라보겠네요.”

오시마가 놀리듯 말하는 것도 당연하다. 간이치는 검은색 비단 몬쓰키 기모노와 하오리를 입고 상투도 깔끔하게 다시 올린 모습으로 정말 다른 사람 같다.

“이런, 하오리가 필요한가?”

“예, 마쓰다야의 단골손님 중에는 다이묘도 계시다고 들었으니까요.”

당황한 도미지로가 오타미에게 하오리를 꺼내 달라고 하더니, 벌레가 먹지 않았는지 방충제 냄새가 나지 않는지 보느라 부산스럽다.

오치카도 검은 바림 염색 후리소데를 입고 비단 허리띠를 맸다. 머리는 오카쓰가 시마다마게로 묶어 주었다.

“예쁘구나.”

도미지로는 매우 칭찬해 주었지만 간이치는 늘 그렇듯이 낮에 켜져 있는 사방등 같은 반응이다. 그런 주제에 미시마야의 두 사람이 채비를 마치기를 기다리는 동안 또 흑백의 방에서 도미지로의 〈비젠야 찾기 그림지도〉를 들여다보다가,

“도련님, 몇 군데 덧붙이거나 고치고 싶은 데가 있는데요.”

“그래요, 그래요, 그러시지요.”

라는 둥, 그쪽 방면에는 열심이다.

“이제부터 맛있는 요리를 먹으러 가는 건데 말이에요.”

오카쓰가 웃자 간이치가 말했다.

"아니, 마쓰다야에는 안주인에게 이야기를 듣기 위해서 가는 거니까요."

그렇다, 목적을 잊어서는 안 된다.

마쓰다야는 비단잉어가 헤엄치는 연못을 둘러싸고 있는 호화 저택 같은 구조로, 손님용 방이 다섯 개 있는 큰 건물이었다. 기둥도 복도도 잘 닦여 있어서 조청빛으로 반짝인다. 오치카 일행이 안내된 '비단방'은 도코노마에 에비스칠복신 중 하나. 해상·어업의 신 또는 장사 번창의 수호신이라고 한다가 도미를 낚는 족자가 걸려 있고, 붉은색과 노란색 단풍이 그야말로 비단처럼 잔뜩 꽂꽂이되어 있었다. 장식 선반에 놓여 있는 청자 향로에서는 희미하게 좋은 향기가 난다.

"산뜻한 냄새로군."

도미지로의 말마따나 확실히 상쾌하고 코에 남지 않는 향기였다. 게다가 전채인 리큐 달걀흰깨를 볶아 뜨거울 때 잘 간 것에 술, 간장, 풀어낸 달걀을 섞어서 쪄낸 달걀찜의 일종이 나올 때쯤에는 자연스럽게 꺼졌다. 요리 냄새와 섞이지 않도록 계산한 것이리라.

음식이 나오기 전에 인사하러 온 대행수가 오늘의 요리는 '추일신양秋日新陽'이라 합니다, 하고 소개하는 말을 늘어놓았다. 가을 해의 온화한 햇빛 같은 맛이면서 동시에 신선한 맛도 충분히 담아냈다면서.

"가을은 먹을 것의 새해입니다. 햇메밀, 햇술, 햅쌀 등등, 새로운 음식이 많이 나오니까요."

듣고 보니 맞는 말이네요, 하고 도미지로가 감탄한다.

버섯과 가을 고등어구이, 토란찜, 가지산적, 오리 무 조림. 술은 물론 국화주다.

'냉두부의 시기는 지났지만 온두부를 먹기에는 아직 빠른' 이 계절에 딱 맞는 안카케 두부조미하여 걸쭉하게 끓인 갈분 국물을 끼얹은 두부 요리를 거쳐서 밤밥과 붉은 된장국, 삶은 것이 아니라 찜통에 찐 햇메밀 국수까지 하나하나 감탄하면서 맛을 보았다. 마무리로는 배가 나왔다.

"극락이네, 극락이야."

국화주에 살짝 취해 얼굴이 빨개진 도미지로가 허리띠 위를 탁 두드린다. 요리가 나오기 시작했을 때부터 내내 말없이, 그저 행복한 듯 미소만 지으며 젓가락질하던 간이치는 도미지로의 권유로 꽤 많이 마셨을 텐데도 전혀 얼굴에 표가 나지 않았다.

진하고 단맛이 풍부한 옥로를 끓여 주며 대행수가 머리를 꾸벅 숙인다.

"곧 안주인이 인사하러 올 겁니다."

안주인은 쪼글쪼글한 검은 비단 몬쓰키를 단정하게 갖추어 입고, 머리는 에도에서 보기 힘든 료와마게에도 시대 후반부터 교토나 오사카를 중심으로 하는 서일본의 기혼 여성이 정장을 할 때 묶었던 머리로 묶었다. 대략 사십대 중반 정도일까. 턱이 약간 길지만 얼굴 생김새는 단정하다. 몸집은 날씬하고 등이 나긋나긋하게 뻗어 있었다.

"오늘 마쓰다야에 와 주셔서 정말 고맙습니다. 저는 안주인 가즈라고 합니다. 음식은 마음에 드셨는지요?"

인사하면서, 주름이 생겼어도 기다랗게 쭉 뻗은 눈을 놀란 듯이 크게 떴다. 간이치의 얼굴을 알아본 것이다.

"십삼일 밤의 달구경에, 수명이 늘어날 것 같은 요리를 대접받았습니다."

도미지로가 대답하며 싱긋 웃었다.

"역시 마쓰다야는 훌륭한 가게로군요. 안주인은 딱 한 번 마주쳤을 뿐인 제 일행의 얼굴을 기억하시네요."

간이치가 꾸벅 고개를 숙였다. "전에는 실례가 많았습니다."

안주인이 왠지 모르게 나무라는 듯한 눈빛이 되어 세 사람을 둘러본다. 오치카는 어깨를 움츠렸다.

"죄송합니다. 실은 안주인께 여쭙고 싶은 질문이 있어서 이렇게 들이닥쳤습니다."

안주인은 다시 도미지로를 보고, 간이치를 보고, 오치카를 보더니 작게 한숨을 쉬었다.

"분명히 향료 가게 비센야의 책이 어떻다는 이야기를 했었지요."

"어라, 그것도 기억하고 계셨습니까?"

도미지로가 말주변 좋게 대화를 이끌어 간다.

"저와 사촌누이 치카 두 사람은, 간다 미시마초에 있는 주머니 가게 미시마야 사람입니다. 미시마야에서는 괴담을 이야기해 줄 손님을 널리 모집해서 특이한 괴담 자리를 마련해 왔는데 꽤나 좋은 평판을 얻고 있답니다. 그런데 얼마 전에—."

유창한 서론을 늘어놓더니 비센야와 오우메에 관한 불가사의한 사건까지 다 털어놓고 말았다.

"지금껏 특이한 괴담 자리에서는 손님에게 들은 이야기를 결코 밖으로 내보내지 않았습니다. 하지만 이번에는 너무나도 이상한 일인지라. ……그렇지, 오치카?"

도미지로의 재촉에, 오치카도 크게 고개를 끄덕여 보였다.

"네. 무섭지는 않았지만 꿈이나 환상을 본 기분이었어요."

"게다가 오우메라는 할머니가 무언가 간절한 소원이 있어서 저희한테 나타나지 않았을까 하는 생각이 들어 견딜 수가 없더군요."

도미지로의 말에 여주인은 추임새도 넣지 않고 그저 입을 꼭 다물고 있다.

"순식간에 나타났다가 순식간에 사라졌지요. 오우메 씨는 망자였을까요? 그렇다면 공양을 원하는지도 모르지요. 원통함을 호소하는지도 모르고요."

오치카의 귀에는 아직도 오우메의 한탄하는 목소리가 남아 있다. 오쿠라 님은 사실 비센야를 보호하고 있었던 것이 아니다. 속이고, 재앙을 내리고 있었던 것이다—.

"괴담을 듣는 자리를 열고 있으니 망자의 안타까운 호소를 들었으면 가능한 모든 방법을 써서 해결해 주어야 합니다. 그래서 정해진 규칙을 어겨 가면서까지 비센야를 찾는 중이지요."

이 대목에서 도미지로는 앉은 자세를 단정하게 바로 했다.

"안주인께서는 저희가 얻은 얼마 안 되는 단서이십니다. 비센야에 대해서 무언가 알고 계신다면 모쪼록 가르쳐 주실 수 없을까요."

마쓰다야의 안주인은 무릎 위에 손을 가지런히 모으고 눈을 내리깐 채 말없이 생각에 잠겨 있었다.

이윽고 안주인은 작게 중얼거렸다. "비센야의 셋째 딸 오우메 씨의 소식은 저도 몰라요."

도미지로도 간이치도 눈을 크게 떴다. 오치카는 가슴에 얹혀 있던 무언가가 쑥 내려가는 것을 느꼈다. 비센야는 정말로 있었다. 오우메라는 처녀도 존재했다.

우아하게 무릎걸음으로 움직인 안주인이 비단방에서 옆방으로 통하는 당지문을 열고 대행수를 불렀다. 목소리를 낮추어 빠른 말투로 분부한다.

"손님들과 할 이야기가 있으니 국화방을 잘 부탁합니다. 여기에는 한동안 사람이 오지 못하게 해 주세요."

그럼, 하고 안주인은 일행을 돌아보았다.

"미시마야라는 주머니 가게의 평판은 진작 들었습니다."

"황송합니다."

오치카 일행은 나란히 머리를 숙였다.

"괴담 자리를 열고 계신 줄은 몰랐는데 제 부족함을 용서해 주시지요."

안주인의 표정은 딱딱하다.

"다소 갑작스러워서 놀랐지만 지금 하신 말씀을 듣자 하니 여러분은 진심으로 오우메 씨를 걱정하시는 것 같군요. 그러니 제가 알고 있는 이야기를 해 드려도 비센야나 오우메 씨가 용서해 주시겠지요."

어디에서부터 말씀드리면 좋을까요—하고 중얼거린다.

"저도 좀 혼란스러워서요. '오쿠라 님'이라고 하셨나요. 그런 이야기는 저도 처음 들었어요."

"그럼 저희 쪽에서 좀 여쭙겠습니다. 비센야는 분명히 향료 가게지요? 가게는 어디에 있었습니까?"

"시바 신메이초에요."

간이치가 끼어들었다. "그 주변에서는 아무도 비센야를 모르는 것 같았는데요."

안주인은 살짝 눈썹을 찌푸리며 간이치를 보았다.

"이미 잊었겠지요. 그 동네의, 특히 상가 사이에서, 비센야는 꺼림칙한 존재였어요. 모두들 입을 다물고 이야기하지 않으려 했으니까요."

꺼림칙한 존재, 무서운 존재, 길하지 못한 존재. 그래서 이야기하지 않고 봉인한 걸까.

"가게는 언제 없어졌습니까?"

"대략 삼십 년쯤 전일까요."

가게를 접지도 다른 곳으로 옮기지도 않았다. 화재로 모두 불타고 그 집 사람들도 남김없이 타 죽어, 글자 그대로 비센야는 사라져 버렸다고 한다.

"화재라고요……."

숨을 죽이는 오치카에게 안주인은 고개를 끄덕였다.

"이상한 화재였어요. 여름철의 한밤중에, 비센야 안쪽 어디에선가 불이 나서 순식간에 큰 화재가 되었지요. 주위에는 조금도 불길이 번지지 않고 오직 비센야만이 대들보까지 숯이 될 정도로 불탔답니다."

오우메의 이야기 속에서는 인근에서 불이 나도 '오쿠라 님'의 가호 덕분에 무사할 수 있었던 비센야인데, 마쓰다야의 안주인이 말하는 화재 때는 오직 비센야만이 불에 타 없어졌다고 한다.

"저는 당시에 열세 살이었어요. 본가는 가타몬젠초인데 배달도 하는 작은 요릿집을 경영하고 있었지요. 비센야도 저희 단골이었던 데다, 저희 어머니와 비센야의 안주인인 오후지 씨가 어릴 때부터 습자를 같이 배우러 다니던 친구라 사이가 좋았기 때문에 어른이 된 후에도 친하게 왕래하곤 했어요."

"오후지 씨!" 오치카는 저도 모르게 목소리를 높였다. "그분이 세 자매 중 장녀이고 둘째 딸이 오키쿠 씨, 셋째 딸이 오우메 씨 아닌가요?"

"네. 하지만 둘째 딸인 오키쿠 씨는 열다섯 살 때 세상을 떠나서 비센야의 딸은 오후지 씨와 오우메 씨 둘뿐이었어요."

"오키쿠 씨는 죽은 것으로 되어 있었나……."

도미지로가 신음했다. 마쓰다야의 안주인은 고개를 끄덕였다.

"주위에는 알려지지 않았다고 해요. 저희 어머니도 시간이 꽤 지난 후에 오후지 씨한테 듣고."

—동생이 죽었어. 너무 슬퍼서 장례는 집안사람들끼리 끝내 버렸지.

"문상도 되었다며 부드럽게 거절해서 이쪽도 더 이상은 묻지 않았대요."

아니, 오키쿠는 죽지 않았다. '오쿠라 님'이 되어 버렸을 뿐이다. 그것은 비센야의 비밀이고 다른 곳으로 새어 나가서는 안 되는 일이었다.

"오키쿠 씨가 죽고 상이 끝나자 곧 비센야에서는 오후지 씨가 데릴사위를 들여 작은 안주인이 되었어요. 저희 어머니도 외동딸이었기 때문에 앞서거니 뒤서거니 혼담이 결정되어 데릴사위를 들였지요."

그 후에도 오후지와는 계속 친하게 지냈다고 한다.

"저희 어머니는 제 위로 오라비를 하나, 밑으로 남동생을 하나 두었지만, 비센야의 오후지 씨에게는 어머니를 닮아 참으로 아름다운 딸 둘이 태어났어요."

비센야에서는 선녀처럼 아름다운 딸만 태어난다.

"안주인도 비센야의 두 딸들과 사이좋게 지내셨나요?"

오치카의 물음에 안주인은 희미하게 쓴웃음을 지으며 "아뇨" 하고 고개를 저었다.

"비센야의 자매가 너무나도 아름다워서 우리 오라버니가 걸핏하면 저와 비교를 하며 심술궂은 말을 하는 게 마음에 들지 않았거든요. 저는 말괄량이였고 비센야 딸들처럼 열심히 무엇을 배우지도 않았어요…….”

안주인은 조금 우물거리고 나서 다시 말을 이었다.

“저희 어머니는 오후지 씨와는 사이좋게 지냈지만 비센야 자체는 별로 좋아하지 않았어요.”

—향료 가게라는 우아한 장사를 하고 있고 돈도 많은데, 묘하게 집 안이 어둡고 이상한 느낌이 들어.

—오후지 씨도 행복한 안주인일 텐데 어째서인지 웃고 있어도 우는 얼굴로 보인다니까.

“그렇게 말씀하셨어요. 저한테도 굳이 비센야의 자매와 사이좋게 지내라고는 하지 않으셨지요.”

그것은 소꿉친구의 감, 아니면 어머니의 감일지도 모른다. 비센야에는 묘한 그늘이 있다고.

마쓰다야의 안주인은 또 작게 한숨을 쉬더니 말을 이었다.

“비센야의 화재로 오후지 씨 부부와 딸들이 모두 타 죽은 흉사 뒤에 어머니가 들려주신 내용이 제가 아는 전부예요. 그건 알아 두세요.

“알겠습니다. 계속해 주시지요.”

도미지로는 격려하듯이 고개를 끄덕였다. 열심히 듣고만 있는 간이치의 표정은 온화했다. 맛있는 요리를 맛볼 때와 다른 점은 입가의 미소가 사라진 것뿐이다.

"비센야가 불타고 오후지 씨네 가족이 죽자 저희 어머니는 새파랗게 질렸어요. 부부가 굉장히 심하게 다툰 것이다, 화재가 아니라 불을 지른 게 아니겠느냐는 말을 하는 바람에 아버지가 여러 번 달래곤 했어요."

—쓸데없는 소리 하지 마시오.

—여보, 당신도 알고 있잖아요. 오후지 씨가 이상했어요.

안주인의 어머니가 두려워했던 데에는 이유가 있다.

"비센야가 불타기 세 달쯤 전이었을까요. 저희 본가에서 요리사가 다치고 할머니는 고뿔이 더쳐 오랫동안 앓아누우신 데다 동생의 눈에 다래끼가 계속 생기기도 해서."

마음이 쓰인 아버지가 제대로 액막이를 해야겠다는 얘기를 꺼내, 부부가 함께 가와사키대사가와사키시 다이시마치에 있는 진언종 절. 헤이켄지(平間寺)라고도 불리며, 액막이 대사로 유명하다에 참배를 하러 가게 되었다. 어쩌다 보니 비센야의 오후지도 함께 가게 되었다고 한다.

"부모님은 오라버니만 데리고 갔기 때문에 저는 동생과 할아버지, 할머니와 함께 집을 봤지요. 억울하고 오라버니를 부러워했던 기억이 나네요."

어른의 걸음이면 가와사키대사에는 당일치기로 다녀올 수 있다. 액막이 참배를 하러 갈 때는 도중에 산천유람을 해서는 안 된다. 한마음으로 가서 엄숙하게 참배를 하고 돌아오는 것이 법도다.

하지만 오후지는 그저 근엄하다고만 할 수는 없을 정도로 표정이 딱딱했고 뭔가를 고민하는 기색이 역력했다.

"저희 어머니도 걱정이 되어서 슬쩍 물어봤지만."

오후지가 무슨 일로 남편과 대립하고 있다—남편이 오후지의 의견을 받아들여 주지 않아 비센야 안에서 싸움이 일어나고 있는 듯하다는 정도만 겨우 알 수 있었다.

"아무래도 두 딸의 혼담과 얽혀 있는 것 같았어요. 자매는 저보다 두세 살 위여서 혼담이 들어와도 이상하지 않은 나이였으니까요."

오후지는 이런 말을 했다고 한다.

—둘 다 시집을 보내 버리자고 하다니 우리 남편은 벌을 받을 거야.

"자매 중 한 쪽이 데릴사위를 들이지 않으면 비센야는 대가 끊기고 마니까요. 맞는 말이었지요."

게다가 오후지는 투덜거리며 말했다.

—비센야의 법도를 깨려고 하는 당치도 않은 사람을 남편으로 두고 말았어.

—아버지한테도 오키쿠한테도 면목이 없어.

이 말만 들어서는 잘 알 수 없지만 비센야의 '오쿠라 님'과 오우메가 한 괴이한 이야기가 머릿속에 들어 있으면 오후지가 왜 그런 한탄을 했는지 어렴풋이 보인다.

어쩌면 오후지의 남편은 오후지의 아버지처럼 '오쿠라 님'의 법도를 받아들이지 못하고, 자신의 대에서 가계가 끊어져도 상관없다며 자매를 얼른 다른 집안에 시집보내 도망치게 할 작정이 아니었을까. 그래서 오후지는 화를 내고 두려워했던 게 아닐까.

오후지는 아버지에게 '오쿠라 님'의 법도를 배우며 자랐다. 동생인 오키쿠와의 이별을 경험하고 아버지와 함께 한탄하고 슬퍼하기는 했지만 한편으로 '오쿠라 님'이 얼마나 영험한지도 체득하고 있었다. '오쿠라 님'을 정성껏 모시고 상향반을 보살피는 일을 게을리하지 않으면 비센야는 어떤 재난이 일어나도 평안하다는 것을 알고 있었다.

오후지의 남편은 다르다. '오쿠라 님'의 힘이 어느 정도인지 모른다. 귀여운 딸 중 하나를 바쳐야 할 때가 올지도 모른다는 말을 듣고 어처구니없는 법도라며 불복한다 해도 무리는 아니다. 오히려 그 편이 부모의 마음으로서는 자연스럽다.

"저희 어머니가 가와사키대사에 열심히 빌면 어떤 큰 액도 없애 주실 거라고 위로했더니."

오후지는 얼굴을 찌푸리며 이렇게 대답했다고 한다.

—그래, 나는 비센야에서 가장 큰 액, 우리 남편을 없애 달라고 할 작정이야.

"모처럼 참배를 하고 나서도 오후지 씨가 계속 불쾌한 듯이 이마에 주름을 짓고 있어서 우리 부모님도 떨떠름한 얼굴로 돌아왔어요."

그 후 안주인의 본가는 병자들이 건강을 회복해서 평온을 되찾았지만, 비센야 쪽은 부부의 싸움이 남들이 눈치 챌 정도로 심해졌다. 오후지가 큰 소리로 남편을 욕하고, 남편도 격하게 화를 내고, 자매가 울고 있는 것을 단골손님들이 듣고 수군거렸다. 소문은 안주인 어머니의 귀에도 들어와서,

"괜찮을지 걱정하고 있었는데 비센야 주인 부부가 불에 타서 죽어 버린 거예요."

그래서 안주인의 어머니는 부부싸움 끝에 불을 지르지 않았겠느냐고 말한 것이다.

"당시의 저는 아직 어린애였고 어머니한테 여러 가지 이야기를 들어도 이해할 수 없는 부분이 많았지만."

실은 어머니도 아버지도 비센야가 안고 있던 진정한 어려움에 대해서는 알 수가 없었을 거라고 한다.

"'오쿠라 님'에 대해서는 무엇 하나 몰랐으니까요."

오후지도 그것만은 밖에서 입에 올릴 수 없었다.

"이렇게나 시간이 지나고 이렇게 미시마야 분들의 이야기를 듣고서야 전체적인 흐름을 알게 된 것 같은 기분이 듭니다."

무서운 일이네요—하고 안주인은 속삭이듯이 말했다.

"저어."

오랜만에 간이치가 목소리를 냈다.

"삼십 년 전의 화재로 비센야 사람들은 모두 불타 죽고 말았는데 안주인께서는 셋째 딸인 오우메 씨의 소식은 모른다고 하셨지요."

"네, 그랬지요."

"오우메 씨는 혼자서만 화재를 피했나요?"

안주인은 고개를 끄덕였다. "오우메 씨는 화재가 있기 훨씬 전에, 오후지 씨가 남편을 들이고 나서 곧 비센야를 나갔어요."

우울함이 심하고 집에 틀어박혀 있기만 했던 오우메는 요양을 위해 비센야를 떠났다.

"즈시인지 하야마인지 바다가 보이는 곳에서 요양을 시킬 거라고 오후지 씨가 말했지요."

"아하……."

"그것을 마지막으로 오우메 씨의 소식은 알 수 없었어요. 화재가 일어난 후 상을 치를 때는 모습을 보일 거라고 짐작했는데 나타나지 않더군요. 저희 부모님은 오우메 씨도 이미 세상을 떠났을 거라고 말하곤 했어요."

"아뇨, 아닐 거예요." 오치카는 단호하게 말했다. "우리를 찾아오신 건 나이를 먹은 오우메 씨였어요. 어디에선가 할머니가 될 때까지 장수하셨을 거예요."

도미지로가 팔짱을 끼었다. "음, 그렇군. 할머니가 될 때까지 살다가 죽어서 망자가 되어 이야기꾼으로 미시마야에 찾아왔구만."

"그렇다고 볼 수만은 없습니다" 하고 간이치가 말했다. "생령이라는 것도 있지요."

"살아 있는 사람의 몸에서 영혼만 빠져나와서 흑백의 방에 다소곳이 앉아 있었다는 건가요."

"영혼은 천리를 간다고 요괴 관련 책에는 적혀 있습니다."

"죽고 나서 말이지요. 살아 있는 동안에는 할 수 없는 일이잖아요."

망자니 생령이니, 흑백의 방에서나 어울릴 법한 대화를 마쓰다야의 안주인은 차분히 듣고 있었다.

"죄송해요, 이런 이야기에 열을 올려서."

오치카는 창피해져서 사과했다. 안주인은 눈을 감고 고개를 젓더니 시선을 아래로 향한 채 낮게 말했다.

"세 분 다 괴담 이야기에 익숙하시다면 제가 이런 말을 덧붙여도 웃지 않으시겠지요."

오치카 일행은 새삼 안주인에게 주목했다. 조금 전까지 자세가 바르던 사람이 지금은 무서운 뭔가로부터 몸을 물리듯이 등을 조금 웅크리고 있다.

"마찬가지로 어머니한테 들은 거예요. 어머니도 본인 귀로 직접 들은 건 아니었고요. 비센야에서 화재가 있은 후 동네의 소문을 들으셨겠죠."

어머니는 몹시 무서워했다고 한다.

"—한창 불타고 있을 때 여자의 웃음소리가 났대요."

옥구슬을 굴리는 것 같은 젊은 처녀가 깔깔거리며 소리 높여 웃는 소리. "꼴좋게 되었다, 꼴좋게 되었다며 웃고 있었다고요."

이 말에 오치카 일행도 입을 다물었다.

"큰불이 난 곳에서는 회오리바람이 일어난답니다. 비센야가 불탔을 때는 불길을 부추기며 부는 회오리바람이 가게와 집을 완전히 감싸 버려서."

누구 한 사람 놓치지 않겠다. 이 안에 가두어, 태워 죽여주마.

"바람이 휭휭 부는 소리를 여자 목소리로 잘못 들었을 뿐이라고 아버지는 말했지만요."

도미지로는 단박에 술이 깬 모양이다.

"무서운 소문이군요. 동네에서 꺼림칙한 존재가 될 법도 하네요."

꼴좋게 되었다.

오치카는 작게 소리 내어 말해 보았다. 오싹하니 몸이 떨린다. 소문이 사실이라면 웃음소리의 주인공은 누구였을까.

그로부터 닷새쯤 뒤의 일이다. 책 상자도 없이 간이치가 홀몸으로 미시마야를 찾아왔다. 무언가 생각에 잠긴 듯한 얼굴이었다.

"도련님도 아가씨도, 비센야의 일은 이제 다 끝났다고 생각하실지 모르겠지만……."

오우메가 있는 곳을 알아냈다고 한다.

"대체 어떻게요?"

오치카는 깜짝 놀랐지만 도미지로는 곧 납득했다. "단것으로 유명한 가게를 돌아 본 것이 성과가 있었나 보군요?"

"예. 개도 돌아다니면 몽둥이에 맞는다무슨 일을 하려고 하면 생각지 못한 재난을 만나게 된다는 뜻과, 뭔가를 하려고 하면 생각지도 못한 행운을 만나게 된다는 두 가지 뜻을 갖고 있다. 여기에서는 후자는 속담은 정말이더군요."

지난 이 년 동안 시타야의 화재 방지용 공터에 있는 과자 가게의 명물 '보름달 만주'를 매달 초하룻날에 반드시 사러 오는 손님을 찾았다. 이케노하타나카초에서 초와 향을 파는 '다지마야'의 하녀다. 과자 가게의 점원에게는 '앓아누워 계시는 어르신이 좋아하셔서'라고 말했다고 한다.

간이치는 세책 장수이니 처음 찾아가는 곳에서도 수상하게 여기지 않는다. 읽을거리 이야기를 하면서 슬쩍 상대방에게 파고든다. 다지마야에서도 하녀나 고용살이 일꾼 들과 말을 섞다 보니 어르신에 대해서 여러 가지를 알 수 있었다. 이름이 '우메'인데 이미 환갑이 지난 노인으로, 꽤 오래전부터 앓아누웠다 일어났다를 반복하던 병자였지만 올해 들어서 몸이 급격히 약해져 안쪽 방에서 내내 누워 지내고 있다. 이제 오래 살지는 못할 거라고 한다.

"다지마야 사람들은 어르신인 오우메 씨가 먼 친척, 그것도 하녀가 좀처럼 기억할 수 없을 정도로 먼 친척이라고 하는데요."

—가족 분들은 모두 돌아가시고 외로운 몸이라서요. 지금까지 오랫동안 이집 저집 친척 집을 전전해 오셨어요.

또 한 가지, 간이치는 흘려들을 수 없는 이야기를 듣고 왔다.

"오우메 씨가 초가을 어느 날 갑자기 생각난 듯이 다지마야의 안주인에게 졸랐다고 합니다."

—외출할 테니 후리소데를 좀 내 줘.

"누워 지내기만 하는 병자의 말이니 꿈이라도 꾸는 걸까 싶어 안주인은 곧 들어주었어요. 그 후리소데는 친척들 사이를 전전하는 동안에도 내내, 소중하게 가지고 있던 오우메 씨의 단벌 나들이옷인데."

오치카는 말했다. "또렷한 줄무늬가 있는 후리소데지요?"

"역시, 아가씨는 아셨습니까."

"네. 그 후리소데를 입고 삼잎 무늬의 검은 공단 주야오비를 매고 우리 집에 오셨어요."

그겁니다, 하며 간이치도 손뼉을 딱 쳤다. "안주인은 오우메 씨의 침상 머리맡에 옷걸이를 세우고 후리소데를 건 다음 가지고 있던 주야오비를 맞추어 장식해 두었어요. 머리에는 이것을 하시라며 꽃비녀도 함께 두고요."

―어디 가시나요?

"그랬더니 오우메 씨가 이렇게 대답하셨대요."

―멀지는 않아. 간다 미시마초에 좀.

확실히 별로 멀지는 않다. 시노바즈노이케 연못 남쪽에 있는 이케노하타나카초에서 간다 미시마초까지는. 시타야 공터를 지나 시타야 오나리미치를 따라 내려와서 스지카이고몬 다리를 건너면 바로이니 알기 쉬운 길이기도 하다.

"그러고 나서 기분 좋은 듯이 한숨 주무시고, 잠에서 깬 다음에도 기분이 좋아 보이셨다는데요."

몸은 더욱더 약해지고 날이 갈수록 죽음이 임박해 보였다. 며칠 사이에 밥도 먹지 못하게 되어 언제 심장이 멈춰도 이상하지 않은 용태로 깊이 잠들어 있다고 한다.

"가야 해요" 하고 오치카는 말했다.

"하지만 그쪽에서 납득할까."

"당연히 납득할 거예요, 오라버니. 다지마야도 분명히 특이한 괴담 자리의 평판을 들었을 테니까요. 그 때문에 오우메 씨도 우리 가게를 골라서 이야기하러 와 주신 거고요."

오치카의 말대로였다.

오치카와 도미지로, 간이치 세 명의 방문을 다지마야에서는 주인 부부가 정중히 맞아 주었다. 오치카가 흑백의 방에서 오우메와 마주한 경위를 들려주자 부부는 숨을 삼켰다. 도미지로가 요릿집 마쓰다야의 안주인에게서 들은 옛날이야기를 하자 부부는 얼굴을 마주 보았고 안주인은 눈물을 글썽거렸다. 마지막으로 간이치가 보름달 만주가 단서가 되어 찾아왔다고 하자 다지마야의 주인은 깊이 고개를 끄덕였다.

"그 과자 가게의 만주는 껍데기가 얇아서 속에 든 팥이 비쳐 보이는데 보름달 만주만은 흰 팥앙금을 쓰기 때문에 동그랗고 새하얗지요. 우리 어르신은 그걸 재미있어하셨어요."

매달 기다리고 있었다고 한다.

"지난 몇 달 동안은 보름달 만주를 뜯어먹지도 못하셨지만요. 뜯어서 입에 넣어 드려도 삼키지를 못하세요."

다지마야의 안주인은 또 눈물을 글썽거린다.

"오우메 씨—어르신을 뵈어도 될까요?"

"네, 꼭 부탁드립니다."

"병들고 쇠약해진 몸을 두고 혼만이라도 미시마야를 찾아가, 자신과 그리운 가족과 비센야에 닥친 불행을 들려드리고 싶었던 거겠지요."

자신들도 자세히는 모른다고 한다.

"어르신은 우리 어머니의 고모할머니의 육촌자매 되세요. 너무 먼 친척이니 이쪽에서도 물어보기가 어렵더군요."

여기저기를 전전하며 흘러 흘러서 다다른 마지막 물가인 다지마야에서, 생명의 등불이 꺼지려 하기 직전에 어떻게 해서든 자신의 슬픔을 토해 내고 싶어진 오우메는 미시마야를 고른 것이다.

다지마야의 안주인이 함께 자리한 병자의 머리맡에는 오치카 혼자 앉게 되었다. 간이치는 사양하겠다며 고개를 흔들었고 도미지로도 구석에서 보기만 하겠다며 이렇게 말했다.

"이건 오치카 네 역할이니까."

오우메의 침실은 다지마야 안쪽에 있었다. 조용하고 어둑어둑한 세 평짜리 방으로 한가운데 침상이 깔려 있을 뿐 큰 가구도 세간살이도 없지만 화로와 향로가 마련되어 있었다. 따뜻한 공기 속에 희미한 매화 향기가 풍겼다.

"매화 향을 피우면 어르신이 좋아하셔서요."

누워 있는 침상 위로 이불이 납작하니 거의 부풀어 있지 않다. 그만큼 야위었다는 뜻이리라.

빗어 넘긴 머리카락은 대부분이 백발이고 숱이 꽤 줄어 있었다. 하얀 메밀베개 위에 놓인 머리도 작다. 얼굴도 작다. 눈이 쑥 꺼져 있고 눈썹은 빠지고 피부는 바싹 말랐다. 주름투성이 입술은 약간 벌어져 있고 거기에서 '쿠우, 쿠우우' 하는 소리가 난다.

지난번과는 모습이 전혀 다르다. 그래도 첫눈에 오치카는 알았다. 아아, 이분이다.

머리맡에 앉아 가만히 몸을 앞으로 숙이고 속삭이듯이 불러 보았다. 오우메 씨, 하고.

"저는 간다 미시마야에서 왔어요. 언젠가 뵈었던 치카랍니다."

그때는 감사했어요—.

"주인인 이헤에의 유별난 취향으로 해 오고 있는 특이한 괴담 자리에 와 주셨지요. 아무 대접도 해 드리지 못해서 실례가 많았습니다."

그날 흑백의 방에는 단풍과 싸리를 장식하고 특이한 꽁치 수묵화를 걸어 두었다.

"두 마리의 꽁치를 그린 그림 말이에요. 오우메 씨는, 꽁치의 본체와 거기에서 빠져나가는 꽁치의 혼을 그린 그림이라고 하셨지요."

꽁치에 비유해 오우메는 자신의 이야기를 하고 있었던 것이다. 나도 혼만 몸을 빠져나와 이야기를 하러 왔어요. 그래서 오우메가 사라진 후에 꽁치 그림은 한 마리로 돌아갔다.

"비센야의 '오쿠라 님' 이야기, 잘 들었습니다."

쿠우, 쿠우우. 노파의 희미한 숨소리.

"저도 오우메 씨와 똑같이 생각해요. 사이좋은 세 자매 중에서 한 사람을 골라 데려가는 '오쿠라 님'은 잔인하지요. 대신 비센야를 재난에서 지켜 준다는 것도, 가호라기에는 심술에 지나지 않고요."

남은 사람은 오쿠라 님을 피한 자신의 행운을 기뻐하면서도 꺼림칙함에 괴로워하게 된다.

"오우메 씨가 말씀하셨던 대로 '오쿠라 님'은 비센야를 속이고 오히려 재앙을 내리고 있었던 게 아닐까요. 오우메 씨가 슬퍼하고 분노하면서 큰 소리로 그렇게 말하고 싶었던 것도 당연해요. 미시마야에 와 주시고 마음속을 토해 내 주셔서 고맙습니다."

오우메의 호흡이 멈추었다. 살이 없는 눈꺼풀이 떨린다. 관자놀이가 움찔거리며 파도친다.

눈을 떴다.

그것은 가뭄으로 바싹 마른 땅에 갑자기 맑은 물이 솟아나기 시작한 것 같은 광경이었다. 싱싱한 눈동자. 노파의 얼굴에, 눈동자만은 어린 소녀의 반짝임.

분명히 오우메는 시간을 멈춘 것이다. 맑은 눈동자의 반짝임이 그 증거다.

오우메는 오치카를 보았다.

"—미시마야의 오치카 씨."

옆에서 다지마야의 안주인이 깜짝 놀랐다. 오우메가 말을 했다. 갈라지고 뭉개진 목소리.

"네, 비센야의 오우메 씨."

오치카는 오우메에게 미소를 지었다.

"열심히 찾아내서 문병을 왔어요. 너무 오래 걸려서 죄송해요."

오우메는 눈을 깜박였다.

"제가…… 미시마야를 잘 찾아갔나요?"

전부 꿈인 줄 알았다고 한다.

"꿈이 아니에요. 미시마야의 괴담 자리에서, 저와 마주 앉아 이야기를 해 주셨어요."

"그래요……."

오우메의 표정이 일그러진다. 어딘가 아픈걸까. 아니, 아니다. 움직이려고 하는 것이다.

"마님, 오우메 씨의 손을 잡아 드리고 싶은데 괜찮을까요?"

"네, 물론이지요."

안주인이 이불을 걷고 오치카는 양손으로 오우메의 오른손을 잡았다. 해골 같은 팔이다. 손가락이 길고 호리호리하다.

"예쁜 손가락이네요, 오우메 씨."

오우메의 손은 차디찼다. 오치카의 손을 마주 잡을 힘도 없다.

"—오키쿠 언니는, 더 예뻤어요."

먼 옛날의 추억을 좇아 오우메의 눈동자가 움직인다.

"가엾은, 오키쿠 언니."

눈동자가 젖기 시작했다.

"우리 모두, 불쌍해요."

"네, 네."

오치카는 고개를 끄덕였다. 오우메의 눈꼬리에서 눈물이 한 줄기 흘러 떨어졌다.

"모두 사라져 버렸어요."

비센야는 불타고 말았다.

"비센야는, '오쿠라 님' 때문에 멸망한 거예요."

또 한 줄기, 눈물이 넘친다.

"아버지는 알고 있었어요."

오우메의 목소리는 갈라져서 귀를 가까이 대지 않으면 알아들을 수 없다.

"비센야의 아름다운 딸을 아내로 삼는 남자는, 모두 각오해야 하니까요."

방구석에서 도미지로가 귀를 쫑긋 세우고 있다.

"그래서 형부한테도 가르쳐 준 거예요. '오쿠라 님'의 법도를."

'오쿠라 님'의 정체를.

"옛날에, 양녀가 있었대요."

비센야에서 들인 여자아이.

"그 무렵의 비센야 주인이 친절하게 거두어 준, 오갈 데 없는 여자."

지금에 와서는 정체를 알 수가 없다. 오우메의 아버지도 자세한 사정은 몰랐다고 한다.

확실한 것은 오갈 데 없는 여자아이를 소중하게 키우기는 했지만, 그 아이가 비센야에서 행복하지는 않았다는 사실뿐이다.

"……예쁘지는, 않았으니까."

비센야에서 태어난 뛰어나게 아름다운 딸들과는 달랐으니까.

"걸핏하면 비교를 당하고."

수군거리는 비웃음을 들으며 아가씨로 사는 삶이 거북하고 불편했던 소녀는 나이를 먹자 스스로 하녀처럼 일하고 허름한 옷을 입고 보잘것없는 음식에 만족하며 그늘에 몸을 움츠리듯이 살다가 갑자기 병을 얻어 일찍 죽고 말았다.

"그 여자가 '오쿠라 님'이 된 거예요."

비센야가 자신을 키워 준 은혜는 있다. 원망과 괴로움만 있는 것은 아니다. 그래도 쌓이고 쌓인 울분과 슬픔은 소녀가 죽은 후에도 하나의 의지가 되어 세상에 머물렀다.

좋아, 지금부터는 비센야를 수호해 주마. 대신, 소중하고 아름다운 딸의 혼을 가져가 주지. 받은 은혜에는 수호를, 너희가 던진 모멸에는 불행을 되돌려 주마.

그것이 '오쿠라 님'과 맺은 약속의 진실이었다.

"상향반을 지키는 것은 그 약속을 지키는 것."

향을 끊이지 않고 계속 피우는 것은 비센야에 걸린 저주를 물려받는 것이기도 했다.

"우리 아버지는 약속을 지켰어요."

그러나 오후지의 남편은 달랐다.

"형부는 화를 냈어요."

—뭐가 '오쿠라 님'이냐. 나의 소중한 딸들을 인질로 잡힐 수는 없어.

"오후지 언니는 타이르기도 하고, 몇 번이나 싸우기도 하고, 결국에는 울며 화를 내고 간언했지만, 형부는 듣지 않았어요."

마침내 삼십 년 전의 그날.

"형부는 곳간방의 상향반을 깨 버렸어요."

오치카는 깊이 고개를 끄덕였다. 몇 번이나 끄덕였다. 그렇구나, 그랬었구나.

상향반이 깨지자 저주는 깨졌다. 동시에 저주 대신 비센야가 받고 있던 수호도 사라졌다.

그때까지 '오쿠라 님'이 물리쳐 주었던 모든 액운이 겁화劫火가 되어 비센야를 덮쳤고 모든 것을 태워 버렸다.

꼴좋게 되었다, 꼴좋게 되었다고 웃으면서.

"오우메 씨."

눈물을 흘리는 오우메의 손을 잡고, 그 차가운 손가락을 오치카는 부드럽게 움켜쥐었다.

"당신만이라도 살아남아 주어서 다행이에요. 비센야의 슬픔을 이야기할 당신이."

그것이야말로 특이한 괴담 자리를 계속해 오면서 오치카가 배운 가장 큰 진실이다.

사람은 이야기한다. 이야기할 수 있다. 좋은 일도 나쁜 일도.

즐거운 일도 힘든 일도. 옳은 일도 잘못도. 이야기하고 다른 사람에게 들려준 일은, 한 사람 한 사람의 덧없는 목숨을 넘어 이 세상에 남는다.

"저도 당신한테 감사해야지요."

야위고 시든 오우메는 미소를 지으려고 했다.

"들어 주셔서…… 고마워요."

다지마야의 안주인이 고개를 숙이고 울고 있다.

"가슴을 꽉 막고 있는 게, 있었어요."

슬픔을 토해 냈기 때문에.

"……있잖아요, 오치카 씨."

오우메의 목소리가 더욱 가늘어져 오치카는 한껏 몸을 앞으로 숙이고 귀를 가까이 댔다.

"당신도, 자신을…… 집 안에 가두고 있다면서요."

오우메는 어떻게 그런 사실까지 알고 있을까.

"어째서인지…… 이유가 있겠지만."

안 돼요, 하고 오우메는 속삭였다.

"나랑…… 똑같아지고 말 거예요."

시간을 멈추고, 회한에 시달려, 옛날을 그리워하기만 하는 노파가.

"아니면 '오쿠라 님'이 되어 버릴 거예요."

오치카는 움찔했다. 방구석에서 숨을 죽이고 있던 도미지로도 몸을 일으키며 눈을 크게 뜬다.

"이게, 내, 감사 인사예요."

말꼬리가 잠기고, 호흡에 섞인다. 오우메는 눈동자로 오치카에게 호소했다. 전해져 온다.

—있잖아요, 지금은 생각해야 할 때예요, 미시마야의 오치카 씨.

"자. ……이제 됐어요."

만족스러운 듯이 미소를 짓고 오우메는 눈을 감았다. 마지막 한 줄기 눈물이 넘쳐 눈꼬리를 타고 흐른다.

"돌아가셨어요."

오치카는 조용히 그렇게 말했다.

"결국."

흑백의 방 툇마루에 걸터앉은 효탄코도의 간이치가 늘 그렇듯이 낮에 켜져 있는 사방등처럼 중얼거린다.

"오우메 씨는 누구였던 걸까요."

"누구라니 무슨 소리지요?"

도미지로가 되묻는다. 산처럼 쌓아 올린 『물건 사기 자습서』를, 효탄코도에 돌려줄 것과 미시마야에서 사들이고 싶은 것으로 나누는 중이다.

"아뇨. ……왠지 오우메 씨가 작은 신이 아니었을까 하는 기분이 들어서요."

다과 쟁반을 들고 와서 두 사람 옆에 앉은 오치카가 간이치의 덧없는 얼굴과 갑자기 부루퉁해진 도미지로의 얼굴을 번갈아 바라본다.

"무슨 바보 같은 소리를. 다지마야에서 장례를 치르고 우리도 다 함께 보내 드렸잖아요."

오우메의 장례는 바로 이틀 전, 가을비가 조용히 내리는 가운데 치러졌다.

"오우메 씨는 평범한 여자고, 할머니고, 병자고, 이제 죽은 사람이에요."

도미지로가 몹시 입을 삐죽거린다.

오치카는 곤란해졌다. 간이치가 하고 싶은 말을 어렴풋이 알 것 같았기 때문이다. 실은 도미지로도 마찬가지여서 발끈한 게 아닐까.

"그건 그렇습니다만……."

"그럼 그렇습니다, 지당한 말씀입니다, 라고 하세요."

"오우메 씨는 삼십 년 전에 비센야가 불탔을 때 병을 고치기 위해 가게에서 멀리 떠나 있었다고 했죠."

"네" 하고 오치카는 고개를 끄덕였다.

"그런데 오후지 씨의 남편이 상향반을 깼다는 사실을 어떻게 아셨을까요."

"누군가에게 들었겠지."

도미지로는 빠른 말투로 내뱉었다. 간이치가 조금도 동요하지 않고 오히려 한가롭게 고개를 갸웃거린다.

"누구한테 들었을까요. 비센야 분들은 모두 화재로."

"그건 나도 알아요."

신경질적으로 가로막으며 도미지로는 씁쓸한 얼굴을 했다. 손에 들고 있던 물건 사기 자습서 가운데 한 권을 가까이 있는 책의 산 위에 툭 내려놓는다.

"신경질을 부려서 미안합니다. 실은 나도 가슴이 답답해서."

오우메가 신이었다고까지는 생각하지 않는다. 하지만 평범한 사람이었던 것 같지도 않다.

"역시 너구리에 홀렸거나 여우에 홀린 게 아닐까요. 왜냐면—."

도미지로는 그다음 말을 하기가 어려울 테니 오치카가 앞질러 말하기로 했다.

"저한테는 그런 설교를 해준 데다, '오쿠라 님'의 정체인 옛날의 양녀 이야기는 오라버니가 알고 있는 어떤 사람의 신상과 비슷하니까요."

한가로운 얼굴을 한 채 간이치가 말했다. "도련님을 크게 다치게 한 에비스야의 행수가 사실은 그 댁 주인이 밖에서 낳아 온 아들이라는 이야기 말입니까?"

도미지로는 눈을 부릅떴다. "당신, 알고 있었어요?"

"예. 세책 장수는 곳곳에서 여러 가지 소문을 듣는 장사이다 보니 아무래도 남의 비밀을 많이 알게 되거든요."

어이없다는 듯한 침묵이 흐른 후, 먼저 도미지로가 웃음을 터뜨리고 오치카도 안심한 듯 웃었다.

"못 당하겠군."

"죄송합니다."

"뭐, 알고 있다면 얘기가 빠르겠지만."

어깨를 으쓱거리며 도미지로는 정원 쪽으로 시선을 던졌다.

"오우메 씨는 오치카뿐만 아니라 나도 타일러 준 것 같아요."

사람 사는 세상은 생각대로 되지 않아요. 슬프고 분하고 화도 나겠죠. 별은 적고 후회의 구름만 두꺼우며 종종 재난의 차가운 비가 내리니까요.

하지만 뒤만 보고 있으면 뒷걸음질 치며 살게 되어 더욱 위험하답니다.

"예로부터 하룻밤 안에 백 개의 괴담을 이야기하면 괴이한 일이 일어난다고 하죠."

간이치가 말했다. "미시마야도, 매일매일의 생활 속에서 괴이한 일을 듣고 쌓아 가는 사이에 괴이한 일과 친해져서 괴이한 작용을 받아들이는 일이 쉬워진 게 아닐까요."

효탄코도는 말을 참 잘한다.

"네, 저도 그렇게 생각해요."

비센야의 이야기가 다 꾸며낸 것이라고는 생각하지 않는다. 하지만 오치카와 도미지로에게 들려주기 위한 이야기였다는 기분도 든다.

"'오쿠라 님'이 되어서는 안 된다. 오우메 씨가 되어서도 안 된다."

시간을 멈추어서는 안 된다. 자신의 마음속에 틀어박혀 있어서는 안 된다.

"그러려면 어떻게 해야 할까요. 차라리 괴담 자리도 그만두는 편이 나을까요?"

입 밖으로 튀어나온 말에 묘하게 절박한 기색이 담겨 있다. 오치카는 겸연쩍어서 목을 움츠렸다.

"아직은 그만두지 않을 거지만요."

"하고 싶은 만큼 계속하면 돼."

뜻밖의 진지한 얼굴로 도미지로가 말했다.

"대신 그만두고 싶어지면 언제든지 그만두렴. 내가 물려받아 줄 테니."

"어머나, 아깝네요."

요즘의 도미지로는 갑작스럽게 현기증을 느끼는 일이 현저히 줄고 건강하게 지내고 있다. 슬슬 가게에 나가서 장사를 하거나 자신의 가게를 준비해도 좋을 성싶은 정도다.

"아깝긴 뭐가 아까워. 놀면서 살겠다는 말이 아니야. 네가 지금 하고 있는 것처럼, 나도 일을 하면서 이야기를 듣는 역할을 맡으면 되니까."

"기대할게요."

"가볍게 받아넘기면 곤란해. 나도 네가 미시마야 안에 틀어박혀만 있는 건 좋지 않다고 생각한단 말이야."

오치카에게는 오치카의 인생이 있어, 라고 한다.

"네 앞날은 네가 마음대로 정하면 돼. 이제 무엇에도 얽매이지 마. 오우메 씨랑 똑같이, 나도 말해 주고 싶어."

"네, 네, 제 마음대로 할게요."

그러자 도미지로는 힘주어 말했다.

"그럼 우선, 진코 학원의 작은 선생님한테 작별 인사를 할지 어쩔지, 제대로 마음을 정했니?"

아오노 리이치로는 드디어 고향으로 떠날 날이 다가와, 미시마야가 보낸 전별 선물에 대한 감사도 할 겸 내일 인사를 오기로 되어 있다.

오치카는 덜컥 굳어 버렸다.

"오라버니도 참, 왜 이러세요, 작은 나리 앞에서."

"그럼 저는 사라질게요."

희미하게 미소를 지으며 간이치는 툇마루에서 일어섰다. 아니라니까요, 있어 주는 게 더 좋은데, 눈치 없는 사람!

"오라버니한테는 안 가르쳐 줄 거예요."

내뱉는 김에 메롱, 하고 혀를 내밀며 오치카는 흑백의 방에서 도망쳐 나왔다.

아오노 리이치로는 더 이상 오치카가 알고 있는 '작은 선생님'이 아니었다.

닳아빠진 신과 구깃구깃한 하카마, 손질이 잘되지 않아서 부수수한 상투. 예의 바르지만 편안한 행동거지와 자연스러운 말투.

그런 것들은 사라지고 없었다. 사카야키를 깎아 올리고 수염을 다듬고 새 몬쓰키 하카마로 몸을 감싼 늠름한 무사가 거기에 있었다.

"오늘의 저는 아오노 님의 종자입니다."

싱글벙글 웃으며 말하는 오캇피키 한키치가 정말로 종자처럼 보인다. 지금까지 관록에서는 굳이 따지자면 한키치 행수 쪽이 이기고 있었는데.

미시마야 쪽도 정장을 하고 맞이했다. 우선은 이헤에와 오타미와 오치카. 이어서 대행수 야소스케를 비롯해 그가 강도로부터 지켜 준 고용살이 일꾼들. 맨 꼴찌인 신타는 또 울상을 짓다가,

"너도 어엿한 사내다. 쉽게 눈물을 보여선 안 돼."

당사자인 리이치로가 타이르는 말에 "끅끅" 하고 흐느낌을 참는 판이다. 다만 신타를 타이르는 순간만큼은 진코 학원의 스승 같은 표정과 말투로 돌아와서, 그 얼굴과 그 목소리에 오치카는 가슴 깊은 곳이 욱신거렸다.

도미지로는,

"나는 아오노 님을 모르니까. 오늘 갑자기, 아들입니다 하고 나서는 것도 촌스럽지. 들어가 있겠습니다."

라고 하더니 얼굴을 보이지 않았다.

리이치로가 사양하는 바람에 축하 연회는 열지 않고 안방에서 잠시 이야기를 나누었다.

이야기에 꽃이 피었지만 리이치로는 말수가 적었고 웃거나 말

하는 이는 대개 이헤에와 한키치였다.

오치카도 축하에 어울리는 인사만 했을 뿐 내내 입을 열지 않았다. 숙부 부부도 오치카의 침묵에 대해 이러쿵저러쿵 말하지 않았고 무언가 떠 보는 말을 하지도 않았다.

"진코 학원의 새 선생님은 찾았습니까?"

"예. 저처럼 어깨 너머로 배운 어수룩한 스승이 아니라 많은 제자를 가르친 경험이 있는 분이 학원을 물려받아 주시기로 했습니다."

아오노 리이치로가 에도에 남겨 둔 걱정거리는 없다.

"저희 미시마야는 아오노 님의 건강과 영달을 기원하고 있겠습니다."

모두가 엎드려 인사를 하고, 작별의 때가 되었다.

정장을 한 채 오치카는 혼자서 흑백의 방으로 들어갔다. 역시 여기가 자신이 있을 곳인 것 같은 기분이 든다.

리이치로를 맞이한 안방을 단장하느라 바빴기 때문에 오늘 흑백의 방에는 꽃도 족자도 없다. 도코노마에 소박한 질그릇 화기가 있을 뿐이다. 효탄코도가 이미 가져간 터라 산더미처럼 쌓여 있던 자습서들도 사라졌다. 도미지로가 꺼내 준 낡은 책상만 오도카니 남아 있다.

유키미 장지를 한 장만 연다. 가을 색으로 물든 정원의 풍경이 휑뎅그렁한 흑백의 방에 색채를 더한다. 오치카는 책상 앞에 앉아 후리소데에서 팔꿈치를 내놓고 양손으로 뺨을 괴었다.

마음이 고요하다.

눈을 감아 보았다. 가을바람이 정원의 나뭇가지 사이를 지나가는 소리가 난다.

"오치카 님."

너무 놀라서, 심장이 입으로 튀어나오는 줄 알았다.

정원에 아오노 리이치로가 서 있다. 이쪽을 들여다보며 하얀 이를 보인다.

"놀라게 해서 미안합니다. 오카쓰 님께 부탁해서 뒷문으로 들여보내 달라고 했습니다."

다시 한 번 흑백의 방을 찾아와 작별 인사를 드리고 싶었어요, 라고 한다.

오치카는 허둥지둥 소매를 바로 했다.

"어, 어서 들어오세요."

"그럼 여기 좀 앉겠습니다."

요즘 간이치가 찾아오면 책 상자를 내려놓고 앉곤 하는 툇마루에, 리이치로도 걸터앉았다. 등도, 새 하카마의 주름도 곧게 펴져 있다.

"그다지 옛날 일도 아닌데, 그립게 느껴집니다."

리이치로가 손님으로 이곳에 왔던 날의 이야기다.

"특이한 괴담 자리에 초대해 주시지 않았다면 평생 그 이야기를 할 일은 없었겠지요."

리이치로는, 사람을 사랑하면서도 사람과 함께 살 수는 없는 이상한 요괴에 관해 들려주었다.

"저도 아오노 님의 이야기를 잊지 않을 거예요."

오치카는 말했다. 목소리가 차분하다. 스스로도 그것을 깨닫자 한층 더 마음이 잔잔해졌다.

"저는—."

화기만 있을 뿐인 상석 쪽을 바라본 채 리이치로는 천천히 말했다.

"한번 녹봉을 잃은 몸입니다."

모셔야 할 주인도 신분도 잃었다.

"그때 제 인생에는 이제 미래가 없다, 어둠뿐이라고 생각했습니다."

하지만.

"스승님—가토 신자에몬 님을 만나고 진코 학원을 맡으면서 많은 제자를 만났습니다."

전부 생각지도 못한 만남이고 완전히 새로운 인생이었다.

"즐거웠습니다."

리이치로는 온화한 웃음을 띠었다.

"매일 소동이 일어나는가 하면 웃음 짓게 되는 일도 있었지요. 꾸려 나가기 힘들 때가 있는가 하면 시정에 사는 소소한 기쁨을 곱씹을 때도 있었습니다."

오치카는 작게 "네" 하고 말했다.

"내 인생은 이제 움직이지 않을 것이다."

나는 여기에서 움직이지 않을 것이다. 그것이 내 삶이다.

"그렇게 생각했습니다."

가을바람에 또 정원의 나무가 술렁거린다. 선명한 단풍잎 한 장이 팔락 하고 져서 떨어져 내려왔다.

"하지만 지금, 저는 다시 움직이려고 합니다. 제 인생의 길을 바꾸려고 합니다."

그것이 옳다고 생각했으니까요, 라고 한다.

"옳아야 한다, 가 아닙니다. 옳다고 생각했습니다."

오치카는 말없이 고개를 끄덕였다.

"오치카 님."

리이치로가 오치카를 보았다.

"그대에게도 언젠가 그런 때가 올 겁니다."

인생을 바꾸자. 바뀌어 가는 인생을 받아들이자. 그것이 옳다—고 생각되는 때.

"그때는 겁내지 말고 망설이지 말고, 이 흑백의 방에서 발을 내딛어 주십시오."

흑백의 방에 있는 것만이 그대의 인생이라고 생각해서는 안 됩니다.

"그 말씀을 드리고 싶어서 찾아왔습니다."

다시 "네"라고 답하려고 했는데 이번에는 목소리가 나오지 않았다.

"긴타도 스테마쓰도 요시스케도 아가씨를 좋아합니다. 아가씨가 어디로 가시든, 귀찮을 정도로 쫓아가고 잘 따르겠지요. 부디, 잘 부탁드립니다."

"네. 저라도 괜찮다면, 제가 맡을게요."

리이치로의 눈빛을 느끼고 오치카는 얼굴을 숙였다. 어떻게 해도 눈을 마주칠 수가 없다.

"여기에서 좋은 추억을 얻었습니다."

소중히 하겠습니다, 라고 한다.

"오치카 님, 부디 행복하시기를."

툇마루에서 일어서서 아오노 리이치로는 깊이 머리를 숙였다. 이번에야말로 정말로 떠나간다.

오치카도 그 자리에서 엎드려 절했다. 잔잔했던 마음이 소란스러워지고 뺨이 뜨겁다. 마음 깊은 곳이 찌릿찌릿 아프다.

"저도 작은 선생님의 행복을 빌겠습니다."

간신히 그 말만을 쥐어짜 냈을 때 정원에는 이미 아무도 없었다.

오치카 혼자다.

흑백의 방에서 혼자다.

지금은 그 길을 선택할 것이다.

한 가지만 약속하자. 행복을 빌어 준 아오노 리이치로의 말에 걸고 자신의 가슴에 맹세하자.

오치카는 '오쿠라 님'은 되지 않을 것이다.

흑백의 방을 마음의 곳간방으로 삼지는 않을 것이다.

시간을 멈추지 않고, 계절이 바뀌는 것을 눈으로 볼 것이다. 나이를 먹어 가는 것을 느낄 것이다.

오치카는 살아갈 것이다.

“실례합니다.”

멍청한 목소리가 났다.

“실례 좀 하겠습니다만…… 정말, 실례, 일까, 요?”

간이치다. 오늘은 또 키보다 높은 책 상자를 짊어지고 있다.

“죄송합니다, 나중에 다시 오겠습니다.”

책 상자 때문에 몸이 앞으로 기울어져 있는 터에 더욱 엉거주춤한 자세가 되어 간이치는 되돌아가려고 했다.

“윽.”

오치카의 목에서 목소리가 튀어나왔다.

“윽윽윽.”

사환 신타와 완전히 똑같다. 무거운 후리소데를 껴입고, 시마다마게에 호화로운 비녀를 장식하고, 화장한 얼굴을 무너뜨리며 오치카는 울음을 터뜨렸다.

“아가씨는 슬픈 거로군요.”

간이치는 태연하게 말했다.

“슬플 때는 우는 게 가장 좋은 약입니다.”

오치카는 소매로 얼굴을 덮고 소리 내어 울었다.

“아아, 우는 모습도 좋네요. 이 효탄코도, 완전히 반했습니다.”

오치카는 계속 울고 간이치는 하릴없이 서 있다. 흑백의 방은 조용하고 정원에는 단풍이 흔들리고 있다.

잠시 후, 큰 한숨을 토해 내며 오치카는 소매에서 얼굴을 들었다. 간이치는 책 상자를 짊어진 채 서 있었다.

"효탄코도 씨, 뭘 하러 온 거예요?"

간이치는 낮에 켜져 있는 사방등다운 웃음을 지었다.

"아가씨께 읽을거리를 권해 드리고 싶어서요."

청산유수로 이야기하기 시작했다.

"살아 있는 사람의 이야기는 피가 통해서 재미있습니다. 하지만 살아 있는 것인 만큼 가끔은 독이 되지요. 이번 비센야의 일도 아가씨께는 이야기가 독이 되어 버린 거라고 저는 생각합니다."

하지만 말입니다, 읽을거리라는 것은.

"살아 있는 인간에게서 이미 떠난 것이라 시들어 있습니다. 어떻게 잘못된다고 한들 독이 되지 않고 해도 되지 않지요. 기분 전환에는 제격인 데다, 읽을거리를 통해서 지식이 늘면 배짱이 두둑해져서 이야기가 독이 되기 힘들어지니 일석이조. 아니, 아니, 저는 장사를 하려는 속셈이 아닙니다, 읽을거리에는 정말로 효능이—."

결국 오치카가 웃음을 터뜨릴 때까지 간이치는 계속 이야기했다.

미시마야의 특이한 괴담 자리에서 한 사람이 떠나고, 한 사람이 더해진, 기분 좋은 가을날의 일이었다.

편집후기

미야베 미유키가 쓰는 에도 시대물에는 몇 개의 시리즈가 존재한다. 우선, 보통 사람에게는 보이지 않는 것이 보이고 보통 사람에게는 들리지 않는 것이 들리는 능력을 가진 오하쓰가 비실비실하지만 현명한 청년 우쿄노스케와 함께 사건을 해결해 나가는 '미소녀 시리즈'(『말하는 검』, 『흔들리는 바위』, 『미인』)가 있다. 만사느긋하고 빈둥거리면서 열심히 사건을 해결할 생각이 없어 보이는 도신 헤이시로와 어리지만 총명한 유미노스케가 콤비로 활약하는 '미소년 시리즈'(『얼간이』, 『하루살이』, 『진상』)도 있다. 가슴속에 상처를 간직한 채 자신만의 세계에 갇혀 지내는 소녀로 하여금 손님들의 이야기를 듣게 한다는 설정의 '미시마야 변조 괴담 시리즈'(『흑백』, 『안주』, 『피리술사』)는 최근 몇 년 사이에 작가가 다른 시리즈를 제쳐 놓고 가장 많은 시간을 투자하여 집필하는 듯한 모양새다.

각 시리즈의 세계관도, '구원이란 평범한 사람이 평범한 다른 이들과의 유대를 통해 스스로 만들어 가는 것(미소녀 시리즈)'이라는 막연한 인정人情에서 '타인의 어리광을 받아주거나 상처를 핥아주는 것은 진정한 인정이 아니라 그저 자신이 좋은 사람이 되고 싶을 뿐이라는 도피에 지나지 않는다(미소년 시리즈)'는 엄격한 인식으로 변했다가 '영혼이 부서질 정도로 비극적인 일을 겪은 이에게 어지간한 위로나 격려는 별 소용이 없으며 그보다는 스스로 자신의 영혼을 꿰매어 수선할 수 있도록 도와주는 것이 좋지 않을까(미시마야 시리즈)' 하는 질문으로 선회한다.

미야베 미유키가 2000년에 발표한 『흑백』은 원래 한 권으로 완결할 예정이었다. 처음에는 한 화, 한 화를 독립적인 이야기로 쓸 생각이었는데 미시마야라는 설정을 만들어 막상 쓰다 보니 이야기가 길어져 버려서 한 권 분량을 다 썼을 즈음에 "이건 한 권으로 끝나는 게 아니라 백물어니까 100화까지 쓸게요. 100화를 쓰기 전에 제가 죽는다면 죄송한 일이지만요. 후반은 수명과의 전쟁이 될 것 같아요"라고 말해 담당 편집자를 기함하게 만든 바 있다. 『안주』를 발간할 당시에는 "100화를 쓰면 실제로 괴이한 일이 일어날지도 모르니, 99화까지 쓰고 마지막 이야기는 이걸 계속 읽고 싶어 하는 독자들로 하여금 무서운 이야기를 만들어 보게 하면 어떨까" 하고 말했다.

여기서 미야베 미유키가 말한 '백물어百物語'란 말 그대로 '백 가지 이야기'인데 일본에서는 무척 친숙한 유희로, 작가라면 다들 한 번쯤 도전해 보고 싶어 하는 분야라고 한다. 나쓰메 소세키와 모리 오가이도 '백물어'를 썼을 정도다. 현대 작가 중에는 교고쿠 나쓰히코가 『항설백물어』와 『속 항설백물어』로 인기를 끌었다. 괴담을 즐기는 풍습이 민간에 꽃을 피웠던 에도 시대를 배경으로 글을 써 온 미야베 미유키에게 백물어는 꼭 도전해 보고 싶은 소재였으리라. 『피리술사』를 출간하면서 "앞으로도 오치카는 사람들의 이야기를 들으며 연애를 하고, 결혼을 하고, 아이를 가지고, 점점 나이를 먹어갈 겁니다. 이 시리즈를 통해 백 가지 이야기를 하나둘 쌓아갈 뿐만 아니라, 저와 함께 나이를 먹어가는 오치카의 일생을 그리고 싶습니다"라는 포부를 밝히기도 했다.

때문에 방금 『삼귀』의 마지막 장까지 읽은 독자들은 (아직 읽기 전이라는 분들은 여기서 멈추고 얼른 앞으로 가시길) 다소 실망할지도 모르겠다. 감질나게 이어지던 오치카와 리이치로의 연애전선은 이번 편을 끝으로 막을 내린 듯하니까 말이다. 뿐만 아니라 아예 주인공도 교체할 모양이다. 대관절 왜? 오치카의 일생을 그리며 계속해서 써나간다고 하지 않았던가. 데뷔 30주년을 기념하여 소설 《신초》와 했던 인터뷰에서 작가는 그 이유를 설명했다. "오치카는 손님이 들려주는 기이한 이야기를 들으며, 두려운 상황과 맞닥뜨리거나 슬픈 상황에 처한 사람은 나뿐이 아니구나 하고 점점 납득하게 되지요. 괴롭고 슬퍼도 다들 열심히 살아가고 있다는 것을 깨달아 버리게 돼요. 이른바 멘탈의 재활을 위해 이야기를 듣기 시작했는데, 최근에는 꽤 건강해지고 말았어요. 슬슬 듣는 사람을 바꿔야겠다는 생각이 들더군요."

이를 위해 『삼귀』의 마지막 편에 깔아둔 포석이 바로, 미시마야의 차남인 도미지로와 고서상 간이치의 등장이다. 특히 효탄코도의 간이치는 (1) 관찰력("처음에 뚜껑을 열었을 때 아가씨의 손가락에 흰깨가 붙어 있었거든요") (2) 추리력("도련님은 그림을 좀 아시지요?") (3) 기동력("개도 돌아다니면 몽둥이에 맞는다는 속담은 정말이더군요") (4) 정보력("세책 장수는 곳곳에서 여러 가지 소문을 듣는 장사이다 보니 아무래도 남의 비밀을 많이 알게 되거든요") (5) 따듯한 성정("아가씨께 읽을거리를 권해 드리고 싶어서요")을 가진 인물로, 대사의 분량이나 안배로 볼 때 일회성이 아니라 다음 편에서도 써먹어질 캐릭터임을 짐작하게 한다. 아니나 다를까. 2018년 2월에 발간된 《야성시대》에서 미야베 미유키는 이렇게 말했다. "시대물을 쓰면서 이래저래 조사하다가 '에도의 세책업은 재미있구나' 하고 생각했습니다. 에도 사람들은 책을 많이 읽었어요. 미시마야만큼 벌어들이는 가게에는 분명 세책상이 드나들었겠지요. 그래서 '무심하고 태평하면서도 무언가 비밀을 안고 있는 분위기'의 간이치를 등장시킨 것입니다. 미시마야 시리즈의 다음 편에서는 효탄코도의 간이치가 중심이 되어 읽어 주시는 분에 따라 해석이 갈리는 이야기도 있으니 기대해 주세요."

이로써 오치카와 괴담 자리를 지켜주는 역할의 보좌역 오카쓰 콤비가, 도미지로와 탐정역의 간이치 콤비로 교체되리라는 건 거의 확실해 보인다. 오치카와 리이치로의 인연이 여기에서 끝나는 건 아쉽지만 뭐 어쩌랴, 쓰는 사람 마음이지. 새로운 등장인물들이 전혀 다른 색깔의 밝은 이야기를 보여주리라 기대하며 기다리는 수밖에. 다행히 『삼귀』의 속편이 2018년 4월 27일에 발매되었다고 하니 북스피어에서 후다닥 계약하여 신속하게 출간토록 하겠습니다.

마포 김 사장 드림

덧) 미야베 미유키의 에도 시대물은 내면에 어두운 부분을 감싸안고 있는 인간의 죄와 등장인물들의 심리를 파고드는 필치, 에도의 정경과 음식 가이드가 회를 거듭할수록 노련해져 왔지만, 그래서 매번 감탄하게 되지만, 이번 소설『삼귀』에서는 그야말로 최고조에 이른 듯하다. 대체 어떻게 매번 그 많은 이야기들의 소재를 찾아내는 건지 궁금해 죽겠는 사람이 나 혼자만은 아닌 듯하여 찾아보니, "소재가 떠오르면 즉시 컴퓨터 안에 있는 폴더에 메모해 둡니다. 하지만 괴담이란 건 (유튜브 같은 것에도 잔뜩 있어서) 이제 대부분 나올 만큼 나왔어요. 남은 건 베리에이션(variation, 변주)뿐. 누구의 눈으로 볼 것인가, 누구에게 체험을 시키는가, 괴이가 일어나는 전체의 사건을 어디서 체험시키는가. 그리고 현실은 어떻게 변하는가. 행복하게 잘 끝나는 경우가 있다면 이야기하는 사람이 이야기를 마치고 할복해 버리는 경우도 있을 것이고 말이죠. 그러한 전체를, 괴담이라고 하는 틀에서 한 화씩 완결해 나가는 것입니다. 아이디어가 아무것도 떠오르지 않는 경우는 전혀 없어서 즐겁게 써 나가고 있어요"라고 한다. 음, 그렇구나, 역시 즐겁게 써 나가는 게 최고다.

삼귀

초판 2쇄 발행 2018년 6월 5일

지은이 미야베 미유키
옮긴이 김소연

발행편집인 김홍민 · 최내현
책임편집 안현아
편집 한재현
표지디자인 이혜경디자인
용지 한승
출력 인쇄 제본 현문자현

펴낸곳 도서출판 북스피어
출판등록 2005년 6월 18일 제105-90-91700호
주소 (03961) 서울특별시 마포구 방울내로 11길 43 101-902
전화 02) 518-0427
팩스 02) 701-0428
홈페이지 www.booksfear.com
전자우편 editor@booksfear.com

ISBN 978-89-98791-76-6 (04830)
978-89-91931-29-9 (세트)

책값은 뒤표지에 있습니다.
파본은 구입하신 곳에서 교환해 드립니다.